HEYNE
CHER

Vom gleichen Autor erschienen außerdem
als Heyne-Taschenbücher

Die Rollbahn · Band 497
Das Herz der 6. Armee · Band 564
Sie fielen vom Himmel · Band 582
Der Himmel über Kasakstan · Band 600
Natascha · Band 615
Strafbataillon 999 · Band 633
Dr. med. Erika Werner · Band 667
Liebe auf heißem Sand · Band 717
Liebesnächte in der Taiga · Band 729
Der rostende Ruhm · Band 740
Entmündigt · Band 776
Zum Nachtisch wilde Früchte · Band 788
Der letzte Karpatenwolf · Band 807
Die Tochter des Teufels · Band 827
Der Arzt von Stalingrad · Band 847
Das geschenkte Gesicht · Band 851
Privatklinik · Band 914
Ich beantrage Todesstrafe · Band 927
Auf nassen Straßen · Band 938
Agenten lieben gefährlich · Band 962
Zerstörter Traum vom Ruhm · Band 987
Agenten kennen kein Pardon · Band 999
Der Mann, der sein Leben vergaß · Band 5020
Fronttheater · Band 5030
Der Wüstendoktor · Band 5048
Ein toter Taucher nimmt kein Gold · Band 5053
Die Drohung · Band 5069
Eine Urwaldgöttin darf nicht weinen · Band 5080
Viele Mütter heißen Anita · Band 5086
Wen die schwarze Göttin ruft · Band 5105
Ein Komet fällt vom Himmel · Band 5119
Straße in die Hölle · Band 5145
Ein Mann wie ein Erdbeben · Band 5154
Diagnose · Band 5155
Ein Sommer mit Danica · Band 5168
Aus dem Nichts ein neues Leben · Band 5186
Des Sieges bittere Tränen · Band 5210
Die Nacht des schwarzen Zaubers · Band 5229
Alarm! – Das Weiberschiff · Band 5231
Bittersüßes 7. Jahr · Band 5240
Engel der Vergessenen · Band 5251
Die Verdammten der Taiga · Band 5304
Das Teufelsweib · Band 5350
Im Tal der bittersüßen Träume · Band 5388
Liebe ist stärker als der Tod · Band 5436
Haie an Bord · Band 5490
Niemand lebt von seinen Träumen · Band 5561
Die dunkle Seite des Ruhms · Band 5702

HEINZ G. KONSALIK

DAS DOPPELSPIEL

Roman

WILHELM HEYNE VERLAG
MÜNCHEN

HEYNE-BUCH Nr. 5621
im Wilhelm Heyne Verlag, München

4. Auflage

Genehmigte, ungekürzte Taschenbuchausgabe

Printed in Germany 1980
Umschlaggestaltung: Atelier Heinrichs, München
Gesamtherstellung: Presse-Druck Augsburg

ISBN 3-453-01066-3

Die schwarze ›Wolga‹-Limousine hielt mit einem Ruck. Staub quoll unter den plötzlich gebremsten Rädern auf und zog als gelbe Wolken an den Fenstern vorbei. Der Fahrer, ein Unteroffizier der Roten Armee, Sektion Ukraine III, drehte den Kopf nach hinten und straffte den Oberkörper. Seine Hände lagen auf den Oberschenkeln.

»Wir sind da, Genosse Major«, sagte er militärisch knapp.

»Hier?« Der Mann im Fond der Limousine starrte aus dem Fenster. »Wir haben uns nicht verfahren, Petros Jakowlowitsch?«

»Ich habe den Befehl, den Genossen Major hier abzusetzen.« Der Unteroffizier blickte wieder nach vorn und schwieg. Recht hat er, dachte er, sich zu wundern. Wer täte das nicht? Man sagt zu ihm: Sie werden versetzt, mein lieber Andrej Nikolajewitsch. Ein ehrenvolles Kommando ... und wo landet man? Mitten in einer hügeligen, total einsamen Gegend mit hartem Gras, ein paar Weiden und Birken, Holunderbüschen und Buschwindröschen. Weit und breit kein Mensch, kein Stück Vieh, keine Pferde, kein Traktor, nicht einmal ein Lamm ... rein gar nichts als ein Land mit Hügeln und verstepptem Gras. Aber das hätte man vielleicht ertragen können. Viel trostloser noch war der hier völlig deplazierte, über drei Meter hohe und — wie Warnschilder verkündeten — elektrisch geladene Stacheldrahtzaun, der einsam das Gelände durchschnitt. Von Horizont zu Horizont, nur ein Drahtzaun. Dahinter ein kahler Streifen, vielleicht fünfzig Meter tief, gerodet, gepflügt, geeggt, und erst dann wieder ein paar Büsche und Birken. Auch der Dümmste, auch so einer, der mangels anderer Gegenstände Wasser aus seinem Schuh trinkt, wußte: Dieser kahle Streifen ist der Tod! Hier haben sie Minen eingegraben, die einen in die Luft schleudern und in Fetzen wieder herunterregnen lassen. Hier stehen irgendwo raffinierte Selbstschußapparate, die von unsichtbaren Kontakten ausgelöst werden. Hier klingelt es sofort in unsichtbaren Erdbunkern Alarm, wenn jemand tatsächlich den Zaun überwinden kann und diese höllischen fünfzig Meter betritt. Kein Durchkommen, Genossen! Sieben Kaninchen und vier Maulwürfe hatten es schon versucht ... es krachte infernalisch, die armen Tierchen zerfielen in kleine Stückchen, und dann hatten einige abkommandierte Spezialisten Mühe, die detonierten Minen wieder zu ersetzen. Aber seitdem gab es keine Kaninchen und Maulwürfe mehr in der Gegend ... es sprach sich sogar bei den Tieren herum: Bleibt weg von diesem Zaun!

Major Andrej Nikolajewitsch Plenjakow stieg aus dem ›Wolga‹ und zog seinen Koffer aus braungrünem Leinen von dem Rücksitz. Er stellte ihn neben die Limousine und nahm die Schirmmütze ab, um mit einer Drehung seines Handrückens den Schweißrand abzuwischen. Vor ihm lagen der Todesstreifen und die stille Einsamkeit. In den Drahtzaun war ein zweiflügeliges Tor eingelassen, am rechten Eisenpfahl hing ein kleiner, blecherner, grünlackierter Kasten. Das Türchen war mit einem einfachen Riegel verschlossen.

Plenjakow, der drei Schritte vorwärtsgegangen war, sah sich nach dem schwarzen ›Wolga‹ um. Unteroffizier Petros Jakowlowitsch, ein kleiner Mann mit dem undurchdringlichen Gesicht eines Kirgisen, war nun auch ausgestiegen und holte aus dem Kofferraum das weitere Gepäck: die Kalaschnikow-Maschinenpistole, in einem erdbraunen Leinenfutteral, einen Gepäcksack und einen Karton, in dem — Petros hatte nicht schlecht gestaunt — sich ein Transistorradio und ein Plattenspieler befanden. Dazu Schallplatten. Beethoven, Wagner, Verdi, Meyerbeer, Bruckner, und natürlich Chopin, Tschaikowskij, Glinka, Mussorskij, Prokofieff, Rimskij-Korsakow und Borodin. Petros trug alles an das elektrisch geladene Drahttor und baute es neben Plenjakow auf.

»Haben Sie noch Wünsche, Genosse Major?« fragte er, als Plenjakow stumm, mit zusammengezogenen Brauen, über das Land blickte.

»Nein, Petros Jakowlowitsch. Doch ja, noch eine Frage: Haben Sie schon öfter Genossen hier abgeladen?«

»Viermal, Genosse Major.«

»Und wie haben die sich benommen?«

»Sie haben sich gewundert wie Sie.«

»Mehr wissen Sie nicht?«

»Nein.«

»Was ist jenseits der Hügel?«

»Darüber habe ich nie nachgedacht, Genosse Major. Wozu auch? Man strengt sich an und weiß nachher doch nichts. Außerdem: Was geht's uns an? Hier ist ein Stück Welt zu Ende. Drüben beginnt ein anderes Stück, aber nicht für uns. Wozu sich Gedanken machen? Die das hier angelegt haben, werden sich sicherlich was dabei gedacht haben.«

»Irgendwo dort hinten muß der Bug fließen. Wir sind aus Winniza herausgefahren nach Süden, ohne den Fluß zu sehen. Er muß jetzt links von uns liegen ...«

»Möglich.« Petros Jakowlowitsch hob die schmalen Schultern. Sein Kirgisengesicht blieb ausdruckslos. »Ich kenne hier nur den Weg zwischen Winniza und diesem Tor. Wozu soll man mehr wissen?« Er grüßte und verabschiedete sich damit von Plenjakow. »In dem Kasten am Pfahl ist ein Telefon, Genosse Major. Wenn Sie den Hörer abheben, meldet sich jemand. Ich muß zurück.«

»Gute Fahrt, Petros Jakowlowitsch.«

»Danke sehr, Genosse Major.«

Plenjakow wartete, bis der schwarze ›Wolga‹ in einer gelben Staubwolke hinter einem Hügel wegbog und nur noch das Blubbern des Motors in der fast völligen Stille zurückblieb. Ein paar Vögel wippten auf Birkenästen und glotzten Plenjakow stumm an. Es war warm, viel zu warm für diesen Maitag. Die Erde trocknete bereits aus. Es würde, wenn es so weiterging mit dem Sonnenschein, in der Ukraine eine Mißernte geben, und der Fünfjahresplan brach wieder mal zusammen.

Plenjakow trat an den Blechkasten, öffnete das Türchen und hob den Hörer des dunkelgrün gestrichenen Telefons ab. Es knackte ein paarmal in der Leitung, und dann zuckte der Major zusammen, denn die Stimme, die ihm ins Ohr tönte, war so deutlich und nah, als spreche man unmittelbar gegen sein Trommelfell.

»Seien Sie willkommen, Andrej Nikolajewitsch!« rief die fröhliche Stimme, bevor Plenjakow sich melden konnte. Die Heiterkeit des unsichtbaren Mannes paßte nicht im geringsten zu der Trostlosigkeit der Umgebung. »Sie kommen pünktlich. Aber dafür steht Petros gerade ... er ist wie ein geöltes Uhrwerk. Wie ich an Ihrem Gesicht sehe, denken Sie jetzt: Der Eisentopf meiner Mutter überm Herd war lebendiger als dieses Miststück Land.«

»So ähnlich.« Plenjakow sah sich um. Da waren der Zaun, das Tor, der Todesstreifen, die Büsche und Bäume. Er konnte nichts anderes entdecken. Die Stimme im Telefon kicherte vergnügt.

»Ich sehe Sie, aber Sie werden vergeblich nach dem Standort der Fernsehkamera suchen. Das ist perfekte Tarnung.«

»Meine Gratulation. Ich habe sonst einen scharfen Blick.«

Plenjakow lächelte schwach. »Was passiert jetzt weiter mit mir?«

»Sie werden abgeholt. Ein Leutnant und drei Mann.«

Plenjakow hängte den Hörer wieder ein. Ein neues Geräusch war plötzlich in der heißen Luft, und sein geschultes Gehör erkannte am Ton: Das ist der Motor eines Geländewagens. Ein alter GAZ-69. Der Major stellte sich zwischen seine Gepäckstücke und freute sich, daß er sich nicht geirrt hatte, als plötzlich der Wagen über die Kuppe eines Hügels ratterte. Wie war das bei der Abschlußprüfung in Ust-Katowskaja? Da hatten sie ihn mit verbundenen Augen an eine Straße im Wald gesetzt, und ein Fahrzeug nach dem anderen fuhr an ihm vorbei. »Das ist ein Fiat, das ein Jeep, das ein Dodge, ein 4-Tonner Mercedes, ein deutscher MAN-Dreiachser, ein Volvo-Sattelschlepper, ein Tatra 111 S-2, ein URAL ZIS-375 ...« Und dann die verschiedenen Panzertypen und Panzerkanonen, die Mannschaftswagen und Munilaster — er hatte sie bis auf eine Type alle am Ton erkannt und seine Prüfung mit dem begehrten ›Sehr gut‹ und einem Diplom abgeschlossen. Der Beste seines Lehrgangs. Und dabei war die Schulung des Gehörs nur der geringste Teil der Ausbildung. Es gab da andere Dinge, aber darüber sprach man nicht.

Der Geländewagen fuhr im Zickzack durch das Minenfeld, hielt an dem Tor, und ein junger Leutnant sprang heraus. Die drei anderen Rotarmisten blieben im Wagen sitzen und richteten ihre Kalaschnikows auf Major Plenjakow. Mit einem einfachen Schlüssel — so sicher war man sich der höllischen Sperren — öffnete der Leutnant das Tor. Plenjakow starrte auf die Läufe der Maschinenpistolen und rührte sich nicht vom Fleck.

»Ihr seid nicht die freundlichsten Menschen«, sagte er bloß.

»Andrej Nikolajewitsch, wir müssen Sie untersuchen!« Der junge Leutnant kam auf Plenjakow zu. Sein Lächeln war so, als bäte er um Verzeihung für seine Aufgabe. »Wir haben Sie erwartet, wir wissen, wer Sie sind. Trotzdem —«

»Tun Sie Ihre Pflicht, Genosse Leutnant. Soll ich mich nackt ausziehen? Ein nackter Mensch kann nichts mehr verbergen.«

»Das stimmt. Aber es ist nicht nötig.«

»Irrtum!« Plenjakow grinste breit. »Auch ein nackter Mensch ist gefährlich. Ich habe gelernt, daß man in einem Röhrchen, das man sich in den After und dann in den Dickdarm drückt, genug Plastiksprengstoff transportieren kann, um eine Brücke in die Luft zu jagen.«

Der junge Leutnant starrte Plenjakow an, sein Lächeln versteinerte, die Augen wurden hart und schlitzähnlich. »Ziehen Sie sich aus, Genosse!« sagte er hart. »Daran habe ich noch nie gedacht!«

»Brav so!« Plenjakow lachte, löste den Gürtel seiner Hose und ließ sie auf seine Schuhe fallen. Dann begann er, seine Uniformjacke aufzuknöpfen. »Überlegen Sie dabei, Genosse Leutnant«, sagte er bei dieser Entkleidung, »daß der Dickdarm nicht das einzige Versteck an einem nackten Menschen ist! Es gibt da eine Menge anderer Möglichkeiten —«

Irgendwo im Gelände knackte es laut. Plenjakow, der gerade seine Jacke abstreifen wollte, hielt in der Bewegung ein. Das ist ein Lautsprecher, dachte er. Dort in den Birken, aber völlig unsichtbar. Eine grandiose Tarnung. Hier versteht man sein Metier.

Eine Stimme, die Stimme von vorhin im Telefon, dröhnte nun laut über das stille Land. Plenjakow strengte sich an, aber er entdeckte weder den Lautsprecher noch die Fernsehkamera. »Leutnant Alajew!«

Der junge Offizier fuhr herum und nahm stramme Haltung an. Es wirkte ein wenig lächerlich, strammzustehen vor einem Ton, aber Plenjakow begriff sofort, welche Disziplin hier herrschte.

»Genosse General!« rief Leutnant Alajew zurück.

Aha, ein General sitzt am Fernsehschirm, dachte Plenjakow. Welche Ehre! Aber gleichzeitig fragte er sich, wo er abgesetzt worden war, wie wichtig das alles, was er noch nicht sehen konnte, sein mußte, wenn ein General sich darum kümmerte, wer sich dem Tor im Elektrozaun näherte.

»Verzichten Sie darauf, Alajew, dem Genossen Major in den Arsch zu blicken! Er hat keinen Sprengstoff bei sich. Übrigens ist das ein alter Witz unter Geheimagenten. Andrej Nikolajewitsch ...«

Plenjakow straffte sich nun auch. »Genosse General!«

»Kommen Sie rein in unser Paradies! Es ist wirklich eins, und besser als das alte. Hier kann uns keiner vertreiben, und das Apfelessen verbietet Ihnen auch niemand. Im Gegenteil. Je mehr Erkenntnisse Sie sammeln, um so besser! Ich sehe Sie später, Andrej ...«

Es knackte wieder, der Lautsprecher schwieg. Leutnant Alajew trat zur Seite, gab den Weg frei, und Plenjakow ging langsam zu dem Geländewagen. Zwei Rotarmisten sprangen heraus, rannten zu dem Gepäck vor dem Tor und trugen es in das verbotene Land. Dort kontrollierte Alajew, getreu der Vorschrift, kurz den Karton. »Schallplatten, tatsächlich!« sagte er. Sein Jungengesicht glänzte. »Welche?«

»Von Beethoven bis Bartok.«

»Herrlich.« Alajew klappte die Deckel über den Karton. »Schade, Genosse Major, daß man sie Ihnen wegnehmen und in das Magazin einschließen wird.«

»Warum das denn?«

»Sie werden es gleich sehen.« Alajew setzte sich neben Plenjakow in den Wagen. »Sie sind jetzt in einem anderen Land. Hier ist nicht mehr Rußland ...«

Was Plenjakow als eine bloße Redensart Alajews hingenommen hatte — hier ist nicht mehr Rußland, das sagt man so leicht dahin, wenn man sich ärgert, denn gerade hier war Rußland mit seinen ukrainischen Feldern und den Flüssen Bug, Dnjepr und Dnjestr, ein reiches, fruchtbares Land —, das erwies sich wenige Minuten später, als sie die Hügelkuppe überfahren hatten, als zunächst noch nicht begreifbare Wahrheit: Vor Plenjakow lag eine weite Ebene, grasbewachsen, die nur von einigen grünen Buschgruppen unterbrochen wurde. Erst, als sie näher kamen, erkannte er, daß es flache Steinhäuser waren, über die man Tarnnetze gezogen hatte, in die wiederum ganze Büsche mit Ballen und Wurzelwerk verflochten waren. Unter anderen Erdhügeln vermutete Plenjakow ausfahrbare Raketenwerfer, Zielgeräte, Scheinwerfer und elektronische Meßinstrumente.

»Wir müssen noch durch zwei Sperren«, sagte Leutnant Alajew. »Hinter der dritten sind Sie dann zu Hause.«

»Was nennen Sie zu Hause?«

»Das wird Ihnen der Genosse General sagen.«

Tatsächlich passierten sie noch zwei elektrische Sperrzäune und Tore, wurden jedesmal kontrolliert und fotografiert. Bei der dritten Sperre mußte Plenjakow durch einen Bogen aus Stahl gehen, ganz langsam, und ein paar runde Glasaugen in der Stahlwand glotzten ihn an.

Röntgen, dachte er. Und Radiumstrahlen. Ich werde durchleuchtet. Hier gibt es kein Versteck mehr ... selbst verschluckte Kapseln werden wieder sichtbar gemacht. Hier ist die Sicherheit vollkommen.

»Das hätten wir, Andrej Nikolajewitsch«, sagte jenseits des Bogenganges ein dicklicher Kapitän und gab Plenjakow die Hand. Dann blickte er auf seine Armbanduhr und nickte. »In einer halben Stunde kommt der Bus. Wir haben Zeit, uns umzuziehen.«

»Wer kommt?« fragte Plenjakow erstaunt.

»Der Trollybus!« Der Kapitän klopfte ihm auf die Schulter. »Und das schöne Uniförmchen mit den Medaillen ziehen wir schnell aus. Kommen Sie mit, Andrej. Wir haben für Sie einen schönen Jeansanzug besorgt. Extra genäht ... bei Ihren 1,85 Metern Länge und Ihren verdammt breiten Schultern war das ein kleines Problem. Gott sei Dank hatten wir aus Ust-Katowskaja Ihre Maße per Funk bekommen.« Der kleine Dicke grinste breit. »Wir dürfen sogar wieder Gott sagen, merken Sie's? Es ist sogar Befehl, in der Bibel zu lesen. Na ja, Sie werden sich daran gewöhnen. Auch daran, daß ich alles, was Sie bei sich haben, kassiere, mein lieber Andrej.«

»Alles?!«

»Ohne Ausnahme! Kommt ins Magazin. Hier wird nichts geklaut. Hej, ich glaube, Sie sehen fantastisch in Jeans aus! Die Weiberchen werden wild werden und mit den Röcken wedeln —«

»Hier? Frauen?« Plenjakow fuhr sich mit beiden Händen durch die gelockten mittelblonden Haare. Er war das, was man einen schönen Mann nennt. Ein Mensch, bei dem man stehenbleibt und ihm nachblickt, im Herzen das schwermütige Bohren bewundernder Eifersucht. »Das ist zu dick gelogen, Genosse.«

»Sie sind hier im Paradies, sagt der General ... glauben Sie es endlich, Andrej! Ich garantiere Ihnen: In einer halben Stunde sehen Sie die tollsten Mädchen zwischen Alaska und Neufundland! Körperchen, sage ich Ihnen! Und wenn Sie mit der Zunge schnalzen, wackeln sie mit dem Hintern als Antwort.«

Er stieß Plenjakow, der plötzlich wie willenlos war, in einen Raum und trat hinter sich die Tür zu. Über einem großen Tisch lag ein blauer Jeansanzug mit Nieten, ein kariertes Hemd, ein rotes Halstuch und ein breitkrempiger amerikanischer Hut, ein sogenannter Stetson. Unter dem Tisch standen ein paar Boots aus Wildleder, Socken aus Nylonfrottee, grellgelb und mit rotem Rand. Auf einem anderen Tisch lag die Unterwäsche ... Slips aus geblümter Baumwolle, ein Unterhemd mit dem grellblauen riesigen Aufdruck auf der Brust: The Rangers-Basketts, daneben eine Leinenmütze mit einem langen grünen Kunststoffschirm. Auch auf der Mütze, vorn, unübersehbar, schrie es Plenjakow entgegen: The Rangers-Basketts.

»Na, ist das eine Wonne?« sagte der dicke Kapitän fröhlich. »Genosse, wenn Sie das angezogen haben, muß ich Alarm geben. Die Weiber werden sich die Blusen aufreißen bei Ihrem Anblick.«

»Was soll das alles?« Plenjakow lehnte sich gegen die weißgetünchte Wand. »Ilja Saweliwitsch, was wird hier gespielt? Die undurchdringlichen Sperren, die dämlichen Reden vom Paradies, jetzt diese furchtbaren amerikanischen Lumpen, ein Trollybus soll mich abholen, Mädchen sind in der Nähe ... das ist doch alles Irrsinn!«

»Aber mit Methode, Andrej Nikolajewitsch. Ziehen Sie sich um. Erinnern Sie sich: Was hat man in Ust-Katowskaja am gründlichsten mit Ihnen durchgehämmert? Na? Überlegen Sie!«

»Dechiffrieren —«

»Nana ...«

»Überlebenstraining in extremen Situationen —«

»Aber, aber, Andrej! Was Sie perfekt konnten, hat man noch perfekter gemacht.«

»Meine englischen Sprachkenntnisse.«

»Ja. Oder besser: Ihren amerikanischen Slang! Na? Leuchtet jetzt das Lämpchen auf?«

»Nein«, sagte Plenjakow ehrlich.

»Es ist wirklich schwer, das zu begreifen.« Der dicke Kapitän zeigte auf die Kleidung. »Ziehen Sie sich um, Andrej. In einer Viertelstunde kommt der Bus. Er wird Sie beim Sheriff absetzen —«

»Wo?« fragte Plenjakow, völlig verwirrt.

»Schon gut!« Ilja Saweliwitsch winkte ab. »Ziehen Sie sich um, Andrej. Schnell, schnell. Das kann man nicht erklären, das muß man sehen.«

Später saß Plenjakow in einem Bus amerikanischer Bauart und kam sich sehr lächerlich vor in seinem genieteten Jeansanzug, dem karierten Hemd und der Schirmmütze mit dem dicken Aufdruck. Alle seine Sachen waren im Magazin geblieben, sauber beschriftet und katalogisiert. Ein Koffer, ein Packsack, eine Kalaschnikow mit Futteral, eine Makarow-Pistole, 9 mm, mit 50 Schuß Munition, eine Uniform, Rang Major, Schuhe, Unterwäsche, ein Karton mit Radio und Plattenspieler und 27 Schallplatten klassischer Musik. Verwahrt für Major Andrej Nikolajewitsch Plenjakow, zugereist aus Ust-Katowskaja, wohnhaft in Leningrad, II. Generalkommando, Abteilung A II. Stempel, Unterschrift.

Und damit gab es ab sofort keinen Major Plenjakow mehr. Was da in dem amerikanischen Trollybus hockte, in die Gegend blickte und aussah wie ein großer, kräftiger Arbeiter aus Texas, war im Moment ein Namenloser, Heimatloser, Unbekannter, der auf alle seine stillen Fragen sich selbst keine Antwort geben konnte.

Der Bus fuhr schwankend über eine Teerstraße. Links und rechts dehnte sich weites Weideland, ab und zu unterbrochen von einigen Windrädern, die Wasser aus der Tiefe in gemauerte Brunnen pumpten. Plenjakow drückte die Stirn gegen das Fensterglas und starrte auf das Land. Das ist nicht mehr Rußland, durchfuhr es ihn. Das ist Amerika, das ist ein Stück der Prärie, das ist genauso, wie wir es in unzähligen Lehrfilmen in Moskau, in Frunse, in Kasan und zuletzt in Ust-Katowskaja gesehen haben: Die riesigen Grasflächen des Westens, die ehemalige Heimat der Büffel, die Fleischkammer Amerikas.

Er zuckte unwillkürlich zusammen, als der Bus an einer Rinderherde vorbeiklapperte. Vier Cowboys auf mittelgroßen, gefleckten, schnellen Pferden schwenkten grüßend ihre breitkrempigen Hüte, gaben ihren Gäulen die Sporen und galoppierten neben der Straße her, schrien dem einsam im Bus hockenden Plenjakow etwas zu, was er nicht verstand, lachten dann schallend, blieben zurück und wendeten sich wieder ihrer Herde zu.

»Die Boys sind okay«, sagte der Busfahrer. Er trug nur Hose und Unterhemd und die obligatorische Mütze mit dem grünen langen Zelluloidschirm. Ein muskelbepackter, stiernackiger Kerl. Er sprach Plenjakow zum erstenmal an, und er sprach ein breites, zerknautschtes Amerikanisch wie ein Baumwollpflücker aus Alabama. »Ist'n guter Job! Frische Luft, Whisky und Weiber. 'ne Mischung, um sich die Hose durchzuwetzen ...«

Plenjakow zog die Schultern hoch. »Wie heißt das hier?« fragte er auf russisch. Der Fahrer beobachtete ihn durch den langen, breiten Rückspiegel.

»Mister, Sie sprechen einen Dialekt, den kenn ich nicht.«

»Wie heißt du?« sagte Plenjakow schnell, aber er überlistete den Fahrer nicht.

»Was ist los?« fragte der bullige Kerl zurück.

»Ich möchte Ihren Namen wissen«, sagte Plenjakow auf englisch. Der Fahrer nickte zufrieden.

»Das versteht ein guter Christ. Ich heiße Jim Barkley. Gute Freunde dürfen mich Bully nennen. Suchen Sie Arbeit in der Stadt?«

»Es scheint so.« Plenjakow atmete tief durch. »Sagten Sie Stadt, Jim?«

»In fünf Minuten sind wir da. Ha, ich liebe diese Stadt! Sie werden sie auch lieben lernen, Mister. Übrigens: Morgen ist Football. Die Boys von West-Side gegen die von der East-Side. Das müssen Sie sehen, Mister! Harte Knaben sind das! So gebaut wie Sie!«

Die Landschaft wechselte plötzlich. Die Prärie hörte auf, dafür tauchten Bungalows auf, Gärten mit Swimming-pools, Tennisplätze, ein Sportstadion, an der Straße lag ein Motel, vor dem eine Menge amerikanischer Wagen parkten, eine Tankstelle der Standard-Oil mit einem Tankwart, der in einem Liegestuhl döste und auf Kundschaft wartete, und dann sah Plenjakow die ersten Mädchen, langbeinig, mit offenen flatternden Haaren, in hautengen Jeans oder noch engeren Hotpants, er sah Männer und Frauen in den Läden und Drugstores, in den Cafés und auf der Straße, durch die der Bus fuhr, und alles war so, wie er es aus amerikanischen Filmen kannte, nur noch intensiver, packender.

Weit hinten, wo sich die Straße senkte und auf einen großen Platz mit einem Denkmal mündete, sah er den Fluß, blauschimmernd in der Sonne, breit und träge, auf der anderen Seite mit seinen typischen ausgewaschenen Steilufern, die wie braune Borken aussahen. An diesen Ufern haben sie Blut gelassen, dachte Plenjakow. Die Deutschen und wir. Von 1941 bis 1944 herrschten hier die Nazis, und in den Höhlen in den Steilufern versteckten die Partisanen ihre Waffen.

Ist das wirklich wahr? Bin ich am Bug?

»Wie heißt der Fluß, Jim?« fragte er den Fahrer.

»Das ist der Silver River, Mister.«

»Silver River? Nicht der Bug?«

»Bug?« Der Fahrer sah Plenjakow durch den Rückspiegel an. »Nie gehört, Mister. Wo soll'n der sein?«

An dem großen Platz, nahe dem Silver River, lag das Stadthaus. An einer Fahnenstange hing das Sternenbanner, zwei Polizisten lümmelten sich vor dem Eingang und drehten den Kaugummi zwischen ihren Zähnen. Links war der Eingang zum Sheriff und zur Polizeistation, rechts gelangte man zum Finanzamt, in der Mitte, die große Glastür, führte zur Stadtverwaltung. Jim bremste seinen Bus.

»Endstation, Mister! Und viel Glück! Bin gespannt, wo ich Sie wiedersehe. Arbeitslosigkeit gibt's bei uns nicht. Melden Sie sich beim Bürgermeister — und sagen Sie nicht General zu ihm. Und denken Sie dran: Morgen abend Football im Stadion!«

Plenjakow stieg aus und blickte Jim nach. Er schlenderte hinüber zu einem Selbstbedienungsrestaurant, die Hände in Hosentaschen, ein Mann, der sich freut, gleich einen dreistöcki gen Hamburger vertilgen zu können.

Denken wir logisch, sagte Plenjakow zu sich. Wühlen wir uns aus den erstickenden Fragen heraus. Vor einer knappen Stunde hat der General zu mir über den Lautsprecher gesprochen. Das war draußen vor dem ersten Elektrozaun, und da stand ich noch auf russischem Boden. Das hier ist Amerika, und wenn der General in diesem Haus regiert, ist er tatsächlich kein General mehr, sondern der Bürgermeister. Das ist alles verrückt, monströs verrückt! Was hat man mit mir vor? In Ust-Katowskaja hat man nur zu mir gesagt: Sie werden versetzt und übernehmen eine Aufgabe, für die wir nur die Besten brauchen können. Und Sie sind unser Bester! Viel Glück, Andrej Nikolajewitsch —.

Er schob seine schreckliche Mütze mehr in den Nacken, blickte die gelangweilten Polizisten an und betrat das Stadthaus. Sofort fiel die Kühle über ihn her, so massiv, daß er fröstelte. Air-Conditioning, dachte Plenjakow. Natürlich. Auf der großen Orientierungstafel im Flur suchte er die Zimmernummer des Bürgermeisters. Das Büro war im ersten Stock, Nummer 17. Anmeldung Nummer 16. Aus einer offenen Tür hörte er lautes Gezänk. Im Zimmer des Ordnungsamtes beschwerte sich ein Mann lauthals darüber, daß er keine Leuchtreklame für seinen Schuhsalon anbringen durfte. Er sprach ein herrliches Texanisch.

Verrückt, dachte Plenjakow wieder und schüttelte den Kopf. Verrückt! Da drüben fließt doch der Bug und ich stehe auf dem Boden der Ukraine! Ich ahne, was das hier alles bedeuten soll ... und wenn das stimmt, ist es die tollste Sache, die Rußland hervorgebracht hat. Fast ebenbürtig mit unserem Raumfahrtprogramm. Ein Bild der Perfektion.

Er stieg die breite Treppe hinauf, klopfte höflich bei Nummer 16 und trat ein, als eine frische Mädchenstimme »Come in!« rief.

Die Sekretärin, wasserstofferblondet, mit kleinen gedrehten Löckchen, ein Puppengesicht wie aus Harpers Magazin, Millionenware amerikanischen Schönheitsideals, lächelte ihm entgegen und zeigte mit dem Daumen auf eine Kassettenholztür.

»Gehen Sie durch, Sir, Sie werden erwartet.«

Ein perfekter Wisconsin-Dialekt. Plenjakow lächelte zurück, nahm seine dämliche Mütze mit dem grünen Schirm ab, klemmte sie unter die Achsel, klopfte kurz an und trat dann ein. Das Zimmer war riesengroß, fast kahl bis auf einen gewaltigen aus Mahagoni, ein Waschbecken, einen Sodawasser- …r Wand und den üblichen Fahnen in der Ecke hinter …wischen zwei Fenstern hingen zwei Bilder: Washing- …d Nixon. Das eine Bild gehörte zum Standard, das andere …esaß einen Wechselrahmen. Historie ist unverrückbar, aber Präsidenten kommen und gehen.

Hinter dem großen Tisch saß in einem hochlehnigen Ledersessel ein gedrungener, bulliger Mann mit kurzgestutzten grauen Haaren, in Hemdsärmeln und heruntergezogenem Krawattenknoten. Er trank Eiswasser aus einem hohen Glas und wies mit dem Zeigefinger auf einen Stuhl, als Plenjakow die Tür hinter sich geschlossen hatte.

»Ich melde mich zur Stelle, Genosse General!« sagte Plenjakow militärisch steif und baute sich hinter der Stuhllehne auf. Der General setzte das Wasserglas ab, wischte sich über die Lippen und rülpste diskret. Dann betrachtete er seinen Besucher und schüttelte den Kopf.

»Was für 'ne merkwürdige Sprache sprechen Sie da?« fragte er auf englisch. »Ich verstehe kein Wort.«

»Ich bin hier, Sir«, sagte Plenjakow jetzt ebenfalls auf englisch. »Ich habe geglaubt, hinter dieser Tür hört das Spielchen auf.«

»Irrtum ... hier fängt es erst richtig an!« Der bullige Mann lehnte sich gemütlich zurück und musterte Plenjakow, als wolle er ein Pferd kaufen und Andrej Nikolajewitsch sei ein besonders hervorstechender Hengst. »Ich habe Ihre Akte gelesen, mein Lieber. Ein Hymnus! Daraus könnte ein Komponist eine Heldenoper machen. Was da aus Moskau, Frunse und Ust-Katowskaja kommt ... danach müssen Sie ein Genie sein. Ich sage Ihnen das nicht, um Sie zum eitlen Affen zu machen, sondern um Ihnen anzudeuten, daß Genies bei uns die härtesten Aufgaben bekommen.« Er schlug einen Schnellhefter auf, der Plenjakows Personalakte sein mußte, und legte die Fäuste auf die Papiere. »Ich bin Iwan Kornejewitsch Sinjonew ... das nur am Rande, und vergessen Sie es sofort wieder. Ich heiße jetzt James Bulder und bin Bürgermeister dieser Stadt, auf die Gott mit Wohlwollen herunterblickt. Wir haben neunhundertvierundfünfzig Einwohner, drei Bars, zwei Drugstores, zwei Football-Mannschaften, eine Rugbymannschaft, einen Tennisclub, einen Schwimmverein, einen Turnverein, einen Golfplatz mit 18 Löchern, einen Spielsalon mit zweiunddreißig ›einarmigen Banditen‹, eine Go-Cart-Bahn, ein Catcherzelt, eine Boxschule, ein Hotel der Mittelklasse, eine

Schule für alle Klassen, einen Theatersaal und einen Puff mit fünf superscharfen Girls. Na, ist das eine Stadt?«

»Ich bin überwältigt, Sir.«

»Am Silver River ist eine Badeanstalt, gibt es Motorboote zum Leihen und steht das Restaurant ›Bei Billy‹. Spezialität Hamburger und Steaks. Billy war einmal Schwergewichtsmeister im Boxen. Er braucht einen Mann, der ihm bei der Herstellung der Hamburger hilft und sie belegt. Das wäre ein Job für Sie ...«

James Bulder nahm wieder einen Schluck Eiswasser. Er hatte die Klimaanlage abgeschaltet und ertrug lieber die drückende heiße Luft, als sich dauernd eine Erkältung zu holen durch den Wechsel von heiß und kalt. Das war zuerst schlimm gewesen ... General Sinjonew hustete und keuchte, bis er entdeckte, daß er die Air Conditioning nicht vertrug. Er verfluchte sie als tödliche amerikanische Erfindung und stellte sie von da an ab. Dafür stieg sein Verbrauch an Eiswasser um das Dreifache.

»Ich nehme an, Sir«, sagte Plenjakow steif. »Ich muß allerdings erwähnen, daß man mir in Ust-Katowskaja nicht gesagt hat, wohin ich abkommandiert werde ...«

»Das sollten Sie auch von mir erfahren, mein Boy! Setzen Sie sich. Ich muß Ihnen eine Stunde Unterricht in der Geschichte Frazertowns geben ...«

»Frazertown?«

»Sie sind hier in der amerikanischen Kleinstadt Frazertown, irgendwo in Texas. Draußen an Zaun eins steht zwar ein Schild ›Nowotschok. Sperrgebiet. Lebensgefahr!‹, aber das ist nur ein Name. Jedes Ding muß einen Namen haben, und die Bürger von Winniza waren in dem Moment zufrieden und ohne Neugier, als Nowotschok am Zaun stand. Das begriffen sie. Ein neues Lager. Vielleicht Raketen. Man soll nicht zuviel fragen, Brüderchen. Machen wir einen weiten Bogen um den Zaun und Nowotschok. Denn neugierig wurden sie ... drei Jahre lang wurde hier Tag und Nacht gebaut, rollten Kolonnen von Trucks durch Winniza an den Bug und schufen diese Stadt Frazertown. Seit siebzehn Jahren funktioniert nun die Sache. Frazertown ist so vollkommen, wie nur eine amerikanische Kleinstadt sein kann.«

»Seit siebzehn Jahren gibt es das hier?« sagte Plenjakow leise. »Und keiner weiß es.«

»Genug wissen es, aber die es wissen, sterben lieber, als einen Ton davon zu sagen. Bisher sind 4196 perfekte Amerikaner von Frazertown in die USA geschleust worden und haben sich dort in maßgeblichen Stellen der amerikanischen Industrie, der Armee, der Navy, der Forschung und der Air Force festgesetzt. Ihre Informationen garantieren den Vorsprung und die Unbesiegbarkeit Rußlands! Wir wissen alles. Für dieses Ziel ist nichts zu teuer. Andrej Nikolajewitsch, so nenne ich Sie jetzt zum letztenmal: Sie sind zu mir gekommen, um ebenfalls ein perfekter Amerikaner zu werden. Ihre Mutter stammte aus Georgia?«

»Ja«, antwortete Plenjakow heiser. Was er gehört hatte, glühte in ihm wie ein Feuer. »Sie machte 1930 eine Weltreise, kam auch nach Irkutsk, lernte dort meinen Vater kennen —«

»... den Ingenieur Nikolai Anatolowitsch Plenjakow.«

»... sie blieb bei ihm und heiratete ihn. 1939 wurde ich geboren.«

»Dann folgt das übliche.« Bulder-Sinjonew blätterte in den Akten. »Junger Pionier, Komsomolze, in den Schulen beste Zeugnisse, Reifeprüfung, Militärakademie, Intelligenz-Quotient 167. Dann — Sie waren schon in Frunse — starben Ihre Eltern.«

»Ja ... sie verbrannten in Odessa, als ein Hotel in Flammen aufging. Sie machten Urlaub. Mein Vater hätte sich retten können, aber er lief noch einmal in die Flammen zurück, um meine Mutter zu holen, die sich in der Panik den Fuß verstaucht hatte und nicht mehr laufen konnte. Dabei erschlug ihn ein brennender Balken.«

»Waren immer tapfere Leute, die Plenjakows.« Bulder schloß die Akte mit einem Klatschen. »Bei Ihnen zu Hause sprach man russisch und englisch. Sie wuchsen zweisprachig auf. Das führt Sie jetzt nach Frazertown. Wir wollen hier aus Ihnen einen Topman machen. In spätestens einem Jahr sind Sie drüben in den USA und dienen Ihrem Vaterland an der vordersten, wenn auch unsichtbaren Front. Sie lieben doch nur Ihre Heimat, nicht?«

»Nur, Sir ...«, sagte Plenjakow steif. Bulder starrte ihn an, nachdenklich, forschend, kritisch, abschätzend. Ein Blick, vor dem es keine Lügen gab.

»Sie heißen John Barryl«, fuhr Bulder plötzlich fort. »Wie heißen Sie?«

»John Barryl.«

»Hier sind Ihre Papiere.« Der General schob eine verschlossene Kunstledertasche über den Tisch. »In der Mappe sind Ihr Lebenslauf, Ihre Ahnentafel, Namen von Freunden, Ihr amerikanisches Militärentlassungszeugnis, Bestätigungen Ihrer Arbeitgeber ... Sie haben bisher neunmal Ihren Beruf gewechselt! ... Diplome als

Schwimmer und Boxer. Sie sind doch ein guter Schwimmer und Boxer?«

»Ja, Sir«, sagte Plenjakow mühsam. »Soll ich mich hier in der Boxschule anmelden?«

»Das ist ein guter Gedanke. Überhaupt: Sie leben in Frazertown wie ein freier Amerikaner. Das spielt sich ein: statt Wodka nur Whisky, statt Papyrossi nur Camel, statt Rubel selbstverständlich Dollars. Zweimal in der Woche ist Schulung, Geografie und Geschichte Amerikas und Besonderheiten des amerikanischen Alltags, wozu die Preise der Konsumgüter gehören, um nur ein Beispiel zu nennen. Hier sind alle Amerikaner ... jedes russische Wort wird bestraft! Vergessen Sie, John, daß Sie Russe sind! *Sie sind Amerikaner!* Haben Sie ein Hobby?«

»Ich höre gern klassische Musik.«

»Erlaubt.«

»Dann kann ich meine Schallplatten wiederhaben?«

»Nein!« Bulder lächelte väterlich. »Nennen Sie mir einige.«

»Die zweite, vierte und fünfte Sinfonie von Beethoven ...«

»Von wem gespielt?«

»Von dem Philharmonischen Orchester Moskau unter Kyrill Kondraschin ...«

»Da haben Sie es.« Bulder wedelte mit seiner dicken Hand. »In Frazertown hören Sie Platten mit den New Yorker Philharmonikern unter Bernstein oder das Philadelphia Orchestra unter Solti! *Das* ist der feine Unterschied, der unter Umständen einmal lebensrettend sein kann! John, Sie sind jetzt Amerikaner!«

»Ich weiß, Sir ...«

»Dann viel Glück als Hamburger-Hersteller!« Bulder erhob sich, reichte Plenjakow über den Tisch hinweg die Hand und drückte sie kraftvoll. »Wir sehen uns öfter, John. Wenn Sie Sorgen haben — ich bin Ihr väterlicher Freund. Und jetzt suchen Sie sich eine Wohnung ...«

»Suchen?« fragte Plenjakow entgeistert.

»Natürlich! Sie sind ein freier Amerikaner. Ihnen trägt keiner eine Wohnung nach. Sie müssen jetzt selbst für sich sorgen. Good bye, John ...«

»Auf Wiedersehen, Sir.«

Plenjakow wandte sich ab und ging zur Tür. Aber Bulder-Sinjonew sprach ihn noch einmal an, bevor Andrej Nikolajewitsch die Tür aufriß.

»Noch eins, John: In Frazertown gibt es eine Menge hübscher

Mädchen. Ich nehme an, daß Sie schon heute abend einer in die Bluse fassen ...«

»Alles russische Kolleginnen?«

»Amerikanerinnen!« schrie Bulder. »John! Gewöhnen Sie sich daran!« Und ruhiger: »Auch das wird zum Unterricht gehören: amerikanischer Flirt! Der Umgang mit amerikanischen Mädchen unterscheidet sich wesentlich von russischem Liebeswerben. Haben Sie eine Grundahnung davon?«

»Nein, Sir.«

»Also dann. Wenn Sie ein hübsches Mädchen sehen, reden Sie nicht romantisch von Mütterchen Wolga, sondern pfeifen leise durch die Zähne und spendieren ein Softeis. Tun Sie so, als gäbe es keinen anderen Mann als Sie. Und stellen Sie den Sportsmann heraus. Amerikanerinnen haben eine Faible für sportgestählte Muskeln. Das genügt für's erste ... das weitere lernen Sie noch in den Kursen. Und nun raus ins Leben, John!«

Später saß Plenjakow — wir wollen ihn ab jetzt John Barryl nennen, so wie er sich wandeln muß — auf einer Bank am Fluß und blickte hinüber zu den Bootsstegen und dem Restaurant ›Bei Billy‹, seiner neuen Arbeitsstelle. Auf dem Dach thronte ein riesiger, bunter Plastik-Hamburger, dreistöckig und so naturgetreu, daß einem das Wasser im Mund zusammenlief. Nachts wurde das Monument sogar angestrahlt.

Am Ufer promenierten junge Männer und Frauen in leichten Baumwollsachen, Jeans, Shorts und buntbedruckten Hemden. Vier Boote kurvten auf dem Fluß herum, in einer Grünanlage hockten vier Hippies, spielten Gitarre und sangen dazu. Ein paar Spaziergänger warfen ihnen Münzen zu. Der Trollybus ratterte an ihm vorbei ... der dicke Fahrer erkannte John Barryl, winkte ihm zu und grinste breit. Es war heiß, selbst der Wind vom Fluß — Silver River — brachte nur feuchte Wärme mit.

John fächelte sich mit seiner Mütze Luft zu, stand dann auf und fragte sich zu einem Immobilienbüro durch. Dort — er fand es gespenstisch, wenn er daran dachte, daß auch die beiden Immobilienmakler sowjetische Offiziere waren — entschied er sich für ein kleines Haus in der Nähe des Schwimmstadions, mit einem winzigen Garten und einem Fordwagen, der im Preis inbegriffen war, unterschrieb einen Mietvertrag und überließ es der Maklerfirma, das Haus auch einzurichten. Natürlich auf Abzahlung, wie 70 Prozent des Lebens in den USA ein Dasein auf Raten ist.

John Barryl begann bereits, Amerikaner zu werden.

Nach der erfolgreichen Wohnungssuche ging er zurück zum Fluß und stellte sich seinem neuen Boß vor.

Billy Rampler — so hieß der Besitzer von ›Bei Billy‹ mit dem riesigen Hamburger auf dem Dach — war ein drahtiger, großer Mann Ende der Dreißig, und John dachte sofort: Er ist bestimmt wie ich ein Major der Roten Armee. Ein durchtrainierter Genosse, man sieht's. Dann verdrängte er den Gedanken und bemühte sich, amerikanisch aufzutreten.

»Ich hab gehört, Sie brauchen einen Hamburger-Spezialisten, Boß!« sagte John Barryl. »Das wär'n Job für mich. Ich mache Ihnen Hamburgers, daß Ihre Gäste geradezu erotisch werden beim Essen!«

»Du heißt?« fragte Billy Rampler mit dunkler Stimme.

»John Barryl.«

»Die Arbeitsvermittlung hat dich schon avisiert. Geh in die Küche, häng dir 'ne Schürze um und fang an. Ich zahle in der Woche hundert Dollar.«

»Ist das genug?« fragte Barryl.

»Mehr ist nicht drin! Bin ich das Hilton? Wenn's dir zu wenig ist, such dir einen anderen Job ...«

John Barryl blieb bei Billy Rampler. Nicht, weil General Sinjonew es befohlen hatte — er hätte auch nein sagen können und hätte dann gesehen, ob es stimmte, daß man hier in Frazertown wirklich ein freier Amerikaner war —, und er blieb auch nicht, weil die Herstellung von Hamburgern ihn irgendwie reizte, nachdem er fünf Jahre lang von Akademie zu Akademie gezogen war und die beste Agentenausbildung Rußlands absolviert hatte, von der nervenzerbrechenden Folter bis zu computerreifen Geistesleistungen ... nein, er blieb, weil er hinter der Theke der Milchbar in Billys Restaurant ein schwarzgelocktes, langbeiniges, umwerfend hübsches Mädchen entdeckt hatte, das jetzt gerade die Zapfhähne der Milchshakegetränke putzte. Das Mädchen trug einen unverschämt engen und kurzen Rock, der die schlanken Beine bis zur Hälfte der Schenkel freigab. Und sie hatte eine glatte, braungebrannte, mit einem Haarflaum überhauchte Haut. Nur einmal, ganz kurz, traf ihn der Blick ihrer fast schwarzen Augen, ein Streicheln nur, dann wienerte sie weiter an den Chromhähnen herum. Aber dieser Blick genügte. Er zuckte wie ein Blitz in Johns Brust und entzündete dort einen Schwelbrand.

»Okay«, sagte er zu Billy Rampler. »Hundert Dollar und freies Essen.«

»Natürlich. Es ist mir immer eine große Freude, daß meine Boys das fressen müssen, was sie selbst herstellen. Los, fang an ... in einer Stunde ist Büroschluß. Dann hängen sie an der Theke übereinander wie heckende Hunde ...« Rampler grunzte, sah das schwarzgelockte Mädchen an, dann John Barryl, schob ahnungsvoll die Unterlippe vor und verschwand in einem Hinterzimmer. Barryl blieb stehen und wartete, bis das Mädchen mit dem Putzen der Chromhähne fertig war und das Tuch in eine Schublade warf.

»Ich heiße John Barryl«, sagte er dann laut.

Das Mädchen sah ihn mit hochgezogenen Brauen an. »Dafür sollten Sie Ihre Eltern verantwortlich machen«, entgegnete sie. »Ich kann's nicht ändern ...«

Sie warf den Kopf in den Nacken, griff nach zwei Edelstahlkrügen mit Fruchtsäften und trippelte in die Küche. Mit einem kräftigen Tritt stieß sie die Pendeltür auf.

Von diesem Augenblick an fand John Barryl das künstliche US-Städtchen Frazertown sympathisch, ganz gleich, was ihn noch alles hier erwartete.

Wer nach Fort Thompson verschlagen wird, darf sich als vom Schicksal gebeutelt betrachten und muß bedauert werden.

Nicht, daß Fort Thompson ein Gegenstück zu Nowo Rasnopow im mittelsibirischen Becken ist, wo es Wölfe geben soll, die vor Einsamkeit in ihren eigenen Schwanz beißen — so ist es nicht. Fort Thompson liegt in South Dakota, mitten in den unermeßlich weiten Prärien, genau gesagt am Missouri, dort, wo er breit und breiter wird und durchsetzt ist mit Sand- und Steininseln, weil er bei Pickstown gestaut wird durch den Randall-Damm und über Hunderte von Kilometern aufwärts eigentlich ein einziger riesiger Stausee ist, eine grandiose Wasserschlange, die sich durch das fruchtbare Land windet. Bewohner, die in Fort Thompson geboren wurden und dort auch sterben werden, meinen: Dieses Fleckchen Erde, wo weites Land, unendlicher Himmel und blauschimmerndes Wasser zusammenfließen zu mächtiger himmlischer Ruhe, sei mit keinem anderen vergleichbar an göttlicher Schönheit. Und was die Historie von South Dakota betrifft, da gibt es gar keine Diskussion. Namen wie Sioux-Falls und Black Hills, Mount Rushmore und Little White River, Aberdeen und Fort Pierre lernt jedes Kind in South Dakota genauso früh wie Coca-Cola und Icecream.

Trotzdem empfand es Major Robert Miller merkwürdig, daß er mit einer kleinen Transportmaschine der US-Air-Force auf den lächerlich kleinen Flugplatz von Pierre gebracht wurde, wo ihn mit einem Jeep ein Oberleutnant erwartete. Die landschaftlichen Schönheiten hatte er aus der Luft genug genossen, für die Geschichte Dakotas hatte er wenig Interesse, und auch als er bei einer Schleife, die das Flugzeug zog, unter sich das Big-Bend-Reservat und den Oahe-Damm betrachten durfte — der Pilot wies extra darauf hin — knurrte er nur:

»Okay, okay ... alles sehr imponierend, Boy ... aber würden Sie vielleicht jubeln, wenn man Sie mitten in die Prärie versetzt?«

Das fragte er auch den Oberleutnant, der ihn abholte und mit strahlendem Gesicht »Willkommen, Bob!« ausrief.

»Wir können uns den Job nicht aussuchen, wenn wir diese Klamotten tragen.« Der Oberleutnant zog an seinem Uniformhemd. Es war heiß, die Prärie flimmerte, aus dem gestauten Missouri verdampfte das Wasser und hing wie eine wabernde farblose Nebelglocke über dem Land. Der Jeep hüpfte am Ufer des Stromes eine kleine Straße hinunter nach Südosten. Bob Miller lehnte sich zurück, schob die Mütze in den Nacken und öffnete seinen Uniformrock. Er war im korrekten Dienstanzug gereist, weil man ihm gesagt hatte, es sei eine verdammt wichtige Mission, die ihn erwartete. In seinem Metallrahmenkoffer auf dem Hintersitz des Jeeps war alles verstaut, was man für eine vorübergehende Abwesenheit brauchte. Auch das hatte man ihm gesagt: »Nimm nicht zuviel mit, Bob! Du brauchst es nicht.«

Es stellte sich bald heraus, daß er das anders aufgefaßt hatte, als es tatsächlich war. Wohin man ihn schicken wollte, brauchte man auch keinen Koffer mehr.

Fort Thompson stellte sich Bob Miller so dar, wie er erwartet hatte. Eine in eine zauberhafte Landschaft hineingespuckte Trostlosigkeit, gemixt aus ein paar Straßen, zusammengeballten Häusern, dem Rest des ehemaligen Forts gegen die Sioux-Indianer, auf dessen Appellplatz noch immer an einer langen Stange die amerikanische Fahne flatterte, als nationales Monument, auf das die Thompsoner stolz waren, zwei Hotels, einem Footballplatz und zum Leben erweckte Langweiligkeit.

»Hier soll ich bleiben?« fragte Bob und stemmte die Beine gegen den Jeepboden. »Liegt denn hier überhaupt eine Militäreinheit?«

»Nein.«

»Wieso?«

»Wir sind nur zehn Mann im alten Fortgebäude.«

»Das ist doch wohl ein fauler Witz!«

»Bob, reg dich nicht auf! In einer Stunde bist du überzeugt, den härtesten Job in der Army übernommen zu haben ...«

Sie fuhren in das alte Fort ein und hielten vor dem niedrigen Offiziersbau, vor dem noch drei Jeeps parkten. Merkwürdigerweise war die Einfahrt bereits durch einen Schlagbaum und drei Posten mit Maschinengewehren abgesperrt gewesen, und auch vor der Tür des Hauses stand ein Mann mit entsicherter MPi. Bob Miller sprang aus dem Jeep, schaute hinüber zu der amerikanischen Fahne und setzte seine Mütze auf.

»Drehen wir hier einen Sioux-Film?« fragte er.

»General Orwell erwartet dich, Bob«, antwortete der Oberleutnant.

Miller fuhr herum, sein Gesicht drückte maßlose Verblüffung aus. »Dad Jack?« Miller machte eine weite Armbewegung. »Hier?«

»Frag nicht ... geh hinein.«

An der Tür tastete ihn stumm, aber mit einem um Verzeihung bittenden Grinsen der Posten ab und nickte zufrieden.

»Darf ich Koppel und Pistole haben, Sir?«

»Glauben Sie, ich puste General Orwell ein Loch in die Stirn?«

»Ich habe meine Befehle, Sir.«

Miller schnallte sein Koppel, an dem die Pistolentasche hing, ab und warf es dem Posten zu. Dann durfte er eintreten, kam in eine Art Vorraum und sah eine offene Tür an der linken Seite. Da niemand im Raum war, ging er weiter und betrat den zweiten Raum. Hier saß General Jack Orwell hinter einem Tisch und winkte Miller freundlich zu.

»Kommen Sie näher, Bob! Was macht Alaska?«

Miller nahm die Mütze ab und klemmte sie unter den Arm. Er blieb im Raum stehen wie ein Klotz. Blondhaarig, mit wasserblauen Augen, 1,89 Meter groß, ein bis in die letzte Muskel durchtrainierter Körper, an dem es kein Gramm Fett, nur festes Fleisch gab. Das Auffallendste aber an ihm waren immer wieder seine Augen. Es gab Momente, in denen sie erregt blitzen konnten, meist aber lag ein Schimmer von Melancholie in seinem Blick, ein Hauch greifbarer Romantik, die vor allem bei den Frauen, wenn sie diese Augen sahen, unwiderstehliche Gefühle von hingebender Bereitschaft auslösten. Bob Millers Kameraden lehnten es deshalb ab, ihm ihre Freundinnen vorzustellen. Es gab dann immer Krach, weil die Madchen permanent von Bob zu schwärmen begannen und die Liebe einen Riß bekam. Auch jetzt sah er General Orwell mit großen, verträumten Kinderaugen an. Aber das täuschte nur ... Orwell kannte Bob zu lange und zu gut.

»Was Alaska macht? Das wissen Sie doch am besten, Sir«, sagte Bob knapp. »Sie haben vor vier Tagen noch in Kwigillingok zu uns gesprochen.«

»Vier Tage können eine Welt verändern, Bob. Und es hat sich viel verändert.«

»Hier in Fort Thompson?«

»Das ist nur ein Name. Es hätte auch Oak Creek sein können. Bob, wir sind hier in die Arschfalte der Welt geflogen, eine Handvoll Männer, weil mir selbst unser Lager in Alaska nicht sicher genug war. Ich habe eine heiße Sache mit Ihnen vor, und was Sie auch tun werden, hinter Ihnen stehen Washington, das Pentagon, die gesamte Nation. Klingt das gut, Bob?«

»Noch ist es rätselhaft, Sir.«

»Fangen wir also mit Bekanntem an.«

General Orwell lehnte sich zurück, wies auf einen Korbsessel neben sich, holte aus einer Militärkiste eine Flasche Whisky und zwei Gläser und schüttete die Gläser voll. Bob Miller setzte sich, stellte aber das Glas nur auf seine Knie und trank nicht.

»Keinen Durst?« fragte Orwell.

»Ungewohnt. Ich habe fast zwei Jahre lang nur russisches Zeug getrunken — Wodka, Krimsekt, grusinischen Kognak, Wein aus Astrachan, Karawanentee vom Amur, mit Honig gesüßt. Ich dachte, Sir, es gibt für mich keinen Whisky mehr.«

»Jetzt wieder, Bob.« Orwell trank sein Glas in einem Zug leer. »Das ist das Verrückte bei dieser Sache: Wir müssen aus Ihnen zwei Menschen machen. Eine perfekte Schizophrenie. In Smolenska haben wir Sie zum vollkommenen Russen erzogen ... jetzt ist es notwendig, daß Sie wieder entdecken, ein perfekter Amerikaner zu sein. Und das, ohne zu vergessen, daß Sie auch ein perfekter Russe sind. Ist das klar?«

»Nein, Sir.« Bob Miller roch an dem Whisky, überwand sich sichtlich und trank einen Schluck. Wie gründlich man sich von bestimmten Dingen entwöhnen kann, dachte er. Da hat man in Alaska, im Seengebiet von Kwigillingok an der Kuskokwim Bay, mit Blick auf das Beringmeer, sozusagen an der Schwanzspitze der Welt, in einer streng geheimen, künstlich bis ins letzte Detail aufgebauten russischen Stadt, die man Smolenska nannte, zwei Jahre lang gelebt und ist tatsächlich das geworden, was Psychologen und Verhaltensforscher sich ausgeklügelt haben: ein vollkommener Russe.

Man hat Schach gespielt, hat in der Banja geschwitzt, jeden Sonnabend im Parteihaus eine Versammlung besucht, den 1. Mai gefeiert und die Oktoberrevolution ... man hat als Traktorist gefällte Bäume transportiert oder Seeufer ausgekoffert, und man hat ein Mädchen im Bett gehabt, das Galina Adamowna hieß und in der Blumenzucht arbeitete. Ein süßes, zärtliches Ding mit einer piepsenden Stimme, wenn sie voll und ganz bei der Sache war, und man hat am Ufer eines Sees gelegen, der Jelanskaja hieß, hat über Puschkin und Jewtuschenko gesprochen und über den großen Traum, einmal im Bolschoi-Theater ›Schwanensee‹ zu sehen.

Da waren aber auch die harten Wochen im Steinbruch und im Eis gewesen, das Überlebenkönnen mit den bloßen Händen, das Sichdurchschlagen aus urweltlichen Gegenden, das Ertragen bestialischer asiatischer Foltern und das Hungern und Dürsten, bis man die Bäume annagte und ein paar Tropfen Feuchtigkeit aus den Blättern saugte. Doch man hatte das alles geschafft. Narben blieben zurück, verbrannte Zehenspitzen zum Beispiel, weil man ihm unter die Nägel Bambusstäbchen getrieben und diese dann angezündet hatte. Erst, als er brüllte, brüllen mußte, weil der Schmerz unerträglich wurde, löschte man sie aus und brachte ihn in das kleine Krankenhaus von Smolenska. Dort hatte ihn dann General Orwell besucht und gesagt: »Sie sind ein harter Knochen, Bob! Gratuliere! Sie haben den Mund gehalten. Ich kann Ihnen verraten, daß Sie mein bester Schüler in den letzten neun Jahren sind ...«

Das macht stolz. Und jetzt saß er in Fort Thompson, alles sollte umsonst gewesen sein, er wurde wieder umfunktioniert zu einem Amerikaner. Wer konnte das begreifen?

»Woran denken Sie, Bob?« fragte General Orwell milde.

»An Alaska, an Smolenska, Sir.«

»Und jetzt fragen Sie sich, was das alles sollte?« Miller nickte. Der Alte kann Gedanken lesen, das wußte noch keiner. »Ich will es Ihnen sagen, Bob: Alles, was Sie gelernt haben, werden Sie hundertfach gebrauchen! Als Russe und als Amerikaner! Haben Sie schon mal von Winniza gehört?«

»Eine Stadt in der Ukraine, am Bug«, sagte Bob wie ein Computer. »135000 Einwohner, schon seit dem 14. Jahrhundert bekannt, Schauplatz vieler Schlachten zwischen Ukrainern und Polen, bis sie 1795 an die Russen fällt. Heute ein Industriezentrum und Eisenbahnknotenpunkt. Von 1941 bis 1944 von den Deutschen besetzt. Geburtsstadt des russischen Dichters Kozjubinski. Reicher Gartenbau, Obsthandel, fast südländische Atmosphäre. Musikzentrum der Ukraine. Berühmtes Puppentheater. Winniza besitzt an seinen bewaldeten felsigen Ufern herrliche Badeanstalten ...«

»Russische Geografie sehr gut, Bob.« Orwell winkte ab. »Und trotzdem alles Scheiße! Südlich von Winniza erstreckt sich ein Gebiet von 500 Quadratkilometern, wo es keine herrlichen Badeanstalten gibt, sondern elektrische Stacheldrahtzäune, Todesstreifen mit Minen und eine verbotene Stadt. So wie hinter Kwigillingok unser geliebtes Smolenska. Wir wissen einiges darüber, aber nicht genug. Nur Bruchstücke. Offiziell heißt das Gebiet Nowotschok, aber das besagt gar nichts.« General Orwell goß sich ein neues Glas goldbraunen Whiskys ein. Bob Miller nippte nur an seinem Glas. Er hatte sich an Wodka gewöhnt. Whisky schmeckte ihm jetzt wie ein ausgekochter Lederlappen.

»1959 passierte auf der Straße von Memphis nach Little Rock ein Autounfall. Ein Major Harry W. Morgan stieß mit seinem Jeep gegen einen Truck und wurde schwer verletzt.« Orwell nahm wieder einen kräftigen Schluck und putzte sich die Lippen mit dem Handrücken ab. »Major Morgan kam ins Militärlazarett von Memphis, wurde zusammengeflickt, blieb aber acht Tage bewußtlos. Und da geschah etwas Rätselhaftes. Der gute Harry redete in seiner Bewußtlosigkeit ab und zu ein paar Sätze, und zwar in einem perfekten Russisch! Unser CIA wurde munter, notierte sich die Sätze, und als Major Morgan wieder gesund wurde, knallte man ihm zur Nachuntersuchung ein paar Kubik Wahrheitsserum unter die Haut. Bob, das war ein Hit! Der Kerl sprach mit einem russischen Dolmetscher, als habe man eine Schleuse geöffnet. Was er erzählte, fuhr uns allen ganz schön in die Hose. Da soll es in Winniza am Bug eine der besten und geheimsten Agentenschulen der Sowjets geben, in Fachkreisen ›Klein-Amerika‹ genannt, weil — und jetzt Ruhe bewahren, Bob — die Sowjets den gleichen Gedanken wie wir hatten und dort eine ganze amerikanische Stadt aufbauten, um in ihr perfekte Amerikaner zu erziehen, die dann bei uns einsickern und

Schlüsselpositionen erobern sollen. Sie sind dafür prädestiniert. Es sind alles hochintelligente Burschen und Girls. Wer ein ›Winnizaner‹ ist, gehört zur absoluten Elite! Die ›Professoren‹ in Winniza sind die besten Amerika-Kenner. Sogar der ehemalige Sowjetbotschafter in Washington, der Genosse Panyuschin, lehrt dort amerikanisches Alltagsleben. Dieses ›Klein-Amerika‹ muß eine Wucht sein!«

Orwell holte eine Karte aus einer Schublade und warf sie Bob Miller zu. Bob fing sie auf und erkannte schon, als sie auf ihn zuflog, daß es die Ukraine war mit Bug und Winniza. Orwell steckte sich eine Zigarette an und pustete den ersten Rauch gegen die Decke.

»Das haben wir alles erfahren. Natürlich lief unsere Gegenaktion an. Aber — auch das muß eingestanden werden — bis heute ist es keinem Agenten unserer westlichen Geheimdienste gelungen, in dieses gesperrte Gebiet einzudringen. Einem französischen Capitain gelang es 1962, bis zum dritten Kontrollpunkt zu kommen. Da hatte man ihn. Über sein Schicksal ist nichts bekannt geworden. Seitdem nur Fehlanzeige. Aber es muß etwas geschehen, Bob! Wir vermuten, daß Hunderte amerikanisierte Russen dort gedrillt werden, und es ist abzusehen, daß einmal die wichtigsten Posten bei uns von solchen Leuten besetzt werden. Das wäre eine nationale Katastrophe! Wir können sie nicht verhindern, weil diese Russen zu perfekt sind. Das Beispiel ist Major Morgan. Ohne den Unfall wäre er heute sicherlich Oberst! Natürlich ohne eine Personalakte im Pentagon. Aber wer fragt danach? Denken Sie an den deutschen Hauptmann von Köpenick! Eine Uniform genügt, um alle Türen aufzureißen! Das ist in den USA nicht anders als in Old Europa! Morgan hatte bereits seinen Ring aufgebaut. Da gab es eine ›Braut‹ von ihm, im US-Stützpunkt Passau in Deutschland. Sie arbeitete in der Verwaltung, hieß Betty Morton und war in Wirklichkeit der sowjetische Leutnant Alexandra Khorunj. Ist das eine Sauerei, Bob?!«

»Wozu erzählen Sie mir das alles, Sir?« fragte Miller ahnungsvoll. Jetzt trank er doch seinen Whisky aus.

»Wie geht es Ihrer russischen Mutter, der schönen Galina Fjodorowna Miller?«

»Sie lebt in Frieden ... bis jetzt ...«

»Und Ihr Vater Johannes?«

»Er kümmert sich um seinen Drugstore und sein Motel.«

»Stammt er nicht aus Düsseldorf?«

»Aus Essen, Sir. Aber als er in die USA einwanderte, war er erst vier Jahre alt. Heute ist er sechsundsechzig —« Bob Miller straffte sich im Sitzen. »Meine Eltern wissen nicht, daß ich in Smolenska war. Für sie studiere ich im Auftrage der Army Sprachen.«

»Bob!« General Orwell faltete die Hände über dem Bauch. »Wir sind extra nach Fort Thompson geflogen, sicher vor allen Abhörwanzen, die sogar in Alaska möglich sind, um Sie zu fragen: Wollen Sie nach Rußland?«

»Um es zu präzisieren: nach Winniza?«

»Ja.«

»In die verbotene Stadt, die Nowotschok heißt.«

»Das steht am Zaun. Die Stadt heißt sicher anders. Ein amerikanischer Name. Sie haben alle Unterstützung, die Sie brauchen ... nur wenn man Sie schnappt, kennt Sie keiner. Trauen Sie sich das zu?«

»Ja, Sir!« sagte Miller ohne Zögern.

»Ich wußte es, Bob. Wenn nicht Sie, wer sonst! Sie sind mein bester Mann. Begreifen Sie jetzt, was ich vorhin sagte: Sie müssen ein komplettes Doppelleben führen, und das perfekt. Einmal Russe, einmal Amerikaner, so, wie's gerade gebraucht wird. Überlegen Sie sich das, Bob! Sie müssen in die geheimnisvolle Stadt hinein und uns alle Namen der ›perfekten Amerikaner‹ durchgeben, die dort gezüchtet werden, damit wir sie, wenn sie bei uns auftauchen, beschatten können. Das ist kein Spaziergang, das ist ein tödlicher Job! Winniza ist kein Platz für Nichtschwimmer!«

»Dann bin ich richtig, Sir.« Bob Miller sah General Orwell mit seinen romantischen großen blauen Augen an. »Ich war Army-Meister im Tausend-Meter-Brustschwimmen ...«

»Ihren kaltblütigen Witz werden Sie gebrauchen können.« Orwell erhob sich, und auch Bob Miller sprang aus seinem Korbsessel auf. »In zwei Wochen starten Sie, Bob. Von der Türkei aus, in einem Fischerboot über das Schwarze Meer. Per Fallschirm geht nicht ... die Luftüberwachung ist bei den Sowjets perfekt. Sie müssen nachts an die russische Küste klettern. Die Einzelheiten sprechen wir noch durch. In Winniza erwartet Sie dann ein Kontaktmann, der Traktorist Awdej Konstantinowitsch Dewjatow. Er wohnt in der Ulinskaja elf.« Orwell nahm Miller die Karte der Ukraine ab und warf sie wieder in die offene Kiste. »Haben Sie einen besonderen Wunsch, Bob?«

»Ja, Sir.« Bob Miller starrte gegen die Wand. »Ich möchte vorher noch einmal meine Mutter sehen —«

»Genehmigt, Bob.« General Orwell spürte ein Kratzen im Hals. Er denkt wie ich: Von dieser Fahrt wird es kein Wiederkommen geben, es sei denn, es geschehen doch noch ab und zu Wunder. »Wir sehen uns in zehn Tagen in Boston auf dem Flugplatz wieder. Genießen Sie diese zehn Tage, Bob.«

»Ich will mir Mühe geben, Sir.« Miller stand stramm, als Orwell an ihm vorbeiging. »Sie werden es nicht glauben: Aber ich freue mich auf Winniza!«

Amasra ist ein türkischer Fischerort am Schwarzen Meer, an den Ausläufern des Pontischen Gebirges. Flache, weißgetünchte Häuser, ein sandiger Strand, auf den man die Boote zieht und wo an krummen Stangen die Netze zum Trocknen aufgespannt sind. Um den Marktplatz herum gibt es ein paar Cafés, die sich — dem neuen Trend nachkommend — sogar ›Bar‹ nennen, denn — zum Erstaunen der Amasrer — kommen sogar manchmal Fremde in diesen Ort, vielleicht, weil er auf den Autokarten steht und am Meer liegt. Das reizt immer. Der Sand ist weiß, gewiß, man hat hier seine Ruhe, und eine Moschee mit einem schlanken Minarett ist auch vorhanden, und der Muezzin singt noch selbst von der Galerie des Minaretts seine Suren über die hingeduckten Häuser und stellt nicht, wie anderswo, ein Tonband an. Ein dicker Hauch orientalischer Romantik liegt über Amasra. Es laufen sogar noch — vereinzelt — verschleierte Frauen herum, trotz der Revolution des Atatürk und seiner Emanzipationsbewegung. Irgendwie ist die Zeit hier stehengeblieben, aber man ist zufrieden, lebt sorglos, ernährt sich aus dem Meer oder von den dämlichen Fremden, die ohne zu feilschen alles bezahlen, was man verlangt. Allah beschütze die Dummen ... sie ernähren die Wissenden.

Dennoch fiel es auf, als eines Tages mit einem klapprigen Lastwagen von Zonguldak, der nächsten größeren Stadt am Schwarzen Meer, sieben Fremde, der Sprache nach Amerikaner, in Amasra Station machten und bei Yegi Gerylgüü fünf Zimmer mieteten. Gerylgüü hatte das, was man in Amasra ein Hotel nennt. Es lag am Strand und war berühmt für sein Schmalzgebäck mit Honigfüllung.

Die Fremden, das sprach sich sofort herum, waren Profis, sie handelten drei Stunden lang die Zimmerpreise aus, bis der Polizeichef von Amasra erschien (das war fast eine Sensation), dem

Feilschen ein Ende machte und Gerylgüü einen verdammten Preis befahl.

»Es liegt im Interesse der Allgemeinheit!« sagte er. »Außerdem vergiß nicht, Yegi, daß ich nie gesehen habe, wie du Schnaps in Teetassen ausgeschenkt hast ...«

Die sieben Amerikaner blieben vier Tage in Amasra und erhielten viel Besuch von Unbekannten, die mit dicken Autos anreisten, sogar aus Ankara. Dann tauchte eines Abends ein fremdes Fischerboot auf, größer, als die Boote von Amasra, mit einem stärkeren Motor. Man hörte es gleich am Ton: hochbordiger, seetüchtiger, so ein Kahn, der tagelang auch bei hoher See auf dem Meer bleiben kann. Er ankerte draußen im tiefen Wasser und ließ sich bestaunen. In der Nacht ruderte einer der Amerikaner ganz allein in einem flachen Holzboot zu dem Schiff hinaus und wurde samt Boot an Bord geholt. Und noch in dieser Nacht fuhr das Schiff fort, in die Weite des Schwarzen Meeres.

Am nächsten Tag verließen auch die übrigen sechs Amerikaner den kleinen Ort, der Muezzin brüllte ihnen die Suren des 2. Gebetes nach, und zwei Tage später hatte man den Besuch vergessen bis auf Gerylgüü, den Hotelier, zu dem der Polizeichef sagte: »Wenn du ein Wort über diese Sache sprichst, lasse ich dich wie einen Eunuchen kastrieren!« Für einen Moslem gibt es nichts Schauerlicheres.

Das Fischerboot nahm schnelle Fahrt nach Norden auf, zur russischen Küste mit dem Ziel Odessa-Bucht. Bob Miller lehnte an der Reling und blickte zurück zur türkischen Küste. Ein merkwürdig kaltes Gefühl hatte von ihm Besitz ergriffen. Kein gedankenvoller Abschied, keine untergründige Lebensangst, nicht einmal sich überschlagende Vorstellungen von der Zukunft. Es war wie in Alaska, in dem Ausbildungslager Smolenska, wenn er bis zum Kopf in die Erde gegraben worden war und man ihm stundenlang Wasser über den Kopf schüttete, bis er meinte, jetzt müsse er zerplatzen. Dann konnte er abschalten, das hatte er gelernt — dann atmete er nur noch, ein Blasebalg ohne Gefühle.

In seinem wasserdichten Gepäck lagen die Uniform eines sowjetischen Majors, eine Tokarew-Pistole, ein Kästchen mit Plastiksprengstoff, sowjetische Militärpapiere und Ausweise, ausgefüllte und gestempelte Reisebefehle, Sondervollmachten des Zentralbüros des KGB in Moskau ... und eine hochwirksame Gelatinekapsel mit Gift. Wenn er diese Uniform anzog, gab es keinen Bob Miller mehr. Dann hieß er Major Wassja Grigorjewitsch

Shukow, 33 Jahre alt, Inspekteur des KGB im Sonderauftrag. Kein Russe würde wagen, das anzuzweifeln. Eine Uniform war heute so unantastbar wie früher das Phelonion, der goldbestickte Schulterumhang des Popen.

Bob Miller griff in die Hosentasche, zog eine zerknitterte Pakkung Zigaretten heraus und steckte sich eine an. Dann setzte er sich auf eine Taurolle und blickte über das von einem fahlen Mond beleuchtete Schwarze Meer. Möwen umkreisten ihn, weil sie glaubten, es sei wirklich ein Fischerkahn und damit für sie ein gedeckter Tisch.

Um die gleiche Zeit hatte in Frazertown John Barryl seine letzten Hamburger kunstvoll gefüllt und verkauft. Billy Rampler schloß das Lokal, drehte die riesige Kunststoffreklame auf seinem Dach auf Nachtlicht, tippte an die Stirn, sagte: »Ich hab' die Schnauze voll, ich hau mich hin!« und verschwand. John säuberte seinen Arbeitstisch und ging dann hinaus in das Lokal. Dort wienerte Norma Taylor wieder ihre Milchzapfhähne. Sauberkeit und Hygiene waren bei Billy Rampler das halbe Leben. Seine Furcht vor Bakterien und Bazillen war schon pathologisch ... auch hierin ein typischer Amerikaner. John bewunderte im stillen diese vollkommene Verwandlung eines Menschen. Bei Norma schien es nicht anders zu sein.

Er lehnte sich gegen die Theke, sah ihr eine Zeitlang zu und klopfte dann mit dem Fingerknöchel auf die Edelstahlplatte. Norma blickte etwas schnippisch zu ihm hin.

»Was ist?« fragte sie.

»Ich habe eine Idee —«, setzte John Barryl an.

»Schon faul!«

»Wir könnten noch zu Hillmoore gehen und einen Cocktail trinken. Was halten Sie davon?«

»Nichts!« Sie legte das Tuch weg und strich ihre Bluse gerade. Was in der Bluse stak, war beachtlich.

»Und warum, Norma?«

»Wenn ich sehe, wie Sie meinen Busen anstarren, weiß ich, was Sie wollen. Alle Männer wollen das gleiche ... und das mag ich nicht! Hat Ihnen noch niemand gesagt, daß ich in der Liga für Frauenrechte bin?«

»Nein. Himmel, was machen Sie denn da?«

»Ich kämpfe dagegen, daß man uns Frauen nur als Lustobjekt betrachtet!«

»Und das befriedigt Sie?«

»Affe!« sagte Norma Taylor grob, warf John den Lappen an den Kopf und verließ das Lokal. Er lachte laut, setzte sich auf die Theke und nahm sich vor, das Urweibliche in Norma Taylor wieder hervorzuholen.

Zur gleichen Stunde saß Bob Miller auf seiner Taurolle, lehnte sich gegen die Wand des Ruderhauses und schlief fest. Der warme Wind des Meeres zerzauste sein Haar und blähte das Hemd über seiner Brust.

Man soll nicht glauben, daß John Barryls Leben in Frazertown von nun an nur noch daraus bestand, Hamburger zu fabrizieren, mit Norma Taylor ergebnislos zu flirten, sich am Ufer des Silver River zu sonnen, Motorboot zu fahren, zu schwimmen, im Football-Stadion die Mannschaft der West-Side mit schrillen Schreien anzufeuern und Coca-Cola-Flaschen durch die Luft zu werfen. Auch ein Informationsbesuch im Puff, den John absolvierte, war nicht der Weisheit letzter Schluß, obgleich die fünf Mädchen, wie der Busfahrer versprochen hatte, verflucht scharfe Dinger waren. Zwei Schwarzhaarige, ein Rotkopf, eine üppige Blonde und eine zierliche, weißhäutige Asiatin, die nicht begreifen wollte, daß der schöne, große, kräftige Boy sich nur alles ansehen, aber sich nicht langlegen wollte. John bezahlte für das Hingucken die volle Bumsgebühr, aber das rettete ihn nicht. Wie so oft erlebte er, daß Mädchen — und selbst solche, die es berufsmäßig machen — bei seinem Anblick verträumte Augen bekamen und tatsächlich so etwas wie echte Liebe in sich entdeckten.

Das Leben in Frazertown war ganz anders! Von acht Uhr morgens bis ein Uhr Mittags war man ein Objekt, ein Rohstoff, der hier nach allen Regeln von Wissenschaft und Härte zurechtgeschliffen wurde. Im Filmtheater und im Konzertsaal fanden die Schulungen statt: amerikanische Geschichte, Geografie und Wirtschaftskunde. John lernte die Boxer-Ranglisten auswendig, die Baseballmannschaften, die um die Meisterschaft spielten, die Namen der großen Film- und Show-Stars vom Broadway, die Lebensläufe der wichtigsten Senatoren, die Quizsendungen in den vielen amerikanischen TV-Stationen, die Alltagssorgen einer Alltagsfamilie zwischen Atlantik und Pazifik. Er aß bei den Vorträgen Popcorn, hockte dreimal wöchentlich im Kino, um die neuesten Hollywood-Filme anzusehen, boxte zweimal pro Woche in der Boxschule in der Halbschwergewichts-Klasse und lernte eine Menge Leute kennen, die wie er amerikanisch sprachen, sich mit den Vornamen anredeten: »Hallo, Bill!« — »Hallo, Jack!«, und die doch, das wußte er, sowjetische Offiziere waren, wie er selbst.

Einmal wöchentlich versuchte man, ihn zu zerbrechen. Das geschah in einem unterirdischen Bunker, wo ihn Amerikaner in Uniform empfingen, zusammenschlugen, an einen Lügendetektor anschlossen und ihn stundenlang fragten: »Woher kommen Sie? Wer sind Sie? Wie heißen Sie wirklich? Wie ist Ihr russischer Name? Was ist Ihr Auftrag? Wie heißen Ihre Auftraggeber? Wo wurden Sie ausgebildet? Erzählen Sie uns alles über diese Agentenschule in Winniza! Reden Sie —«

In den ersten vier Verhören machte John Barryl schlapp. Er ›sang‹, wie die vernehmenden Offiziere es lustvoll zu Protokoll gaben. Hinterher verkroch sich John in sein kleines Haus, schämte sich, verfluchte seine Schwäche und wartete wieder darauf, daß man ihn mit Schande aus Winniza entfernte und irgendwo in Sibirien, in einem kalten, in die Vergessenheit hineingebauten Lager ein neues Kommando für ihn fand. Major Plenjakow, der große Versager! Seine so blendende Karriere schien beendet. Vom Jenessei oder der Lena holte ihn niemand zurück.

Aber Mr. James Bulder, der Bürgermeister von Frazertown, war anderer Ansicht. »Es wird, John!« sagte er zufrieden. »Die Protokolle zeigen eine genaue Kurve Ihrer Verhärtung. Beim ersten Mal haben Sie nach zwei Stunden gesungen, beim vierten Mal erst nach sieben Stunden ...«

»Aber ich habe gesungen, Sir!« sagte Barryl mit deutlicher Anklage in der Stimme. »Ich tauge nichts.«

»Andrej Nikolajewitsch — ich wollte Sie nie wieder so nennen, aber jetzt ist es nötig! —, Sie haben bisher die besten Noten des Lehrgangs bekommen. Sie werden ein Musteramerikaner. Aber wenn einmal der Ernstfall eintritt, so, wie wir ihn üben, und man versucht, Sie zu zerbrechen, dann weiß ich, daß Sie so vollkommen ein Russe sind, daß Sie lieber sterben, als ein Wort zu sagen!« General Iwan Kornejewitsch Sinjonew legte den Arm väterlich um Plenjakows Schulter. »So etwas kann man natürlich nicht im Simulatorraum bis zum Ende durchspielen, und außerdem bleibt bei Ihnen im Tiefenbewußtsein zurück: Sie lassen mich nicht krepieren. Es sind ja meine Kameraden — also redest du jetzt, um Schluß zu machen! — So reagiert man ungewollt. Das alles fällt in der Wirklichkeit weg. Dann sterben wir, Andrej.«

Plenjakow nickte. Sein Hals war wie verkrampft. »Ich danke

Ihnen, Genosse General«, sagte er leise. »Ich hatte begonnen, mich selbst zu hassen, weil ich so versagte. Ich liebe mein Vaterland —«

»Darum werden Sie auch Amerikaner! Raus an die Arbeit, John ... Billy Rampler sagt übrigens, daß Sie seit vier Jahren die besten Hamburger machen. Ist das nichts, Charming-Boy?«

»Sie geben mir neuen Mut, Sir.«

»Ich bin die falsche Adresse, John.« Bulder-Sinjonew steckte die Hände in die Hosentaschen, blies seinen Kaugummi zu einem Ballon auf, ließ ihn platzen und lächelte glücklich über den gelungenen Trick. »Wie steht's mit den Hormonen? Noch kein Mädchen auf der Matratze?«

»Nein, Sir.«

»Warum? Laufen doch genug herum. Eine Brust in der Hand gibt mehr Mut als hundert Worte von mir.«

»Ich habe ein Mädchen im Visier, Sir.«

»Hübsch? Natürlich ist sie hübsch! Sie können sich bei Ihrem Aussehen Schönheitsköniginnen aussuchen! Kenn' ich sie?«

»Norma Taylor heißt sie hier ...«

»Die knacken Sie mal, John! Wenn Ihnen das gelingt, haben Sie das Zeug, später bis ins Weiße Haus zu kommen!«

»Wer ist sie, Sir?«

»Norma Taylor.«

»Ich meine ... außerhalb von Frazertown.«

»Es gibt kein ›außerhalb von Frazertown‹!« sagte Bulder hart und plötzlich sehr ernst. »John Barryl, merken Sie sich das! Wenn sie Norma heißt, *ist* sie Norma!«

Barryl nahm den Rüffel gelassen hin, stülpte seine Mütze mit dem grünen Schirm auf den Kopf und verließ das Büro des Bürgermeisters.

An diesem Nachmittag hatte er seinen freien Tag, ging ins Kino, wo er den ›Paten‹ mit Marlon Brando sah, machte dann einen Umweg zu Hillmoores Bar, trank drei Whiskys on the Rocks und setzte sich dann in das Catcherzelt.

Im Ring machten sich zwei Fleischberge warm, übten ein paar Griffe und stimmten sich ein für die Vorstellung, die um 21 Uhr begann. Das Zelt war bis auf die Trainer leer, eine trostlose Ansammlung von Stühlen und Bänken. Nur Barryl gegenüber, durch den Ring getrennt, saß einsam ein anderer Besucher und beobachtete die Catcher und ihre aufeinander abgestimmten, so schrecklich wild aussehenden Griffe.

John erhob sich, ging um den Ring herum und setzte sich neben den anderen einsamen Gast. »Seit wann interessieren Sie sich für schwitzendes Fleisch, Norma?« fragte er.

»Und warum sind Sie hier?« fragte sie zurück.

»Ihretwegen.«

»Wieso?« Sie sah ihn an. Zum erstenmal seit fünf Wochen blieb ihr Blick länger als eine Sekunde auf ihm haften. Er konnte voll in ihre Augen sehen, in diese beiden schwarzen, mit einem Goldschimmer überzogenen, ein ganz klein wenig geschlitzten Augen, wie er jetzt erst feststellte, und was sein Blut noch mehr in Wallung brachte. Nachts müssen sie phosphoreszieren wie bei einem Panther, dachte er. Es sind Raubtieraugen, denen man verfällt. In der Ekstase werden sie sich weiten und das ganze zukkende Gesicht beherrschen. Himmel, welch eine Frau!

»Wieso?« wiederholte sie und sah ihn weiter an. Er hatte das Gefühl, ihr Blick brenne Löcher in seine Gesichtshaut.

»Ich bin einsam ohne Sie, Norma ...«, sagte er stockend.

»Merken Sie eigentlich nicht, welch ein blöder Hund Sie sind, John?« stellte sie grob fest. »Der schöne John von Frazertown ... haben Sie das noch nicht gehört?«

»Nein!« sagte er betroffen.

»Die anderen Mädchen reden von nichts anderem und fressen Sie mit den Blicken auf. Haben Sie nicht bemerkt, daß wir, seit Sie bei Billy sind, dreißig Prozent mehr weibliche Kundschaft haben?«

»Nein.«

»Natürlich nicht. Sie sehen ja nur Ihre Hamburger —«

»Und Sie, Norma.«

»Dann suchen Sie sich eine andere Blickrichtung! Sie brauchen nur Ihr Hemd aufzuknöpfen, und zehn Weiber hängen an Ihnen!«

»Warum reden Sie so, Norma?« sagte Barryl sanft. »Sie sind doch gar nicht so. Und das mit der Frauenliga zur Bekämpfung des Sexualobjektes Weib ... das ist doch Käse! Sie haben doch auch ein Herz, Norma. Warum weisen Sie mich dauernd ab?«

Sie antwortete nicht, sondern erhob sich plötzlich, kletterte in den Catcherring und tippte dem dicksten und größten Fleischkloß auf die Schulter. Der Koloß drehte sich um, grinste das kleine, schwarzgelockte Püppchen an und starrte ihr provozierend auf die geschwellte Bluse. »Nicht vorher, Baby«, sagte er in breitem Texanisch und rieb die riesigen Hände aneinander. »Wenn's genehm ist, machen wir's als Nachtisch ...«

Und dann geschah etwas, was John Barryl erst voll begriff, als es geschehen war, so schnell war alles, was dort oben im Catcherring abrollte.

Norma Taylor trat einen Schritt vor und streckte beide Arme aus. Dann hörte man ein fettes Klatschen, wie von Zauberhand getragen, hob sich der Fleischberg vom Boden ab, machte eine halbe Drehung in der Luft und krachte darauf mit der Vorderseite voll auf die Matte. Dort blieb er liegen, nicht weil er betäubt war, sondern gelähmt vom maßlosen Erstaunen.

Norma kletterte aus dem Ring und bedachte den fassungslosen John Barryl mit einem angedeuteten Lächeln.

»Darum, John Barryl, gibt es nichts mit uns«, sagte sie ruhig. »Ich würde Ihnen alle Knochen brechen ...«

Noch am gleichen Abend meldete sich John im Fortgeschrittenenlehrgang für Karate an. Norma erfuhr es sofort vom Kursleiter und lächelte still vor sich hin.

Man sieht: Die Liebe in Frazertown hatte ihre Probleme.

In der vierten Nacht war das Fischerboot der russischen Schwarzmeer-Küste so nahe, daß die sowjetische Radarüberwachung es deutlich im Bild haben mußte.

Aber niemand störte sie. Sie ankerten außerhalb der Dreimeilenzone, warfen ein paar Grundnetze aus und wußten, daß man sie längst als harmlose türkische Fischer identifiziert hatte. In der Abenddämmerung hatten zwei sowjetische Schnellboote sie umkreist, genau beobachtet, anscheinend auch fotografiert, und waren dann wieder in Richtung Odessa abgedreht. Es kam selten vor, daß türkische Fischer hier ihre Netze auslegten, meist suchten sie ihren Fang in der Nähe der eigenen Küste, schon wegen des Transportes, denn die wenigsten Boote hatten Kühlanlagen an Bord. Drei Tage Herumliegen toter Fische in glühender Hitze aber erzeugen einen ganz schönen Gestank und verderben den ganzen Fang.

Gegen zwei Uhr morgens, bei einem sternenklaren Himmel, der Bob Miller zum erstenmal mißfiel, ließ man das kleine, flache, schwarzgestrichene Boot zu Wasser, an dessen Kiel man in russischer Schrift das Wort »Sokol« — Falke — gemalt hatte. Ein kleiner Außenbordmotor, ebenfalls sowjetischer Bauart, wurde hinten festgeklammert, und ein sowjetischer Offizierskoffer vervollständigte die Ausrüstung des Kahns.

Bob Miller stand ruhig an der Reling und wartete, bis alles in

Ordnung war. Er trug die Uniform eines sowjetischen Majors und hatte noch einmal die Checkliste bis in die kleinste Einzelheit durchgespielt. Der Haarschnitt stimmte, sogar das Rasierwasser, das an seiner Wange duftete, stammte aus einer Kosmetikfabrik in Tiflis. In den Taschen hatte er russische Streichhölzer, eine Schachtel Papyrossi und ein Taschenmesser, hergestellt im Eisenkombinat Kasan. Nur die Gelatinekapsel mit Gift war amerikanischen Ursprungs; sie stak in einem hohlen Uniformknopf, der dritte vom Kragen her gezählt. Mit einem Griff abzureißen und in den Mund zu schieben. So schnell, daß niemand reagieren konnte.

»Es ist alles fertig, Genosse Major«, sagte der CIA-Mann in der Kleidung eines türkischen Fischers und grinste breit. »Wie fühlst du dich, Wassja Grigorjewitsch?«

»Ich bin neugierig, weiter nichts.«

»Dann mach's gut, Bob!« Der CIA-Mann stieß Miller in die Rippen. »Kein flaues Gefühl im Magen?«

»Nein.«

»Was du tust, hat noch keiner gewagt.«

»Einmal muß es getan werden, Fred.« Miller schwang sich über die Reling und stieg in die schmale Strickleiter. Unter ihm dümpelte der Kahn auf den trägen Wellen. Das Schwarze Meer zeigte sich von seiner sanftesten Seite. »Wenn alles gutgeht, melde ich mich in zwei Tagen aus Winniza. Die nächste Meldung dann aus der verbotenen Stadt.«

»Gott mit dir, Bob!«

»Der wird mir kaum helfen!« Miller nickte noch einmal und kletterte dann die Strickleiter hinunter ins Boot. Mit drei Zügen am Starterseil ließ er den kleinen Außenbordmotor an und tukkerte ziemlich schnell von dem Fischerkahn weg in die diffuse, von den Sternen glitzernd durchleuchtete Dunkelheit. Der CIA-Mann und der türkische Kapitän blickten ihm nach, bis das schwarze, flache Boot in den Tälern der Wellen endgültig verschwand.

»Kommt er wieder?« fragte der Türke leise.

»Nein.« Der CIA-Mann steckte sich eine Zigarette an. Er mußte das Streichholz dreimal anstreichen, so zitterten seine Hände. »Er hat keine Chance. Einen Scheißberuf haben wir. Einen Scheißberuf —«

An einer einsamen Stelle zwischen Alexandrowka und der Dnjestr-Bucht, einem schönen Sandstrand, zu dem am Sonntag bestimmt viele Genossen aus Odessa hinausfuhren, denn landeinwärts standen, wie Soldaten ausgerichtet, buntbemalte, hölzerne Badekabinen, betrat Bob Miller, der jetzt auch für uns Major Wassja Grigorjewitsch Shukow heißt, russischen Boden. Ohne Eile, aber präzise wie ein Computer, begann er mit dem ersten Teil seiner Aufgabe: Er drehte den Kahn ›Sokol‹ wieder seewärts, warf den Motor an, hieb in den Bootsboden drei Löcher und ließ den ›Falken‹ ins Meer hinausschießen. Dort, nach dreihundert Metern etwa, versank der Kahn, in die Tiefe gezogen von dem Außenborder.

Dann nahm Wassja Grigorjewitsch Shukow seinen Offizierskoffer in die Hand und stapfte durch den Sand landeinwärts. Er wußte genau, wo er war, er hatte die Karte im Kopf: Drei Kilometer südwestlich war die Bahnlinie Sarata-Odessa, eine Nebenlinie, die hauptsächlich dem Arbeitertransport diente und sonntags den Ausflüglern zur Küste. Ganz in der Nähe lag der kleine Ort Bilaki, der von einem Weingut lebte, das einen herrlichen goldbraunen Süßwein herstellte. Trotzdem hielt der Zug in Bilaki nur bei Bedarf. Die meisten Reisenden fuhren mit einem Bus bis Akkarsha, oder, wenn sie schon in Akkarsha waren, gleich weiter über die schöne, breite Straße nach Odessa. Eine Fahrt durch Palmenhaine und Gärten, Obstplantagen und Olivenwälder. Ein Stück Erde, das Gott geküßt hat, wie die stolzen Schwarzmeer-Russen sagen.

Shukow ging ohne Hast die drei Kilometer, bis er die ersten Häuser von Bilaki sah. Niemand begegnete ihm bis auf vier streunende Hunde, die ja nicht fragen konnten, wieso ein Major der sowjetischen Armee nachts allein mit einem Koffer durch das Land wandert.

Wassja Grigorjewitsch ruhte sich im Schutz einer Hibiskusbuschgruppe aus, bis die Morgendämmerung den Himmel mit einem unbeschreiblichen samtenen Rot färbte, beobachtete durch die dichten Zweige seines Versteckes, wie drei Lastwagen mit Landarbeitern der Sowchose ›Winadjelije Lenin‹ — Weinbau Lenin — zu den Weinplantagen ratterten, nahm dann seinen Koffer und ging hochaufgerichtet und unnahbar, wie ein Major der Roten Armee sein soll, die Hauptstraße hinunter zu dem kleinen, gelbgestrichenen Bahnhof.

Sein Erscheinen löste eine geradezu wilde Hektik aus.

Vitali Polikarpowitsch Baidukjew, der Bahnhofsvorsteher, der einmal wöchentlich insgeheim allen Heiligen inbrünstig dankte, daß das Schicksal es mit ihm so gut gemeint und ihm diese ruhige

Stellung verschafft hatte, tunkte gerade einen Butterkuchen in seine große Tasse Tee, als er den Major die kleine Bahnhofshalle betreten sah. Er ließ vor Schreck den Kuchen fallen, blickte auf den Fahrplan und ahnte, daß der Genosse Major den Zug um 6 Uhr 19 nach Odessa nehmen wollte. Das ergab eine große Schwierigkeit, denn es war ein Eilzug, und Eilzüge in Bilaki zu bremsen, wegen eines einzigen Reisenden, ist schon eine große Tat.

Baidukjew säuberte seine bekleckerte Hose, stülpte seine Bahnhofsvorstehermütze auf den grauhaarigen Kopf, schnallte sein Koppel um und bat — wieder insgeheim — die Heiligen, der Genosse Major möge ein friedfertiger Mensch sein, der nicht gleich herumbrüllte, wilde Drohungen ausstieß und unübersehbare Schwierigkeiten auslöste.

Vitali Polikarpowitsch machte noch einen Umweg in die Küche, denn seine Wohnung lag unmittelbar neben den Diensträumen, was praktisch war, denn wenn er seinen Mittagsschlaf hielt, konnte seine Frau Rimma Theofilowna von der Küche aus die Lichtsignale an den Weichenhebeln beobachten und rechtzeitig für einen reibungslosen Bahnverkehr sorgen, wie er in einem sozialistischen Staat selbstverständlich war.

»Ein hoher Gast ist gekommen, Rimma!« sagte Baidukjew, starrte in den Spiegel, rückte seine Mütze gerade und zupfte einen Krümel Kuchen aus seinem Schnauzbart. »Ein Major. Ich muß den Eilzug anhalten. Telefoniere mit Puschkari ... die sollen den Genossen Zugführer schon warnen.«

Er ging in den Stellwerkraum, knallte den Hebel des Einfahrtsignals auf Rot und beeilte sich dann, in die Bahnhofshalle zu kommen. Dort stand der Major groß, stolz und ordensgeschmückt hinter seinem Koffer und betrachtete ein Plakat, das den Wein von Bilaki in überschwenglichen Ausdrücken pries.

Baidukjew knallte die Hacken zusammen und grüßte stramm. Shukow fuhr herum.

»Wie können Sie mich so erschrecken?!« schrie er sofort. »Knallt durch die Gegend wie zehn furzende Pferde!«

O je, dachte Baidukjew, das ist ein ganz Scharfer. Mit dem kann man nicht diskutieren, der bläst einen an wie ein Herbststurm vom Meer. Er versuchte ein dümmliches Lächeln und blieb stramm stehen. Militärische Haltung kann nie schaden, dachte er dabei. Wozu ist er ein Major?

»Der Genosse Major will nach Odessa?« fragte er, als Shukow schwieg.

»Wenn es möglich ist.«

»6 Uhr 19 haben wir einen Eilzug, Genosse Major.«

»Das ist gut.« Shukow blickte auf seine Armbanduhr. Ein Modell der Uhrenfabrik von Kiew. »Das wäre in zehn Minuten?«

»Falls der Zug pünktlich kommt. Meistens ist er pünktlich. Wenn Kostylew ihn fährt, ist er immer pünktlich. Wenn aber Repkin an der Maschine sitzt, kann er später kommen. Repkin hat Angst vor den Kurven. Kann man das verstehen? Fährt seit neunundzwanzig Jahren einen Zug, immer die gleiche Strecke, und hat noch immer Angst vor den Kurven! Ein sensibler Mensch, der Repkin. Spielt Schach und singt Mozart. Kennen Sie noch einen anderen Lokomotivführer, Genosse Major, der Mozart singt? Jemand hat gesagt, die Angst vor den Kurven hängt damit zusammen, weil er Mozart singt ...«

Baidukjew schwieg ermattet. Er beobachtete, daß der Major anscheinend kein Mozartkenner war. Shukow starrte den kleinen Bahnhofsvorsteher böse an.

»Sie reden wohl gern?« fragte er scharf. Baidukjew spürte, wie ihm Schweiß auf die Stirn trat.

»Ich habe nur versucht, dem Genossen Major die besondere Lage unserer Eisenbahn zu erklären. Das Signal steht schon auf Rot. Der Eilzug wird halten. Aber wenn Kostylew ihn fährt, o Seelchen, wird er schimpfen! Er hat den Ehrgeiz, auf den Punkt genau mit der Zeit in Odessa einzufahren. Doch wenn er den Genossen Major sieht, wird er höflich sein. Ganz bestimmt.«

Shukow blickte wieder auf seine Armbanduhr, geradezu provozierend. Baidukjew wischte sich schnell mit dem Handrücken den Schweiß von der Stirn.

»Noch fünf Minuten, Genosse Major.«

»Dem Himmel sei Dank! Wieviel Kinder haben Sie?«

»Nur eins. Einen Jungen.«

»Dachte ich mir. Sie haben auch da zuviel geredet —«

»Aber ich habe neun Enkelkinder, Genosse Major. Und mein Sohn ist Propagandist im zweiten Parteikader von Odessa!«

Auch die letzten Minuten gingen herum. Von fern hörten sie das Pfeifen der Lokomotive, grell, langgezogen, weil schon das Vorsignal auf Rot stand.

»Kostylew ist's, Genosse Major«, sagte Baidukjew grinsend. »Ha, hat der eine Wut! Pfeift wie ein Irrer! Repkin würde nichts machen, sondern ganz still einfahren. Aber Kostylew ... ein Choleriker, sag' ich Ihnen! Spuckt jetzt voll Zorn gegen seine

Armaturen! Da ist der Eilzug, Genosse Major.« Vitali Polikarpowitsch lief auf den Bahnsteig, hob seine rote Kelle und winkte mit ihr. »Zug nach Odessa!« brüllte er. »Vorsicht! Zurücktreten!«

Der Zug hielt mit knirschenden Bremsen. Ein Kopf tauchte im Fenster der Lok auf. Es konnte nur Kostylew sein, denn der Mann brüllte sofort: »Wieso ist das Signal rot, du alter Bock? Hast wieder gesoffen die ganze Nacht und kannst nicht mehr die Farben unterscheiden! Gib die Strecke frei, du verrostete Pfanne!«

Dann sah er den Major auf dem Bahnsteig stehen, verschluckte sofort alle weiteren Worte und verschwand wieder in seiner Lok.

»Sag' ich es nicht?« meinte Baidukjew und riß die Tür des Wagens I Klasse auf. Ein Schaffner, der vom Ende des Zuges heranhetzte, griff den Koffer und trug ihn in den Zug. »Aber jetzt juckt ihm die Hose, dem guten Kostylew. Hat Sie gesehen und schwupp, war er weg! Gute Fahrt, Genosse Major ...«

Shukow stieg ein, betrat ein Abteil, in dem sich nur ein schlafender Mann in die Ecke drückte, und setzte sich. Der Schaffner hob den Koffer in das Gepäcknetz und entfernte sich schnell. Draußen hob Baidukjew seine Kelle. Freie Fahrt. Seine Frau Rimma Theofilowna drückte das Signal auf Grün.

»Das war ein feiner Mann«, sagte Vitali Polikarpowitsch nachher und setzte sich wieder an den Tisch, tunkte seinen Butterkuchen in den Tee und aß mit behaglichem Schmatzen. »Es ist geradezu ein Erlebnis, sich einmal wieder mit gebildeten Leuten unterhalten zu können. Stell dir vor, Rimma, er hat mich nicht einmal einen Hohlkopf genannt! Ein Herr von Welt, sage ich!«

»Was macht ein Major morgens um sechs allein mit einem Koffer bei uns in Bilaki?« fragte Rimma Theofilowna nachdenklich. »Wo kommt er her?«

»Hättest du ihn gefragt, he?« schrie Baidukjew erregt. »Gedanken haben diese Weiber! Ein Major der Roten Armee darf überall sein, zu jeder Tageszeit! Man fragt ihn nicht. Nie!«

»Aber merkwürdig ist es doch.« Sie setzte sich und blickte auf den nun wieder leeren Bahnsteig. »In Bilaki fallen doch keine Offiziere vom Himmel! Überleg mal —«

»Er war ein feiner Mann!« sagte Baidukjew endgültig und hieb mit der Faust auf den Tisch. »Und er hat mich behandelt, als sei ich seinesgleichen. So etwas erlebt man nicht alle Tage!«

In Odessa stieg Shukow aus, informierte sich am Aushang über den nächsten Zug in Richtung Winniza und sah, daß er in

Shmerinka umsteigen mußte. Es gab auch einen späteren Zug, der direkt bis Kiew durchfuhr und in Winniza hielt, aber Shukow entschloß sich, so schnell wie möglich aus der Küstennähe wegzukommen und in der weiten fruchtbaren Ebene der Ukraine unterzutauchen. Die beiden ersten Einsätze waren erstaunlich einfach gelungen: die Landung in Rußland und die Fahrt nach Odessa.

Wassja Grigorjewitsch tat das, was man als Offizier immer tut, wenn man auf einen Zug warten muß: Er setzte sich in einen der prächtigen, mit Marmor verkleideten, von riesigen Kristallüstern erleuchteten Wartesäle und bestellte ein Glas Krimwein. Von Fotos kannte er den Bahnhof von Odessa, aber trotzdem war er überwältigt von der Verschwendung, mit der man hier gebaut hatte. Bahnhöfe, Untergrundbahnen, Stadien und Kongreßhäuser waren ja von jeher der Stolz der Sowjets, eine Demonstration ihrer Größe und ihrer nie zerbrochenen Kultur. Was Worte nicht vermochten klarzumachen, in den Bauten drückte man es unübersehbar und unüberhörbar aus: Rußland ist ein Land der Ewigkeit.

Es war so, wie man es in Fort Thompson erwartet hatte, weil man den russischen Charakter genau studiert hatte. Shukow wurde nicht belästigt, nicht gefragt, nicht kontrolliert. Seine Uniform genügte als Ausweis seiner Integrität. Wer käme auch auf den Gedanken, daß auf dem Bahnhof von Odessa ein amerikanischer Offizier in der Maske eines Majors der Roten Armee eine Fahrkarte nach Winniza löst? Ebensowenig, wie man einen amerikanischen Major in Philadelphia anhält, wenn er nach New York fährt.

Shukow bekam einen Platz in einem Abteil, in dem noch ein Ingenieur, ein Arzt und ein Architekt saßen, die auch in Shmerinka umstiegen, aber weiter nach Kiew wollten. Es war eine einsilbige Reisegesellschaft, was vielleicht daran lag, daß der Major sehr hochmütig in die Gegend blickte und anscheinend keine Lust zu einer Unterhaltung zeigte. Schließlich spielten der Architekt und der Ingenieur Schach — ein Russe hat fast immer ein Reiseschachspiel bei sich —, und der Arzt ging in das Speiseabteil, um einen Tee zu trinken.

So erreichte Wassja Grigorjewitsch unbefragt die Stadt Winniza und stieg aus. Zum erstenmal sah er den Bug, diesen herrlichen Fluß, der durch eine Gartenlandschaft floß, die ihn an Florida erinnerte. Nur die Palmen fehlten. Aber sonst waren das ganze Land und die Stadt selbst überhaucht von südländischer Fröhlichkeit, erblüht unter einem seidigen blauen Himmel. Shukow blieb stehen, blickte hinüber zu den neuen Vierteln der Stadt, die in ihrer Einheitsarchitektur auch mit anderen Städten vergleichbar war, und rief aus seinem Gehirn den Stadtplan ab, den er wochenlang studiert hatte, bis er jede Straße, jede Hausecke, jeden Feldweg außerhalb der Häusermassierungen kannte.

Die Ulinskaja 11 ist im alten Stadtteil, dachte er. Dort gibt es eine Landmaschinenfabrik, eine Blechwarenfabrik und eine Konservenfabrik. Die Ulinskaja besteht aus alten zweistöckigen Häusern, eine typische Arbeitersiedlung. Daß der Traktorist Awdej Konstantinowitsch Dewjatwo ein Telefon hatte, war eine Seltenheit, aber man hatte sich daran gewöhnt. Schließlich war Dewjatow ein qualifizierter Facharbeiter und Parteimitglied, war zweimal als ›Vorbildlicher Arbeiter‹ ausgezeichnet worden und hatte auch sonst einige Privilegien, die man ihm neidlos gönnte. So besaß er zum Beispiel einen Fernsehapparat und eine Stereoanlage, und er war ein so guter Kamerad und Kommunist, daß er bei besonderen Sendungen wie Sport oder Theaterübertragungen seine Nachbarn zum Zuschauen einlud und sogar Tee oder leichten Roséwein servierte. Ein guter Mensch, der Awdej Konstantinowitsch.

Shukow betrat die nächste Telefonzelle und hob den Hörer ab. Wie üblich in Rußland gab es auch hier keine Telefonbücher in den Zellen, aber Shukow kannte Dewjatows Nummer auswendig. Er drehte die Zahlen, und als sich Dewjatow meldete, sagte er:

»Ich soll Sie von Ihrem Großmütterchen grüßen, Awdej Konstantinowitsch. Sie wäre so gern zu Besuch gekommen, aber sie verträgt die Eisenbahn nicht.«

»Das Alter, lieber Genosse, das Alter. Was kann man machen?« antwortete Dewjatow und legte auf.

Man hatte sich verstanden. Nach etwa zehn Minuten hielt eine Moskwitsch-Limousine vor dem Bahnhof, Major Shukow stieg ein, ein eilfertiger Fahrer verlud den Koffer im Kofferraum und sauste dann nicht in die Stadt zurück, sondern nach Süden, wo die großen Obstplantagen lagen.

Sie fuhren zehn Minuten über die breite Straße, bogen dann seitlich in eine sanfte Hügellandschaft ab und hielten in einer Scheune, deren Tor weit offen stand. Dewjatow sprang aus dem Auto, schob das Tor zu und verriegelte es.

»Ich heiße Sie willkommen, Wassja Grigorjewitsch!« sagte er, als er an den Wagen herantrat und die Tür an Shukows Seite aufriß. »Sie sind schneller in Winniza, als wir erwartet haben.«

Shukow stieg aus, gab Dewjatow die Hand und hatte endlich Gelegenheit, den Kontaktmann des amerikanischen Geheimdienstes näher zu mustern. Awdej war ein typischer Russe mit einem kantigen Gesicht, braunen kurzen Haaren, mittelgroß und gedrungen, Anfang dreißig und steckte in einem der grauenhaft sitzenden Anzüge, wie sie die Arbeiterklasse in den Kaufhäusern bekommt. Für die gehobene Schicht, die Privilegierten im Roten Reich, gab es besondere Modegeschäfte, in denen man nur gegen Spezialausweise kaufen konnte.

»Es ist einfach, in euer Land zu kommen«, sagte Shukow und knöpfte den Uniformrock auf. Es war heiß und stickig in der Scheune. »Mir ist es ein Rätsel, warum in der Presse und in Büchern so wilde Geschichten gedruckt werden.«

»Nicht jeder hat eine so mächtige Organisation wie den CIA hinter sich, Major.« Dewjatow holte den Koffer aus dem Kofferraum und ließ die Schlösser hochschnappen. »Das hier ist übrigens Ihre Wohnung. Ich habe die Scheune und das Land drum herum gepachtet. Ein Sonderfall. Es war nur möglich, weil ich Mitglied der Partei und zweimal ›Vorbildlicher Arbeiter‹ bin. Hier wird Sie niemand stören, wenn Sie sich tagsüber nicht blicken lassen.«

»Awdej Konstantinowitsch, ich habe nicht die Absicht, in Winniza Urlaub zu machen.« Shukow hatte die Uniform ausgezogen und streifte jetzt eine fleckige Baumwollhose über, wie sie die Landarbeiter in dieser Gegend trugen. Dazu ein Hemd, an der Brust offen, und Schuhe mit Gummisohlen. Aus dem hohlen Uniformknopf holte er die Gelatinekapsel mit dem Gift und steckte sie in einen Hohlraum der Gürtelschnalle. Dewjatow beobachtete ihn voll Interesse.

»Würden Sie das im Notfall wirklich schlucken?« fragte er.

»Ja!« sagte Shukow knapp. »Haben Sie was zu trinken hier? Ich mußte im Zug den sturen Offizier spielen. Mir brennt die Zunge.«

Dewjatow holte aus dem Auto eine Kühltasche und klappte sie auf. Sie enthielt köstlich kalte Limonade, eine russische Spezialität, zwei Päckchen mit Broten und kaltem Braten und ein 200-Gramm-Fläschchen wasserhellen Wodka.

»Ich habe auch Eis dabei«, sagte Dewjatow. »Drei Sorten: Vanille, Schokolade und Pistazien.« Er tippte auf einen chromblitzenden Eisbehälter. »Sie wissen ja, Major, russisches Eis ist das beste der Welt. Anerkannt! Die Italiener trifft das in den

Nerv.« Er lachte, schnippte den Deckel hoch und hob den Eisbehälter Shukow unter die Nase. »So duftet nicht die schönste Frau.«

Shukow lachte zurück, setzte sich auf einen Hauklotz, der in der Scheune herumstand, klemmte den Eisbehälter zwischen die Knie, nahm einen Löffel und kratzte eine Scheibe von dem Pistazieneis ab. Es schmeckte wirklich hervorragend, sahnig und fruchtig zugleich, aber ob es das beste Eis der Welt war, konnte er nicht entscheiden. Man kann nicht alles wissen.

»Sie sagten Frauen, Awdej. Schöne Frauen. Weiß man etwas davon, ob auch Frauen in Nowotschok sind?«

Dewjatow hob die Schultern. »Man weiß es nicht ... aber man vermutet es. Logischerweise müßten Frauen da sein, denn wenn man schon eine amerikanische Stadt nachbaut, hat das keinen Sinn, wenn man die Frauen vergißt.«

»Eine Stadt muß doch laufend versorgt werden. Die Fahrer der Transporter müssen doch gesehen haben ...«

»Aller Nachschub kommt nur bis zur ersten Sperre. Dort werden alle Waren von Trucks der anderen Seite übernommen. Jede Woche Freitag ist das große Umladen am Elektrozaun. Wir Russen fragen nicht, wo man Fragen nicht gern hört. Hier ist Winniza, dort Nowotschok, zwei Dinge, die nichts miteinander zu tun haben. Wozu neugierig sein? Was zahlt sich dabei aus? Die Disziplin der Russen ist auch die beste der Welt, genau wie das Eis!«

»Es ist merkwürdig, daß man in all den Jahren nicht erfahren konnte, ob dort auch Frauen ausgebildet werden. Da ist ein Loch im Bild. Ich habe die Vernehmungsprotokolle aller enttarnten weiblichen Spione gelesen. Es tauchen immer die gleichen Agentenschulen auf, die wir alle kennen. Aber nie Winniza.« Shukow schabte einen Löffel voll Schokoladeneis aus dem Behälter. »Wissen Sie, Awdej, daß Weiber in unserem Beruf klüger, kaltblütiger, raffinierter und tödlicher sind als wir Hornochsen? Wir arbeiten mit politischem Kalkül ... die Weiber setzen immer ihr Herz mit ein. Und sie haben ein verdammtes Gefühl für echt oder unecht.«

Sie aßen noch zwei Brote mit Braten, tranken ein Gläschen Wodka und versteckten die russische Majorsuniform im Boden der Scheune, unter einer Falltür, die Awdej danach wieder mit Gerümpel überbaute. »Sie können ruhig etwas schlafen, Wassja Grigorjewitsch«, sagte Dewjatow dann. »Sie sind fast vierundzwanzig Stunden auf den Beinen.«

Shukow winkte ab. Er lag auf einigen Strohballen und rieb die Fußsohlen aneinander. Seine Augen hatten wieder den verträumten Blick, diese herzergreifende Romantik, die so täuschte. »Es muß doch irgendwo eine Stelle geben, von der man etwas von Nowotschok sehen kann«, sagte er. »Hat man denn den ganzen Fluß gesperrt? Das geht doch nicht.«

»Was über den oberen Bug kommt, hat in Winniza Endstation und wird umgeladen auf Lastwagen oder in Eisenbahnwaggons. Dann folgt die Sperre, und erst fünf Werst südlicher ist der Fluß wieder schiffbar.« Dewjatow wickelte ein Bonbon aus und begann es schmatzend in seinem Mund umzudrehen. Es war ein Ersatz für das Rauchen; in dieser knochentrockenen Scheune ein Feuer zu machen, war fast Selbstmord. »Die Absperrung ist vollkommen. Es gibt nur einen Ort, von dem man etwas sehen kann.«

»Also doch!« Shukow richtete sich auf. »Sofort hin!«

»Vom anderen Bug-Ufer, von einem Hügel aus, den sie hier ›Das Kosakenkäppchen‹ nennen, kann man die vier Spitzen der Flutlichtmasten des Stadions von Nowotschok sehen. Sie haben also ein richtiges Stadion dort gebaut! Nach der Schneeschmelze habe ich versucht, mit einem Holzfloß in das Sperrgebiet zu kommen, als dummer Holzflößer, der seinen Einschlag nach Süden bringen will ... kurz hinter Winniza war's zu Ende. Drei Patrouillenboote liegen im Fluß und haben mich an Land gebracht. Es ist also unmöglich, über den Fluß einzudringen. Die Boote überwachen mit Radar jeden Winkel des Bug bis zum Grund. Außerdem sind Signaldrähte in verschiedenen Höhen durch das Wasser gespannt, die mit raffinierten Apparaten gekoppelt sein müssen, denn wenn Fische dagegen stoßen, gibt es keinen Alarm, auch nicht bei anderen Gegenständen, und es schwimmt so vieles einen Fluß hinunter. Aber wenn ein Mensch in die Drähte kommt, klingelt's überall.« Dewjatow schluckte sein Bonbon hinunter und goß einen Schluck Limonade hinterher. »Haben Sie vielleicht schon einen Plan, Wassja Grigorjewitsch?«

»Nein.« Shukow erhob sich und zog seine Schuhe wieder an. »Ich weiß nur eins: Wenn ich hineinkomme, dann nur durch die drei Tore!«

»Mit einem freundlichen Lächeln und ›Allzeit guten Morgen, Genossen!‹ rufend.«

»Vielleicht. Unlösbare Probleme kippen oft durch simpelste Gedanken um.«

»Hier in Rußland gilt keine alte Weisheit mehr. Hier ist alles anders, Wassja Grigorjewitsch.«

»Wir haben Zeit.« Shukow schob das Tor einen Spalt auf und blickte hinaus. Über dem blühenden Land lag der Goldschimmer des Abends. »Können wir zu diesem Hügel ›Das Kosakenkäppchen‹?«

»Wenn es dunkel ist, rudern wir über den Bug. Aber seien Sie nicht enttäuscht. Sie sehen kaum etwas.«

In der Nacht lagen sie oben auf der Kuppe des Hügels im hohen Gras und blickten mit starken Nachtgläsern hinüber zu dem dreifach gesperrten Gebiet, das die Russen Nowotschok nannten. Wie Dewjatow gesagt hatte: Shukow hatte im Blickfeld nur die vier oberen Reihen der Flutlichtmasten, alles andere verdeckte eine Hügelkette. Die Scheinwerfer waren eingeschaltet, ein Football-Match war also im Gange. Der Himmel über diesem Stück Land war fahl erleuchtet, so wie es bei allen Städten ist, wenn tausende Lampen eine Lichtglocke bilden.

»Mit voller Festbeleuchtung«, sagte Shukow und setzte sein Glas ab. »Ich wette, da zucken die buntesten Lichtreklamen.«

»Ein Stück Amerika eben.« Dewjatow blickte noch immer auf die Lichtglocke. »Sie müssen das ja kennen. Für mich Russen ist so etwas fantastisch. Das sieht man nur ab und zu in amerikanischen Filmen, als Beweis für die Dekadenz und die Beeinflussung der Massen durch den Kapitalismus.«

»Reden Sie denn immer so einen Scheiß, Awdej Konstantinowitsch?«

»So sollten Sie auch reden, Wassja. Sie sind jetzt ein Russe! *Noch* sind Sie es. Erst dort drüben dürfen Sie wieder Amerikaner sein. Eigentlich verrückt, was? Sie kommen als falscher Russe nach Rußland, um in Rußland ein echter Amerikaner zu sein. Eine total verdrehte Welt! Gehen wir.«

»Wohin?«

»In Ihre Scheune. Ich fahre dann zurück nach Winniza und setze noch einen Funkspruch ab, daß Sie gut angekommen sind.« Dewjatow lachte laut und wälzte sich auf den Rücken. Der Sternenhimmel war etwas für Dichter — er mußte eine empfindsame Seele mit seiner Schönheit einfach erschlagen. »Sie sollten sehen, Wassja, wie das vor sich geht. Unter mindestens zehn Zeugen! Wenn ich funke, lade ich die Nachbarn ein, bei mir über die Stereoanlage ein Konzert zu hören. Und da sitzen sie dann, lauschen andächtig wie die Klosterschüler, verdrehen die Augen, wenn Swjatoslaw Richter spielt, und ich sitze an dem Stereogerät, drehe mal an diesem Knopf, mal an jenem und funke meine Meldungen hinaus. Was wissen die Genossen, wie eine komplizierte Stereoanlage funktioniert? Sie denken, ich regle die Musik, damit es wirklich ein vollkommener Genuß wird. So einfach ist das —«

»Und die Funkpeilung?«

»Was die Genossen in der Funküberwachung hören, ist nur ein Knacken. Die Meldungen werden bis zur Unkenntlichkeit zerhackt, und nur der vorgesehene Empfänger kann sie elektronisch wieder zusammenfügen.« Dewjatow erhob sich und klopfte das trockene Gras aus seinem Anzug. »Mich zu entdecken, müßte schon ein Wunder sein.«

Das Wunder — Awdej Konstantinowitsch ahnte es nicht — saß in Winniza in der Funkzentrale des III. Nachrichtenbataillons der Roten Armee und hieß Kapitän Stanislaw Jakowlowitsch Slobin. Er hatte das verrückte, nur ab und zu auftauchende Knacken im Äther eingekreist, nachdem er sich sicher war, daß es sich nicht um atmosphärische Störungen, etwa durch Protuberanzen, handeln konnte. Die Störquelle lag irgendwo in der Altstadt, so weit war er schon. Aber er konnte sich noch nicht denken, worum es sich handelte.

Fünf Tage später erschien Dewjatow wieder in der Scheune und rieb sich die Hände. Shukow lag mißmutig auf seinen Strohballen, neben sich einen Berg russischer Zeitungen und Illustrierten. Nach ihrer Lektüre mußte jeder echte Russe glauben, daß die Sowjetunion an der Spitze aller Staaten stand. Medizin, Landwirtschaft, Bauwesen, Wasserwirtschaft, Physik und Chemie, Weltraumforschung und kybernetische Forschung, Sport und Freizeit, sozialer Wohlstand und verhüttende Großindustrie — nichts auf der Welt reichte an Rußland heran. Das hatte Shukow auch schon in Alaska, in der künstlichen russischen Stadt Smolenska, gelernt, um mit dem Stolz der Russen reden zu können. In zehn Jahren, das war sicher, wenn die gewaltige industrielle Eroberung Sibiriens weiterging und die unermeßlichen Schätze dieses Landes ans Tageslicht gefördert wurden, stand Sowjetrußland wirklich einsam über allen Völkern. Für einen Amerikaner eine bedrückende Vision.

»Sie freuen sich wie ein Collegeboy, dem es gelungen ist, seine junge, schöne Lehrerin ins Bett zu kriegen«, sagte Shukow böse.

»Und ich schlage mich hier mit Milliarden Mücken herum und jage Haselmäuse.«

»Vorgestern hat es Alarm am äußeren Zaun gegeben ...«, sagte Dewjatow und blickte Shukow dabei fragend an.

»Das war ich.«

»Dachte ich's mir doch!«

»Ich habe einen Hasen gefangen und bin zu einer Stelle des Zaunes, die so aussah, als habe man sie monatelang nicht kontrolliert. Da habe ich den Hasen in den Draht geworfen.«

»Und?«

»Es funktionierte. Aus der Hochspannung zischten Blitze, der arme Hase, ein Opfer der USA, war sofort tot, und irgendwo donnerte die Alarmanlage los. Es gibt keine weiche Stelle in dem Zaun.«

»Und wenn, Wassja Grigorjewitsch ... dahinter ist das Minenfeld.«

»Ich habe ein kleines Minenpeilgerät bei mir.«

»Das nutzt Ihnen gar nichts. Nach vierhundert Metern stehen Sie vor dem zweiten Zaun. Da müssen Sie kapitulieren.« Dewjatow rieb sich wieder die Hände. Über sein Gesicht strahlte ein geradezu jungenhaftes Lachen. »Aber ich habe das Loch im Zaun. Ich weiß, wie Sie in das Lager können.«

»Nein!« Shukow sprang auf.

»Jawohl! Offiziell durch alle drei Tore und mit einem Begleitkommando der Roten Armee.«

»Awdej, Sie sind besoffen!«

»Vor Freude, Genosse. Habe ich Ihnen nicht erzählt, daß normalerweise alle Lieferungen für Nowotschok am ersten Tor umgeladen werden auf andere Lastwagen? Das wird jetzt zum erstenmal durchbrochen. Man hat einen amerikanischen Mähdrescher bestellt, und der wird morgen geliefert.«

»Ein Mähdrescher?«

»Fabrikat Ferguson & Sons. Neuestes Modell! Wenn man schon in ›Klein-Amerika‹ ernten will, muß man das natürlich mit einer amerikanischen Maschine machen. Und unsere Firma liefert den Kasten. Als zweimaligen ›Vorbildlichen Arbeiter‹ und doppelten Medaillenträger hat man mich bestimmt, den Mähdrescher nach Nowotschok zu bringen.«

»Bis in die Stadt?« sagte Shukow heiser vor Erregung. »Awdej, soviel Glück wäre unheimlich!«

»Wie weit ich komme, weiß ich noch nicht. Heute abend ist die letzte Besprechung. Wie's auch sein mag: Es ist seit Jahren das erstemal, daß etwas nicht umgeladen werden kann. Der Mähdrescher muß so durch die Sperren, wie er geliefert wird.«

»Und in dem Drescher stecke ich.«

»So habe ich mir das gedacht.«

»Wollen Sie mich zu Häcksel zerhacken, Awdej?«

»Sie kennen doch diese Mähdrescher. Hoch wie zwei Häuser ist so ein Ding! Ein brüllender Roboter.«

»Und wie ich die kenne! Ich habe selbst einen gefahren. Er mäht, drischt, sortiert Korn und Häcksel, preßt das Stroh, bindet es und spuckt die Ballen aus. Alles automatisch. Man sitzt hoch oben in einer Kabine aus Glas und braucht nur ein paar Hebel zu bedienen. Ha —«, Shukow starrte Dewjatow an, »der Häckselkasten! Solange das Ding nur fährt, kann man dort ein Nickerchen machen. Awdej, der Häckselkasten!«

»Daran habe ich auch gedacht.« Dewjatow schlug die Fäuste gegeneinander. »Ich möchte wetten, daß keiner auf die Idee kommt, in einem Häckselkasten nach Spionen zu suchen, vor allem dann nicht, wenn ein zweifacher ›Vorbildlicher Arbeiter‹ das Riesending fährt ...«

»Wann?« fragte Shukow ruhig.

»Morgen früh um sechs.« Dewjatow klopfte Shukow auf die Schulter. »Wassja Grigorjewitsch, ich hole Sie heute nacht ab und stecke Sie in den Häckselkasten.«

In Frazertown wußte John Barryl nicht, warum der Bürgermeister ihn wieder zu sich rufen ließ. Sein Chef, Billy Rampler, kam vom Telefon und stieß John in den Rücken.

»Du sollst zum Amt kommen. Bulder will dich sehen. Was ist los?«

»Keine Ahnung, Boß«, sagte Barryl und band seine Schürze ab. Er war gerade dabei, Hamburgers mit Käse und Tomaten zu verfeinern.

»Bulder will, daß du morgen den ganzen Tag frei hast.«

»Das ist mir neu. Ich wollte morgen in die Boxschule, und am Nachmittag ist ein Vortrag über die letzten UNO-Sitzungen.«

»Es muß etwas Wichtiges sein«, sagte Billy Rampler. »Mach mir keine Schande, John.«

Beim Hinausgehen traf John wieder auf Norma Taylor. An ihrer Theke herrschte Hochbetrieb, es war Mittagszeit, und viele kamen zu Billy, um einen Hamburger, einen Sandwich und Normas köstliche kalte Milchmixgetränke zu genießen. Vor allem die Bauarbeiter, die an den Uferbefestigungen von Frazertown arbeiteten, schworen auf Normas Mixkünste.

Überhaupt die Ufer von Frazertown! Seit 17 Jahren wurde an ihnen gebaut, und es würde auch weiterhin an ihnen gewerkelt werden, denn immer, wenn die Ufer fertig waren und die Baukommission sie abgenommen hatte, erschienen ein paar riesige Bagger und rissen alles wieder heraus, zerstörten das Ufer und schufen somit Arbeit für neue Baukolonnen. Es gab nichts, worin die Männer von Frazertown nicht ausgebildet wurden.

James Bulder empfing John Barryl wie immer in Hemdsärmeln und gummikauend. Das Mädchen im Vorzimmer, die Wasserstoffblonde mit den Löckchen, begrüßte John schon so vertraut, als habe sie mit ihm das Bettlaken geteilt. Sie wippte mit den Brüsten, setzte sich so, daß er ihre langen Beine in den Hotpants nicht übersehen konnte und rief: »Hallo Lovely!« John stellte sich stur. Er arbeitete sich an Norma Taylor heran, verbissen und mit blauen Flecken, die er in der Karateschule massenhaft erhielt. Ab und zu — auch vorhin, als er an ihr vorbeiging — fragte sie ihn: »Haben Sie keine Angst, daß Ihrem hübschen Gesicht etwas passiert?« Und er hatte knurrend geantwortet: »Wenn Sie auf häßliche Männer stehen, lasse ich mich Ihretwegen von Frankenstein operieren.«

»John, da ist etwas, was ich Ihnen übertragen möchte«, sagte Bulder jetzt. »Aus Ihren Akten sehe ich, daß Sie in Kasakstan auch in einer Erntebrigade gearbeitet und einen Mähdrescher gefahren haben. Können Sie das noch?«

»Jederzeit, Sir«, antwortete John Barryl verblüfft. »Muß ich nach Kasakstan?«

»Blödsinn! Kasakstan ist fern wie der Mond. Wir sind hier in Frazertown und bekommen morgen einen Mähdrescher, um auf echt amerikanische Art zweihundert Hektar Weizen zu ernten. Modell Ferguson & Sons. Klappt das, John?«

»Ich sehe keine Schwierigkeiten, Sir.«

»Morgen früh um sechs steht das Ding vor Tor sechs. Ein genau überprüfter Genosse, Parteimitglied, zweimal ausgezeichnet, wird ihn bringen und Sie mit der Technik vertraut machen. Und dann wird ab Montag gemäht! Ich nehme an, Sie freuen sich, John. Sie müssen ja schon sexuelle Träume von Hamburgers haben.«

Eine halbe Stunde später war John Barryl wieder auf dem Platz vor dem Fluß, kaufte sich am Automaten ein Softeis und setzte sich auf eine der weißgestrichenen Bänke. Er blieb nicht lange allein. Bulders Schreibmädchen machte Mittag und setzte sich neben ihn. Sie hatte die Bluse bis zum Gürtel der Hotpants aufgeknöpft, und was aus dem Schlitz der Bluse sich hervordrückte, war rund, glatthäutig, wohlgeformt und von keinerlei Haltern beengt. Auch sie lutschte an einem Softeis, aber wie sie es aß, saugend, mit gewölbten Lippen und halbgeschlossenen Augen, war es eine verdammt deutliche und herausfordernde Demonstration von Fellatio.

»Ich habe eine süße Mansardenwohnung«, sagte sie und schloß die Lippen wieder um die Eiswölbung. Und dann, nach dem Einsaugen und einem Anziehen des rechten Beines, wodurch die Bluse weiter aufklaffte und John ihre wahrhaftig schöne rechte Brust in voller Wölbung sehen konnte: »Ich sammle Stofftiere. Süße, kleine, kuschelige Stofftiere. Das wird Sie bestimmt interessieren, Johnny ...«

»Sicherlich.«

Er lehnte sich zurück, blickte auf ihren Busen und dachte an Norma Taylor. Wenn Norma nackt ist, muß sie einen Mann um den Verstand bringen, dachte er. Es ist möglich, daß ein Mann, der sie einmal besessen hat, für alle anderen Frauen verdorben ist. So wie sie kann keine zweite sein. Ihr zu gehören ist wie ein elementares Naturereignis. Sie weiß das ganz genau, und sie hat Angst vor sich selbst. Ihre Männerfeindlichkeit ist nur eine Flucht aus ihrer explosiven Leidenschaft. Norma Taylor zu lieben, das heißt, einen Stern zu erobern und an ihm zu verbrennen.

»Heute abend?« fragte das Wasserstoffblondchen. »St. Stephans Street zwölf.«

John Barryl zuckte zusammen. Die schönen Gedanken an Norma Taylor waren zerstört. »Diese Woche nicht«, sagte er und stand von der Bank auf. Aus dieser Perspektive waren ihre Brüste noch deutlicher zu sehen. Sie hatten große, braunrote Monde und Warzen wie kleine Nüsse. »Ich habe viel zu tun.«

»Auch nachts?«

»Ich werde vor Müdigkeit umfallen. Da ist nichts mehr drin, Baby.«

»Ich heiße Britt. Britt Lawson.« Sie leckte wieder an ihrem Softeis mit einer schmalen Zunge, die sich fast zärtlich um das Hörnchen schlang. »Vielleicht später?«

»Sicherlich später.« John Barryl tippte an sein grünes Mützenschild und beeilte sich, den Bus zu bekommen, der bis zur Boxschule fuhr.

Ein Mähdrescher, dachte er. 200 Hektar Weizen ernten. Das war bestimmt eine gute Abwechslung nach dem Herstellen und Verkaufen von Hamburgers.

Außerdem würde es sich zeigen, ob Norma Taylor ihn vermißte, wenn er nicht mehr im Restaurant arbeitete. Darauf war er am meisten gespannt.

In der Nacht schlichen sich Dewjatow und Shukow auf den Fabrikhof, auf dem wie ein riesiges, bizarres Ungeheuer der Mähdrescher von Ferguson & Sons stand. Man bewachte ihn nicht ... ein solches Ungetüm kann man nicht klauen. Dewjatow kletterte in die Fahrerkabine, und Shukow stieg von hinten auf, um sich den Häckselkasten anzusehen. Er war so groß wie ein kleiner Wohnwagen, innen glatt und mit verzinktem Blech ausgeschlagen. Das Blasrohr, das links oben in ihn mündete und den Häcksel hineindrücken würde, hatte den Durchmesser von zwei kräftigen Männerarmen.

Dewjatow beugte sich durch das Fenster der Fahrerkabine zu Shukow hinunter. Wassja Grigorjewitsch trug jetzt seine amerikanische Kleidung, so, als gehe er gleich zur Arbeit in eine Tankstelle. Man hatte sich in Fort Thompson für diese Berufsgruppe entschieden. Tankwart und Automechaniker sind zwei der populärsten amerikanischen Berufe. Es war mit Sicherheit anzunehmen, daß in der Stadt am Bug gerade dieses Image besonders gepflegt wurde. Außerdem ist ein Mann im Overall merkwürdigerweise unverdächtig. Es ist die Uniform des guten Kumpels. So gesehen, war Shukows Tarnung die beste von allen Möglichkeiten.

»In Ordnung?« fragte Dewjatow.

»Hervorragend.« Shukow legte sich auf den glatten Boden der Häckselkiste. »Wenn ich hier nur herauskomme, bevor gemäht wird —«

Da niemand wußte, wie lange die Fahrt dauern würde, nahm Shukow zwei Plastikkanister mit Wasser in die Kiste, ein großes Handtuch und eine kleine Flasche reinen Sauerstoff mit einem Mundstück. Es sollte sich zeigen, wie klug das war.

Dann klappte Dewjatow den Deckel der Häckselkiste zu, hakte die Verschlüsse ein und klopfte mit dem Knöchel seiner rechten Faust noch einmal gegen den Kasten.

»Viel Glück, Wassja Grigorjewitsch!« sagte er. »Hören Sie mich?«

»Wie aus den Wolken«, antwortete Shukows dumpf klingende Stimme.

»Haben Sie nichts vergessen?«

»Nichts.«

Shukow tastete nach dem zweiten Knopf seines Overall-Latzes. Die Gelatinekapsel mit dem Gift lag in der Höhlung.

Pünktlich um halb sechs begann es um den Mähdrescher zu rumoren. Shukow hörte viele Stimmen, dann klirrte irgendwo Eisen, jemand kletterte auf dem Riesending herum und trat einmal kurz gegen den Häckselkasten. Dewjatow. Das Zeichen. Er enterte die Fahrerkabine. Die Fahrt in das verbotene Land begann.

Shukow setzte sich auf den Boden seines Häckselkastens, legte Handtuch, Sauerstoffflasche und Wasserkanister bereit und erschrak heftig, als der schwere Motor aufbrüllte und ein gewaltiges Rütteln durch die ganze Maschine fuhr. Dann bewegte sich der Koloß, stampfte aus dem Fabrikhof und begann seinen Marsch nach Nowotschok. Zwei Wagen der Miliz mit Blaulicht fuhren voraus und machten die Straßen frei, zwei Wagen mit Funktionären der Landwirtschaftsbrigade Winniza folgten dem donnernden Ungeheuer.

Kurz nach sechs Uhr früh erreichte die Kolonne den elektrisch geladenen Zaun und das berühmte Tor VI, durch das auch Plenjakow in eine neue Welt getreten war. Die Wagen der Miliz wendeten und fuhren sofort nach Winniza zurück, die Funktionäre stiegen aus und begrüßten drei Offiziere der Roten Armee. Das Tor stand weit offen ... Dewjatow schätzte es ab und fand, daß es ein Millimeterfahren werden würde.

»Genossen!« rief er deshalb aus seiner Kabine und beugte sich bis zur Brust aus dem Fenster. »Ich bin ein Patriot, das weiß jeder! Aber ich weigere mich, ein Idiot zu sein, auch wenn's die gleiche Endsilbe ist. Das Tor ist zu schmal. Soll ich lebendig braten, wenn ich seitlich anstoße und die Hochspannung berühre? Keiner kann das von mir verlangen, liebe Genossen!«

»Der Strom wird für die Sekunden ausgeschaltet, die Sie für die Durchfahrt brauchen!« schrie einer der Offiziere zu Dewjatow hinauf. »Jammern Sie nicht gleich wie eine geschwängerte Nonne! Es ist an alles gedacht!«

»Das beruhigt mich.« Dewjatow setzte sich wieder hinter seine

Hebel. Er hoffte, daß Shukow die Unterhaltung verstanden hatte. Jetzt war er selbst bis zum äußersten gespannt, wie es weiterging. Ließ man ihn in das Sperrgebiet fahren? Es sah nicht so aus, als wenn einer der Offiziere den riesigen Mähdrescher übernehmen würde.

Die Funktionäre der Landwirtschaftsbrigade übergaben den Offizieren die Transportlisten, die Papiere des Dreschers, ließen sich den Empfang bescheinigen, umkreisten das Monstrum noch einmal voller Stolz, verabschiedeten sich dann mit Wangenküssen und verschwanden mit ihren Wagen zwischen den Hügeln. Allein zurück blieb Dewjatow in seiner Glaskabine. Sein Herz begann ihm bis zum Kehlkopf zu schlagen. Ich komme hinein, jubelte es in ihm. Heilige Mutter von Kasan: Ich komme hinein! Ich werde der einzige Winnizaner sein, der die geheimnisvolle Stadt gesehen hat.

Ein Offizier winkte ihm zu. Dewjatow hob die Hand und winkte zurück.

»Kann ich?«

»Jetzt zeigen Sie mal, daß Sie wirklich ein Spezialist sind!« brüllte der Offizier ihm zu. »Der Strom ist ausgeschaltet! Sie brauchen trotzdem nicht das Tor umzureißen! Fahren Sie langsam, Genosse! Und nun — los!«

Dewjatow war wirklich seine beiden Medaillen wert. Er dirigierte das Ungetüm so sauber zwischen die Eisenpfähle, daß er keinen berührte, obgleich ihm auf jeder Seite nur knapp drei Zentimeter Platz blieben. Die Offiziere liefen aufgeregt vor ihm her, winkten, gaben mit Handzeichen Anweisungen, begannen vor Aufregung zu schwitzen, und wenn Dewjatow ihren Zeichen gefolgt wäre, hätte er bestimmt das ganze Tor zerstört. So kümmerte er sich nicht darum, donnerte Zentimeter um Zentimeter durch das Tor und ließ den Offizieren den wohltuenden Glauben, sie hätten ihn so präzise eingewiesen.

Kaum hatte Dewjatow das Tor passiert, wurde es auch schon wieder geschlossen, und von der Zentrale, die alles über Fernsehkameras überwachte, setzte man den Zaun wieder unter Strom. Ein Offizier kletterte auf den Mähdrescher und steckte den Kopf in die Fahrerkabine.

»Sie fahren bis zur nächsten Sperre!« schrie er gegen den Lärm an. »Dort steigen Sie aus. Man bringt Sie zurück.«

»Was wird mit dem Ding hier, Genosse?« schrie Dewjatow zurück. »Bleibt es stehen?«

»Es war Ihre Aufgabe, die Maschine abzuliefern.« Der Offizier wischte sich über das verschwitzte und staubige Gesicht. »Weiter nichts.«

Er setzte sich auf den Deckel des Häckselkastens, nahm seine Mütze ab und fächelte sich Luft zu. Mit einem breiten Grinsen fuhr Dewjatow weiter. Wenn Wassja Grigorjewitsch wüßte, daß über seinem Kopf ein runder Offiziersarsch ist. Aber sicherer geht es nicht. Wer sagt schon: »Genosse Kapitän, lüften Sie die Backen, unter Ihnen vermuten wir einen blinden Passagier!«? Niemand fiele so etwas Ungeheuerliches ein.

Vor der Sperre II wartete in Jeanshosen, offenem Hemd und einer Mütze mit langem grünem Zelluloidschirm ein großer, schlanker Mann und rauchte eine Zigarette. Die Offiziere der zweiten Wache umringten ihn, das Tor stand weit offen, der Strom schien bereits abgeschaltet zu sein. Hier war das Ende der Fahrt. Zum erstenmal sah Dewjatow einen Bewohner der geheimnisvollen Stadt ... einen typischen Amerikaner, der in Wahrheit ein russischer Offizier war. Wie wird er sprechen? Englisch oder russisch?

John Barryl sah dem donnernden Monstrum mit sichtlichem Interesse entgegen. Es sah anders aus als die sowjetischen Mähdrescher, komplizierter, hochgezüchtet, nicht von der genialen Einfachheit, die sowjetische Konstruktionen von jeher auszeichnete und Anfälligkeiten verminderte. Je komplizierter ein Apparat, um so mehr Tücken hat er auch in sich.

Dewjatow bremste ein paar Meter vor der Gruppe, stellte den Motor ab und sah aus seiner Kabine. Der ihn begleitende Offizier hüpfte von der Häckselkiste herunter und schlug mit der Faust gegen die Motorverkleidung.

»Das ist ein toller Kasten, Genossen!« rief er den anderen Offizieren zu. »Er läßt sich lenken wie ein Fahrrad.«

»Wenn man's kann!« schrie Dewjatow aus seiner Kabine. »Es ist wie bei einer stämmigen Frau, Genossen. Man sollte wissen, wo man sie anfassen muß, um sie auf den Rücken zu legen!«

Alles lachte, und wer lacht, kontrolliert nicht. Dafür kam der Amerikaner heran, kletterte auf die Maschine und riß die Tür der Fahrerkabine auf. Dewjatow blickte ihn freundlich, aber lauernd an. Aus der Nähe sieht er schon anders aus, dachte er. Ein gefährliches Kerlchen, so hübsch sein Gesicht auch ist. In seinen Augen steckt Energie, und die Muskeln unter seinem Hemd sind durchtrainiert. Wenn sie alle so sind in dieser verbotenen Stadt, ist Shukow gerade richtig. Dann fällt er nicht auf mit seinem muskulösen Körper. Dazu noch seine Augen, in denen die Wehmut sibirischer Weiten liegt ... es dürfte nichts passieren! Das einzig Gefährliche war das zu einem Kurzwellensender umgebaute kleine Transistorradio, das Shukow in der Hosentasche trug.

»Sie übernehmen das Ding, Genosse?« fragte Dewjatow lässig. »Sehen Sie mal her, ich erkläre Ihnen die einzelnen Funktionen.«

»Danke, Genosse.«

Er spricht russisch, dachte Dewjatow. Natürlich! Niemand soll ja wissen, daß hinter den Hügeln eine amerikanische Stadt aufgebaut ist. Er stieg aus der Kabine, trat wieder zufällig gegen den Häckselkasten und gab den Platz für John Barryl frei.

Nach zehn Minuten und einer Probefahrt hatte John alles begriffen. Er nickte den Offizieren zu, Dewjatow sprang auf die Erde und hatte keine Zeit mehr, sich zu verabschieden. Ein Offizier drängte ihn in einen Geländewagen, gab Gas und raste mit ihm zurück zum ersten Zaun. Dewjatows Mission war erfüllt. Jetzt kam es allein auf Shukow an, was er aus der Situation machte.

John Barryl lenkte den Mähdrescher sicher durch den zweiten Zaun und fuhr dann auf der Straße weiter. Nach zweihundert Metern, in einer Senke, überkam ihn die Neugier. Er bog ab, rollte an den Rand eines Kornfeldes und setzte den Mechanismus in Bewegung. Die rotierenden Schneidbalken senkten sich, die erste Flut von Halmen wurde in die Maschine geschleudert.

Shukow in seinem Häckselkasten merkte mit Entsetzen, wie aus dem dicken Blasrohr ein gewaltiger Luftstrom kam und ihn fast gegen die Wand drückte. Dann staubten auch schon die ersten Häckselwolken herein und nahmen ihm die Luft, als stecke er mitten in einem Sandsturm. Er ließ sich fallen, riß einen der Wasserkanister auf, schüttete ihn über das Handtuch und preßte dann das nasse Tuch fest gegen sein Gesicht. Staubwolken drückten ihn nieder, und das herumwirbelnde Häcksel traf ihn wie tausend Nadeln. Das Gebläse war so stark, daß er meinte, die Häckselstückchen würden in seine Haut gedrückt, drängen in alle seine Adern und vermischten sich mit seinem Blut zu einem dicken Brei. Er hustete wild, tastete mit geschlossenen Augen nach der Sauerstoffflasche und preßte das Mundstück zwischen seine Zähne.

Das überleb ich nicht, dachte er. Die verdammten Häcksel werden mich zertrümmern, ersticken, mich ausstopfen wie einen

Spielzeugbären. Er preßte das Gesicht gegen die Wand aus Zinkblech, saugte aus der Flasche den reinen Sauerstoff und vergrub sein Gesicht in das große nasse Handtuch. Gegen seinen Rücken hämmerte der Strom der Häckselstückchen.

So plötzlich, wie es begonnen hatte, hörte das Gebläse wieder auf. John Barryl hatte seine Neugier gestillt, fand, daß die amerikanische Maschine ein gutes Ding sei, schaltete die Apparatur aus und bog zurück auf die befestigte Straße. Hinter sich ließ er fünf Strohballen, fest gepreßt und zweimal verschnürt.

Shukow in seinem Häckselkasten warf sich auf den Rücken und nahm das Handtuch vom Gesicht. Er atmete noch immer aus der Sauerstoffflasche und gewöhnte sich erst langsam daran, daß er noch lebte.

John Barryl passierte die dritte Sperre ohne Schwierigkeiten. Hier erwartete ihn Bürgermeister James Bulder und kletterte zu ihm in die Fahrerkabine.

»Na, was sagen Sie dazu, John?« fragte er. »Wenn Sie wüßten, welchen Weg das Ding genommen hat. Gekauft wurde es von Schweden durch Mittelsmänner, dann haben wir es nach Finnland geschafft und von dort nach Winniza. Wie ich sehe, fahren Sie den Kasten, als seien Sie darauf geboren.«

»Ich freue mich auf die Landarbeit, Sir.« John Barryl ließ den Motor wieder an. »Wer macht jetzt die Hamburgers?«

»Billy selber. Nach der Ernte kommen Sie zu Rampler zurück. Er besteht darauf. Übrigens Norma auch. Sie hat sich über Ihre Versetzung beschwert.«

John Barryl schwieg, aber sein Lächeln war Antwort genug.

In der Nacht — Shukow las die Zeit an seiner Leuchtzifferuhr ab — kroch er aus dem Häckselkasten. Dewjatow hatte vorsorglich die Verschlüsse umgeklappt, bevor er das Fahrzeug an John Barryl übergab, und der hatte für den Holzkasten keinen Blick verschwendet. Vorsichtig drückte Shukow den Deckel hoch, blickte sich um und stellte fest, daß er hinter einer großen Scheune stand. In den Gebäuden der landwirtschaftlichen Genossenschaft brannte kein Licht mehr. Um ein Uhr nachts schläft ein anständiger Mensch.

Shukow kletterte von dem Mähdrescher herunter, schleppte die Kanister und die halbleere Sauerstoffflasche weiter in die Felder, überlegte es sich dann, schwenkte ab und lief hinunter zum Fluß. Dort versenkte er alles, wusch den Häckselstaub von seinem

Körper, schwamm sogar in dem herrlich kühlen Wasser des Bug bis zur Mitte des Flusses und klopfte dann seinen Anzug aus.

Um zwei Uhr morgens wanderte er am Ufer entlang und erfuhr am Reklameschild einer dunkel am Fluß liegenden Werkstatt für Motorboote, wo er war.

Frazertown Motors. The best motors of the world.

Frazertown!

Shukow atmete tief auf. Geschafft! Rußlands bestgehütetes Geheimnis war kein Geheimnis mehr.

Er ging weiter und sah plötzlich, nach einer Biegung des Flusses, die Stadt vor sich liegen. Der Anblick überwältigte ihn einen Augenblick. Das war eine Kleinstadt aus dem Mittelwesten der USA, fast bilderbuchmäßig genau nachgebaut bis zum Fernsehantennenwald auf den Dächern und den zuckenden Neonreklamen. Auf Billy Ramplers Dach war der riesige Hamburger noch erleuchtet ... er beherrschte souverän den ganzen Platz am Fluß mit den Bootsstegen und Bänken, dem Supermarkt und dem Spielsalon.

Bob Miller — das war er jetzt wieder — gab sich seinem Staunen nur ein paar Augenblicke hin. Dann schlenderte er weiter, die Hände in den Hosentaschen, und warf einen Blick in Billys Restaurant. Es waren nur zwei Tische besetzt, und hinter der chromblitzenden Theke stand ein schwarzhaariges Girl mit vollem Pullover.

»Das macht die Sache menschlicher«, sagte Miller leise und verzichtete darauf, Billys Hamburger-Paradies zu betreten. Es war wichtiger, sich die Stadt anzusehen. Wo war das Stadthaus, wo die Polizei mit dem Sheriff, wo Arzt und Apotheke? Vor allem: wo konnte man bis zum Morgen bleiben, ohne Aufsehen zu erregen?

Bob Miller entschloß sich, es auf beste amerikanische freiheitliche Art zu versuchen. Er setzte sich am Fluß auf eine Bank, steckte sich eine Zigarette an und wartete auf das Morgenrot.

Auch das war Amerika, daß eine halbe Stunde später ein Polizist, ein Patrolman, neben Miller auftauchte und ihn musterte. Billy Ramplers Riesenhamburger war mittlerweile erloschen, auch die Leuchtreklamen des Spielsalons und der Nachtbar von Hillmoore hatten Ruhe, Frazertown schlief brav einem neuen Tag entgegen. Das war das einzige, dachte Miller, was diese Stadt vom wirklichen amerikanischen Leben unterschied. Es gab keine Kriminalität. Hier lag ein Fehler in der Ausbildung. In Smolenska, in Alaskas russischer Geisterstadt, wurde wenigstens geklaut. Wir Amerikaner sind doch perfekter, dachte Miller zufrieden.

Der Patrolman schien genug gesehen zu haben. Bob Miller grinste ihn fröhlich an.

»Ist was?« fragte er.

»Warum sitzen Sie hier auf der Bank?«

»Ist das verboten?«

»Um diese Zeit ist's ungewöhnlich, Mister ...«

»Nennen Sie mich ruhig Bob.« Miller streckte die Beine weit von sich. »Schon mal was davon gehört, daß man nicht schlafen kann? Da kriegt man die Augen nicht zu, und neben einem liegt Betty und sägt Wälder ab! Wie gut tut da die frische Luft! 'ne Zigarette, Patrolman?«

»Danke.« Der Polizist zögerte, drehte sich dann um und ging weiter. Bob Miller stieß leise die Luft aus. Das war an der Grenze der Gefahr, dachte er. So vollkommen amerikanisch sind sie hier doch nicht. Aber der Junge hat sich in der Gewalt ... dafür, daß er ein russischer Offizier ist, hat er blendend reagiert und die Situation begriffen. Er wird sich denken: wieder etwas dazugelernt.

Am Morgen frühstückte Bob in Yenkins Selbstbedienungsrestaurant neben dem Stadthaus, holte aus den Automaten starken Kaffee und zwei belegte Brötchen mit Schinkenspeck und suchte die Wohnungsvermittlung auf. Die beiden freundlichen Herren fragten nicht nach Ausweisen ... wer in Frazertown neu ankam, brauchte keine Legitimation. Bob Miller bekam ein kleines weißgestrichenes Holzhaus mit einem Gärtchen, ganz in der Nähe von John Barryl, unterschrieb wie alle einen Abzahlungsvertrag für Haus und Möbel und kam sich wie daheim vor. Es fehlte nichts ... vom Tiefkühlschrank bis zum Schaukelstuhl, von der kitschigen Fernsehleuchte bis zum Pin-up-Plakat, das er sich zur Anregung an die Wand pinnte, dem Bett gegenüber.

Gegen Mittag hatte es keinen Zweck mehr, seinen Drang, das Mädchen in Billys Hamburger-Schuppen näher zu betrachten, zu unterdrücken. Er machte einen Umweg zu ›Sharoons Menshop‹, kaufte für dreißig Dollar eine flotte leichte Leinenjacke und betrat Billys Restaurant wie ein Eroberer. Norma Taylors prüfender Blick traf ihn sofort. Er sah sie mit seinen verträumten Augen kurz an, ging an einen Tisch in der Nähe der Theke und setzte sich.

Dort saß er etwa zwanzig Minuten, als Norma hinter ihrer Theke hervorkam und sich räusperte. Miller blickte hoch. Zuerst sah er ihre Brüste, dann ihr Gesicht mit den fast schwarzen Augen. Es war eine gute Reihenfolge.

»Haben Sie noch nicht bemerkt, daß man hier nicht bedient wird?« fragte Norma Taylor schnippisch. »Wenn Sie was wollen, müssen Sie sich schon bewegen. Wir geben nur aus ... holen muß sich jeder selbst.«

»Das ist mir klar.« Miller lächelte sie mit seinen verträumten Augen an. »Ich wollte nur, daß Sie hinter Ihrer Chromfestung hervorkommen. Mich interessierten auch Ihre Beine. Sind keine Enttäuschung. Meistens ist es so: Oben kracht's in den Nähten, und unten wird's krumm!«

Norma Taylor schien es die Sprache zu verschlagen. Miller sah, wie sie nach einer Antwort rang, und als sie nichts Treffendes zu sagen wußte, drehte sie sich brüsk ab. »Affe!« knurrte sie bloß und ging sehr schnell hinter ihre Theke zurück. Miller blickte ihr begeistert nach. Ihr Hüftschwung beim Gehen setzte sich in seinem Inneren wie Glockenläuten fort.

An diesem Mittag holte er sich zweimal Erdbeermilch und zwei Hamburgers und stieß zum Abschied einen unartikulierten Schrei aus. Norma Taylor zuckte zusammen.

»Sind Sie total verrückt?« rief sie.

»Das ist die Affensprache«, sagte Miller fröhlich. »Und es heißt: Bis Morgen, Baby —«

Er hatte kaum Billys Lokal verlassen, als Norma in die Küche rannte und John Barryl an das Fenster zerrte. Bob Miller ging pfeifend über den Platz.

»Kennen Sie den?« fragte Norma. John Barryl schüttelte den Kopf.

»Warum?«

»Er war zum erstenmal hier.«

Barryl beobachtete aus den Augenwinkeln Norma Taylor. Sie schien sehr erregt und atmete heftiger als sonst. Auf ihren Wangen hatten sich runde, rötliche Flecken gebildet. »Ich werde mich drum kümmern, wer er ist«, sagte er und ärgerte sich, daß es sehr hart klang. »Sieht gut aus, der Junge.«

»Kuhaugen hat er!« erwiderte Norma laut. »Augen wie eine Schlafpuppe! John, gehen Sie heute abend mit mir tanzen?«

Barryl nickte. Instinktiv spürte er, daß Norma Taylor vor irgend etwas Angst hatte.

Gerald Hillmoore hatte nichts dagegen, einen zusätzlichen Barmixer einzustellen. Bob Miller, wie sich der Junge vorstellte, sah blendend aus, war groß und kräftig, lachte mit einem Gebiß, wie man es sonst nur im Fernsehen bei Reklamesendungen von Zahnpasta bewundern konnte, und er sah auch nicht danach aus, daß ihm der anstrengende Nachtdienst auf die Dauer in die Kniekehlen fahren würde. Da hier in Frazertown niemand fragte, wo einer herkam, denn das wußte man ja, und man das freie Leben der USA in allen Nuancen durchspielte, nahm Hillmoore, der eigentlich Jewgeni Alexandrowitsch Schimanow hieß und Oberstleutnant war, ohne das geringste Zögern an, einen besonders fähigen Offizier der Roten Armee vor sich zu haben. Bob Miller schien schon ein paar Lehrgänge hinter sich zu haben, denn er benahm sich so amerikanisch, wie man es besser nicht wünschen konnte. Er ging ohne viel Worte hinter die Theke, holte einen Mixbecher, zog einige Flaschen an sich heran und braute einen Sud zusammen, den er über gestoßenes Eis in hohe Gläser schüttete. Er schob Hillmoore eins zu und nickte grinsend.

»Meine fachliche Empfehlung, Boß«, sagte er. »Ein Spezial-Drink. In Florida nennen sie den ›Höschen runter‹, weil er jedem Mädchen wie ein Blitz in den Slip fährt. Cheereeo!«

Er prostete Hillmoore zu, kippte mit einem Schluck das halbe Glas hinunter, und als Hillmoore es ihm gleichtun wollte, erlebte er, was es heißt, sich die Gurgel zu verbrennen. Er rang nach Luft, warf die Arme hoch und hustete, sich verkrümmend, bis er sicher war, die halbe Lunge ausgespuckt zu haben. Bob Miller lachte jungenhaft und trank sein Glas ohne sichtbare Regung leer.

»Sie sind engagiert, Bob«, keuchte Hillmoore. »Verdammt, das dürfen Sie hier keinem anbieten! Sie töten ja halb Frazertown damit. Können sie auch vernünftige Drinks mixen?«

»Wenn Sie wollen — ich braue Ihnen einen Cocktail von der Zärtlichkeit eines blondbeflaumten Oberschenkels —«

»Sie werden es schwer haben, Bob«, meinte Hillmoore ahnungsvoll. »Wir haben in Frazertown schätzungsweise vierundsechzig Frauen. Das halten Sie nicht aus!«

»Ich habe das Überlebenstraining mit ›Sehr gut‹ bestanden, Boß!« Miller lachte entwaffnend, und Gerald Hillmoore war überzeugt, einen guten Fang gemacht zu haben. Wie alle geschäftlichen Unternehmungen in Frazertown arbeitete auch er völlig kommerziell, nur durfte er den Gewinn nicht behalten, sondern mußte ihn bei James Bulder abgeben. Hier hatte das amerikanische Wirtschaftsleben seine Grenze.

»Wir fangen um zwanzig Uhr an«, sagte Hillmoore. »Im Magazin hängen Baruniformen in allen Größen, eine wird Ihnen passen. Was haben Sie heute nachmittag vor, Bob?«

»Ich muß mein Haus einrichten, Boß. Und dann sehe ich mir die Boxschule mal an.«

»Sie boxen?«

»Nicht nur. Ich interessiere mich für alles, was Sport heißt. So long —«

Miller tippte an seine Stirn und verließ Hillmoores Büro. Beim Hinausgehen empfand er einen merkwürdig heißen Druck im Nacken. Er starrt mir nach, dachte er. Man scheint hier einen gedrosselten Amerikanismus zu pflegen. Manieren des Mittelwestens treffen noch auf Erstaunen. Er nahm sich vor, sich anzugleichen, aber er wußte auch, daß er damit nie und nimmer Norma Taylor aus ihrer Sittenfestung herausbrechen konnte.

Den ganzen Nachmittag verbrachte Bob damit, einzukaufen und sich die Stadt anzusehen. Frazertown war ein kleines Wunder an Kopie, aber eben doch nur eine Kopie, wie Bob Miller zufrieden feststellte. Er verglich die Stadt mit ihrem Gegenstück in Alaska, dem unbekannten Smolenksa, und der Vergleich fiel zugunsten Alaskas aus. Smolenska war um ein paar Nuancen russischer, als Frazertown amerikanisch war, trotz Drugstores, Supermarkt, Spielhalle, Pferdewettbüro, eigener Zeitung — die Frazertown News — Kino und Billy Ramplers ergreifend kitschiger Hamburger-Bude.

Das alles aber änderte nichts daran, daß Frazertown für die internationale Sicherheit — und für die USA im besonderen — der gefährlichste Ort der Erde war. Wer die Stadt mit Moskaus Aufträgen in der Tasche verließ, war ein bis zur Vollkommenheit getarnter Agent, dem aufgrund seiner Intelligenz und Ausbildung, seiner Perfektion und seiner selbstmörderischen Kaltblütigkeit kein Hindernis mehr im Wege lag.

In der Boxschule herrschte Hochbetrieb. In vier Ringen wurde gekämpft. Keuchen und das Klatschen der Schläge erfüllten die heiße Luft. Dazwischen brüllten die Trainer und fuchtelten mit den Armen, als würden sie ersticken. Bob Miller setzte sich an den Ring, wo zwei Schwergewichtler aufeinander eindroschen, zwei breite Klötze, die sich kaum bewegten, sondern nur mit den Fäusten herumhämmerten. Ihre Beinarbeit war miserabel. Der

Trainer schrie sie an: »Tanzen! Tanzen! Denkt an Cassius Clay. Steht nicht herum wie die Säulen des Capitols! Bewegt euch, ihr Hornochsen!« Aber es hatte wenig Sinn. Sie tappten nur umeinander wie vollgefressene Grislys.

Miller fand, daß es sich nicht lohnte, weiter zuzusehen und ließ sich beim Leiter der Boxschule melden. Er erklärte, daß er kein Neuling sei, sondern schon manchen Kampf durchgestanden hätte. »Ich will nicht verrosten, Chef!« sagte er. »Warmhalten ist die halbe Kunst des Lebens. Wer fünfzehn Runden im Ring schafft, der hält auch bei Betty im Bett durch.«

»Du kannst morgen um fünfzehn Uhr anfangen, Bob!« nickte Harry Fulton, der Chef der Boxschule. Er taxierte Miller fachmännisch. »Ich glaube, ich habe den richtigen Partner für dich. Deine Größe, deine Statur. Ihr müßtet fabelhaft zueinander passen. Freue mich schon drauf.«

»Ich auch, Chef.«

Wer mag das sein, dieser Partner, dachte Miller, als er wieder auf der Straße stand, unschlüssig, wohin er jetzt gehen sollte. Zu Norma auf keinen Fall, sie sollte in ihren Gedanken schmoren. Meine Größe, meine Statur, das muß ein interessanter Bursche sein.

Miller war mit sich zufrieden. Er hatte es in einem Tag geschafft, eine Reihe guter Bekanntschaften zu schließen, und er hatte dafür gesorgt, daß man ihn an vielen Stellen von Frazertown kannte. In den Geschäften und dem Supermarkt vor allem, wo naturgemäß ein Umschlagplatz für den Tagesklatsch war. Fehlte nur noch der Friseur, ein wichtiger Mann, denn wer einen Friseur zum Freund hat, kann mit einem guten Leumund rechnen.

Bob Miller ließ sich die Haare stutzen, erzählte im Friseursessel einige knallende Witze und machte Reklame für Hillmoores Nachtbar. »Wenn ihr kommt«, sagte er zu den Friseuren, »mixe ich euch einen Saft, der die Wirkung von zwei Pfund Ginseng hat. Ihr werdet Mühe haben, ihn wieder runter zu kriegen —«

Die Leute im Friseursalon waren begeistert, und Bob Miller war um einige Freunde reicher. Später saß er am Fluß, von dem er jetzt wußte, daß er hier Silver River hieß, auf einer der weißen Bänke und notierte sich die bisher herausgefundenen amerikanischen Decknamen der Russen auf die neueste Ausgabe der »Frazertown News«. Er benutzte dafür völlig unverfänglich das Kreuzworträtsel, aber statt der Lösungen schrieb er in die Kästchen die Buchstaben der Namen: Hillmoore, Fulton, Rampler ... es waren bereits, als er fertig war, vierundzwanzig Namen.

Vierundzwanzig russische Agenten, die nun nicht mehr unbekannt waren. Wo sie auch später in Amerika an Land gingen ... sie würden nur noch im Schatten des CIA leben. Ihre Aktionen würden gelenkt werden, ohne daß sie es merkten.

Um 19 Uhr trat Bob Miller seinen Dienst bei Hillmoore an. Er fand in einem Schrank, der ihm gezeigt wurde, eine passende Barmixeruniform, stellte sich den beiden anderen Mixern vor, die schon von Hillmoore über ihren neuen Kameraden allerlei gehört hatten, und übernahm die Station III, die rechte Seite der Bar, gegenüber der Tanzfläche und der vier Mann starken Band. Drei Go-go-Girls und das Zigarettenmädchen lächelten ihm neckisch zu und drückten ihre Busen durch die Blusen. Es waren fast durchsichtige Stoffe. Bob Miller stellte fest, daß die Mädchen ohne Ausnahme in Ordnung waren.

Um 20 Uhr kamen die ersten Gäste, und Bob braute seinen ersten Elliott Cocktail. Das sind 1 Viertel Gin, 1 Viertel Cointreau, 1 Viertel Peach Brandy und 1 Viertel Zitronensaft. Das Ganze wird über 4 Stückchen Eis geschüttelt. Ein absoluter Stimmungsmacher.

Gerald Hillmoore beobachtete Miller aus einer Ecke, wo verschwiegene Tische standen, kleine Logen mit stimmungsvoller rötlicher Beleuchtung.

Der Genosse ist perfekt, dachte Hillmoore. Wir werden wenig Freude an ihm haben. General Sinjonew wird ihn bald in den USA einsetzen. In Frazertown gibt er sicherlich nur ein Gastspiel. Warum? Was kann Bob hier noch Amerikanisches lernen?

John Barryl hatte sich besonders fein gemacht.

Nachdem er den größten Teil des Tages draußen bei seinem Monstrum von Mähdrescher verbracht und den riesigen Apparat in allen Einzelheiten studiert hatte, verbrauchte er am Nachmittag von seinen 250 Dollar ›Handgeld‹, die man ihm bei der Anmeldung im Stadthaus gegeben hatte, 150 Dollar zum Kauf eines mittelblauen Anzuges, eines cremefarbig getönten Oberhemdes und einer blauweiß gepunkteten Krawatte. Außerdem kaufte er ein französisches Rasierwasser, das besser roch als das amerikanische. Von seinem Wochenlohn hatte er bis jetzt nichts übrigbehalten. Die Standardeinrichtung seines Hauses war ihm zu langweilig gewesen, er schaffte sich eine kleine Hausbar an und einen bizarr gemusterten anatolischen Teppich, der zum Mittelpunkt des Wohnraumes wurde. Wenn es gelang, Norma Taylor in das Haus zu locken, sollte sie staunen. Und da in Frazertown, wie im normalen Leben, alles mit baren Dollars oder auf Abstottern bezahlt werden mußte, sah sich John Barryl in permanenter Geldverlegenheit. Nur die 250 Dollar Handgeld hatte er gespart, und sie opferte er jetzt für Norma Taylor, indem er sich wie ein Gentleman einkleidete.

Norma erwartete ihn vor dem Haus, in dem sie ein Apartment besaß, im zweiten Stockwerk. Sie sah hinreißend aus, trug einen weiten, langen Rock, bedruckt mit riesigen Mohnblumen auf hellgrünem Grund, dazu eine ziemlich gewagt ausgeschnittene Bluse im Gardenlook und um das schwarze Haar ein Band in der gleichen, Leidenschaft signalisierenden roten Farbe der Mohnblumen. John Barryl war stumm vor Bewunderung. Er bemerkte sofort, daß Norma auf einen Büstenhalter verzichtet hatte und alles frei schwebte. Als er ihr die Hand gab, kam er sich vor wie ein Halbwüchsiger, dem man zum erstenmal zeigt, warum ein Leben ohne Frauen eine Verhöhnung der Natur ist.

»Sie sehen gut aus, John!« sagte Norma unbefangen. »Neu, der Anzug?«

»Ich habe vor zehn Minuten das Preisetikett abgerissen ...« Barryl vermied es, in Normas so nahen tiefen Blusenausschnitt zu starren. Ein Hauch von Parfüm wehte zu ihm hin, der den an sich schon warmen Abend noch schwüler machte. »Gehen wir?« sagte er heiser.

Sie hakte sich bei ihm unter, und er glaubte, durch den Stoff seines Ärmels die schmeichelnde Wärme ihrer Haut zu spüren. Während sie ging, wippten die Brüste leicht auf und ab ... es war nicht zu übersehen, man konnte es nicht ignorieren, es war ein Teil des Zaubers, der von Barryl Besitz ergriff. In den Schläfen begann ein taubes Rauschen, er mußte den Mund etwas öffnen und seinen Atem dosieren, denn wenn er jetzt nur durch die Nase atmete, konnte das wie ein wildes Schnauben klingen.

Sie macht mich verrückt, dachte er. Sie überfordert glatt die Selbstbeherrschung eines Mannes! Wie soll man das eine ganze Nacht lang aushalten? Gebt mir einen Rat, Genossen! Siehst du ein hübsches Weib, dann flüchte — oder leg ihr deinen Kopf zu Füßen ... das sagen die Kirgisen. Welch eine Weisheit.

John Barryl war bereit, vor Norma bedingungslos zu kapitulieren.

Was er auf dem Weg zu Hillmoores Nachtbar alles erzählte, wußte John nicht mehr, als sie endlich den Eingang erreicht hatten, über dem die Neonreklame in verschiedenen Farben zuckte. Es mußte viel Dummes gewesen sein, denn Norma hatte ein paarmal aufgelacht und seinen Arm gedrückt. Er spürte es wie heiße Körperküsse.

Bei Hillmoore war schon lauter Betrieb, aber Barryl hatte einen Tisch bestellt, einen jener rot beleuchteten Logenplätze, wo man unter den vielen Menschen doch allein war.

Bob Miller mixte am Tresen gerade einen Lone Tree Cooler und ließ den Shaker in der Hand tanzen, als er Norma durch die Tür kommen sah. Ihr Anblick traf ihn wie ein Fausthieb in den Magen. Er stellte den Shaker hin und beobachtete mit Mißfallen, wie ein großer, muskulöser, verdammt gut aussehender Mann in einem mittelblauen Anzug und mit gepunkteter Krawatte den Kellner ansprach, auf eine der Logen zeigte, Norma dann um die Hüfte faßte und um die Tanzfläche herumkam. Es war ein Zufall, daß gerade jetzt die Band eine Pause einlegte und das Stimmengewirr im Lokal das einzige Geräusch war. In diese relative Stille ertönte hell, als Norma in der Nähe der Bar war, ein tierischer Schrei. Norma Taylor zuckte herum, ihr Blick kreuzte sich mit dem von Bob Miller wie blitzende Klingen. Dann warf sie den Kopf in den Nacken und ging schnell zu der reservierten Loge. John Barryl dagegen blieb stehen, starrte Bob Miller entgeistert an und trat dann näher.

»Haben Sie Schmerzen?« fragte er.

Bob Miller faltete die Hände über seinem Shaker und nickte zu Norma hin. Sie setzte sich gerade. »Das war aus der Affensprache«, sagte er. Barryl starrte ihn an. Die verträumten Augen des Mannes irritierten ihn. »Und es heißt: Freue dich, Christenheit, ein Engel ist gekommen!«

»Sind Sie verrückt?«

»Durchaus nicht. Erzählen Sie's Ihrer Begleiterin, sie wird's verstehen.«

»Norma?«

»So ist es! Wußten Sie nicht, daß Norma Spezialistin für Affen ist?«

Barryl verzichtete auf weitere Erklärungen und ging zu seinem Tisch. Er traf auf eine Norma Taylor, die wieder rote Flecken im Gesicht hatte, vor Erregung ihre schöne, schmale Nase blähte und ihre Unterlippe durch die Zähne zog. So sieht ein Mensch aus, der einen Mord nicht bereuen würde, dachte Barryl und war von Norma begeistert.

»Soll ich zurückgehen und ihm eine runterhauen?« fragte er und blieb stehen.

»Das kann ich allein!« Sie starrte mit einem wilden Blick zu Bob Miller hinüber, raubtierböse und mit angespannten Muskeln. »Dieses Baby-Face! Hat er gesagt, das wäre die Affensprache?«

»Genau!« John Barryl war verblüfft. »Sie kennen ihn?«

Ihre Nasenflügel blähten sich wieder. Bob Miller hatte seinen Shaker wieder genommen, schüttelte ihn, warf ihn elegant in die Luft, fing ihn auf und schüttete dann den Lone Tree Cooler in die hohen Gläser. Die beiden Männer, die er bediente, grinsten ihm anerkennend zu.

»Sie machen das hervorragend«, sagte der eine. »Wie heißen Sie?«

»Bob.«

»Sie haben es auf Norma Taylor abgesehen? Vergebliche Mühe. Wenn sie nicht ihre Milchmixgetränke mixt, liest sie zu Hause Micky Spillane ...«

»Ich werde ihr ›Sexus‹ von Henry Miller rüberschicken.«

»Das schlägt sie Ihnen um die Ohren. Da wette ich zehn Dollar gegen!«

Norma Taylor starrte Miller an, als könne ihr Blick wie ein Laserstrahl töten. »Hol ihn her!« sagte sie plötzlich. John Barryl zuckte zusammen. Aus zwei Gründen. Zum erstenmal duzte sie ihn, und zum zweiten war ihre Stimme um drei Nuancen tiefer als sonst. Es war ein Klang, der ins Blut drang.

»Hierher?« fragte Barryl zurück. »Du willst ihm wirklich ins Gesicht schlagen?«

»Hol ihn sofort her, John!« Sie legte die kleinen geballten Fäuste auf die Tischplatte. »Ihr Männer fragt immer so viel!«

Barryl stand also auf und ging hinüber zur Bar. Er hätte für Norma alles getan in diesem Augenblick. Würde sie befohlen haben: Bring ihn um ... er war sich nicht sicher, ob er nicht auch das getan hätte. Das ist verrückt, dachte er, als er sich gegen die Bartheke lehnte. Wir alle wissen, warum wir in Frazertown sind, wir sollen die Besten der Sowjetunion sein, die Elite, von uns erwartet das Vaterland noch Großes, wir haben eine fast heilige Aufgabe vor uns ... doch dann sieht man ein Mädchen, und die Leidenschaft ist stärker als die Vernunft. Man sollte uns auch da bis zur Perfektion ausbilden, uns immun machen gegen alle weiblichen Reize. Jeden von uns einen Monat lang oder noch länger einsperren mit den hübschesten Weibern, die alle Tricks beherrschen. Erst, wer das übersteht, ist die perfekte, eiskalte Maschine, die man aus uns machen will.

Bob Miller beugte sich etwas zu John Barryl vor. »Was soll es sein, Bruder?« fragte er freundlich. »Für die Dame eine Kokosnuß?«

»Sie möchten an den Tisch kommen!« sagte Barryl gefährlich leise.

»Ich bin im Dienst.«

»Wenn's Schwierigkeiten gibt, spreche ich mit Hillmoore.«

»In diesem Fall ... okay!« Bob Miller wusch sich die Hände, zog sein Barmixerjackett aus roter Seide gerade und verließ seine Theke. John Barryl ging hinter ihm her. Sie waren fast gleich groß, gleich breit, gleich schwer. Ein schönes Gebilde aus Muskeln. Er muß ein Weißrusse sein, dachte John. Vielleicht sogar aus den Ostseegebieten. Ich würde es sofort an seiner Sprache merken. Auch wenn es in Frazertown streng verboten ist — ich werde mit ihm russisch reden!

Norma Taylor blickte Bob mit den kalten Augen eines Bären an. Er stand vor ihr, groß und breitschultrig, und betrachtete ungeniert ihre fast freien Brüste in der Folklorebluse. Sie registrierte den unverschämten Blick, tat aber nichts, den Ausschnitt höher zu ziehen oder an die Haut zu drücken.

»Da bin ich« sagte er überflüssig. »Ich heiße Bob Miller, bin 33 Jahre alt, geboren in einem Nest von New Mexiko, wo es so heiß ist, daß sich Männlein und Weiblein vorher mit Eis einreiben, ehe sie zusammen schlafen. Sie würden sich sonst miteinander verschweißen wie Kunststoffolien.«

»Sie sind ein Schwein, Bob!« sagte Barryl hinter Millers Rükken. »Eine Erzsau! Lassen Sie das auf sich sitzen?«

Bob Miller lächelte Norma nachsichtig an. »Glaubt Ihr Knabe, er könnte mich damit vor die Tür locken und Hack-hack mit mir machen? Wir leben hier in einem freien Land, und jeder brave US-Bürger darf sagen, was er denkt.« Er drehte sich zu Barryl um. Sie standen so nahe voreinander, daß ihre Nasen sich fast berührten. »Wir sind doch in Amerika, nicht wahr?«

»Man kann es übertreiben, Bob.« John Barryl spitzte erregt die Lippen. »Das Spiel hört da auf, wo es um Gefühle geht ...«

»Im Gegenteil, da fängt es an.« Bob Miller ging um den kleinen Tisch herum und setzte sich an Normas linke Seite. Das war eigentlich Johns Platz, aber er verzichtete darauf, das zu reklamieren. Er holte den anderen Stuhl heran und rückte nahe an

Normas rechte Hälfte. »Ich habe gelernt, daß Gefühle gefährlicher Luxus sind. Es gab da ein Lager, da wurde an uns der Dritte Grad der Vernehmung geübt. Wer mit halbwegs heiler Seele und vereistem Gehirn da herauskam, hatte Glück.« Er blickte Barryl an. »Sie waren nicht in diesem Lager?«

»Nein. Ich komme von ...« Er schwieg und hob verzeihend die Schultern.

»Wir sind unter uns. Der gute Onkel Sinjonew hört nicht mit.«

»Ich war zuletzt in Frunse.«

»Das leuchtende Vorbild eines Offiziers!« Bob Miller lehnte sich zurück. Er sah Hillmoore in der Tür des Büros stehen und sie beobachten. Aber er kam nicht herüber. »Ich habe Frunse nie gesehen. Auch nicht die Akademie von Moskau.«

»Da war ich auch«, sagte Barryl stolz.

»Natürlich! Ein strahlender Stern wie Sie! Dafür hing ich ein Jahr in den Sümpfen von Tschernowskaja in Mittelsibirien, und in Spornoje, nördlich von Magadan, haben sie Steine auf unserem Brustkorb zerhämmert. Über der Senka, einem Mistfluß mitten in Jakutien, warfen sie mich in einem Fallschirm aus dem Flugzeug. Was hatte ich bei mir? Meine bloßen Hände, weiter nichts. Aber ich habe mich durchgeschlagen, ich habe mir aus Steinen Messer und Beile geschliffen, aus nassen Ästen Schlingen gemacht, Hasen und Füchse damit gefangen und habe solange Kiesel aufeinandergeschlagen, bis ein paar Funken auf das trokkene Moos fielen. Da hatte ich endlich Feuer. Und wer Feuer hat, ist Sieger über die Natur. Meine Hände waren oft nur eine geschwollene, blutige Masse. Was habe ich da getan? Ich habe draufgepißt! Das ist besser als Penicillin, es brennt wie die Hölle, aber es desinfiziert und schreit den Körper an: Heile!« Bob Miller schüttelte den Kopf. »Nein, mein lieber Genosse, reden Sie mir nicht von Gefühlen! Die kann sich ein Leitbild aus Frunse wie Sie leisten.«

Er wandte sich Norma zu. In ihren Augen lag die stumme, aber fast greifbare Faszination, die sie nie zugeben würde. Ihr Blick streichelte Bobs Gesicht, er spürte es körperlich, glitt dann von ihm weg und heftete sich auf die Tanzfläche. Die Band kam aus ihrer Pause zurück. Norma Taylor flüchtete wieder vor sich selbst.

»Was sollen wir trinken?« fragte Bob. »Soll ich Ihnen einen Dom-Cocktail machen, Norma? Cognac, Bénédictine Dom, Triple sec, Fleur d'orange? Ganz sweety! Sie sehen so aus, als ob Sie scharfe Süße vertragen könnten, Norma.«

»Sie kennen meinen Namen?«

»Das war das erste, nach dem ich mich hier in Frazertown erkundigt habe. Ich mußte doch wissen, wie die große Zoologin heißt, die mich zu den Affen einstufte.«

»Vergessen Sie das endlich, Bob!«

»Ich heiße John Barryl«, warf Barryl dazwischen. Er ärgerte sich, daß das Gespräch an ihm vorbeifloß und er nichts zum Thema zu sagen hatte. »Ich nehme einen einfachen Whisky. Während Sie Ihren Shaker an die Decke schmeißen, tanze ich eine Runde mit Norma.«

Er sprang sofort auf, zog Norma am Arm vom Stuhl und wartete ihre Zustimmung gar nicht erst ab. Sie weigerte sich auch nicht, faßte John unter und legte auf der Tanzfläche mit einer Zärtlichkeit, die Barryl heiß ins Genick fuhr, beide Arme um seinen Nacken. So tanzten sie einen einschmeichelnden Blues, sie drückte sich eng an ihn, er spürte den Druck ihrer festen Brüste und atmete den Duft des Parfüms ein, das ihrer Haut entströmte. Als man die Beleuchtung auch noch herunterdrehte und bunte Lichtspiele über die Tanzenden ausstreute, legte Norma ihren Kopf an Barryls Brust und bewegte sich kaum von der Stelle. Es war ein Reiben und Streicheln, ein Drücken und Umklammern, das Barryl fast betäubte. Was er an Zärtlichkeit von Frauen schon empfangen hatte, waren grobe Bauerngriffe gegen Normas tigerhafte, pulsierende Geschmeidigkeit. Er ließ seine Hände ihren Rücken heruntergleiten und legte sie um die Rundungen ihres Gesäßes. Vorsichtig, wie eine Frage, drückte er ihren Unterleib an sich. Sie blieb mit dem Gesicht an seiner Brust, aber ihr Unterkörper gab nach. John spürte, wie sich die Muskeln ihres Gesäßes spannten und sie seinem fragenden Druck entgegenkam.

Das ist der Sieg, dachte John Barryl, keiner Worte fähig vor Glück. Ich habe die herrlichste Frau erobert.

Bob Miller mixte den Dom-Cocktail und sah ihnen zu. Du raffiniertes Luder, dachte er mit satter Zufriedenheit. Dem armen John fließt das Blut nach Süden, und er merkt nicht, welch ein Aas er über das Parkett schiebt. An ihm demonstriert sie, wie sie sein kann. Später wird sie ihn auf die Nase küssen und davontrippeln, und der gute John wird eine Menge kaltes Wasser über sich fließen lassen müssen, um alles an sich zu beruhigen.

Er goß das Glas ein, probierte den Cocktail, fand ihn hervorragend und gab dem Glas einen Kuß in genau dem Augenblick, als Norma Taylor bei einer Drehung zu ihm hinblickte. Sie drückte sofort den Kopf wieder an Johns Brust und tanzte den Blues zu Ende, als sei er der Teil eines Orgasmus.

Morgens um vier Uhr brachten sie Norma gemeinsam nach Hause. Wie Bob es vermutet hatte: Sie gab John einen Kuß auf die Nase, reichte Miller lässig die Hand und verschwand dann hinter der Tür des Apartmenthauses. Bob sah Barryl an, daß er innerlich vor Wut kochte.

»Hier war einer zuviel!« sagte John böse, als sie allein auf der Straße standen. Am östlichen Horizont wurde der Nachthimmel bereits streifig. Eine fahlbleiche Helligkeit kroch über das Land. »Warum sind Sie mitgekommen, Bob? Es hat Sie keiner drum gebeten.«

»Wir haben den gleichen Weg, John. Gemeinsam ist alles leichter.«

»Wann ersticken Sie endlich an Ihrem Sarkasmus? Woher haben Sie eigentlich diese verflucht romantischen Augen? Zu Ihnen paßten Augen aus poliertem Stahl!«

»Von meiner Mutter, John. Sie stammt aus Gorkij. Eine wunderbare Frau. Wäre er nicht mein Vater, wäre ich auf ihn eifersüchtig, daß er so etwas lieben darf.«

»Meine Eltern sind im Urlaub bei einem Hotelbrand verbrannt. Auch ich hatte eine wundervolle Mutter. Wir stammen aus Irkutsk. Bob —«

»Ja, John?«

»Gehen wir zu mir. Wir sollten unser Zusammentreffen feiern.«

»Nicht mehr böse wegen Norma?«

»Das ist ein anderer Schuh. Jetzt sind wir unter uns Männern. Vielleicht braucht einer einmal den anderen —«

»Bestimmt!« sagte Bob Miller ruhig. »Ganz bestimmt, John!«

Sie blieben in Barryls Bungalow zusammen, bis John seine Arbeit bei Billy Rampler antreten mußte. Um zehn Uhr morgens schon ging es los, da holten sich die Bauarbeiter ihre Hamburgers zum zweiten Frühstück. Norma kam erst gegen Mittag, in den Morgenstunden stand Billy selbst hinter dem Tresen und schenkte seine Milchmixgetränke aus. Es wurde behauptet, obgleich es die gleichen Mischungen waren, die Milch von Norma schmecke besser.

»Du kannst dich auf die Couch legen, Bob«, sagte John Barryl, als er seine Alltagskleidung angezogen hatte. »Wozu noch auswandern? Wie ist dein Programm?«

»Um halb zehn ein Vortrag über das amerikanische Bankenwesen. Stinklangweilig! Graue Theorie! Wie's hinter den Glasfassaden der Banken wirklich zugeht, wissen nur Insider. Die Hälfte dürfte in einem Rechtsstaat nicht mehr frei herumlaufen.«

»Drück die Tür einfach zu, wenn du gehst.« John Barryl stülpte seine Mütze mit dem grünen Schirm auf. »Kaffee, Tee, Milch, was du brauchst, auch Eier und Speck, sind in der Küche.«

»Ich revanchiere mich, John!« Miller streckte sich tatsächlich auf der Couch aus und schob ein Kissen unter den Nacken. »Das nächstemal bist du Gast bei mir.«

John nickte, aber an der Tür zur Diele blieb er noch einmal stehen und drehte sich um. »Bist du scharf auf Norma?«

»Ja«, antwortete Miller ruhig.

»Dann sind wir Freunde und doch Gegner.«

»Genau das stimmt, John«, sagte Bob doppelsinnig.

»Eigentlich absurd, bei der Aufgabe, die auf uns wartet ... Schon morgen kann Norma aus Frazertown verschwunden sein.«

»Geht das so plötzlich?«

»Die Zentrale befiehlt. Keiner weiß, wann er dran ist. Ich habe in den sieben Wochen, die ich jetzt hier bin, mindestens vierzehn Genossen über Nacht nicht mehr gesehen.« Plötzlich sprach Barryl wieder russisch. »Dafür kamen vierzehn Neue. Auch du. Es kann sein, daß wir heute abend zu Billy gehen, und in der Mittagspause ist Norma verschwunden.«

»Das ist interessant.« Miller gähnte, aber er war hellwach. »Vierzehn Genossen.« Er sprach jetzt auch russisch, mit dem unverfälschten Gorkijer Dialekt. »John, wenn einer von uns plötzlich fort muß, sollte er sich die Zeit nehmen, den anderen zu umarmen.«

»Ich heiße Andrej Nikolajewitsch.«

»Ich bin Wassja Grigorjewitsch.«

»Wie einigen wir uns über Norma?« Barryl lehnte sich in den Türrahmen. »Sie heißt übrigens Dunja Andrejewna. Billy Rampler hat es mir verraten.«

»Soll Dunja nicht selbst entscheiden?«

»Sie hat es. Heute nacht!«

»Mag sein.« Miller schloß die Augen. Er wechselte wieder in die amerikanische Sprache über. »Warten wir es ab, John. Frauen sind wie Katzen. Sie schnurren und kratzen zur gleichen Zeit.« Er gähnte wieder und streckte sich lang aus. »Verdammt, bin ich müde! Halt's Maul, John! Laß mich eine Stunde schlafen ...«

Barryl lachte leise, winkte Bob zu und verließ seinen Bungalow. Ein tiefes Gefühl von Freundschaft nahm er mit. Das ist etwas wert, einen guten Kameraden zu haben, dachte er. Und ähnlich war man sich auch, in der körperlichen Stärke, im heiligen Patriotismus, in der Freude an den kommenden großen Aufgaben. Wahrhaftig, Brüder hätte man sein können. Da war es eigentlich selbstverständlich, daß man das gleiche Mädchen liebte. So verwandt sind unsere Seelen. Ja, Dunja Andrejewna sollte hier selbst entscheiden. Warum sich die Messer in den Bauch rennen?

Er trat hinaus in den sonnendurchfluteten Morgen, blieb auf dem Rasen des kleinen Vorgartens stehen und breitete die Arme aus, als könne er den Himmel umarmen. Ich werde Dunja heiraten, dachte er, aber dann fiel ihm ein, daß das unmöglich war bei seinem Beruf. Sein Leben wurde vom Zentralbüro bestimmt. Er war zwar ein Mensch, aber sein Schicksal steuerten Unbekannte in Moskau.

Er ließ die Arme an den Körper zurückfallen, rückte den Schirm seiner Mütze tiefer ins Gesicht, weil die noch tief stehende Sonne blendete, und machte sich auf den Weg zu Billys Hamburger-Paradies.

Bob Miller blickte ihm hinter der Gardine nach und wartete noch zehn Minuten, bis er sicher war, daß Barryl nicht mehr zurückkam. Dann begann er, das Haus zu durchsuchen, systematisch von Wand zu Wand, von Ecke zu Ecke, von den Dielen bis zur Deckenleiste. Er fand viel Persönliches, was John Barryl als einen liebenswerten Menschen auswies, Schallplatten mit klassischer Musik, Romane von Hemingway, Dos Passos und Wouk, drei angefangene Aquarelle, die John als begabten Maler zeigten, ein paar Tagebuchnotizen ohne großen Informationswert und einen nie abgeschickten Brief an Norma Taylor, in dem Barryl sein Herz entblößte. Dazu eine gut gefüllte Hausbar und ein Zettelchen, auf das eine gewisse Britt Lawson mit schöner Handschrift geschrieben hatte: »Ich habe wieder ein neues Stofftierchen. Ein Kuschelbärchen. Wann kommen Sie, John?«

Ein Kuschelbärchen! Bob Miller beendete seine Inspektion mit leichter Enttäuschung. Trotzdem war's ein erfolgreicher Tag gewesen. Er kannte die russischen Namen, und vierzehn Agenten waren unterwegs in die USA.

Er setzte sich wieder auf die Couch und blickte hinaus auf den Vorgarten. Andrej Nikolajewitsch, genannt John Barryl ... er war eine echte Gefahr für Amerika, wenn es ihm gelang, drüben Fuß zu fassen. Daß es gelingen würde, bezweifelte Bob keinen Augenblick. Er ist einer von Moskaus besten Männern, dachte er. Wenn John eines Morgens nicht mehr in Frazertown ist, gebe ich Großalarm.

Und dann?

Das Problem, das ihn beschäftigte, konnte nur mit unverschämtem Glück gelöst werden: Wie kam er aus Frazertown wieder heraus?

Der Vortrag über das amerikanische Bankwesen war in der Tat langweilig. Aber es gehörte zum Pflichtprogramm der Ausbildung, denn auch in die Banken wurden Agenten eingeschleust, um die Verquickung des Geldes mit der Politik, vor allem aber mit der Rüstungsplanung der Verteidigung zu durchforsten. Da die meisten Forschungsaufträge in Amerika an private Firmen vergeben wurden und diese wieder mit den Banken zusammenarbeiteten, saß ein Spion zum Beispiel in der Kreditabteilung einer großen Bank an der richtigen Stelle. Außerdem wußte niemand in Frazertown, wie und wo er einmal eingesetzt werden würde. So war die umfassende Kenntnis des amerikanischen Lebens unerläßlich.

Bob Miller hörte nur halb zu und beobachtete statt dessen die anderen Kursusteilnehmer. Er hatte sich in die hintere Reihe gesetzt, überblickte somit den ganzen Saal und lenkte keine Aufmerksamkeit auf sich, wenn er angestrengt um sich blickte. Neben ihm saß eine junge Dame, blinzelte ihm zu, als er sich setzte, und schlug die Beine übereinander. Lange, schlanke Beine, von der Sonne gebräunt und mit glänzender Haut. Bob sah sie mit seinem verträumten Blick an, lächelte zurück und widmete sich dann gleichzeitig dem Vortrag und der Musterung seiner Mitschüler.

»Interessiert Sie das?« fragte nach einer Weile die junge Dame leise. Bob Miller nickte.

»Mindestens so wie die Herstellung von Rizinusöl.«

Sie lachte glucksend und drückte ein Taschentuch gegen ihren Mund. »Ich heiße Brenda Goldstein. Man hätte sich auch etwas Besseres einfallen lassen können. Ich habe mich auch schon beschwert. Warum, Genossen, habe ich gefragt, gibt man ausgerechnet mir einen jüdischen Namen? Sehen Sie mich an! Ich bin blond!«

»Es gibt auch blonde Juden, Brenda«, sagte Bob gedämpft. »Wer weiß, wie und wo man Sie einsetzt? Es gibt in Amerika eine Menge großer, einflußreicher Leute, die Juden sind. Für sie klingt Goldstein gut.«

»Fast wörtlich haben das die Genossen gesagt.« Sie blickte ihn erstaunt an. »Waren Sie auch im Lager von Tychorizij?«

»Nein. Man hat mich in Sibirien gedrillt.«

Tychorizij, das ist ein neuer Name. Unbekannt bei unserer Abwehr, dachte Bob zufrieden. Ist es ein reines Frauenlager?

»Nur so hübsche Mädchen wie Sie, Brenda?« fragte er.

»Unser Lehrgang bestand aus hundertzwanzig Genossinnen.«

»Da hätte man Lehrer sein müssen!« Bob Miller legte den Finger auf die Lippen, als Brenda den Flirt vertiefen wollte. Der Professor sprach gerade über die Verschuldung New Yorks und wie die Banken darin verknüpft waren. »Das sollten Sie behalten, Brenda. Das ist ungemein wichtig.«

Kurz vor dem Vortragsende gelang es ihm, mit einer Entschuldigung gegenüber Brenda Goldstein den Saal früher zu verlassen. Er sprang auf den der Hitze wegen offenen Trollybus, der gerade an ihm vorbeiratterte, und löste eine Fahrkarte zur Boxschule. Es war kurz vor zwölf Uhr Mittag, und völlig unsinnig fiel ihm der Film mit Gary Cooper ein.

Harry Fulton schien auf Bob gewartet zu haben. Er lungerte im Gang zur Ringhalle herum und fing Miller ab wie ein aufgelauertes Wild.

»Bob, ich habe gebetet, daß Sie heute kommen!« sagte Fulton fast enthusiastisch. »Ihr Partner, den ich für Sie im Auge hatte, ist auch da. Hämmert auf den Sandsack ein, weil keiner mit ihm in den Ring will. Das wäre einer für Sie! Wollen Sie ihn sich mal ansehen?«

»Einer von diesen Elefanten?« Miller schüttelte den Kopf. »Dann kann ich auch Löcher in eine Mauer schlagen.«

»Vertrauen Sie auf Harry!« rief Fulton fröhlich. »Wenn Sie den Mann sehen, jubelt Ihr Sportlerherz!«

Er schob Miller vor sich her in die Halle und klopfte ihm dabei auf die Schulter. In zwei Ringen wurde geboxt, zwei Ringe standen leer. In der Geräteecke hüpften vier Männer Seilchen, drei arbeiteten an der Birne. Etwas abseits drosch ein Mann auf den Sandsack ein. Es klatschte laut.

»Na?« sagte Fulton voller Begeisterung. »Was halten Sie davon, Bob?«

»Der Kleine am Sack?« Miller grinste breit. »Fragen wir ihn doch, ob er mitmacht.«

Sie gingen um die Ringe herum und näherten sich von hinten dem Boxenden. Als er wieder einen gewaltigen Haken auf den pendelnden Sandsack losfeuern wollte, hielt Bob ihm die Faust fest. Der Mann fuhr herum.

»Bob! Du?« sagte der Boxer überrascht. Fulton staunte.

»Ihr kennt euch?«

»Ich werde doch Brüderchen John kennen!« sagte Miller jungenhaft. »Harry, wenn daraus etwas wird, haben Sie das Erlebnis Ihres Lebens! Er hat nämlich die Idee, John, daß wir gegeneinander boxen. Ich habe nichts dagegen.«

John Barryl lachte, wischte sich mit dem Arm den Schweiß von der Stirn und schüttelte den Kopf. »Es kommt nichts dabei heraus, Bob. Ich könnte dir nicht weh tun.«

»Das würde ich mir überlegen, John.« Bob Miller war plötzlich sehr ernst geworden. Barryl starrte ihn an, als sei er gegen das Schienbein getreten worden. »Ich habe heute nacht auf deiner Couch nicht schlafen können, und je mehr ich Zeit zum Nachdenken hatte, um so sicherer wurde ich, daß Norma zu mir gehört.«

John Barryl atmete tief auf. Fulton blickte von einem zum anderen und begriff sehr schnell, daß Boxen auch eine sehr persönliche Aussprache werden konnte.

»Das habe ich nicht gewußt«, sagte er rauh. »Vergessen wir das, Boys!«

»Ich nehme an!« Barryls Stimme klang rostig. »Wann? Sofort?!«

»Nur sofort!« Bob blickte auf Johns Fäuste. Sie zitterten ein wenig. Ein Schimmer aus glänzendem Schweiß überzog seinen muskelbepackten Körper. »Wie lange arbeitest du schon am Sack?« fragte er.

»Knapp eine Viertelstunde.«

»Geh unter die Dusche. Ich reiße die Viertelstunde auch ab. Gleiche Chancen für jeden, John. Du sollst nicht müder sein als ich.«

Eine halbe Stunde später kletterten Bob und John in den Ring Nr. III. Wer in der Boxschule war, saß um das Viereck; es hatte sich herumgesprochen, daß es um Norma Taylor ging, und wer kannte Norma nicht! Harry Fulton hatte noch versucht, System in den Kampf zu bekommen und hatte zehn Runden vorgeschlagen. Aber Barryl hatte ihn giftig angestarrt und geknurrt: »Bis zum Ende, Harry! Bis einer von uns umfallt! Norma ist mehr wert als zehn läppische Runden!«

Auch Bob Miller dachte so. »Wenn John will, daß er hinterher aussieht wie seine Hamburgers — warum ihn daran hindern?!«

»Ihr werdet einen Riesenstunk mit Bürgermeister Bulder bekommen!« schrie Fulton.

»Wenn Sie ihm nichts verraten, bleibt es unter uns, Harry. Wo leben wir denn? In einem freien Amerika?«

Fulton starrte Miller irritiert an und gab es auf, den Vermittler zu spielen. Er bestimmte die Betreuer, ernannte sich selbst zum Ringrichter und schickte einen Assistenten weg, Dr. William Ford zu alarmieren. Dr. Ford war einer der beiden Ärzte von Frazertown und hieß eigentlich Afanasij Petrowitsch Dronow, Kapitänarzt der Roten Armee aus Leningrad. Er, wie auch sein Kollege und der Zahnarzt von Frazertown, wurden in Frazertown ausgebildet, um in Kürze irgendwo in den USA als harmlose Mediziner eine Praxis aufzumachen. In der Nähe von Militärlagern natürlich ... die Offiziere kamen dann als Privatpatienten. Und seinem Arzt — das liegt im tiefenpsychologischen Bereich — erzählt man oft mehr als seiner Frau oder seiner Geliebten. Priester und Ärzte sind Klagemauern der Seelen.

Fulton kontrollierte die Bandagen, hatte keine Beanstandungen und ließ die Boxhandschuhe überziehen. Dann rief er John und Bob in die Ringmitte ... es spulte alles so ab, als sei es ein Profikampf im Madison Square Garden.

»Spar dir deine Ermahnungen, Harry!« sagte John Barryl dumpf. Er blickte Bob in die verträumten, verdammt weichen täuschenden Augen. Aber alles, was dann kam, täuschte nicht. Da waren Muskeln, die die Haut ausbeulten. Ein Satz, den Bob gesagt hatte, fiel John plötzlich ein: »Nördlich von Magadan haben sie Steine auf meiner Brust zerhämmert —«

»Ich werde Norma kriegen«, sagte Bob Miller ruhig. »Hörst du, John! Ich zerre mir das Tigerchen auf die Matratze —«

»Gib den Ring frei, Harry!« schrie Barryl dumpf. »Wir brauchen keinen Gong! Laß den Blödsinn mit den Regeln! Weg!«

Er stieß Fulton zur Seite und musterte Bob Miller mit hochgezogenen Schultern. Da haben wir ihn, dachte Bob kalt. Den Killerinstinkt! Den eisigen Willen, zu töten.

Er begann zu tänzeln, hüpfte um Barryl herum und wich der plötzlich hervorschnellenden, gestochenen ersten Geraden aus, die genau zwischen seine Augen zielte. Ein schneller Hund, dachte Miller und tänzelte weiter im Ring herum. Den Ansatz der Schläge sieht man nicht. Vom Boxen versteht er eine ganze Menge. Ein Jammer, daß so etwas ein sowjetischer Spion ist!

Er blieb plötzlich stehen, ließ Barryl herankommen, täuschte einen Schlag zum Magen vor und schoß fast gleichzeitig die Rechte zum Kopf nach. John lief in die Falle. Er deckte den Körper ab, und Bobs Haken traf voll sein Kinn.

Aber er nahm ihn ohne Erschütterung. Nur seine Augen begannen schmal zu werden. Er trippelte zwei Schritte zurück, blockte die nächsten Schläge Millers ab und machte einen unerwarteten Ausfall. Mit beiden Fäusten hämmerte er auf Miller ein, Körper, Kopf, Körper, Kopf, er ging in Bob hinein, auf eine sehr enge Halbdistanz und durchschlug die Deckung. Wie Dampframmen waren seine Fäuste, unermüdlich, links, rechts, links, rechts, und hinter jedem Schlag lag nicht nur die Kraft seiner Muskeln und das Gewicht seines Körpers, sondern seine helle Wut und der heiße Gedanke an Norma.

Miller wich aus, tänzelte an den Seilen weg und verschaffte sich Abstand. Der Hagel der Körpertreffer nahm ihm etwas die Luft. Das war gut, John, dachte er. Bist ein harter Knabe, das gefällt mir. Himmel, welch gute Freunde könnten wir sein, wenn du nicht ein sowjetischer und ich nicht ein amerikanischer Major wären. Das könnte kein Hindernis sein ... aber wir haben beide in unserem Beruf die verfluchteste Aufgabe übernommen, einen Scheiß-Job, John, bei dem es keine Gefühle geben darf.

Er hüpfte in seine Ecke, sich der Gefährlichkeit bewußt, dort festgenagelt zu werden, und sah mit einem Seitenblick, wie Harry Fulton sich nervös den Kopf kratzte. Barryl setzte sofort nach, seine Chance erkennend, duckte sich und wollte mit Macht in den Mann hinein.

Das war der Fehler, auf den Miller gewartet hatte. Ein mörderischer Haken, von unten geschlagen, zerriß Johns Deckung. Für den Bruchteil einer Sekunde war er offen wie ein Tor, und da hinein blitzte Bobs linke Gerade in Richtung Herzspitze.

Barryl taumelte zurück, holte tief Luft, in seine Augen trat eine fast kindliche Verwunderung. Aber Millers Ausfall fing er sofort ab und landete eine volle Linke an Bobs Schläfe. Dann hatte er sich wieder in der Gewalt, der leichte Dunst vor seinem Blick verzog sich, er sah Miller durch den Ring tänzeln, als übe er Ballettschritte.

Der Gong zum Ende der ersten Runde zerriß die ungeheure innere Spannung. Barryl ging in seine Ecke zurück und wurde sofort mit kaltem Wasser übergossen. Auch Bob setzte sich auf den kleinen Hocker und ließ sich die Körperpartien massieren, die gerötet waren und etwas brannten.

»Er zeigt Wirkung!« sagte der Betreuer, den er nicht kannte. »Am Kopf kann er was aushalten, aber man kann ihm die Luft herausschlagen. Natürlich wird er sich da zumauern, er kennt ja seine Schwäche, aber wenn du nur ein paarmal voll durchkommst, ist er weich ...«

Bob nickte. Aus der Ecke kann man vieles sagen. Für ihn stellte sich die Sache anders dar. Schon die erste Runde hatte ihm gezeigt, daß er noch nie in seinem Leben einen solchen Gegner im Ring gehabt hatte wie John Barryl. Selbst Jimmy Fletscher nicht, vor einem halben Jahr in Alaska, ein Neger aus Georgia, ein Gebirge aus Muskeln und voller Instinkt, zu siegen. Er wurde damals vom CIA für einen Einsatz in Südamerika ausgebildet, und manchmal kämpften die Boxstaffeln von Smolenska und dem Lager Rio Margareta gegeneinander. Bei Jimmy Fletscher hatte Bob durch einen Sonntagshaken zur Kinnspitze gesiegt, in der 11. Runde, als er bereits beschlossen hatte, in der 12. Runde aufzugeben.

Jetzt gab es kein Aufgeben mehr! Bei Jimmy war es noch Sport gewesen, hier in Frazertown war es ein Kampf um den ersten Platz einer internen Rangordnung. Und Norma war der Preis! Das nicht zu vergessen!

Der Gong.

Bob Miller ging langsam in die Mitte des Rings. John Barryl tänzelte um ihn herum, sich Bobs Taktik aneignend, ausweichend, lauernd, kein Ziel bietend, tastenden Schlägen wegtauchend. Bob Miller lächelte ihn an.

»Wir haben heute Freitag«, sagte er, als sie voreinander mit dem Oberkörper pendelten. »Am Sonntag liegt Normababy bei mir auf dem Kissen. Ich schick dir ein schwarzes Ringellöckchen rüber. Vom Bärchen einen Skalp —«

Barryls Gesicht verzerrte sich etwas. Schweiß perlte über seine Augen, durch seinen ganzen Körper zitterte die Wut. Ohne Rücksicht auf Deckung oder boxerische Eleganz sprang er Miller an und hieb auf ihn ein wie mit eisenbeschlagenen Dreschflegeln. Harry Fulton brüllte zwar und wollte dazwischenspringen, aber John wischte ihn mit einem Schlag in die Seile. Dort blieb Fulton hängen, breitete mit einer hilflosen Geste die Arme aus und ließ den Dingen ihren Lauf.

Von da an gab es keinen Gong mehr, keine Rundeneinteilung, kein Verschnaufen, keine Betreuung ... Bob und John hieben aufeinander ein mit einem Vernichtungswillen, der jeden Verstand ausschaltete. Dr. William Ford, der am Ring erschienen war, zog Fulton an den Beinen und schrie ihn an.

»Brechen Sie den Kampf ab! Harry, die bringen sich gegenseitig um! Das hat mit Sport nichts mehr zu tun! Das ist öffentlicher Mord! Trennen Sie die beiden, Harry!«

»Tun Sie's doch!« brüllte Fulton zurück. »Los, kommen Sie auf die Matte! Holen Sie sich einen Kieferbruch! Hier müßte die Feuerwehr ran und sie wegspritzen!«

Bob Miller und John Barryl schwankten durch den Ring. Wann immer sie sich nahe kamen, hieben sie los, gegen jede Regel, dorthin, wo man sich nur treffen konnte.

»Auf ihren Brüsten werde ich schlafen!« keuchte Bob, als sie im Clinch lagen und ihre Köpfe an den Stirnen zusammenstießen. »Und wenn ich durstig bin, lecke ich den Schweiß aus ihren Poren!«

»Du Schwein!« stammelte Barryl. »Du gemeines Schwein! Ich bringe dich um!«

Nach einer halben Stunde ohne Gong, ohne Pause, hingen sie in den Seilen, weit voneinander. Zwischen ihnen lag der leere Ring, dehnte sich vor ihren müden, zugeschlagenen Augen ins Unermeßliche, wurde zu einem weiten kahlen Land voller Durst, unüberwindbar und von einer gleißenden Sonne verbrannt.

John Barryl war der erste, der langsam in die Knie sank und den Kopf nach hinten gegen die Seile lehnte. Bob Miller sah es noch, weit entfernt, wie ein Schemen am Horizont. Dann rutschte auch er an den Seilen herunter, stützte sich mit den Fäusten auf dem Ringboden ab, und sein Kopf fiel kraftlos auf die Brust.

Harry Fulton sprang in die Mitte des Vierecks. »Der Kampf ist unentschieden!« schrie er. »Und jetzt seht zu, wie ihr nach Hause kommt, ihr Arschlöcher!« Er sah sich um, zu den Betreuern und zu Dr. Ford. »Keiner rührt mir die an! Verstanden? Und wenn sie auf dem Bauch davonkriechen! Und noch eins: Ihr habt nichts gesehen! Diesen Kampf hat es nicht gegeben! Oder sollen wir alle von der Zentrale strafversetzt werden?«

Bob und John blieben im Ring liegen, bis ihre Kräfte langsam wiederkehrten. Sie froren sogar, ihre Nerven vibrierten wie Klaviersaiten, die Blutleere im Kopf verteilte ein taubes Gefühl über den ganzen Körper. Sie zogen sich an den Seilen wieder auf die Beine und starrten sich an.

»Wir leben«, sagte Barryl tonlos. »Wir leben wirklich noch, Bob!«

»Du warst fabelhaft, John.« Miller taumelte in die Mitte des Ringes. John kam ihm entgegen, und sie umarmten sich und lehnten sich gegeneinander. »Ich hätte nie geglaubt, einmal einen solchen Freund zu haben.«

»Ich auch nicht, Bob. Ich bin glücklich.«

»Was uns unser Leben auch noch bringt ... wir sollten nie vergessen, daß wir Freunde sind.«

»Nie! Laß dich umarmen, Wassja Grigorjewitsch.«

»An meine Brust, Andrej Nikolajewitsch.«

Sie umarmten sich, küßten sich nach russischer Sitte dreimal auf die Wangen und gingen Arm in Arm zu den Kabinen.

»Verrückte!« sagte Fulton, der sie heimlich beobachtete. Dr. William Ford kaute an einem Fruchtbonbon. »Bestätigen Sie es, Doktor: Das sind doch Verrückte!«

Später saßen John und Bob in Millers kleinem weißen Holzhaus zusammen und tranken einen erfrischenden Orange Blossom, den Bob an seiner winzigen Hausbar mixte. Aus dem Kühlschrank hatte er zwei dicke rohe Steaks geholt und sie Barryl auf der flachen Hand serviert.

»Leg die auf deine Augen, John«, hatte er gesagt. »Das tut gut. Ein alter Profitrick. Die Kullerchen schwellen schneller ab. Guck nicht so blöd ... leg sie auf deine blauen Sterne.«

Jetzt lag Barryl halb auf der Couch, die Augen mit den beiden blutigen Steaks bedeckt, und nippte den zweiten Orange Blossom. »Ich fange Montag mit der Weizenernte an«, sagte er. »Habe ich dir das schon erzählt? Wir haben einen richtigen amerikanischen Drescher bekommen. Was die hier machen, tun sie perfekt.«

»In einer halben Stunde wechseln wir die Steaks«, antwortete Bob Miller. Er kühlte seine geschwollenen Augen noch mit verdünntem Alkohol. Es brannte höllisch. »Schaffst du es allein, John?

»Was?«

»Das Mähen. Mir fällt gerade etwas ein. Ich habe bis vier Uhr

Dienst bei Hillmoore, dann schlafe ich fünf Stunden, mehr brauche ich nicht ... ich könnte dir ab elf Uhr helfen.«

John Barryl lächelte. Es sah absurd aus, wie er da auf der Couch hockte, den Kopf nach hinten gelegt, die blutigen Fleischbrocken auf den Augenhöhlen. »Wenn du willst, Bob.« Seine Stimme wurde weich. So hart er auch war, so war er doch leicht zu rühren durch Dinge, die in die Tiefe seines Herzens drangen. Und echte Freundschaft wächst aus dem Herzen. »Es wäre schön —«

»Ich komme, John.« Miller lehnte sich an die Wand und sah Barryl an.

Warum müssen wir uns später zerfleischen, dachte er mit Bitterkeit. Gott möge verhindern, daß wir in den Staaten aufeinandertreffen. Es wäre furchtbar, John. Würdest du dann der sowjetische Offizier sein oder mein Freund? Das gleiche kannst du auch mich fragen, und ich muß dir antworten: Ich weiß es nicht. Möge dieser Fall nie eintreten!

»Warum hast du das von Norma gesagt?« fragte Barryl.

»Ich wollte dich wild machen, John.«

»Das ist dir gelungen.«

»Aber du hast dir keine Blöße gegeben, wie ich hoffte. Ich habe dich nicht von den Beinen holen können.«

»Ich dich auch nicht, Bob. Wir sind wie Zwillingsbrüder.«

»Wer hätte das gedacht!« Bob trat an John heran. »Und nun gib die Steaks her. Meine Augen fühlen sich an wie Wassersäcke.«

Sie wechselten die Plätze. Bob packte sich das blutige Fleisch auf die Augenhöhlen, und John Barryl mixte aus Gin, Vermouth dry und Grenadine einen Cocktail, den Miller ›Atta Boy‹ nannte und von dem er behauptete, ihn habe zuerst Harry Craddock vom Savoy in London kreiert. Barryl war das gleichgültig; ihm schmeckte es, und er billigte Bob neidlos zu, Experte in alkoholischen Gefilden zu sein.

Sie waren Freunde ... und doch trennten sie Welten, weil Ideologien aus Menschen Tötungsmaschinen machen. Es bleibt die Frage, ob Gott bei der Erschaffung des Menschen auch das bedacht hatte.

Fünf Tage später.

John ratterte mit seinem Monstrum von Mähdrescher über die weiten Weizenfelder am Bug, der hier, innerhalb der Sperren,

Silver River hieß. Zweimal war Bürgermeister Bulder draußen gewesen, sah zu, wie die Ernte funktionierte und fragte: »Irgendwelche Beschwerden, John? Schaffen Sie es allein?«

»Spielend, Sir!« rief Barryl aus seiner Glaskanzel. »In einer Woche können Sie mich an andere Sowchosen verleihen. Da bin ich hier fertig.«

James Bulder lachte, winkte Barryl väterlich zu und fuhr in seinem amerikanischen Straßenkreuzer zurück nach Frazertown. Mittags gegen halb zwölf erschien dann Bob Miller, kletterte auf den Mähdrescher, gab dem Häckselkasten einen Tritt, was aber John nicht registrierte, und löste Barryl im Fahrerhaus ab.

Bei Norma hatte sich Bob noch nicht wieder sehen lassen. Er ahnte, daß sie unruhig war, sich sein Fernbleiben nicht erklären konnte, sich über sieben Ecken nach ihm erkundigte, aber John zu fragen, wäre nie über ihre Lippen gekommen. Bei Hillmoore schnell einmal vorbeizublicken, verbot ihr der Stolz.

Die Arbeit an der Bar war der fruchtbarste Job, den es in Frazertown für Miller gab. Hier saßen alle Agenten nacheinander an der Theke, er erfuhr ihre amerikanischen Namen, manchmal sogar ihre russischen, er hörte von ihren Spezialausbildungen, die einen Schluß zuließen, wie sie einmal in den USA eingesetzt werden sollten.

Am frühen Morgen des sechsten Tages seines Lebens in Frazertown gelang Bob endlich mit seinem in den Transistor eingebauten Kurzwellensender die Verbindung zu Awdej Konstantinowitsch Dewjatow in Winniza. Verschlüsselt mit dem Geheimcode — es waren Wortgruppen aus den Seiten 23 bis 27 von Hemingways ›Der alte Mann und das Meer‹, Ausgabe 1953 — funkte er die Namen, die er bis jetzt erfahren hatte und beschrieb die Gefährlichkeit einiger besonders wichtiger Agenten. John Barryl — der Major Andrej Nikolajewitsch Plenjakow — stand dabei an erster Stelle.

»Tut mir leid, Junge —«, sagte Miller, als er seine Meldungen durchgegeben und Dewjatow kurz »Verstanden!« geantwortet hatte. »Vielleicht rette ich dich damit. Wenn du die Nase über unsere Grenze steckst, haben sie dich sofort, und der ganze Scheißdreck ist für dich vorbei. Ich gönne dir ein langes, ruhiges Leben.«

Er stellte das Transistorradio zurück auf das Regal hinter der kleinen Bartheke und trank einen doppelten Whisky pur. Sein erster Funkspruch war abgesetzt ... am Abend würde General

Orwell die entschlüsselte Botschaft auf dem Tisch haben. Und er würde zu den anderen eingeweihten Offizieren sagen: »Hatte ich nicht recht? So etwas konnte nur Bob schaffen. Eine verdammte Schande, daß wir ihn nie wiedersehen werden —«

An den letzten Satz allerdings dachte Bob Miller nicht. Für ihn fing das Leben in Frazertown jetzt erst richtig an. Nachts bei Hillmoore an der Bar, mittags auf dem Weizenfeld bei John, abends zwei Stunden Ruhe, in denen er an Norma dachte.

Ein paarmal fuhr er zum Fluß, setzte sich abseits auf eine der weißen Bänke und sah hinüber zu Billy Ramplers Restaurant mit dem riesigen Hamburger auf dem Dach. Wenn bei Einbruch der Dunkelheit das wundervoll kitschige Mammutbrötchen von innen her erleuchtet wurde und Gehacktes, Gurkenscheiben und Tomaten so richtig farbenprächtig glitzerten, mußte Bob seine Sehnsucht unterdrücken, doch noch zu Norma zu gehen. Er wußte: Sie stand hinter ihrer blitzenden Milchtheke und starrte auf die Tür.

Am fünften Abend nach dem Boxkampf hielt er Norma für weichgekocht. Er hatte geduscht, ein frisches Hemd angezogen und roch nach einem herben Rasierwasser. Mit Dewjatow in Winniza hatte er vor einer halben Stunde ›korrespondiert.‹ Dewjatow funkte: »Alles in Ordnung. Väterchen ist gesund und schickt dir ein Küßchen.« Das hieß im Klartext: General Orwell hatte alle Meldungen bekommen, war zufrieden und klopfte Bob aus der Ferne auf die Schulter.

Norma Taylor zuckte zusammen, als Bob Miller die Tür aufstieß und in Billys Restaurant erschien. Er machte keinen Umweg, ging sofort zur Theke und lächelte Norma breit an. Seine romantischen Augen schienen einen sanften Ausdruck wie nie zu haben, denn Norma ließ das Glas Milch, das sie gerade zapfte, überlaufen.

»Eine Ananasmilch, meine Süße«, sagte Bob. Er griff über die Theke, zog Normas schlaffe, willenlose Hand zu sich und küßte ihre Innenfläche. Er spürte, daß es sie wie ein Schlag durchzuckte. »So süß wie du soll sie sein ...«

Sie riß die Hand weg und flüchtete hinter ihre chromblitzenden Zapfhähne. Ihre Frisur hatte sie geändert ... sie trug die Haare jetzt offen, durch ein Stirnband gehalten. Sie sah weicher aus, südländischer, lockender, anschmiegsamer.

»Waren Sie krank?« fragte sie.

»Nein. Ich fühle mich so gesund, daß ich auf der Stelle Helden zeugen könnte.«

»Sie haben sich mit John geprügelt.«

»Es war ein fairer Boxkampf. Unentschieden. Es ging um Sie, Norma.«

»Ich weiß es. Soviel Dummheit! Als ob ich Muskeln liebe und sonst nichts! Prügeln sich wie Straßenjungen!« Sie zapfte die Ananasmilch und knallte Bob das Glas auf die Thekenplatte. »Von mir aus könnt ihr euch die Köpfe spalten! Das habe ich John auch schon gesagt.«

»Wo ist John jetzt?«

»Er schwimmt im Stadion. Den ganzen Tag auf dem Mähdrescher, da sieht man immer wie gepudert aus.« Sie schwieg abrupt und sah ihn böse an. »Warum?«

»Was warum?«

»Warum fragen Sie nach John? Ihr seid doch dicke Freunde, nachdem ihr euch bald getötet hättet.«

»Würden Sie das bedauert haben, Norma?«

»Bei Ihnen nicht.«

Bob lachte. Er lehnte sich an die Theke und prostete Norma mit der Ananasmilch zu. »Sie sind wundervoll, Baby! Halt ... *du* bist wundervoll! Ich darf doch du sagen?«

»Nein!« antwortete sie sofort mit harter Stimme. »Warum auch?«

»Bei zivilisierten Menschen ist das so üblich, Norma.« Er griff wieder nach ihrem Arm, und das geschah so blitzschnell, daß sie keine Zeit zum Ausweichen hatte. Aber sie stemmte die Füße gegen den Boden, als er sie zu sich heranzog.

»Lassen Sie los!« zischte sie. »Lassen Sie sofort los!«

»Eine Frage: Eine Frau, die mit einem im Bett liegt, duzt man doch?«

Sie starrte ihn entgeistert an, und wieder blähten sich ihre schmalen Nasenflügel. Ihre unterdrückte Wildheit platzte fast durch die Haut. Welch eine Frau, durchfuhr es Bob. In ihr lebt Rußland mit allen Überraschungen.

»Hör zu —«, sagte er leise. »Für mich ist das keine Frage mehr. Ich will mit dir schlafen, du willst mit mir schlafen. Ob heute, morgen oder übermorgen ... es passiert. Und wir werden den Himmel runterholen und unsere heißen Körper mit seiner Kühle bedecken! Wir werden uns lieben, bis unser Atem aussetzt —«

Sie zog die Schultern hoch, riß sich aus seinem Griff und schlug zu. Das helle Klatschen erschreckte sie selbst ... sie blickte fast entsetzt in seine verträumten Augen und sah, wie sich seine

Wange schnell rötete. Der Abdruck ihres Ringes, ein hellblauer rechteckiger Aquamarin, blieb als häßlicher Fleck in der Haut zurück.

»Dunja Andrejewna«, sagte Bob ruhig, und jetzt sprach er russisch, »Sie sollten sich nach Tychorizij zurückmelden. Sie werden nie eine Amerikanerin.«

Er bluffte mit allem Einsatz und gewann. Dunja-Norma tauchte ihre Hände in das Spülbecken, als würden sie brennen. »Woher wissen Sie, daß ich aus Tychorizij komme?«

»Ich weiß es eben, wie Sie sehen.« Meine liebe Brenda Goldstein, habe Dank, dachte er befreit. Er trank seine Ananasmilch aus und schob das Glas Norma gegen den linken Unterarm. Sie zuckte zusammen, als habe er sie gestochen. »Es genügt nicht, Milch zu zapfen und einen Südstaatler-Dialekt zu sprechen, Norma«, sagte er laut. »Überlegen Sie sich das. Ein Mädchen in New Mexiko reagiert anders, wenn ich ihr mein Bett anbiete.«

Er drehte sich um und verließ Billys Restaurant, ohne sich noch einmal umzublicken. Kaum war er aus der Tür, sauste Rampler aus der Küche hinter die Theke. Solange John Barryl beim Ernteeinsatz war, mußte er die Hamburgers wieder selbst garnieren.

»Was wollte er?« rief er. »Norma, wie sehen Sie denn aus? Vergreifen Sie sich nicht an mir, ich habe Ihnen nichts getan! Und stecken Sie auch nicht das Restaurant in Brand ... so sehen Sie aus!«

»Er ist das größte Ekel, das jemals atmete!« fauchte sie wild. »Billy, überall auf der Welt hätte ich ihn umgebracht ... nur hier in Frazertown darf ich es nicht. Aber ich töte ihn noch! Ich töte ihn! Töte ihn! Töte ihn!«

Bei jedem Wort hieb sie auf die Zapfsäule, ihre offenen Haare flogen hin und her, doch plötzlich warf sie die Arme hoch, preßte die Handflächen gegen ihr Gesicht, schluchzte auf und rannte durch die Küche und den Hinterausgang weg.

Gegen vier Uhr früh kam Bob Miller von Hillmoores Bar zurück. Er war müde, nicht nur von der Arbeit hinter den Shakern, sondern auch von John Barryls unentwegten Fragen. Er war um zehn Uhr bei Bob aufgetaucht und suchte Rat und Hilfe.

»Norma ist nicht bei Billy!« sagte er aufgeregt. »Niemand weiß angeblich, wo sie ist. Sie hat nur drei Stunden gearbeitet und ist dann gegangen. Als ob Rampler nicht wüßte, was los ist! Aber nein, er schwört, er wisse nichts. Er lügt, Bob! Ich sehe es ihm an.

Und alle anderen lügen auch. Ich war bei Norma ... zu Hause ist sie auch nicht.«

»Trink einen Night Cap Flip, der macht den Kopf frei, John«, sagte Bob ruhig. »Vielleicht ist sie im Kino?«

»Während der Dienstzeit? Dann müßte Rampler ihr ja freigegeben haben. Aber nein: Er weiß nicht, wo sie ist!«

»Trink den Flip, John —«

»Geh zum Teufel mit deinem Gesöff!« Barryl klammerte sich an die Haltestange der Bartheke. »Bob, wenn man sie plötzlich abberufen hat ... Du weißt doch, das geht von einer Minute zur anderen. Wenn Norma für immer weg ist ...«

»Damit zu rechnen, haben wir gelernt. John, vergiß nicht, wer wir sind!«

»Trotzdem ist der Gedanke unerträglich.« John Barryl senkte den Kopf. »Es ist furchtbar. Bob, gib mir ein Glas. Eins nach dem anderen ... Ich muß mich besaufen.«

Er betrank sich nicht. Miller gelang es, Barryl davon zu überzeugen, daß Norma nie und nimmer abberufen sein konnte. Sie würde nie so gegangen sein, ohne Nachricht, und wenn's ein Zettel gewesen wäre.

Es war eine schwere Arbeit gewesen, John zu beruhigen, und Bob atmete auf, als er endlich, leidlich seelisch aufgerichtet, Hillmoores Bar verließ.

Nun war Bob zu Hause, schloß die Tür seines kleinen Holzhauses auf und freute sich auf sein Bett. Über dem Fluß schwebte wieder die geisterhafte Helligkeit des eben heraufkommenden Lichtes eines neuen Tages.

Hinter der Hecke neben der Tür löste sich plötzlich eine Gestalt und tupfte mit der Schuhspitze gegen die unterste Stufe der Eingangstreppe. Bob Miller fuhr herum, präzise, wie er es gelernt hatte, die Hände zum tödlichen Handkantenschlag erhoben.

»Bring mich nicht um!« sagte Norma leise. »Wenn jemand Grund hat, einen umzubringen, bin ich es.«

»Norma!« Bob zog sie an den Schultern zu sich. Ihre fast schwarzen Augen wirkten im ersten vagen Licht des neuen Tages groß und rund. »Seit wann bist du hier?«

»Seit drei Stunden. Vorher war ich am Fluß. Ich muß mit dir reden, Bob.« Sie ließ es zu, daß er den Arm um ihre Schulter legte und mit der anderen Hand ihr Haar aus dem Gesicht strich. »Du mußt mir erklären, warum die amerikanischen Mädchen anders sind als ich —«

Er nickte, küßte ihr Haar und streichelte ihr dann über die weiten Augen.

»Komm rein«, sagte er zärtlich. »Komm ins Haus, Norma ...«

Es gibt Männer — und es sind die meisten —, die sich über etwas wundern und es wenig später über anderen Ereignissen wieder vergessen. Und es gibt Männer, die sich mit einem plötzlich ihr Leben streifenden Problem immer wieder beschäftigen, die es in ihrem Hirn hin und her rollen und denen es keine Ruhe läßt, auch wenn alles im Grunde von keiner großen Wichtigkeit ist.

Harry Fulton, der Chef der Boxschule von Frazertown, war solch ein verbissener Mensch. Auf der Offiziersschule in Leningrad hatte man ihn den Maulwurf genannt, weil er immer in Alltäglichkeiten herumwühlte, die andere längst aus dem Gedächtnis gestrichen hatten. So war es vorgekommen, daß er sechs Wochen lang eine lächerliche Spur verfolgte: Jemand aus seinem Lehrgang hatte ihm nachts einen Knopf von der Uniform geschnitten und bei sich angenäht. Fulton, der damals noch Gawril Saweliwitsch Gordejew hieß, regte sich wahnsinnig auf, sprang wie ein Irrer durch die Stube, benahm sich, als habe man ihn nachts unter Ausnutzung seines tiefen Schlafes schmerzlos kastriert, und schrieb eine offizielle Meldung über diesen gemeinen, hinterlistigen Diebstahl. Dabei wäre es eine Kleinigkeit gewesen, sich in der Kleiderkammer einen neuen Knopf zu holen und anzunähen, aber nein, Gawril Saweliwitsch befand, daß nächtliches Knopfabschneiden die Vorstufe zum Kopfabschneiden sei, schwor, den Dieb zu ergreifen und ihm die Verletzung seiner Ehre heimzuzahlen. Damals lachte alles über Gordejew, man dichtete und komponierte sogar ein Liedchen über den gestohlenen Knopf, aber das regte Gawril Saweliwitsch nur noch mehr an, verbissen nach dem Übeltäter zu fahnden.

Nach sechs Wochen hatte er ihn. Nach sechs Wochen Warten, Herumhören, Registrieren und Auswerten von Gesprächsfetzen. Und als keiner mehr an den dämlichen Knopf dachte und andere, größere, wichtigere Dinge die Offiziersschüler von Leningrad beschäftigten, schlug Gordejew zu. Er legte kalt und mit steinernem Gesicht die Beweise vor. Der Dieb riß sich den Knopf wieder von der Uniform, hielt ihn Gordejew hin und sagte: »Da hast du ihn, Gawril Saweliwitsch! Nähe ihn dir an das Arschloch!«

Gordejew schwieg. Aber zwei Tage später wurde der Knopfabschneider, ein Oberleutnant, mit unbekanntem Ziel versetzt.

Man mußte es tun, es lag eine offizielle Diebstahlsmeldung vor, und Gordejew war nicht zu bewegen, die Anzeige wegen Geringfügigkeit zurückzunehmen, so eindringlich und lange sogar der General, der Kommandeur der Schule, auf ihn einredete.

So einer war Gawril Saweliwitsch, und er hatte sich auch nicht geändert, nachdem man ihn zu Harry Fulton gemacht und ihm die Boxschule von Frazertown übergeben hatte. Er war ein Fanatiker, wenn es um Unklarheiten ging. Und jetzt gab es in Frazertown — allerdings nur für ihn — eine ganz große Frage, die er zu klären hatte: Wer war Bob Miller?

Gut, er wußte von Hillmoore und auch von John Barryl, daß er der Major Wassja Grigorjewitsch Shukow war, und er war Fulton auch vom ersten Blick an sympathisch gewesen, einmal von der Figur als Boxer her, zum anderen wegen der verträumten Augen, die Fulton für einen ganz besonders wirksamen Trick hielt — aber seit dem Kampf gegen John Barryl, der trotz der nachfolgenden Versöhnung und sogar Verbrüderung eine Vernichtungsschlacht gewesen war, war Fulton nachdenklich geworden. Für ihn war es offensichtlich, daß nur das fast gleiche Kräfteverhältnis zwischen John und Bob einen Totschlag verhindert hatte.

Fulton sprach darüber drei Tage nach dem Fight mit dem Arzt Dr. William Ford. Sie waren Freunde, und wenn sie allein waren, redeten sie trotz des Verbots russisch miteinander. Sie tranken dann einen Whisky, weil es eben in Frazertown keinen Wodka gab, nicht einmal an der Bar von Hillmoore. Ein kleiner, unbedeutender Regiefehler in dem sonst perfekten amerikanischen Theater.

»Es ging um Norma«, sagte Dr. William Ford, als Fulton noch einmal den Kampf in allen Einzelheiten durchsprach. »Gawril Saweliwitsch, ein haariges Dreieck mobilisiert mehr Kräfte als eine Weltmeisterschaft!«

»Sie hätten sich totgeschlagen, Afanasij Petrowitsch. Und es war Bob, der John immer mit geradezu schweinischen Worten reizte. Ich habe sie ganz klar gehört, war ja im Ring. Was Bob alles gesagt hat ... John mußte von Sinnen kommen. Und warum hat er es gesagt? Um John blind vor Wut zu machen und ihn dann kalt abschießen zu können. Ich frage dich: Ist das unter Kameraden, unter sowjetischen Offizieren üblich? Wir alle wissen, warum wir hier sind — und da kommt ein Offizier daher, der sein persönliches Interesse höher schätzt als die Ehre der Roten Armee! Ein Mann mit einem Tötungsinstinkt.«

»Den hatte John Barryl auch, Gawril Saweliwitsch.«

»Weil er gereizt wurde. Es hatte begonnen als harmloser Boxkampf, als ein Messen der Kräfte, als Sport, Afanasij Petrowitsch. Und was wurde daraus, im Handumdrehen, durch Bob Miller? Eine Zertrümmerung!«

»Und jetzt sind sie die besten Freunde«, sagte Dr. Ford gemütlich, genoß noch ein Gläschen Whisky und nahm einen Keks aus der Glasschale. »Für wen hat sich Norma eigentlich entschieden?«

»Für keinen.« Fulton starrte gegen die tapezierte Wand seines Bungalows. Sie war mit Fotos von Boxern in der typischen, als Bild etwas lächerlich wirkenden Angriffshaltung garniert. »Und da ist noch etwas, Genosse Dronow. Bob Miller — oder sollen wir ihn unter uns Wassja Grigorjewitsch nennen? — beherrscht eine Menge amerikanischer Boxunreinheiten, die er bei uns bestimmt nicht gelernt hat. Im Infight blitzschnelle, kaum sichtbare Nackenschläge, Kopfstoßen von unten herauf — das sind nur zwei Unarten.« Fulton legte die Hände vor der Brust zusammen. »Du mußt doch zugeben, daß ich etwas vom Boxen verstehe. Man hat mich darauf spezialisiert. Und ich sage dir, Afanasij Petrowitsch: In der ganzen Sowjetunion lernt kein Boxer diese amerikanischen Unsauberkeiten! Aber Bob Miller schlägt sie!«

»Er ist ein Meisterschüler für seine Aufgabe.« Dr. Ford schüttelte den Kopf. »Gawril Saweliwitsch, werde nicht wieder zum Maulwurf! Bob, oder Wassja Grigorjewitsch ist eine Ausnahmebegabung. Was er an der Bar mixt, ist ebenso faszinierend in seiner Vollkommenheit wie alles, was er tut.«

»Und das fällt dir nicht auf? Eine Maske kann perfekt sein ... aber darunter bleibt immer die eigene Haut. Und irgendwann einmal sieht man ein Stückchen dieser Haut. Unserer russischen Haut, Afanasij Petrowitsch! Aber bei Wassja Grigorjewitsch entdecke ich nicht eine winzige russische Pore!« Fulton kramte in seiner Hosentasche, zog eine zerknüllte Packung Reyno hervor und steckte sich eine Zigarette an. Dr. Ford dankte mit einer Handbewegung.

»Was du denkst, Gawril Saweliwitsch, ist absurd. Oh, ich weiß genau, was du denkst! Ich kenne dich lange genug. In deinem Hirn rumort es jetzt wie in einem Gärkessel. Wenn man deine Hirnschale aufklappen könnte, sprudelte es hinaus. Aber es sind faulige Dämpfe, glaube es mir. Bis jemand in Frazertown landet, ist er gründlicher durchleuchtet worden, als wir Ärzte es mit unseren Röntgenapparaten können. Da gibt's keine dunkle Ecke mehr.«

»Woher kommt Wassja Grigorjewitsch?« fragte Fulton. Und er gab sich selbst die Antwort. »Aus Irkutsk, heißt es. Ist dort geboren.«

»Das ist Andrej Nikolajewitsch. Wassja Grigorjewitsch stammt aus Gorkij.«

»Ach ja!« Fulton sah Dr. Ford etwas verwirrt an. »Das habe ich verwechselt. Gut also, aus Gorkij! Und man hat ihn ausgebildet in Sibirien, an der Lena und im Gebirge nördlich von Magadan ... alles Orte, die noch keiner von uns gehört hat. Oder hast du gewußt, daß in Spornoje ein Speziallager ist? Daß man Leute über der Senka in Jakutien aus dem Flugzeug wirft? Das alles hat Wassja Grigorjewitsch erlebt ... als einziger von uns allen! Ich bin jetzt ein Jahr hier, ich habe über neunhundert Genossen in der Boxschule betreut ... keiner von ihnen hat jemals Spornoje gesehen oder mußte sich wie er mit bloßen Händen durch die Taiga schlagen. Da soll man sich keine Gedanken machen?«

»Es ist dein Spezialvergnügen.« Dr. Ford erhob sich, trank sein Glas leer und ging zur Tür. »Die einen saufen, die anderen spielen Schach, es gibt auch welche, die sich die Nacht mit weißen Schenkelchen vertreiben ... nur du, Gawril Saweliwitsch, pflegst die Geilheit, Nacht für Nacht über Dinge nachzudenken, auf die ein jeder spucken würde. Wirst sehen, wohin das führt. Schlaf gut!«

Fulton antwortete nicht. Er verriegelte hinter Dr. Ford die Tür, setzte sich ans Fenster, starrte in die helle Nacht hinaus und fügte, wie damals bei dem verfluchten Uniformknopf, Beobachtungen und Worte zu einem Mosaik zusammen. Es war noch sehr unvollständig, ergab kein Bild, ein paar Steinchen waren es, die noch nicht zueinander paßten.

»Ein merkwürdiger Mensch, dieser Wassja Grigorjewitsch!« sagte Fulton leise vor sich hin. »Man wird nicht klug aus ihm. Ein bißchen russische Seele müßte man doch spüren.«

In dieser Nacht beschloß Harry Fulton, sich um die Freundschaft Bob Millers zu bemühen, um wie ein Parasit in ihn hineinzukriechen.

Wie ein scheues junges Mädchen, das zum erstenmal allein mit einem Mann eine fremde Wohnung betritt, sich innerlich wehrend und gleichzeitig doch zu ihm hindrängend, stand Norma in dem Wohnraum, der die ganze Breite des Hauses einnahm. Bob Miller knöpfte sein Hemd auf, zog es über den Kopf und ging mit bloßem Oberkörper hinter seine kleine Hausbar. Norma starrte ihn stumm an.

»In warmen Nächten brauche ich körperliche Freiheit«, sagte er und stellte einige Flaschen zurecht. »Und wenn man die ganze Nacht in so einer Keeperuniform gesteckt hat, ist es ein herrliches Gefühl, die Haut atmen zu lassen. Wenn ich allein bin, laufe ich ganz nackt herum ...«

»Soll ich mich bedanken, daß Sie so höflich sind, es jetzt in meiner Gegenwart nicht zu tun?« sagte sie angriffslustig. Bob blickte von seinen Vorbereitungen auf und schüttelte den Kopf.

»Norma ... wir waren schon beim Du!«

»Das ist nicht wahr!«

»Vor der Tür hast du gesagt: ›Bring mich nicht um ...‹ und: ›Ich muß mit dir reden.‹«

Sie schwieg, ging ziemlich staksig durch das Zimmer und setzte sich in einen Sessel. Bob beobachtete sie. Sie hatte lange Hosen an und eine weite Bluse ... sie verbarg bewußt ihre herrliche Figur.

»John sucht dich wie eine verlorene Unschuld«, sagte er.

»Fallen dir nie andere Vergleiche als Schweinereien ein?« fauchte sie zurück.

»Sie fließen mir ungehemmt über die Lippen. Es muß eine Naturbegabung sein. Die einen können mit den Ohren wackeln, andere piepsen beim Liebesspiel wie junge Mäuse ...«

»Bob!«

»Ich reiße mich zusammen, Norma, Ehrenwort!« Er hob den Shaker hoch. »Was soll ich zaubern? Einen Morning Glory Cooler? Glory Glory Halleluja ... Norma, das war ein ganz fauler Witz. Lach nicht. Aber der Morgen steigt schon hoch. Sollen wir den Morning Glory wagen?«

»Ich überlaß es dir.« Sie lehnte sich in dem Sessel weit zurück und schloß die Augen. Sie ist todmüde, dachte er zärtlich. Ich sollte sie auf die Arme nehmen und ins Bett tragen. Zudecken wie ein Kind und selig schlafen lassen. Verdammt, auch das kann ich: Ein Mädchen, das ich liebe, einmal nicht anrühren. »Was sagt John?« fragte sie plötzlich.

»Wenn er könnte, würde er alle Sterne zum Weinen bringen. Er glaubt fest daran, daß man dich aus Frazertown weg in den Einsatz geholt hat.« Er begann, den Cooler zu mixen, wozu man Cognac, Whisky, Curaçao Tripple sec, Orangen-Bitter, Pernod und Zuckersirup braucht, ein voluminöses Morgenhämmerchen.

Aber es jagt den Schlaf aus den letzten Körperritzen, das sei auch verraten. »Ich habe es ihm ausgeredet.«

»Danke, Bob —«

»Ob er's glaubt, weiß ich nicht. Als er von Hillmoore wegging, plätscherte ihm der Alkohol bis zur Nasenwurzel. Aber er ging aufrecht wie eine Eins!« Bob begann, den Morning-Hammer zu schütteln und ließ den Shaker in seiner Hand tanzen. »Norma, ehrlich, mein Kind! Du liebst John Barryl, nicht wahr?«

»Du hast kein Recht, so direkt zu fragen.« Sie nahm den Kopf wieder nach vorn und öffnete die Augen.

»Doch, Norma, ich habe das Recht: Ich liebe dich —«

»Red nicht so einen Blödsinn, Bob!« Sie versuchte ein Lächeln, aber es ertrank irgendwie in der Wehmut, die ihr Gesicht seltsam sanft machte. »Wirfst den Shaker fast an die Decke und machst zwischen dem Eisklingeln einen Liebesantrag. Was soll man davon halten?«

»An den Shaker klammere ich mich fest«, sagte Bob plötzlich sehr ernst. »Er hält mich davon ab, zu dir zu stürzen und dich an mich zu reißen. Wenn du wüßtest, welch eine Überwindung das kostet —«

»Ich kann Karate, Bob —«

»Ich auch, Norma.« Er stellte den Shaker auf die Barplatte. »Ich habe dir schon einmal gesagt: Wenn wir zwei zusammentreffen, bringen wir uns aus Liebe um! Wir müßten uns fesseln, um wie normale Menschen zusammen zu schlafen.« Er goß die Coolergläser voll und stellte sie auf ein japanisches Lacktablett, das zur Einrichtung gehörte. »Aber das darf ich ja alles nicht sagen. Die Frauenehre der Genossin Koroljow wird gekränkt.«

»Amerikanische Frauen hören sich das an?«

»Sie ziehen nach dem ersten Satz das Kleid aus. Nach dem zweiten —«

»Bob!«

»Norma, du bist gekommen, um bei mir Nachhilfeunterricht im Sex des Mittelwestens zu nehmen. Wenn dich schon die Theorie umhaut ...«

Er stellte das Tablett auf den kleinen Tisch und setzte sich brav Norma gegenüber auf die Couch. Sie blickte ihn nicht an, aber wenn sie die Augen etwas zur Seite drehte, konnte sie in einem Spiegel Bobs muskulösen nackten Oberkörper sehen, die breite, behaarte Brust, auf der man, wie er erzählte, Felssteine mit dem Hammer zertrümmert hatte. Sie hatte es für eine maßlose Übertreibung, für billige Angeberei gehalten; jetzt sah sie die Hälfte seines schönen Körpers und glaubte es ohne Vorbehalt.

»Es kann sein, daß ich plötzlich abkommandiert werde«, sagte sie und schielte seitlich in den Spiegel. Bob spielte mit dem Anhänger, der an einem Goldkettchen um seinen Hals hing.

»Ich denke, du gehörst zum Stammpersonal von Frazertown?«

»Nein. Ich weiß, daß ich in Amerika eingesetzt werde. Drei Genossinnen sind schon abkommandiert —«

Bob Miller lehnte sich zurück. Er atmete tief durch die Nase und wußte, warum sich plötzlich um sein Herz ein feuriger Kranz legte. Bis jetzt hatte er in seinen Funknachrichten Normas Namen noch nicht nach Winniza und Dewjatow gemeldet. Also war Norma auch bei General Orwell unbekannt. Jetzt aber mußte er es tun, und allein dieser Gedanke löste in ihm eine Art Fieber aus.

»Trinken wir darauf, Norma!« sagte er mit belegter Stimme. Er umklammerte sein Glas und nippte nur daran. Der Morning Glory schmeckte ihm wie Zyankali. Genauso muß es sein, wenn ich die für den Notfall mitgebrachte Giftkapsel einmal durchbeißen muß, dachte er. Norma, in unserem Beruf sollte man sich vorher das Herz durch eine Kunststoffpumpe ersetzen lassen. Und das Hirn durch Computerteile.

Sie nahm einen kräftigen Schluck, atmete tief durch und sah ihn wieder mit großen, schwarzen, zwingenden Augen an. »Das ist ein Morgentrunk?« keuchte sie. »O Himmel, was trinkst du dann erst am Abend?«

»Etwas ganz Leichtes, mein Mädchen. In der Nacht verlangt man von mir, daß ich fit bin. Ein müder Mann im Bett einer liebesdurstigen Frau berechtigt zum Mord.«

»Bob!«

Sie sah ihn strafend an. Er nickte, klemmte die Hände zwischen die Knie und wurde einfach nicht damit fertig, daß er Norma noch heute an Dewjatow melden mußte.

»Mir hat keiner gesagt, in allen Lehrgängen nicht, daß ich als Amerikanerin zuerst Erfolg im Bett haben muß, bevor ich Erfolg im Beruf habe.«

»So hart würde ich es nicht ausdrücken, Norma. Und Amerika ist für diese schiefe Moral auch nicht das einzige Land. Im allgemeinen, überall in allen Geschäftsbereichen, erreicht ein hübsches Mädchen schneller die Karriereleiter, wenn es nicht hochgeschlossene Blusen, sondern T-Shirts trägt. Hauteng, fantasieanregend, Versprechungen ausstrahlend. Die meisten Chefs sind nun mal

Männer in den besten Jahren und werden wieder jung durch ihre hübschen Mitarbeiterinnen.«

»Das ist widerlich, Bob. Sind wir Frauen nur Lustobjekte? Denken Männer an nichts anderes?«

»Woran soll ich denken, Norma, wenn ich dich ansehe? Daß du ein kluges Mädchen bist, ein mutiges Mädchen, das Karate beherrscht und mehrere Sprachen, und das schießen kann und für ihr sowjetisches Vaterland auch töten würde. Ist es so?«

»Vielleicht —«

»Aber ist das die wirkliche Norma Taylor? Wo bleibt die Dunja Andrejewna, die genau weiß, wie zärtlich sie sein kann? Die jetzt einem halbnackten Bob Miller gegenübersitzt, mit der verschlossenen Miene eines Apparatschiks, und die sich in Wirklichkeit danach sehnt, einmal gestreichelt zu werden —«

Sie antwortete nicht. Sie sprang auf, trank den Rest des Cooler aus und zog ihre weite, hochgeschlossene Bluse über den Hosenbund. »Ich muß jetzt gehen«, sagte sie hart. »Ich glaube, ich werde in Amerika der Liga für Frauenrechte beitreten, das schützt mich vor Männern wie dich.«

»Du wirst eine sehr schlechte Agentin sein, Dunja«, Bob sprach jetzt russisch mit ihr. Es war, als habe er sie wirklich gestreichelt ... sie blieb mitten im Zimmer stehen, und ihr wundervoller Körper straffte sich wie unter tastenden Händen. »Die Arbeit, die dich erwartet, ist hart.«

»Das weiß ich, Wassja Grigorjewitsch. Ich werde Rußland nicht enttäuschen.«

»Und warum läufst du vor mir weg?«

»Du gehörst nicht zu meiner Aufgabe.«

»Lebst du nur, um Befehle auszuführen?«

»Ja.«

»Dunja ... du mußt das Lügen besser üben.«

Er sprang auf, aber sie wich bis zur Zimmertür zurück und streckte ihm die rechte Faust entgegen. »Bleib stehen, Wassja!« sagte sie mit fliegendem Atem. »Ich flehe dich an! Komm nicht näher!«

»Ich liebe dich, Dunja. Verdammt noch mal, wir *sind* keine Maschinen, auch wenn wir wie Maschinen arbeiten sollen.«

Ihr Problem wurde an diesem Morgen nicht gelöst. An der Haustür klingelte es. Nicht sittsam, wie es sich für einen Besucher gehört, sondern fünfmal hintereinander, und dann ließ der Ungeduldige auch noch den Finger auf der Klingel. Norma Taylor sah sich um wie ein gehetztes Wild, Bob Miller trank schnell seinen Cooler aus und versteckte die beiden Gläser und das Japantablett in einem Schiebeschrank hinter der kleinen Bar.

»Das ist John«, sagte Bob. »Er ist noch immer auf der Jagd nach dir und löst sich jetzt in Verzweiflung auf. Ich muß ihn reinlassen. Er weiß, daß ich zu Hause bin.«

»Wo kann ich hier raus?« fragte sie mit ganz kleiner Stimme. »Er darf mich hier nicht sehen. Ich weiß: Diesesmal würde einer von euch umgebracht werden.«

»Hat John Rechte an dir, Dunja?«

»Nicht für eine Minute, Bob. Ich muß weg!«

»Das ist jetzt unmöglich. Nach hinten sind die Fenster vergittert, vorn steht John.« Bob riß eine Tür auf und zeigte in das andere Zimmer. »Es soll nicht anders sein. Ich kann dir als Versteck nur mein Schlafzimmer anbieten und mein Bett.«

Sie lief an ihm vorbei und setzte sich auf die Bettkante. Sie sah jetzt klein und kläglich aus, wie ein weggelaufenes und wieder aufgegriffenes Mädchen. »Und wenn er hier reinkommt?«

»Das kann ich verhindern.« Draußen läutete es wieder Sturm. Dazu ertönte John Barryls Stimme. Er schrie:

»Bob, wach auf! Ich bin's! John!«

»Leg dich hin und versuch zu schlafen«, sagte Bob. Er beugte sich plötzlich zu Norma hinunter, umfaßte mit beiden Händen ihren Kopf und küßte ihre Augen. Sie hielt einen Moment still, aber dann trat sie wortlos gegen sein rechtes Schienbein. Er verzog schmerzhaft das Gesicht, ließ ihren Kopf los und versuchte ein Lächeln.

»Es stimmt«, sagte er. »Du hast vollkommen recht. Es war die falsche Stelle. Ich hätte deine Lippen nehmen sollen. Das nächstemal, Norma.«

»Ich hasse dich!« sagte sie dumpf. »So etwas wie dich muß man ja hassen!«

Er warf die Tür hinter ihr zu, ging langsam zum Hauseingang und schloß auf. John Barryl stürzte herein, als werde er gejagt, hetzte in den Wohnraum und blickte sich mit wildem Blick um.

Bob Miller schüttelte den Kopf.

»Spielst du Macbeth auf der Flucht vor den Hexen? Was soll das, Johnny?«

»Wo ist Norma, Bob?«

»Ich denke, diesem Geheimnis jagst *du* nach?«

»Hier ist sie nicht?«

»Du Idiot!« Bob machte eine weite, einladende Handbewegung. »Sieh doch nach. Vielleicht unterm Teppich? Oder hinter dem Couchkissen? Ich bin gerade von der Arbeit gekommen, mein Lieber, und wollte mich duschen. Wenn dich ein nackter Mann nicht erregt, tue ich das jetzt. Du kannst mir sogar den Rücken abseifen und nachsehen, ob sich Norma nicht in meiner Arschfalte versteckt hat ...«

»Bob! Ich bin am Ende. Nimm nicht alles so wörtlich.« John Barryl sank auf die Couch und wischte sich die verschwitzten Haare aus der Stirn. »Es ist jetzt vier Uhr morgens! Es ist hell draußen ...«

»Das haben Morgen so an sich. Es ist noch keinem gelungen, die Sonne zu schwärzen.«

»Mir ist nicht nach dämlichen Witzen zumute!« schrie John Barryl. »Norma ist weg! Sie ist seit dem Nachmittag nirgendwo gesehen worden! Ich habe gefragt, wen ich nur fragen konnte. Um neun Uhr, wenn das Rathaus offen ist, gehe ich zu Bulder und frage ihn. Er *muß* es wissen!«

»Du wirst dir einen Anschiß einhandeln und eine Strafnotiz in deinen Personalakten. Das ist alles.« Bob lehnte sich gegen die Schlafzimmertür. »Oder erwartest du, daß Väterchen General dich an seine Brust zieht und dir weinend die Wahrheit ins Ohr flüstert? Überlege dir eine andere Möglichkeit.«

»Ich habe alles überlegt. Bob, ich kann überhaupt nicht mehr denken.«

»Wir haben uns um Norma halb totgeprügelt, und was ist der Dank von ihr? Sie spuckt uns zwischen die Augen, wenn sie es könnte. Versuche einmal logisch zu denken, John: Wenn ein Mädchen, um das sich zwei Männer wie wir bemühen und vor aller Welt zu Trotteln werden, sich nicht erweichen läßt, was *könnte* dann möglich sein?«

»Nie, Bob, nie!« schrie Barryl und starrte Miller wild an.

»Aha, du beginnst zu verstehen! Natürlich ist es möglich! Normakind hat längst einen anderen Boy im Visier, und wir Idioten hüpfen herum wie die dressierten Bärchen. Sie hat heute ihren erotischen Tag, und während du stundenlang durch Frazertown saust, liegt sie im warmen Bettchen und tauscht Hormone aus.«

»Manchmal sollte man dich erschlagen, Bob«, sagte John dumpf. »Wenn du so etwas ahnst ... regt dich das nicht auf?«

»Nein. Kann ich es ändern? Das ist Normas Entscheidung. Oder willst du sie zwingen, nur weil du der Major Andrej Nikolajewitsch Plenjakow bist, deinen Unterleib als einzigen Glücksspender anzuerkennen?«

John Barryl fiel in sich zusammen. Er hing in der Couchecke und streifte seine schweißigen Handflächen an dem Velourstoff ab. »Ich hätte das Norma nie zugetraut«, sagte er fast kläglich. »Nie! Du etwa, Bob?«

»Sie ist ein Vollblutweib. So etwas bleibt nicht allein und streichelt sich selbst vorm Spiegel die Brüste. Nicht Norma!«

»Sie hat immer gesagt, sie haßt die Männer. Sie ist auch nie ausgegangen. Zum erstenmal war sie tanzen ... mit mir. Und wie sie getanzt hat!«

»Ich hab's gesehen, John.« Bob Miller kraulte sich die dichten Brusthaare. »Eigentlich müßtest du ein paar Löcher in der Haut haben von ihren spitzen Brustwarzen.«

»Und jetzt soll es ein anderer sein?« sagte Barryl verzweifelt.

»Wenn Norma heute mittag wieder hinter der Milchtheke steht, ist alles klar. Dann frag sie doch, John! Frag sie: Wer ist der verlauste Kerl, dieser heimliche Syphilitiker, bei dem du dich herumwälzt? — Norma wird dir eine runterhauen, aber du hast endlich Gewißheit. Außerdem gibt es andere hübsche Mädchen in Frazertown.«

»Die wasserstoffblonde Zicke Britt Lawson mit ihrer Spieltierchen-Sammlung etwa?«

»Sie macht einen bumsfidelen Eindruck —«

»Ich liebe Norma, Bob!«

»Das ist deine Privattragik, lieber Freund. Die mußt du selbst zerkauen und runterschlucken. Ich hab's bereits getan.«

»Für dich ist Norma erledigt?«

»In gewisser Beziehung — ja. Man wird sich natürlich sehen und höflich zueinander sein ... John, wir haben eine große Aufgabe vor uns. Uns erwartet Amerika!«

»Das ist jetzt ein Augenblick, wo ich meinen Beruf hasse«, sagte Barryl tonlos.

»Das hast du gestern nacht schon mal gesagt. Aber es ändert nichts, John. Wir müssen Rußland im Herzen haben, nicht Norma Taylor.«

Es ist immer gut, volltönende, heroische, vaterländische Worte zur Hand zu haben, sie decken echte Regungen zu und suggerieren jedem Mann das Gefühl, ein Held zu sein. Das ist ein Trost, so wie man ein weinendes Kind mit einem Honigbonbon beruhigt.

John Barryl verabschiedete sich nach einer halben Stunde in der Gewißheit, Norma Taylor habe wirklich die Nacht bei einem anderen Mann verbracht. Es war ein Gedanke, den er als Zentnerlast mit sich wegschleppte. Bob Miller wartete, bis er John nicht mehr sehen konnte, und ging dann in sein Schlafzimmer. Da Norma durch die dünne Tür alles mithören konnte, erwartete er als mindeste Reaktion das Heranfliegen der Nachttischlampe.

Aber es geschah nichts. Norma lag in tiefem Schlaf auf dem Bett, den Kopf auf der Seite, die Lippen zu einem kindlichen Schmollmund verzogen.

Bob blieb vor ihr stehen, betrachtete sie eine Weile und genoß das stille Glück, sie mit Blicken streicheln, liebkosen und besitzen zu können. Dann beugte er sich über sie, streifte ihr die Schuhe ab und zögerte, ob er ihr auch die Bluse und die Hose ausziehen sollte. Er unterließ es ... er war sich sicher, daß der Anblick ihres entblößten Körpers seine künstliche Zurückhaltung zerbrechen würde.

Vorsichtig zog er ein Laken über Norma und verließ leise das Schlafzimmer. Im Bad warf er seine Hose ab, stellte sich unter die kalte Dusche, wickelte sich in ein Badetuch und legte sich auf die Couch. Er schlief sehr schnell ein und merkte nicht mehr, daß bei einer Drehung das Badetuch von ihm glitt und er nackt, lang ausgestreckt, auf den Polstern lag.

So sah ihn Norma, als sie drei Stunden später aus dem Schlafzimmer kam.

Sie hob das Badetuch auf und breitete es über seine Blöße, beugte sich vorsichtig zu seinem Kopf und hauchte einen Kuß auf seine geschlossenen Lider. Sie vibrierten unter der Berührung ihrer gespitzten Lippen, aber er wachte nicht auf.

»Danke, Wassjuschka«, sagte sie leise. Ihre Zärtlichkeit war wie ein warmer Wind, der über seinen Körper glitt.

Stanislaw Jakowlowitsch Slobin war ein Fachmann, das haben wir schon gesagt. Als Kapitän im III. Nachrichtenbataillon von Winniza kümmerte er sich nur um die wichtigsten Dinge, und wichtig waren seit Wochen die merkwürdigen Kracher und Brummer, die ab und zu seinen Funkverkehr versauten. Seine Deutung, es könnte sich doch um atmosphärische Störungen handeln, wie sie vor allem an heißen Sommertagen auftreten oder nach großen Sonnenexplosionen, wurde immer dünner, je öfter gerade in der letzten Woche das rhythmische Knacken auftrat.

Außerdem war die Störung so deutlich und greifbar, als sitze man mitten im Zentrum des elektrischen Feldes.

Kapitän Slobin nahm die Geräusche auf Band auf, hörte sie dann noch einmal in aller Ruhe ab und meldete sich darauf beim Kommandanten der Garnison Winniza. Er legte Wert darauf, sagte er bei seiner telefonischen Anfrage, daß auch der örtliche Chef der politischen Truppenführung zugegen sei.

Slobin machte keine langen Einleitungsworte. Er stellte das Tonbandgerät an und ließ das Krachen und Knacken abspielen. Der Kommandeur, ein Oberst, sah ihn verständnislos an und ertrug mit Würde die Vorführung. Erst, als Slobin glaubte, genug Krachen produziert zu haben, stellte er das Tonband wieder ab.

»Das war's'« sagte er stolz. Der Oberst nickte.

»Haben Sie ein Mikrofon auf der Latrine versteckt gehabt, Stanislaw Jakowlowitsch, und das Furzen eines Bataillons aufgenommen?« fragte er. »Sehr beeindruckend. Aber kaum geeignet für das Armeemuseum, so originell die Idee ist ...«

»Genosse Oberst —« Kapitän Slobin blickte flehend zu dem politischen Offizier hinüber, einem Major, der nachdenklich auf das Tonband starrte. »Was ich da aufgezeichnet habe, ist alarmierend!«

»Hat meine Garnison einen Darmkatarrh?«

»Das ist ein Zerhacker, Genosse Oberst«, sagte der politische Offizier ruhig.

»Genau!« rief Kapitän Slobin. »Ein Zerhacker!«

»Genossen, das müssen Sie mir erklären.« Der Oberst sah hilflos vom einen zum anderen. »Ich kann beim besten Willen nicht heraushören, daß da jemand Holz hackt.«

»Es ist eine funktechnische Sache, Genosse Oberst.« Slobin überlegte, wie man einem Laien so etwas mit einfachen Worten deutlich machen konnte. »Da ist ein Sender, der zu unbestimmten Zeiten, aber fast täglich, sendet und Signale empfängt. Um den gesendeten Text — Zahlenreihen oder Wortkombinationen — unkenntlich zu machen, werden die Funksignale deformiert, also zerhackt, so daß nur noch ein Knacken übrigbleibt. Beim Empfänger werden dann über einen Entzerrer die Worte wieder verständlich gemacht. Ein einfacher, aber immer wirksamer Trick. Das alles ist natürlich laienhaft ausgedrückt, Genosse Oberst.«

»Und das haben Sie da aufgenommen, Stanislaw Jakowlowitsch?«

»Ja. Wie lange der Sender in Tätigkeit ist, weiß ich nicht. Ich bin ja erst vor vier Monaten, wie Sie wissen, nach Winniza gekommen. Von meinem Vorgänger lagen keine Berichte vor. Aber seit längerer Zeit beobachte ich das nun. Zuerst glaubte ich an ein atmosphärisches Phänomen ... aber jetzt habe ich Beweise. Die Störungen treten täglich meistens gegen sechs Uhr früh oder abends gegen neunzehn Uhr auf und dauern im Durchschnitt fünf Minuten, selten länger. Ich habe eine Statistik über zwei Monate mitgebracht, sie ist faszinierend.« Slobin holte tief Atem. »In Winniza oder der näheren Umgebung muß demnach ein Geheimsender existieren!«

»Sagen Sie das bloß nicht lauter als nötig, Slobin!« rief der Oberst. Er blickte auf das Tonbandgerät, als sei es ein Haufen stinkenden Unrats. »In meinem Militärbereich ein Geheimsender ... das wäre eine Katastrophe! Das kann nur ein Irrtum sein! Wer sollte hier senden? Warum? Vielleicht ein Funkamateur, der uns ärgern will, der weiß, daß ein Stanislaw Jakowlowitsch seine Ohren im Äther hat ...«

»Es könnte sich um einen Agenten einer fremden Macht handeln«, sagte der politische Offizier.

»In Winniza, Genosse Major?« Der Oberst lächelte mitleidig. »Soll er ausspionieren, wie gut die neue Weinernte wird? Daß dieses Jahr die Pfirsiche saftiger sind als im letzten Jahr? Ha, wird das die amerikanische Wirtschaft durcheinanderbringen! Und die Deutschen werden Selbstmord begehen, weil unsere Tomaten dreimal so dick sind wie ihre! Winniza wird die Welt verändern, darum wimmelt es hier auch von ausländischen Spionen!« Der Oberst tippte sich an die Stirn. »Genossen, ich muß gleich lachen —«

»Und die unbekannte Stadt südlich von Winniza?« Der Major der politischen Führung lehnte sich im Stuhl zurück. »Oder wissen Sie, Genosse Oberst, was da auf den 50 000 Hektar geschieht?«

»Nein. Wissen Sie es?«

»Auch nicht. Keiner weiß es! Es hat sich nur herumgesprochen, daß dort eine dreifache Starkstromsperre ist und irgend etwas Großes geschieht. Aber wo Geheimnisse sind, sind auch die Jäger nach diesen Geheimnissen. Das ist eine alte Regel. Und wenn Stanislaw Jakowlowitsch einen Sender mit Zerhacker ausfindig gemacht hat, dann ist das wirklich alarmierend.«

»Gut! Es ist alarmierend. Und wen wollen Sie alarmieren, Genosse Major? Die Kameraden im verbotenen Land? Da kommen Sie nicht ran. Da gibt es keinerlei Verbindungen zu Winniza. Die leben in einer besonderen Welt.«

»Ich werde es nach Kiew und Odessa zu den Generalkommandos melden. Irgend jemand wird zuständig sein.« Der Major tippte mit dem Zeigefinger auf das Tonband. »Kapitän Slobin, können Sie den Sender anpeilen? Wenn er in Winniza ist, muß man ihn doch einkreisen!«

»Die Sendezeit ist zu kurz. Außerdem fehlen mir dazu Spezialgeräte. Wir sind eine normale Nachrichtentruppe, Genosse Major. Das ist eine Aufgabe für Spezialisten.«

»Sie werden kommen, so schnell wie möglich.« Der Major nahm das Tonband an sich und steckte es in eine Aktentasche. »Nehmen Sie die Geräusche weiter auf, Stanislaw Jakowlowitsch. Mit genauen Uhrzeiten. Es muß ein System zu entdecken sein. Wichtig ist vor allem, daß wir die Genossen im verbotenen Land warnen —«

Schon zwei Tage später trafen von Kiew sechs Techniker ein und bauten geheimnisvolle federnde Antennen und Meßinstrumente in der Nachrichtenkaserne auf. Kapitän Slobin war begeistert. Am dritten Tag rollten mehrere Peilwagen in die Kaserne und fuhren am Abend mitten in die Stadt, parkten auf dem Leninplatz und warteten. Kapitän Slobin saß neben einem Funkspezialisten aus Kiew in einem der Autos und hatte die Kopfhörer übergestreift.

Pünktlich um 19 Uhr stellte Dewjatow seine große Stereoanlage an. Neun Nachbarn mit ihren Frauen waren bei ihm zu Gast und freuten sich.

»Was werden wir hören, Awdej Konstantinowitsch?« fragten sie. »Das letzte Mal, Chopin ... wir haben noch lange davon gesprochen. Hervorragend, diese Anlage. Dieser naturgetreue Ton. Als wenn man neben der Geige säße. Was bietest du heute, Genosse?«

»Borodin. Fürst Igor —«

»O Wonne!«

»Aus dem Bolschoi in Moskau.«

»Ein wahres Fest, Awdej Konstantinowitsch.«

Die Nachbarn lehnten sich zurück. Dewjatow legte die Platte auf, und die Ouvertüre zu ›Fürst Igor‹ verklärte die Gesichter. Gleichzeitig funkte er zu Bob Miller.

»Sie peilen mich an. Müssen bis auf weiteres schweigen. Ende.«

»Da ist das Schwein!« schrie Kapitän Slobin im Peilwagen, als das Krachen in seinem Kopfhörer begann. »Da! Da! Als ob er auf unserem Schoß sitzt! Hast du ihn?«

»Schluß! Siebzehn Sekunden! Kann ich Wunder vollbringen? Das reicht nie!«

»So kurz war es noch nie.« Slobin riß sich den Kopfhörer herunter. Er machte den Eindruck, als wolle er hineinbeißen. »Er spielt mit uns Katz und Maus. Ein echter Halunke! Ein Hundedreck! Sie konnten nichts feststellen?«

Der Techniker aus Kiew betrachtete den winzigen Strich auf dem elektronischen Schreiber. »Der Sender ist in der Stadt«, sagte er.

»Das weiß ich auch ohne ein Gerät, das Millionen kostet! Aber wo? Wo?«

»Bei nur siebzehn Sekunden müßte man Hellseher sein.«

Sie blieben auf dem Leninplatz bis gegen Mitternacht, dann fuhren sie zur Kaserne zurück. Es war ein Fehlschlag. Slobin knirschte schauerlich mit den Zähnen.

»Erschießen Sie sich nicht gleich, Genosse Kapitän«, sagte der Techniker aus Kiew freundlich. »In den nächsten Tagen spüren wir ihn auf. Uns ist noch keiner entgangen. Wir brauchen nur ein klein wenig mehr Zeit, um uns in ihn hineinzuhängen.«

»Den Fall hat das KGB in Odessa übernommen«, sagte am nächsten Morgen der Major der politischen Führung zu dem Oberst. »Man ist der Ansicht, daß in Winniza ein ausländischer Agent sitzt.«

»Und das verbotene Land?«

»Es ist verständigt. Aber von dort nach draußen besteht keinerlei Gefahr. Die Genossen in Odessa sagten keine Einzelheiten, aber sie sind sicher, daß über Nowotschok eher ein Stern vom Himmel stürzt, als daß ein Fremder dort eindringen könnte. Den Verdacht können wir streichen. Hier in Winniza sitzt das Schwein —«

Was der Major erzählte, stimmte überein mit der Reaktion, die Bürgermeister James Bulder zeigte, als er erst aus Kiew und dann vom KGB in Odessa angerufen wurde.

»Es ist ausgeschlossen, Genossen!« sagte er aus voller Überzeugung und fast beleidigt von dem Gedanken, ein Agent könne in Frazertown sitzen und fröhlich durch die Gegend funken. »Wenn Sie mir einen Spion unter dem Bett von Breschnew nachweisen, beginne auch ich, mich mit der Idee zu beschäftigen, bei mir hocke ein fremdes Männchen im Ohr. Das ist absurd, Genossen!

Ich lade Ihre besten Einsatztruppen ein, bei mir einzudringen. Aber bringen Sie genügend Särge mit. Überlebende wird es nicht geben. So sicher bin ich hier. Ist Ihnen das klar?«

Die Genossen in Kiew und Odessa beteuerten, das hätten sie immer gewußt, aber die Meldungen aus Winniza hätten ihnen an den Haaren gezogen. Es war ja auch nur eine höfliche Frage, Genosse General.

Trotzdem ließ Bulder an diesem Vormittag John Barryl vom Feld holen und die Ernte unterbrechen. Er schickte dazu einen seiner Polizisten, natürlich in der Uniform eines Patrolmans. Meistens waren es junge sowjetische Leutnants, die in Frazertown aufgrund ihrer hervorragenden Leistungen auf der Kriegsschule und auf Lehrgängen ihre amerikanische ›Grundausbildung‹ erhielten. Sie hatten einen heimlichen großen Respekt vor den alten ›Herren‹ wie John Barryl und auch Bob Miller, von denen sie ahnten, daß es mindestens Majore waren und die Besten der Roten Armee.

So fragte der Polizist auch nicht, was Bob Miller neben John Barryl auf dem Mähdrescher machte. Er holte John zum Bürgermeister, Bob blieb voller Mutmaßungen und gespannter Erwartung zurück.

Ist es soweit? Transportiert man John ab? Kommt er zum Einsatz in die USA? Wie kann man jetzt Dewjatow verständigen und General Orwell? Winniza schwieg bis auf weiteres. Es wurde angepeilt. Mehr wußte Bob auch nicht, als aber Dewjatow es so knapp und gehetzt durchgab, spürte Miller die große Gefahr, die sich über ihm zusammenzog. Er war nun abgeschnitten, zum Warten verurteilt, und wenn John Barryl wirklich zum Einsatz kam, gab es im Augenblick keinerlei Möglichkeit, den CIA zu warnen und John vom ersten Schritt an auf amerikanischem Boden zu beschatten. War er aber erst im Millionenheer der Menschen untergetaucht, half nur noch das Glück. Und das ist der unsicherste Verbündete in diesem tödlichen Beruf.

Bob hockte auf dem Mähdrescher, rauchte nervös eine Zigarette und tröstete sich mit einem einzigen wohltuenden, wenn auch verräterischen Gedanken: Ich habe Dunjas Namen nicht mehr durchgeben können. Sie steht auf keiner Liste.

Er saß ungefähr eine Stunde auf dem Erntemonstrum, als er über das bereits abgeerntete Feld zwei Militärlastwagen kommen sah. Sie waren voll besetzt und fuhren in gerader Linie auf ihn zu.

Wie ein Klumpen Eis legte es sich auf sein Herz. Er senkte den

Kopf, schloß ganz schnell die Augen und nahm Abschied. Er hatte nie geglaubt, daß das so einfach sein könnte. Man dachte an eine große Sehnsucht — es war Dunja Andrejewna —, man dachte an die Mutter und den Vater, und dann war eigentlich nichts mehr, was sich lohnte für diese letzten Minuten. Wie hatte man das in Alaska genannt? Wenn du die Kapsel in den Mund steckst und draufbeißt, denke nur: O du Scheiße! Das befreit. In vier Sekunden ist alles vorbei ... daß dein Körper zuckt und sich krümmt, das spürst du nicht mehr. Denke bloß nicht: Es ist zu früh! Oder: Warum gerade jetzt?! Oder: Wie schön ist das Leben! — Du hast keine Zukunft mehr, du nicht, wenn sie dich schnappen! Weiterleben ... das ist ein Märchen. Denk an nichts! Kapsel in den Mund, die Zähne drauf und zugebissen!

Bob Miller sah den beiden Militärlastwagen entgegen. Das Verdeck war zurückgerollt, die Ladefläche voller Soldaten in ihren erdbraunen Uniformen. Kopf neben Kopf. Er blieb auf dem Häckselkasten hocken, schob die rechte Hand zwischen Gürtel und Leib und legte Daumen und Zeigefinger in die Höhlung der Schnalle.

Die Kapsel war glatt und von der Hitze etwas weich. Ein elastischer Tod ...

Kurz vor dem Mähdrescher bremsten die Lastwagen, die Soldaten sprangen auf die Erde. Ein Offizier kletterte aus dem Fahrerhaus des ersten Autos und grüßte freundlich zu Bob Miller hinauf.

»Können wir anfangen, Genosse?« rief er mit heller Stimme.

Bob sog den Atem schnaufend durch die Nase. Ich platze, dachte er. Mein Gott, wie oft haben wir das in Smolenska geübt, aber trotzdem platze ich jetzt. Übungen können eben doch keinen Ernstfall ersetzen. Man weiß immer, hier kommst du heil heraus.

Er ließ die Gelatinekapsel in der Gürtelschnalle los und winkte fröhlich zurück. Was angefangen werden sollte, wußte er nicht. »Wenn ihr gut gefrühstückt habt, Brüderchen, nur ran! Erfüllt euer Soll!«

Der Offizier grüßte wieder, wandte sich dann an seine Soldaten, brüllte herum und teilte sie in Zweiergruppen auf. Diese marschierten dann über das abgeerntete Feld und wuchteten auf die neben ihnen herfahrenden Lastwagen die schweren Strohballen. Eine andere Abteilung holte die Doppelzentner-Säcke mit dem gedroschenen Weizen zusammen und stapelte sie zum Abtransport. Auch die andersfarbenen Säcke mit dem Häcksel, der in die Säcke geblasen wurde, wenn der Kasten voll genug war, trug eine dritte Gruppe zu einem Haufen zusammen.

Bob Miller sah ihnen zu und schüttelte den Kopf. Das ist Rußland, dachte er. Sie setzen den neuesten amerikanischen Mähdrescher ein, aber anstatt an den Auswürfen gleich die Lastwagen nebenherzufahren, läßt man alles auf das Feld plumpsen und kommandiert dann eine halbe Kompanie ab, um es mit Körperkraft aufzuladen. Man hat ja Menschen genug ... sollen sie herumlungern und auf schiefe Gedanken kommen? Der Mensch als Instrument — warum begreift der Westen nicht das Rätsel von Rußlands unsterblicher Kraft?

Noch während die Soldaten die Lastwagen beluden, brachte der Polizist John Barryl zurück. John war sehr ernst, schien die Anwesenheit des Militärs gewöhnt zu sein, und setzte sich neben Bob auf den Häckselkasten.

»Hast du eine Zigarette?« fragte er.

»Ja. Was ist los? Hat Bulder von deinem nächtlichen Amoklauf nach Norma erfahren?«

John rauchte einige hastige Züge und gab die Zigarette dann an Bob weiter. Ihre Freundschaft nahm geradezu archaistische Formen an.

»Ich habe versprochen, mit keinem darüber zu sprechen, Bob«, sagte er. »Es wissen nur Bulder und ich.«

»Dann halt den Mund, John! Mähen wir weiter?«

»Das KGB in Odessa hat angedeutet, daß in Frazertown der Agent einer fremden Macht sitzen könnte —«

Bob Miller lächelte breit. Es gelang ihm gut, so kalt es auch in ihm wieder wurde. Dewjatow, dachte er. Die Gefahr ist jetzt unmittelbar bei mir. »Das ist doch Blödsinn!« sagte er heiter. »Hat Bulder nicht gelacht?«

»Nicht direkt, aber er hat den Genossen in Odessa deutlich gesagt, welche Fantasten sie sind. Nicht einmal Feldmäuse können sich durch den ersten Minengürtel wühlen. Und wir haben drei!«

»Und was hat Odessa geantwortet?«

»Sie haben sich entschuldigt.« John schüttelte den Kopf. »Das KGB entschuldigt sich!«

»Höfliche, gut erzogene Genossen —«

»Ich sehe es anders, Bob. Sie küssen Bulder auf beide Wangen, um ihn gleichzeitig in den Hintern zu stechen. Das KGB entschuldigt sich nicht! Nie! Ich habe genug mit ihm zusammengearbeitet, ich kenne die Genossen. Ob in Moskau, Leningrad, Irkutsk oder

Odessa ... sie sind alle gleich. Sie haben einen Verdacht, und der wächst in ihnen wie ein Stachelhalm.«

»Und du glaubst es auch ... ich sehe es dir an, John.«

»Ist nicht alles möglich, Bob?«

»Vor Frazertowns elektrischen Zäunen sind die Grenzen der Möglichkeiten.«

»Das glaube ich auch. Trotzdem sollten wir wachsam sein. Bulder hat mich beauftragt, jeden in der Stadt heimlich zu überprüfen. Bob —«, er nahm Miller die Zigarette aus dem Mundwinkel und rauchte die letzten zwei Züge, ehe er sie auf dem Deckel des Häckselkastens zerdrückte, »du bist mir wie ein Bruder. Hilfst du mir bei den Beobachtungen?«

»Darauf kannst du dich verlassen!« sagte Bob Miller aus voller Brust. »Ich werde meine Augen überall haben.«

Um zehn Uhr morgens nahm Norma Taylor wieder ihren Platz hinter der Milchtheke ein. Im Personalraum hatte sie sich umgezogen, trug wieder das kurze Röckchen und die aufregend ausgeschnittene, knappe Bluse und hatte in das schwarze Haar eine rote Nelke gesteckt. Sie sah erregender denn je aus, und die paar Arbeiter, die um diese Zeit schon Billys Hamburger-Restaurant besetzt hielten, bekamen glänzende Augen.

Rampler, der in der Küche mißmutig mit Gehacktem, Käsescheiben, Tomaten und Gurken hantierte und die Landwirtschaft verfluchte, weil sie ihm den begabten John Barryl entzog, dessen Hamburger-Kompositionen unschlagbar waren, lief hinter die Theke und bestaunte Norma, als stehe sie nackt an den Zapfhähnen.

»Was war das?« fragte er aufgeregt.

»Was war?« fragte sie nüchtern zurück.

»Gestern. John hat seinen Kopf umfunktioniert und benutzte ihn als Rammbock. Er war dabei, Mauern einzurennen. Verrückt hat er uns alle gemacht. Wo warst du, Norma?«

»Spazieren ...«

»Wie bitte?« Rampler lehnte sich gegen die Regalwand mit den Gläsern und Porzellanbechern. »So einfach spazieren? Am Fluß vielleicht auch noch?«

»Genau am Fluß. Ich hatte plötzlich Lust, allein zu sein, ganz allein, im Gras zu sitzen und ins Wasser zu blicken. Im Fluß sind übrigens viele große Fische, wissen Sie das, Billy?«

»Hysterisch geworden, Norma?« Rampler schnaufte durch die

Nase wie ein Walroß. Er war rechtschaffen wütend. Nicht nur John Barryl hatte ihm auf den Nerven herumgetrampelt, auch seine Gäste beschwerten sich lauthals, warum die schöne Norma nicht die Milchmixgetränke zapfe, sondern eine Aushilfskraft mit breiten Schultern und stämmigen Beinen, der man den Militärdienst auch hinter der Theke ansah. Wer sich zum Beispiel beschwerte, daß zu wenig Frucht in der Milch war, der wurde angeblafft wie auf dem Kasernenhof. Das Betriebsklima an diesem Tag war nicht gut, bei Gott nicht! Wer kann es Rampler verübeln, daß er Normas romantische Anwandlung nicht bejubelte?

»Das ist was ganz Neues«, knurrte Billy, als Norma keine Antwort gab. »Natürlich sind dicke Fische im Fluß, aber der dickste Hund ist hier gebraten worden. John hat herumgebrüllt, man habe dich abkommandiert. Damit hat er den wichtigsten Befehl mißachtet, nie und nirgendwo unsere Aufgabe zu erwähnen. Ich habe ihn in mein Büro einsperren müssen, bis er soviel gesoffen hatte, daß ich ihn an Bob weiterschieben konnte. Und alles nur, weil die Dame Lust hatte, allein am Fluß zu sitzen und Fische zu beobachten.«

»Es ist schon vorbei.« Norma kontrollierte die Behälter für die Fruchtsirups und machte einen Geschmackstest, ob die Milch auch frisch und gut gekühlt war. Sie war es nicht. »Zu warm«, sagte sie.

»Du könntest auch Hitze ablassen«, sagte Rampler anzüglich. »Himmel, entscheide dich endlich für Bob oder John! So geht's nicht weiter. Über kurz oder lang ist ja doch alles vorbei —«

»Das ist es, Billy.« Norma drehte an der Kühlung herum, der Motor summte leise. »Wir dürfen kein Herz haben ... aber wir haben leider eins! Das muß man mit sich allein ausmachen.«

Rampler sah das ein und ging zurück in die Küche zu seinen halbfertigen Hamburgers. Sie können uns befehlen, den eigenen Scheißdreck zu fressen, dachte er. Und bei der Ausbildung in Sibirien haben wir aus Baumrinden, Blättern und Gräsern eine Suppe gekocht, die machte uns satt, aber wir haben auch drei Tage ununterbrochen Wasser geschissen, bis wir so erschöpft waren, daß wir nur noch kriechen konnten. Aber wir haben das befohlene Ziel erreicht. Das alles kann man mit uns machen ... nur die Liebe einer Frau widersteht allen Befehlen. Norma wird es schwer haben. Sie wird noch oft allein am Fluß sitzen und mit den Fischen reden.

Am Abend erschien John Barryl in Billys Restaurant, müde von der Ernte, auch durch ein paar Runden Schwimmen im Stadion nicht frischer geworden. Es waren heiße Tage am Bug, die letzten Sommertage, die noch einmal alle Glut verströmten und die Unendlichkeit des russischen Himmels demonstrierten. Wolkenlos, samtblau, von goldenem Licht durchzogen, wölbte er sich über das fruchtbare Land.

Die Gäste in Billys Hamburger-Paradies hielten den Atem an. Jetzt schreit er gleich los, wetteten sie. Er springt auf die Theke und wird verrückt. Oder er trägt Norma auf seinen Armen einfach weg. Mach's ihr gut und dreifach, Genosse! Sie hat's nötig wie ein Dampfkessel ein Ventil nötig hat.

Aber John Barryl reagierte ganz anders. Obgleich sein Herz beim Anblick Normas fast aussetzte, ging er gemessenen Schrittes durch das Lokal, stellte sich an die Theke und warf 10 Cents auf die Platte.

»Eine große Himbeermilch!« sagte er. Seine Stimme war etwas angerauht, aber das war auch alles, was seine innere Erregung verriet. Die Gäste waren enttäuscht. Es gab keinen richtigen Romeo und keine Julia mehr. Auch Othello hatte keinen Nachfolger in John Barryl.

Norma schenkte die Himbeermilch aus und schob sie John zu. Dabei blickten sie sich tief in die Augen.

»Du hast dich kindisch benommen, John«, sagte sie gedämpft. Durch die offene Küchentür starrte Rampler zu den beiden, vor sich einen Berg vorbereiteter Hamburgers. Auf einem riesigen Grill brutzelten Lammkoteletts. Die Basketball-Mannschaft hatte sich zum Essen angemeldet und Lamm bestellt. »Was fällt dir eigentlich ein? Kann ich nicht einen halben Tag ohne deine Aufsicht verbringen?«

»Ich habe befürchtet, sie hätten dich abkommandiert.« Er trank einen Schluck Milch und würgte sie hinunter. Aus der Brust herauf zog ein brennendes Würgen bis in den Mund. »Norma, ich habe ...«

»Wir alle kommen einmal hier weg, John«, sagte sie ruhig. Eine entsetzliche Zukunft, dachte sie dabei. Sie sah Bob an diesem Morgen nackt auf der Couch liegen, und sie sah sich, wie sie das heruntergefallene Badetuch wieder über ihn ausbreitete und seine Augen küßte. Dann war sie fluchtartig fortgelaufen vor ihrer Sehnsucht, sich auch auszuziehen und sich neben ihn zu legen.

»Ich habe in diesen Stunden begriffen, wie sehr ich dich liebe, Norma«, sagte John Barryl leise.

Norma lächelte schwach. Der eine gestand ihr seine Liebe, während er einen Shaker in die Luft warf, der andere tat es zwischen zwei Schlucken Himbeermilch. Sie gelten als die härtesten Männer der Sowjetunion und waren doch kleine dumme Jungen.

»Warum sagst du nichts, Norma?« bettelte John.

»Was soll ich darauf antworten?«

»Ich habe dir gesagt, daß ich dich liebe —«

»Und ich habe es gehört.«

»Ist das alles, was man darauf antworten kann?«

»Wir sind in Frazertown, John!«

»Aber wir bleiben doch auch hier Menschen, Norma.« John umklammerte sein Milchglas. »Warum haben sie sonst einen Puff mit fünf Mädchen eingerichtet?«

»Bin ich ein Ersatzpuff?«

»Norma!« Barryl fuhr sich mit beiden Händen verzweifelt durch die kurzgeschnittenen Haare. »Ich mache alles falsch. Ich rede Blödsinn. Ich bin völlig aus dem Leim. Gehen wir heute abend aus?«

»Ich habe Spätdienst, John.«

»Hinterher. Hillmoore hat bis vier Uhr offen. Auch Bob würde sich freuen. Er hat mir heute bei der Ernte fabelhaft geholfen. Es ist, als seien wir beide in einer Wiege aufgewachsen ...«

»Es geht nicht, John. Ich werde müde sein, sehr müde. Vielleicht morgen ...«

Sie mußte zurück zu ihren Zapfhähnen. Neue Gäste waren gekommen und stellten sich an, um von der schönen Norma bedient zu werden und einen Blick auf ihren von der Bluse umspannten Busen zu werfen. Das gehörte einfach zu Billys Hamburgers und zum abendlichen Ausspannen.

John Barryl fügte sich und wanderte durch den warmen Abend zu Hillmoores Bar. Dort begann der Betrieb gerade, die Band spielte die ersten Tänze. Bob hantierte hinter der großen Bartheke und scherzte mit einem üppigen Mädchen, das vor ihm auf dem Hocker saß. Es hatte hungrige Augen und knabberte mit seinen Blicken Stück um Stück von Bobs Körper ab.

»Norma ist wieder da«, sagte John. Es klang, als wolle er die Sterne polieren.

»Das ist gut, John.« Bob Miller zeigte mit dem Daumen auf die Flaschenbatterie hinter sich. »Such dir was aus! Auf meine Kosten für die große Freude.«

»Jetzt trinke ich Rum!« Barryl klemmte sich auf den Hocker neben die üppige Dame. »Puren Barcadi-Rum! Und wenn ich umfalle! Stützen Sie mich, schönes Mädchen?«

»Nein!« Die Üppige sah ihn abweisend an. Sie war auf Bob programmiert. »Wenn Sie sich betrinken wollen, gehen Sie woanders hin.«

»Nach zehn Rum bin ich eine Wucht, Miß!« sagte John fröhlich. »Das haben Sie noch nicht erlebt!«

Wenig später ging Bob nach hinten in das Magazin und rief Norma an. Zuerst war Rampler am Telefon und sagte, der Boxzar Harry Fulton sitze im Lokal und sänge Lobeslieder auf Bob Miller. Bob lachte, vergaß es aber sofort wieder und freute sich, als er endlich Normas Stimme hörte.

»Liebling, John ist eben eingetroffen und schießt mit geballtem Charme Fröhlichkeit um sich. Was hast du ihm bloß gesagt?«

»Nichts. Übrigens bin ich nicht dein Liebling.«

»Noch nicht. Aber Nummer eins habe ich gewonnen: Du hast in meinem Bett geschlafen. Es ist wundervoll! Der Duft deines Körpers strömt noch aus der Decke ... jede freie Minute liege ich mit der Nase drauf und inhaliere ihn ...«

Norma warf den Hörer auf die Gabel und ging wütend zurück in die Milchbar. Rampler hielt sie am Arm fest.

»Schon wieder Krach?« fragte er ahnungsvoll. »Jetzt ist Bob eifersüchtig, was?«

»Nein! Aber man könnte ihm dauernd, wie einem Stier zwischen die Augen schlagen! Es kann sein, daß ich das auch noch tue.«

Rampler ließ sie los und nickte zum Lokal hinaus. »Fulton möchte dich sprechen«, sagte er.

»Mich? Was habe ich mit Boxen zu tun?«

»Er will dich was fragen über Bob ...«

»Ich mag Fulton nicht«, sagte Norma mit sicherem Instinkt. »Er hat Augen wie ein hungriger Wolf —«

Drei Tage später verletzte sich John Barryl an dem amerikanischen Mähdrescher. Irgendein Teil in der Strohpresse klemmte, er suchte nach dem Fehler, rüttelte da, klopfte dort, zog an Gestängen und Walzen, und das alles bei laufendem Motor. Er hatte es eilig. Noch drei Tage, und die Ernte war eingebracht. Dann stand er wieder bei Billy, stellte Hamburgers her und konnte Norma den ganzen Tag sehen und sprechen.

Seine Unvorsichtigkeit rächte sich, wie konnte es anders sein? Plötzlich überlegte es sich das Preßwerk, die Maschine lief mit einem tiefen Rattern an, und das gerade in dem Augenblick, als Barryl mit dem halben Arm im Inneren des Apparates stak. Es gelang ihm noch, den Arm zurückzureißen, aber irgendein Messer, das Stroh beschnitt, streifte noch seinen Unterarm und schlitzte ihn zehn Zentimeter auf. Ein Blutstrom ergoß sich sofort in das Preßwerk, Barryl taumelte zurück und drückte den Daumen auf die Schlagader in der Armbeuge. Es sah zunächst aus, als habe der Schnitt so tief getroffen, daß alle großen Adern durchtrennt waren, und die Nerven und Sehnen dazu, denn plötzlich zitterte der Arm wie verrückt, ohne daß John es aufhalten konnte, und eine Eiseskälte überdeckte allen Schmerz.

Jetzt bin ich ein Krüppel, dachte er. Der Arm wird amputiert werden. Ich werde nie nach Amerika kommen, meine Laufbahn als Agent des KGB ist damit beendet. Ich werde Norma heiraten können ... als Krüppel darf ich endlich ein Herz haben!

Er lockerte vorsichtig den Daumen, aber das typische Blutspritzen stellte sich nicht ein. Das Blut überflutete nur seinen Arm und tropfte auf das Feld, über seine Hosenbeine, auf seine Schuhe.

So fand ihn Bob Miller, der kurz darauf mit einem kleinen gemieteten Jeep daherkam, um John abzulösen. Barryl saß neben dem Mähdrescher, hatte seinen Gürtel um den Oberarm gebunden und staute das Blut. Die Wunde klaffte weit auf und glich einem schlitzförmigen Krater.

»Das hast du fein gemacht, du Rindvieh!« sagte Bob, faßte John unter, schob ihn in den Jeep und raste zurück nach Frazertown. Er ließ sich auf der Fahrt den Unfall erzählen, tippte an die Stirn und bremste kreischend vor der Aufnahme des Hospitals. Eine junge Schwester und ein junger Arzt traten auf die Straße. »Bei laufendem Motor reparieren! Man sollte dir den Hintern auch noch aufreißen!«

John Barryl bekam ein schönes Einzelzimmer — im Gegensatz zu allen anderen Krankenhäusern auf der Welt hatte man in Frazertown viel Platz und jubelte, wenn sechs Zimmer belegt waren — und wurde dann sofort in den OP geschoben.

»Wie sieht es aus?« fragte Bob den jungen Arzt, als John weggerollt worden war. Man hatte darauf bestanden, daß Barryl sich legte.

»Das kann ich noch nicht sagen.« Der Arzt kratzte sich die

Nasenwurzel und tat sehr wichtig. »Es ist eine häßliche Wunde. Sehr häßlich.«

»John hatte auch nicht vor, damit zu einer Schönheitskonkurrenz zu gehen. Ich komme morgen wieder.«

Der junge Arzt sah Bob Miller nach, kniff die Augen zusammen und ärgerte sich über diese amerikanische Arroganz. Man kann's auch übertreiben, dachte er. Aber so sind sie, die hohen Offiziere der Roten Armee: immer mit 200 Prozent vorneweg!

Bob Miller meldete den Unfall auf dem Rathaus und erklärte sich bereit, Johns Erntearbeit auf dem Mähdrescher sofort zu übernehmen. Dort war man froh, unerwartet schnell einen Ersatz für den ausgefallenen John Barryl zu finden und stimmte ohne große Umstände zu. Erst hinterher fiel es Bob mit Schrecken ein, wie leicht die Sache hätte schiefgehen können, wenn sie im Rathaus auf den Gedanken gekommen wären, in der Personalkartei von Frazertown nachzusehen.

Am Nachmittag — die Glut brannte vom Himmel, und Bob schwitzte auf dem Feld wie ein zuschanden gerittener Gaul — sah er zwischen den sanften Hügeln einen Punkt näherkommen. Er stellte den Mähdrescher ab, kletterte aus der Fahrerkabine und setzte sich auf den fast liebgewonnenen Häckselkasten.

Der Punkt kam schnell näher, durch den stillen Tag wehte das Knattern eines Motors zu ihm hin, dann erkannte er, daß es ein Moped war, das über das abgeerntete Feld hüpfte, und wer da auf dem Sattel saß, mußte Leder auf dem Hintern haben.

Das aber nahm Bob Miller nicht an, im Gegenteil, er stellte sich gerade diese Haut glatt und mit festen Wölbungen vor, immer ein wenig kühler als die anderen Körperteile — ein Phänomen, das er bei vielen Frauen schon festgestellt hatte.

Vor dem Mähdrescher bremste Norma Taylor und stieg aus dem Sattel des Mopeds. Sie trug enge, verwaschene Jeans, Leinenschuhe mit geflochtenen dicken Strohsohlen, einen leichten Pulli und um das Haar ein hellrotes Kopftuch. Vom Gepäckträger des Mopeds band sie jetzt eine Tasche los und klappte sie auf. Bob Miller sprang von dem riesigen Mähdrescher und kam auf sie zu.

»Rotkäppchen kommt zum bösen Wolf«, sagte er. »Mit Kuchen und einer Flasche Bier —«

»Mit Vanille-Eis und zwei kalten Koteletts.« Sie hob die Tasche hoch, ihre schwarzen Augen blickten ihn an, als wolle sie gleich wieder flüchten. »Diese Hitze, Bob! Ich habe mir gedacht, das könnte dich erfrischen. Du kommst ja um auf diesem Monstrum!«

Er nickte stumm, nahm ihr wortlos die Tasche ab, stellte sie neben sich, umfaßte Norma, zog sie an sich und küßte sie. Zwar ballte sie die Fäuste und drückte sie gegen seine Brust, aber sie ließ sich küssen. Und als er sie fester an sich drückte, schloß sie die Augen, und ihre Lippen öffneten sich einen Spalt.

»Ich liebe dich —«, sagte er, als sie sich endlich trennten. »Mein Gott, wie liebe ich dich!«

»Ich war bei John.« Ihre Stimme klang spröde. »Es ist nur eine tiefe Fleischwunde. Keine Sehne, keine Ader verletzt. Er hat großes Glück gehabt. In drei Tagen wird er aus dem Hospital schon wieder entlassen.«

»Komm in den Schatten«, sagte Bob und legte den Arm um ihre Schulter. Mit der anderen Hand hob er die Tasche mit dem Eis und den Koteletts vom Boden. »Hinter den Mähdrescher, Norma. Es ist der einzige Fleck im Schatten. Wieviel Eis hast du denn bloß mitgebracht? Eine so schwere Tasche.«

»Es ist auch kalter Tee drin mit Zitrone, und Orangensaft und zwei kleine Melonen und ...«

»Norma, ich liebe dich! Ich liebe dich!«

Hinter dem Mähdrescher zog Bob sein Hemd aus und breitete es unter Norma zwischen zwei Strohballen aus. »Die Stoppeln pieken«, sagte er. »Eine Spezialausbildung als Fakir haben wir noch nicht gemacht.« Er zog sie hinunter in den Schatten, und als sie neben ihm saß, küßte er sie wieder und ließ seine Hände unter ihren Pulli gleiten. Ihre herrlichen festen Brüste kamen ihm entgegen. Als er sie umfaßte, jagte ihr Atem über sein Gesicht.

»Tu es nicht, Bob —«, stammelte sie. »Bitte, Bob! Das ist Wahnsinn! Wir werden die unglücklichsten Menschen ...«

»Die glücklichsten, Dunja. Ich nenne jeden einen Lügner, der behauptet, er sei glücklicher als wir. Das ist *unsere* Welt, Dunja! Wir schließen uns in sie ein, und niemand kann uns da herausreißen! Dunja ...«

Sie stöhnte auf und klammerte sich plötzlich an ihn, ihre Augen, ihr Mund, ihr ganzes Gesicht waren wie ein einziger Aufschrei. Bob spürte das Zittern ihres Körpers, als er den Pulli über ihren Kopf streifte und ihre Jeans aufknöpfte. Sie wand sich unter seinen Händen wie eine Schlange, ihre Finger krallten sich in sein Haar, aber anstatt ihn zurückzustoßen, riß sie ihn zu sich hinunter.

»Ich bringe dich um!« schrie sie und hackte mit den Zähnen nach ihm, biß in seine Schulter und jagte dann mit ihrem heißen Mund küssend über seine Brust. »Nachher bringe ich dich um ...«

»Tu es, Dunja. Mein Gott, tu es. Warum soll ich noch leben? Ich habe den Himmel erobert ...«

Eine unendliche Hingabe überflutete sie, der Schmerz und die brennende Seligkeit in ihrem Schoß ließen sie aufschreien. Sie grub die Fingernägel in seinen Rücken, kratzte in breiten Streifen die Haut auf, hieb sie dann wie Tatzen eines Raubtieres in sein Gesäß, preßte ihn in sich hinein, und verbiß sich wieder in seine Schulter, während ihre Lippen gleichzeitig seinen Schweiß aufsaugten.

»Wassjuschka!« schrie sie. »Oh, Wassjuschka! Wie kann ich weiterleben ohne dich? Wassjenka —«

Und dann zerbarst etwas Fremdes in ihr, sie ertrank in einem heißen Nebel, wie nach einem letzten Halt suchend, saugte sie sich an ihm fest und verging in einem Ausströmen, das einem Sterben glich.

Es war klug von ihr gewesen, daß sie das Vanille-Eis in einer Kühlbox mitgenommen hatte. In zwei Stunden, in der prallen Sonne, schmilzt auch russisches Eis ...

Auch eine Liebe wie zwischen Bob und Norma hält einen Tag nicht auf. Die Sonne wanderte über den Himmel, und der Schatten hinter dem Mähdrescher verschob sich, ohne daß sie es wahrnahmen. Erst als sie sich aus ihrer Verklammerung lösten und ihre spitzen Zähne seine zerbissene Schulter freigaben, merkten sie, daß sie inzwischen in der vollen Sonne lagen. Ihre schweißnassen Körper nahmen die Glut ungeschützt auf, aber sie waren zu glücklich, zu selig und müde, zu losgelöst von aller Schwere, um dem Schatten nachzuflüchten. Sie blieben liegen, auf dem Rücken, nebeneinander, und drückten nur die Augen fest zu, um durch das himmlische Feuer nicht zu erblinden. Die Stoppeln des abgemähten Kornfeldes zerstachen ihre Rücken und Schenkel, aber auch das war kaum spürbar gegenüber der unfaßbaren lustvollen Liebe, die jetzt im Stadium der Erschöpfung wie ein Rausch war.

Sie schob ihren Kopf auf seine hastig atmende Brust und umarmte seine Hüften. Sie zitterten noch nach dem vulkanischen Ausbruch seiner Lenden.

»Du wolltest mich töten ...«, sagte er leise. »Ich bin bereit.«

»Du würdest dich nicht wehren?« fragte sie. Ihre Hand strich über seine Schenkel und legte sich wie eine kleine Muschel über seine Männlichkeit.

»Ich habe das Schönste erlebt, was das Leben zu bieten hat. Alles andere verliert seinen Wert. Was soll ich noch ohne dich, Dunja ...«

»Ich könnte es nie, nie, nie! Aber ich könnte jeden umbringen, der dich anfaßt!«

»Auch John?«

»Auch ihn! Wassja, was ist nur aus mir geworden?«

»Wir sollten uns Bob und Norma nennen ... wir vergessen sonst zu schnell, wer wir sind.«

»Bei dir will ich es vergessen. Wo sind wir hier? In Rußland, in Amerika, auf einem anderen Stern. Was kümmert's mich? Ich bin bei dir! Was sind Namen, Orte, Zeit? Ich fühle dich ... und was ich anfasse, alles, alles an dir gehört mir. Ich brauche nicht mehr zum Leben —«

»Wollen wir es John sagen?« fragte er plötzlich. Sie schüttelte den Kopf und tastete küssend mit den Lippen über seine Brust. Bei den Bißmalen und den hellroten Saugflecken verhielt sie jedesmal und strich mit der Zunge darüber, als könnte sie die Beweise ihrer Leidenschaft wegradieren.

»Nein —«, antwortete sie, während ihre Lippen über seine Halsbeuge hüpften.

»Überhaupt nicht?«

»Noch nicht.«

»Hast du Angst vor ihm?«

»Angst? Er hat kein Recht, auf das ich ängstlich sein müßte.«

»Aber du hast ihn geliebt, Norma?«

»Bevor du kamst. Heimlich. Er hat es nie gemerkt. Ich war manchmal böse zu ihm, und oft hat er mir leid getan. Jetzt weiß ich, daß es richtig war. Als ob ich geahnt hätte, daß ich dich treffe. Unbewußt habe ich nur auf dich gewartet.«

»Es gab mindestens einen Mann vor mir —«

Sie nickte, küßte seinen Mund und zupfte dann mit ihren spitzen Zähnen an seinen Ohren. »Es waren zwei, Bob. Ist das zuviel mit vierundzwanzig Jahren?«

»Wenn du sie mir zeigst, schlage ich ihnen die Schädel ein!«

»Der eine war ein Oberleutnant. In Alma Ata. Ich war siebzehn Jahre alt, und Ostap — so hieß er — konnte so schön singen. Ich habe immer Männer bewundert, die schön singen können. Kannst du singen, Bob?«

»Wie eine Kuh vor einem Heuhaufen.«

»Es ist plötzlich alles so unwichtig. Ostap konnte herrlich singen, er komponierte sogar ein Lied für mich. Er nannte es ›Dunja ssijanije ssolnza‹.«

»Dunja Sonnenschein ... idiotisch einfallslos.«

»Ich war ein junges Mädchen, ohne Eltern, aufgezogen bei den Komsomolzen. Und ein Oberleutnant komponiert ein Lied auf mich!« Sie hob den Kopf und blickte Bob an. Er hatte ein verkniffenes Gesicht, auf dem der Schweiß wie in kleinen Seen stand. »Eifersüchtig?«

»Zum Zerplatzen —«

»Ich liebe dich, Wassjenka —«

»Und die Nummer zwei?«

»Lach jetzt nicht, sonst zerbeiße ich dir die Gurgel wie ein Tiger. Es war ein Opernsänger!«

»Heiliger Stephanus, bete für unsere Sünden ...«

»Ein Tenor der Oper in Charkow. Wenn er den Rudolf in ›La Bohème‹ sang, weinte ich vor Ergriffenheit. Ich war neunzehn Jahre und lernte in Charkow amerikanisches Englisch. Man hatte meine Sprachbegabung entdeckt. Igor, der Sänger, war eine Enttäuschung. Er liebte mich, wie man eine Puppe liebt, und er liebte auch gleichzeitig den zweiten Solotänzer vom Charkower Ballett.«

»Das geschah dir recht. Nur weil ein Kerl weithin tragende Töne von sich geben kann, zieht er sich die schönste Frau ...«

»Bob! Ich beiße zu!« sagte sie an seinem Hals. »Sei nicht so gemein! Als ich merkte, wie er war, habe ich ihm ein Stuhlbein über den Kopf geschlagen. Er konnte vier Wochen lang nicht singen. Und jetzt bin ich vierundzwanzig —«

»Du hast fünf Jahre lang keinen Mann gehabt?« fragte Bob erstaunt. »Eine Frau wie du —«

»Ich habe nichts vermißt. Unsere Schulungen waren hart. Nicht so hart wie bei euch, aber für ein Mädchen war es oft am Rande des Erträglichen. Da hatte ein Mann keinen Platz —«

»Oder gab es nicht mehr so gute Sänger? Versuchen wir es mal. Hohohilalado ... Mein Täubchen hat ein Schnäbelchen — es pickt wie mit 'nem Gäbelchen ... oh, du kleines Aas!«

Sie hatte zugebissen, grub die Zähne in seine Kehle und krallte die Finger in seine Haare. Er lag ganz steif, rührte sich nicht, so wie man sich benehmen muß, wenn ein auf Menschen abgerichteter Hund einen zu Boden geworfen hat. Sie hatte fester zugebissen, als sie wollte, und spürte auf den Lippen sein warmes, süßliches Blut.

»Ich habe dich gewarnt«, sagte sie zärtlich, als sie seine Gurgel losließ. »Ich bin wie ein Spinnenweibchen, ich fresse meinen Mann auf. Singe nie wieder! Das reizt zum Mord!« Sie schob sich von ihm hinunter und kniete sich neben ihn. Seinen nackten Körper anzusehen, war ein Genuß, den sie auskostete. »Ich muß wieder zurück, Bob ... Ich wollte dir nur das Essen und das Eis bringen, weiter nichts.«

»Ich weiß.« Er lachte, setzte sich auf und nickte mehrmals. »Lügen haben wir auf den Lehrgängen auch gelernt. Du bist nur gekommen, weil du es nicht mehr ausgehalten hast.«

»Ich bringe dich doch noch um, Bob!« Sie klappte die Kühlbox auf. Das Eis war noch hart; mit einem Löffel schabte sie es ab und packte es auf einen der typischen amerikanischen Kunststoffteller. Dann saßen sie in ihrer Nacktheit im neuen Schatten des riesigen Mähdreschers, schlürften das Eis, und Bob aß noch ein kaltes Kotelett dazu und kippte wie ausgedörrt drei Becher kalten Tee hinterher.

Norma zog sich an, packte alles wieder in die große Tasche und stieß Bob mit der Schuhspitze in die Seite. Er saß noch immer nackt auf der Erde.

»Willst du dich nicht anziehen?«

»Nein.«

»Ich muß jetzt fahren. Glaub nicht, daß du mich wieder packen kannst.«

»Das ist mir klar. Aber vielleicht kommt ein anderes Mädchen vorbei, das auch fünf Jahre nicht ...«

Er beendete den Satz nicht. Sie griff mit beiden Händen in sein Haar, riß seinen Kopf nach hinten und küßte ihn mit einer Wildheit, daß ihm der Atem genommen wurde. Erst als sie merkte, daß das Herumrudern seiner Arme wirklich Luftnot war, gab sie seinen Mund frei.

»Wenn eine andere Frau dich so lieben kann wie ich, dann sag es mir«, keuchte sie. »O nein, ich töte sie nicht ... ich bringe *mich* um, denn dann bin ich nichts mehr wert!« Sie drehte sich um, riß die Tasche an sich, rannte zu dem Moped und fuhr dann über das unebene Stoppelfeld, als jage sie der Teufel.

Bob blickte ihr nach, nackt an seinem Mähdrescher lehnend. Er dachte an General Orwell und an seine Pflicht, auch Dunjas

Namen dem CIA zu melden. Das war unmöglich. Das war jetzt, als trete man Gott in die Kniekehlen. Dunja Andrejewna Koroljow ... nur Rußland konnte eine solche Frau hervorbringen!

Am Abend trafen sie sich wieder im Hospital, am Krankenbett von John Barryl. Norma hatte sich eine halbe Stunde von Bill Rampler freigenommen, um John zu besuchen. Es war nicht viel los in Ramplers Hamburger-Restaurant. Ein großer Teil von Frazertown saß im Stadion und guckte einem Basketballspiel zu, der andere, kleinere Teil war im Konzertsaal versammelt. Ein Gastprofessor aus Swerdlowsk hielt einen Vortrag über amerikanische Raketenbasen, die man auf Satellitenfotos entdeckt hatte.

»Das ist schön, euch beide zu sehen«, sagte John. »Welch eine Idiotie, im Bett zu liegen! Nur wegen einer Armwunde. Aber nein, die Ärzte bestehen darauf. Heilt es etwa besser, wenn man dabei liegt, na? Was soll man machen? Jeder Protest wird damit beantwortet: Genosse, bedenken Sie, wie wertvoll Sie dem sowjetischen Volk sind. — Da kann man nichts mehr entgegnen, oder man ist ein Defaitist.«

Sie lachten laut, Norma packte Weintrauben aus, die John mit großem Appetit aß, und Bob berichtete, daß er heute eine schöne Strecke mit dem Mähdrescher geschafft habe. »Mir macht die Arbeit auf dem Feld richtig Spaß«, sagte er. »Dieser Zauber der Natur! Wo man hingreift, schwellendes Leben —«

Norma trat ihn gegen das Schienbein. John sah es nicht, und Bob mußte sich beherrschen, sein Gesicht nicht zu verziehen. Trotz der Abendhitze, die sich in den Häusern staute, trug er ein hochgeschlossenes Hemd. Anders war es nicht möglich, Normas Bißwunden zu verdecken. Sie reichten bis zum Kieferbogen, also bis zum oberen Hemdkragenrand.

»Du machst mich zum Invaliden«, hatte Bob zu ihr gesagt. »Noch eine Woche mit dir, und ich muß mich eingipsen lassen.«

»In drei Tagen bin ich wieder raus«, sagte John jetzt. »Das hat man mir versprochen. Ist das nicht widersinnig? Erst absolute Bettruhe, und dann ist man in drei Tagen plötzlich wieder gesund! Ärzte haben ihre eigene Logik.« Er sah Bob fragend an. »Hast du etwas gehört? Du weißt schon ...«

»Nichts. Bulder scheint recht zu haben. Da ist irgend jemand hysterisch geworden. Unsere Stadt ist sauber.«

Später, als sie John verlassen hatten und zusammen durch den warmen Abend gingen, fragte Norma: »Was sollst du gehört haben, Bob? Wer ist hysterisch?«

»Es ist eigentlich nur eine Sache zwischen John und Bulder. Offiziell weiß ich gar nichts davon.« Er blieb stehen und bewunderte zum wiederholten Male Ramplers beleuchteten Riesen-Hamburger auf dem Restaurantdach. »Es geht um einen Verdacht des KGB«, sagte er leichthin.

Norma warf ruckartig den Kopf herum. Ihre schwarzen Augen starrten ihn an. Sie waren jetzt wieder ein klein wenig geschlitzt und schräg gestellt. Erinnerungen an ihre tatarischen Vorfahren. »Das KGB? In Frazertown?«

»Noch nicht. Die Genossen in Odessa und Kiew spielen verrückt. Sie haben zerhackte Funksprüche aufgenommen und den Sender in Winniza lokalisiert. Und nun rätseln sie herum, ob in Frazertown ein Agent sitzt.«

»Unmöglich, Bob!«

»Das sage ich auch.« Sie gingen weiter und erreichten die Straßenecke, an der sie sich trennen mußten. Bob zu Hillmoores Bar, Norma zu Billys Hamburgers. »Aber wir kennen ja das KGB. Man darf keine Spur auslassen —«

Er küßte Norma auf den Mund, weil sie gerade allein auf der Straße waren, und sie streichelte dabei sein Gesicht. In einer halben Stunde war Frazertown wieder eine laute, kleine Stadt ... dann hörte das Basketballspiel auf, und auch der Lehrgang über neue amerikanische Raketenbasen war beendet. Bob Miller bekam den Inhalt dieses Vortrages schriftlich von dem 2. Barmixer. Man hatte sich geeinigt, daß immer nur einer einen Vortrag besuchte und dann den anderen unterrichtete, es sei denn, es wurden Anwesenheitslisten geführt. Bei solchen Listen tat Bob nur, als trage er sich ein. Wenn jemand auf die Idee kam, die Listen mit den Anmeldungen beim Bürgermeister zu vergleichen, würde die Verwunderung groß sein, daß ein Bob Miller überhaupt nicht als Bürger von Frazertown eingetragen war. Aber nur an dieser Stelle konnte es gefährlich werden ... auf der Straße, in den Lokalen und Geschäften, überall in der Straße fragte niemand, wer man sei oder woher man komme. Wer in Frazertown lebte, stand jenseits aller Fragen.

Bob blickte Norma nach, wie sie hinunter zu Billys Restaurant ging, langbeinig, ein schönes, wildes Tierchen, das nicht zu bändigen war.

Er faßte an seine Gurgel, wo die Bißwunde juckte und ein verkrusteter Blutfleck genau unter dem Kehlkopf lag.

Sie ist ein Naturereignis wie die großen Ströme Rußlands,

dachte er. Wie die unendlichen Wälder der Taiga. Wie die grenzenlosen Steppen Kasakstans.

Wie kann man verhindern, daß sie im Kalten Krieg der Geheimdienste geopfert wird?

Die Schließung der Funkverbindung zu dem Traktoristen Dewjatow in Winniza geschah für General Jack Orwell genau im ungünstigsten Augenblick.

Nach Dewjatows hastigem Abschied auf unbestimmte Zeit versuchte man zwar in der Zentrale von Alaska und im geheimen Hauptquartier in Fort Patmos immer wieder, den Kontaktmann zu rufen, aber Awdej Konstantinowitsch antwortete nicht. Dafür nahmen die Techniker aus Kiew mit ihren hochempfindlichen Geräten die fernen, zerhackten Sprüche auf, aber es gelang ihnen nicht, sie zu entzerren und dann den Sinn der Worte zu enträtseln. Zwei Offiziere der Dechiffrierabteilung bekamen rote Ohren und mußten gestehen, daß man nicht weiterkomme. Nur eins war sicher: Der Funkspruch kam von außerhalb Rußlands. Wo der Sender stehen konnte, war unmöglich zu sagen. Der Partner in Winniza jedenfalls antwortete nicht mehr.

»Er ist gewarnt worden«, sagte der aus Odessa angereiste Kapitän des KGB und sah Stanislaw Jakowlowitsch Slobin, der den Sender zuerst erkannt hatte, vorwurfsvoll an. »Es sind zu viele Fehler gemacht worden, viel zuviel Fehler! Man hätte uns sofort benachrichtigen müssen! Das wilde Herumpeilen in der Gegend hat das Schwein von Verräter natürlich gemerkt. Solange er schweigt, sitzen wir wie Urgroßmütterchen auf dem Topf.«

General Orwell in Fort Patmos begnügte sich allerdings nicht damit, zu resignieren. Er hoffte, daß Dewjatow einmal kurz auf Empfang schalten würde und dann den Lockruf aus Amerika hörte. »Am Mann bleiben!« befahl er. »Zu den vereinbarten Zeiten senden! Ich muß Bob Miller erreichen! Er ist der einzige, der alle Möglichkeiten bei sich hat.«

Diese Möglichkeiten wurden dringend gebraucht. Fotos, deren Herkunft nicht einmal Orwell gesagt wurden und die ihm das Pentagon mit einem Kurier schickte, zeigten ganz deutlich, daß westlich der riesigen Lena, in der wasserreichen Tiefebene der Lindya, ein ganzes Raketenzentrum aufgebaut worden war. Völlig unbekannte Abschußrampen signalisierten eine akute Gefahr für die USA. Wenn es sich um die in allen Gerüchten wiederkehrenden neuen Intercontinental-Raketen der Sowjets handelte, von denen man trotz aller Bemühungen über V-Männer keinerlei Beschreibungen hatte, war es Rußland möglich, von der Lindya aus den ganzen Norden, Westen und Süden der USA mit einem Feuerschlag aus Atomsprengköpfen zu vernichten. Die internationalen Verträge über Abrüstung und Atomkontrolle waren sowieso nur beschriebenes Papier, an das lediglich die naiven Politiker glaubten. Die Militärs dachten da realer — sie kannten sich untereinander zu gut. Ihre Gedankenverwandtschaft war verblüffend. Wer weiß schon und wird es jemals entdecken, daß an der Lindya oder irgendwo in New Mexiko unter der Erde Waffen montiert werden, die Millionen Menschen in Sekundenschnelle auslöschen können? Darüber spricht man nicht. Man ahnt es, jeder vom anderen, und wenn Politiker nach einem Vertragsabschluß sich freundschaftlich die Hände schütteln für Presse und Fernsehen, lächeln die Militärs still vor sich hin.

Es gab also, nach den neuesten Fotos aus dem Pentagon, westlich der Lena eine neue Raketenbasis mit noch nie gesehenen Abschußrampen. Auf den Fotos waren sie leer ... wie die neuen Raketen aussahen, wußte man überhaupt nicht. Aber man ahnte, daß sie ein programmierbares elektronisches Zielsuchgerät enthielten, das wie ein Computer arbeitete und die tödliche Waffe genau in das Ziel steuerte, das ein elektronisches Gehirn errechnet hatte.

»Ich muß Bob erreichen!« sagte General Orwell immer wieder, wenn seine Funkleitstelle ihm meldete: Kein Kontakt zu Winniza. »Was in Frazertown los ist, wissen wir jetzt. Die meisten Namen haben wir. In zwei oder drei Wochen ist Bob soweit, daß er seinen Posten abbauen kann. Dann kennen wir auch die restlichen Namen, und Bob hat die Fotos der wichtigsten Agenten im Kasten. Er kann sie Dewjatow übergeben und dann weiterreisen nach Sibirien. Wenn es einem gelingt, an die neuen Raketen heranzukommen, dann ist es nur Miller. Sein großer Vorteil: Er ist schon in Rußland. Er ist ein so vollkommener Russe, daß eigentlich nichts schiefgehen kann. Und er hat die besten Papiere bei sich. Vom Major bis zum Elektroschweißer — er kann in jedem Beruf arbeiten. Zum Teufel, einmal muß Dewjatow doch auf Empfang stellen. Das merkt doch keiner!«

Also funkte man ... morgens, mittags und abends. In Winniza fluchten sie um die Wette, der KGB-Offizier schrie, wenn er die Gelbsucht bekäme, wäre das kein Wunder, und Kapitän Slobin, der das alles in Gang gebracht hatte und am meisten angeblasen wurde, beschloß im stillen, nie wieder freiwillig eine Beobachtung zu melden oder sich in die hohe Politik hineinzudrängen. Hatte man das nötig? Winniza war eine schöne, ruhige Garnison, in der sich wohl leben ließ mit wenig Arbeit, aber um so mehr mit hübschen, glutäugigen Mädchen. Man versah seinen Dienst, und Schluß damit. Das Leben ist so kurz, Genossen, warum soll man es künstlich beschweren? Nie wieder mehr tun, als nötig ... Kapitän Slobin nannte sich im Nachhinein einen Idioten und saß mit finsterer Miene in dem Peilwagen herum.

General Orwells Hartnäckigkeit hatte Erfolg. Am neunten Tag nach Dewjatows Funkstille kam endlich Antwort. Nur ein Wort: HÖRE. Es war wirklich nur ein Zufall. Dewjatow, diesesmal ohne kunstliebende Nachbarn, legte eine Schallplatte von David Oistrach auf, ein Violinkonzert von Prokofieff, und stellte, rein aus Neugier, den Hebel des Senders auf Empfang. Das typische Knacken tönte aus dem Lautsprecher. Dewjatow stellte den Entzerrer ein und notierte die Wortgruppen.

»Sofort melden! Sofort melden! Stufe I. Stufe I. Sofort melden!«

Dewjatow kratzte sich den Schädel, zögerte und schaltete dann auf Sendung. Nur das kurze »HÖRE« funkte er hinaus und stellte dann sofort ab.

»Da ist er!« schrie Slobin in der Peilzentrale und fuhr vom Stuhl, als habe man ihn durch den Sitz gestochen. »Da! Haben Sie's gehört, Genosse? Ganz in der Nähe —«

Der Kapitän vom KGB in Odessa nickte mißmutig. »Eine Sekunde! Und jetzt nimmt er die Meldung entgegen, und wir sitzen hier wie die Hohlköpfe, die sich in die Hosen gepißt haben!«

»Er wird antworten, Genosse Kapitän. Er *muß* antworten. Und dann haben wir ihn!« schrie Slobin heiser vor Erregung. »Er sitzt vor unserer Nase! Nur Geduld, Geduld, meine Freunde —«

Aber die Geduld zahlte sich nicht aus. Das ferne Hacken verklang, und Dewjatow antwortete nur: VERSTANDEN. Das genügte natürlich nicht für eine exakte Peilung. Kapitän Slobin war dem Weinen nahe.

»Ein Lump!« brüllte er. »Ein feiger Hund! Oh, wenn ich ihn entlarve! Ich zerhacke ihn wie seine Funksprüche —«

»So werden wir ihn nie lokalisieren«, sagte der KGB-Kapitän aus Odessa. »Wenn er ein Einzelgänger ist, vielleicht sogar ein Russe, kann er neben uns stehen und uns treu anblicken ... wir erkennen ihn nie. Hier kann uns nur der Zufall helfen. An Glück,

Genossen, glaube ich nicht. Aber Zufälle sind die Verbündeten der Fleißigen. Seien wir also fleißig —«

An diesem Tage waren wieder vier Peilwagen aus Kiew im Einsatz und fuhren, als harmlose Lastwagen getarnt, kreuz und quer durch Winniza. Tag und Nacht, in drei Schichten. In den Funkräumen des Nachrichtenbataillons saßen die Spezialisten vor ihren geheimnisvollen elektronischen Ohren.

Warten ... warten ... warten ... Die große, unerreichbare Kunst der Russen.

Nur einen kleinen, aber verhängnisvollen Fehler gab es bei all' dieser Perfektion, und keiner merkte es: Der Funkwagen Nr. II hatte eine Panne. Die Bremsleitung war undicht. Und da die beste Autowerkstatt in Winniza die Reparaturbrigade der Sowchose war, ließ man die Genossen von der Landwirtschaft die Bremsleitungen durchsehen.

Einer der Mechaniker, die mit großer Hochachtung unter dem Auto lagen, war Awdej Konstantinowitsch Dewjatow. Von einem der Techniker erfuhr er, unter guten Freunden hinter der Hand, daß noch drei andere getarnte Wagen herumsuchten.

»Eine große Sache, Genosse!« sagte der Techniker. »Eine ganz große Sache, sage ich!«

Man brauchte Dewjatow davon nicht zu überzeugen.

Erfindungsreichtum und Improvisieren ist eine der großen Tugenden der Russen. Wo andere Menschen bis ins kleinste durchkonstruieren und von jeder Schraube Detailzeichnungen anfertigen mit Ansicht, Aufsicht, Querschnitt, da sieht ein Russe nachdenklich drein, überlegt ein wenig mit nach innen gekehrtem Blick und macht sich daran, das Problem mit unerkanntem Genie und Gottes stiller Hilfe auf die einfachste Art zu lösen.

Das war schon immer so ... von den Potemkinschen Dörfern bis zur Maschinenpistole im letzten Krieg, die man in Schlamm, Sand und Wasser werfen konnte, die glühende Hitze ebenso klaglos überstand wie 45 Grad Frost. Man putzte sie ab, lud sie durch, und siehe da, sie schoß, wo hochqualifizierte technische Wunderwerke nicht einen Ton mehr hergaben. Eine ganz einfache Konstruktion, bei der auch mal das Schloß wackeln konnte ... wenn es möglich war, warfen die deutschen Soldaten ihre bei jedem Sandkorn beleidigt versagende MPi weg und wechselten zur russischen Sudayev über, von der Kalaschnikow ganz zu schweigen.

Dewjatow wäre kein echter Russe gewesen, wenn er aus der plötzlichen Kenntnis, daß man ihn und seinen Sender mit vier getarnten Lastwagen einkreisen wollte, nicht sofort eine improvisierte Gegenmaßnahme eingeleitet hätte. Da das Einfachste immer das Beste und Harmloseste war und sich bei einer Bauernmahlzeit nur der verrät, der sich den Mund mit einer Serviette abputzt, aber nie der, der hinterher anerkennend und den Gastgeber damit lobend rülpste, entwickelte Dewjatow einen geradezu genialen Plan.

In einen Bauernwagen, so einem holzrädrigen, rappelnden Ungetüm, mit Seitenwänden aus krummen, dicken Ästen, baute er unter dem Boden seine Sendeanlage ein. Dann koppelte er den Wagen mit der Deichsel an einen der Sowchose gehörenden Traktor und fuhr mit ihm, so oft er sich freimachen konnte, durch das fruchtbare Land am Bug, durch Weingärten und Obstplantagen, hielt mal da, rastete mal dort, lag der Sonne wegen unter seinem Bauernwagen im Schatten und bediente völlig ungestört seinen Sender. Immer nur ein paar Sekunden, mit einem Lockruf für Bob Miller. Dann stieg er wieder auf seinen Traktor und rappelte weiter, die Mütze im Nacken, das Hemd bis zum Nabel offen, in ausgeblichenen Drillichhosen. Ein fleißiger, fröhlicher Genosse. Gott segne ihn ... er bestellt das Land, das der Himmel so reich beschenkt hat.

Kapitän Slobin bekam indessen im Funkpeilwagen tiefe Ränder unter den Augen und begann mit den Händen zu zittern. Auch der Genosse KGB-Offizier aus Odessa schien magenkrank zu werden, zeigte eine gelbliche Gesichtsfarbe und deutliche Spuren von nervösem Mundzucken. Immer, wenn Dewjatow sendete »MELDEN! MELDEN!« und dann schnell wieder abschaltete, stöhnte Slobin leise und zutiefst gequält auf. Die feinen Geräte wurden zur Lächerlichkeit verdammt.

»Er spielt mit uns«, sagte der KGB-Kapitän heiser vor Wut. »Er weiß genau, daß wir ihn suchen! Er will uns entnerven! Aber das gelingt ihm nicht!« brüllte er plötzlich unbeherrscht. »Nie gelingt ihm das! Ich habe Nerven wie Panzerstahl! Ich bin ruhig! Ganz ruhig!«

Neunmal in drei Tagen begegnete Dewjatow den getarnten Peilwagen. Er erkannte sie nur an der langen Antenne, die man geschickt um den Aufbau gezogen hatte. Die Fahrer waren wie Aktivisten der Transportbrigade gekleidet, aber unter den Planen saßen die Spezialisten aus Kiew an den Meßinstrumenten und warteten ... warteten ...

Mit einem freundlichen Gruß ratterte Dewjatow auf seinem Traktor an ihnen vorbei. Der hölzerne lange Bauernwagen in seinem Schlepp hüpfte über die Unebenheiten der Landstraßen. Wenn es Zeit war, rastete er wieder und ließ sein verdammtes »MELDEN! MELDEN!« in den Äther hinaus. Er erlebte dann dreimal, daß einer der Peilwagen wie von Verrückten gelenkt an ihm vorbeibrauste, während er noch unter dem Bauernwägelchen lag und eine Melone aß.

Die Kunst der russischen Improvisation und der einfachen, genialen Idee feierte wieder einmal Triumphe.

»Auch der Genosse Zufall hilft uns nicht«, sagte Kapitän Slobin zu seinem KGB-Kameraden. »Was hilft es uns jetzt, daß wir wissen, der Sender ist beweglich? Nichts! Gar nichts! Im Gegenteil ... er entwischt uns nur noch mehr!«

»Wir werden alles kontrollieren, was auf den Straßen ist«, sagte der Mann aus Odessa grollend.

»Alles? Das gibt ein Verkehrschaos!«

»Wenn der Spion nicht entdeckt wird, kann Rußland vielleicht ein einziges Chaos werden, Stanislaw Jakowlowitsch. Dann lieber Winniza auf den Kopf stellen. Sind Sie anderer Ansicht?«

Natürlich war Slobin nicht anderer Ansicht, auch wenn er es war. Überlegungen des KGB zu widersprechen, ist ein Akt so großer Dummheit, daß die naturgemäß nachfolgende Bestrafung gerechtfertigt ist. Früher hieß es: Gottes Wort ist mächtig. Aber damals kannte man noch nicht das KGB! Staatssicherheit ist ein so umfassendes Wort, daß es kein zweites ebenbürtiges mehr gibt. Nicht im Russischen, Genossen ...

Dewjatow kümmerte das wenig, er hatte, Genialität aller Improvisierer, auch damit gerechnet. Viermal wurde er angehalten und nach seinem Namen, seinen Papieren gefragt. Alle Straßen und Zufahrtswege wimmelten von Miliz und Militär, man hielt sogar brave junge Mütterchen und ehrwürdige Großmütter an und untersuchte die Kinderwagen, die sie durch den schönen Spätsommertag schoben.

Logisch, daß es deswegen manchen heißen Streit gab.

»Wickelt das Baby doch aus!« schrie zum Beispiel das Großmütterchen Sophia Johannowna und hielt ihren vier Monate alten Enkel hoch. »Sucht in den Windeln! Sucht! Was wollt ihr denn finden, he? Goldmünzen? Diamanten? Mein kleiner Jakow entleert normal seinen Darm, da ist kein Geheimnis dran ...«

Und die junge Mutter Tamara Michaelowna, die mit dem

Kinderwagen am Ufer des Bug spazierenging, hob sogar ihren Rock und zeigte sich der Miliz in einem knappen Baumwollschlüpfer. »Ist es hier?« schrie sie. »Ihr feisten Böcke ... was sucht ihr an mir? Ha! Wie ihre Augen glänzen! Warum tragt ihr überhaupt noch Hosen, Genossen?«

Tamara Michaelowna gehörte nicht zu den ganz feinen Leuten, aber das verlangte auch keiner von ihr. Die Miliz ließ sie ziehen, aber nicht, ohne vorher den Kinderwagen wie bei Großmütterchen Sophia untersucht zu haben. Es hagelte Beschwerden beim Stadtsowjet, bei der Parteileitung, beim Stadtoberhaupt, beim Kommandeur der Miliz und des Militärs — es half alles nichts. Die Kontrollen gingen weiter.

Dewjatow jedoch wurde von niemandem mehr angehalten. Nach seiner vierten Kontrolle ließ er sich von einem Offizier einen Zettel schreiben, den er an seinen Traktor klebte. »Kann frei passieren!« stand darauf. »Wurde mehrmals kontrolliert!« Dann ein dicker Stempel der Miliz ... das Wichtigste auf diesem Schriftstück. Ohne Stempel ist in Rußland, wie überall auf der Welt, ein Dokument nicht mal den Papierpreis wert.

So fuhr Dewjatow unbehelligt über das Land, vorbei an allen Sperren, teilte ab und zu mit den schwitzenden, in der Sonne ausharrenden Milizionären eine saftige Melone, und bald kannte er alle Kontrollen, man winkte sich zu und wechselte ein paar nette Worte miteinander.

In seiner Scheune, unter deren Boden die Uniform des Majors Wassja Grigorjewitsch Shukow lag, lud Dewjatow Stroh auf, um nicht immer leer herumzukarren, was ja auch auffallen mußte. Am dritten Tag war er mit Mais unterwegs und briet gerade über einem offenen Feuer neben seinem Bauernwagen ein paar dicke Maiskolben auf einer Eisenplatte, als ihn die bis jetzt neunte Kontrolle einholte. Dewjatow hatte vor einer Viertelstunde wieder seinen Ruf hinausgefunkt: »MELDEN! MELDEN!«, und Kapitän Slobin kämpfte in seinem Peilwagen mit einem Schreikrampf.

Die Miliz in zwei Jeeps hielt an, betrachtete den Zettel auf dem Traktor, auf den Dewjatow mit dem Daumen zeigte, denn er hatte gerade den Mund voller gerösteter Maiskörner, und stieg aus den Wagen. Dewjatow kräuselte etwas die Stirn. Unter seiner Kopfhaut begann ein rhythmisches Jucken.

»Es riecht wundervoll«, sagte der Führer der Streife, ein Unterleutnant, und schnupperte wie ein Hund über die heiße Eisenplatte. »Awdej Konstantinowitsch, du hast den ganzen Wagen voll Mais ... röste uns ein paar Kolben! Wir geben dir zwanzig Kopeken!«

»Ich werde von den Freunden der Miliz auch nur eine einzige Kopeke annehmen, ha, wo denkt ihr hin?« sagte Dewjatow tief beleidigt. »Seid meine Gäste, Genossen! Noch nie hat es so guten Mais gegeben wie diesen Sommer!«

Er legte ein paar enorme Kolben auf die glühende Platte, und der Duft des Röstens stieg allen verführerisch in die Nase. »Warum eigentlich diese Kontrollen?« fragte Dewjatow unschuldig. »Diese Hektik! Überall seid ihr! Ist denn ein Mörder ausgebrochen?«

»Wir suchen einen Sender«, sagte der Unterleutnant freundschaftlich. »Einen fahrbaren Sender.«

»Das ist ja eine Staatssache!« Dewjatow riß die Augen weiter auf. »Genossen, seid nicht nachlässig! Vielleicht habe ich unter dem Mais eine ganze Funkanstalt ...«

Die Milizionäre lachten schallend, knabberten ihre Maiskolben und fuhren dann mit der Versicherung, Dewjatow sei ein wahrer Freund, weiter. Fünf Minuten später funkte er wieder, unter dem Bauernwagen liegend, nach Frazertown: »MELDEN! MELDEN! DRINGEND!«

Nach abermals fünf Minuten rasten die Jeeps der Miliz erneut an ihm vorbei, alarmiert von der Zentrale. Die Polizisten winkten Dewjatow zu.

Es war wie im Märchen vom Hasen und den Igeln. Nur war es eine russische Version, und sie war tödlich.

Aber Bob Miller meldete sich nicht.

Während Dewjatow verzweifelt immer wieder in den Äther rief, vergaß Bob in Normas weichen, aber zupressenden Armen, daß es außer dieser Frau noch eine Welt um sie herum gab. Er wollte es auch nicht mehr wissen — er lebte nur noch in der Gegenwart der Liebe, von Augenblick zu Augenblick mitgerissen von Gefühlen, die er selbst nicht mehr begriff.

Am Sonntagmorgen, das hatte Harry Fulton herausgefunden, gönnte sich Bob Miller für zwei Stunden ein Motorboot. Man konnte es unterhalb von Billys Hamburger-Restaurant mieten, pro Stunde 2 Dollar. Die Fahrtstrecke war zwar nur begrenzt, von Sperre zu Sperre, aber es war trotzdem eine wahre Freude, auf dem Fluß hin und her zu fahren oder in der Mitte zu ankern, hinüberzublicken nach Frazertown, im fließenden Wasser zu schwimmen, oder sogar vom Boot aus zu angeln.

Bob Miller vergnügte sich damit, auf dem Fluß hin und her zu fahren, stur von Sperre zu Sperre, bis die Beobachtungsposten und die Soldaten auf den kleinen Wachbooten ihn schon von weitem erkannten und nicht mehr das warnende Hupsignal zogen: Halt! Gefahr! Wer weiterfährt, auf den wird ohne eine weitere Warnung geschossen!

So lernte Miller das gesamte Gebiet von Frazertown kennen, soweit es den Uferstreifen am Bug — der ja hier Silver River hieß — betraf. Er fotografierte die amerikanische Kleinstadt mit ihrem markanten Wahrzeichen — Billys Plastik-Hamburger auf dem Dach — in ihrer ganzen Ausdehnung, nahm Details der niedrigen Steilküste auf, und es gelang ihm sogar, die Wachboote vor seine Kamera zu bekommen, die er in eine Taucherbrille montiert hatte. So saß er in seinem winzigen Motorboot, winkte den Genossen auf den kleinen Kriegsschiffen fröhlich zu, hatte die Taucherbrille auf die Stirn geschoben, und die automatsiche Kamera machte unhörbar klick-klick-klick. Es waren die ersten Fotos überhaupt, die es von der geheimnisvollen Stadt gab.

Zwar besaß Frazertown auch zwei Fotogeschäfte mit Atelier und Labor, die sehr gut verdienten, denn es wurde viel fotografiert in der Stadt ... aber jeder wußte, daß er bei seiner Abberufung in den Einsatz alle Bilder abgeben mußte und von Frazertown nichts zurückblieb als die eigene Erinnerung. Was es nicht gibt, kann man nicht fotografieren — und Frazertown gab es offiziell nicht. Das einzige, was man in den USA und beim CIA kannte, waren die Ortsschilder vor dem ersten Drahtzaun. Aber da stand Nowotschok drauf, ein Name, den man selbst in Winniza nicht ernstnahm.

Bob Miller war etwa eine Stunde auf dem Fluß, als sich in einem ebenso kleinen Motorboot Harry Fulton näherte. Bob, der gerade einen Teil des Steilufers fotografiert hatte, fuhr weiter, als habe er Fulton nicht gesehen und stellte den Motor an der gegenüberliegenden Flußseite ab. Frazertown war hinter einer Biegung verschwunden, die nächste Südsperre war nach einer Biegung des Bug fast 300 Meter weit entfernt ... hier gab es nur die sonnendurchflutete Landschaft, den im Sommerlicht schimmernden Fluß, in dem sich das Blau des wolkenlosen Himmels widerspiegelte. Das Steilufer war zerklüftet, die Äste der sich in den Steinen festgekrallten Bäume hingen in einem Bogen weit über das Wasser wie eine grüne Markise. Hier konnte man in Ruhe angeln, hier war ein Platz, wo sich die Fische tummelten. Man sah sie im klaren Wasser hin und her flitzen, im Sonnenlicht glitzernd, als seien sie aus poliertem Silber.

Bob Miller sah sich um. Er war allein in diesem Flußabschnitt. Es war ein heißer träger Sonntag, die meisten Menschen saßen um diese Zeit in klimatisierten Lokalen und schlürften Eis oder Coca-Cola. Auch das Schwimmbad im Fluß war gut besucht, aber nur der Bootsverleiher machte heute kein großes Geschäft. Erst gegen Abend zogen die Romantiker aufs Wasser ... beim Einbruch der Dunkelheit sahen die Lichter der Boote aus, als schwärme eine Wolke von Glühwürmchen über den Fluß.

Harry Fulton tuckerte näher und ließ auf dem letzten Stück das Boot in Gleitfahrt an Bob Miller heranschwimmen. Bob, der seine Angelrute ausgepackt hatte, sah Fulton nicht sehr gnädig an. Die Taucherbrille mit der Kamera hatte er unter den Sitz geschoben. Fulton winkte ihm zu, sein Lächeln glich einem verzerrten Grinsen.

»Harry, Sie verjagen mir die Fische«, sagte Bob, als Fulton mit ihm Bord an Bord lag. »Ich habe ein paar Prachtexemplare gesehen, und jetzt sind sie weg. Das kostet Sie eine Einladung zu einem exklusiven Fischessen.«

»Ich muß mit Ihnen reden, Bob!« entgegnete Fulton mit seltsam dunkler Stimme.

»Am Sonntag, auf dem Silver River? Wollen Sie mich für einen Schaukampf gewinnen? Sie haben wohl nur Boxen im Kopf, Harry?«

»Nicht nur.« Fulton beobachtete Miller aus halb zugekniffenen Augen. »Ich beschäftige mich auch mit Grenzfällen im Leben. Mit Geheimnissen! Mit ungelösten Fragen. Und mit Gerechtigkeit. Ich bin ein Fanatiker der Wahrheit.«

»Das bringt Ihr Beruf mit sich, Harry. Im Boxring gilt allein die Wahrheit. Da zeigt sich jede Schwäche. Aber müssen Sie mir deswegen die Fische verjagen?«

Bob Miller legte seine Angelrute ins Boot zurück. Er sah Fulton nicht an, aber seine Muskeln spannten sich. Das untrügliche Gefühl der nahen Gefahr, dieser Instinkt für das Gejagte, durchrann ihn mit greifbarer Hitze. Fulton war heute ganz anders als sonst, und es war offensichtlich, daß er Miller aufgelauert hatte.

»Es gibt auch viele Fragen in Frazertown ...«, sagte Fulton ruhig.

»Gewiß. In welcher Stadt gibt es die nicht. Da ist zunächst die große Frage, die alle, auch Sie, brennend interessiert. Mit wem geht Norma Taylor denn nun wirklich ins Bett? Harry, wie stehen eigentlich die Wetten? Liege ich vorn? Auf wen tippen Sie?«

»Ich habe mir Gedanken gemacht, Bob. Oder ist es Ihnen lieber, wenn ich Wassja Grigorjewitsch sage?«

»Wenn es Ihnen Spaß macht ... Hier hört uns ja niemand. Wir können auch unter uns russisch sprechen, Gawril Saweliwitsch Gordejew —«

»Sie kennen meinen Namen?«

»Ich bin da wie Sie. Ein Fanatiker der Wahrheit.«

»Sie sprechen einen reinen Gorkijer Dialekt.«

»Meine Mutter war aus Gorkij. Mein Vater aus Nowgorod. Eine gute Mischung! Aber mit dem Marschall Shukow sind wir Shukows nicht verwandt. Leider. Vielleicht wäre ich dann längst Oberst oder auch General.«

»Aber Sie sind auch ein perfekter Amerikaner ...«

»Das habe ich vier Jahre lang auf Spezialschulen gelernt, wie Sie, Gawril Saweliwitsch.«

»Ich bin ein armseliger Stammler gegen Sie. Sie sind der vollkommenste Amerikaner, der mir je hier in Frazertown begegnet ist.«

»Ich war immer der Beste meiner Lehrgänge. Überlegen Sie, vielleicht liegt's daran?«

»Ich habe mir einiges notiert und dann wie ein Mosaik zusammengesetzt, Wassja Grigorjewitsch. Sie verwenden Amerikanismen, die man auf *keiner* Schule lernt. So etwas kann nur angeboren sein! Es sind nur Kleinigkeiten, die mir aufgefallen sind, aber sie summieren sich und werden dann eine kompakte Masse.«

Bob Miller spürte, daß die Gefahr ihn erreicht hatte. Sie kreiste ihn ein, und sie verlangte von ihm ein Ausbrechen, eine Gegenwehr, die gnadenlose Vernichtung des Gegners. Das hatte man in Smolenska immer wieder geübt. Das völlige Unterdrücken des Gewissens, die Abkehr von aller anerzogenen Moral, die Überwindung des letzten Restes von Menschlichkeit. Töte zuerst ... das war ein eingehämmerter Leitsatz geworden. Denke immer daran: Der andere will auch töten! Sei schneller!

Bob Miller stemmte die Beine gegen den Boden seines Bootes und blickte Fulton aus seinen verträumten Augen fast mitleiderregend an. Der Blick eines Jungen, dem der Fußball in den Fluß geschossen wurde, wo er jetzt unerreichbar abtrieb.

»Packen Sie aus, Harry. O Pardon — Gawril Saweliwitsch ... War das auch zu amerikanisch?«

»In gewisser Hinsicht — ja! Ein Russe, dem man ins Gesicht spuckt, wie ich es eben bei Ihnen — sinnbildlich — getan habe, würde zurückspucken oder die Faust erheben.«

»Ich will Sie nicht umbringen, Genosse.« Bob lächelte sanft. »Obgleich ich — als Russe — Ihnen an die Gurgel springen müßte, wenn jemand mir sagt, ich sei kein Russe. Gawril, haben Sie zu viel geboxt? Hat man Ihnen das Hirn weich geklopft? Waren Sie schon bei Dr. Ford? Oder soll ich ihn Dr. Afanasj Petrowitsch Dronow nennen?«

»Ihre Informationen sind hervorragend, Wassja! Es scheint fast so, als seien Sie nach Frazertown gekommen, nicht, um Amerikaner zu werden, sondern um uns Amerikaner als Russen zu entlarven.«

»Ihr Drang zum Phantom ist wirklich beachtenswert Gordejew, machen Sie sich nicht lächerlich! Gehen Sie morgen früh zu Bürgermeister Bulder und erzählen Sie ihm, Major Shukow sei ein Rätsel. Wenn Miller amerikanisch spricht, sagt er nicht gesittet: ›Ich werde mit Fipsy morgen dem Beischlaf frönen ...‹, nein er sagt ganz gemein: ›Ich werde morgen Fipsy bumsen.‹ Das wird Bulder sofort überzeugen, daß bei Bob Miller etwas faul ist.«

»Wer ist Fipsy?« fragte Fulton einen Moment verwirrt.

»Niemand. Fiel mir nur so ein. Ich wollte keine lebende Dame beleidigen.« Bob steckte die Hände in die Hosentaschen. Er hatte keine Waffe bei sich, nur ein Taschenmesser, aber sich damit zu wehren, war Dilettantismus. Es kam jetzt darauf an, Gordejew noch mehr an Wissen zu entlocken. Durch ihn erfuhr er jetzt, welche Fehler er in Frazertown begangen hatte, obwohl er immer geglaubt hatte, sich völlig in das Leben der Stadt integriert zu haben. Zu amerikanisch, dachte er. Das muß der große Fehler gewesen sein! In Smolenska waren wir alle perfekte Russen ... aber Fulton sieht es richtig. Trotz aller perfekten Begleitumstände kann ein Russe nie ein vollkommener Amerikaner werden. Nie ein Franzose. Nie ein Italiener. Nie ein Spanier. Nie ein Schwede. Ein Deutscher vielleicht ... im Land der permanenten Eroberer und Verlierer saugt man alles auf. Aber in Wahrheit bleibt ein Russe immer nur ein Russe. In ihm ist etwas von der Ewigkeit seiner Landschaft.

»Ich hatte mir tatsächlich schon überlegt, zu Bulder zu gehen«, sagte Fulton. »Aber dann siegte bei mir der Egoismus.«

»Schade. Der Genosse General Sinjonew hätte sich gefreut.«

»Bestimmt. Aber ich will mir die Belohnung selber abholen. Bob Miller — ich nehme an, daß Sie wirklich so heißen —, Sie wissen doch, daß man 25 000 Rubel — ein Vermögen also — ausgesetzt hat, wenn jemand einen gegnerischen Agenten aufspürt, dem es gelungen sein sollte, in Frazertwon einzudringen. Das ist fast unmöglich, deshalb die hohe Belohnung. Bob, ich glaube, ich habe 25 000 Rubel schon in der Tasche! Was halten Sie davon?«

In Bob verschwanden die letzten Gefühle und Skrupel. Der eiskalte Drang, zu überleben, war allein gegenwärtig. Seine verträumten Augen dagegen veränderten sich nicht. Sie täuschten jeden, weil sie den Zugang zu seinen Gedanken versperrten.

»Diese 25 000 Rubel sind eine gute Sache«, sagte Bob langsam. »Als ich davon hörte, habe ich sie mir auch heimlich gewünscht.«

Harry Fulton grinste gemein. »Jetzt habe ich Sie, Bob Miller! Wie ein blinder Bär tappen Sie in meine Falle. Es hat nie eine Prämie von 25 000 Rubel gegeben! Die Enttarnung eines Agenten wird nicht bezahlt ... sie ist eine nationale Ehre! Jetzt stehen Sie nackt da —«

»Das stimmt, Gawril Saweliwitsch. Sie sind ein kluges Kerlchen.« Bob Miller lächelte, wie man einem guten Freund zulächelt. »Fahren wir also sofort zu General Sinjonew und teilen wir ihm die sensationelle Entdeckung mit. In Frazertown, dem bestbewachten Stückchen Rußland, lebt ein ausgewachsener Amerikaner! Eine Freude wird er haben! Ich werde meine Papierchen vorlegen, meinen Versetzungsbefehl, meine Zeugnisse der Militärschulen, eben alles, was der Major Shukow bei sich haben muß. Und Iwan Kornejewitsch, das Generalchen, wird zu Ihnen sagen: ›Genosse Gordejew, Sie bekommen eine Verdienstmedaille ... als das größte Rindvieh der Roten Armee!‹ — Los, fahren wir zurück in die Stadt.«

Bob Miller machte Anstalten, seinen Motor wieder anzulassen. Harry Fulton starrte ihn ungläubig und plötzlich auch unsicher an.

»Wassja Grigorjewitsch —«, rief er heiser — »Sie blenden mich nicht mit schönen Reden! Sie können mich nicht verunsichern! Viel zu tief habe ich Sie durchschaut! Wie sind Sie überhaupt in das verbotene Land gekommen?«

»Nachts. Ich habe mir Flügel angeschnallt und bin als großer Raubvogel eingeschwebt!« Bob grinste breit. »Das lernt man alles bei uns in Amerika beim CIA! Da fehlt den Russen noch vieles an raffinierter Technik. Ein Teil von uns ist als Maulwürfe ausgebildet, andere wieder haben sich darauf spezialisiert, als Wasserleichen in gesperrte Gebiete zu treiben. Sie lassen sich auffischen, ins Leichenhaus bringen und verschwinden dann dort —«

»So sind Sie!« sagte Fulton bitter. »Sie machen sich lächerlich über uns!« Er hatte plötzlich eine Pistole in der Hand, eine kleine Makarov, und zielte mit ihr auf Bobs Brust. »Kommen Sie rüber in mein Boot! Die Arme hoch, Hände im Nacken gefaltet! Es ist genug geredet worden —«

Gehorsam tat Bob Miller alles, was Fulton verlangte. Er gab sich wehrlos und anscheinend auch besiegt, stieg in das andere Boot und setzte sich auf die schmale Bank. Fulton warf einen kurzen Seitenblick in Bobs Kahn.

»Sie haben keine Waffe bei sich?«

»Ich wollte angeln, Genosse. Und tauchen. Sehen Sie die Taucherbrille? Ein harmloser Mensch geht doch nicht mit einer Pistole schwimmen, und auf Fische schießen ist in hohem Grade unsportlich.«

»Ihre Ironie wird man Ihnen bald austreiben. Hände im Nacken lassen!«

»Ich habe mich nicht gerührt, Genosse.« Bob spreizte im Sitzen die Beine. Es war die Ausgangsstellung für einen genau berechneten Sprung, wenn Fulton in die kritische Nähe kam. Bobs Oberschenkelmuskeln und die Bauchmuskulatur waren bis aufs äußerste angespannt. Es waren eisenharte Stränge. Aber das konnte Fulton unter Bobs Kleidung nicht sehen. »Was nun, Genosse? Wer wirft den Motor an? Wenn Sie es tun, müssen Sie die Makarov wegstecken und mich aus den Augen lassen. Sogar den Rücken mir zudrehen müssen Sie! Kann man das wagen?«

»Sie lassen den Motor an! Los, klettern Sie nach hinten!«

»Gar nicht so dumm, Gawril Saweliwitsch. Sie können mit Situationen umgehen!«

Bob Miller stand auf, die Arme noch immer oben, die Hände hinter dem Nacken, und schob sich an Fulton vorbei. Die kritische Nähe war erreicht, die Sekunde, die alles entschied. In dem schmalen Boot standen sie sich jetzt gegenüber, nur ein paar Zentimeter voneinander entfernt, und da es so eng war, mußte Fulton die Pistole näher an den Körper heranziehen.

Bob atmete tief ein, alles in ihm explodierte plötzlich. Bevor Fulton reagieren konnte, denn das Boot schwankte etwas, was ihn ablenkte, sausten beide Hände Bobs, mit der Handkante voraus, auf Fulton nieder. Der linke Schlag traf die Pistole und zerbrach fast Fultons Handgelenk, der rechte krachte gegen Fultons Schläfe und betäubte ihn, ehe er begriff, was mit ihm geschah. Miller fing den zusammensackenden Körper auf, balancierte das stark schwankende Boot aus, bis es wieder ruhig lag, schob dann Fultons Körper über die Bordwand und steckte seinen Kopf in den Fluß.

Fulton zuckte, seine Nerven rebellierten, sein Körper wehrte sich gegen den Tod, die Beine schlugen um sich, aber Miller drückte Fultons Kopf mit beiden Händen unter Wasser, bis die völlige, tödliche Erschlaffung eintrat.

Bob wartete noch ein paar Minuten, hatte Fulton losgelassen und starrte auf den Kopf, der bis zu den Schultern im hier träge fließenden Bug hing. Dann zog er den Toten wieder ins Boot, kontrollierte gewissenhaft, ob man keine äußeren Einwirkungen sah und trug ihn darauf nach hinten, ließ den Körper wieder in den Fluß gleiten und steckte Fultons Hände in das Gestänge des Außenbordmotors. So sah es aus, als habe sich Fulton, von einem plötzlichen Schwächeanfall überrascht, noch in das Boot ziehen wollen, es aber nicht mehr geschafft. Er war ertrunken und hing nun mit einer Hand am Motor, den Kopf unter Wasser.

Fultons Makarov steckte Bob ein, verknotete das Boot des Toten mit einem der überhängenden, biegsamen Zweige, auch das ein Beweis, daß Fulton hatte schwimmen wollen und sein Boot vor dem Abtreiben sicherte, kletterte dann in sein eigenes Boot, fuhr in einem weiten Bogen zum anderen Ufer und von dort sehr schnell nach Frazertown zurück.

Beim Bootsverleiher gab er seinen Kahn ab, bezahlte wegen Überschreitung der Leihzeit noch 50 Cents und ging dann hinüber zu Billys Hamburger-Restaurant. Die Taucherbrille und die Makarov steckte er in eine Umhängetasche aus Leinen, so wie sie viele Angler haben. Die Angelrute schulterte er. Norma Taylor, die Sonntagsdienst hatte, schien auf ihn gewartet zu haben. Ihre schwarzen Augen bekamen einen goldenen Glanz, als Bob hereinkam. In der Küche arbeitete wieder John Barryl. Nach seiner Entlassung aus dem Krankenhaus — das war gestern gewesen — nutzte er den Sonntag aus, um wieder einen ganzen Tag in Normas Nähe zu sein. Er tat Bob leid ... es ist furchtbar, wenn ein Mann immer nur gegen eine lächelnde Gummiwand anrennt.

»Da kommt der große Fischer!« sagte Norma laut. John löste sich von seinen Hamburgers und erschien in der Küchentür. »Reicht es für ein Essen zu dritt?«

»Es hätte für eine ganze Kompanie gereicht.« Bob stellte seine Angelrute an die blitzende Chromtheke. »Ein Abenteuer war das! Ich habe den Köder gerade ausgeworfen, da zuckt es schon an der Schnur. Ich spule auf, aber nichts rührt sich. Und plötzlich taucht es auf, was ich gefangen habe. Ein Walfisch! Ein Riesenkerl! Und ich rechne: Das gibt Fleisch für eine Kompanie, Öl für drei Monate, aus den Knochen kann man Schmuck machen ... welch eine Freude! Aber, gute Freunde, kann man einen Walfisch mit einer Angel und einer so dünnen Schnur an Land ziehen? Mach mir das einer vor. Der Walfisch also reißt sich los, blinzelt mich an, bespritzt mich mit seiner Fontäne ... und weg ist er! Aber es war ein Erlebnis, sage ich euch! Ein Erlebnis!«

Alle, die es hörten, und Billys Restaurant war um diese Zeit voll, lachten und bogen sich vor Fröhlichkeit. Norma zapfte Bob seine geliebte Erdbeermilch, und John brachte ihm den dicksten Hamburger, der an diesem Tage hergestellt worden war.

»Ich habe noch drei Stunden Zeit«, sagte Bob kauend, als John wieder in der Küche seine Kochkunst zelebrierte. Norma lehnte an der Theke, ihr Blick streichelte ihn so unverhohlen und sehnsuchtsvoll, daß er ein Kribbeln unter der Kopfhaut spürte. Gleichzeitig aber dachte er an Fulton. Er hatte einen Menschen getötet. Zum erstenmal in seinem Leben hatte Bob Miller mit eigenen Händen getötet. Damals, in Vietnam, das er noch vier Monate vor der Aufgabe erlebte, sagte man sich: Es ist Krieg. Die andere Seite schießt auch. Und beim Schießen war es geblieben. Er hatte es nie nötig gehabt, im Nahkampf mit Messer oder Spaten zu töten — das hatten sie erst in Alaska geübt, wochenlang, monatelang, bis es zur Gewohnheit geworden war. Aber es waren Übungen gewesen; bis auf die Puppen, denen man das Messer in die Brust oder in den Leib stieß, kam niemand zu Schaden. Doch heute hatte er zum erstenmal bewußt und kalt einen Menschen umgebracht, aus Notwehr natürlich, die Chance nutzend, zu überleben ... aber es war und blieb ein Tod durch die eigenen Hände. Es machte ihm jetzt, im nachhinein, Mühe, das ruhig hinzunehmen.

»Bleibst du hier?« fragte Norma.

Er schrak auf und lächelte ihr zu.

»Das wollte ich gerade sagen. Ich werde mich hier drei Stunden lang hinstellen, dich anstarren und in Gedanken mit dir eine Orgie nach der anderen feiern. O Norma, was werden wir alles miteinander treiben —«

»Wenn du weiterredest, werfe ich dir einen vollen Milchbecher an den Kopf.«

»Das hindert mich nicht, an dein kleines Muttermal unter der linken Brust zu denken ...«

»Geh nach Hause, Bob!« sagte sie grob. Doch ihre Augen liebkosten ihn weiterhin. »Ich kann das nicht vertragen, wenn du so redest.«

Aber Bob Miller blieb in Billys Restaurant. Er wartete auf ein ganz bestimmtes Ereignis, das bald eintreten mußte. Für ihn war die Anwesenheit bei Billy Rampler ein von vielen Zeugen bestätigtes Alibi. Darum auch die lauthalse Erzählung von dem Walfisch im Silver River.

Kurz vor 19 Uhr, als Bob gehen mußte, um seinen Dienst in Hillmoores Bar anzutreten, geschah es dann. Vom Fluß her ertönte ein Stimmengewirr, durch die Fenster sah man, wie sich eine kleine Menschenmenge am Ufer bildete. Dann hörte man auch schon das Signalhorn der Polizei. Dem kleinen Wagen folgte eine schwarze Limousine mit einem länglichen Aufbau. Ein silbernes Palmenblatt klebte an den Scheiben, die mit Gardinen verhangen waren: der Leichenwagen.

Minuten später stürzte der Bootsverleiher in Billys Restaurant. Die Gäste standen an den Fenstern und starrten hinaus.

»Das ist ein Unglück!« schrie der Bootsverleiher. »Norma, eine Milch mit Whisky, speziell für mich gebraut! Stellt euch vor: Harry Fulton ist ertrunken! Wollte schwimmen, bekam einen Schwächeanfall, klammerte sich noch am Motor fest, aber dann ertrank er doch. Ein Opfer der Hitze. Ist bestimmt zu schnell in den Fluß gesprungen. Er hing noch am Boot, als sie ihn fanden.«

Bob Miller atmete auf. Gelungen! Fehlerlos gelungen! Gratuliere dir nicht dazu, mein Junge ... er war ein Mensch wie du!

»Wer sagt das, daß Harry ertrunken ist?« rief er laut.

»Doktor Ford.« Der Bootsverleiher wischte sich den Schweiß vom Gesicht. Er war zutiefst erschüttert. »Das ist das erste Mal, daß hier jemand im Fluß ertrinkt. Und dabei sind wir doch alle gute Schwimmer! Aber diese Hitze, diese verdammte Hitze —«

Es wurde ein stiller Sonntagabend. Hillmoores Bar war nur halb voll ... wer wollte jetzt schon tanzen? Fulton hatte in Frazertown jeder gekannt, und wer an Bobs Bartheke stand, diskutierte den Fall mit ihm durch.

»Ich gehe nie ins Wasser, ohne mich vorher abzukühlen«, sagte Bob. »Aber Harry war so: Immer gleich in die vollen!«

Als er das sagte, kam er sich plötzlich mies und elend vor.

Sonntagnacht gelang es Dewjatow endlich, Bob Miller zu erreichen.

Bob hatte den Sender auf Empfang gestellt in der Hoffnung, man könnte das Sendeverbot aufgehoben haben, denn Fultons Tod mußte unbedingt gemeldet werden. Als er das MELDEN! MELDEN! hörte, warf er sofort auf Sendung um und gab das Codewort durch.

Dewjatow antwortete mit einer Hast, wie sie Bob noch nie bei ihm erlebt hatte. Mein Gott, durchfuhr es ihn. Er sendet unter Lebensgefahr! Was ist passiert?

Er schrieb die entzerrten Kennworte auf und stellte sie dann nach dem Codebuch — Der alte Mann und das Meer von Hemingway — zu vernünftigen Sätzen zusammen. Dewjatow schwieg längst und war bereits wieder auf der Fahrt mit seinem Bauernwagen quer durch die Weingärten. Kapitän Slobin aber wurde aus dem Bett geholt.

»Er sendet!« schrie ein Funker. »Neunzehn Sekunden bis jetzt! Heute nacht bekommen wir ihn!«

Mit einem Schrei fuhr Kapitän Slobin in seine Uniform und jagte hinüber zum Senderaum. Dort saßen die Spezialisten aus Kiew und fluchten wie Kosaken auf lahmen Pferden.

»Vorbei«, sagte einer, als bitte er um eine humane Hinrichtung. »Er ist nicht zu orten ...«

Bob Miller hatte den Text endlich dechiffriert. Als er ihn nochmals im Zusammenhang las, begriff er, warum Dewjatow so verzweifelt nach ihm gerufen hatte.

General Orwell hatte durchgegeben:

UNTERNEHMEN W. SOFORT ABBRECHEN. VERSUCHEN SIE, VON W. NACH SIBIRIEN ZU KOMMEN UND IN JAKUTSK STATION ZU NEHMEN. DORT NEUE INFORMATIONEN. DRINGEND! AM FLUSS LINDYA NEUE RAKETENBASIS MIT UNBEKANNTEN TRÄGERN UND GESCHOSSEN. STUFE I A. ENDE.

Bob las den Befehl dreimal durch und verbrannte dann das Papier in einem Aschenbecher, zerrieb die Asche und streute sie aus dem Fenster.

Was Orwell befahl, war die Trennung, die endgültige Trennung von Dunja Andrejewna. Es war ein Gedanke, den Bob nicht zu Ende denken wollte. Ein Gedanke, den er jetzt nicht verkraften konnte.

Er stellte den Hebel auf Sendung und rief Dewjatow. Nach

einer Stunde antwortete er endlich. Er stand jetzt mit seinem Traktor und dem Bauernwagen auf dem großen Hof der Sowchose. In Winniza jagten die Milizautos herum. Die vier Peilwagen fuhren im Kreis durch die Stadt. Bob antwortete:

ORDER VERSTANDEN. BLEIBE IN W., DA AUFTRAG HIER NOCH NICHT ERFÜLLT. VIELLEICHT IN VIER WOCHEN. SORRY! ENDE.

Vier Wochen, dachte Bob Miller. Dunja, wir haben noch vier Wochen gewonnen. Heute ist ein besonderer Tag. Ich habe nicht nur zum erstenmal einen Menschen getötet, ich habe auch zum erstenmal einen Befehl verweigert. Bisher wäre das für mich undenkbar gewesen. Major Bob Miller gehorcht nicht mehr!

Dunja Andrejewna, mein schwarzes Schwänchen, was hast du aus mir gemacht ...

Es war vorauszusehen, daß Harry Fultons Tod nicht als eine Art Schicksalsschlag hingenommen wurde.

Bürgermeister James Bulder, der für eine Stunde wieder General Sinjonew wurde, studierte die Personalakte von Gawril Savweliwitsch Gordejew, der seit einem Jahr in Frazertown als Fulton die Boxschule leitete, wie man in Moskau den Gedanken hatte, ihn in gleicher Eigenschaft in eine der vielen amerikanischen Boxschulen einzuschleusen. Dort hätte Fulton die Möglichkeit gehabt, mit hohen Persönlichkeiten zusammenzukommen, denn gerade das Boxgeschäft wurde in den meisten Fällen von der Mafia kontrolliert und beherrscht. Neben Prostitution und illegalem Glücksspiel waren die Sportstätten eine der bevorzugten Bastionen der Cosa nostra. Es gab kaum einen Profikampf, bei dem die ›Ehrenmänner‹ nicht mindestens zwei Finger in der Organisation klemmen hatten. So waren die Überlegungen Moskaus durchaus logisch. Wer als Boxlehrer in den USA Fuß gefaßt hatte, lernte auch die maßgebenden Männer kennen, die wiederum die Türen zu Geheimnissen offen ließen. Es gab zwei sichere ›Schloßöffner‹: Frauen und die Mafia. Beider bediente sich das KGB.

Sinjonew ordnete deshalb eine Obduktion an, um den Tod Fultons einwandfrei festzustellen. In keiner Akte, von keiner der vorausgegangenen Spezialschulen, stand etwas von einer Herzkrankheit oder einer Anfälligkeit im Blutdruck. Gordejew wurde als bis in den Kern gesund bezeichnet, überhaupt die Voraussetzung, um nach Frazertown zu kommen.

Nun ist kein Mensch frei von gesundheitlichen Überraschungen. Krankheiten können einen anfallen wie Mücken, sie sind plötzlich da, die beste Pflege und Vorsorge nützt da gar nichts. Wenn Fulton-Gordejew einem Herzschlag erlegen war, weil er vielleicht überhitzt ins kalte Flußwasser gesprungen war, so erschien das zwar erklärlich, aber doch höchst seltsam. Denn der Bug hatte in diesen Spätsommertagen eine Temperatur von 23 Grad, was man durchaus nicht kalt nennen kann. Die wochenlange Hitze hatte das Wasser konstant aufgeheizt. Gordejews Herzversagen mußte also auch einen organischen Grund haben.

Die Obduktion nahm Dr. William Ford, der Kapitänsarzt Afanasj Petrowitsch Dronow, vor. Er schnitt den armen Fulton vom Brustbein bis zum Schambein der Länge nach auf und räumte ihn total aus. In zwei langen Zinkwannen ordnete er dann die Innereien und begann mit der pathologischen Untersuchung. Eines war zunächst völlig sicher: Fulton war ertrunken! In seinen Lungen war Wasser, und Ertrinken ist bekanntlich ein Erstikkungstod.

»Haken wir das ab, Genosse General«, sagte Dr. Dronow. Sinjonew, der vom Seziertisch drei Meter entfernt an der Kachelwand saß, nickte. Ihn quälte eine leichte, kaum unterdrückbare Übelkeit. Tote hatte er im Krieg genug gesehen, auch die grauenvollsten Granatsplitterverletzungen, und kein Kriegstoter sieht schön oder erhaben aus, wie man es auch heute noch in Heldenliedern und patriotischen Reden hört. Aber etwas anderes ist es, dabei zu sitzen und zusehen zu müssen, wie man einen guten Freund auf einem blanken Tisch von oben bis unten aufschneidet und alles aus ihm herausholt. Kein ästhetischer Anblick, das muß man sagen. Und auch an den Geruch kann man sich schwerlich gewöhnen; eine Wasserleiche ist von inneren Gasen aufgetrieben, und wenn man ihr den Bauch öffnet, zischt es laut. Genossen, ein Arzt muß starke Nerven haben. General Sinjonew starrte Dr. Dronow etwas bleich an und blickte dann schnell weg, als Afanasj Petrowitsch begann, die Lungen zu sortieren, die großen Gefäßsysteme zu präparieren und das Herz des armen Gordejew schichtweise aufzutrennen. Wenn Dronow an die Därme ging, das beschloß Sinjonew im stillen, wollte er den Raum verlassen. Keiner konnte ihm das übelnehmen.

»Also ertrunken ist er?« fragte Sinjonew heiser.

»Einwandfrei! Er muß es geahnt haben, denn er hielt sich ja noch am unteren Motorgestänge fest und ist mit der Schläfe dagegen geschlagen, anscheinend in dem verzweifelten Versuch, sich noch hochzuziehen. Am Schläfenbein rechts ist eine leichte Rötung. Ohne Bedeutung.«

»Armer Gawril Saweliwitsch«, sagte Sinjonew leise.

»Das kann man sagen. Sein Herz war kerngesund! Die Kranzgefäße waren voll durchblutet, keinerlei Ablagerungen in den großen Gefäßen, also auch kein Grund zu einem plötzlichen Druckabfall. Ich bin gespannt, was das Gehirn uns zu bieten hat ...«

Sinjonew schielte zu Dr. Dronow hinüber. »Sie wollen das Hirn herausnehmen?«

»Muß ich doch bei einer Totalobduktion.«

»Und wie?«

»Ich meißele ihm die Hirnschale auf. Ein schönes Klappdeckelchen konstruiere ich ...«

»Afanasj Petrowitsch, Sie sind ein Sadist!« Sinjonew wurde es jetzt so übel, daß er aufsprang und zur Tür ging. Dronow grinste ihm nach. Vor einer Armee haben sie keine Angst, die Generalchen, aber vor einem aufgeschlitzten Toten gehen sie in die Knie. Eine verrückte Welt.

»Geben Sie mir den Bericht schriftlich herein, so genau wie möglich«, sagte Sinjonew an der Tür. »Wann kann das sein?«

»Morgen früh, Herr Bürgermeister.«

Sinjonew nickte, warf noch einen schnellen Blick auf Gordejews aufgeschlitzten Leib und empfand ein mächtiges Drängen nach frischer Luft, Sonne, blauem Himmel und blühenden Blumen. Fast fluchtartig verließ er den Sezierraum.

Dr. Dronow wühlte in den Instrumenten und suchte alles für eine Schädeltrepanation zusammen. Um Sterilität der Instrumente brauchte er sich hier nicht mehr zu kümmern.

Dagegen wurde die Polizei munter. Der Bootsverleiher mußte die Namen aller Personen angeben, die an diesem Tag ein Motorboot geliehen hatten, und drei Polizisten verhörten eindringlich die braven Bürger von Frazertown. Auch Bob Miller kam natürlich in den Sog, aber er hatte das beste Alibi von allen Silver-River-Fahrern.

»Als Fulton ertrunken sein muß, war ich längst bei Billy im Restaurant«, sagte er höflich, was bei der Polizei immer einen guten Eindruck hinterläßt. Ein Polizist ist sehr sensibel ... wer immer nur Bulle genannt wird, ist dem zutiefst dankbar, der ein bißchen Ehrfurcht vor dem schweren Amt des Ordnungshüters auf den Lippen und im Gesicht trägt. Bob Miller war ein Paradefall. Er gewann das Herz der Polizisten mit unterdrücktem Charme.

»Fragen Sie Norma Taylor«, sagte er hilfsbereit, was durchaus nicht selbstverständlich war, denn viele der Verhörten waren zutiefst beleidigt, daß man sie überhaupt verhörte. Als ob man für Fultons Ertrinken verantwortlich war! »Außerdem war Billys Hamburger-Paradies ziemlich voll. Es müssen schätzungsweise vierzig Gäste drin gewesen sein. Sie alle können bezeugen, daß ich schon so früh vom Silver River zurückgekommen bin, daß ich unmöglich —«

Die Polizei sah das ein. Wer an Normas Theke sitzt, kann auf dem Fluß nichts beobachtet haben. Und vorher?

»Vorher war ich allein und wollte angeln.« Bob Miller tat etwas, was man bei der Polizei sonst nicht tut und was jedem übelgenommen wird. Er fragte die Polizisten. Verhörte haben nur zu antworten, das bildet den natürlichen Abstand zur Gerechtigkeit. »Wann hat Fulton denn sein Boot gemietet? Man muß die Zeit doch wissen. Ist doch eingetragen im Verleihjournal.«

»Die Polizisten blickten in ihre Papiere. Man nahm Bob die Frage nicht übel, ein Beweis, wie gut er gelitten war. »Eingetragen ist 10 Uhr 30.« Der Polizeileutnant blickte hoch. »Wieso?«

»Dann muß ich Fulton, ohne darauf zu achten, am Ufer begegnet sein, denn um 10 Uhr 43 betrat ich Billys Restaurant —«

»Das wissen Sie so genau, Mister Miller?«

»Aber ja. Ich guckte auf die Uhr und sagte zu mir: Wie spät ist es? Jetzt beginnt der schönste Teil des Sonntags. Ich kann auf Normas Busen blicken. — Ist das kein Grund, sich die Uhrzeit zu merken?«

Die Polizisten lachten und verabschiedeten sich von Bob Miller wie von einem lieben Freund. Bob verließ mit großer Erleichterung die Polizeistation. Draußen atmete er ein paarmal kräftig durch, um seinen inneren Überdruck loszuwerden. Er hatte geblufft und wieder gewonnen. Er war von der Überlegung ausgegangen, daß der Bootsverleiher — als guter Russe — nur mangelhaft Buch führte, nicht aus Faulheit, sondern weil er allen Verdienst wöchentlich abführen mußte. Was in Frazertown verdient wurde, war ja Staatsgeld. Es waren Spielmarken, die ernstgenommen wurden, in den Umlauf kamen und — wenn sie irgendwo sich häuften — abgeliefert werden mußten. Trotzdem gab es immer wieder einige Genossen, die sich die guten Dollars zur Seite legten, obgleich sie wußten, daß sie am Ende doch alles abgeben würden ... aber es war der Reiz des Verbotenen, der in jedem Menschen steckende Genuß des Geldverdienens und Geld hortens. Warum sollte der Bootsverleiher, der übrigens ein Kapitän aus Swerdlowsk war und als Sibirier ganz besonders am Geld hing, eine Ausnahme sein?

Bobs Rechnung ging auf. Als man nach dem Unglücksfall die Bücher verlangte, hatte der Bootsverleiher in aller Eile die ›vergessenen‹ Boote nachgetragen und einfach Zeiten nach seinem Gutdünken eingetragen. So war es möglich, daß Fulton sich offiziell zu einer Zeit ein Boot geliehen hatte, als er schon längst ertrunken am Motorgestänge hing.

Es war klar, daß die polizeilichen Verhöre sich totliefen. Nichts kam dabei heraus, nur zwei Genossen fühlten sich unbehaglich, denn sie mußten erzählen, daß sie von Fulton, dem Boot und überhaupt, was auf dem Fluß geschehen war, nichts gesehen hatten. Sie lagen auf dem Boden ihrer Kähne und trieben einen schweißtreibenden sonntäglichen Frühsport mit ihren bestimmt entzückenden Begleiterinnen. Aber wer erzählt so etwas gern, und dann noch für ein polizeiliches Protokoll?

Am nächsten Morgen lag Dr. Dronows Obduktionsbefund vor.

Auch Fulton-Gordejews Hirnmasse zeigte keinerlei Veränderungen, keinen noch so kleinen Apoplexia cerebrim, keinerlei Anzeichen eines primär unblutigen Insults. Auch traumatische Spätschäden waren nicht auszumachen. Fultons Ertrinkungstod blieb rätselhaft; es mußte ein plötzlicher Schocktod gewesen sein. Seltsam war, daß für einen Schock keine Anhaltspunkte nachweisbar waren.

»Man könnte Gordejew noch nach Moskau schicken, um dort eingehende serologische und hirnpathologische Untersuchungen vorzunehmen«, schlug Dr. Dronow am Ende seines Berichtes vor. »Die Möglichkeiten einer Sectio legalis sind hier natürlich beschränkt auf den allgemeinen objektiven Befund.«

»Weniger Latein wäre besser«, knurrte Sinjonew. Er schaute die Fotos von Fultons aufgebrochenem Körper und Schädel, die Dronow gemacht und die man in der Nacht noch entwickelt und vergrößert hatte, gar nicht erst an, sondern schrieb auf den Aktendeckel: »Freigegeben.« Das bedeutete: Der Genosse Gawril Saweliwitsch Gordejew konnte beerdigt werden.

Aus dem Magazin des Bürgermeisters rollte ein Sarg ins Hospital. Das gab es nämlich in Frazertown nicht: ein Beerdigungsinstitut! Eine der bestausgestatteten Branchen der USA hatte man aus der Perfektion der Nachbildungen gestrichen. Das war bedauerlich, denn was ein amerikanisches Beerdigungsinstitut für die letzten überirdischen Tage eines Toten alles zu organisieren vermag, stößt tief in das Kulturbewußtsein des Menschen hinein und verschafft den Hinterbliebenen das stolze Gefühl, dem im wahrsten Sinne ›teuren‹ Verblichenen einen zu Herzen gehenden Abgang verschafft zu haben. Vom polierten Mahagonisarg mit schwellenden Brokatkissen (auf Wunsch auch französische Antikseide), eingebautem, batteriebetriebenem, sechs Wochen arbeitendem Duftspender (Duftnote frei wählbar von Lavendel bis Veilchen) bis zum Palmenwedel schwenkenden Trauerzug (ab 10 Personen, dann unbegrenzte Teilnehmerzahl, es gab ja genug Arbeitslose, die gern pro Begräbnis zwei Dollar kassierten), der — zum Entzücken der Hinterbliebenen — fast dem Triumphmarsch aus Aida glich, gab es nichts, was ein amerikanisches Beerdigungsinstitut nicht möglich machen konnte. Es war ein sehr geachteter Berufszweig.

Frazertown mußte darauf verzichten, aber man lehrte es in den Schulungsvorträgen und zeigte zum Ergötzen der Russen Farbfilme von amerikanischen Begräbnissen. Es gab in Frazertown zwar einen Friedhof mit ergreifenden kitschigen Grabdenkmälern amerikanischer Totenverehrung, aber — und das war wieder typisch für diese Stadt — es lag kein einziger Toter unter den zum Teil pompösen Mormorgebilden.

Wer in Frazertown starb — es starb höchst selten jemand —, wurde nach Freigabe seiner Leiche durch den Bürgermeister abtransportiert. Ein Beerdigungsinstitut war deshalb sinnlos. Der einfache Holzsarg wurde auf einen Militärlastwagen verladen, nachdem man ihn zur dritten, der innersten Sperre gebracht hatte, denn dort hörte Frazertown auf und Rußland begann wieder. Meistens gaben die besten Freunde das Geleit bis zur Wachkompanie, zum großen Spaß der Soldaten, denn für sie, die sie nie in die geheimnisvolle Stadt kamen, war die amerikanische Kleidung der zum Sondereinsatz abkommandierten Genossen eine Art Kostüm, das in der sowjetischen Umgebung ziemlich lächerlich wirkte. Sie kamen nur leider höchst selten in den Genuß. In den vergangenen zwölf Jahren waren in Frazertown sechs Menschen gestorben. Alle durch Unfall. Gordejew war der siebte. Er hätte es bestimmt nicht als Glückszahl angesehen.

Der Sarg mit Gawril Saweliwitsch erhielt allerdings kein Geleit, denn dann wäre ganz Frazertown mitgegangen. Ein von allen geliebter Genosse. Nur Bürgermeister Bulder, der Polizeileutnant und Dr. Dronow begleiteten den Sarg, den man unter das Verdeck des Lastwagens geschoben hatte. Die Todesbescheinigung und die Obduktionspapiere reisten mit dem Toten.

Bob Miller und John Barryl standen am Fenster von Billys Hamburger-Restaurant, als man den Sarg auflud und der Militärlastwagen abfuhr. Norma wollte den Abtransport Fultons nicht sehen. Sie putzte mit verschlossener Miene die Zapfhähne in der Chromsäule.

»Wo kommt er jetzt hin?« fragte Bob und gab seiner Stimme einen gedämpften Trauerklang. Barryl wischte sich über die Augen. Auch er hatte Fulton gern gemocht. Er war ein fabelhafter Boxlehrer gewesen.

»Zufällig weiß ich es«, sagte er. »Ich war bei Bulder, wegen der dummen Beobachtungen, weißt du. In Winniza müssen sie völlig verrückt spielen ... vier Peilwagen fahren herum, alle Straßen sind gesperrt, die Miliz guckt den Frauchen sogar unter die Röcke. Die reinste Hysterie! Am Sonnabend haben sie sogar die Einkaufstaschen kontrolliert.«

Bob Miller blickte unbeteiligt aus dem Fenster. Ihn schien der tote Fulton mehr zu interessieren. »Und wo kommt er hin?«

»Nach Odessa. Auf den Heldenfriedhof. Neben die im Vaterländischen Krieg gefallenen Kameraden.«

»Das gönne ich ihm«, sagte Miller ruhig. »Das hat Gawril Saweliwitsch verdient. Er ist im Dienst gestorben, muß man bedenken ...«

»Du bist ein wunderbarer Freund«, sagte John Barryl voll überquellender Herzlichkeit. Er umarmte Bob und küßte ihn auf die Wangen. »Wenn wir doch mehr solche Männer in Rußland hätten wie dich ...«

Bob Miller wandte sich ab und setzte sich mit dem Rücken zum Fenster. Der Lastwagen mit Fultons Leiche fuhr über die Ausfallstraße ins Hinterland, zur dritten Sperre. Sei kein Heiliger, Bob, sagte er sich. Laß dich nicht von Skrupeln auffressen. Junge, beiß die Zähne zusammen! Da umarmt und küßt er dich, und du hast seinen Namen an den CIA gemeldet, hast einen Freund von ihm getötet, bist hier, um seinem Land unermeßlichen Schaden zuzufügen ... und hast ihm heimlich auch noch das geliebte Mädchen weggenommen. Bob Miller, nach normalen ethischen Begriffen bist du ein erbärmliches Schwein! Aber du bist nicht hier, um über Ethik nachzudenken. Es ist dein Beruf, ein Mensch ohne Gewissen zu sein. Und dein Vaterland ehrt dich noch dafür. Wenn du Anwandlungen von Scham hast, Bob Miller, dann geh nach Hause, stell dich vor den Spiegel und schlag dir selbst in die Fresse. Das befreit für einen Augenblick, aber nur für einen Augenblick —

»Was machst du heute mittag?« fragte John Barryl. Bob Miller lehnte sich zurück und legte die Beine auf den gegenüberstehenden Stuhl. Was tue ich, fragte er sich auch. Um 16 Uhr ist ein Vortrag über die amerikanischen U-Boot-Stützpunkte — das wird interessant. Wie gut kennen die Russen unsere Meerbunker für die Atom-U-Boote? Besitzen sie eine vollständige Liste? Das ist eine Information, die zu den heißesten gehört. Aber vorher?

»Du bist mit der Ernte fertig?« fragte er. John Barryl nickte.

»Heute noch zwei Stunden, dann wird morgen das Monstrum von Maschine geputzt und bei der Sowchose wieder abgeliefert.«

»Ich helfe dir, John.«

Bob Miller steckte sich eine Zigarette an und blickte zu Norma hinüber. Sie kam jede Nacht. Er hatte ihr einen Schlüssel für das kleine Holzhaus gegeben, und wenn er gegen drei Uhr morgens aufschloß, müde von Hillmoores Barbetrieb, lag sie in berauschender Nacktheit im Bett. Er duschte sich dann kalt, jagte die Müdigkeit aus seinen Nerven und weckte Norma mit der Zärtlichkeit seines Eindringens. Eine Stunde vulkanischen Lebens flammte alle Vernunft von ihnen, dann schliefen sie bis in den hellen Morgen hinein, nebeneinander, halb aufeinander geschoben oder mit bizarr ineinander verschlungenen Gliedmaßen. Wer zuerst erwachte, weckte den anderen mit Küssen und übernahm den Küchendienst. Es war ein Leben voll Seligkeit, ohne einen Gedanken an die Zukunft, ein Zauber der körperlichen Nähe, der das Wissen um das kommende schreckliche Ende zudeckte.

Von Bob aus ging Norma dann wieder zur Arbeit in Billys Restaurant. Es war fast ein Wunder, daß John Barryl noch nichts gemerkt hatte. Selbst wenn er mit Norma tanzen gegangen war, was Bob nie konnte, weil er ja um diese Zeit bei Hillmoore Drinks mixte, huschte sie zu Miller. John brachte sie stets brav nach Hause, küßte sie zum Abschied, was sie ihm seit einer Woche erlaubte und ihn ganz selig machte, dann wartete sie eine Viertelstunde, bis sie sicher war, daß Barryl sich auf dem Heimweg befand, und schlüpfte wieder aus dem Apartmenthaus, um sich zehn Minuten später in Bobs Bett zu werfen.

Manchmal kam Barryl auch zu Bob zurück an die Bar und

sagte: »Sie liebt mich, Bob! Ich spüre es an jeder Faser ihres Körpers. Wenn du gesehen hättest, wie sie mich vorhin beim Abschied geküßt hat. Oh, du kannst es dir nie denken! So kann keine zweite Frau küssen! Man verbrennt an ihren Lippen. So etwas hast auch du noch nicht erlebt.«

»Du Glücklicher«, antwortete Bob dann und warf den Shaker fast bis an die Decke. »Gratuliere.«

»Ich bin wirklich ein Glücklicher, Bob.«

»Und wann gehst du mit ihr endlich ins Bett? John, du mußt etwas wagen! Wenn sie die Tür aufgeschlossen hat, sofort hinterher! Das imponiert!«

»Norma würde es erschrecken. Unsere Liebe wächst wie eine Pflanze, Bob. Wie ein Baum, den einmal kein Sturm mehr entwurzeln kann. Sie ist etwas ganz Großes, unsere Liebe —«

Morgens um drei sagte dann Bob zu Norma: »Übertreibst du nicht ein bißchen bei John? Wenn der Junge an deinen heißen Lippen kleben bleibt —«

»Eifersüchtig, Wassjenka?«

Sie räkelte sich, schob ihre Brüste zu seinen Händen und genoß mit geschlossenen Augen, zitternden Lidern und bebenden Lippen das Spiel seiner Finger mit ihren Brustwarzen. Ihre Schenkel öffneten sich dann, und meistens krallte sie ihre Hände in seine Haare und zog ihn mit einer atemlosen Brutalität über sich.

»Du machst mich wahnsinnig ...« keuchte sie, biß wie immer in seine Schulter und ließ ihn mit den Zähnen nicht mehr los. »Du Bär! Du verrückter Bär! Du verrückt machender Bär! Ich verliere den Verstand —«

Wer konnte da noch über John Barryl sprechen?

»Gehen wir!« sagte Bob jetzt und schob seine Beine von dem Stuhl. »Um 16 Uhr ist der Vortrag über die U-Boot-Basen der Amerikaner. Gehst du hin, John?«

»Ich mache den Mähdrescher sauber, Bob. Erzähl' mir nachher, was du gehört hast.«

»Okay.«

Sie gingen zu Norma, gaben ihr die Hand und durften sie auf die Wange küssen. John rechts, Bob links.

Freunde.

Und untergehakt verließen sie Billy Ramplers Hamburger-Paradies.

Zwei Wochen lang stemmte sich Bob Miller gegen jedes innere Drängen, den Sender wieder auf Empfang zu stellen und zu hören, was draußen in der Welt geschehen war. Er wußte, daß Dewjatow seinen Funkspruch an General Orwell original weitergegeben hatte und man in der Zentrale des CIA nur eine Erklärung hatte: Major Miller muß verrückt geworden sein.

Orwell allerdings war klüger. Als er Bobs Antwort erhielt, regte er sich nicht auf, er stellte auch nicht den Antrag, den Major Miller in Abwesenheit vor einem Militärgericht anzuklagen und die Verhandlung solange auszusetzen, bis er wieder greifbar war ... er unterrichtete die Zentrale, daß Bob im Augenblick keine Möglichkeit habe, Frazertown so still zu verlassen, wie er eingedrungen war. Den Funkspruch heftete Orwell in seinen Privatakten ab und verschloß sie im Panzerschrank.

»Wenn er bloß nicht immer mit Pauken und Trompeten auf die Weiber fiele«, sagte Orwell zu sich. Es tat ihm in dieser Situation gut, mit sich selbst sprechen zu können; einen anderen Partner konnte er dazu nicht nehmen. »Und da ist sicher ein Weib im Rennen! So eine Russin mit einem leicht asiatischen Hauch —«

Es war verblüffend, wie gut ›Papa‹ Orwell, so nannte man ihn, seinen ›Sohn‹ Bob Miller kannte. Die Hoffnung blieb jedenfalls, daß Bob in absehbarer Zeit wieder aus den weichen Armen auftauchte und dann vernünftig war. Das hatte man oft genug erlebt. Es gab keine Frau, die Bob Miller länger als vier Wochen mit ihren Schenkeln festhalten konnte.

Und das war Orwells großer Irrtum. Hätte er Dunja Andrejewna gekannt, wäre ihm die Gefahr bewußt geworden, in der sich sein bester Mann befand. Die Gefahr, dieser einen, wunderbaren Frau für immer zu gehören.

Für Dewjatow war Millers Schweigen der beste Schutz. Die Spezialisten aus Kiew saßen mit hängenden Köpfen herum, mußten sich Versager, alte Eisentöpfe, Hirnlose und mehr solcher bösen Worte schimpfen lassen, vor allem der KGB-Major aus Odessa überbot sich in Ausdrücken, die man sonst nur auf Fischmärkten hört, aber was half's. Nur ab und zu noch knatterte es im Äther, immer dann, wenn Dewjatow sein »Melden! Melden!« funkte und dann sofort abstellte. Jedesmal seufzte Kapitän Slobin erbarmungswürdig auf, blickte den KGB-Kollegen mit runden, traurigen Kuhaugen an und nickte vielsagend.

»Ich weiß es endlich! Zu kurz!« schrie der Mann aus Odessa. Er rauchte zwei Packungen Papyrossi am Tag ohne Rücksicht auf

Lungenkrebs. »Aber er ist da! Da! Da! Er sitzt vor unserer Nase. In Winniza! Der Gedanke sprengt mich in die Luft!«

Slobin wünschte sich nichts sehnlicher, als daß der KGB-Mann wirklich zerplatzte. Vor über zwei Wochen war der letzte längere Funkspruch des unsichtbaren Gegners hinausgegangen, aber auch das geschah so schnell, daß zwei Peilwagen fast vor der Sowchose zusammenstießen, weil sie aus verschiedenen Richtungen heranrasten. Dewjatow lud Milchkannen auf seinen Bauernwagen, um sie für das Morgenmelken auf die Weiden zu bringen, als die beiden Peilwagen in den großen Hof donnerten.

Da man Dewjatow als einen guten Freund und fleißigen Genossen kannte, winkte man ihm nur kurz zu und stand dann ratlos herum. War es möglich, daß in einer Sowchose ein feindlicher Sender arbeitet?

»Unmöglich ist nichts!« schrie der KGB-Offizier aus Odessa, als die Funkwagen diese Frage durchgaben. »Los, Slobin ... sofort zur Sowchose. Wir stellen sie auf den Kopf! Endlich ein Lichtblick! Alarmieren Sie eine Kompanie ... die Verantwortung übernehme ich im Namen Moskaus!«

Im Namen Moskaus, das war eine gute Sache. Kapitän Slobin lief zu großer Form auf. Eine halbe Stunde später hielten zehn Lastwagen mit Militär bei der Sowchose, die Soldaten sperrten alles ab, stürmten die Gebäude und traten die über Nacht selbstverständlich geschlossenen Türen ein.

Die große Razzia begann.

Um diese Zeit war Dewjatow längst wieder auf dem Land, hatte seinen Sender unter dem Bauernwagen auf Empfang gestellt und wartete auf Bob Miller.

Aber Miller schwieg.

Als man beim CIA unruhig wurde, sagte General Orwell entschuldigend: »Der Major hat den schwersten Job übernommen, der jemals in Auftrag gegeben wurde. Und er hat's geschafft! Jetzt ist es wie beim Bergsteigen. Er hat den Gipfel erreicht und muß nun auf dem gleichen Weg wieder hinunter. Und das ist oft schwerer als hinauf. Wir müssen Geduld haben, meine Herren. Lernen wir von den Russen die Kunst des Wartens. Es täte uns allen gut.«

In der dritten Woche des Schweigens geschah dann das, wovor Bob Miller immer Angst, richtige hündische Angst gehabt hatte.

Norma war nach einer ihrer wilden Nächte wieder zu ihren Milchzapfhähnen in Billys Restaurant gegangen. Bob hatte die

Wohnung aufgeräumt, das Bett gemacht, das Geschirr in die Geschirrspülmaschine gesteckt und das Schlafzimmer gelüftet, das Normas Parfüm wie ein Schwamm aufzusaugen schien, und so berauschend der Duft ihres Körpers auch war, er mußte ihn hinauslassen, denn John Barryl konnte einen solchen Geruch nicht ignorieren. Meistens kam er gegen zehn Uhr, wenn er Spätschicht hatte, oder gegen drei, wenn er morgens seine Hamburgers wie ein Künstler garnierte.

Heute hatte John Spätschicht. Bob Miller kochte einen starken Kaffee, stellte Pfanne und Eier und Speck bereit und wartete auf den Freund. Aber es wurde elf Uhr, ohne daß Barryl auftauchte oder anrief, warum er nicht kommen konnte. Um halb zwölf wurde Bob unruhig, setzte seine Mütze auf und machte sich auf den Weg zu John. Es war nur ein paar Ecken weiter, das Schwimmstadion lag zwischen ihnen.

Schon als Bob in die stille Straße mit den sauberen Bungalows und den gepflegten Vorgärten einbog, hatte er das typische Gefühl einer Gefahr. Dann sah er vor Johns Bungalow den Lastwagen einer Möbelfirma stehen. Drei Männer trugen alles, was Barryl ›auf Raten gekauft‹ hatte, auf die Straße und packten es in den Möbelwagen. Die Couch, die Sessel, den Teppich, die Tische, das Fernsehgerät. Sogar Johns Footballhelm, die dicken Handschuhe und die Trikots lagen auf einem herausgetragenen Tisch.

Unter Bobs Haaren begann es zu jucken.

Der Ernstfall, dachte er. Der typische, von uns allen gefürchtete Ernstfall. Die Abkommandierung zum Einsatz. Einen Andrej Nikolajewitsch Plenjakow, Major der Roten Armee, gab es nicht mehr ... was jetzt herumreiste, seit der Nacht, also schon seit Stunden, war der perfekte Amerikaner John Barryl, der den Auftrag hatte, in Amerikas Geheimnisse einzudringen.

Die Alarmstufe I war erreicht. Moskaus intelligentester und gefährlichster Mann war unterwegs.

Mein Freund John, dachte Bob Miller bitter. Als Mensch ein wirklich guter Freund, aber was bedeutete jetzt noch Menschlichkeit. Die Maschinerie der Vernichtung lief an ... die gegensätzlichen politischen Welten kannten keine Flucht in seelische Reservate.

Er beschleunigte seine Schritte und ging an den Möbelpackern vorbei, die ihn groß anschauten, in Johns Haus. Im leeren Wohnzimmer stand der Chef der Möbelhandlung, bei der auch Bob seine Möbel bestellt hatte, und grinste ihm entgegen.

»Gestern war er noch hier«, sagte Bob heiser vor Erregung.

»Ja, so schnell geht das.« Der Möbelhändler, in Wirklichkeit Oberstleutnant der sowjetischen Raketenregimenter, zeigte mit dem Daumen gegen die Wand. »Eigentlich ist es ja verboten, aber ich weiß, wie dick eure Freundschaft war. Da hängt was.«

Bob Miller riß den Zettel ab, den John auf einen Nagel in der Wand gesteckt hatte. Das letzte Zeichen vor dem großen Dunkel, in das er verschwunden war.

Nur ein paar schnell hingeworfene Zeilen, auf russisch:

»Wassja Grigorjewitsch, leb wohl. Es ist soweit. Habe keine Zeit zum Abschied, auch nicht von Norma. Geh zu ihr, tröste sie. Sag ihr: Ich liebe sie. Und wenn ich zurückkomme, werde ich sie finden, wo sie auch ist. Ich freue mich auf den Einsatz, so traurig ich auch bin, euch verlassen zu müssen. Ich umarme Dich, mein liebster Freund. Vielleicht treffen wir uns zufällig in Amerika? Gib Norma von mir einen Kuß ... ich erlaube es Dir jetzt. Euer Andrej Nikolajewitsch, morgens um zwei Uhr.«

Bob Miller steckte den Zettel in die Hosentasche und sah den Möbelhändler an.

»So wird es uns allen passieren«, sagte er.

»Deshalb sind wir ja hier.« Der Möbelhändler machte eine weite Handbewegung. »Nur dieses blöde Theater. Möbel abholen. Morgen kommt ein neuer Mieter ... Möbel herbringen. Hin und her ... ich mache das jetzt ein halbes Jahr. Ist das nicht blödsinnig?«

»Es soll eben alles wie in der Wirklichkeit sein«, sagte Bob. »Das ist es ja. Die Perfektion des amerikanischen Lebens nachvollziehen. Das macht uns keiner nach, Genosse.«

»Nein, wirklich keiner!« rief der Möbelhändler patriotisch. »Jetzt wird es Tränen bei Norma geben.«

»Das werde ich gleich sehen. Ich gehe sofort zu ihr.«

»Bringen Sie es ihr schonend bei. Löffelweise.«

»Es wird eine schwere Sache werden, Genosse ...«

Bob Miller nahm für die Fahrt zum Fluß einen Bus. Er hielt gerade, und Bob sprang auf. Als er von weitem dann Ramplers Riesen-Hamburger auf dem Dach sah, klopfte ihm doch das Herz.

Er sah, wie Norma ihn erstaunt anblickte, als er ins Lokal kam. Es war nicht seine Zeit. Billy stand in der Küche und winkte ihm mit einem langen Messer zu, mit dem er gerade Gurken schnitt.

»Lehn dich an die Wand, Dunjaschka ...«, sagte Bob und kam

hinter die Theke. »Oder setz dich. Du wirst weiche Knie bekommen ...«

Sie starrte ihn an, und ihre schwarzen Augen wurden wieder weit und rund und unendlich tief, wie er sie kannte, wenn sie sich unter ihm verströmte. Sie lehnte sich gehorsam an die Wand und streckte die Hand aus.

»Was ist, Wassjenka?«

Bob holte den Zettel aus der Tasche und gab ihn Norma. Sie las ihn, ließ ihn sinken und schwieg eine Weile. Nur ihre Augen sprachen ... sie suchten in weiten Fernen.

»Was nun?« fragte sie endlich. Bob hatte es vermieden, jetzt zuerst zu sprechen.

»Nun sind wir allein, Dunja.«

»Und wann ... wann bist du morgens um zwei Uhr verschwunden ...?«

»Du wirst es erleben, denn dann bist du ja bei mir ...«

»Ich werde schreien, schreien, schreien!«

»Es hilft nichts, das weißt du. Wir sind nicht hier, um Pensionäre zu sein. Jeder von uns weiß, was er zu erwarten hat.«

»Ich klammere mich an dich. Sie müssen mich mit dir wegtragen. Wassja, man darf uns nicht trennen! Nie! Nie! Wie soll ich leben ohne dich?«

»Noch bin ich hier.«

»Noch! Noch! Aber wie lange noch? Wie lange? Hat John gewußt, wann er weg muß?«

Rampler kam aus der Küche. Er hatte den letzten Satz gehört. »Was ist mit John?« fragte er rauh. Er ahnte es. Er brauchte nur Dunja anzusehen.

Sie gab ihm Barryls Zettel, er las ihn und legte ihn dann auf die Theke. Damit er nicht wegwehte, stellte er einen Milchbecher drauf. »Wir müssen den Arsch zusammenkneifen«, sagte er rostig. »Verflucht, wir vergessen hier völlig, daß wir für Rußland arbeiten. Denken wir an John mit Hochachtung. Er hat jetzt die Ehre, dem Vaterland zu dienen. Nochmal verflucht! Keiner konnte so schöne Hamburgers machen wie er. Der Umsatz wird zurückgehen.«

Mehr war darüber nicht zu sagen. Andrej Nikolajewitsch Plenjakow, genannt John Barryl, war auf dem Weg, ein Held der Sowjetunion zu werden.

An diesem Abend rief Bob bei Hillmoore an und erzählte ihm, daß ihn eine Art Magenkrampf plage. Vielleicht käme es daher, daß er in einem Anfall von Schwachsinn Mineralwasser statt Whisky getrunken habe.

Hillmoore lachte schallend und sagte: »Leg dich hin, Bob, und nimm eine gute lebende Wärmeflasche ins Bett. Das hilft gegen alle Plagen. Einen Abend schaffen wir es auch ohne dich. Gute Besserung.«

Zu der mit seinem russischen Kontaktmann verabredeten Sendezeit zog Bob die Antenne aus dem in Amerika speziell für ihn konstruierten Transistorradio. Der Knopf ›Mittelwelle‹ ließ sich eindrücken ... dann war der Sender eingeschaltet. Drückte er ›Langwelle‹, dann war er auf Empfang. Der Knopf für die Tonblende war auffallend lang und federnd. Wenn man ihn als Taste benutzte, konnte man damit Morsezeichen senden. Ein Zerhacker im Inneren des Radios verstümmelte die Zeichen zu plumpen Knackgeräuschen.

Das vereinbarte MELDEN! MELDEN! MELDEN! flog in den Äther. Aber diesmal war es Dewjatow, der schwieg. Er hatte beschlossen, eine Woche lang eine Pause einzulegen, um die Peilwagen aus Kiew zu verunsichern und die Spuren, die man mit Verbissenheit aufgenommen hatte, zu verwischen. Die Durchsuchung der Sowchose hatte natürlich nichts ergeben, bis auf einen heftigen Papierkrieg zwischen der Sowchosenverwaltung, der Militärkommandatur und dem KGB in Odessa. Parteifunktionäre waren jetzt damit beschäftigt, die wütenden Seiten zu beschwichtigen und mit wohltönenden Worten zuzudecken. Kapitän Slobin sah verfallen aus, gelblich und leidend, der KGB-Offizier aus Odessa litt an zu hohem Blutdruck, und die Spezialisten der Funkabteilung Kiew saßen tatenlos herum, horchten den Äther ab und spielten zwischendurch Schach.

Endlich, gegen ein Uhr nachts, gelang es Bob Miller, die Verbindung zu Dewjatow herzustellen. Auch Awdej Konstantinowitsch hatte, ohne den Willen, selbst zu senden, die kritische Wellenlänge eingestellt und hörte verblüfft aus seiner Stereoanlage das vertraute: MELDEN! MELDEN!

»Man kann sich auf nichts mehr verlassen«, sagte er mürrisch. »Ich denke, er wollte schweigen?«

Er stellte auf Sendung und antwortete knapp: HÖRE!

Bob Miller atmete auf. Er hatte seine Meldung schon nach dem Codebuch ›Der alte Mann und das Meer‹ zusammengestellt und funkte nun rasend schnell die wohl wichtigste Meldung, die der CIA in den letzten Jahren erhalten hatte:

JOHN BARRYL SEIT GESTERN 2 UHR MORGENS IM EINSATZ USA. AUFTRAG VERSTANDEN. MELDE MICH AUS IRKUTSK ODER JAKUTSK WIEDER. BEI GEGNER ALLE US-U-BOOT-STÜTZPUNKTE BEKANNT. ENDE.

Es war eine Meldung, bei der sogar Dewjatow blaß wurde. Er verzichtete darauf, den Empfang zu bestätigen und ging ans Fenster. Unten auf der Ulinskaja jagte ein Peilwagen vorbei und verschwand um die nächste Ecke. Dewjatow atmete hörbar aus und beglückwünschte sich, jetzt geschwiegen zu haben. Kapitän Slobin dagegen wurde leichenblaß, als ihm einer der Peilspezialisten meldete, daß die Funksignale diesesmal nicht aus Winniza kommen könnten. Irgendwo in der Umgebung saß der Sender, aber wie immer reichte die Zeit nicht aus, um den genauen Standort ausfindig zu machen.

»Aber der Kerl in Winniza muß antworten!« schrie der KGB-Mann aus Odessa. »Geduld! Geduld! Wir bekommen ihn. Einmal verrät er sich. Die Erfahrung hat bewiesen, daß jeder irgendwann unvorsichtig wird. Nur nicht nachlassen, Genossen!«

Bob Miller wartete auf die Antwort von Dewjatow. Er saß vor seinem Transistorgerät, den kleinen Knopfkopfhörer im Ohr, und schickte in Abständen von zehn Minuten ganz kurz den Ruf BESTÄTIGEN! hinaus. Als Dewjatow weiterhin stumm blieb, stellte er den Sender ab und schaltete auf leise Musik über. Sie jagen ihn in Winniza, dachte er. Aber Dewjatow ist ein raffinierter Kerl. Wenn er meine Meldung an Orwell in Gruppen absetzt, bekommen sie ihn nie. Immer nur fünf Sekunden, dann eine Stunde Pause. Die Peilspezialisten müssen wahnsinnig werden.

Er wollte sich eine Zigarette anstecken und beugte sich zu der Schachtel etwas vor, als hinter ihm eine Stimme sagte: »Wassja —«

Im Sitzen, aber mit einem wilden Schwung, fuhr Bob herum. In seinem Ohr stak noch der Knopfkopfhörer, durch das dünne Kabel mit dem Funkgerät verbunden.

Norma Taylor stand neben der Zimmertür. Sie hatte die Hände gegen ihre Brüste gepreßt. In ihren Augen stand das blanke Entsetzen.

»Dunja!« Bob Miller riß den Kopfhörer aus seinem Ohr und warf ihn weg. Eine unsichtbare Faust schlug mitten in sein Herz und lähmte es. »Dunja —« sagte er tonlos. »Wie'... wie lange stehst du schon dort ...«

»O Wassja ...«, stammelte sie. »Wassja —«

»Wie lange?« brüllte Bob. Er stürzte zu ihr, riß sie von der Wand und preßte sie an sich. »Warum schleichst du hier herum?«

»Ich ... ich habe Licht gesehen. Ich wollte ... wollte dich überraschen. Wassja ...« Sie starrte ihn an. Das Unbegreifliche, das sie zu begreifen begann, zerstörte ihr Gesicht. »Was hast du getan? Wassjenka, was hast du bloß getan ...«

»Dunja, hör mich ganz ruhig an«, sagte er heiser. »Sei ganz ruhig. Wir müssen jetzt stark sein, wir müssen beide ganz stark sein ...«

»Was hast du getan?« schrie sie plötzlich auf. Ihre Hände krallten sich in sein Haar und rissen an ihm. Sein Kopf flog hin und her, und er starrte in ihre Augen, die wie zwei Höhlen waren. »Wassja! Laß uns beide sterben, wenn das wahr ist!«

»Was hast du gesehen?« Er hob sie hoch, trug sie zur Couch, aber sie ließ sich nicht in die Polster drücken, sie stemmte sich gegen ihn, krallte sich weiter in seinen Haaren fest und hing fast an seinem Kopf.

»Alles, alles habe ich gesehen ...«, schrie sie ihm ins Gesicht. »Das ist kein Radio, das ist ein Sender —«

»Ich muß dir etwas erklären«, sagte er rauh. »Dunja, wir haben einmal gesagt, es gäbe auf der Welt nur dich und mich, alles andere sei unwichtig. Dunja, sei ruhig, sei ganz ruhig ...« Sie begann heftig zu zittern, und er legte die Arme um sie und preßte sie an sich. Ihr Kopf schlug gegen seine Brust, als sei sie eine Mauer, die sie mit der Stirn einrennen müsse. »Ich liebe dich, Dunja. Vergiß es nie, wie unsagbar ich dich liebe ...«

»Wer bist du?« schrie sie gegen seine Brust. »Wer bist du?«

»Major Bob Miller —«, sagte er tonlos.

»Das weiß ich! Hier! Wer bist du wirklich?«

»Immer nur Bob Miller.«

Sie stieß sich mit den Fäusten von ihm ab und starrte ihn entsetzt an. So schnell sie begriffen hatte, daß er heimlich funkte, so unvorstellbar war es für sie, daß in Frazertown wirklich ein Amerikaner eingedrungen sein sollte.

»Wassja —«, stammelte sie.

»Den Wassja Grigorjewitsch Shukow gibt es nur auf dem Papier. Hervorragende Papiere. Dunja —« Er hielt sie am Arm fest, als sie von ihm zurückwich, und zog sie wieder zu sich heran.

»Du ... du bist Amerikaner?« sagte sie kaum hörbar. »Ein echter Amerikaner? Du bist der Spion, den sie alle suchen?«

»Ja.« Er ließ sie los und trat zwei Schritte zurück. Ihre Augen hielten ihn fest, und sie begannen zu flimmern, als Bob in die Polster der Couch griff und Foltons Makarov-Pistole herausholte. Er hielt sie Dunja mit ausgestrecktem Arm entgegen. »Sei eine gute Kommunistin«, sagte er. »Sei eine Patriotin! Du wirst einen Orden dafür bekommen ...«

Sie schlug mit der Faust gegen die Pistole. Die Waffe flog in einem Bogen durch das Zimmer und fiel neben der kleinen Hausbar auf den Boden.

»Warum erschießt du *mich* nicht?« schrie sie und stand auf. »Das wäre einfacher. Ich habe dich entdeckt. Du hast noch große, so große Aufgaben vor dir, nicht wahr? Frazertown ist erst der Anfang, nehme ich an. Major Miller vom CIA. Beseitige doch alles, was dir im Weg steht. Hier! Ich stelle mich auf. Richte mich doch hin!«

Sie riß ihre Bluse auf und schloß die Augen. Dabei zitterte sie so stark, daß sie sich kaum noch auf den Beinen halten konnte.

»Du weißt, daß ich das nie kann«, sagte Bob Miller. Er atmete schwer. Sein Herz hämmerte bis in die Kehle hinein. In diesen Minuten entschied sich alles, und er war bereit, jede Entscheidung anzunehmen. Das Ende wie einen neuen Anfang.

»Aber ich soll es tun?« schrie sie hell.

»Du hast allen Grund dazu. Dunja, es gibt auch noch eine andere Möglichkeit.«

»Ich möchte sterben ...«, sagte sie und zog mit beiden Händen ihre aufgerissene Bluse wieder vor ihre Brüste. »Bob, wie kann ich noch leben —«

»Du meldest mich General Sinjonew.« Er wurde jetzt ganz ruhig, wie damals auf dem Weizenfeld, als die Soldaten ihn umringten und er glaubte, sie wollten ihn verhaften. Dabei hatten sie nur den Befehl, ihm bei der Ernte zu helfen. »Es wird ein Triumph für dich sein.«

»Und dann? Was passiert mit dir?«

»Ich habe eine Kapsel bei mir. Es geht ganz schnell und schmerzlos.«

»Zyankali?«

»Etwas Besseres. Eine neue Mischung.«

»O Bob! Bob!« Sie lief auf ihn zu, warf sich gegen ihn und umfaßte ihn. Sie taumelten beide, prallten gegen die Hausbar und lehnten sich gegen die schmale Theke. Zu ihren Füßen lag Fultons Makarov. »Gib die Kapsel her. Bitte, bitte, gib die Kapsel her ...«

»Nein, Dunja. Ich weiß, wie ihr mit euren Gefangenen umgeht —«

»Du sollst nicht sterben! Ich liebe dich, Bob, ich liebe dich! O du gemeiner Hund! Du amerikanisches Aas! Du verfluchter Lump!« Sie weinte plötzlich, hieb ihm mit der rechten flachen Hand ins Gesicht und küßte dann die mißhandelte Wange. »Ich liebe dich ... Wir können doch nur noch sterben! Was können wir denn noch anderes, Bob. — Aber nicht du allein ... ich bleibe bei dir ... gib mir die Hälfte der Kapsel ... Bob, ich flehe dich an, gib mir die Hälfte ...«

Er hob sie hoch, trug sie auf die Couch zurück, legte sie hin und setzte sich neben sie. Sie weinte heftiger, ihr Körper warf sich hin und her, sie löste sich im Weinen auf, und er streichelte ihr Haar, ihr Gesicht, ihren zuckenden Körper, bis sie ihn in die Hand biß, so tief und raubtierhaft, daß sofort das Blut über seinen Handrücken lief.

»Warum hast du das alles getan, Bob?« fragte sie und starrte auf seine blutende Hand. »Warum willst du mein Land zerstören?«

»Warum bist du in Frazertown, Dunja, um für den Einsatz in meinem Land ausgebildet zu werden?«

»Die kapitalistische Welt ist unser Unglück.«

»Für uns ist es die bolschewistische.«

»Und wir zwei lieben uns —«

»Unendlicher als der Himmel.«

»Gib mir dein Gift, Bob!«

»Sollen wir an dem Wahnsinn der Politik zugrunde gehen?« Er beugte sich über sie, küßte ihre salzigen Lippen und legte dann seinen Kopf zwischen ihre Brüste. So war er oft eingeschlafen, eingebettet in das weiche Polster ihres Körpers. »Ich muß hier raus!« sagte er. »Dunja, ich gebe mich ganz in deine Hand. Du mußt mir helfen, Frazertown zu verlassen ... so schnell wie möglich.«

»Du willst weg? Weg von mir?« Sie umfaßte seinen Kopf und drückte ihn so fest zwischen ihre Brüste, daß er nach Luft rang. »Du dreckiger Spion willst flüchten? Und ich? Ich? Mich willst du allein zurücklassen? Allein mit aller Schuld, mit aller Liebe? Du Schuft, du elender Schuft!«

Sie griff nach seinem Hemd, zerriß es über seinem Rücken und schlug die zu Krallen gebogenen Finger in seine Haut. Wie zehn Stahlhaken, so rissen ihre Nägel seinen Rücken auf, kreuz und quer, Strieme um Strieme, bis es aussah, als habe man ihn mit einer nagelbewehrten Nagaika ausgepeitscht. Er stöhnte, noch immer das Gesicht zwischen ihren Brüsten, und zog vor Schmerzen die Beine an. Aber er wehrte sie nicht ab.

»Wann ... wann willst du weg?« fragte sie plötzlich.

Er zuckte hoch, aber sie schlug ihm mit der Faust auf den Hinterkopf. Halb betäubt fiel er zwischen ihre Brüste zurück.

»Dunja —«, ächzte er. »O Dunja! Es liegt jetzt alles in deiner Hand.«

»Ich werde dich nie wiedersehen«. Sie legte ihre Hände flach auf seinen aufgerissenen Rücken, als seien sie ein kühlender Verband. »Nie wiedersehen! Das überlebe ich nicht, Wassjenka ... das kannst du nicht von mir verlangen ...«

»Es ist alles plötzlich zu Ende — und dann ohne Wiederkehr — wenn man entdeckt, daß ein Wassja Grigorjewitsch Shukow als Bob Miller nie nach Frazertown versetzt worden ist. Ich werde bei General Sinjonew in keiner Liste geführt. Nur, weil man sich hier so sicher ist, prüft keiner nach. Aber wie lange geht das noch gut? Eines Tages wird man nachdenklich werden, warum alle zum Einsatz abkommandiert werden, nur dieser Bob Miller nicht. Und dann sieht man doch in den Listen nach ... Dunja, weißt du, was dann passiert?«

»Ja —«

»Dann gibt es keine Rettung mehr. Aber jetzt, jetzt kannst du noch alles retten ... Du allein!«

»Um dich nie wiederzusehen.« Sie streckte sich aus, und Bob hatte endlich die Möglichkeit, aus ihren Brüsten und aus der Reichweite ihrer Fingernägel zu entkommen. Über seinen Rücken loderten Feuer. »Noch zwei, drei Monate mit dir ... und dann sterben! Ist das nicht besser? Wassja, ich bin ohne dich nichts mehr. Nichts! Ich lebe nur durch dich. Du hast mich in dich aufgesaugt. Du hast einen Menschen aufgelöst. Eine größere Liebe gibt es nicht.«

Er stand auf, riß sich das zerfetzte Hemd vom Körper, streifte die Hose ab und tappte nackt unter die Dusche. Dort ließ er eiskaltes Wasser über seinen zerschundenen Rücken laufen, es brannte höllisch, aber dann setzte die wohltuende Kühlung ein. Naß und nackt wie er war, ging er zu Dunja ins Zimmer zurück.

Sie lag noch immer auf der Couch und starrte gegen die Dekke.

»Wenn du mir heraushilfst, sehen wir uns wieder«, sagte er. »Das verspreche ich dir.«

»Wie? Und wo?« Sie drehte den Kopf zu ihm. Ihr Blick tastete seine Nacktheit ab. Ihre Nasenflügel blähten sich wieder. »Wie kannst du so etwas Verrücktes versprechen?«

»Ich werde dich finden«, sagte er. »Die Welt ist klein geworden. Und wenn ich in jedem Land in die größte Zeitung eine Anzeige setze: Ich bin da. Rufe mich an, Dunja! Wir sehen uns wieder. — Dunjaschka, glaube daran. Ich liebe dich über alles, was es auf der Welt gibt — aber es hat keinen Sinn, daß wir gemeinsam in Frazertown zugrunde gehen. Mein Verschwinden wird selbstverständlich sein, so wie auch Johns Weggang ganz normal war ... Dunja, wir haben eine Zukunft, auch wenn jetzt alles wie zerbrochen scheint.«

»Trag mich ins Bett, Bob«, sagte sie leise und schloß die Augen. »Und sprich nichts mehr ... nichts ...«

Er beugte sich über sie, zog sie aus, nahm sie auf seine Arme und trug sie ins Schlafzimmer. Sie weinte wieder, diesmal lautlos, nach innen hinein, ohne Tränen, aber als er sich neben sie legte, warf sie sich mit einem hellen Aufschrei auf ihn und tobte dann an ihm, unter ihm und über ihm mit einer Liebe, die einer tödlichen Verzweiflung glich. Sie schlug und küßte ihn, sie biß und streichelte ihn, sie schrie ihm die gemeinsten Wörter ins Gesicht und flüsterte die größten Zärtlichkeiten, und sie war unersättlich wie eine Feuersbrunst.

Plötzlich, zwischen zwei tiefen Atemzügen der Erschöpfung, sagte sie:

»Übermorgen werden die Abfalltonnen abgeholt. Von allen Lokalen, Geschäften und dem Supermarkt. Auch bei Billy. Die Tonnen mit dem eßbaren Abfall haben einen grünen Streifen auf dem Deckel. Sie werden in die Sowchose gebracht, zur Schweinemast. Natürlich kontrolliert niemand die Abfalltonnen.«

Er umfaßte ihren herrlichen warmen Körper, der über ihm lag, und küßte ihre an seinem Leib wundgescheuerten Lippen.

»Wenn man in eine Tonne ein paar Luftlöcher bohrt ...«, dachte er laut.

»Ich gebe dir meine Atemmaske und zwei Filter mit«, sagte sie. »Wir haben sie bekommen, um bestimmte Übungen zu machen. Man hat uns eingegraben, und wir konnten vierundzwanzig Stunden unter der Erde bleiben. Die Abfalltonnen sind groß genug. Wenn du dich hineinhockst, kann ich noch eine dicke Schicht Gemüse über dich ausschütten.«

»Dunja, du bist ein Engel ...«

»Halt den Mund!« sagte sie tonlos. Durch ihren Körper flog wieder der Atem ihres vulkanischen Gefühls. »Oh, halt doch den Mund, du Satan! Ich liebe dich. Ich liebe dich. So wie ich dich, kannst du mich gar nicht lieben ...«

Sie nahm wieder von ihm Besitz, eine Flamme, die in dem letzten Tropfen seines Leibes Nahrung fand.

Die Müllabfuhr von Frazertown war gut organisiert. Sie kam zweimal. Mit einem modernen Müllwagen, der den Abfall gleich zerkleinerte, wurde der tägliche Abfall beseitigt. Der zweite Trupp war spezialisiert, fuhr zwei Lastwagen mit flachen Ladeflächen und lud die verzinkten Tonnen auf, in denen die verwertbaren Überreste gesammelt wurden. In der Sowchose wurde später dieser Abfall genau gewogen, und ein Spezialist — in Rußland sind immer Spezialisten tätig — rechnete aus, wieviel Schweine man mit diesem Zusatzfutter ernähren konnte. Dafür erhielt Frazertown später sein Schweinefleisch abzüglich 20 Prozent Schwund, die der gesamten Bevölkerung zugute kamen. Man war schließlich ein sozialistischer Staat.

Wie Norma es gesagt hatte: Niemand kontrollierte die auf dem Deckel grün gezeichneten Abfalltonnen für die Sowchose, Brigade Schweinemast. Stämmige Arbeiter von Frazertown luden sie auf die Lastwagen, und dann vollzog sich der Abtransport nach dem einwandfreien Sicherheitsverfahren. Die Arbeiter fuhren die Autos bis zur dritten Sperre, dort übernahm das Militär die Wagen und brachte sie bis zur ersten Sperre. Vor dem hohen Elektrozaun mit dem Schild ›Nowotschok‹ warteten richtige Müllmänner aus Winniza und lieferten nach einer halben Stunde Fahrt die Tonnen bei der Sowchose ab. Dort rollte man sie in einen Schuppen, um sie am nächsten Morgen in die großen Kessel der Schweinemastküche zu kippen.

Billy Rampler, der seit Johns plötzlichem Weggang darauf wartete, daß man ihm einen neuen Gehilfen schicken würde, sobald neue ›Bürger‹ in Frazertown eintrafen, hatte mit seinen Hamburgern genug zu tun und deshalb kein Auge für Norma, die völlig sinnlos zwischen ihrer Milchtheke und den Abfalltonnen auf dem Hof hin und her rannte. Zwar hatte sie immer etwas in der Hand, das sie wegwarf, aber an diesem Morgen war sie gereizt und nervös, bellte Billy an, der etwas Belangloses fragte, und schnauzte einen Gast zusammen, der um eine Tasse Kaffee gebeten hatte und warten mußte, weil die Kaffeemaschine noch nicht unter Dampf stand.

»Jetzt dreht sie durch«, sagte Billy Rampler zu dem beleidigten Gast und blinzelte ihm zu. »John ist weg! Zum erstenmal hat es Norma ans Herz gepackt. Das muß man erst überstehen. Haben wir Verständnis für das wunde Seelchen. Deinen Kaffee bekommst du in zehn Minuten.«

So kümmerte sich keiner darum, daß Norma ein paarmal den Deckel der Tonne III hochklappte, etwas hineinwarf und sich kurz über den Abfall beugte. Man hätte sich auch gewundert, denn so schön rochen die gegorenen Speisereste nicht.

Bob Miller, der seit dem Morgengrauen in der Tonne hockte, über sich zwanzig Zentimeter Essenreste, die Atemmaske vor dem Gesicht, konnte sich nicht rühren. Aber wenn Norma gegen die Tonne klopfte, gab er mit dem Fingerknöchel Antwort. Alles in Ordnung.

Gegen zehn Uhr kamen die Müllmänner von Frazertown. Es war ein Arbeitsauftrag, unwürdig eines Offiziers der Roten Armee, und jeder, der von Bulder dazu eingeteilt wurde, protestierte zunächst heftig. Doch es half nichts. »Und wenn ihr Scheiße zu Ziegelsteinen pressen und in der Sonne trocknen lassen müßt!« sagte Bulder eindringlich zu den Petitoren. »Euer Gedanke hat immer zu sein: Ich diene meinem Vaterland! Müllabfahren ist eine ehrenvolle Sache.«

Bob zog den Kopf ein, als man seine Tonne ergriff. Sie wurde schräg gestellt und dann auf dem Bodenrand weggerollt. Am Wagen griffen zwei Mann in die Henkel und wuchteten sie auf die Ladefläche. Sie schwankte etwas, stieß gegen die anderen Tonnen und stand dann fest.

Norma stand im Hof von Billys Restaurant und starrte der Tonne nach. Als die Ladeklappe zugeworfen und verhakt wurde, preßte sie die Fäuste gegen ihre Brust und drückte den Schrei zurück, der in ihr aufstieg.

Jetzt, in diesem Augenblick, wo der Lastwagen anfuhr, und die Tonne leicht schwankend aus ihrem Blick verschwand, wußte sie, daß sie Bob nie wiedersehen würde, daß es nie eine Wiederkehr gab, nicht einen Funken Hoffnung auf eine Zukunft. Ein Kapitel ihres Lebens war abgeschlossen und wurde als stinkender Abfall weggefahren. Was übrigblieb war das Leben der sowjetischen Agentin Norma Taylor, beim KGB geführt als Oberleutnant Dunja Andrejewna Koroljow, eine Präzisionsmaschine mit menschlichem Körper. Irgendwann schickte man sie nach Amerika. Wie John Barryl. Zur Ehre der Sowjetunion. Für den Sieg der Weltrevolution.

Sie lehnte sich an die Hofwand und blickte dem Wagen nach, der hinüberfuhr zum Supermarkt, der letzten Station, bevor er Frazertown verließ. Ich will nicht mehr leben, dachte sie. O Himmel, wozu soll ich noch leben? Dieser Abschied ist endgültig. Bob, ich kann nicht mehr. Ich kann nicht mehr! Ich bin zerstört ... und Trümmer ebnet man ein. Sie ging mit schleppenden Schritten in das Restaurant zurück und prallte vor der Theke auf den Gast, der noch immer auf seinen Kaffee wartete.

»Norma, wenn Sie den Kaffee erst aus Brasilien oder Kolumbien importieren müssen, sagen Sie's mir«, meinte der Gast. »Ich komme dann in drei Monaten wieder.«

Sie fuhr herum, ihre schwarzen Augen glühten. »Es geht schneller!« schrie sie geradezu hysterisch. »Ich schlage Ihnen in zwei Sekunden den Schädel ein.«

Es war offensichtlich, daß der Gast darauf keinen Wert legte. Er hatte eine Tasse Kaffee bestellt und keinen gespaltenen Kopf. Das ist ein großer Unterschied. Er wich deshalb betroffen zurück und sah hilfesuchend Billy Rampler an, der aus der Küche stürzte, an den Händen frisch angerührtes Hackfleisch.

»Was ist los, Norma?« rief er. »Mädchen, ich kann alles ertragen, nur nicht hysterische Weiber. Du kannst keinen von uns dafür verantwortlich machen, daß man dir John Barryl aus dem Bett holte.«

»Ihr ekelt mich an. Ihr alle, alle!« schrie Norma zurück. »Ich gehe nach Hause. Ich bin krank. Billy, sag keinen Ton, sonst hast du kein Glas mehr im Schrank.«

Sie warf die Schürze weg, so geschickt, daß sie Rampler auf den Kopf flog, und rannte aus dem Restaurant. Vom Supermarkt fuhr der Müllwagen gerade weg, hinauf zu der Ausfallstraße, die zur dritten Sperre führte.

Sie blieb auf dem Uferplatz stehen, darauf wartend, daß sie jetzt das Aussetzen ihres Herzens spürte und tot umfallen würde. Sie hob die Hand und winkte ganz kurz dem Wagen mit den Abfalltonnen zu ... dann umklammerte sie einen Laternenmast, legte die Stirn gegen das Stahlrohr und begriff nicht, warum ihr

Herz immer noch weiterschlug, ihre Lungen weiteratmeten, ihr Ohr hörte und ihre Zunge die Tränen schmeckte, die ihr in den Mund liefen.

Später lag sie auf dem Bett ihres Apartments, leer vom Weinen, erschöpft vom Schmerz und streichelte neben sich die Makarov-Pistole, die sie von Bob mitgenommen hatte.

Sie war geladen und entsichert ...

Die Fahrt in die Freiheit war auch in der stinkenden Abfalltonne genau zu verfolgen.

Bob Miller erlebte seinen Abtransport mit wachsender Freude, denn jede Weiterfahrt nach einem Halt bedeutete, die Unüberwindlichkeit Frazertowns zum zweiten Male durchbrochen zu haben. Er zählte mit: Sperre Nummer III. Wechsel der Fahrer. Sperre II, nur ein paar Zurufe. Sperre I, das große Einfahrtstor. Übernahme der Lastwagen durch die Müllmänner von Winniza. Lautes Lachen. Keinerlei Kontrollen. Was Bob befürchtet hatte, trotz Dunjas Dementi, geschah nicht. Man öffnete weder die Deckel der Tonnen noch stach man mit einem Bajonett hinein. Da war man in Alaska, in Smolenska, genauer gewesen. Da wurden auch die Küchenabfälle direkt an Ort und Stelle in Spezialwagen zermalmt.

Die Fahrt zur Sowchose. Die typischen russischen Landstraßen, holprig, ohne feste Decke. Die Tonnen tanzten auf der Ladefläche, stießen aneinander, und der russische Fahrer legte ein Tempo hin, als seien auch die Uhrzeiten im Soll eingeplant.

Bob preßte Knie und Rücken gegen die Tonnenwand und versuchte, die Stöße aufzufangen. Das Atmen durch die Maske war beschwerlich, der Plastiksack, in dem sein Transistorradio steckte und den er zwischen seine Beine gepreßt hatte, drückte schmerzhaft gegen seine Hoden. Bei jedem Schlagloch war es, als pralle eine Faust gegen seinen Unterleib. Aber es war unmöglich, den Plastiksack woanders hinzuschieben.

Endlich war die Fahrt zu Ende. Die Tonnen wurden abgeladen, in den Schuppen gerollt und abgestellt. Dann quietschte etwas schauerlich ... ein Schiebetor mit verrosteten Rädern, dachte Bob ... und ein Mann, anscheinend der Vorarbeiter der Mastküche, ging von Tonne zu Tonne und schlug mit einem Stäbchen gegen das Blech.

»Dreiundvierzig, Genossen«, sagte eine Stimme. »Zwölf weniger als das letzte Mal. Wird weniger gefressen? Oder machen sie jetzt aus allem Krautsoljanka? Vergessen alle, daß auch die Ferkelchen leben wollen.«

Bob hörte, wie derbe Stiefelschritte sich entfernten. Er drehte das Handgelenk und blickte auf die Leuchtzeiger seiner Uhr. Kurz vor Mittag. Er wartete noch eine halbe Stunde, schob sich dann hoch, stieß die Essenreste über seinem Kopf vorsichtig nach oben und drückte mit seinem Schädel den Deckel der Tonne auf. Ganz langsam, Zentimeter um Zentimeter. Die Speisereste quollen über den Rand und klatschten auf den Zementboden. Er hatte den Kopf endlich frei, konnte über den Tonnenrand blicken und riß sich die Atemmaske vom Gesicht. Die Luft, obgleich angefüllt mit dem Gestank gegorener Abfälle, schien ihm in diesem Augenblick so köstlich wie die reine Luft in den Rocky Mountains. Er blickte sich nach allen Seiten um, sah sich in einem Wald von Tonnen stehen und kletterte ins Freie. Seine Gelenke und Muskeln waren wie betäubt ... er legte sich auf die Tonnen, die dicht an dicht standen, streckte Arme und Beine in die Höhe und stieß mit ihnen nach oben, so wie ein Maikäfer Luft einpumpt, ehe er zu fliegen beginnt.

Erst als er merkte, daß ihm seine Muskeln wieder gehorchten, nahm er seinen wertvollen Plastikbeutel in die Hand und ging über die Tonnen, sprang an der Einfahrt auf den Boden und suchte ein Versteck. Es war eine große Lagerhalle, in der nicht nur Abfalltonnen standen, sondern auch unbrauchbare, verrostete Maschinen und verrottete Traktoren, deren Reparatur sich nicht mehr lohnte, aber die man trotzdem aufbewahrte, weil auf einer Sowchose jede Schraube Staatsbesitz ist und eine Vernichtung — selbst bei stärkstem Rostanfall — als Sabotage ausgelegt werden konnte. Es kam ganz auf den Genossen Natschalnik an.

Bob Miller entschied sich, bis zur Nacht unter dem hintersten Traktor Quartier zu beziehen. Er war gut geschützt, alte Bretter und Kistenreste stapelten sich davor und hielten jeden ab, in diese Ecke vorzudringen, wenn es nicht unbedingt nötig war. Hier verkroch sich Bob und wartete auf die Dunkelheit.

Ein paarmal kamen Sowchosenarbeiter in den Schuppen und rollten etwas weg oder dazu, aber sonst war es angenehm still und kühl. Auch an den Gärgestank konnte man sich gewöhnen. Bob schloß die Augen und dachte intensiv an Dunja. Wie würde sie die erste Nacht allein ertragen? Ihm fiel plötzlich ein, daß er die Makarov bei ihr gelassen hatte, und Angst kroch in ihm hoch. Tue es nicht, Dunja, dachte er — und wenn es das gibt, daß

Gedanken über weite Entfernungen hinweg körperlich spürbar werden, dann mußte sie es jetzt in sich spüren. Ich hole dich zu mir, wenn ich Sibirien überlebe. Ich schwöre es dir. Es ist mein letzter Auftrag. Ich nehme meinen Abschied, und irgendwo auf dieser Welt wird sich ein Platz finden, wo wir ein Leben führen in einem eigenen kleinen Paradies. Wie das klingt! Wußtest du nicht, Dunja, daß ich ein Romantiker bin? Ein Romantiker mit dem härtesten Job dieser Menschheit. Dunja, leg die Makarov weg ... nur noch ein paar Fotos von eurer verdammten neuen Raketenbasis am Fluß Lindya — dann suche ich dich. Sei eine gute Russin ... warte, warte ...

Das Licht vor den trüben Drahtglasfenstern der Halle verblich langsam, die Dunkelheit schwamm herein, auf der Sowchose tutete eine Dampfhupe das Schichtende ein. Bob hörte Lastwagen anfahren, das typische Knattern von Traktoren, aber in den Schuppen kam niemand mehr. Dann erstarb auch der letzte Laut, die Wache bezog ihr Zimmer neben dem Verwaltungsgebäude. Eine der herrlichen warmen Nächte von Winniza hatte begonnen.

Bob Miller hielt aus bis gegen Mitternacht. Erst dann kroch er aus seinem Versteck, schob die Tür des Schuppens einen Spaltbreit auf und sicherte nach allen Seiten. Der Hof lag leer, in allen Gebäuden war es dunkel. Er glitt hinaus in den Schatten, den das Vordach der Scheune warf und rannte lautlos, auf den Zehenspitzen vorwärts federnd, aus dem Innenhof der Sowchose. Irgendwo bellte plötzlich ein Hund, aufgestört durch seinen Instinkt ... aber da hatte Bob die Sowchose schon verlassen, war auf dem freien Land und huschte zwischen den Bäumen einer Obstplantage davon.

Eine halbe Stunde später erreichte er Dewjatows Scheune in den Weinhängen, erholte sich, nach Luft ringend, von dem ununterbrochenen Lauf und packte dann seinen Sender aus. Wenn Dewjatow zuverlässig war, stellte er in zehn Minuten sein Funkgerät auf Empfang.

Bob Miller blickte auf die Uhr. Genau auf die Sekunde drückte er den Sendeknopf. Nur fünf Sekunden. Nur ein Ruf.

PLAN I. PLAN I.

In Winniza holte man Kapitän Slobin und den KGB-Mann aus Odessa wieder aus den Betten. Sie waren in bester Laune, den armen Spezialisten aus Kiew, der sie geweckt hatte, zu zerfleischen.

»Er ist wieder da«, rief der unglückliche Mann. »Aber nach

unseren Meßvergleichen haben wir ihn jetzt. In der Sowchose —«

»Genosse, bringen *Sie* ihn um!« sagte Slobin müde. »Ich habe nicht mehr die Kraft dazu. In der Sowchose! Ausgerechnet! Mann, flüchten Sie, ehe ich Sie kastriere!«

Es war, das wußte Slobin leider nicht, der letzte Funkspruch für lange Zeit.

Dewjatow erschien eine Stunde später auf einem Motorrad. Er wollte Bob mit einer spontanen Umarmung begrüßen, prallte dann aber entsetzt zurück: »Wassja Grigorjewitsch, Hölle, Sie stinken fürchterlich! Was ist los mit Ihnen? Verfaulen Sie innerlich?«

»Der Gestank hat mich in die Freiheit getragen, Andrej Konstantinowitsch. Atmen Sie ihn tief ein ... so riecht das neue Leben.«

»Aber so kommen Sie keinen Meter weiter. Schwimmen wir im Fluß, ja? Ich erzähle Ihnen dann alle Einzelheiten, die General Orwell befohlen hat. Mein Gott, wie kann man so stinken?«

»Wenn man sieben Stunden in einer Abfalltonne sitzt. Mein lieber Dewjatow, für mich riecht es wie Rosenduft.«

Später, nach dem Bad im Bug, lagen sie im Stroh und betrachteten beim Schein einer Taschenlampe die Karte, die Dewjatow mitgebracht hatte. Sibirien, die Lena, das flache Schwemmgebiet westlich des riesigen Stromes. Die Lindya und nördlich von Borolgustakh ein roter Punkt. Dewjatow nickte und zeigte auf die Markierung.

»Da ist es. Aus dem Boden gestampft. Wir wissen nur, daß die Basis Werchokrassnoje heißt. Das neunte Werchokrassnoje in Sibirien! Wie Sie da herankommen, wird Ihnen überlassen.«

»Zu gütig. Und welche Unterstützung habe ich?«

»Keine. Nur eine Funkverbindung nach Jakutsk. Die Frequenz gebe ich Ihnen noch. Sie stehen völlig allein.«

»Welch eine Beruhigung!« Bob Miller studierte wieder die Karte. »Und Orwell meint, ich schaffe das?«

»Nur Sie! Und allein! So etwas kann man nur allein machen ...« Dewjatow packte aus seiner Aktentasche Brot, kaltes Fleisch und eine halbe Flasche Rotwein aus. »Essen wir etwas, Wassja Grigorjewisch. Mit einem satten Bauch kommen auch gute Gedanken.«

Zwei Tage später bestieg Bob Miller, jetzt wieder der Major der Roten Armee, der Genosse Shukow, den Zug von Winniza nach Kiew. In Kiew stieg er um in den Expreß nach Moskau. Niemand kontrollierte ihn, niemand sah ihn scheel an, niemand wagte auch nur, ihn anzusprechen. Warum auch?

Ein Major auf der Fahrt nach Moskau — na, Genossen, was ist denn schon dabei? Wie viele Majore fahren täglich nach Moskau ...

Shukow sah Moskau zum erstenmal.

Aber deswegen war es ihm in keinem Augenblick, von dem Moment an, als er aus dem Kiewer Expreß stieg, eine fremde Stadt. Es gehörte zur Grundausbildung in Alaska, die sowjetischen Großstädte kennenzulernen. Nicht nur die topografischen Dinge, die Stadtgeschichte, die öffentlichen Gebäude, Kirchen, Klöster, Theater, Schulen, Kaufhäuser und Märkte ... so wie man in Physik und Chemie nach guter alter Schultradition einzelne Formeln auswendig lernen muß, so hatten Shukow und seine Alaska-Kameraden stur alle Pläne der wichtigsten russischen Städte im Kopf.

Mit geschlossenen Augen vor den jeweiligen an der Wand hängenden Spezialkarten sitzend, konnten sie nach einem Jahr hersagen, was man sie fragte.

»Komplex Samarkand: Auf welche Straße mündet die Pendjikentskaja?«

Antwort: »Auf die Taschkentskaja.«

»Komplex Nowosibirsk: Sie wollen von der Werschanskaja zur Khmelnitskogo. Wie gehen Sie?«

Antwort: »Über die Frunse-Straße zum Krasnaja Prospekt, diesen hinunter, über die Eisenbahn und die Kanalbrücke. Hinter der Brücke rechts ab ist die Khmelnitskogo.«

Shukow hatte bei diesem Gedächtnisspiel einmal einen grandiosen Erfolg, über den noch viel im Lager Smolenska gelacht wurde. Als General Orwell ihn fragte: »Wie kommen Sie am schnellsten vom Gorkij-Park zum Ismailowski-Park?«, antwortete Shukow, ohne zu zögern: »Ich setze mich in die U-Bahn und fahre hin. Von Station 5 zu Station 24.«

Dagegen war nichts einzuwenden, es stimmte genau. Und außerdem war es typisch für Shukow, sich außerhalb von Konventionen zu bewegen. Jeder andere Gefragte hätte einen langen Weg mit vielen Straßennamen beschrieben und damit bewiesen, wie gut er gelernt hatte ... für Shukow hingegen waren die einfachsten Dinge die besten.

Jetzt, in Moskau angekommen, hielt er sich nicht damit auf,

zuerst die Stadt anzusehen, so sehr es ihn reizte, als Amerikaner in sowjetischer Offiziersuniform über den Roten Platz zu gehen oder im Kremlgarten auf einer Bank zu sitzen, sich von Rekruten grüßen zu lassen oder im Restaurant ›Baku‹ sich aserbeidschanisches Essen servieren zu lassen. Er ging vielmehr sofort zu dem nächsten Taxistand außerhalb der riesigen Bahnhofshalle und klopfte gegen die Scheibe des ersten Autos in der Reihe. Der Fahrer blickte gleichgültig zu ihm hinaus und verzog keine Miene.

Shukow riß die Tür auf und ließ sich auf das Polster fallen. Da ein sowjetischer Taxifahrer ein Staatsangestellter ist, kann es ihm gleichgültig sein, ob er fährt oder nur herumsteht. Die mühevolle Aufgabe, kreuz und quer durch Moskau zu fahren, kann man so auf ein Minimum beschränken, vor allem bei ausländischen Besuchern, die hilflos vor einem Taxi stehen und immer wieder rufen: »Kreml! Kreml!« und ein höfliches »Njet!« als Antwort bekommen. Warum Njet, das wird nicht erklärt. Der Genosse Taxifahrer ist eben nicht in Stimmung.

Das ändert sich schlagartig, wenn man einfach die Tür des Autos aufreißt, sich hineinsetzt und seinen Wunsch vorbringt. Dann muß der gute Genosse fahren, denn wer im Auto sitzt, hat Anspruch auf Beförderung. Man muß das nur kennen.

»Wohin, Genosse Major?« fragte auch jetzt der Fahrer sehr höflich.

»Flugplatz Wnukowo!« sagte Shukow knapp. »Aber schnell!«

»Zahlen Sie die Strafen, Genosse Major?«

»Mit schnell meine ich, daß Sie endlich losfahren.« Shukow lehnte sich in die Polster zurück und blickte hinüber zum Bahnhof. Wie alle Moskauer Bahnhöfe glich er einem Palast, so wie alle öffentlichen Gebäude einen absoluten Repräsentationswert haben. Visitenkarten eines Landes, das der übrigen Welt zeigt: Seht her, das neue Rußland ist das schönste Rußland, das es je gab.

In Wnukowo wird es Schwierigkeiten geben, dachte Shukow. Die Flüge nach Irkutsk werden ausgebucht sein, und eine Uniform nützt da gar nichts, auch wenn in Rußland — wie überall und ohne Ausnahme — der Träger einer Uniform sich automatisch über den allgemeinen Stand anderer Menschen erhebt.

Das Taxi sauste los, mit lautem Motor und klapperndem Getriebe. Shukow beugte sich vor und tippte dem Fahrer auf die Schulter.

»Hält er durch bis zum Flugplatz? Wenn Sie merken, daß der Motor zur Seite herausfällt, sagen Sie es rechtzeitig.«

»Wenn Sie es bezahlen, Genosse, fahre ich Sie mit dem Auto bis Irkutsk!« rief der Fahrer über die Schulter. »Ein zuverlässiges Tantchen ist sie. Dieses Klappern? Was soll's? Haben wir nicht das Weltall erobert? Da wird man doch noch bis Wnukowo kommen können.«

Shukow nickte und überließ sich der Betrachtung der Stadt. Sie fuhren um Moskau herum, durch moderne Vorstädte, durch Waldstücke, in denen einige Datschas lagen, vorbei an Fabriken und Sportplätzen. Dann kam ein langes, abgesperrtes Militärlager, eingezäunt mit doppeltem hohem Drahtgitter, hinter dem Jeeps auf einer schmalen Waldstraße Patrouille fuhren.

Nach über einer halben Stunde schneller Fahrt sahen sie den Radarturm von Wnukowo und bogen auf die breite betonierte Zufahrtsstraße ein.

Der Fahrer spitzte die Lippen und pfiff vergnügt vor sich hin. »Na?« fragte er nach dieser Einleitung. »Hat das Tantchen durchgehalten? Sind Sie zufrieden, Genosse Major?«

»In der Polsterung steht eine Feder hoch. Sie sollten das reparieren.«

»Ein guter Rat, Genosse Major.« Der Fahrer drosselte das Tempo und grinste durch den Rückspiegel zu Shukow hin. »Aber wie? Baue ich den Sitz raus und bringe ihn in eine Polsteranstalt ... wie lange dauert das? Sollen die Fahrgäste auf dem Autoboden sitzen oder auf einer Stange wie die Hühner? Melde ich es dem Genossen Ersatzteillagerleiter und bitte um einen neuen Sitz, wirft er mich aus dem Büro oder läßt mich an einen Psychiater überweisen. Repariere ich es selbst ... wer bezahlt mir das? Also bleibt die Feder so, wie sie ist ... für die wunden Hintern der Fahrgäste ist die Beschwerdestelle zuständig. Aber wer beschwert sich? Niemand! Warum auch? Wird's besser dadurch? Die Verantwortlichen werden nur nervös, und ist das gut, na?«

»Das ist ein Sauladen bei euch!« sagte Shukow grob. »Wenn Sie nun einen Ausländer fahren?«

»Oh, das ist kein Problem.« Der Fahrer bog in die Auffahrt ein und hielt vor dem langen Gebäude der Abflugabfertigung. »Sind es Amerikaner, sage ich: Ihr seid auf dem Mond gelandet und habt trotzdem noch Gangster. Sind es Franzosen, sage ich: Rußland hängt nicht von einem kaputten Federchen ab. Fragen Sie Ihren Napoleon! Sind es Deutsche, sage ich: Natürlich müssen Sie kritisieren. Was wäre ein Deutscher ohne Meckern? Und sind es Chinesen, sage ich: Ach, leckt mich doch am Arsch! — Es hat immer gewirkt. — Genosse Major, wir sind da! Die Taxe, die staatliche, beträgt —«

Shukow gab dem Fahrer einen Rubel Trinkgeld, den er eigentlich nicht annehmen durfte, aber dennoch einsteckte mit der Bemerkung, er hebe ihn als Andenken an den freundlichen Major auf und nagele ihn an die Wand. Er trug sogar Shukows Koffer bis in die weite, helle, sonnendurchflutete Halle, setzte ihn dort ab und wünschte einen guten Flug.

»Wohin, wenn man fragen darf?«

»Irkutsk.«

»Eine herrliche Stadt. Sie übernehmen dort ein Kommando?«

»Ja.«

»Viel Glück, Genosse.«

»Danke.« Shukow lächelte reserviert zurück. »Vielleicht schikke ich Ihnen aus Irkutsk eine neue Polsterung. Es gibt dort drei Polsterfabriken. Ich habe mir die Nummer Ihres Autos gemerkt.«

Dann war er wieder allein, suchte den Schalter der Aeroflot für Sibirien und mußte warten, weil eine Familie aus Tschita — Vater, Mutter, Großvater, Großmutter und Kinder — einen lauten Klagegesang anstimmten, als sie erfuhren, daß man so viele Plätze erst in drei Tagen in einer Maschine frei habe.

»Drei Tage?!« schrie das Großväterchen. »Das kann man mir nicht antun! Soll ich drei Tage lang auf einem Koffer sitzen? Ein Hotel? Ha, ihr lieben Genossen, wißt ihr, was in Moskau ein Hotelzimmer kostet? Und gibt es ein Hotel, das sieben Personen in einem Zimmer schlafen läßt? Drei müssen wir nehmen, mindestens drei! Sehen wir aus, als wenn wir die Erben von Stroganoff sind?«

Es half kein Klagen ... nach Tschita fliegt nicht jeden Tag ein Flugzeug, und mit der Bahn ist es eine Reise von mehreren Tagen. Die Familie gab den Schalter frei, versammelte sich ein paar Meter weiter um ihre Koffer und beratschlagte. Sie schien zu einem Ergebnis zu kommen, wie überhaupt die Improvisationskunst der Russen ein Phänomen ist, und trug ihre Koffer in eine Ecke der Abfertigungshalle. Es sah so aus, als wollte sie sich dort drei Tage lang häuslich ausbreiten.

Für Shukow war es einfacher, nach Irkutsk zu kommen. Die nächste Maschine, um 17 Uhr, war zwar voll belegt, aber Shukows Befehl, sofort nach Irkutsk zu kommen, wirkte. Das hübsche Mädchen der Aeroflot las das Schreiben des Ministeriums aufmerksam durch, ging damit zu einem vorgesetzten Genossen, der las es auch und kam sofort an den Schalter. »Wir können Ihnen einen Platz im Cockpit anbieten, Genosse Major«, sagte er. »Das ist zwar verboten, aber in Ihrem dringenden Fall ... Außerdem sind Sie Offizier und fallen damit nicht unter die Bestimmungen der Zivilbeförderung.«

»Ich wußte, es gibt einen Weg«, sagte Shukow freundlich. Er nahm den gefälschten Befehl wieder an sich, wartete auf die Ausfertigung des Tickets und ging dann in den prunkvollen Wartesaal. Noch drei Stunden Zeit. Bisher lief alles komplikationslos ab. Er bestellte eine Tasse Tee, einen sehr süßen Honigkuchen und vertiefte sich dann in die Lektüre der Illustrierten ›Die Sowjetunion‹.

Den Flug nach Irkutsk verschlief er. Zu sehen gab es nichts ... die Iljuschin-Maschine flog über den Wolken, die gegen Abend sehr tief über dem Land hingen. Als sie in Irkutsk landeten, war es schon Nacht. Nur eine kurze Strecke, der Flug über den Baikalsee mit den Lichterketten an seinem Ufer, die übergingen in das jetzt schwarze Gewoge der riesigen Wälder, vermittelte Shukow das Gefühl, jetzt in Sibirien zu sein. Im Herzen des ›Jungfräulichen Landes‹, wie der Russe es zärtlich nennt.

Vom Flughafen brachte wieder ein Taxi den Major Shukow in das Hotel ›Sibir‹. Es lag in der Lenin-Straße, mitten in der Stadt, ein moderner Bau, in dessen großer Halle sich ein buntes Völkergemisch versammelt hatte. An der Rezeption tat man so, als habe man ihn erwartet. Ein Hotelboy stürzte auf ihn zu und nahm ihm den Koffer ab.

»Sie sind sicherlich der Genosse Major Shukow?« sagte der Mann am Empfang und strich in der Vorbestellungsliste einen Namen durch. »Willkommen in Irkutsk.«

Shukow warf einen schnellen Blick in das Reservierungsbuch und sah tatsächlich seinen Namen. Das hätte gefährlich werden können, dachte er. Bei aller Achtung vor der perfekten Organisation des CIA ... allzu perfekt kann auch leichtsinnig sein. Was wäre passiert, wenn ich Irkutsk nicht erreicht hätte?

»Ich bin angemeldet?« fragte Shukow leichthin. »Für wie lange?«

»Für die nächsten drei Tage. Heute war der erste. Sie haben Zimmer neunzehn, Genosse Major.«

Zimmer 19 war ein großer Raum mit einer Duschkabine und zwei Fenstern zur Straße. Es war spärlich möbliert, aber sauber, und besaß sogar ein Telefon und einen Radioapparat. Shukow wartete, bis der Hotelboy gegangen war, knöpfte dann seine Uniformjacke auf und warf sich in einen der drei Polstersessel, die um einen kleinen runden Tisch vor dem Bett standen.

Irkutsk, dachte er. Mach die Augen zu, Bob, und hör dir an, was General Orwell fragt.

Er legte den Kopf nach hinten auf die Rückenlehne und schloß die Augen. Irkutsk, 450 Meter hoch über dem Meeresspiegel. Liegt am Fluß Angara, dem Abfluß des Baikalsees. Kurze, heiße Sommer, lange, harte Winter. Temperaturen bis minus 50 Grad. Im Winter wird auf dem Markt die Milch in gefrorenen Blöcken verkauft. 500 000 Einwohner. Eine berühmte Universität, ein gutes Theater, ein sehr gutes Opernhaus, alles im klassizistischen Stil gebaut, mit Giebeln und Säulen. Das größte Sportstadion des Fernen Ostens. Breite Avenuen, viele Parks, Gärten und Blumenbeete. Eine schöne Stadt, über 350 Jahre alt. Vom Bojaren Iwan Pochabow als Winterquartier für seine Sibirien durchstreifenden Kosaken gegründet. Die einzige russische Stadt, die ein Weißes Haus — das Belyj Dom — hat, genau wie in Washington, gebaut in klassischer Manier, mit hochragenden korinthischen Säulen. Jetzt ist die Universitätsbibliothek darin untergebracht.

Shukow lächelte mit geschlossenen Augen. Vor ihm breitete sich der Stadtplan von Irkutsk aus, als sei es der Plan der Kleinstadt Heastfield, in der er geboren worden war und wo er jede Straßenecke kannte. Mit Irkutsk war es genauso, und ebenso mit Kiew, Charkow, Moskau, Leningrad, Jakutsk, Perm, Smolenks, Swerdlowsk, Alma Ata, Wladiwostok, Chabarowsk, Gorkij ... wie aus einem Computer konnte er die Städte abrufen und wußte genau, wo er war, wohin er gehen mußte, wie alles aussah. Dazu hatte man in Alaska immer wieder Filme angesehen und zusammen mit den Stadtplänen durchgesprochen, monatelang, bis sie einem zum Hals heraushingen, als müsse man immer Nudeln essen. Aber dann kannte man sich aus. Man war kein Fremder mehr.

»Die kleinste Unsicherheit kann euch das Leben kosten«, hatte General Orwell gesagt, wenn sie murrten über die Sturheit dieses Einpaukens. »Wenn einer von euch ein Russe sein muß, geboren in Rostow am Don, dann muß er Rostow kennen, wenigstens so genau wie die Brustwarzen seiner Braut Mabel.«

Das war einleuchtend und kommentarlos überzeugend.

Shukow schrak hoch. An der Tür klopfte es höflich. Er sprang auf, knöpfte seinen Uniformrock zu und rief: »Nur herein!«

Eine junge Frau kam ins Zimmer, nickte ihm zu, ging an ihm vorbei zum Radio, stellte es an, drehte den Ton ziemlich laut und zeigte stumm mit der Hand auf den Sessel. Shukow setzte sich wieder und musterte seinen Besuch. Sie konnte Mitte Dreißig sein. Kurzgeschnittenes, mittelbraunes Haar, im Nacken gelockt. Ein rundliches Gesicht. Gute, ein wenig mollige Figur. Dafür erstaunlich schlanke, lange Beine. Das Baumwollkleid, blaugrundig mit weißen Tupfen, war aus einem sowjetischen Kaufhaus. Ohne Gürtel wäre es wie ein Sack, aber mit Gürtel schmeichelte es sogar der Figur.

Die junge Frau kam zu Shukow, setzte sich neben ihn auf die Lehne des Sessels und beugte sich zu ihm hinunter. Er grinste sie an, legte den Arm um ihre Hüfte, aber sie schlug ihm auf die Hand und schüttelte den Kopf.

»Ein Irrtum!« sagte Shukow und hob bedauernd die Schultern. »Ich dachte, das Hotel hat eine besondere Art der Gästebetreuung. Und Gepflogenheiten sind überall verschieden, weiß man, was in Irkutsk Sitte ist? In Ust Omschuk, nördlich von Magadan, mußte ich bei einem Jakutenstamm übernachten. Ich bekam einen ganzen Aul für mich — Aul ist eine Hütte aus Stangen und Häuten — eine große Auszeichnung, und mein Gastgeber bestand unbedingt darauf, daß ich seine Tochter entjungfere. Sie war dreizehn Jahre alt und roch nach Fischtran. Und wenn ich an Taldy Kurgan denke, östlich von Alma Ata! Genossin, da sagte mein Gastgeber zu mir —«

»Ich habe das Radio angestellt und sitze auf Ihrer Sessellehne, weil ich weiß, daß man Mikrofone im Zimmer hat«, sagte die junge Frau nüchtern, leise, aber sehr deutlich neben Shukows Ohr. »Ich verkaufe sonst in der Hotelhalle Parfümerien.«

»Habe ich so gestunken, als ich an Ihnen vorbeiging? Was können Sie mir empfehlen?«

»Mehr Ernst«, sagte sie fast böse.

»Versuchen wir es.« Shukow sah sie wieder an. Er wußte noch nicht, was er von ihr halten sollte. Da kam eine sehr hübsche Frau ins Zimmer, machte durch Radiomusik versteckte Mikrofone unbrauchbar und benahm sich wie ein Profi in dem Gewerbe, für das Shukow unterwegs war. So nicht, dachte er zufrieden. So testet man mich nicht. Das ist auch die falscheste Art, einen Bob Miller aufs Kreuz zu legen. Ich bin sowjetischer Major, und da hört sich das Lied ganz anders an.

»Hören Sie, Genossin!« sagte er ziemlich grob und schob mit

der flachen Hand das Gesicht der Frau von seinem Ohr. »Es ist geradezu staatsfeindlich, zu behaupten, in sowjetischen Hotels gäbe es versteckte Abhörgeräte! Unerhört! Das einem sowjetischen Offizier zu sagen —«

»Ich bin Galina Theofilowna«, antwortete sie.

»Das ändert nichts daran.«

»Ich grüße Sie von O I.«

»Aha!« Shukow räkelte sich in seinem Sessel. Dabei berührte er mit seiner Schulter Galinas Brust. Sie war rund und fest und erinnerte ihn an Dunja Andrejewnas herrlichen Körper. Dunja ... sie hatte jetzt in Billys Hamburger-Restaurant Hochbetrieb, mischte Milch mit Fruchtsäften und war männerfeindlicher denn je. Zuerst John Barryl weg zum Einsatz, dann gleich hinterher Bob Miller ... in Frazertown nannte man sie jetzt hinter der Hand die doppelte Witwe.

Dunja. Sie war so weit weg, wie Märchen unerreichbare Träume sind. Sie lebte in ihm, sie war immer bei ihm, er konnte mit ihr reden und wußte genau ihre Antworten, aber er konnte sie nicht mehr greifen. Sie wurde zu einem Wunsch ... vielleicht zu einem jener Wünsche, denen man ein ganzes Leben lang vergebens nachjagt.

»Sieh an ... O I!« sagte Shukow, als habe Galina Theofilowna einen Witz erzählt. »Wie geht es dem Alten? Als ich ihn zum letztenmal sah, hatte er leichte Prostatabeschwerden. Wir nannten ihn vertraulich den ›Tröpfel-Jack‹.«

»Ich habe Sie mir anders vorgestellt, Wassja Grigorjewitsch«, flüsterte Galina wieder an seinem Ohr. »Sagt Ihnen Werchokrassnoje etwas?«

»Genug. Im Winter sind es dort minus 60 Grad. Es hat übrigens mal einer versucht, bei dieser Temperatur im Freien zu pinkeln. Wissen Sie, was da passiert ist?«

»Sie haben einen Platz morgen im Flugzeug nach Jakutsk. Als Ingenieur für Hochfrequenztechnik. Den Namen Shukow behalten Sie. Ich habe alle Papiere und Ausweise bei mir. Genügt Ihnen das, Genosse Major?«

»Sie überzeugen mich, Galina.« Shukow legte wieder den Arm um ihre Hüfte, und diesesmal schlug sie ihm nicht auf die Hand. »Ich hatte alles erwartet, nur nicht eine so schöne Frau. Täubchen, Täubchen, warum tun Sie so etwas? Für die Kapitalisten spionieren!«

»Meine Großeltern wurden während der Revolution erschossen. Mein Großvater war Oberst unter General Denikin. Mein Vater starb in einem Straflager, meine Mutter ist in den Bergwerken bei Magadan verschollen. Mein Vater war Schriftsteller und hatte einen Roman über den Tod seines Vaters geschrieben. Meine Mutter wurde dabei überrascht, wie sie das Manuskript einem englischen Geologen mitgeben wollte. Rußland hat meine Familie ausgelöscht. Nein, nicht Rußland ... dieses Regime der Roten!« Sie hatte plötzlich ein sehr hartes Gesicht, und Shukow hütete sich, jetzt etwas zu sagen. Er stand auf, drehte das Radio so, daß der Klang voll zu ihnen kam, und kehrte zum Sessel zurück.

»In Jakutsk soll ich ebenfalls Kontakt bekommen«, sagte er.

»Das ist geändert. In Jakutsk sind Sie allein.«

»Und woher bekomme ich neue Weisungen?«

»Es gibt keine neuen Weisungen.«

»Aber wir hatten doch einen V-Mann in Jakutsk.«

»Wir hatten —«

»Aufgeflogen?«

»Unfall. Ein dummes Schicksal. Kein politisches.« Galina Theofilowna öffnete ihre Bluse. Interessiert sah Shukow zu. Jetzt verstand er auch, warum ihre Brüste so hart gewesen waren. Die Schalen des Halters waren zwei Taschen ... in ihnen lagen die Papiere, die für Shukow bestimmt waren. »Der Kerl läßt sich überfahren, als sei er ein blinder Hund! Was sagen Sie dazu?«

»Sie tragen einen der interessantesten Tresore mit sich herum. Aber was tun Sie, wenn Ihnen ein begeisterter Busenfreund in die Bluse greift?«

»Das wagt niemand.« Sie legte die Papiere auf den kleinen runden Tisch. Ihre Bluse war noch offen, als sie sich vorbeugte. »Überzeugen Sie sich — es fehlt nichts.«

»Es fehlt wirklich nichts!« antwortete Shukow und betrachtete ihre Brüste.

»Die Papiere!« sagte sie streng. »Ihr Paß. Der Anstellungsvertrag. Eine Bescheinigung der Projektleitung Werchokrassnoje. Der Schlüssel zu einem Zimmer in der Derschersskaja neunzehn, hier in Irkutsk. Dort finden Sie alles, was Sie brauchen. Zivilkleider, Unterwäsche, Fachliteratur, Pyjama, Bademantel, Rasierzeug. Das Zimmer müssen Sie allein betreten, ich darf dort nicht gesehen werden.«

»Aber Hotelgäste dürfen Sie in ihren Zimmern besuchen?«

»Ich habe Ihnen auf Wunsch neues Rasierwasser gebracht.« Sie griff in die Rocktasche und stellte eine Flasche mit einer grünen Flüssigkeit neben die Papiere.

»Schade!« sagte Shukow.

»Was ist schade.«

»Daß Sie es aus der Rocktasche und nicht auch aus dem BH geholt haben! Es hätte eine viel prickelndere, stimulierendere Wirkung gehabt.«

»Ich weiß nicht, ob man mit Ihnen den richtigen Mann geschickt hat«, sagte Galina Theofilowna. »Sie sind der erste, der mir nicht gefällt.«

»Wie viele amerikanische Agenten haben Sie schon kennengelernt?«

»Bisher vier.«

»Und wo sind sie?«

»In Sibirien, verschollen.«

»Sehen Sie, Galinanka, das ist der Unterschied.« Shukow umfaßte plötzlich ihren Kopf und küßte sie. Sie war so verblüfft, daß sie sich nicht wehrte. »Ich werde nicht verschollen bleiben ... ich komme wieder!«

Es stimmte alles. In dem Zimmer des Hauses 19 der Derschersskaja, das er am nächsten Morgen aufsuchte, lag alles, was für den Ingenieur Wassja Grigorjewitsch Shukow nötig war. Man brauchte nur die Uniform auszuziehen und in die Zivilkleider zu steigen, um ein anderer Mensch zu werden.

Shukow packte aus seinem Offizierskoffer nur noch das kleine Transistorgerät aus, diesen raffinierten Minisender, der Kapitän Slobin in Winniza fast um den Verstand gebracht hatte. Alles andere ließ er im Zimmer zurück und steckte es in den Koffer. Die Uniform, die Ausweise, die Stiefel und auch die Pistole. Bei ihr zögerte er, aber da es unüblich ist, daß ein Ingenieur für Hochfrequenztechnik mit einer schweren Armeepistole in die Taiga fährt, trennte er sich doch schweren Herzens von ihr. Was er mitnahm, war selbstverständlich die kleine Giftkapsel. In einem kleinen ledernen Brustbeutel hängte er sie sich um den Hals.

Dann wartete er in dem leeren Zimmer bis eine Stunde vor dem Abflug seiner Maschine. Er dachte an Galina Theofilowna und an ihren langen Blick, als er vorhin zum Abschied an ihrem Parfümeriepavillon in der Hotelhalle vorbeigekommen war. Sie verkaufte gerade einen Lippenstift an eine Kaukasierin und hatte auf dem linken Handrücken sechs verschieden rote Farbproben aufgemalt.

»Oh, Sie sind beschäftigt!« hatte er gesagt. »Ich wollte Ihnen nur sagen: Ihr Rasierwasser ist köstlich. Ich komme später wieder.« Und — etwas betonend, er sah, daß sie ihn verstand — sagte er nochmals: »Ich komme wieder!«

Ihr Blick verfolgte ihn, bis er auf die Straße trat. Sie glaubt es nicht, hatte er gedacht. So hat sie viermal einem Kollegen von mir nachgeblickt, und die Kerle sind in der Taiga umgekommen. Auch mir gibt sie keine Chance. Es muß für sie schrecklich sein, immer nur Männer verabschieden zu müssen, die fast schon tot sind, ohne es zu wissen. Die letzte Station vor dem Ende: eine schöne, junge Frau, die einsam Rache nehmen will und sich doch nie rächen kann.

Der Flug nach Jakutsk zeigte schon den Unterschied zu anderen Flügen. Die Reisenden waren verschlossener, waren von der Natur gegerbte Leute, einfach angezogen, mit Bündeln statt Koffern und großen Handtaschen. Gewiß, Jakutsk war eine große, moderne Stadt, wie alles in Sibirien während der letzten Jahre sein Gesicht gewandelt hatte. Sagte man früher: Lena ... Wiljuj ... Lindya ... Olenek ... dann war das ein ausgesprochenes Abenteuer, bei dem man an Goldflüsse dachte, an Schwemmsand, in dem Diamanten schimmern sollten, an Wälder voller Pelztiere, einsamste Straflager und Wolfsrudel, die im strengen Winter die Dörfer belagerten und sich durch den Schnee bis an die Haustüren gruben. Und Jakutsk, das war der Ausgangspunkt in dieses wilde Land, der Treffpunkt der Abenteurer und Idealisten, die lange brauchten, bis sie sagten: Auch in Jakutsk kann man leben wie in Moskau und Leningrad. Vielleicht ein bißchen kälter, aber weiter weg vom Kreml. In Jakutsk ist vieles lockerer ... hier kämpft man nicht um Ideologien, hier stemmt man sich gegen die Natur. Da ist die Welt, gleich vor der Haustür, noch im Urzustand. Hier ist der Mensch noch das, wie es in der Bibel steht: und ›Er‹ schuf den Menschen nach ›Seinem‹ Bild —

Vier Stunden später landeten sie in Jakutsk.

Wassja Grigorjewitsch Shukow wartete bei der Gepäckausgabe auf seinen Koffer und fuhr dann mit einer Straßenbahn, die wie immer in Rußland überfüllt war, in die Stadt. Hier war der Sommer schon vorüber. Es war kälter, als er erwartet hatte, und er lobte im stillen Galina Theofilowna, daß sie ihm einen warmen Mantel ins Zimmer gelegt hatte. Der Himmel war grau und verhangen und schon schwer von Feuchtigkeit. Es roch nach einer herbstlichen Wasserflut, die nach dem ersten kalten Wind in ein unaufhörliches Schneien übergehen würde, bis der unvorstellbare Frost auch das unterband und nur noch Kälte unter einem unendlichen Himmel das Leben bestimmte.

Shukow stieg vor dem Haus des technischen Zentralbüros aus der Straßenbahn, meldete sich, durchlief sieben Zimmer mit hartnäckigen, fleißigen, aber anscheinend doch sehr gelangweilten Beamten, was ihn lebhaft an Washington erinnerte, füllte eine Menge Formulare aus, bekam von jedem Beamten einen Stempel auf sein Zuteilungsschreiben gesetzt, was ein fröhliches Bild ergab, landete schließlich nach drei Stunden bei dem Beamten, der entscheiden konnte, und der sagte zu ihm:

»Mein lieber Wassja Grigorjewitsch, wir begrüßen Sie. Ich sehe, es hat alles geklappt. Die Papiere sind in Ordnung.«

»Nach drei Stunden bei sieben verschiedenen Stellen!«

»Das ist Olympia-, ja Weltrekord!« lachte der Genosse Abteilungsleiter. »Drei Stunden? Sie sind ein Genie! Na, bei dem Namen Shukow! Es gibt Genossen, die brauchen dafür eine Woche. Nach Werchokrassnoje also! Es gibt da zwei Möglichkeiten: Hubschrauber, aber die sind nur für die wichtigen Transporte, und so wichtig sind Sie nicht, Wassja Grigorjewitsch. Haha! Bleibt also die Materialbahn. Sie geht bis Ottokh. Von diesem Ort — Sie werden den Namen noch einmal ausspucken, mein Lieber — müssen Sie weiter mit Lastkraftwagen. Wenn Sie es allerdings gewöhnt sind, mit einem Wolga bis zu Ihrem Büro gefahren zu werden ... dann kehren Sie sofort um! Hinter Ottokh beginnt das, was die Jakuten den ›Ewigen Frieden‹ nennen. Oder ›Das göttliche Schweigen.‹ Merken Sie was, Shukow? Aber in zwei Jahren sieht es dort schon anders aus! Dafür sind Sie ja hier. Und den Gefangenen in unseren Straflagern wird nichts geschenkt ...«

»Sie haben Verurteilte hier?« fragte Shukow leichthin.

»Eine Menge. Das wird Ihr Arbeiterpotential sein, Genosse. Wie ich sehe, wird man Ihnen zwei Arbeitsbrigaden unterstellen, die bei Werchokrassnoje neue Fundamente anlegen. Und einen Militärflugplatz.«

»Ich bin Elektroingenieur, Genosse, kein Tiefbaufachmann«, sagte Shukow höflich. »Ich dachte, ich sollte in den Leitstellen —«

»Hat man Ihnen das in Moskau gesagt? Tatsächlich? Welch

witzige Leute sind das doch!« Der Abteilungsleiter war ein wirklich vergnügter Mensch. Er schob Shukow eine Blechdose mit Zigaretten hin, griff unter den Schreibtisch und holte eine Flasche Wodka hervor. Aus der Schublade zauberte er ein langes schlankes Glas und goß es voll. »Grämen Sie sich nicht, Wassja Grigorjewitsch! Sie sind nicht der erste, dem man Honig an den Hintern schmierte und den nun die Wespen stechen. Wir brauchen Leute für den Aufbau des Landes ... im inneren Bereich von Werchokrassnoje werden Zivilisten doch abgeknackt wie Flöhe. Das ist die Domäne des Militärs. Sie haben auch eigene Hubschrauber ... wir aber müssen über das Land kriechen. Mein lieber Shukow, trinken Sie ein Gläschen und rauchen Sie ein Stengelchen. Blicken Sie nicht so gramvoll! Auch Ottokh hat schöne Seiten. Ein Frauenlager mit 700 runden Hintern. Und dann Sie, ein kräftiger, ausgeruhter Kerl! Ich sage Ihnen: Wenn man in Sibirien bestimmte Lebensbedingungen schafft, und Weiber sind dabei die Nummer eins, dann haben wir das Paradies auf Erden! Verraten wir das aber niemandem!«

Es war schon Abend, als Shukow endlich loskam und wieder mit der Straßenbahn zum Hotel ›Lena‹ fuhr. Auch dieses Haus war ein Neubau im typischen neuen sowjetischen Baustil mit einem von Säulen gestützten Eingang, hatte sechshundert Zimmer, eine riesige Empfangshalle, einen Speiseraum, groß, wie ein Kongreßsaal, und blitzte vor Sauberkeit.

»Essen Sie dort nur Rassolnik oder einen mit Zwiebeln umlegten Braten von einem jungen sibirischen Stier. Verlangen Sie ausdrücklich Stier!« hatte der Abteilungsleiter zum Abschied gesagt. »Sonst lohnt sich nichts. Alles andere schmeckt, als habe der Koch darauf geschlafen.«

In der Hotelhalle war es verhältnismäßig still, bis auf eine Frau, die vor der Theke stand und mit den kleinen Fäusten auf die Platte hieb. Ihre helle Stimme hatte den Klang einer kleinen Fanfare und war nicht zu überhören.

»Sie lügen! Hier lügen alle! Er ist da. Er läßt sich nur verleugnen. War die Pest schon hier? Wenn nicht, ich wünsche sie ihm an den Hals.«

Der Portier warf Shukow einen entschuldigenden Blick zu und zuckte mit den Schultern. »Er ist wirklich weggegangen, Genossin«, sagte er und hob beide Hände, als flehe er sie an. »Auch ein Mensch wie er will einmal Ruhe haben!«

Shukow kam näher, stellte seinen Koffer ab und musterte die

erregte Frau. Von hinten sah sie passabel aus. Mittelgroß, schlank, mit deutlicher Taille und einem sanften Schwung von den Hüften zu den Oberschenkeln. Sie trug eine rote Bluse, durch die an ihrem Rücken die Schnalle des BHs schimmerte, einen mittelblauen Rock mit schwingender Weite, in der Taille durch einen breiten bestickten Ledergürtel festgehalten. Die bestimmt schlanken Beine wurden von Stiefeln aus weichem Leder verdeckt, die unter dem Rocksaum verschwanden. Das schönste an ihr aber schienen ihre Haare zu sein. Ein glänzendes Schwarz, wie es Shukow noch nie gesehen hatte, auch bei Dunja nicht, deren Haare wie Seide waren. Hier wirkte das Schwarz wie gesponnenes Metall, leicht gekräuselt, bis auf die Schulter fallend, ein Helm aus Tausenden schwarzglitzernder Stahlfäden.

»Kann ich Ihnen helfen?« fragte Shukow.

Er sagte es in bester Absicht, aber die wütende Frau schien es als einen neuen Angriff aufzufassen. Sie wirbelte herum und starrte Shukow aus vor Wut glühenden schwarzen Augen an.

»Ich brauche keine Hilfe!« schrie sie. »Ich bin selbst stark genug!«

Shukow schwieg betroffen. Nicht, weil sie ihn anschrie, sondern weil ihre Schönheit, die jetzt zornbebend vor ihm stand, ihm den Atem raubte. Die Frau hatte ein schmales Gesicht, in dem die glühenden Augen mandelförmig schräg das Oval durchschnitten. Unter den hohen Backenknochen fiel dieses Gesicht spitz zum Kinn ab, um in einem langen Hals zu enden, der wiederum die harmonische Verbindung war zu den kleinen spitzen Brüsten, die sich kühn durch die rote Seidenbluse drückten. Da sie heftig atmete, hoben und senkten sich diese Brüste wie zustechende Speerspitzen.

O Himmel, dachte Shukow und holte tief Luft durch die Nase. Sie ist eine Halbasiatin. Ein Anblick, der sich wie eine heiße Platte auf das Hirn legt und die Vernunft ausdörrt. Vor solchen Frauen werden Männer in Sekundenschnelle zu Idioten.

»Der Direktor versteckt sich«, schrie sie Shukow an. »Aber er ist da. Ich weiß es. Und er ist verpflichtet, sich die Beschwerden seiner Gäste persönlich anzuhören. Verpflichtet, sage ich! Wenn ich ihn anzeige bei Intourist, kann er bald Eisenbahnschienen legen. Wissen Sie, was ich zum Abendessen bekommen habe? Zwei Blintschiki mit ranzigem Fleisch. Und was sagt der Kellner, der Mistkerl? Genossin, das Fleisch war nicht ranzig, aber das Fett kommt aus der Amur-Region, und das war ranzig. Haben Sie es etwa mitgebracht?« Ihre schwarzen geschlitzten Augen glühten wieder, ein Zucken lief über ihr einzigartiges Gesicht. »Ist das kein Grund zur Beschwerde? Aber alles lügt hier. Alles!«

»Vielleicht kann ich Ihnen doch helfen?« sagte Shukow und setzte eine wichtige Miene auf. »Eine vertrauliche Information. Essen Sie hier keine Blintschiki mehr, sondern nur Zwiebelfleisch. Aber genau aufpassen, Genossin: Es muß von jungen sibirischen Stieren sein. Stiere!«

»Leben hier nur Affen?« sagte die schöne Asiatin wütend. »Welch ein Land!«

»Das habe ich schon einmal gehört, fast die gleichen Worte.« Shukow betrachtete sie ungeniert mit jenem Blick, der eine Frau plötzlich nackt dastehen läßt. Ein unverschämter, stummer Blick, der eigentlich nur mit einer Ohrfeige beantwortet werden kann. »Und es war auch eine Frau, ebenso schön wie Sie, Genossin. Ich habe lange unter Affen gelebt, ich kenne mich aus.« Dunja, dachte er im gleichen Augenblick. Keine Angst, mein Mädchen. Du bist bei mir, aber erlaube mir, daß ich dieses Weib da bewundere. »Passen Sie mal auf!«

Er atmete tief ein, wölbte den Brustkorb und stieß plötzlich jenen Schrei aus, der schon Dunja Andrejewna aus der Fassung gebracht hatte. Auch die Halbasiatin zuckte zusammen, und die Hotelangestellten warf es fast um.

»Sind Sie verrückt?« sagte sie mit ihrer hellen Stimme.

»Das hieß: Guten Abend! und war die Sprache der Berggorillas ...« Shukow machte eine leichte Verbeugung. »Genossin, es war ein guter Rat. Zwiebelfleisch von jungen Stieren! Vielleicht darf ich Sie dazu einladen? In einer Stunde bin ich gebadet, rasiert und wohlgefällig anzusehen. Haben Sie die Güte ...«

Sie antwortete nicht, starrte ihn nur fassungslos an, drehte sich dann langsam um und ging mit weitausgreifenden Schritten davon. Der Rock schwang um ihre Stiefelchen, und ihr Gesäß wippte beim Gehen, als habe sie Marilyn Monroe genau studiert.

»Ein Teufelchen ist sie«, sagte der Portier und tippte Shukow gegen die Brust. Er blickte ihr fasziniert nach. »Ein wahres Teufelchen! Das ist die neunte Beschwerde. Natürlich ist der Direktor da. Aber muß man sich nicht vor so etwas verstecken, Genosse?«

So lernte Shukow die sowjetische Ärztin Valja Johannowna Wuginskaja kennen.

»Glauben Sie nicht, daß ich gekommen bin, um mit Ihnen den verdammten sibirischen Stier zu vertilgen«, sagte die Wuginskaja.

Sie war pünktlich nach einer Stunde gekommen, und der Kellner, von Shukow mit einem Rubel unterrichtet, hatte sie am Eingang zum Speisesaal abgefangen und zu dem etwas versteckten Ecktisch geleitet. »Ich wollte Ihnen nur sagen, daß Sie ein Flegel sind!«

»Schade. Ich habe zwei große Portionen bestellt mit Zwiebeln, goldgelb gebraten. Dazu gibt es einen Wein aus Grusinien, einen Zinandali. Eine Flasche voll Sonne ...«

»Sind Sie Millionär?«

»Muß man das sein, um sich an jungen sibirischen Stieren erfreuen zu können? Ich bin ein kleiner Ingenieur, der den Vorschuß, den er auf sein Gehalt bekommen hat, mit Ihnen verprassen will. Bitte setzen Sie sich, Valja Johannowna.«

»Sie kennen meinen Namen?« Sie nahm an seinem Tisch Platz, ihm gegenüber, ein deutlicher Hinweis auf Distanz.

»Das war das erste, nach dem ich mich erkundigt habe. Wer kennt hier im Hotel Ihren Namen nicht?«

»Ich will nur Gerechtigkeit!«

»Und da kommen Sie nach Sibirien?« fragte Shukow sarkastisch.

Sie merkte es und zog die Augenbrauen hoch. Auf ihren Backenknochen bildeten sich kleine rote Flecke. »Sie sind ein Abenteurer, nicht wahr?« fragte sie. »Einer jener Männer, die nach Sibirien gehen, um sich austoben zu können! Die ihren Freund umbringen, wenn sie gemeinsam einen Klumpen Gold finden.«

»Sehe ich so aus?«

Da war wieder der Blick, sanft, verhangen, träumerisch, mit dem Bob Miller bei Frauen einen Winkel ihrer Seele öffnete, in dem das Mischgefühl von Mütterlichkeit und Leidenschaft versteckt war. Auch Valja Johannowna schien das zu spüren — sie wich diesem verteufelten Blick aus und war sichtlich erlöst, daß der Kellner mit einem großen Tablett kam und der Duft von gebratenem Fleisch und goldgebräunten Zwiebeln sie geradezu einhüllte.

»Haben Sie eine Sonderstellung im Hotel?« fragte sie spitz. »So schnell kommt bei Ihnen das Essen? Wissen Sie, wie lange ich auf die Mahlzeiten warten muß?«

»Hätten Sie einen jungen Stier bestellt, Valja Johannowna —«

»Warum reden Sie immer so blöd? Gefällt Ihnen das?«

»Beantworten wir also Ihre erste Frage. Ich bin gerade eine

Stunde im Hotel, und wenn man mich bevorzugt bedient, so sicher deshalb, weil ich es wage, mit Ihnen hier zu sitzen.«

Der Kellner hatte das Fleisch serviert und entkorkte nun die Flasche grusinischen Wein. Während er eingoß, blinzelte er Shukow vertraulich zu. Gib es ihr richtig, Genosse! Sie hat uns entnervt. Hinter der Tür zur Küche knobeln wir immer aus, wer sie bedienen muß. Wer verliert, wird von uns umarmt und geküßt, als gehe er zum Schafott. Sie werden sehen, Brüderchen, auch an diesem Zwiebelfleisch wird sie herummeckern. Diese schönen Asiatinnen! Bei ihrer Zeugung hat der Teufel mitgeholfen!

»Bin ich wirklich solch ein Scheusal?« Sie lächelte schwach, was ihrem faszinierenden Gesicht etwas Katzenhaftes gab. »Ich wundere mich über mich selbst. Sitze da mit einem fremden Mann an einem Tisch —«

»Ich heiße Wassja Grigorjewitsch Shukow. Nicht verwandt mit Marschall Shukow. Diese Frage taucht immer wieder auf. Und Sie sind Ärztin?«

»Ich bin dienstverpflichtet für ein Lager bei Werchokrassnoje. Es ist meine erste selbständige Stelle. Chefärztin des Kombinats ›Weltfrieden‹.«

»Ein merkwürdiger Name für eine Basis von Interkontinentalraketen.« Shukow prostete ihr zu. Sie tranken einen Schluck Wein und widmeten sich dann dem Braten. Er war zart und ganz leicht durchgebraten, köstlich gewürzt, eine wahre Pracht. »Haben Sie schon einmal ein Straflager gesehen?«

»Straflager! Sie spucken das Wort aus, als verfaule es in Ihrem Hals. Es sind Verbrecher, die ihre Schuld sühnen.«

»Eine große Anzahl sind Politische.«

»Das sind die Schlimmsten, Wassja Grigorjewitsch! Gibt es ein größeres Verbrechen, als gegen sein Vaterland zu sein?«

Das Gespräch begann, in gefährliche ideologische Bahnen abzugleiten. Shukow goß wieder die Gläser voll und trank einen langen Schluck. »Wir werden vielleicht zusammenarbeiten, Valja Johannowna. Man hat mir gesagt, daß ich zwei Baubrigaden übernehmen soll. Und die werden von Häftlingen gestellt. Ob es gerade Ihr Lager sein wird?«

»Dann haben wir den gleichen Weg? Mit der Materialbahn nach Ottokh ...«

»Das wird aber eine Freude werden.«

»Glauben Sie?« Sie sah ihn wieder prüfend an. Wie meint er

das, fragte ihr schräger Blick. Ist es wieder Sarkasmus, oder meint er es ehrlich? Freut er sich auf die gemeinsame Fahrt? »Der Zug soll eine Katastrophe sein. Ich sitze hier seit vier Tagen herum, weil drei Loks ausgefallen und in Reparatur sind. Und wenn der große Regen beginnt, versinkt hier alles zunächst in Schlamm. Die Gleise auf einem Teil der Strecke sind auch nur provisorisch gelegt. Fast dreitausend Verurteilte arbeiten bis jetzt an dem Wegenetz zu Werchokrassnoje.«

Sie aß den Braten, ohne eine Bemerkung zu machen. Der Kellner, der darauf wartete, lehnte etwas abseits an der Wand und drückte dankbar die Hände zusammen, als Shukow hinüberblickte. Sieg, Genosse! Sie haben das Teufelchen in der Tasche. Es ißt und schweigt. Wer hätte das gedacht!

Sie aßen eine Stunde zusammen und tranken, bis es gegen die Fenster klatschte, ganz plötzlich und mit einer solchen Wucht, als habe ein Beben die Lena aus den Ufern gerissen und werfe sie nun über die Stadt.

»Der Regen!« sagte Shukow. »Da ist er. Ich habe es geahnt, als ich heute den Himmel sah. Und übermorgen soll unser Zug fahren.«

»Glauben Sie das?«

»Aber ja! Wer nicht an die Überlegenheit unserer Technik glaubt, ist ein schlechter Russe.«

Valja Johannowna blickte Shukow wieder fassungslos an. Wie kann man diesen Mann beurteilen? Von Satz zu Satz ist er anders, ein psychologisches Rätsel! Und dazu diese Augen, in denen eine zu Herzen gehende Wehmut liegt. Was ist das bloß für ein Mensch?

»Kann man hier irgendwo tanzen?« fragte Shukow plötzlich.

»Ich weiß es nicht. Ich tanze nicht.«

»Sie schneiden doch nicht nur Bäuche auf? Valja, Sie sind eine Frau. Haben Sie wirklich nur all die Jahre studiert und die Menschen nur von innen betrachtet? Waren Sie nie lustig, ausgelassen, leidenschaftlich, hemmungslos? Haben Sie nie geküßt? Hatten Sie nie einen Geliebten?«

»Das Essen war ausnahmsweise gut«, sagte sie hart. Sie stand auf und schob mit einer energischen Handbewegung ihr schwarzschimmerndes Metallhaar aus der Stirn. Die schrägen Augen schleuderten kalte Blitze. »Aber Sie, Wassja Grigorjewitsch, werden immer unerträglicher!«

Sie ging. Shukow blickte der Wuginskaja nach, wie sie mit

wippenden Hüften den riesigen Speisesaal durchschritt und die Kellner sich bemühten, ihr aus dem Weg zu gehen. Als sie die breite Tür passiert hatte, kam der Kellner, der Shukows Tisch betreute, mit einem breiten Lächeln heran.

»Die Direktion möchte Ihnen das Essen schenken, Genosse«, sagte er fast glücklich. »Eine kleine Anerkennung. Aber bitte, seien Sie verschwiegen. Es braucht sich nicht herumzusprechen.«

»Welche Zimmernummer hat die Genossin Wuginskaja?« fragte Shukow leichthin.

»Nummer 440.« Der Kellner goß den Rest Wein in Shukows Glas. Dabei blickte er zum Fenster, gegen das der Regen prasselte. »Ich würde warten, Genosse«, sagte er dabei mit der sterilen Höflichkeit eines guten Obers. »Die Genossin hat sich, bevor sie den Speisesaal betrat, auch nach Ihrer Zimmernummer erkundigt ...«

Die ganze Nacht über donnerte und blitzte es. Der Regen ergoß sich über Jakutsk, als sei der Himmel über Sibirien ein Wasserfall. Immer, wenn nach einem Blitz, der grelles, zuckendes Licht in das Zimmer schleuderte, ein gewaltiger Donner dröhnte, schien es, als schwanke das ganze Hotel und erzittere bis ins Fundament.

Nach dem neunten solcher Donnerschläge — Shukow lag im Bett und las in einem Fachbuch über Hochfrequenztechnik, was ihn außerordentlich langweilte — flog die Tür auf und die Wuginskaja stürzte ins Zimmer. Sie trug einen seidenen tatarischen Morgenmantel, mit Goldornamenten bestickt, ein wundervolles Stück Handarbeit aus den weiten Steppen Asiens. Mit dem nackten Fuß trat sie die Tür wieder zu und blieb dann neben ihr an der Wand stehen. Shukow drehte das Licht seiner Nachttischlampe so, daß es die Wuginskaja aus der Dunkelheit heraushob.

»Haben Sie auch das Gefühl, als ob das Hotel bebt?« fragte sie hastig. Sie mußte sehr schnell gelaufen sein, die Treppen hinunter, ohne den Fahrstuhl zu benutzen. »Wenn es nun zusammenfällt —«

»Dann bekommen Sie als Ärztin eine Menge Arbeit«, sagte Shukow ruhig.

»Sie besitzen eine ekelhafte Selbstsicherheit!« schrie sie hell zurück. »Haben Sie nie Angst gehabt?«

Es wiederholt sich wirklich alles, dachte Shukow. Waren das nicht fast die gleichen Worte wie von Dunja Andrejewna? Irgendwie gleichen sich alle Frauen, haben gemeinsame Gedanken, werden von den gleichen Gefühlen beherrscht, reagieren mit der gleichen Spontaneität, treten einem Mann mit den gleichen Empfindungen entgegen.

»Ich habe einmal in meinem Leben Angst gehabt«, sagte Shukow und klappte sein Buch zu. »Ich war damals vierzehn Jahre, und eine Frau von dreiunddreißig verführte mich in einer Garage. Als sie sich auszog, sich auf den Kofferraumdeckel legte und ich ihre großen, birnenförmigen Brüste sah, mit dunkelroten, breitflächigen Monden, und sie zu mir sagte: ›Nun komm schon, du wirst dich schnell daran gewöhnen‹, da bekam ich Angst und bin weggelaufen.«

»Sie sind ekelhaft!« sagte die Wuginskaja mit merkwürdig dunkler Stimme. Es war ein weicher Ton, völlig unbekannt an ihr, bei der man nur eine schmetternde helle Stimme erwartete. »Sie leben nur für Fressen, Saufen und Weiber ...«

»So ähnlich. Schließlich muß ich Sibirien überleben. Fressen und Saufen gehören zu den Grundlagen des Lebens, und keine Frau zu lieben, macht auf die Dauer krank oder verrückt. Das müssen Sie als Ärztin doch wissen.«

Sie antwortete nicht, kam ins Zimmer und setzte sich in einen der Sessel, dem Bett gegenüber. Der Regen hatte einen deutlichen Temperatursturz mit sich gebracht. Es war merklich kälter geworden. Wenn an der Lena der Herbst beginnt, ist es, als wenn Gott über dem Land die Tür eines Kühlschrankes öffnet. Erst spürt man einen Hauch von Kälte, und dann beginnt das Frieren, Schicht um Schicht, bis alles erstarrt ist.

»Sie werden sich erkälten, Valja Johannowna«, sagte Shukow und leuchtete mit der Nachttischlampe die Wuginskaja wieder an. »Ihr tatarischer Seidenmantel hilft da wenig. Kommen Sie ins Bett.«

»Sind Sie verrückt?« schnaubte sie. »Ich habe Angst vor Gewittern und brauche Gesellschaft, das ist alles. Wenn das Blitzen aufhört, gehe ich wieder.«

»Das Unwetter kann bis zum Morgen anhalten.«

»Dann erlauben Sie mir, daß ich bis zum Morgen bei Ihnen sitzen darf.«

»Und wenn wir die Plätze wechseln? Sie ins Bett, ich in den Sessel? Ich kann mich in einen warmen Mantel wickeln.« Er stieg aus dem Bett, holte aus dem Schrank seinen Mantel und legte ihn um sich. Die Wuginskaja beobachtete ihn wie ein Tier, das aus der Höhle auf seinen Jäger blickt. Shukow zeigte auf sein Bett. »Schlüpfen Sie hinein, Valja Johannowna. Es ist herrlich warm unter der Decke. Wenn ich liege, verwandele ich mich in einen Backofen. In fünf Minuten dampft es um mich herum.«

Sie gab keine Antwort, erhob sich aber und legte sich in das Bett. Shukow setzte sich in den Sessel, den sie verlassen hatte und hob schnuppernd die Nase.

»Teufel, wonach riechen Sie?« fragte er. »Das ist ein himmlisches Parfüm.«

»Es kommt aus China«, sagte sie. »Die Basis ist das Öl einer kleinblütigen, hellroten Rose. Den Namen kenne ich nicht. Eine Gebirgsrose soll es sein.«

»Und damit wollen Sie in ein Straflager?« Shukow zerrte den Mantel enger um sich. Es war tatsächlich empfindlich kühl geworden. Die Hotelheizung war noch nicht eingeschaltet. »Dort erwartet Sie Schweißgeruch. Blutdunst. Süßer Eiter. Kloakengestank. Die uringeschwängerte Ausdünstung von tausend Männern. Der Moderhauch nasser Kleider. Und da kommen Sie mit Ihrem chinesischen Rosenparfüm! Das ist geradezu pervers!«

»Es ist nicht Ihr Problem, Wassja Grigorjewitsch. Frieren Sie?«

»Ein wenig.« Ein neuer gewaltiger Blitz unterbrach ihn. Direkt darauf krachte der Donner, als spalte sich das ganze Firmament. Die Wuginskaja zog die Decke bis zum Kinn. Ihre Mandelaugen wurden weit vor Angst. »Das war direkt über uns«, sagte Shukow. »Könnten Sie bei Gewitter operieren?«

»Ja.«

»Obwohl Sie vor Angst zittern?«

»Am Operationstisch habe ich keine Angst und zittere auch nicht.«

»Dann sollten Sie immer einen Miniaturoperationstisch mit sich führen. So wie man früher eine Reise-Ikone hatte ...«

»Ihre geistreichen Reden widern mich an. Ich freue mich darauf, endlich im Lager zu sein und Sie nicht mehr zu sehen.«

»Sie freuen sich auf ein Straflager?«

»Ja. Es ist eine Aufgabe.«

»Sie werden die Kranken selektieren und alles, was laufen kann, an die Arbeit schicken. Bald werden Sie die gefürchtetste Person im Raume Ottokh sein.«

»Das freut mich.«

Shukow schwieg. Er sah die Wuginskaja nachdenklich an und wickelte sich noch fester in seinen Mantel. Der Regen rauschte auf die Stadt; bis zu den unsichtbaren Sternen schien der Himmel ein unendlicher See zu sein, der nun auf die Erde hinunterfiel.

»Warum sagen Sie nichts mehr?« fragte sie nach einer ganzen Zeit. »Warum sehen Sie mich so an?«

»Ich überlege, Valja Johannowna.«

»Was überlegen Sie?«

»Ob Sie anders denken, fühlen und reagieren würden, ob Sie weniger grausam und rätselhaft wären, wenn ein richtiger Mann Ihnen zeigt, was Liebe ist.«

»Ihr beliebtes Thema!« Sie drehte sich auf die Seite, wandte ihm den Rücken zu und räkelte sich unter der warmen Decke. »Sie erwarten doch wohl keine Antwort?«

Shukow blieb die ganze Nacht in seinem Sessel sitzen, zuerst wach, dann langsam hinüberdämmernd in einen unruhigen Schlaf. Das Gewitter zog ab, aber der Regen blieb. Ein Morgen dämmerte herauf, so grau und elend trübe, als sei sogar die Sonne ertrunken.

Er schrak hoch, weil die Wuginskaja ihn an der Schulter schüttelte. Sie hatte sich schon im Duschzimmer gewaschen und gekämmt. Ihr rätselhaftes Gesicht war wieder von der Undurchsichtigkeit aller Asiaten.

»Sic schnarchen«, sagte sie, jetzt mit ihrer hellen Stimme. »Und ein Rindvieh sind Sie auch, Wassja Grigorjewitsch. Einen schönen Tag wünsche ich —«

Sie ging hinaus und schlug die Tür hinter sich zu.

Befriedigt erhob sich Shukow aus seinem Sessel, streckte sich, machte ein paar Freiübungen, um seine verklemmten Muskeln zu lockern, und trat dann an das Fenster. Der Regen floß über die Scheibe und verhinderte jede Sicht, als läge das Hotel unter Wasser.

»Lobe mich, Dunjaschka!« sagte Shukow laut. »Wie habe ich mich benommen? Es war verdammt schwer, ihr zu widerstehen. Sie wird einen Mann auffressen wie ein Spinnenweibchen. Einen Kampf wird es mit ihr geben, auf Leben oder Tod —«

Der Materialzug wurde tatsächlich pünktlich am übernächsten Tag auf dem Jakutsker Güterbahnhof bereitgestellt. Es waren zwei Lokomotiven, vierzehn Waggons, zwei Abteilwagen ältester Bauart und sieben plombierte Viehwagen, die bisher auf einem Abstellgleis gewartet hatten.

Aus einigen engen Luftschlitzen wehten Taschentücher oder Streifen von zerrissenen Hemden wie einsame, armselige Signale: Helft! Helft! Hier hat man Menschen eingeschlossen! Geht nicht vorbei, seht uns an, behaltet das Bild im Herzen! In jedem Viehwagen sind sechzig ›Tote Seelen‹, atmende Gerippe, Freunde. Mit Haut bespannte Knochen. Seit sieben Wochen sind wir unterwegs, vom Sammellager Perm aus. Betet für uns, Freunde ...

Die Wuginskaja saß schon in einem Abteil im ersten Personenwagen, als Shukow, den Koffer über seinen Kopf haltend, durch den Regen rannte und den Waggon enterte. Sie saß am Fenster winkte ihm zu und lachte ihn an, als er, völlig durchnäßt, in das Abteil stolperte. Er warf den Koffer auf die Ablage, zog den triefenden Mantel aus und hängte ihn an den Griff der Notbremse, die über der Tür angebracht war.

»Wir haben uns fast zwei Tage nicht in die Augen geblickt«, sagte er. »Ein unhaltbarer Zustand, Valja Johannowna. Im Hotel haben Sie sich verleugnen lassen, aber Sie waren auf Ihrem Zimmer. Ich habe viermal an der Tür von 440 gelauscht ... Sie hatten das Radio an. Gut, habe ich gedacht. Sie ist böse mit mir. Aber wir sehen uns ja wieder. Spätestens im Zug. Und siehe da ... nun sind wir zusammen. Gehört uns das Abteil ganz allein?«

»Ja. Ich habe es als Arztabteil reservieren lassen. Der Transportleiter meint, wir könnten eine Woche unterwegs sein. Da brauchen wir eine Sanitätsstation.«

»Im letzten Teil des Zuges zittern Ihre Schäfchen.«

»Ich habe sie gesehen«, sagte sie verschlossen. »Fast vierhundert Verbrecher. Ein Drittel davon Frauen.«

Die Tür des Abteils wurde aufgeschoben. Ein Offizier der Begleitsoldaten starrte die Wuginskaja an und bekam runde Augen vor Begeisterung. Er grüßte und bedachte Shukow mit einem scheelen Blick. Ein Oberleutnant war er, mit einem forschen Auftreten, das der schönen Genossin imponieren sollte.

»Noch ein Platz frei?« fragte er und trat näher.

»Nein!« antwortete Valja Johannowna mit ihrer Fanfarenstimme. »Hier ist ein Lazarett. Gehen Sie hinaus.«

Der Oberleutnant starrte sie ungläubig an und zeigte dann auf Shukow.

»Und das ist wohl Ihr erster Patient, Genossin?«

»Das geht Sie einen Dreck an!« sagte sie schroff.

Der Oberleutnant zuckte zusammen, warf Shukow einen wilden, bösen Blick zu und verließ das Abteil. Mit einem Knall zog er die Tür zu. Die Scheibe klirrte.

»Sie machen sich unbeliebt, Valja«, sagte Shukow trocken. »Ein wahrer Schock ist's, Sie reden zu hören. Wer Sie ansieht, möchte die Natur umarmen, daß sie so etwas wie Sie hervorgebracht hat, und dann machen Sie den Mund auf, von dem man nur träumen kann, und heraus kommen wahre Unflätigkeiten! Wie soll man das verkraften?«

»Sie fragen zu viel, Wassja Grigorjewitsch«, antwortete sie und blickte aus dem Fenster. »Nehmen Sie hin, was Sie hören und sehen. Mehr verlangt keiner von Ihnen.«

Haben wir gesagt, der Zug fuhr pünktlich ab? Das war natürlich nur sinnbildlich gemeint. Der Zug stand bereit, in ganzer imponierender Länge — das muß man lobend erwähnen. Über das Abfahren jedoch verhandelte der Zugleiter seit einer Stunde am Telefon der Zugleitstelle mit allen möglichen Beamten, die notwendig waren, damit ein Zug sich in Bewegung setzt. Man kann nicht einfach fröhlich an der Dampfsirene ziehen und dann absausen. Auch wenn das Gleis der Materialbahn gleich hinter Jakutsk sich von den allgemeinen Schienen trennte und einsam in die Taiga führte, wie mit dem Lineal gezogen, ein schmaler Schnitt durch die dichten Wälder, wo sich einem nichts in den Weg stellte, es sei denn, ein lebensmüder, alter Renhirsch hätte sich genau zwischen die Schienen zu einem Schläfchen hingelegt — alles besteht aus Organisation, und was wäre ein Russe ohne sein Reglement? Darin gleicht er brüderlich dem Deutschen. Hilflos ist man, wenn niemand da ist, der irgendeine Weisung erteilt.

»Der Regen!« klagte der Zugleiter, als er nach drei Stunden bei der Wuginskaja ins Abteil schaute. »Dieser Regen! Eine Sintflut! In Jakutsk sagt man: Fahr ab! Der Knotenpunkt Simjansk ruft an: Dableiben! Der Untergrund der Bahnlinie weicht auf. Und die Kontrollstelle Bjoronowo telefoniert: Sind wir Propheten? Es regnet. — Welch eine dämliche Antwort! Und wem schiebt man nun die Verantwortung zu? Natürlich mir! Wer seid ihr, fragen mich die Staatsbeamten. Gehört ihr zur sowjetischen Eisenbahn? Natürlich nicht ... habt eigene Gleise gelegt, habt eigene Züge und Waggons, keiner darf über eure Strecke fahren, und jetzt stehst du hier und willst wissen, ob du abfahren kannst! Frage doch deine Genossen in Ottokh!«

»Und warum fragen Sie nicht?« sagte Shukow.

»In Ottokh antwortet niemand.« Der Zugleiter fuhr sich mit beiden Händen über das Gesicht. Er war sichtlich erschüttert.

»Vielleicht sind dort schon alle ersoffen. So etwas von Regen hat's noch nie hier gegeben, und ich bin in Jakutsk geboren!«

Man fuhr aber doch an diesem Tag ab ... allerdings nicht am Morgen, wie geplant, sondern am späten Nachmittag. Shukow und die Wuginskaja blieben allein im Abteil, obgleich mehrmals hintereinander Offiziere oder Zivilisten, die wie Shukow Ingenieure sein mochten, den Kopf durch die Tür steckten und höflich fragten, ob noch ein Plätzchen für sie frei sei. Jedesmal tönte ihnen Valja Johannownas Stimme entgegen: »Hier ist ein Lazarett!«

Wer sie dennoch ungläubig anblickte, mit einem deutlichen Schimmer männlicher Begeisterung ob soviel weiblicher Schönheit, mußte schnell den Kopf zurückziehen, denn sie knallte die Tür rücksichtslos zu.

»Jetzt habe ich genug!« sagte sie, als der siebte Frager zurückprallte. Sie erhob sich, holte aus ihrer Reisetasche eine Schreibmappe, nahm ein Blatt Papier heraus und schrieb mit ihrem tiefroten Lippenstift in großen Buchstaben: »Eintritt verboten! Zuglazarett.« Mit Heftpflaster klebte sie das Schild an die Glastür und starrte einen Mann böse an, der gerade ansetzte, das Abteil zu betreten.

»Wer jetzt noch die Tür öffnet«, sagte sie zu Shukow, »den operiere ich! Sie müssen ihn nur festhalten, aber Sie sind ja kräftig genug.«

»Warum tun Sie das, Valja Johannowna?« fragte er.

»Ich möchte mit Ihnen allein sein.«

»Danke —«

»Bilden Sie sich nichts ein, Wassja Grigorjewitsch! Ich will mit Ihnen allein sein aus rein wissenschaftlichem Interesse.«

»Soll ich mich ausziehen?« fragte Shukow harmlos und sah sie mit seinen verträumten Augen an. »Ich garantiere Ihnen: bei mir ist anatomisch alles in Ordnung und am richtigen Platz.«

»Was werden Sie tun, wenn man Ihnen zwei Brigaden Sträflinge gibt?«

»Ich weiß, daß ich sie bekomme. Für den Straßenbau. Was ich da tun werde? Ich werde ein Mensch sein.«

»Ein großes Wort, Genosse Shukow.«

»Ein schönes Wort, Genossin Wuginskaja.«

Wenn ein Zug endlich abfährt, ein Ereignis, auf das man stundenlang gewartet hat, dann ist das ein erhebendes Gefühl. Glaubt es mir, Genossen! Dann liegt die Weite vor einem, das Unbekannte, das Erlebnis. Dann wird das Rattern der Räder zur

Musik, und das Schnaufen der alten Kohlelok weckt Kindheitserinnerungen. Man hat festgestellt, daß 70 Prozent aller Jungen einmal Lokomotivführer werden wollten ... ist das kein Beweis für die tiefe, beseligende Romantik, die ein fauchender Dampfkessel erzeugen kann?

Der Zugleiter kam in das Abteil, nachdem er das Schild mit der Lippenstiftschrift gelesen und sich entschieden hatte, daß ein Zugleiter zu allem Zutritt hat, weil es *sein* Zug ist. »Die Strecke ist frei«, sagte er glücklich. »Ottokh meldet sich zwar noch immer nicht, aber wir können auf jeden Fall einen Tag und eine Nacht fahren. Das ist schon etwas bei diesem Regen! Vertrauen wir auf die gute Arbeit der Schienenleger.«

Es waren nicht die Schienenleger, die Kummer machten, sondern die Brückenbauer. Und das gegen Morgen, genau um fünf Uhr zweiundzwanzig. Der Zug näherte sich einem kleinen Fluß, für sibirische Verhältnisse war's nur ein Rinnsal und hieß Tjuganja, als rote Laternen seitlich der Schienen signalisierten, daß etwas nicht in Ordnung war. Dann tauchten auch schon in dem vom strömenden Regen aufgesogenen Morgengrauen drei Arbeiter auf, die ebenfalls rote Laternen schwenkten. Die armen Männer staken in Gummianzügen, als seien sie Taucher, und standen mitten auf den Schienen. Der Zug bremste knirschend, aus der Lok quoll ein ohrenbetäubendes Pfeifsignal, und Valja Johannowna rollte in ihrem Abteil von der Bank. Unsanft fiel sie auf den Waggonboden.

Es hatte vorher, bevor man sich schlafen legte, noch eine kurze Debatte gegeben. »Sie sind müde«, hatte Shukow zu der Wuginskaja gesagt. »Ich sehe es Ihnen an. Warum schlafen Sie nicht? Haben Sie Angst, ich könnte Ihre horizontale Lage falsch verstehen?«

»Sie sind ein Widerling!« hatte sie geantwortet, ihren Mantel als Kopfkissen zusammengefaltet und sich auf der Sitzbank ausgestreckt.

»Bitte, ich liege. Zufrieden?«

»Nein.«

»Was fehlt? Sagen Sie bloß nicht: Sie haben vergessen, Ihr Nachthemd anzuziehen!«

»Sie tragen ein Nachthemd? Wie altmodisch, Valja Johannowna! Ein Körper soll atmen, deshalb schlafe ich immer nackt.«

»Auch heute?« fragte sie. Ihre schrägen Augen glitzerten wütend.

»Das ist unmöglich.«

Sie hob den Kopf. Ihr schwarzes Metallhaar schimmerte in der trüben Deckenbeleuchtung. »Gibt es bei Ihnen eigentlich ein Unmöglich?«

»Jetzt ja.« Shukow betrachtete sie ungeniert. Du bist mir zu gefährlich, dachte er. Du bist kein Abenteuer, das nur eine Bahnfahrt lang dauert. Du behältst in deinen Krallen, wer sich dir ausliefert. »Es ist mir noch nie gelungen, mich nackt in Gegenwart einer schönen Frau zu bewegen, ohne gewisse biologische Gesetzmäßigkeiten auszuführen —«

»Seien Sie still!« hatte die Wuginskaja gezischt. »Wassja Grigorjewitsch, Sie sind ein verdammter Schwätzer.«

Ihr Kopf fiel auf den zusammengeknüllten Mantel zurück, sie schloß die Augen und legte die Hände über ihre spitzen Brüste. Shukows Gedanken beschäftigten sich damit, ob sie jetzt wohl erwartete, daß er sich zu ihr beugte und sie küßte. Oder daß er ihre Bluse aufknöpfte und ihre Brüste liebkoste, seine Hand über ihren Schoß gleiten ließ und die Zärtlichkeit seiner Finger ihre Schenkel mit zitterndem Pulsschlag erfüllte. Mehr war nicht möglich ... man konnte die Abteiltür nicht mit einem Vorhang undurchsichtig machen, und selbst wenn man das Licht löschte, gab die Gangbeleuchtung noch so viel Helligkeit her, daß man alles erkennen konnte. Und der Zugleiter kam ja auch ab und zu herein, oder die Offiziere aus den Nebenabteilen standen im Gang, rauchten und vertraten sich die Füße mit Hin- und Hergehen.

Aber wartete sie dennoch darauf? Sie lag da wie eine Aufforderung. Ihre geschlossenen Lider vibrierten leicht, ein Beweis, daß sie nicht schlief, sondern sich nur schlafend stellte und auf die nächsten Minuten lauerte. Shukow stand auf, holte seinen dicken Mantel aus der Gepäckablage, entfaltete ihn und deckte ihn über Valjas Körper. Als er weggehen wollte, schnellte ihre Hand vor und hielt ihn fest.

»Danke —«, sagte sie leise.

»Sie sollen nicht frieren«, erwiderte er.

»In Ihnen sind zwei Wesen, Wassja Grigorjewitsch.«

»Das stimmt genau«, sagte er ehrlich. »Aber beide sind nicht viel wert. Schlafen Sie gut, Valja Johannowna.«

»Sie auch, Wassja ...«

Er streckte sich auch aus, auf der Bank ihr gegenüber, und bemerkte, wie sie ihn unter den Wimpern ansah. Ich komme nicht zu dir, dachte er und drehte das Gesicht zur Wand, was sehr unhöflich war, denn dabei mußte er ihr seinen Hintern entgegenstrecken. Doch das paßte zu dem Bild, das er bemüht war, von sich zu zeichnen. Gefährlich wird es nur, wenn sie zu mir kommt, dachte er weiter. Verdammt, ich weiß genau, was sie denkt und was sie will ... ob in Texas oder Alaska, in Moskau oder auf der Fahrt in das einsamste Sibirien — eine Frau ist überall ein Bündel heimlicher Sehnsüchte. Und jede ist glücklich, wenn man versteht, dieses Bündel aufzuschnüren.

Nun also, in der wasserdurchfluteten Morgendämmerung, fiel sie von der Bank, weil der Zug abrupt bremste. Shukow stieß mit der Stirn heftig gegen die Abteilwand, fluchte wie ein guter Russe mit den unflätigsten Worten, warf sich dann herum und half der Wuginskaja wieder auf die Beine. In den anderen Abteilen mußte das gleiche geschehen sein, denn überall hörte man wütende Stimmen. Auf dem Gang drängten sich einige halbangezogene Männer.

»Wir stehen«, sagte Shukow und drückte das Gesicht gegen die Fensterscheibe. »Mitten im Gelände. Ich ahne nichts Gutes.«

Der Zugleiter brachte bald Gewißheit. Er stürzte ins Abteil, setzte sich auf die Bank und sah die Wuginskaja fast flehend an.

»Lassen Sie mich bei Ihnen Luft holen!« stöhnte er. »Die anderen Genossen ... welch ein Benehmen! Sie spucken mich fast an. Bin ich verantwortlich, daß der Himmel einstürzt? Ich bin Leidtragender wie sie. Aber nein, nein — sie müssen einen haben, an dem sie ihre Wut abreiben wie Säue ihren Dreck an einem Baumstamm. Was passiert ist? Der Fluß ist sechsmal so hoch als sonst und neunmal so breit geworden. Wie kann man das vorher berechnen, frage ich? Kann man solche Abnormitäten einkalkulieren? Kurz und gut: Die Brücke ist weggerissen! Endstation!«

»Dann fahren wir also zurück?« fragte Shukow.

»Zurück geht auch nicht. Wir sind froh, daß wir überhaupt bis hierher gekommen sind. Was glauben Sie, wie es hinter uns aussieht? Eine neue Sintflut ist das! Es gibt keinen festen Boden mehr im Umkreis von tausend Werst. Nur noch Morast. Wenn Sie jetzt aus dem Waggon springen, Genosse, sinken Sie bis zum Bauchnabel ein. Wie eine Rübe stecken Sie in der Erde. Und mich will man dafür verantwortlich machen! Soll man da nicht verzweifeln?«

»Und wie geht es weiter?« fragte die Wuginskaja. »Sollen wir hier stehenbleiben und warten, bis wir versinken? Es kann noch tagelang regnen.«

»Das wird es, Genossin, das wird es! Ich habe mit dem Leiter des Streckenabschnitts gesprochen. Es gibt nur zwei Möglichkeiten. Entweder wir warten, bis der erste Frost kommt, dann wird der Boden wieder hart —«

»Das ist doch Blödsinn!« sagte die Wuginskaja laut.

»... oder wir versuchen, auf Booten und Flößen den Fluß zu überqueren und müssen dann auf der anderen Seite warten, bis uns ein Zug aus Ottokh abholt. Warten müssen wir auf jeden Fall.«

»Und wo nehmen Sie die Boote und Flöße her?« fragte Shukow.

»Das ist kein Problem, ist schon gelöst«, sagte der Zugleiter stolz. »Auf der anderen Seite des Flusses ist Nowo Sosnowka. Ein kleines Dorf nur, aber zwei Werst von ihm entfernt, in der Taiga, liegen zwanzig Baracken mit Sträflingen. Alles Politische.« Er spuckte aus und sah dann beifallheischend um sich. »Ein Lumpenpack! Man wird sie mobilisieren und ihnen Flammen unter die Ärsche legen. Sie werden uns alle hinüberholen. Den ganzen Zug.«

»Bei diesem Regen? Bei dieser reißenden Strömung im Fluß?« fragte Shukow.

»Es wird eine Menge ersaufen. Ist's schade drum? Endlich können sie etwas für ihr Vaterland tun. Bis das Militär aus Jakutsk kommt, unsere heldenhaften Pioniere, und eine Pontonbrücke bauen, sind wir längst über den Fluß und auf dem Weg nach Ottokh. Ha, wir werden den Ehrgeiz und die Kraft haben, diesen Mistregen zu besiegen! Sollen wir uns unterkriegen lassen? Wo wir tausend Staatsfeinde haben, die endlich einmal arbeiten können, statt sich auf unsere Kosten dicke Hintern anzufressen? Passen Sie auf, Genossen, wie man so etwas organisiert!«

»Das möchte ich sehen —«, sagte Shukow ernst und blickte dabei die Wuginskaja an. »In dieser entfesselten Natur eine Brücke aus Menschen —«

»Warum nicht?« antwortete sie kühl, als habe er sie gefragt, was sie darüber denke. »Aber Sie werden zum Kannibalen werden, Wassja Grigorjewitsch.«

»Ich verstehe Sie nicht ...«

»Sie müssen sich selbst auffressen, Genosse Shukow —«, sagte sie hell. »Sie müssen Ihre ganze Menschlichkeit hinunterschlukken. Nur so überleben Sie. Wir sind in Sibirien ...«

Jede Organisation, auch die beste, und was hier an dem zu einem reißenden Strom gewordenen Flüßchen Tjuganja geschah, sollte ein Musterbeispiel sowjetischer Improvisationskunst werden, braucht ihre Zeit. Ehe aus einem Samenkorn ein Getreidehalm sprießt, vergehen Monate, sogar die einfachste Feldblume benötigt ihr Entwicklungsstadium, jedes Unkraut wächst nach Naturgesetzen ... nur was man mit einem Menschen alles anstellen kann, der weniger ist als Unkraut, das lernte Shukow in den nächsten Stunden kennen.

In der Morgendämmerung, die keine Sonne durchließ, weil nur Wasser vom Himmel fiel, das alles Licht aufsaugte bis auf eine trübe Helligkeit, blieb also der Zug stehen, und es nützte gar nichts, daß die Begleitoffiziere der Deportierten brüllten, daß die Zivilreisenden, meistens Ingenieure, Wissenschaftler, Geologen und Raketenfachleute, wie Gassenjungen fluchten ... der geplagte Zugführer rannte, nachdem er Shukow und die Wuginskaja informiert hatte, wieder durch seinen blockierten Zug und schrie herum, im Parteiprogramm stehe weder drin, wie man sich bei einer Sintflut benehmen solle, noch wie man es schafft, unter den Waggonrädern wegsinkende Schienen aufzuhalten.

»Noch vier Tage einen solchen Regen und wir werden zu einer U-Bahn!« brüllte der Zugführer jeden an, der ihn mit seinen Terminen belästigte und Marschbefehle oder Einstellungsdaten vorzeigte. »Hätten Sie einen Posten in Nowgorod angenommen oder in Irkutsk oder in Smolensk ... Genossen, ihr säßet jetzt mit einem warmen Arsch im Behördensessel und könntet euren Sekretärinnen unter den Rock greifen. Aber wir stehen mitten in Sibirien! Das hier ist jungfräuliches Land. Und ihr seid die Pioniere, die es entjungfern sollen. Dazu gehört Mut und Stärke — also benehmt euch danach.«

Draußen lief unterdessen das an, was man Organisation nannte. Die Funkverbindung mit dem Dorf Nowo Sosnowka und vor allem mit dem großen Straflager klappte vorzüglich — man brauchte ja nur über den Fluß zu sprechen. Dagegen schwiegen Jakutsk und Ottokh, so verzweifelt sich der Zugfunker bemühte.

»Der Regen ersäuft sogar die Funkwellen«, sagte er schließlich resignierend. »Ich weiß, ich weiß, Genossen, das gibt es nicht, das ist Blödsinn, aber ich komme nicht durch.«

In ihrem Abteil, an dem noch das mit Lippenstift bemalte Schild »Eintritt verboten! Zuglazarett« hing und Shukow und die Wuginskaja vor allem Besuch abschirmte, saßen sie allein am

Fenster und starrten hinaus in diese graue, von Wäldern und einem über die Ufer getretenen Fluß, von einer aus Schlamm wabbelnden Straße und einem versinkenden Schienenstrang beherrschte Welt. Ein paar Männer in hohen Gummistiefeln und umgehängten Kunststoffplanen in gelber Farbe, Kunststoffhelme auf dem Kopf, wie ihn Bauarbeiter oder Fabrikarbeiter tragen müssen, rannten am Zug entlang, betrachteten völlig sinnlos die Schienen und den wegsackenden schweren Zug darauf, sprachen dann in Handfunkgeräte hinein, die Miller als Walkie-Talkie kannte, und riefen anscheinend irgendwelche fernen Behörden zu Hilfe. Das dauerte drei Stunden, der Fluß schien noch breiter zu werden, und es regnete so gewaltig, daß das Wasser aus dem farblosen Himmel wie ein einziger bewegter Vorhang war, hinter dem sich alles zu Schemen auflöste.

»Wenn in Rußland etwas geschieht, dann gründlich«, sagte Shukow gemütlich und lehnte sich zurück. Er holte eine Pfeife aus der Manteltasche und stopfte sie mit einer Mischung aus Tabak und Machorka, genau das Kraut, das sich ein mittelbezahlter Ingenieur leisten kann. Die Wuginskaja beobachtete die Manipulation mit zusammengezogenen Augenbrauen. Ihr schmales Gesicht mit den etwas schräg gestellten, mandelförmigen Augen war verschlossen. Das schwarze Metallhaar, nach der unruhigen Nacht ungekämmt, umgab ihren Kopf wie ein zerwühlter Schleier.

»Hier ist Nichtraucher!« sagte sie, als Shukow die Pfeife in den Mund steckte und nach Streichhölzern in seiner Hosentasche suchte.

»Wo steht das?« fragte er zurück. »Ich sehe keinen Hinweis.«

»Ich sage es! Ich erkläre es zum Nichtraucherabteil! An der Tür steht schließlich ›Zuglazarett‹!«

»So können nützliche Dinge zu Fesseln werden.« Shukow hatte seine Streichhölzer gefunden, aber er riß keines an. Er ließ die Schachtel nur auf seiner Handfläche tanzen. Seine so verdammten träumerischen, jeder Frau das Herz aufreißenden Augen blickten geradezu mitleidheischend auf die Wuginskaja. »Ich muß Ihnen da ein Erlebnis erzählen, Valja Johannowna. Es war vor drei Jahren, ich quetschte mir durch einen zusammenstürzenden Holzstapel den Oberschenkel, glücklicherweise weit genug entfernt von den Teilen, die ich und vor allem die Frauen an meinem Körper besonders schätzen und bewundern —«

»Ich habe Hunger«, unterbrach sie ihn grob. »Ich gehe zum Küchenwagen.«

Aber sie blieb sitzen und blickte nur aus dem Fenster in die sintflutüberspülte Landschaft.

»Wir gehen gleich zusammen eine Kascha essen, das verspreche ich Ihnen, Valja Johannowna. Also: Ich quetschte mir den Oberschenkel. Nicht zu arg, ich lag nur drei Wochen in einer Klinik, zwei Schwestern betreuten mich und — das erfuhr ich aber erst später — losten vor der Zimmertür aus, wer von ihnen mir den Unterkörper entblößen durfte. Sie machten das mit Wattebäuschchen: Linke Hand, rechte Hand ... ei, wo ist er denn? Die Siegerin hatte dann immer herrlich warme Hände ...«

»Wann gehen wir essen?« sagte die Wuginskaja wütend.

»Sofort. Ich wollte nur erzählen: Auch in diesem Lazarett war Rauchen streng verboten, aber alle Zimmer stanken nach Machorka. Die Ärzte, der Chefarzt, die Schwestern, alle rochen es, aber keiner sagte etwas. Wer nicht gehfähig war und auf den Toiletten rauchte, der paffte unter die Bettdecke oder in die Glasente. Zusammen mit dem Uringeruch ergab das ein patentwürdiges Herrenparfüm.«

»Fertig?« fragte die Wuginskaja heiser. »Endlich fertig?«

»Mit dieser Episode ja.«

»Sie haben noch mehr Episoden auf Lager?«

»Nur noch eine. Ich habe Appetit auf ein Pfeifchen.«

»Hier nicht!« Sie stampfte mit den Füßen auf. Da sie, für die lange Reise gerüstet, wieder ihre schönen, weichen Stiefelchen trug, darin eine blaue Hose, die an amerikanische Jeans erinnerte, und darüber — wenigstens jetzt — nur eine grüne Bluse, sah sie betörend aus. Das Aufstampfen paßte zu ihrem Blick, der goldene Pfeile schleuderte. »Gehen Sie hinaus auf den Gang.«

»Ich bin ein komischer Mensch, Valja Johannowna«, sagte Shukow und spielte weiter mit der Streichholzschachtel. »Ich bin gar kein starker Raucher. Meine Leidenschaften lösen sich nicht in Qualm auf — sie bleiben in meinen Händen. Aber wenn ich einmal rauche, hat das immer einen fast festlichen Grund. Ein gutes Mittag- oder Abendessen, eine freudige Nachricht, eine Erfolgsmeldung, das satte Ausruhen neben einer nackten, schönen Frau oder auch nur — wie jetzt — der Anblick einer Wuginskaja, die so himmlisch wütend ist. Es wird meine beste Pfeife werden ... ich meine, die man rauchen kann.«

Sie starrte ihn fast ungläubig an ob dieser Frechheit, sprang dann auf und trommelte mit beiden Fäusten gegen die Scheibe des Abteils.

»Ich verabscheue Sie!« rief sie. Daß ihr Atem dabei flog, geschah gegen ihren Willen, aber sie konnte es nicht abstellen. »Sie glauben wohl, Sie und Ihre Art wirken auf eine Frau wie Champagner? Fades Wasser ist es! Faulig! Kloakenbrühe! Sie widern mich an!«

Shukow nickte mehrmals, griff in die Rocktasche, holte eine Schachtel Papyrossi heraus, die er noch in Jakutsk gekauft hatte, und warf sie wortlos der Wuginskaja zu. In einer Reflexbewegung fing sie die Schachtel auf, ließ sie aber gleich wieder auf den Sitz fallen.

»Sie verführen mich nicht!« schrie sie hell.

»Sie zum Rauchen einer Zigarette zu verführen, entspricht nicht meinem Stil. Ich verführe schöne Frauen nie zu Banalitäten! Ich lade Sie nur ein, mitzumachen. Verbotenes gemeinsam zu tun, ist das Salz des würzelosen Alltags.«

»O Sie kluger, neunmal kluger Titan! Sie Genie der Worte! Hier, im warmen, trockenen Abteil können Sie wie Samson sein, der Säulen umstemmt ... aber nachher, draußen, im Regen, im Fluß, da nützen Ihnen Worte gar nichts.«

»Davor habe ich — das gebe ich zu — auch Angst.«

»Aha!«

»Angst um Sie, Valja Johannowna. Wenn wir wirklich so wahnsinnig sind und den Fluß überqueren wollen, möchte ich Sie am liebsten auf meinen Rücken schnallen, so wie man in Afrika und Asien die Kinder transportiert.«

Sie schwieg, die goldenen Punkte in ihren Pupillen glitzerten wieder. Und dann erschien in den Mundwinkeln ein zartes Lächeln und überhauchte das schmale Gesicht mit einer inneren Sonne. Shukow starrte sie fassungslos an. Ohne den Blick von ihm zu lassen, griff sie zu den Papyrossi, zog eine aus der Schachtel, kniff das lange Pappmundstück zweimal zusammen und steckte es sich zwischen die roten Lippen.

»Haben Sie Feuer, Wassja Grigorjewitsch?«

Shukow riß ein Streichholz ab, sie rauchte die Zigarette hastig an, und er hatte Zeit genug, mit dem gleichen Streichholz seine Pfeife anzuzünden. Sein Tabak roch ätzend, wie angesengtes feuchtes Leder. Die Wuginskaja kräuselte die kleine, schmale Nase. Sie schnupperte wie ein Eichhörnchen.

»Verdienen Sie so wenig?« fragte sie dann.

»Ich bin ein einfacher Ingenieur. Ärzte können sich vielleicht türkischen Tabak leisten oder Zigaretten aus Grusinien. Ich nicht. Soll ich die Pfeife ausgehen lassen?«

»Nein. Bitte nicht. Ich gewöhne mich schon daran.«

Sie setzte sich wieder ans Fenster, blickte in den strömenden Regen und rauchte langsam ihre Papyrossa. Shukow trat neben sie, seine Hüften berührten ihre Schulter, und er hatte das Gefühl, als wenn sie zusammenschauerte. Vor dem Zug, zum Fluß hin, rannten jetzt viele vermummte Gestalten durch den Regen. Teile der weggerissenen Brücke trieben schnell in der Strömung davon ... die Katastrophe schien vollkommen zu sein.

»Alle Fünf- oder Zehnjahrespläne sind Mist«, sagte Shukow nüchtern. »Rußlands Natur läßt sich nicht reglementieren. Man kann versuchen, sie in den Griff zu bekommen, aber schließlich macht sie doch immer, was sie will. Rußland ist wie eine Frau. Man kann sie besitzen, und trotzdem gehört sie einem nicht.«

»Sie haben nie richtig geliebt, Wassja Grigorjewitsch. Für Sie ist eine Frau nur Körper. Nur Materie! Ich bemitleide Sie.«

»Ich habe einmal gespürt, was Liebe ist, hinter der Gott steht, wenn ich mich so altmodisch ausdrücken darf. Liebe, bei der man auf einem Sternenbett liegt, weit weg vom Irdischen, obgleich die Körper etwas ausgesprochen Kreatives tun. Aber man empfindet es nicht so ... man ist irgendwie gestorben und lebt nur in der Liebe weiter, in einem außerirdischen Raum, losgelöst von den schwitzenden, stöhnenden, aufeinanderstampfenden, heißhäutigen, durch und durch zitternden Körpern, die wie Maschinen, wie zwei große Pressen gegeneinanderprallen und aufschreien in der Glut, die aus ihnen hervorbricht. Das, was wir Liebe nennen, Glück, Seligkeit, Erfüllung, ja Erlösung, vollzieht sich in einer anderen Dimension, die im Augenblick der wegströmenden Hingabe eine tiefe Sehnsucht nach Ewigkeit auslöst. In einer wirklichen Liebe sterben wir tausend Tode und erstehen in tausend Wiedergeburten ...«

Die Wuginskaja biß auf das Pappmundstück ihrer Papyrossa und lehnte die Schulter gegen Shukows Hüfte. »So gewaltig können Sie lieben, Wassja Grigorjewitsch? Zum Teufel, ich bin eifersüchtig auf diese Frau. Ich könnte sie umbringen! dort drüben im Fluß wie eine junge Katze ersäufen! Wer war sie? Sagen Sie es mir?«

»Sie heißt Dunja Andrejewna Koroljow.«

»Ist sie hübsch?«

»Nein. Schön.«

»Ich verstehe.« Sie zerdrückte die Papyrossa in dem großen Aschenbecher unter dem Abteilfenster. »Wer von einem Mann auf einem Sternenbett geliebt wird, muß schön sein wie ein Stern. Wo lebt sie?«

»Ich weiß es nicht.«

»Es ist vorbei?«

»Unser Dienst trennte uns. Aber das ist nur geografisch. Diese Liebe tropfte aus der Sonne — so etwas vergeht nie.«

»Und Sie glauben wirklich, daß diese herrliche Dunja Ihnen treu bleibt? Wie lange werden Sie in Ottokh oder Werchokrassnoje bleiben? Zwei Jahre? Drei Jahre? Wie lange dauert Ihr Vertrag?«

»Drei Jahre —«, log Shukow. »Was bedeuten für einen Russen drei Jahre?«

»Für eine Frau, die mit Ihnen auf einem Sternenbett gelegen hat, sind drei Tage Einsamkeit schon unerträglich. Diese Frau glüht weiter, immer weiter, jede Minute brennt in ihr. Sagten Sie nicht, Ihre Liebe tropfte aus der Sonne? Sie Narr, Wassja Grigorjewitsch! Solange die Sonne Leben spendet, brennt diese Frau in ihrem Inneren. Shukow, von Frauen verstehen Sie gar nichts!« Sie sprang auf, stieß Shukow vom Fenster und drückte das heiße Gesicht gegen die nasse Scheibe. Ihr schwarzschimmerndes Haar umwehte sie, als sie die Stirn gegen das kalte Glas rieb. »Dunja betrügt Sie!« schrie sie gegen das Fenster und gewissermaßen in den rauschenden Regen hinein. »Sie betrügt Sie! Täglich! Jede Nacht! Mit jedem, der daherkommt, tut sie es! Tröstet es Sie, daß sie jedesmal dabei nur an Sie denkt? Daß sie Wassja, o Wassja in der heißen Kehle stammelt, während ein Jewgeni auf ihr liegt? Beruhigt Sie das? Macht Sie das stolz? Meine Dunja, mein Stern, mein Sonnentropfen ... jeder Orgasmus ist ein halber Tod, und jeder Höhepunkt ihres Körpers gehört mir ... aber in sie eingedrungen sind Fjodor, Dawydow und Stanislaw, Wassili, Afanasj und Valeri! Wassja Grigorjewitsch, warum sterben Sie nicht an dieser Seelenqual? Ich hielte das nicht aus!«

»Sie ist treu«, sagte Shukow dumpf. »Ich weiß, daß sie treu ist. Bei dieser Liebe gibt es nur Treue oder — wie Sie richtig sagten — nur den Tod.«

»Würden Sie Dunja umbringen, wenn Sie erführen, daß ein anderer Mann ihren Körper abküßt?«

»Ich weiß es nicht, Valja Johannowna. Vielleicht nicht. Aber ich würde an jeder anderen Frau Rache nehmen. Ich würde sie mit meiner Liebe zerbrechen. Ich würde sie in einen Himmel tragen, dann eine Falltür öffnen und sie abstürzen lassen ins Nichts.«

»Das können Sie«, sagte die Wuginskaja leise. »Sie sind genau der Typ, der so etwas kann. Wo ist die Frau, die Sie vor ihrem Fall erwürgt? Man muß Sie umbringen, Wassja Grigorjewitsch. Lassen Sie mich flüchten in meine Funktion als Ärztin. Sie sind ein Fieber, das man ausrotten muß!«

Er hob die Schultern, als wolle er sagen, jedem sei das überlassen, und wehrte sich nicht dagegen.

Am Anfang des Zuges, bei der Lok, quoll jetzt eine riesige Dampfwolke auf ... man ließ das Wasser aus dem Dampfzylinder ab, um die Maschine leichter zu machen. Das war sinnlos, brachte nicht viel ein, wirkte aber sehr dramatisch. Vom hinteren Teil des Zuges, dort, wo die Mannschaftswagen waren, marschierten sehr diszipliniert, trotz des gewaltigen Regens, die Wachsoldaten heran. Sie trugen keine Kunststoffplanen über sich wie die Straßenarbeiter, ihre Uniformen und Mäntel saugten sich voll Wasser und wurden in wenigen Minuten bleischwer. Trotzdem marschierten sie wie zur Parade, vorweg ein Leutnant, ein bedauernswerter Trupp durchweichter Menschlein, den ein Befehl durch die Regenhölle trieb. Es geht weiter! Wir kapitulieren doch nicht vor Regen, Schlamm und einem verrücktgewordenen Fluß! Wie sagte Lenin: Nur der Tod entbindet uns von den Pflichten!

»Ich glaube, Valja Johannowna«, sagte Shukow gegen das kalte, nasse Fenster, »Sie sind eine jener Frauen, deren Liebesfähigkeit Welten zerstören und neue Gestirne gebären kann —«

»Ich weiß es nicht, Wassja Grigorjewitsch.« Ihre Stimme klang auf einmal, als habe man sie halbiert. Nichts mehr von dem sieghaften und beherrschenden Trompetenton, nur noch Schwingungen, die aus der Tiefe weiblicher Rätselhaftigkeit drangen.

»Darf ich sagen: Sie haben nie geliebt, Valja Johannowna?«

»Vielleicht.« Sie stellte sich neben ihn und drückte ihre Stirn neben seiner Stirn gegen die kalte Scheibe. Die Wachsoldaten marschierten noch immer durch den peitschenden Regen, wie Marionetten, deren Fäden ein irr gewordener Puppenspieler zieht. Aber es hatte alles System: Sie stampften nach hinten zu den Gefangenenwaggons, offensichtlich, um die Zusammengepferchten herauszuholen als die ersten Arbeiter, die den Fluß bezwingen sollten.

»Natürlich gab es Männer«, sagte die Wuginskaja mit ihrer fremden halben Stimme. »Studenten, Kollegen. Einmal etwas Irres.

Ein Zirkuskünstler. Ein Trapezclown. Er stürzte ab, ich versorgte ihn chirurgisch und ging zwei Wochen später mit ihm ins Bett. Nur einmal. Er roch nach Manege. Wissen Sie, dieser eigenartige Duft, der jeden fasziniert, aber wenn man mit ihm im Bett liegt, wird er unerträglich. Für mich wenigstens. Ich bin ein Ästhet. Ein Körper sollte auch im Liebesschweiß wie Honig duften.« Sie lachte plötzlich und schlug mit beiden Fäusten Shukow gegen die Brust und auf den Rücken. »Verrückt! Verrückt! Wir liegen mitten in Sibirien fest, von der Natur besiegt, und erzählen uns Dinge aus der tiefen Seele. Was soll das, Wassja Grigorjewitsch?«

»Vielleicht fehlte uns das, Valja.« Er hielt ihre kleinen Fäuste fest. »Sie hatten nie Gelegenheit, darüber zu sprechen.«

»Nie! Nie! Und nun? Reißen Sie den Vorhang vor die Tür, ziehen Sie mir die Kleider aus und nehmen Sie mich da auf der Sitzbank?«

»Nein.«

»Wegen Dunja?« Sie blickte auf ihre Armbanduhr. »Es ist jetzt acht Uhr neununddreißig Minuten. Dunja steigt in diesem Augenblick irgendwo aus dem Bett eines Mannes, oder sie steht schon unter der Dusche und spült sich seinen Geruch ab. Glauben Sie, dabei denkt Dunja gerade an Sie?«

»Um diese Zeit putzt sie die Kräne der Milchbar«, sagte er heiser.

»Ach! So eine ist sie? Gratuliere! Ein Trinkhallenmädchen —«

»Valja Johannowna, reden Sie nicht weiter! Bitte! Ich kann Ihnen nicht mehr sagen. Dunja ist ein Lächeln von Gottes Lippen.«

»Das sagt ein Kommunist! Sind Sie ein verkappter Popenküsser? Einer, der noch an diesen Christus glaubt?«

»Sie haben es nie getan, nicht wahr?«

»Nie! Meine Ahnen hatten ihre tatarischen Götter, dann kam der Islam zu uns, später das christliche Kreuz. Und alles mit Gewalt, mit Blut, mit Toten, mit Folterungen ... man hat uns das Gottbewußtsein in die Hirne eingeschlagen. Bis die große Befreiung kam ...«

»Die sozialistische Revolution. Das ist Ihr Problem.« Shukow klopfte gegen die Scheibe. »Sehen Sie sich das mal an: Unsere Sträflinge kommen zum Einsatz!«

Vom Zugende wälzte sich eine zusammengeballte dunkle Masse durch den fürchterlichen Regen. Die Soldaten waren ausgeschwärmt, hielten die Maschinenpistolen schußbereit in Hüfthöhe — als ob hier jemandem nach Flucht zumute war! — schrien Kommandos und ihr stereotypes »Dawai! Dawai!« und trieben die Gefangenen am Zug entlang zum Fluß. Die mit ihren leuchtenden gelben Kunststoffplanen vermummten Straßenarbeiter mischten sich unter sie, was nicht im Sinne der Strafordnung war, aber wer konnte hier noch Ordnung halten? Ein anderer Trupp schleppte aus dem Materialwagen große Eisenstangen heran. Auf einem Karren, von dreißig Menschen mit Stricken gezogen — Shukow zählte sie —, grub sich ein schwerer Eisenträger, ein sogenannter Doppel-T-Träger, durch den knietiefen Schlamm hinunter zum Fluß.

An der Abteiltür klopfte es höflich. Der Zugführer erschien wieder, durchnäßt, um seine Schuhe herum einen kleinen See sammelnd, aber er lächelte zufrieden. Wußte der Teufel, was er an Shukow und der Wuginskaja gefressen hatte — er kam immer in Abständen, um zu berichten.

»Ein genialer Plan!« sagte er stolz. »Wir bauen, wie in alten Zeiten, eine Seilfähre über die Tjuganja. Drüben ein Eisenträger in die Erde gerammt, hier auch einer, daran das Stahlseil, und an das Stahlseil die Boote. Zum Satan, der Fluß soll uns nicht unterkriegen! Wir setzen über, und von Nowo Sosnowka können wir wahrscheinlich mit Lastwagen weiter bis Ottokh. Jetzt zeigen wir mal, was Initiative ist!«

»Ich gehe hinaus«, sagte Shukow. »Ich halte das alles für ein gefährliches Unternehmen. Es wird Menschen kosten.«

»Halunken! Saboteure! Vaterlandsverräter! Defaitisten! Ist's schade drum? Wer muß sie denn ernähren? Wir!« Der Zugleiter lachte meckernd. »Bleiben Sie lieber im Trockenen, Genosse, bis alles vorbei ist.«

»Ich helfe mit!« Shukow zog seinen Mantel an. Die Wuginskaja band schweigend ein Kopftuch um ihre metallenen Haare. »Sie nicht!« sagte Shukow laut.

»Bin ich ein erwachsener Mensch? Wenn Sie hinausgehen, gehe ich auch! Vielleicht braucht man einen Arzt.«

»Bestimmt. Aber der Regen wirft Sie glatt um.«

»Dann schnallen Sie mich auf den Rücken wie die afrikanischen Mütter ihre Säuglinge!« schrie sie ihn an. Ihre Trompetenstimme war wieder da, und das beruhigte ihn ungemein. Ihre bisherige Zärtlichkeit war ihm unter die Haut gegangen. »Sie haben es mir angeboten, Wassja Grigorjewitsch.«

»Also gut!« Er schob den entgeisterten Zugführer aus der Tür, ging den kurzen Gang entlang und riß die Wagentür auf. Der Regen, jetzt durch keine Scheibe oder Wand gehindert, schlug ihm entgegen, als falle das Weltall, in Wasser verwandelt, auf die Erde. Zwei Bauarbeiter, vom Schicksal zu diesem Schlag ausersehen, liefen gerade an der offenen Tür vorbei und wunderten sich, daß ihnen plötzlich die gelben Kunststoffplanen vom Körper gerissen wurden. Shukow warf eine Plane Valja Johannowna zu, die andere schlang er sich selbst um. Die beraubten Arbeiter brüllten los, nannten Shukow einen Hurenbalg, wollten die Tür stürmen, aber da war der Zugführer schon da, stand hinter Shukow und schrie hell: »Ruhig, Genossen! Weiter! Weiter! Sie kommen von der Zentrale! Besorgt euch andere Planen! Genossen, haltet bloß die Schnauzen! Weg mit euch!«

Die inzwischen völlig durchnäßten Arbeiter starrten Shukow böse an. Man las in ihren Blicken: Immer wird den Leuten von der Zentrale eine Extrawurst serviert! Trotzdem man in kommunistischer Gleichheit lebt! Aber dann liefen sie weiter, um sich Säcke zu besorgen, die gerade aus dem Materialwagen Nummer II ausgeladen wurden. Ob man sie mit Erde füllen und damit einen Teil des Flusses eindämmen wollte, war unklar.

Shukow sprang in den Schlamm, der einmal eine Bahnlinie gewesen war, und hob Valja Johannowna aus dem Waggon. Sie war leicht wie eine Feder, er schätzte sie auf keine 100 Pfund. Als sie an ihm herunterrutschte auf den Boden, strich ihr Gesicht über sein Gesicht. Es war wie die Begegnung zweier magnetischer Platten.

Sie wickelten sich in ihre gelben Kunststoffplanen und rannten den Sträflingen nach zum Fluß.

Erst dort erkannten sie das ganze Ausmaß der Katastrophe. Die Brücke war völlig weggerissen, nur ein Betonpfeiler stand in den gurgelnden, wilden Wassern, ab und zu überspült von sich brechenden Wellen. Irgendein Mensch, der hier etwas zu sagen hatte, tauchte neben Shukow und der Wuginskaja auf, nannte verrückterweise seinen Namen, den im Lärm keiner verstand, und brüllte dann: »Der Fluß hat sechs Meter über normal! Wer hat damit gerechnet? Das ist absurd! Man erlebt hier Dinge, Genossen! Die gibt es nur in Sibirien! Im Sommer ist es möglich, daß Sie im Flußbett Murmeln spielen können, so trocken ist er! Oh, welche Scheiße!«

Aber es war nicht der Fluß, sechs Meter über normal, der Shukow sprachlos machte, nicht die weggerissene Brücke, das überschwemmte Land, die unter Wasser stehenden Häuser, der im Schlamm versinkende Zug — nein, es war etwas ganz anderes. Ungläubig blickte er hinüber auf die andere Flußseite, wo man in einem großen Kahlschlag der Taiga zwischen ansteigenden Felsen ein Dorf vermutete.

Dort standen, zum Teil bis zur Brust in den reißenden Wassern, durch Stricke mit den Bäumen am Ufer und auch untereinander verbunden, Menschen in einer langen Kette, Menschen, die etwas heranschleppten, Eisenträger hochstemmten und breite, flache Boote durch den Schlamm an die Tjuganja drückten. Nicht anders war es auf dieser Seite. Hier rammten die Gefangenen mit bloßer Menschenkraft den Doppel-T-Träger in die Erde, angefeuert vom Schreien der Wachmannschaften.

»Wir haben jetzt mit dem Lager Sosnowka fast 1400 Menschen im Einsatz«, erklärte der fremde Mann, der etwas zu sagen hatte und dessen Namen niemand verstand. »Wenn alles gutgeht, läuft in zwei Stunden der erste Kahn am Seil über den Fluß.«

»Das ist ja Wahnsinn!« sagte Shukow tonlos. »Absoluter Wahnsinn. Die Boote kentern sofort, trotz der Stahlseile. Überhaupt — wie wollen Sie die Seile von drüben nach hier bekommen? Haben Sie Harpunenkanonen?«

Er kannte das von Alaska her. Dort schoß man auch, wenn Pontonbrücken unmöglich waren, zunächst Stahlseile von Ufer zu Ufer, um an ihnen den Brückenschlag zu beginnen. Aber dazu hatte man Spezialkanonen und genial durchdachte Anker. Hier aber gab es nur müde, halb verhungerte, ausgemergelte, hoffnungslose Menschen, ›Tote Seelen‹, wie der Russe die zu sibirischer Strafe Verurteilten nannte. Sie hatten nichts als ihre Hände, ihre magere Kraft und das antreibende Brüllen ihrer Wächter im Nacken. Dawai! Dawai! Arbeitet, ihr Hunde! Verdient euch euer Fressen! Bis jetzt ward ihr nutzlos, aber jetzt braucht euch euer Vaterland!

»Wir werden die Seile auch so über den Fluß bringen«, meinte der Mann, der etwas zu sagen hatte. »Mit einem Motorboot!«

»Mit was?« Shukow wischte sich den Regen aus dem Gesicht. Valja Johannowna neben ihm war nur noch ein gelber Fleck, sie hatte sich völlig in die Kunststoffplane verkrochen.

»Wissen Sie was Besseres, Genosse?«

»Warten. Unsere große Tugend.«

»Nicht in Sibirien und nicht hier und jetzt. Es wird weiterregnen, und dann kommt keiner mehr rüber! Der Fluß hat —«

»Sechs Meter über normal, ich weiß. Und wenn es zehn Meter werden?«

»Dann kann der Fluß mich am Arsch lecken!« schrie der Mann.

»Das wird er bestimmt, wenn Sie sich in eines der Boote setzen.«

»Ihren Humor möchte ich haben. Haben Sie einen vernünftigen Vorschlag, Genosse Ingenieur?«

»Man sollte den Betonpfeiler, der stehengeblieben ist, ausnützen und beim Drahtspannen einbeziehen. Als Zwischenstation.«

»Und die Strudel drum herum? Sehen Sie nicht die verdammten Strudel?«

»Das stimmt.«

»Jedes Boot zerschellt an dem Betonpfeiler. Mein Wort darauf.«

»Ich glaube es Ihnen. Aber so ersaufen Hunderte von Menschen.«

»So oder so ... es kommt ja nur noch auf die Stelle an.« Der Mann, der etwas zu sagen hatte, winkte ab. »Es bleibt also das Motorboot.«

»Und wie stark ist der Motor?«

»Ein Außenborder. 40 PS!«

»Darauf einen Wodka, Brüderchen!« Shukow schlang die Plane enger um sich. Der Regen schlug durch jede Ritze. »Haben Sie schon mal versucht, mit einem Kinderwindrad zum Mond zu fliegen?«

Der Mann sah Shukow böse an und rannte dann weiter. »Dämlich reden kann jeder«, knurrte er dabei. »Mach es besser, Genosse ...«

Man konnte nichts besser machen, denn die Lage wurde immer schlechter. Was an Wasser aus dem Himmel fiel, hatte Shukow nie für möglich gehalten. Auch bei seiner Spezialausbildung in Alaska hatte ihm keiner gesagt, daß so etwas möglich sei. Im Training hatten sie alles durchgespielt: Schneestürme, Eiswinde, das Leben in Erdhöhlen, oder — das andere Extrem — glühende Hitze, Wasserlosigkeit, ein Boden, der sich vor Trockenheit spaltete. Sie hatten im Winter rohes Nerzfleisch gegessen und im Sommer Nattern und Heuschrecken ... nur an den großen Regen hatte keiner gedacht. An einen normalen Frühlings- und Herbstregen natürlich, an Väterchen Schlamm und Väterchen Frost, an Eisschollenberge auf den sibirischen Strömen oder tageweite, ausgedörrte gelbe, von Sandwinden überfegte Steppen ... aber so etwas von Regen wie hier war meteorologisch absurd und deshalb nicht im Lehrplan.

Nach zweieinhalb Stunden stand tatsächlich der Doppel-T-Träger auf dem diesseitigen Ufer in der Erde, zwei Meter tief in den Boden gerammt. Eingegraben, eingestampft, eingedrückt durch bloße Menschenkraft. Shukow rüttelte an ihm ... es war unbegreiflich. Wenn man das im Westen erzählte, würden sich alle an die Stirn tippen. Agentenlatein.

Die Wuginskaja war im Einsatz und arbeitete unter vier Planen, die man zwischen Holzstangen aufgespannt hatte. Es hatte vierunddreißig Verletzte gegeben, bis jetzt, meistens Quetschungen und Abschürfungen, aber auch drei Armbrüche. Dazu sechs Herzversagen und einen Mann, dem die Nerven zerrissen waren und der immerzu »Freßt euch in die Erde! Wir sind Maulwürfe! Maulwürfe sind wir!« schrie.

Die Wuginskaja schmierte Jod auf die Wunden, schiente die Brüche, verband, gab den Herzkranken Tropfen und dem Tobenden eine Injektion, nach der er umfiel wie ein gefällter Baum. Schaum quoll über seine Lippen, aber keiner kümmerte sich mehr darum.

»Sie könnten mir helfen«, sagte sie, als Shukow unter die aufgespannten Planen kroch. Valja Johannowna kniete im Schlamm, wie auch alle Verletzten einfach ohne Unterlagen im Schlamm lagen. »Haben Sie etwas Geschick im Medizinischen?«

»Ich glaube schon.« Shukow zog einem Sträfling die klatschnasse Jacke aus. Darunter kam eine magere, eingefallene Brust zum Vorschein, deren Haut in voller Breite regelrecht zerfetzt war. Er war einer der Männer, die den Doppel-T-Träger aufgefangen hatten, als er zu schwanken begann. Das war vor einer Stunde gewesen. Seitdem lag der Mann im Schlamm und wartete geduldig, was mit ihm geschehen würde. »Ich habe schon einmal einen Pickel ausgedrückt —«

»Sie Idiot!« Die goldenen Punkte tanzten wieder in ihren Pupillen. »Hier sind Mull und Jod! Säubern Sie dem Mann die Brust.«

»Und dann?«

»Das nächste Sanatorium für Rekonvaleszenten ist 2000 Werst südlich.«

»Das beruhigt mich ungemein.« Shukow nahm den Mull, schüttete das braune Jod darüber und beugte sich über den Verletzten. »Es wird verdammt brennen, Brüderchen, aber du krepierst wenigstens nicht an einer Sepsis«, sagte er und blickte den vom Schlamm Verkrusteten fragend an. »Weißt du, was eine Sepsis ist?«

»Tupfen Sie schon los, mein Freund!« Der Verletzte streckte sich im Schlamm aus, als liege er in einem schönen, weißbezogenen Krankenbett. »Ich habe selbst darüber geschrieben. Ich bin Schriftsteller.«

»Ein schöner Beruf. Aber nicht in Sibirien.«

»Ein gefährlicher Beruf — in Rußland.«

»Wieviel Jahre?«

»Fünfzehn.«

»Dann müssen Sie allerhand Unangenehmes geschrieben haben.«

»Ich habe nur geschrieben, daß Rußland an seiner sich selbst beschäftigenden Verwaltung zugrunde geht.«

»Wenn das strafwürdig ist, müßte Sie jeder Staat dieser Erde für fünfzehn Jahre einlochen und verschwinden lassen. Trösten Sie sich damit, Brüderchen! Wer staatliche Verwaltungen kritisiert, ist entweder ein Chaote oder ein Irrer. Eine andere Vokabel kennt der Staat nicht. Achtung! Beißen Sie die Zähne zusammen und kneifen Sie den Arsch ein ... jetzt kommt das Jod!«

Shukow legte den Mullappen mit dem Jod über die zerfetzte Brust. Der Verletzte bäumte sich kurz auf, knirschte mit den Zähnen, schloß die Augen, Tränen rannen über seine eingefallenen Wangen, aber er gab keinen Laut von sich. Nach einer ganzen Weile sagte er mit abgehackter, von Schmerzen zerstörter Stimme:

»Danke, mein Freund. Das tut gut, bestimmt tut das gut.«

»Jod sollte mit dem Nobelpreis ausgezeichnet werden.«

»Auch das! Ich meinte —« der Schriftsteller versuchte ein verzerrtes Lächeln — »daß ich mit Ihnen sprechen konnte. Sie wissen nicht, wie wertvoll es ist, mit Menschen sprechen zu können. Mit *Menschen!* Wieviel Menschen gibt es noch unter 3,5 Milliarden Menschen? Einer davon sind Sie. Danke.«

Shukow erhob sich und ging zu dem nächsten Verletzten. Die Wuginskaja verfolgte ihn mit ihrem Blick. Shukow kam sich schäbig vor, was etwas anderes ist als Reue oder Gewissen. Er nennt mich einen Menschen, dachte er, und doch bin ich hier, um die Geheimnisse seines Landes zu enträtseln. Er dankt dem Mann, der seinem Vaterland schadet. Vergessen wir den ganzen verlogenen Quatsch, daß wir für den Weltfrieden arbeiten, daß die Kenntnis der Stärke des Gegners ein Schutz für die Schwächeren ist. Wir sind eiskalte Profis im Gewerbe des Vernichtens, weiter nichts. Wir liefern die Unterlagen, und die anderen setzen sie als Waffe ein. Und er dankt mir. Mir, einem der wenigen *Menschen!* Zum Kotzen ist das, armes, knochiges Brüderchen mit der zerfetzten Brust ...

Die Wuginskaja kam zu ihm herüber, als er neben einem anderen Verwundeten kniete, dessen Arm im rechten Winkel stand. Ein Knochenbruch wie aus einem Lehrbuch. Der Verletzte grinste Shukow freudig an, als spüre er gar keine Schmerzen und habe auch keine Sorge, daß der Arm jemals wieder vernünftig zusammenwachse. Er hatte dem Gespräch mit dem Schriftsteller zugehört und sah Shukow nun auch als seinen Freund an.

Freundschaft, das sind vier Fünftel des Lebens in einem Straflager. Das letzte Fünftel ist Arbeit, Essen, Trinken, Schlafen, die Entleerung des Körpers und in den stillen Nächten die Gedanken an zu Hause oder an eine Frau. Aber das alles ist nichts gegen einen Freund. Gemeinsamkeit heißt Überleben in Sibirien.

»Wie lange?« fragte der Verletzte fast fröhlich.
»Was?« fragte Shukow zurück.
»Arbeitsunfähig.«
»Das entscheidet der Arzt. Ich bin kein Arzt. Ich helfe nur der Genossin. Sie ist die neue Lagerärztin von Ottokh.«
»O weh! Ein so schönes Vögelchen mit so eisernen Krallen! Sehen Sie meinen Arm an ... das sind mindestens sechs Wochen Gips und dann vier Wochen Schonarbeit. Zehn Wochen nicht in den Steinbruch. Ich werde neu geboren!«
»Sie reden zuviel, Wassja Grigorjewitsch«, sagte die Wuginskaja zu Shukow, packte roh den rechtwinklig abstehenden Arm des Verletzten und zog ihn gerade. Der Mann brüllte auf, die Augen quollen ihm aus den Höhlen, sein Gesicht fiel ein, als sei es vorher mit Luft aufgeblasen gewesen und man habe nun eine Nadel hineingestochen. »Man heilt nicht mit Worten, sondern mit Taten!«
»Das hier war gemein«, sagte Shukow rauh. »Valja Johannowna, tun Sie das nie wieder!«
»Der Arm ist wieder gerade, was wollen Sie mehr?« Ihre schwarzen Augen mit den goldflimmernden Pupillen blitzten ihn an. Das tatarische schmale Gesicht schien maskenhaft, aber auf den hohen Backenknochen lag eine feine Röte, als glühe sie von innen. Mein Gott, welch eine Frau, durchfuhr es Shukow. Man kann sie lieben und dann an ihr zugrunde gehen, etwas anderes ist gar nicht möglich. Oder man kann vor ihr flüchten, mit wirklicher Angst vor diesem Elementarereignis, und genau das werde, *muß* ich tun! Einmal in den Armen dieser Frau, und man löst sich in einzelne Elemente auf. Man zerfällt.
»Und was wollen Sie tun, wenn ich es wieder mache?« fragte sie voller Aggressivität.
»Vielleicht verprügele ich Sie.«
»Das wäre Ihr Tod!«
»Wie gleichgültig mir das ist. Aber Sie hätten zum erstenmal eine Niederlage erlitten.«
Sie schienten den Arm des Verletzten, umwickelten ihn mit Mullbinden und sprachen kein Wort mehr miteinander. »Gips gibt's später im Lagerlazarett!« sagte die Wuginskaja danach zu dem Sträfling. »Du hast falsch zugelangt, Halunke. Es ist der linke Arm. Mit dem rechten kannst du weiterhin Steine klopfen. Wenn überhaupt, dann brich dir beide Arme.«
»Scheiße!« Der Verletzte sah Shukow flehend an, während die Wuginskaja weiter unter der niedrig gespannten Plane durch den

Schlamm zu einem Mann kroch, der nach Luft japste. Sein Gesicht war blau und aufgedunsen. »Warum sind die Weiber besonders ekelhaft, sobald sie ins Lager kommen? Ein Lagerarzt, gut, mit dem kann man verhandeln ... aber eine Ärztin?! Arbeitsfähig, arbeitsfähig, arbeitsfähig — und wenn das Letzte, was wir noch bewegen können, unser Schwanz ist.«

»Da liegt die einzige Antwort. Eine Frau unter tausend Männern, in der Einsamkeit Sibiriens. Grausamkeit ist dann das einzige Ventil.«

»Ich bin Professor für Elektronik«, sagte der Mann mit dem Armbruch. »Zehn Jahre wegen Defaitismus. Ich hatte einen Fünfjahresplan Blödsinn genannt. Ein Wust von Papieren und Plänen, aber kein technisches Fundament. Ich weiß, was Sie denken. Unsere Kosmonauten. Das sind Paradepferde, die der Welt in einer riesigen Manege vorgeführt werden. Die Millionen Ställe mit elenden Kleppern aber sieht keiner. Rußland ist in einem ungeheuren Aufbruch, das stimmt alles. Wir rennen mit im technischen Zeitalter und sind schon in der Spitzengruppe, aber die anderen haben Rennschuhe mit Gleitsohlen — wir laufen noch in Nagelschuhen.«

»Kommen Sie her, Wassja Grigorjewitsch!« rief vom anderen Ende des Notlazaretts die Wuginskaja. »Hier können Sie ein zerquetschtes Bein sehen, das amputiert werden muß.«

Shukow kroch in die andere Ecke und hockte sich neben die Wuginskaja. Der Verletzte war besinnungslos, sein Bein war oberhalb des Knies zermalmt. Die Knochensplitter staken wie Speckstreifen im Muskelgewebe ... ein gespicktes Stück Fleisch.

»Sie wollen *hier* amputieren?« fragte Shukow fassungslos.

»Nein. Drüben im Lager natürlich.«

»Der Mann kommt mit dem Bein nie über den Fluß.«

»Dann soll er glücklich sein.« Sie deckte das zermalmte Bein zu und richtete sich auf. Trotz Planen war sie völlig durchnäßt, die grüne Bluse klebte auf ihrem Oberkörper, und Shukow sah, daß sie darunter keinen Büstenhalter trug. Durch den nassen Stoff drückten sich ihre spitzen Brüste, gekrönt von den kleinen, runden, harten Warzen. Sie bemerkte seinen Blick und kräuselte die Nase.

»Ihre Augen sind penetrant!« sagte sie.

»Verzeihung, Valja Johannowna.« Er wandte sich ab und verließ den Verbandplatz. Draußen schlug er die gelbe Plane wieder über sich und lief hinunter zu dem sich immer weiter ausbreitenden Fluß. Hunderte von Sträflingen bemühten sich, Säcke mit feuchter Erde zu füllen und einen armseligen Damm um den in den Boden gerammten Doppel-T-Träger zu bauen. Auf der anderen Flußseite, wo anscheinend das ganze Lager Nowo Sosnowka im Einsatz war, denn dort wimmelte es von Menschen, hatte man drei Drahtseile an Eisenträgern und dicken Bäumen befestigt und trug jetzt das Motorboot, 40-PS-Außenbordmotor, zum Wasser. Der Mann, der etwas zu sagen hatte — Shukow kannte jetzt endlich seinen Namen, er hieß Afanasj Kornejewitsch Pribylow —, schob sich wieder an seine Seite und schnaufte wie ein Flußpferd.

»Jetzt kommt das Seil herüber, Genosse! Und dann läuft unsere Fähre. Ich garantiere. Als ob uns so ein verdammter Fluß kleinkriegte!«

»Wieviel Verluste haben sie drüben?« fragte Shukow.

Die Verständigung mit den Walkie-Talkies klappte vorzüglich. Pribylow winkte großzügig ab.

»Zweiundsiebzig. Davon sind neun ersoffen. Weggerissen von den Strudeln. Ich habe manchmal den Eindruck, die Lumpen aus dem Lager verletzen sich selbst, ja suchen sogar eine Gelegenheit, sich umzubringen.«

»So löst man Probleme.«

»Haha!« Pribylow lachte und klopfte Shukow auf die Schulter. »Sie sind ein lustiger Mensch. Ich mag Sie. Sie denken wie ich: Alles im Leben ist Scheiße — man muß sie nur richtig würzen.«

»Aber dann müssen wir sie auch fressen, und das gefällt mir gar nicht.« Shukow ging so nahe an den unbändigen Fluß, bis die ersten rasenden Wasser seine Stiefelspitzen erreichten. Drüben wurde das Motorboot in die Tjuganja gelassen, von Seilen und schätzungsweise dreißig Männern festgehalten. Man konnte sie nicht zählen. Plötzlich war auch die Wuginskaja wieder neben Shukow, ein gelber Käfer, der an ihn herankroch, seine Plane lüftete und unter Shukows Kunststoffschutz schlüpfte. Die Nähe ihres Körpers irritierte ihn sofort wieder. Sie preßte sich an ihn; er spürte, daß sie fror, und legte den Arm um sie.

»Alle Verletzten sind versorgt«, sagte sie. »Zufrieden, großer Bär?«

Er blickte sie kurz an: ihre durch den nassen Stoff sich drückenden Brustwarzen, das regenüberströmte hochknochige Gesicht, die schrägen Mandelaugen, die schwarzen, von der Nässe zusammengeklebten langen Haare, die auch jetzt den Metallschimmer nicht verloren hatten. Schwarzer, gesponnener Stahl.

»Merkwürdig«, sagte er.

»Was ist merkwürdig?«

»Auch Dunja nannte mich ›Großer Bär‹!«

»Das wußte ich nicht. Ich werde Sie nie mehr so nennen! Nie mehr! Ich habe das Wort nie gesagt. Vergessen Sie es! Oh, wie hasse ich sie, diese Dunja! Selbst die Namen nimmt sie mir weg!«

»Valja Johannowna — wir sollten nie mehr den Fehler begehen, mehr als Freunde zu sein.«

»Etwas anderes wäre furchtbar für uns beide.«

»Ich möchte Sie dafür küssen, daß Sie das einsehen.«

»Und so etwas diskutiert man unter einer Kunststoffplane auf einem Land, das in einer neuen Sintflut untergeht. Wassja Grigorjewitsch, wir sind doch verrückt.«

»Es ist herrlich, so verrückt zu sein! Ein normales Leben zu führen, ist eine vorweggenommene Hölle. Ich stelle mir die ewige Verdammnis so vor, daß man in Filzpantoffeln in einem Sessel sitzen und mit den eigenen Händen spielen muß.«

Der Zugleiter unterbrach sie. Er rannte heran wie ein gelbes Rieseninsekt und wedelte mit beiden Armen.

»Wir haben vom Zug aus Funkverbindung mit Ottokh! Endlich Ottokh. Aber helfen können die auch nicht. Die versaufen ebenfalls. Stellen Sie sich vor, Genossen! Sogar der Militärflugplatz ist unbrauchbar geworden. Der Regen hat die Landebahnen unterspült ... und wupp, waren sie einen Meter tief weggesunken. Jetzt stehen die Hubschrauber und Flugzeuge im Hangar, bis zu den Tragflächen im Wasser. So eine Katastrophe! Was werden die Zeitungen schreiben ...«

»Gar nichts«, sagte Pribylow giftig. »Für die Außenwelt gibt es uns doch gar nicht. Wo wir hier sind, ist auf allen Landkarten ein weißer Fleck. Unbewohnt. Urtaiga. Also Ottokh kann uns nicht mehr helfen. Gut. Dann machen wir weiter auf unsere Art.«

Drüben hatten sie es erreicht, das Motorboot mit den aufgerollten Stahlseilen ins Wasser zu lassen und hielten es fest. Vier Männer kletterten in den Kahn, warfen den Außenbordmotor an und banden sich dann mit Stricken an den Haken fest, in die man auch die Ruder hängen konnte.

»Bekommen die einen Orden, wenn sie uns erreichen?« fragte Shukow sarkastisch.

»Nein.« Pribylow lächelte breit, er fand Shukow sehr witzig und geistreich. So etwas fehlt sonst einem dynamischen Mann unter lauter Sträflingen. »Sie bekommen alle ein halbes Pfund Fleisch in ihre Suppe.«

»Das ist allerdings mehr wert als ein Orden.«

»Meine Worte!« Pribylow glänzte über das ganze Gesicht. »Als das bekannt wurde, hatten wir dreihundertvierundvierzig Freiwilligenmeldungen.«

»Dann muß die Suppe in Nowo Sosnowka sehr dünn sein.«

»Die vorgeschriebene Norm. Viele Nomaden in der Taiga leben schlechter. Aha! Sehen Sie nur! Das Boot stößt ab! Wenn jetzt bloß nicht der Motor versagt!«

Es war purer Wahnsinn, was da drüben am anderen Ufer geschah, aber für ein halbes Pfund Fleisch in einer Wassersuppe kann man ein Leben riskieren! Die vier Sträflinge schafften es tatsächlich, in den reißenden Fluß zu kommen und manövrierten das Boot geschickt nicht in direkter Linie auf das jenseitige Ufer zu, was ein sicheres Kentern bedeutet hätte, sondern trieben mit voller Motorkraft schräg zu der wilden Strömung flußabwärts. So näherten sie sich der anderen Seite, auf den Wellen tanzend und die verrückt gewordene Tjuganja mit dem Motor besiegend.

»Sie verdienen sich ihr Fleisch ehrlich«, sagte Shukow sarkastisch. »Sie sollten jedem noch eine Handvoll Bohnen dazugeben, Pribylow.«

»Das bestimmt der Lagerleiter. Ich bin nur Brückenbaukonstrukteur.«

»Und wer ist der Lagerleiter?«

»Ein Major Wassili Michailowitsch Jankow.«

»Ein verträglicher Mensch?«

»Er leidet unter Sibirien und Frauenmangel.«

»Also ein Ekel.«

»Erwarten Sie mehr? Hurra! Das Boot schafft es! Noch dreißig Meter bis zu uns!«

Es waren dreißig Meter, die selbst ein durchtrainierter Mensch wie Shukow nicht freiwillig auf sich genommen hätte. In Alaska hat es auch Wildwasser gegeben, und während der Ausbildung mußten sie mit indianischen Kanus Stromschnellen überqueren. Zweimal hatte General Orwell sie extra nach Colorado fliegen lassen, an der wildesten Stelle des Colorado River im Grand Canyon ausgesetzt und gesagt: »So, Jungs, nun zeigt dem alten Fluß, daß ihr die besten Boys seid. Ich erwarte euch im Planquadrat XVI! Kommt ihr nicht an, wart ihr eben nicht hart genug! So long ...«

Und sie waren angekommen. Zerschunden, blutig geschlagen an den Klippen, vom Fluß zerstört, so völlig zermürbt, daß Orwell ihnen eine Woche Urlaub verordnete, was eine größere Auszeichnung war als der nationale Tapferkeitsorden.

Doch das alles war nichts gegen diese Tjuganja. Den Colorado hatten sie damals an Spezialkarten genau studiert ... hier in Sibirien warfen sich vier Männer mit einem lächerlich kleinen Boot und einem noch mieseren Außenbordmotor gegen einen Strom, der über die Erde brauste, als sei der Welt Anfang wiedergekommen.

Auf Shukows Seite rannten die Sträflinge aus dem Zug am Fluß entlang, um dem Boot neue Seile hinüberzuwerfen, sobald es in Wurfnähe kam. Um den Doppel-T-Träger hatten die Sandsäcke die Flut wenigstens etwas abgedämmt, so weit jedenfalls, daß man — wenn das Manöver gelang — das Drahtseil für die Fähre daran befestigen konnte. Fast vierzig Männer hielten sich an dem Eisenträger und an den Stricken fest, die man rundherum festgebunden hatte.

Die letzten dreißig höllischen Meter, durch Unterströmungen mörderisch, denn hier war nie ein Flußbett gewesen, sahen so aus, als schafften es die vier Männer doch nicht. Das Boot wurde weggerissen, drehte sich wie ein Kreisel, aber es schlug nicht um. Dann gelang es wieder, den Fluß zu überlisten und erneut schräg zum Ufer zu fahren.

»Für diese Leistung sollte man die vier begnadigen«, sagte Shukow laut. »Was muß man eigentlich tun, um begnadigt zu werden?«

»Ein guter Kommunist werden ... wie wir.« Pribylow lachte wieder fett. »Flüsse bezwingen, hat mit Kommunismus nichts zu tun — da geht's nur um ein halbes Pfund Fleisch.«

Verdammt, sie schafften es wirklich! Als das erste Seil vom diesseitigen Ufer das Boot erreichte und zwei der vier Männer es an den Kiel banden, war der höllische Fluß besiegt. Mit dreißig Mann zogen sie das Boot durch die Strömung heran, sprangen dann hinein, umarmten die vier, küßten sie und feierten sie wie Kosmonauten, die in der kasakischen Steppe gelandet waren. Dann trugen sie das Boot aufs Trockene, das heißt auf die Erde, die nur noch Schlamm war, und hoben die Stahlseilrollen heraus. Die Verbindung zum anderen Ufer war hergestellt.

»Ich bin voll Bewunderung«, sagte Shukow ehrlich und dachte wieder an seine Einsätze in Alaska und Colorado. Er legte den Arm um die frierende Wuginskaja, und sie kroch an ihn heran wie ein elender, nasser Hund. »Ich gestehe: Ich habe heute viel von euch gelernt ...«

Das Übersetzen war, nachdem die Stahlseile gespannt waren und die Boote in sie eingehängt wurden, zwar keine Kleinigkeit, sondern ein verflucht hartes Unternehmen, aber es verlief alles glatt — wenn man davon absieht, daß drei Boote kenterten und die Insassen samt Kisten und Kartons hilflos abtrieben, unrettbar, vom Fluß verschlungen. Auch neun Wachsoldaten waren darunter, und so grausam es ist, so zu denken, Shukow dachte an eine gewisse Gerechtigkeit des Schicksals. Auch diese Soldaten haben Mütter und Väter, Freundinnen und Bräute, und man hat ihnen befohlen, nach Sibirien zu fahren und die Sträflinge zu bewachen. Wenn sie auf die ausgemergelten Gestalten einschlugen, so kannten sie es nicht anders, man hat es ihnen eingetrichtert. Das sind Menschen, die man nicht mehr als Menschen zu behandeln braucht. Das ist ein einfacher Lehrsatz, ihn begreift jeder, und wenn man dadurch ein guter Soldat sein kann, befolgt man ihn eben, ohne nachzudenken.

Bis zum Abend — es regnete ohne Unterbrechung mit der gleichen Intensität, der Himmel war grau und das Weltall anscheinend bis zur Unendlichkeit voll Wasser — war der Zug entleert und alles, was er befördert hatte, auf das andere Ufer geschafft worden. Es blieben nur noch die Privilegierten übrig, ein paar Geologen, Ingenieure, drei Offiziere, ein Raketenfachmann, zwei Atomphysiker, die Wuginskaja, der Zugführer und Shukow.

»Ich bleibe bei meinem Zug«, sagte der Zugführer und blickte heroisch um sich. »Verläßt ein Kapitän sein Schiff, solange es noch schaukelt? Na also! Mein Zug steht noch da. Ich werde mich in die Lok setzen und warten. Weiter gute Reise, Genossen! Einmal hört alles auf, auch dieser Sauregen.«

Man beschloß, mit zwei Booten hinüberzusetzen, und die Wuginskaja verlangte, im gleichen Boot mit Shukow zu fahren. Das Boot vor ihnen hatte die Verletzten mitgenommen ... auch den Schriftsteller und den Professor für Elektronik. Wie Hölzer hatte man die Verletzten nebeneinander und sogar aufeinander geschichtet. Es machte ihnen nichts aus. Die Hauptsache war, sie überlebten, kamen auf die andere Seite des Flusses, wurden in das Lagerlazarett von Nowo Sosnowka gebracht und hatten dann einige Wochen Ruhe. Auf einem Holzbett liegen, auf einer stinkenden Pritsche, unter einer urindampfenden Decke und nichts tun als dösen ... denken ... sich erinnern ... sich in Hoffnung baden — das ist ein Stück Himmel.

Das letzte Boot war das mit Shukow, Valja Johannowna, einem ziemlich arroganten Kapitän der Roten Armee, der seinen gelben

Kunststoffumhang wie eine Beleidigung ansah, sich aber doch damit vor völliger Durchnässung schützte, und ein Geophysiker, der schreckliche Angst hatte, sich ins Boot plumpsen ließ, auf den Boden legte und anscheinend alles andere in Gottes Hand legte. Afanasj Kornejewitsch Pribylow, der wichtigste Mann am diesseitigen Ufer, verabschiedete sie alle wie engste Verwandte.

»Es war schön, mit Ihnen zu reden!« rief er. »Gute Fahrt! Gute Fahrt!«

Dann umarmte er Shukow und die Wuginskaja und gab dem Boot einen Tritt, damit es an der Seilrolle in den Fluß glitt.

Sie kamen drüben wie nasse Mäuse an. Die Wellen schlugen immerzu ins Boot, es nutzte keine Plane mehr, es war, als führen sie unter einem Wasserfall her. Daß sie überhaupt das andere Ufer erreichten, in einem mit Wasser halbvollem Boot, war eines der Rätsel, über die man noch lange nachdenken kann.

Auf der Nowo-Sosnowka-Seite empfing sie der Mann, der Shukow am meisten interessierte: Major Wassili Michailowitsch Jankow, der Kommandeur des Straflagers. Seine tausend Sträflinge hatten nicht nur die provisorische Drahtseilfähre so verankert, daß sie eine Ersatzbrücke darstellte — sie hatten auch Dämme aus Felssteinen aufgerichtet und mit Erde abgedichtet. Sie verhinderten so, daß der sich immer mehr ausweitende Fluß in das Felsental eindrang und das Dorf Nowo Sosnowka unter Wasser setzte. Wie ein Heer von tausend Bibern schleppten sie Stämme und Steine heran, ohne alle Hilfsmittel, mit den Händen, auf den Schultern, an Seilen hinter sich herziehend. Es war ein grandioses Bild wie aus der Apokalypse. Arbeitende Leichen.

Major Jankow, mittelgroß, etwas dicklich um die Hüften, mit jener gegerbten Gesichtshaut, die ihn als einen alten Sibirier auswies, grüßte militärisch korrekt, als das letzte Boot glücklich gelandet war. Man hatte ihm von drüben über das Walkie-Talkie bereits mitgeteilt, wer da ankam: ein Ingenieur, der anscheinend große Vollmachten von der Zentrale Irkutsk hatte, und eine Ärztin, die unter vier aufgespannten Kunststoffplanen in diesem Urweltregen Kranke und Verletzte behandelt hatte. Bei Jankow waren die Verletzten unversorgt ins Dorf transportiert worden und lagen in einer Scheune. Einen Lagerarzt mitzunehmen, hatte der Major nicht für nötig gehalten.

»Die Lage ist trostlos«, sagte Jankow, nachdem man sich bekanntgemacht hatte. »Nach Ottokh ist kein Durchkommen mehr. Das ganze Land ist ein einziger Sumpf. Die Lastwagen versinken, wir haben es versucht. Ich habe schon daran gedacht, Schlitten einzusetzen und sie von meinen Männern ziehen zu lassen.«

»Menschen als Zugtiere ... bis Ottokh?« sagte Shukow, als glaube er so etwas nicht.

»Warum nicht? Es sind wichtige Ersatzteile für Werchokrassnoje dabei. Was kein Auto schafft und bei diesem Wetter selbst kein Hubschrauber ... ein Mensch kann es! Zwanzig Mann vor einem Schlitten ... die kommen auch durch den Schlamm! Wassja Grigorjewitsch, sehen Sie mich nicht an, als sei ich der Leibhaftige. Wir haben darin doch Tradition. Jahrhundertelang zogen die Flußschlepper ganze Lastkähne die Ströme Sibiriens hinauf. Was wäre aus Rußland geworden ohne die Wolga- und Donschlepper? Wir müssen da mal wieder einen Versuch machen, Genossen. Wir haben Menschen genug.«

Es hatte keinen Sinn, Major Jankow ins Gesicht zu sagen, daß man ihn umbringen sollte. Mit einem Geländewagen, der sich durch den Schlamm wühlte, bis er den festeren Felsboden der Schlucht von Nowo Sosnowka erreichte, verließen sie das Flußufer und fuhren durch das Dorf. Dort war man dabei, alles möglichst wasserdicht zu machen, schichtete Sandsäcke vor die Türen und trieb das Vieh in höher gelegene Waldstücke, um sie dort an den Bäumen festzubinden. Wenn die Welt wirklich nicht unterging im Wasser, waren sie hier sicher. So hoch konnte kein Fluß steigen.

Bis zum Lager waren es noch vier Werst. Die Straße war mit Steinplatten befestigt, dazwischen lagen dicke Holzknüppel; ein Untergrund, der leidlich hielt. Als die Baracken auftauchten, die Stacheldrahtzäune mit den Wachtürmen, der hohe innere Palisadenzaun, die Steinhäuser der Wachmannschaften und der Kommandantur, die — wie immer — außerhalb des eigentlichen Lages gebaut waren, die Garagen und Werkstätten, das Magazin, die Wäscherei und das kleine Krematorium mit dem schlanken Schornstein aus Betonfertigrohren — da fühlte sich Shukow fast wie zu Hause.

Das alles hatte man für die Ausbildung der amerikanischen Agenten auch in Alaska aufgebaut gehabt, naturgetreu. Es gab ja Fotos genug von den sowjetischen Lagern, und präzise Beschreibungen. In einem solchen Straflager hatten sie damals neun Wochen gelebt, unter den gleichen Bedingungen, wie sie Shukow jetzt hier vorfand. Was andere entsetzen würde, betrachtete er mit Interesse. Major Jankow schien es zu bemerken.

»Ein schönes Lager«, sagte er stolz. »Ich darf mit Recht feststellen, daß es mustergültig ist.« Er beugte sich zu Shukows Ohr, weil die Wuginskaja das nicht zu hören brauchte. »Nur eines haben wir nicht, was Ottokh hat, und das verschärft die Aggressionen: Wir haben kein Frauenlager in der Nähe! Nicht eine einzige Frau, nur die Weiber im Dorf. Und das bei dreihundert Mannschaften! Ich habe ganz offiziell in Jakutsk einen Puff beantragt. Abgelehnt. Wenn ich meinen Soldaten kommandiere: Das Gewehr über! — dann gehen gleich zwei Knüppel in die Luft.«

Er lachte, lehnte sich wieder zurück und wandte sich zu der Wuginskaja um, die auf dem Hintersitz hockte. Der Regen hatte nicht vermocht, ihre eigenartige Schönheit wegzuschwemmen.

»Unser Lagerlazarett ist ebenfalls mustergültig«, rief er gegen das Rauschen des Regens und den Motorenlärm an. »Sie werden es sehen, Genossin. Chefarzt ist Dr. Fedjunin. Es gab eine statistische Umfrage bei allen Lagern, eine Generalübersicht im Gulag. Nowo Sosnowka hatte die wenigsten Kranken. Keine zwei Prozent! Na, ist das etwas?«

»Und wie hoch ist die Sterbequote?« fragte Shukow leichthin.

»Normaler Durchschnitt.« Major Jankow winkte großzügig ab. »Man muß die Arbeitsleistung gegen den Verschleiß aufrechnen, Genosse. Da liegen wir in der Spitzengruppe!«

Ich bringe dich doch noch um, dachte Shukow eiskalt. Bevor ich dein Lager wieder verlasse, Wassili Michailowitsch Jankow, schlage ich dir den Schädel ein. Man wird dich nie finden, du bleibst in Sibirien rätselhaft verschollen.

Auch das haben wir in der Ausbildung gelernt.

Sie mußten zwei Wochen im Lager bleiben.

Der Plan mit den Schlitten und den Sträflingen als Schlittenhunden war nicht durchführbar. Selbst Major Jankow sah das ein, nachdem zwei Tage später der Fluß das Dorf erreicht hatte, und der Weg nach Ottokh einer Wasserwüste glich. Man konnte nur noch warten, daß die Sintflut aufhörte und die nahende Kälte den Regen in Schnee verwandelte und der Boden festfror. Dann allerdings würde es den großen Aufbruch geben. Frost in Sibirien ist haltbarer als eine Autobahn.

Shukow und die Wuginskaja bewohnten zwei Zimmer in der Kommandantur außerhalb des Lagerkomplexes. Das Essen war gut und reichlich, es gab sogar Wein aus dem Kaukasus, worauf Major Jankow sehr stolz war. Die Sträflinge waren erstaunlich friedlich, wenn man weiß, wie es in anderen Lagern zugeht, wo die kriminelle Abteilung grundsätzlich die Vorarbeiter stellt, die Kalfaktoren, die Spitzel, überhaupt die ganze innere Hierarchie des Lagers. Von der Latrine bis zum Krematorium beherrschten die Kriminellen das eingefangene Leben, waren die Vertrauten der Wachmannschaften und lebten von Bestechungen. Am ärmsten waren die Politischen dran. Sie galten sowieso als Idioten, denn sich für eine Idee lebendig begraben zu lassen, ist für einen Kriminellen der Gipfel des Irrsinns.

»Es hat nur einmal eine Revolte gegeben«, sagte Major Jankow, als er Shukow und die Wuginskaja am vierten Tage durch das Lager führte, natürlich unter starkem Militärschutz, denn tausend Häftlinge, die eine wunderschöne Frau ansehen dürfen, sind tausend Explosionen wert. »Das war direkt nach Stalins Tod. Als er bekannt wurde, dachte man, jetzt könne man mit den Muskeln rollen. Es gab siebzig Tote: Die Unbelehrbaren rannten tatsächlich gegen unsere Maschinengewehre an. Seitdem ist Ruhe. Die Inhaftierten haben eine Selbstverwaltung, einen Lagerleiter eigener Wahl, eine Musikkapelle, eine Theaterabteilung, einen Sportverein, eine Schachmannschaft und einen Gesangverein. Der hat sogar vor drei Jahren in Jakutsk bei einem Wettbewerb den zweiten Preis gewonnen.«

»Unfaßbar!« sagte Shukow ehrlich. Er ging durch das Lager, sah, daß alles stimmte, was Jankow da erzählte, allerdings in sehr primitiven Ausmaßen ... aber es gab das alles wirklich. Ich bringe ihn doch nicht um, dachte Shukow. Er kann nicht aus seiner Haut. Er ist ein Russe. Er jagt die Leute bis zum Umfallen in die Steinbrüche, aber abends dürfen sie Schach spielen oder Walzer von Johann Strauß tanzen. Und die Theaterabteilung probt gerade ›Der Revisor‹ von Gogol. Es ist nicht zu fassen! Man wird die russische Seele nie verstehen. Nie! Sie gehört zu den Phänomenen dieser Erde!

Das Lagerlazarett allerdings war eine Katastrophe — die Ausnahme gewissermaßen. Chefarzt Dr. Fedjunin, ein fast zwei Meter langer, nach vorne gekrümmter Leptosom, mit einer Nickelbrille, dicken Tränensäcken und psychisch unter seiner Häßlichkeit leidend, die er nicht einmal bei einer Hure aufwerten konnte, weil es im Umkreis von 500 Werst keine Huren gab, reichte Shukow und der Wuginskaja eine schlaffe Hand und führte sie dann durch das, was er Krankenhaus nannte. Von den vorhandenen vierzig Betten waren nur neun belegt. Es waren Fälle, die ohne Frage auf eine Intensivstation gehörten. Anscheinend fing bei Dr. Fedjunin eine Krankheit erst in diesem Stadium an, bettreif zu werden.

Die Wuginskaja sagte gar nichts. Sie betrachtete die Kranken, durchschritt die anderen Räume, den OP, das Labor, die Banja, das Magazin, die Apotheke, die Küche und den Sezierraum, wo Dr. Fedjunin einer stillen Leidenschaft frönte: Bevor er die Toten ins Krematorium schaffen ließ, schnitt er sie erst auf und zerlegte jeden Leichnam säuberlich in seine anatomischen Einzelteile. Ein Puzzlespiel im umgekehrten Verhältnis.

Beim Abschied gab die Wuginskaja ihrem Kollegen Dr. Fedjunin nicht mehr die Hand, aber sie sagte ruhig: »Ein schönes Lazarett! Gratuliere! So eines wünsche ich mir auch in Ottokh.«

»Valja Johannowna, sind Sie verrückt?« sagte später Shukow zu ihr, als sie allein in seinem Zimmer saßen und Tee tranken. »Sie loben diesen Todesstall? Sie wünschen sich so etwas in Ottokh? Was ist mit Ihnen los?«

»Ich habe das Entsetzen in Ihren Augen gesehen, Wassja Grigorjewitsch«, antwortete sie im Plauderton und nippte an dem dampfenden Tee. »Und ich habe es bewußt gesagt, um Sie zu treffen. Ich will Sie treffen. Ganz tief in Ihrer verdammten Selbstsicherheit. Sie Fels von einem Mann! Ich sprenge Sie noch auseinander, das schwöre ich Ihnen! Sie Bettelmönch, der einer heiligen Dunja nachzieht ...«

»Dunja Andrejewna muß Ihnen schwer im Magen liegen, nicht wahr?«

»Sie lieben sie, wie man sein Augenlicht liebt.«

»Mehr, Valja Johannowna. Ich gäbe mein Augenlicht her, damit Dunja wieder sehen könnte, wenn das nötig wäre.«

»So einem wie Ihnen hätten meine tatarischen Vorfahren die Zunge aus dem Hals gerissen.« Sie stand abrupt auf, warf die Teetasse auf den Holzboden und ging zur Tür. »Ich liebe Sie«, sagte sie, den Rücken ihm zugewandt.

»Ich weiß.«

»Und Sie tun nichts, Wassjenka?«

»Nichts.«

»Eine Frau sagt Ihnen, daß sie Sie liebt, und Sie bleiben sitzen wie angeklebt?! Man müßte Sie vierteilen, Wassja —«

»Wenn wir uns lieben, gehen wir beide zugrunde, Valja.«

»Ist das nicht herrlich? Zerstört werden durch die Liebe? Das ist das Höchste, was einem Menschen passieren kann: sich atomisieren in Leidenschaft.«

»Ich stimme Ihnen zu, Valja.«

»Ich stimme Ihnen zu!« Sie fuhr herum. Ihre schwarzen Augen waren jetzt nur noch goldene Punkte. Brennende Pupillen. Über den hohen Backenknochen, diesem traumhaften Gesicht der Verschmelzung von zwei Kontinenten, zitterte helle Röte. »Habe ich eine Wahlrede gehalten? Sie Scheusal! Sie personifizierte Arroganz mit dem Blick eines Träumers! Ha! Ich stimme Ihnen zu! Jedes Wort ist ein Tod für Sie!«

»Ich kann es mir nicht leisten, Sie zu lieben, Valja«, sagte Shukow. Seine Stimme streichelte sie. Die Wuginskaja spürte es genau, es glitt über ihre Haut, und sie zog die Schultern hoch. Bis in die Innenseiten ihrer Schenkel rieselte dieses Gefühl; es war eine himmlisch-höllische Hingabe, die ihr völlig den Willen über ihren Körper raubte.

»Warum?« fragte sie. Da war sie wieder, die halbe Stimme. Der zarte Schwington ihrer Seele.

»Das kann ich Ihnen nicht erklären. Nie! Nicht wegen Dunja, nein. Streichen wir Dunja ganz aus unseren Gedanken. Ich kann es Ihnen einfach nicht sagen.«

»Ich verstehe alles, Wassja ...«

Das nicht, dachte Shukow. Du wirst es nie verstehen, daß hier Bob Miller sitzt, Major des amerikanischen CIA. Dunja hat es hingenommen, aber du wirst es nie können, Valja Johannowna. Du nie! Jeder Mensch, auch einer, der glaubt, ein Titan zu sein, hat seine Grenzen. Und auch jede Liebe hat ihre Grenzen. Man kann Metalle zusammenschweißen und Atome spalten, aber man kann nie ein Feuer mit Benzin löschen. Genau das aber kann ich dir nicht erklären, herrliche Wuginskaja ...

»Du sagst nichts?« fragte sie mit ganz kleiner Stimme. Sie hatte wieder den Rücken zu ihm gekehrt, stand an der Tür, die Klinke in der Hand. Er brauchte nur drei Schritte zu ihr, brauchte sie nur hochzuheben und wegzutragen auf sein Bett. Sie wartete darauf. Ihre Schenkel zitterten, wie von elektrischen Strömen durchpeitscht.

»Nein. Ich sage nichts«, antwortete er. »Valja, zerstöre nicht unsere kleine Welt.«

»Ich will sie zerstören, mit dir.«

»Und unsere Asche weht in den Fluß. Hat das einen Sinn?«

Sie gab keine Antwort, riß die Tür auf, verließ das Zimmer und warf hinter sich die Tür so heftig zu, daß sie wieder aus dem Schloß sprang. Shukow hörte ihre Schritte auf dem Flur, und auch noch einen anderen, hellen, kindlich-greinenden Ton. Sie weinte laut, während sie weglief.

Die Schaltstelle zu den einzelnen amerikanischen Agenten war wieder einmal umgezogen und saß jetzt in Fort Patmos, einem Nest am Missouri, umgeben von Sümpfen, die damals, als Fort Patmos gegründet wurde, sehr nützlich waren, weil die Indianer nicht mit ihren Pferden das Fort stürmen konnten. Aber das war vor 150 Jahren. Heute hatte Fort Patmos keine Berechtigung mehr, war eine Art toter Stadt, wie sie im Westen der USA zu Haufen herumstehen, und gerade deswegen hatte General Jack Orwell gesagt: »Da lassen wir uns nieder!«

Man war von Orwell solche Eigenwilligkeiten gewöhnt, das Hauptquartier in Washington sagte zu allem Amen, und so baute man mit der bekannten amerikanischen Perfektion und Schnelligkeit und unter Einsatz eines Heeres modernster Maschinen ein Nachrichtenzentrum in den alten Felssteingebäuden auf.

Orwell hatte richtig gerechnet. Die Gegenspionage war verunsichert. Plötzlich war Orwells Stab weg, wie ins All geschossen. Der Gegner rannte kopflos herum und stieß sich an völlig falschen Informationen wund.

Doch auch Orwell hatte seine Sorgen.

Aus Winniza hatte Bob Miller noch melden können, daß der gefährlichste und beste sowjetische Kollege Andrej Nikolajewitsch Plenjakow das geheimnisvolle Frazertown am Bug verlassen hatte und als John Barryl in die USA einsickern würde. Von da ab hatte man alle Flughäfen überwacht, alle Schiffshäfen, überhaupt jedes Loch, durch das man in die USA hätte schlüpfen können. Alle Dienststellen an der kanadischen und mexikanischen Grenze waren alarmiert worden ... doch ein John Barryl tauchte nirgendwo auf.

Orwell behielt seine väterliche Ruhe, aber seine Worte drückten aus, was ihn bedrückte.

»Ich weiß, daß Plenjakow im Lande ist«, sagte er bei der ersten Lagebesprechung in Fort Patmos. Es waren nur vier Offiziere zugegen, die besten, die es noch in Orwells Abteilung gab. Alle anderen waren im Einsatz in Rußland. »Verdammt, ich spüre es wie die Kräuselhaare einer Frau. Er *ist* hier. Und er etabliert sich seinen Fähigkeiten entsprechend genau dort, wo er uns am gefährlichsten werden kann. Doch was haben wir von ihm? Nur seinen russischen und seinen amerikanischen Namen. Ende. Kein Bild, kein Foto, nicht mal eine Phantomzeichnung. Der einzige, der Barryl beziehungsweise Plenjakow genau kennt, ist Bob. Aber wo ist Bob? Irgendwo auf dem Weg zwischen Jakutsk und Werchokrassnoje. Ich frage mich und Sie, meine Herren: Was ist jetzt wichtiger? Fotos der neuen sowjetischen Interkontinentalraketen-Basis in Sibirien oder die Enttarnung des Agenten Plenjakow? Wo liegt der größere Schaden für unser Land? Werchokrassnoje bleibt ... aber Plenjakow bohrt sich in uns hinein und verschwindet schließlich ganz. Mir bleibt keine Wahl. Bob muß zurück! Es gibt nur einen Mann, der Plenjakow kennt ... ihn!«

»Und wie wollen Sie Bob erreichen, Sir?« fragte einer der Offiziere.

»Bis Bob aus Rußland heraus ist, hat sich Plenjakow längst etabliert«, sagte ein anderer.

Orwell nickte schwer. Er wußte das alles, es hatte ihm viele schlaflose Nächte gekostet. »Sie sehen mich an wie Kühe, deren Euter Coca-Cola geben«, sagte er mürrisch. »Jungs, ich weiß genau, wie beschissen meine Lage ist. Moskaus intelligentester Mann läuft bei uns frei herum! Weiß der Teufel, wie er ins Land gekommen ist ... aber er *ist* drin. Herbert —«

»Sir?«

Ein Captain nahm die Hacken zusammen. Er ahnte, was ihm von Orwell blühte. Es waren keine Rosen.

»Sie versuchen, über Irkutsk, über Galina Theofilowna im Hotel ›Sibir‹, Bob zu erreichen. Einmal muß er sich ja von irgendwoher melden. Dann gibt es für ihn nur eine Aufgabe, Herbert: sofort zurück in die Staaten! Lassen Sie ihm schonungslos die Wahrheit übermitteln: Plenjakow ist uns aus dem Blick gekommen. Ich brauche Bob Miller!«

Wassili Michailowitsch Jankow mochte zwar ein scharfer Hund sein, der seinen Strafgefangenen jeden Tag vor Augen führte, daß Rußland ein Recht hatte, sie wie Dreck zu behandeln — eines konnte man ihm nicht absprechen: Er hatte die Einsicht behalten, wo die Grenzen menschlicher Leistung liegen.

Hier in Nowo Sosnowka lagen sie ganz einfach auf der Straße. Im wörtlichen Sinne. Der unendliche Regen, der auch nach vier Tagen, nach sechs Tagen, nach acht Tagen ohne Unterbrechung fiel, als verdunste auf der anderen Erdhälfte ein Ozean und regnete sich hier über Sibirien ab, verwandelte das Land in einen einzigen Pudding. Hat schon jemand versucht, mit einem Lastwagen durch einen Pudding zu fahren? Oder mit Schlitten, gezogen von zwanzig Männern, die bis zu den Knien einsinken? Es geht einfach nicht ... Man kann Laserstrahlen durch Schlamm schießen, aber man kann weder mit einem Reifen, einer Kufe oder einem Stiefel mehr als hundert Meter sich vorwärtswühlen. Dann gibt man resigniert auf, sagt: »Es ist alles Scheiße, Brüderchen«, kehrt ebenso mühsam, wie man versucht hat, voran zu kommen, ins Haus zurück und legt sich auf den Ofen, um abzuwarten, was die Natur in den nächsten Tagen zu bieten hat. Da sich alles ändert, nichts bleibt wie es war, das Leben ständig wechselt, kann man verstehen, warum ein Russe in die Zeit verliebt ist und warten kann.

Jedes Ereignis hat Grenzen, auch ein sintflutartiger Regen. Also, warum jammern, Genossen? Nach dem Regen kommt der kalte Wind, dann schneit es, friert es, krachen die Bäume im klirrenden Frost ... und der verdammte, der verfluchte, dieser hurige Fluß Tjuganja wird unter einer dicken Eisfläche verschwinden und ganz friedlich sein. Wir kennen das doch alles, liebe Freunde. Uns macht Sibirien nicht kaputt. Das war nur im ersten Jahr so, als wir Idealisten glaubten, das überstehen wir nie. Aber dann haben wir in die Hände gespuckt und den Kampf aufgenommen ... gegen die Taiga, gegen die Sümpfe, gegen die Ströme, gegen den Frost, gegen die Mückenschwärme im Sommer ... und gegen die Weite und die traurig-schöne Einsamkeit. Bis jetzt haben wir noch immer gewonnen. Jedes Jahr wieder. Und wir werden weiter gewinnen. Wir haben die Natur, wir haben Sibirien zu unserer Geliebten gemacht ...

Major Jankow ließ also zur Probe zwei Schlitten, beladen bis zum äußersten, hinter je zwanzig Sträflinge spannen und schickte sie hinaus auf die Straße nach Ottokh. Nachdem neun Gefangene zusammengebrochen waren, die anderen apathisch im Schlamm lagen und sich aufweichen ließen, die Schlitten bis weit über die Kufen einsanken, und man sie wieder entladen und alles einzeln ins Lager zurücktragen mußte, sagte selbst Jankow »Nein!« und funkte nach Ottokh die einfache Meldung:

»Wenn ihr die Waren haben wollt, holt sie euch selbst in Nowo Sosnowka ab. Vielleicht seid ihr klüger als wir.«

Man war es anscheinend nicht, denn aus Ottokh kam niemand — wie auch? — und man nahm auch die Aufforderung ohne einen Gegenfluch hin. Nur die Funkverbindungen klappten noch, und man war sich einig, daß der Nachschubzug Nummer X/169 — so die amtliche Bezeichnung — bis auf weiteres ausfiel.

Im Lager änderte sich kaum etwas. Die Arbeitsbrigaden für Steinbrüche rückten aus, denn Steine kann man auch im Regen brechen. Sogar die Holzfällerkommandos mit ihren Motorsägen arbeiteten, legten die Baumriesen der Taiga um, aber die Stämme blieben, natürlich entastet, liegen, bis man sie mit den großen Lastschleppern wegziehen konnte.

»Es muß frieren«, sagte Major Jankow zu Shukow. Sie saßen jede freie Stunde in der Kommandantur zusammen und spielten Schach, tranken Weinbrand aus Grusinien und erzählten sich Erlebnisse mit Weibern. Das war das einzige, was Jankow noch potent hielt, denn er konnte es sich nicht leisten, in Nowo Sosnowka die Frau eines ehrbaren Bauern und Genossen zu besteigen. Das versuchten seine Soldaten, und es gab deswegen täglich Krach und Schlägereien im Ort. Für einen Offizier ist so etwas unmöglich. Jankow blieb nun die Zeit des Urlaubs — einmal im Jahr ein paar Wochen in Taschkent. Er behauptete, die usbekischen Weiber seien die einzigen Frauen auf der Welt, die, einmal in Hitze geraten, nicht eher aufhörten, bis sie fast besinnungslos alle viere von sich streckten. Wer das nicht kannte, hatte zuerst Angst, er könnte sie zu Tode gehämmert haben.

Also, davon erzählten sie auch dann noch, wenn die Wuginskaja dabei war, denn — so Major Jankow — man könne immer dazulernen, auch wenn man eine Genossin Ärztin sei. Ab und zu saß auch Dr. Fedjunin, dieser häßliche Leptosom, in der Runde, starrte die Wuginskaja aus hungrigen Wolfsaugen an und erzählte, daß er wieder einen Toten obduziert habe. Er erzählte es so, als sei es für ihn ein Orgasmus gewesen.

Eines abends erschien Valja Johannowna in Shukows Zimmer, setzte sich auf das Bett und faltete die Hände in ihrem Schoß.

»Stimmt das alles?« fragte sie.

»Was?« Shukow hatte aus der Offizierskantine eine Flasche Wein geholt und goß zwei Plastikbecher voll. Etwas anderes gab es nicht. Die Verbindung zum anderen Ufer war seit zwei Tagen wieder unterbrochen, die Seilfähre war längst überflutet, die Doppel-T-Träger ragten aus den gurgelnden Fluten wie zwei riesige Zeigefinger. Aus dem Zug funkte der Zugleiter, daß es ihm gut gehe, das Wasser hätte die Gleise noch nicht erreicht, er halte aus, so wie ein Kapitän auf seinem Schiff ... man kannte das, er sagte es immer, jeder lobte ihn deswegen, was ihm gut tat, und man wünschte ihm alles Gute.

»Das mit den Frauen«, sagte die Wuginskaja. »Die Orgien, die ihr euch jeden Tag erzählt.«

»Nein«, sagte Shukow. »Alles halb so schlimm.«

»Und warum redet ihr immer davon? Warum steigert ihr euch in diese säuische Fantasie hinein?«

»Warum lieben Sie mich, Valjaschka?«

»Das ist etwas anderes, Wassjenka.«

»Für Jankow nicht. Er sitzt hier ein ganzes, langes Jahr in der Einsamkeit mit über tausend Sträflingen und fast dreihundert Soldaten und hat nichts als seine usbekischen Erinnerungen. Und je mehr er sich erinnert, um so gewaltiger, um so gigantischer, aufgeblasen durch seine Wünsche werden seine Erlebnisse. Haben Sie nie von Verhungernden gehört, die von saftigen, gebratenen, herrlich duftenden, gefüllten Gänsen träumen? Und dann warfen sie sich auf den Boden und fraßen Gras und Sand, gruben Regenwürmer aus und gingen auf die Jagd nach Raupen.«

»Und Sie haben solche gigantische Sehnsüchte nicht?«

»Nein.«

»Sind Sie ein Übermensch?«

»Valja Johannowna, bitte, fangen Sie nicht schon wieder davon an. Natürlich bin ich kein Übermensch. Sie sitzen auf meinem Bett, Ihr Rock ist hochgerutscht, ich sehe, daß Sie einen blaßblauen Schlüpfer tragen, durch den sich deutlich ein tiefschwarzer Keil abzeichnet ... und ich fühle mich wie ein Tiger vor dem Sprung auf seine Beute. Genauso fühle ich mich. Alle meine Muskeln sind gespannt.«

»Aber Sie träumen dennoch nur von dieser Dunja Andrejewna. Seien Sie endlich ein Raubtier ... mehr verlange ich ja gar nicht! Lassen Sie Ihr Herz bei Dunja — aber vergessen Sie Ihren Wildinstinkt nicht!«

»Wir drehen uns im Kreis, Valja. Es hat keinen Sinn. Ich flehe Sie an: Erniedrigen Sie sich nicht immer wieder durch Ihre Angebote, die dann abgelehnt werden. Das baut einen Haß auf, den wir nicht überstehen können.«

»Was gefällt Ihnen an mir nicht?« sagte sie. Ihre halbe Stimme war wieder da, die goldenen Punkte in den Pupillen glänzten. Shukow wußte, daß sie wieder entsetzlich gefährlich wurde. Sie knöpfte ihre Bluse auf, und da sie keinen BH darunter trug, lagen ihre kleinen, spitzen Brüste bloß. Die Haut war weiß, mit einem Schimmer Umbra ... das Erbe ihrer tatarischen Vorfahren.

»Sie sind vollkommen, Valja«, sagte er tonlos.

»Wo ist das Raubtier, Wassjenka?«

»Ich werde versuchen, morgen von hier wegzukommen. Irgendwie. Und wenn ich mich von Baum zu Baum schwinge wie ein Affe. Wir müssen auseinander, Valja!«

»Weißt du, daß mich noch kein Mann nackt gesehen hat?« fragte sie ganz leise.

»Du hast einige Liebhaber gehabt. Du hast mir von ihnen erzählt ...«

»Es mußte immer dunkel sein. Es hat nie ein Licht gebrannt. Einmal drückte einer auf den Knopf der Nachttischlampe ... ich habe ihm so mit der Faust zwischen die Augen geschlagen, daß er ohnmächtig wurde. Und jetzt sitze ich im Licht nackt vor dir ... ich weiß nicht, was mit mir ist.«

»Aus diesem Grunde muß ich weg, Valja.« Er ging zu ihr, und als sie sich zurücklegte auf das Bett und die Augen schloß, schob er ihre Bluse übereinander und zog den Rock bis zu ihren Knien. Sie begann am ganzen Körper zu zittern und ballte die Fäuste.

»Ich bin wahnsinnig«, sagte sie abgehackt. »Wußtest du das noch nicht?«

»In Ottokh wird sich alles normalisieren, Valja.«

»Wir sind jetzt nicht in Ottokh ... ich liege auf deinem Bett! Weißt du, was ich tue? Ich werde mich wirklich wie eine Wahnsinnige benehmen. Ich werde mich ganz nackt ausziehen und zu Major Jankow gehen. Ha! Seine dämlichen usbekischen Huren! Ich kann mehr als sie! Ich breche nicht nach zehn Orgasmen zusammen. Und von Jankow gehe ich zu Dr. Fedjunin, und von Fedjunin zu den anderen Offizieren ... einer nach dem andern kommt dran, reihum ... kannst du das ertragen? Kannst du das ansehen? Kannst du noch hier herumstehen und schöne, blöde, edle Worte mit schauspielerischer Theatralik von dir geben, während ich mit Fedjunin auf dem Seziertisch —«

»Halt den Mund, Valja!« sagte Shukow gepreßt. Er beugte sich über sie und vergrub seine Hände in ihre schwarzen, metallen glänzenden Haare. Sie hatte die Augen geschlossen. »Zum Teufel, halt den Mund! Ich habe in meinem Leben noch nie eine Frau geschlagen ... aber bei dir könnte ich es, nur, damit du still bist.«

»Du könntest es nicht ertragen, was?« schrie sie. Ihre Augen öffneten sich ... schwarze Krater mit goldenem Grund. Ihr unbeschreibliches, herrliches Gesicht glühte plötzlich. »Es brächte dich um, nicht wahr, wenn ich mit Jankow neben dem Schachbrett — Schlag doch zu! Schlag! Berühre mich doch wenigstens einmal, und wenn es mit den Fäusten ist! Wassjenka ...« Sie schlang die Arme um seinen Nacken, zog ihn zu sich herunter, aber er stemmte sich dagegen und wußte, daß jetzt eine Phase begann, die sie ihm nie verzeihen würde. »Schlag mich doch! Soll ich dir sagen, wie ich es mit allen treiben werde? Weißt du, was die Tatarinnen den ›Sonnenritt‹ nennen? Soll ich ihn mit Fedjunin machen, der sich sonst nur an seinen Leichen berauscht? Schlag mich doch! Oh, warum spüre ich nicht deine Hände?!«

Auch dieser Abend ging vorbei, begleitet vom eintönigen Rauschen des Regens und dem Marschtritt Hunderter von Stiefeln, wenn die letzten Arbeitsbrigaden aus den Steinbrüchen zurückkamen. Eine schwammige Masse Mensch, vom Wasser und von den Felsen, die sie aufhackten, zerstört.

Shukow gelang es immer wieder, die Wuginskaja zu beruhigen. Allerdings mußte er ihr Konzessionen machen ... ab dem achten Tag lag sie nackt auf seinem Bett, wenn er nach einigen Schachpartien bei Major Jankow zurückkam in sein Zimmer. Beim erstenmal wollte er sofort den Raum verlassen, aber Valja Johannowna sagte: »Lauf nicht davon wie ein Füchslein vor dem Bär. Ich will nichts mehr von dir. Ich fühle mich nur so wohl.«

»Und du glaubst, ich halte das aus?«

»Das ist dein Problem, Wassja Grigorjewitsch ...«

»Und das soll jetzt jeden Abend so sein?«

»Jeden Abend, mein Lieber.« Sie lachte hell, dehnte sich wohlig, und ihr schlanker, weißhäutiger Körper mit dem leichten Umbraton bog sich nach oben, als sei er eine Bogensehne, die gespannt würde. Die Brüste stachen spitz in das gemeine, schutzlose Licht der nackten Glühbirne an der Holzdecke, und der schwarze Keil zwischen ihren Schenkeln bildete das andere Ende der mattschimmernden Brücke. Dann sank ihr Körper wieder zusammen, und die Muskeln entspannten sich.

Shukow schwieg. An diesem ersten Abend setzte er sich ans Fenster, blickte auf den Eingang des Lagers und zwang sich, Valja, zwei Meter hinter sich, zu vergessen. Er dachte intensiv an Dunja, an ihre Finger, die seinen Rücken aufrissen, an ihre spitzen Zähne, die ihn in den Hals und die Brust bissen, an ihre keuchenden Worte, die alle Seligkeit herausschrien, und an ihre stille Demut, wenn sie später ganz ruhig in seinen Armen lag und sich wegträumte in das unendliche Glück.

Warum hat Gott solche Frauen geschaffen? Dunja Andrejewna und Valja Johannowna. Und warum ist das Leben eines Menschen so kurz, wenn Gott schon solche Wunder schenkt?

Einmal fragte Major Jankow: »Was ist eigentlich los mit unserer Ärztin? Sie wird immer wortkarger, sieht blaß aus und blickt einen an, als wenn man vor ihr die Hose öffnet. Und wenn sie Dr. Fedjunin bei der täglichen Selektierung hilft —«

»Was tut sie?« fragte Shukow. Davon wußte er nichts. Tagsüber sah er die Wuginskaja nur selten, weil er sich »informierte«, wie er es nannte. Er war oft im Steinbruch, sah den Arbeiten zu und fotografierte mit seinem Hirn in aller Schärfe und unauslöschbar die erschütternden Bilder, die sich ihm boten. Die Qual der halbverhungerten Menschen, die Felsen aufbrechen mußten, die Methoden der Antreiber, die nur ihre Norm als Maßstab gelten ließen, aber kein Mitleid und schon gar nicht Menschlichkeit kannten, und der umheimliche Lebenswille dieser Sträflinge, stärker zu sein als der Steinbruch, stärker als Sibirien, stärker als alles, was auf sie einschlug. Einmal war auch das Lager vorbei, einmal fuhr ein Zug in die Freiheit, einmal stand man wieder irgendwo auf einer Straße, auf einem Platz, in einem Zimmer, ohne hinter sich jemanden mit einer Maschinenpistole zu haben. Einmal sah man Frau und Töchter wieder, Vater und Mutter, den Sohn, den Enkel, dieses ganze geliebte Leben. Da soll einen der Steinbruch zerbrechen?

Nicht anders dachte man am Fluß und im Dorf Nowo Sosnowka.

Auch hier wurde bis zum Umfallen gearbeitet, gegen den Fluß, der nun nach Süden hin überhaupt keine Grenzen mehr hatte und auf der Felsenseite von Sosnowka gegen die Berge raste und gegen einen Wall aus Steinen, Erde und Stämmen, mit denen man die Schlucht abgesperrt hatte. Nowo Sosnowka wäre sonst längst ersoffen.

So kam es, daß Shukow tagsüber von der Wuginskaja wenig wußte. Nun hörte er von Major Jankow, daß sie Dr. Fedjunin im Lagerlazarett half. Das war logisch, sie war ja Ärztin, aber was Shukow störte, war das Wort »Selektierung«. Es bedeutete nichts anderes, als die täglichen Krankmeldungen zu kontrollieren und zu entscheiden, wer wirklich krank war oder wer trotzdem in den Steinbruch oder an den Damm mußte.

Von Fedjunin wußte man, daß er die wenigsten Krankmeldungen hatte. Er war stolz auf sein fast unbenutztes Lagerlazarett. Die Unrettbaren lagen sowieso nur einen Tag im Bett, dann wanderten sie auf Fedjunins Sektionstisch. Er führte darüber ein peinlich genaues Tagebuch und hatte dreimal Krankheiten von großem Seltenheitswert entdeckt, darunter einen Pemphigus vegetans, den Fedjunin mit seinen Mitteln nicht behandeln konnte — doch das lebendige Verfaulen des armen Menschen bis zum Ende beschrieb er mit Akribie.

»Valja wird in Ottokh einen schönen Wirbel entfachen«, sagte Major Jankow und betrachtete das Schachbrett. Shukow hatte ihn in die Nähe des Matt gedrängt, aber vielleicht gab es noch einen

Ausweg. »Ottokh steht in der Statistik der ›Gulag‹-Kommission an sehr unterer Stelle mit seinen Krankmeldungen. Oder, anders gesagt, dort haben sie ein paar Ärzte, die Kranke als Kranke betrachten. Das kann man natürlich auch. Und nun soll Valja Johannowna einfallen. Sie wird's, wie ein Wirbelsturm. Selbst Dr. Fedjunin kaut an der Unterlippe —«

»Was heißt das?« fragte Shukow. Ein furchtbarer Verdacht kam in ihm hoch.

»Seit vier Tagen gibt's bei uns keine Kranken mehr.«

»Und das lassen Sie zu, Wassili Michailowitsch?«

»Bin ich ein Arzt? Kann ich das beurteilen? Ich bin Soldat, Kommandant des Lagers und freue mich über jeden Arbeitsfähigen. Shukow, ich bin noch nicht matt ... haha, sehen Sie sich diesen Zug an!« Er setzte seine Schachfigur, aber Shukow achtete gar nicht darauf.

»Es gibt doch jeden Tag Verletzte im Steinbruch«, sagte er laut.

»Die werden verbunden, bekommen eine Schmerzpille ... und dann wieder ab zur Arbeit. Es hat sogar schon medizinische Diskussionen zwischen Fedjunin und der Wuginskaja gegeben. Das will was heißen, denn Fedjunin ist ein faules Luder und daher nicht kleinlich. Aber Valja ... steht da im Untersuchungszimmer und sagt mit unwiderstehlicher Stimme: ›Gesund! Gesund!‹ Dr. Fedjunin wagt gar nicht, zu widersprechen.«

Am Abend lag die Wuginskaja wieder auf Shukows Bett. Nackt, mit perlmuttschimmernder Haut, die metallschwarzen Haare aufgelöst, die tanzenden goldenen Punkte in den Pupillen. Ganz sanft schwebte ein Hauch von Rosenparfüm durch das Zimmer.

Shukow hatte es sich angewöhnt, seitdem sie in dieser Art sein Bett blockierte, auf der Erde zu schlafen, auf einem Lager aus Decken und seinem Mantel. Es war zwar hart, und als sie ihn darauf ansprach, hatte er geantwortet: »Es ist das beste für die Bandscheibe. Das mußt du doch als Ärztin wissen.«

Heute war es anders. Er kam ins Zimmer, warf seinen Rock über die Lehne des Stuhles und ging sofort zu seinem Bett. Valja Johannowna zog das linke Bein an. Jetzt kommt das rechte, dachte er, dann stützt sie sich an den Schultern ab und baut ihre verdammte Körperbrücke. Jeden Abend war das so, mehrmals, immer wieder, bis er sich auf sein Deckenlager zurückzog. Er bewunderte ihre Ausdauer, ihre wortlose Anbietung und das stumme Hinnehmen der Ablehnung.

Wann kommt die Kälte, dachte er manchmal. Wann friert

endlich der Boden, und wir können weiter? Aber es regnete nur, regnete, und das Wasser wußte nicht mehr, wohin es sich verteilen sollte. In Jakutsk hielt sich hartnäckig das Gerücht, daß alles Leben in der Taiga nordwestlich der Lena ertrunken sei. Die Lena selbst war an vielen Stellen fast ein Binnenmeer geworden. Wohin bloß mit dem ganzen Wasser? Wenn es plötzlich fror — in Sibirien war alles über Nacht möglich —, war das Land über Tausende von Werst ein einziger Eisspiegel. Auch das würde eine Katastrophe sein.

Shukow verhinderte den Bau der seidenschimmernden Brücke, indem er Valjas rechtes Bein herunterdrückte, als sie es an sich zog, wie erwartet. In ihre Augen sprang sofort eine zerstörerische Wildheit. Sie hob die Schultern und spannte die Nackenmuskeln an.

»Steh auf!« sagte Shukow hart. »Steh sofort auf!«

»Du wirfst mich hinaus?« fragte sie gefährlich sanft.

»Du brauchst dieses Bett nicht. Du hast genau siebenunddreißig leere Krankenhausbetten zur Verfügung. Die drei belegten werden vielleicht morgen oder übermorgen auch frei werden. Neue Kranke gibt es ja bei der Wuginskaja nicht.«

»Kranke? Kranke Männer? Gibt es die denn?« Sie schob die Arme unter ihren Nacken und preßte die kleinen Brüste empor. »Männer sind doch so stark! So stark sind sie alle! Nichts kann sie erschüttern, nichts in die Knie zwingen, nie werden sie schwach! Felsen sind sie alle ... warum also sollen sie nicht auch in den Felsen arbeiten? Wie kann ein Mann krank sein? Krank sind nur Wesen, die zu Empfindungen fähig sind, denn Krankheiten muß man spüren. Haben Männer Empfindungen? Ich kenne keinen! Zeig mir einen!«

Sie trat nach ihm, baute blitzschnell ihre Körperbrücke und schnellte ihm ihren Unterleib entgegen.

»Haben Männer ein Herz?« schrie sie dabei. »Nur wenn ich weiß, daß sie ein Herz haben, weiß ich auch, daß sie krank sein können.«

Er antwortete nicht, ließ sie in dieser hochgewölbten, von allen Muskeln und Sehnen gespannten Lage und verließ wieder das Zimmer. Mit einer Plane über dem Kopf rannte er hinüber zum Lazarett und traf Dr. Fedjunin an, wie er in einem Buch las, das von der Antarktis handelte. Fedjunin war so überrascht, daß ihm die Nickelbrille von der Nase rutschte.

»Sie, Wassja Grigorjewitsch? Um diese Zeit? Ist es etwas Medizinisches? Fühlen Sie sich unwohl? Die Genossin Wuginskaja kann Ihnen doch sicherlich —«

»Um Valja Johannowna handelt es sich, Dr. Fedjunin. Sind Sie der Chefarzt hier im Lager oder sie?«

»Kann man ihr etwas abschlagen, Genosse? Sie wollte selektieren, also habe ich sie gelassen. Sie macht es fabelhaft —«

»Zu fabelhaft! Bei tausend Sträflingen keine Krankmeldung ... wo gibt es das?«

»Das ist erstaunlich, aber der scharfe Blick der Wuginskaja für Krankheiten jeder Art —«

»Ich bin ein kleiner Ingenieur«, sagte Shukow ruhig. »Aber ich habe mächtige Freunde in Irkutsk und in Moskau. Ich würde mich nicht scheuen, zu berichten, was ich hier gesehen habe ...«

»Genosse Shukow ...« Dr. Fedjunin legte beide Hände an die Brille, als müsse er sich an das Nickelgestell festklammern. »Ich bin ein Mann. Als ich Valja Johannowna die Selektierung übergab, hat sie mich geküßt. Nur einmal, aber man vergißt das nicht mehr. Verstehen Sie das nicht?«

»Ich weiß, daß es einen Erlaß gibt, jeden Strafgefangenen mit der Sorgfalt zu behandeln, die der Menschenwürde entspricht.«

»Sie Komiker!« Dr. Fedjunin versuchte ein trockenes Lachen. »Das ist wohl Ihr erstes Lager, das Sie sehen?«

»Allerdings.«

»Dann seien Sie ein glücklicher Mensch und bleiben Sie es recht lange, das wünsche und gönne ich Ihnen. Kümmern Sie sich um Ihre Ingenieuraufgabe ... was drumherum an den Wegesrändern liegt, übersehen Sie bitte! Gut, ich spreche mit Valja. Ich nehme ihr die Selektierung wieder weg ... aber ich sage auch, wie das zustande gekommen ist. Den Sturm werden Sie erleben.«

»Mit Freuden. Gute Nacht, Dr. Fedjunin.«

»Ihnen auch, Wassja Grigorjewitsch. Es wird Ihre letzte gute Nacht sein.«

Shukow rannte unter seiner Plane wieder durch den Regen zurück zur Kommandantur. Wenn Fedjunin wüßte, wer Shukow wirklich ist, dachte er dabei. Ein berühmter Name — auch wenn immer wieder betont wird, mit dem Marschall der Roten Armee bestünde keinerlei Verwandtschaft — ein paar Andeutungen, daß man maßgebende Genossen kennt (ist er etwa doch mit dem Marschall verwandt?), ein hartes Auftreten, und schon kann man Türen aufstoßen oder Türen zuschlagen, gegen die andere sich die Köpfe einrennen. Da ist Rußland nicht ein Fingerschnalzen anders als der Westen.

Das Bett war leer, als er zurückkam in sein Zimmer. Das wunderte ihn, ja ärgerte ihn sogar und erzeugte einen tauben Druck in der Magengegend. Er kehrte sofort wieder um und ging hinüber zu

Major Jankow. Der lag schon im Bett, zur Zufriedenheit Shukows allein, und hörte über ein Transistorradio Musik aus Jakutsk. Klassische Musik. ›Bilder einer Ausstellung‹ von Mussorskij.

»Sie lieben klassische Musik?« fragte Shukow, nur um etwas zu sagen. Major Jankow nickte zufrieden.

»Sie etwa nicht? Die meisten Russen lieben klassische Musik.«

Stimmt, dachte Shukow. Vortrag des Professors für Musik, in Alaska, in der Geisterstadt Smolenska. Sechs Vorlesungen über die Gewohnheiten der Russen im Bereich der Musik. Neben Folklore vor allem Klassik. Oper und Ballett. In Rußland wissen mehr Menschen, wer Beethoven ist, als in Deutschland. Bob Miller, du läßt nach! Wie sagte General Orwell: »Immer an die Kleinigkeiten denken. An vergessenen Kleinigkeiten wird man euch sonst aufhängen.«

»Was führt Sie zu mir, Wassja Grigorjewitsch?« fragte Jankow berechtigt.

»Eigentlich nichts. Ich kam an Ihrem Zimmer vorbei und hörte die Musik. Das lockte mich an.«

»Setzen Sie sich und hören Sie das Stück zu Ende ...«

Es blieb Shukow nichts anderes übrig. Er hockte sich auf einen Stuhl, unterdrückte seine Unruhe und erhob sich sofort, als die ›Bilder einer Ausstellung‹ beendet waren.

»Danke«, sagte er. »Es war ein Genuß. Radio ist eine geniale Erfindung.«

Er ging hinaus, lief zurück in sein Zimmer, aber die Wuginskaja war noch immer nicht da. Bei Dr. Fedjunin konnte sie nicht sein, da kam er ja gerade her, und es war unmöglich, jetzt in jedes Offizierszimmer einzudringen und in die Betten zu blicken. Nicht alle hörten an diesem Abend klassische Musik.

Er ging zum Fenster, starrte auf das im Regenguß zerfließende Lager, wanderte dann im Zimmer hin und her, wie in einem Käfig, der viel zu klein ist für das gefangene Tier und blieb ab und zu vor dem Bett stehen, auf dessen Decke noch der Eindruck ihres Körpers zu sehen war. Auch ihr Parfüm schwebte unaufdringlich im Raum. Der Duft kasanischer Rosen.

Nach einer Stunde ging er endlich zu dem Zimmer, das Major Jankow der Wuginskaja zugewiesen hatte. Ein Leutnant hatte es räumen müssen und schlief jetzt bei einem Kameraden.

Valja Johannowna saß mit angezogenen Knien auf dem Bett, bekleidet mit einem gestickten tatarischen Nachthemd. Als Shukow eintrat, schüttelte sie den Kopf, und ihre langen schwarzen Haare legten sich wie ein Metallschleier vor ihr Gesicht. Er konnte nur auf den schwarzen Vorhang blicken ... was dahinter geschah, mußte erraten werden.

»Warum bist du weggegangen?« fragte er laut.

»Du hast mich gesucht?«

»Warum bist du —«

»Du hast mich wirklich gesucht? Bist herumgerannt, mit einem höllischen Brand im Herzen, und hast dich immer wieder gefragt: Wo ist sie? Wo kann sie nur sein? Bei wem liegt sie jetzt im Bett? Oh, ich ermorde den, der sie jetzt unter sich hat! Ich zerreiße die ganze Welt! Valjanka, wo bist du? Valjaschka! Ich laufe herum wie ein Blinder, der das Licht wiederfinden will. — Aber sie war nicht da, nirgends war sie, und du bist innerlich verblutet. Wie schön das ist —«

»Warum bist du hier?« brüllte er sie an.

»Du hast mich hinausgeworfen. Weißt du das nicht mehr? Ich bin gehorsam wie ein dressiertes Hündchen ... ich gehe ...«

»Dr. Fedjunin wird dich morgen nicht mehr an die Selektierung lassen.«

»Das habe ich geahnt. Der große Shukow, der starke Bär hat befohlen.« Sie schob mit beiden Händen den Haarvorhang zur Seite. Welch ein Gesicht, dachte Shukow. Welch eine Frau! Er preßte die Lippen zusammen und genoß es, wie heiß sein Atem war, den er zurückhielt. »Was hat der Zar von Sibirien noch zu sagen?«

»Komm herüber —«, sagte er heiser. »Verdammt nochmal, wenn wir uns schon zerfleischen, dann nicht auf Distanz!«

Sie blieb auf ihrem Bett hocken, aber er wartete nicht ab, was sie tat. Er ging hinaus, schlug die Tür hinter sich zu und lief in sein Zimmer. Dort legte er sich im Dunkeln auf sein Bett und starrte die Tür an.

Sie kam. Einen Spalt nur brauchte sie, um hineinzuschlüpfen. Im diffusen Licht, das von den Lagerscheinwerfern durch die Vorhänge ins Zimmer drang, sah er, wie sie neben der Tür stehenblieb, ihr tatarisches Nachthemd abstreifte und auf die Dielen fallen ließ. Dann hörte er das leise Tappen ihrer nackten Fußsohlen — sie kam aus der tiefen Dämmerung heraus in seinen Blick, schmal, mit schimmernder Haut, die Hände demütig auf den Leib gelegt.

»Mach kein Licht an«, sagte sie mit ganz kleiner Stimme. »Ich beiße dir die Kehle durch. Ich schwöre es dir.«

Er rückte zur Seite, sie legte sich neben ihn und warf sich plötzlich wie eine Katze herum, ließ sich auf ihn fallen und schlug mit den Fäusten auf seine Schulter.

»Du Hund!« keuchte sie. »Du verdammter Hund! Was hast du aus mir gemacht?«

Später, als sie schlief, machte er doch das Licht an und betrachtete sie. Man muß Wunder anbeten, ehe sie wieder vergehen ...

Dunja, dachte er. Das mußt du mir verzeihen. Du wirst es nie erfahren, ich werde es dir nie erzählen, trotzdem: Du mußt es verzeihen. Ich habe damit Hunderten kranker Sträflinge vielleicht das Leben gerettet.

Es war ein so gemeiner, verlogener Gedanke, daß er sich vor sich selbst schämte, aber er dachte ihn zu Ende, weil diese Verlogenheit seine einzige Rechtfertigung war.

Dann schaltete er die trübe Deckenlampe wieder aus, legte seinen Kopf zwischen ihre weit auseinanderstehenden, spitzen Brüste und schlief ein, eingebettet in den süßlichen, nach Pfirsichen duftenden Hauch, der ihrer Haut entströmte.

Von den Wachtürmen kreisten die Scheinwerfer über das Lager. Das war Vorschrift, aber jetzt Blödsinn. Wer flüchtete denn in diese Wasserwüste?

Irgendwann einmal in der Nacht spürte Valja Johannowna, daß Shukows Kopf zwischen ihren Brüsten lag. Sie wachte davon nicht auf, sie schwebte in einem außerirdischen Zustand um sich selbst.

»Ich liebe dich«, sagte sie im Schlaf und legte die Hände auf seinen Kopf. Eine unbewußte Bewegung, von einem Urtrieb befohlen. »Ich liebe dich, mein großer Bär ...«

Galina Theofilowna arbeitete noch immer im Kosmetikladen des Hotels ›Sibir‹ in Irkutsk. Sie war nicht nur Orwells bester, sondern im Augenblick auch einziger ›Mann‹, der von Sibirien aus Kontakt mit der Zentrale in Fort Patmos hatte. Der neue V-Mann in Jakutsk, mit dem Bob Miller in Verbindung treten sollte, war zehn Tage vor Millers Ankunft an der Lena verhaftet worden und hatte sich, bevor man ihn einer Gehirnwäsche unterziehen konnte, das Leben genommen. Auf ganz einfache Weise. Als er zum Verhör geführt wurde, lief er einfach weg und ließ sich von hinten mit einer MPi-Garbe durchsieben.

Galina nannte es mit schrecklicher Nüchternheit: Er ist verunglückt.

Der nächste V-Mann saß als Buchhalter eines Kammgarn-Kombinats in Tschita und hatte keine Ahnung, daß es einen Wassja

Grigorjewitsch Shukow gab, der auf dem Weg in die neue Raketenbasis Werchokrassnoje war. Außerdem hätte Bob Miller ihn mit seinem kleinen Sender auch nie erreichen können, wie es ebenfalls schwierig war, Irkutsk zu bekommen.

Was hatte Galina Theofilowna gesagt: »Von jetzt ab sind Sie allein. Keiner hilft Ihnen mehr. Erst wenn Sie wieder nach Irkutsk zurückkommen, bin ich für Sie da.«

Es klang so, als ob sie nie damit rechnete. Die Dunkelziffer der amerikanischen Agenten, die in Sibirien für immer verschwunden waren, blieb unbekannt. Auch Galina kannte nur ein paar von ihnen. Jedesmal überfiel sie große Traurigkeit, wenn sie die Männer wegziehen sah ins Nichts.

Bei Bob Miller war es noch schlimmer gewesen. Da vermischte sich mit dem Bedauern eine weibliche Wehmut, eine Traurigkeit aus der Tiefe. Um so erschrockener reagierte sie, als sie über den Kontaktsender V, der irgendwo in Japan stationiert war und eine große Reichweite hatte, die Aufforderung bekam, Bob Miller sofort zurückzurufen.

»Wie denn?« antwortete sie, völlig abweichend von dem nüchternen Ton, der sonst bei solchen Gesprächen üblich war. »Er ist allein irgendwo an der Lena. Er hat sich bis heute noch nicht gemeldet. Wer weiß, ob er überhaupt noch lebt? Es war gemein von Ihnen, ihn so allein zu lassen.«

»Wir haben den falschen Mann nach Rußland geschickt, Sir«, sagte Captain Herbert Donald, als er General Orwell über die letzte Funkverbindung mit Irkutsk Bericht erstattete. »Warum ausgerechnet Bob? Überall, wo er auftaucht, macht er die Weiber verrückt. Nun ist auch Galina Theofilowna paralysiert. Könnte man Funkwellen sichtbar machen, regnete es jetzt Tränen. Wenn unsere russischen Freunde um 180 Grad umdenken könnten, hätten sie Bob sofort im Netz. Der Junge hinterläßt eine Spur aus zerbrochenen Weibern. Aber welcher Geheimdienst kommt auf eine solche Idee? Wer erobert schon Rußland mit der Hose überm Arm?«

»Ihr Witz, Herbert, ist bekannt«, sagte General Orwell, gar nicht belustigt, obwohl er sonst die Sünden seiner Boys mit väterlicher Nachsicht behandelte. »Aber ich habe so etwas geahnt. Nicht mit den Frauen ... Bob hängt irgendwo in der Taiga und glaubt, er sei völlig alleingelassen.«

»Genau das weinte uns Galina vor.«

»Darum meldet er sich auch nicht. Wozu auch? Er hat seinen Auftrag und taucht erst wieder auf, wenn er ihn erfüllt hat oder nicht erfüllen konnte. Oder wir hören nie mehr etwas von ihm. Das sind die einzigen drei Möglichkeiten, und jede dauert mir jetzt zu lange. Plenjakow ist unter uns! Das bete ich mir jede Stunde vor und habe kein Amen dazu. Galina kann Bob nicht erreichen. Also: *Wie* kann man Bob in der Taiga erreichen? Früher konnte man mit einer U-2 einen neuen Mann absetzen und Bob suchen lassen. Das geht nicht mehr. Außerdem sind wir in Zeitdruck.« Orwell faltete die Hände und stützte sein eckiges Kinn darauf. Die Offiziere, die um ihn herum an einem langen Tisch saßen, wußten, daß jetzt ein Knaller kommt! Der Alte holt Luft. Was er gleich herausläßt, kann man nicht einmal träumen. Aber er wird's möglich machen.

»Washington hat da eine hundsgemeine Idee«, sagte Orwell langsam. »Ich sträube mich noch dagegen, ich weigere mich, aber je länger ich nachdenke und unsere Situation analysiere — Jungs, wir müssen uns immer wieder sagen: Es ist Frieden, nur wir vom CIA fürhen einen Krieg, und der findet in einem schwarzen Tunnel statt. Keiner sieht ihn, nur die Eingeweihten. Selbst in den Methoden sind wir alle gleich, nur ist der eine mal fantasiereicher als der andere, und das nennt man dann Erfolg. Was Washington da in der größten Not ausgebrütet hat ... Sagen wir es kurz: Um Bob zurückzuholen, damit er Plenjakow enttarnt, müssen wir einen Mann opfern.«

Das schweigende, lähmende Entsetzen rund um den Tisch nahm Orwell mit einem Nicken hin.

»Ich fühle wie Sie«, sagte er rauh. »Mir steht die Kotze bis zur Zunge. Aber da ist Plenjakow und der unermeßliche Schaden, den er unserem Land zufügen kann. Ist die Abwehr eines solchen Schadens, der die ganze Nation trifft, ein Menschenleben wert?«

»Wer?« fragte Captain Donald tonlos.

»Ben Lauritz.«

»Der sitzt doch in Wolgograd und dreht Traktorenfelgen.«

»Er soll bewußt eine Dummheit begehen, sich verhaften lassen und gestehen, daß er ein amerikanischer Spion ist. Und er soll sagen, daß er in Werchokrassnoje gewesen ist. Über die Verhaftung wird der Russe groß berichten, über Werchokrassnoje natürlich nicht, und —« Orwell hob die Stimme — »darauf spekuliert Washington. Die Sowjets lieben Schauspiele. Man wird Ben seine Geständnisse vor Fernsehen und Funk machen lassen, damit die ganze Welt sieht, wie schlecht die Amerikaner sind. Doch dabei wird Ben — es ist ja eine Life-Sendung — den Namen Werchokrassnoje fallen lassen. So schnell können die Russen gar nicht abschalten. Und jetzt kommt unser Gebet: Lieber Gott, laß diese Radiosendung auch Bob hören, oder laß irgendeinen ihm davon erzählen. Dann weiß Bob, daß er kehrtmachen muß! Das war die große Idee, meine Herren!« Orwell schloß die Augen. »Und jetzt schämen wir uns alle zehn Sekunden lang, ehe wir Ben Lauritz in Wolgograd den Befehl zur Opferung geben.«

»Das müssen Sie sich anhören, Wassja Grigorjewitsch!« sagte Major Jankow an einem Sonnabend, als Shukow wieder zu einer Schachpartie bei ihm erschien. Die Wuginskaja arbeitete trotz der späten Stunde noch im Lazarett. Dr. Fedjunin verstand die Welt nicht mehr, und die Frauen schon gar nicht, denn alle vierzig Betten waren plötzlich belegt. Es wurden Kranke und Verletzte intensiv behandelt, die Valja Johannowna noch vor drei Tagen ohne eines Blickes zu würdigen in den Steinbruch geschickt hätte.

Ihr ganzes Wesen hatte sich verändert. Sie war so geworden, wie sie auf den ersten Blick immer gewirkt hatte ... weicher, zärtlicher, von geheimnisvoller Erfüllung durchzogen. Eine Frau, die in den Himmel geblickt hatte und nun alle Sterne kannte. Fedjunin hatte dafür keine Erklärung als die alte Formel, man lerne eben nie aus bei den Frauen. Sie seien undurchsichtiger als ein Pankreas! Auch bei dem gäbe es Veränderungen, aber wenn man sie bemerkt, sei's schon zu spät. Er hatte eine Tobende erwartet, nachdem ihm Shukow gesagt hatte, daß die Wuginskaja nicht mehr selektieren solle, und er hatte ihr am nächsten Morgen ganz schonend beibringen wollen, daß der Chefarzt von Nowo Sosnowka Dr. Fedjunin und nicht Wuginskaja heiße. Aber was tat sie? Sie unterbrach ihn, sagte ganz milde: »Ich weiß es ja schon«, setzte sich an den Schreibtisch und hatte nach zwanzig Minuten die vierzig Lazarettbetten gefüllt. Wer arbeitsfähig, aber trotzdem behandelnswürdig war, bestellte sie auf den Abend nach Arbeitsschluß ... etwas so Einmaliges, ja geradezu Unglaubliches, daß im ganzen Lager gerätselt wurde, wer wohl in Moskau gestorben sei oder wer einen neuen Kurs ansteuere. Andere Erklärungen waren einfach nicht glaubhaft.

»Was sollte man anhören?« fragte Shukow und setzte sich hinter das Schachbrett. Aus dem Transistorradio erklang Volksmusik vom Baikalsee. »Ist es diesmal Beethoven oder Tschaikowskij?«

»Nein. Wolgograd. Ein öffentliches Verhör. Eine tolle Sache, Genosse.« Jankow goß Wein ein und schob Shukow eine Schachtel Papyrossi zu. »Wird mit Radio und Fernsehen in die ganze Welt übertragen. Ein neuer Skandal. Ha, wir werden allen Völkern wieder einmal beweisen, welche Halunken, welche Kriegsverbrecher diese Amerikaner sind!«

»Die Amerikaner?« Shukow zündete sich eine Papyrossa an. Seine Hand war ganz ruhig, wie er feststellte. »Was ist denn passiert? Ich habe keine Ahnung. Was haben die Kapitalisten denn schon wieder angestellt?«

»Einen ganz dicken Fisch haben wir gefangen! Einen amerikanischen Spion! Lebte seit einem Jahr als Dreher im Traktorenwerk von Wolgograd. Vor drei Stunden haben sie es gemeldet. Gestern ist er verhaftet worden. Und nachher wird er öffentlich vor Fernsehen und Rundfunk auspacken. Er soll bereit sein, alles zu sagen. Ha! Das ist ein Tritt gegen das Schienbein des Westens! Diese Lumpen!«

»Hat man schon den Namen des Amerikaners genannt?« fragte Shukow leichthin.

»Natürlich! Und jetzt werden sie drüben in Amerika sicherlich sehr nervös. Der Kerl heißt Ben Lauritz.«

Ben! Der kleine Ben, genannt ›Das Eichhörnchen‹, weil er bei den Urwaldübungen immer als erster auf den Bäumen war und klettern konnte wie keiner aus dem Lehrgang. Ben, den man erst gar nicht in die Sonderabteilung nehmen wollte, weil er nur 1,65 Meter groß war, und der dann den Mastersergeant Humphry mit einem Drehschwung so auf den Rücken legte, daß Humphry drei Tage lang nach vorn gebeugt gehen mußte. Ben, der einmal gesagt hatte: »Ich bleibe drei Jahre als Agent in Rußland. Dann leckt mich alle am Arsch. Dann will ich heiraten, übernehme die Erdnußfarm meines Vaters und konzentriere mich auf Lachsfang und Kindermachen.«

Shukow trank einen Schluck Wein. Er war nach außen hin ganz ruhig, gelassen, unbeteiligt bis auf die Empörung, die ein Russe zeigt, wenn ein amerikanischer Spion entlarvt worden ist. Major Jankow hatte die Schachfiguren aufgestellt und rieb sich die Hände.

»Ich habe die Revanche, ich fange an. Diesesmal kriege ich Sie, Wassja Grigorjewitsch!«

»Wann ist die Übertragung?«

»In ungefähr einer Stunde. Bis dahin habe ich gegen Sie ein Matt erreicht. Wetten? Ich bin in Stimmung. Dieser Erfolg unserer Abwehr! Drehen einen Staragenten der Amerikaner um ...«

Ben und umdrehen? Unmöglich! Man wird ihn mit Drogen vollgepumpt haben, damit er alles sagt, was man von ihm will. Er wird eine Sprechpuppe sein, weiter nichts. In diesem Zustand würde er sogar gestehen, mit Kissinger ein homosexuelles Verhältnis zu haben. Man kann das Unmöglichste aus einem Menschen herausholen, wenn man seinen Willen weggespritzt hat. Nur so kann es sein ... aber Ben Lauritz umdrehen? Nie, mein lieber Jankow!

Aus dem Radio klang weiter Volksmusik vom Baikalsee. Ab und zu wurde sie von einer Sprecherin unterbrochen, die mit melodischer Stimme ankündigte, daß in Kürze das öffentliche Geständnis des amerikanischen Spions übertragen werde. Major Jankow quittierte jede Durchsage mit einem lauten, zufriedenen Grunzen.

»Jetzt scheißt sich der CIA in die Hosen«, sagte er mitten im Schachspiel.

»Bestimmt. Damit haben sie nicht gerechnet.«

»Und dieser Saukerl von Amerikaner wird in Sibirien verschwinden!«

»Man wird ihn austauschen, nach einer bestimmten Zeit«, sagte Shukow im Plauderton. »Das geht hin und her, Wassili Michailowitsch. Jeder Staat hat ein paar Spione auf Lager, um solche Angelegenheiten elegant zu regeln ...«

»Ist das nicht eine Schweinerei, Wassja Grigorjewitsch? Erschießen sollte man jeden!«

»Bedenken Sie, daß auf diese Weise auch unsere Leute wieder nach Rußland kommen. Spionage ist wie unser Schachspiel, Jankow. Mal sind Sie matt, mal ich ... mal nehmen Sie mir alle Figuren weg, mal ich Ihnen. Und dann bauen wir sie alle wieder auf, und das Spielchen geht weiter. Der Unterschied ist nur, daß der Einsatz nicht wie bei uns zehn Kopeken ist, sondern der Weltfrieden.«

»Eine verrückte Menschheit, nicht wahr?« Jankow wurde philosophisch, rauchte versonnen, trank einen Schluck Wein, betrachtete das Schachbrett und gab sich der Erkenntnis hin, daß keine Generation nach den Gesetzen der Logik lebt. »Wir zwei können nichts ändern, Wassja Grigorjewitsch«, sagte er endlich.

»Bestimmt nicht.«

Die Volksmusik brach ab. Major Jankow lehnte sich zurück und zeigte auf das Radio. »Jetzt geht's los! Wenn man bedenkt, daß die ganze Welt zuhört! Welche Blamage für die Amerikaner!«

Ein Ansager sprach. Man schalte um nach Moskau, verkündete er. Noch zehn Sekunden bis zur Vorführung des Amerikaners Ben Lauritz in Wolgograd ...

Mach's gut, Ben, dachte Shukow und trank gelassen seinen Wein. Ich höre dir sofort an, ob du voller Drogen bist. Ich kenne deine Stimme, deine Wortwendungen genau. Eichhörnchen, wir sind alle bei dir ...

Radio Moskau. Die Ansage, daß 134 Sender angeschlossen seien.

Dann die Umschaltung in den großen Sitzungssaal des Justizpalastes von Wolgograd. Stimmengewirr, das Rasseln der Filmkameras, das Klicken der Fotoreporter. Ben Lauritz war also schon im Saal, stand hinter einer Barriere und schien dumm in die Gegend zu grinsen. Ob er überhaupt wahrnahm, was man mit ihm anstellte?

»Jetzt einen Fernsehapparat!« sagte Jankow klagend. »Das sollte man sehen!«

»Das möchte ich auch«, antwortete Shukow ehrlich.

Er schwieg abrupt. Ein Sprecher schilderte kurz den bisherigen Verlauf. Man hatte Ben Lauritz verhaftet, als er im Ersatzteillager überrascht wurde, wie er heimlich funkte. Ein Vorarbeiter und ein Lagerarbeiter hatten es gesehen und die Miliz gerufen. Ben hatte sich widerstandslos festnehmen lassen und alles gestanden.

Shukow griff nach einer Zigarette und behielt sie, ohne sie anzuzünden, zwischen den Lippen. Da stimmt doch etwas nicht, dachte er sofort. Ben ist doch kein Idiot! Im Ersatzteillager einer Traktorenfabrik funken, wo jeder hinkommt, wo ein Verkehr ist wie auf dem Broadway. Das kann doch niemals stimmen! Ben hatte beim Abschluß des Lehrgangs die Note 1,7 ... er war damit unter den ersten zehn. Und plötzlich stellt er sich so ungeheuer blöd an?

»Jetzt fragt unser Mann«, sagte Major Jankow und gab Shukow Feuer. Er war unruhig wie ein Sprinter vor dem Startschuß. »Jetzt knallt's!«

Und dann ging es wirklich Schlag auf Schlag. Frage — Antwort. Vermutungen — Erklärungen. Es war gespenstisch, was Ben Lauritz da sagte.

»Sie heißen?« hörte man jemand fragen. Es war ein Oberst des KGB, wie der Sprecher vorher erklärt hatte.

»Ben Lauritz«, kam leise die Antwort.

»Sie sind Amerikaner?«

»Ja. Geboren in Georgia.«

»Sie sind im Dienstrange eines Majors?«

»Ja.«

»Sind Angehöriger des amerikanischen CIA?«

»Ja.«

Shukow rauchte und blickte gegen die Holzdecke des Zimmers. Ben, was ist los? dachte er. Deine Stimme ist klar wie immer. Das klingt nicht nach Drogen und Gehirnwäsche. Ben, mach bloß keinen Quatsch! Laß dich von der Angst nicht wegtragen. Du kommst doch zurück! Sie tauschen dich aus! Ben, glaub nicht, was sie dir erzählt haben! Du wirst nicht in Sibirien verschimmeln!

Ben Lauritz redete weiter. Kaum war eine Frage gestellt, platzte seine Antwort wie ein Gegenschuß hinein.

»Sie hatten den Auftrag, in der Sowjetunion zu spionieren?«

»Ja.«

»Sie hatten den Auftrag, in Wolgograd die Entwicklung der neuen Panzer zu beobachten und Einzelheiten zu melden.«

»Nein.«

Der KGB-Oberst schien verblüfft zu sein. Es entstand eine Pause. Das Surren der Kameras war jetzt das einzige, was man hörte. Nein? Wieso denn nein? Beim Verhör in der vergangenen Nacht war alles klar gewesen. Da hatte Ben Lauritz versprochen, die volle Wahrheit zu sagen. Man hatte ihm dafür angeboten, daß er in der Nähe von Moskau in ein Wartelager komme, bis er ausgetauscht werde. Fast eine Art Kuraufenthalt, immer verglichen mit Sibirien.

»Nicht?« Die Stimme des KGB-Obersten hob sich. »Der Auftrag des CIA war doch genau umrissen! Sie sind nach Rußland gekommen in der Maske eines sowjetischen Arbeiters, haben in Wolgograd eine Stelle bekommen und arbeiteten dort seit einem Jahr.«

»Das stimmt alles«, sagte Ben Lauritz. Shukow kaute an der Unterlippe, Major Jankow schnaufte laut vor Erregung und Begeisterung. »Aber es ist nur die halbe Wahrheit. Ich hatte mehrere Aufträge —«

Ben, bist du verrückt geworden, schrie es in Shukow. Ben! Junge! Halt die Luft an!

»Meine Hauptaufgabe war es —« und jetzt sprach Ben schnell und doch sehr laut und artikuliert, was Shukow sofort auffiel — »die neue Raketenbasis Werchokrassnoje zu erreichen! Das habe ich getan! Es ist alles erledigt! Vollkommen erledigt!«

»Bravo, Boy!« sagte in diesem Augenblick in Fort Patmos General Orwell. »Das hast du glänzend hingekriegt! Jetzt kannst du erzählen, was du willst.«

Der Raum war vollgestopft mit Offizieren des CIA. Vom Fernsehen aus Kuba wurde das Verhör übertragen. Vier große Farbfernsehgeräte standen im Zimmer. Das Bild war so klar, als stünde Ben vor ihnen, als könne man ihm jetzt für diese Glanzleistung die Hände drücken. Die Offiziere applaudierten, bis Orwell abwinkte.

Jeder sah deutlich die Verlegenheit, in die der KGB-Oberst gekommen war. Eine für seine Karriere tödliche Verlegenheit, denn nun wußte die ganze Welt, daß in Werchokrassnoje eine neue Raketenbasis bestand. Eines der größten Geheimnisse der Sowjetunion war entschleiert. Jetzt abzuschalten und von einer technischen Störung zu sprechen, war sinnlos.

Ben Lauritz lächelte schwach in die Kameras. Und dann sagte er etwas, was niemand erwartet hatte:

»Damit können wir die Sendung beenden. Ich halte ab jetzt den Mund und wenn man mich totschlägt ...«

Die technische Störung trat nun doch ein. Das Bild ging weg. Auch im Radio sagte der Sprecher mit unterdrückter erregter Stimme: »Ein unvorhergesehener Defekt der Übertragungsstrecke Wolgograd–Moskau zwingt uns leider, das Verhör abzubrechen. Wir senden Ballettmusik von Borodin und Glinka.«

»Scheiße!« sagte Major Jankow laut. »Gerade jetzt wurde es interessant! Haben Sie das gehört! Der Kerl war in Werchokrassnoje!«

Shukow nickte stumm. Was Orwell herbeigebetet hatte, war erfüllt worden. Bob hatte nicht nur die Sendung gehört, er hatte sie auch verstanden. Werchokrassnoje war beendet. »Es ist alles erledigt!« hatte Ben laut gesagt. Das war die Botschaft, für die er sich opferte. Lieber, kleiner, treuer Ben ... wenn wir uns wiedersehen sollten, küsse ich dich ab wie das heißeste Mädchen. Daß Ben Lauritz wirklich in Werchokrassnoje gewesen war, glaubte Shukow allerdings nicht. Er wußte, daß nur ein einziger Mann auf dem Weg zu der Raketenbasis war, einsam wie ein großer, grauer Wolf. Er, Wassja Grigorjewitsch Shukow.

Aus dem Radio ertönte Borodin. Jankow drehte die Musik etwas leiser und beugte sich wieder über das Schachspiel. Er ärgerte sich sichtlich über den Ausgang des sensationell angekündigten Verhörs.

»Ich setze Sie jetzt in drei Zügen matt!« rief er. »Wetten?«

»Ich glaube es Ihnen, Wassili Michailowitsch. Ich bin jetzt nicht mehr in Form.«

»Sie ärgern sich genauso wie ich wegen der Unterbrechung, was? So ein Schwein! Dringt in Werchokrassnoje ein! So einen *müßte* man doch erschießen und nicht austauschen! Bei *dem* Wissen, was er jetzt hat!«

»Das ist es, was mich aus der Form bringt.« Shukow erhob sich. »Entschuldigen Sie mich, Wassili Michailowitsch. Ich kann nicht weiterspielen. Ich gebe Ihnen morgen abend Revanche. Ich gehe ins Bett.«

»Ich wußte gar nicht, daß Sie ein so großer Patriot sind, Wassja Grigorjewitsch.« Major Jankow drückte Shukow beide Hände. »Ich lasse das Spiel so stehen, wie es jetzt ist.«

»Tun Sie das.« Shukow wandte den Kopf zum Radio. Eine rasante, mitreißende Musik strömte aus dem Lautsprecher. »Glinka?«

»Ja. Der große Tanz aus ›Ruslan und Ludmilla‹.«

»Wundervoll!« Shukow ging langsam zur Tür. »Ein berauschender Totentanz ...«

Er drehte sich um und verließ den Raum.

Vor der Tür holte er tief Luft. Die letzten Minuten waren für ihn eine ungeheure nervliche Belastung gewesen. Innerlich bis zum Zerreißen erregt zu sein und es nicht zeigen zu dürfen — das ist aufreibender als jede körperliche Anstrengung. Es mußte irgendwo etwas Furchtbares passiert sein, wenn man Ben Lauritz den Sowjets geopfert hatte — bloß um mit ihm, Bob Miller/Shukow, Verbindung aufzunehmen. Denn nichts anderes konnte die Radiosendung bedeuten. Weil es keinen leichteren Weg gab, Bob Miller zu erreichen, hatte man zu diesem verzweifelten Mittel gegriffen. Man mußte etwas Sensationelles in die Wege leiten, das überall in der Sowjetunion bekannt wurde. Nur dann konnte Bob Miller jene wichtige Nachricht erreichen, die Ben Lauritz am Schluß des Verhörs im Radio ausgesprochen hatte: »... die neue Raketenbasis Werchokrassnoje ... es ist alles erledigt. Vollkommen erledigt ...«

Das hieß, übersetzt in den Befehl an Bob Miller: Brechen Sie Ihre Aktion sofort ab, kümmern Sie sich nicht mehr um die Raketenbasis und nehmen Sie möglichst schnell Kontakt mit uns auf, wir brauchen Sie dringend an anderer Stelle!

Die Wuginskaja arbeitete noch immer im Lagerlazarett. Shukow fand sein Zimmer leer. Als er hinüberblickte zu dem langgestreckten niedrigen Steinbau, sah er durch den Regenvorhang die hell erleuchteten Fenster des Untersuchungsraumes und des OPs.

Dr. Fedjunin war aus den Fugen geraten. Zum erstenmal kam die Lagerapotheke voll zum Einsatz. Er wunderte sich, wie viele Mittel sie enthielt und was man alles mit ihnen anstellen konnte. Auch der OP-Tisch wurde nach langer Zeit wieder benutzt. Fedjunins bevorzugter Arbeitsplatz war ja bisher der Seziertisch im Nebenraum gewesen. Die Wuginskaja schnitt Furunkel auf, reinigte alte, vernachlässigte, eitrig-jauchende Wunden und hörte sich geduldig die Klagen der Männer an, die ihre nicht gleich sichtbaren Krankheiten schilderten, weil sie im Inneren des Körpers lagen. Hier hatte Dr. Fedjunin immer großes Mißtrauen gezeigt, denn was man nicht sieht, ist zumindest halbreal. Schmerzen im Unterbauch, in der

Brust, im Kopf, im Rücken, in den Schultern oder im Magen kann jeder vorspielen, und Sträflinge entwickeln da eine wahre Virtuosität. Sie schwanken herum, sichtbar dem Tode nahe, aber wenn sie später im Lagerlazarett liegen, lächeln sie wie satte Säuglinge. Daher hatte es sich eingespielt, daß Dr. Fedjunin nur die Kranken anerkannte, deren Leiden manifest waren oder zu machen waren. Ein Magengeschwür oder eine Tbc gehörten demnach nicht dazu ... sie wurden erst anerkannt, wenn der Kranke am Ende seiner Leiden war. Bei der Obduktion freute sich dann Dr. Fedjunin über die geradezu lehrbuchmäßig herausgeschälten Präparate.

Ganz anders die völlig verwandelte Wuginskaja!

Sie palpierte, hörte ab, prüfte Reflexe, lauschte auf die inneren Töne der Körper, entnahm Blutproben und Urin — was Dr. Fedjunin zu der inneren Feststellung trieb, daß nun auch das völlig brachliegende Labor in Tätigkeit gesetzt werden würde — und stellte die halb verhungerten Sträflinge sogar auf die Waage, um den Prozentsatz ihres Untergewichtes zu prüfen.

Das fand Fedjunin nun wirklich übertrieben und nutzlos. »Ihre Gründlichkeit sei geehrt, Valja Johannowna«, sagte er in einer Untersuchungspause, in der sie eine Zigarette rauchten. »Aber auch noch wiegen! Hier ist keine Mastanstalt!«

»Jeder Verurteilte soll das Gefühl haben, daß er ein Mensch geblieben ist«, antwortete sie ruhig und blies den Rauch aus gespitzten Lippen zur Decke. Sie sah hinreißend aus, und Fedjunin verfluchte sich, daß er ein so häßlicher Mensch war, den eine Frau wie die Wuginskaja nur bemitleiden konnte. »Dazu gehört auch das Wiegen. Jetzt glauben alle, sie würden bald bessere Kost bekommen.«

»Ach so!« Fedjunin starrte sie begeistert an. »Ein bißchen seelisches Theater, ein wenig Illusion, medizinische Potemkinsche Dörfer. Raffiniert, Valja Johannowna! Die Arbeitsmoral wird durch den Glauben erhöht! Und ich dachte schon —«

»Was dachten Sie, Genosse?« Es klang kühl, abstandhaltend, wie durch eine Glaswand: Genosse! Dr. Fedjunin rückte wieder an seiner Nickelbrille. Diese Frau zerstampfte ihn mit einem einzigen Wort.

»Ich hatte die Befürchtung, Sie könnten die Worte der ›Gulag‹-Erlasse zu genau nehmen. Sie klingen humanitär, aber sie sind undurchführbar! Ideologische Umschulung ... sollen wir aus jedem Lager eine Universität machen? Ich frage mich nur, wie das weitergehen soll? Sie gewöhnen die Sträflinge an Ihre Behandlungsmethode, aber Sie reisen ja eines Tages weiter nach Ottokh. Ich könnte nun sagen: Schluß! Chefarzt bin ich! Sie sind nur Besuch, Kollegin. Sie sind durch den Regen hier hängengeblieben. Im Lazarett haben Sie nichts zu suchen! Das ist eine Einmischung, die ungeheuerlich ist! Aber ich sage es nicht. Ich betrachte Ihren Durchzug durch Nowo Sosnowka wie einen Flug der Wildschwäne. Sie tauchen am Himmel auf, ziehen vorbei und verschwinden im Blau der Unendlichkeit. Aber der Moment, wo sie über uns sind, ist wunderbar und ergreifend.«

»Das haben Sie schön gesagt.« Die Wuginskaja zerdrückte ihre Zigarette auf den Dielen und zermalmte mit der Stiefelsohle den Rest. »Sie sollten so etwas aufschreiben, Fedjunin. Nicht nur Sezierprotokolle. Sie könnten ein Lyriker werden.«

»Wer hört mir denn zu?« sagte er leise. Es klang ausgesprochen tragisch.

»Das ist unser aller Problem.« Sie nickte, klatschte hell in die Hände und sprang vom Stuhl auf. »Machen wir weiter! Pjotr, der nächste!«

Pjotr war der Sanitäter, einer von sechs, die draußen im Steinbruch zu stillen, unbekannten Helden wurden. Was Dr. Fedjunin versäumte, versuchten sie mit den primitivsten Mitteln in den Griff zu bekommen. Sie hatten Menschenleben gerettet, und keiner hatte es gemerkt.

Der Nächste. Ein völlig neues Wort im Lager.

Wie bei einem richtigen Doktor.

Was ist denn los, Brüderchen? Woher der neue Kurs? Horcht doch mal rum ... da muß doch wirklich ein Wichtiger in Moskau gestorben sein ...

Die Telefonleitungen waren schon längst von den Wassermassen zerstört worden. Der Fluß, jetzt ein weiter See, aus dem die Bäume der Taiga ragten, als seien sie Riesentang, hatte die Masten geknickt und mitgerissen. Auch die elektrischen Kabel führten keinen Strom mehr ... irgendwo in der gurgelnden Wasserwüste, in irgendeiner Verteilerstation, war ein Kurzschluß entstanden, der das ganze Gebiet um Ottokh herum in Finsternis versetzte. Vom Hauptwerk Jakutsk wurde daraufhin der Strom in die nordwestlichen Gebiete abgeschaltet, um Elektroschlag-Unfälle zu vermeiden.

Nowo Sosnowka litt darunter nicht — das war der Vorteil, ein Straflager in der Nachbarschaft zu haben. Dort gab es für solche

Notfälle ein eigenes Notstromaggregat, das mit Benzin betrieben wurde. Und Benzin hatte man genug im Magazin. So lange konnte es gar nicht regnen oder der normale Strom ausfallen, um hier in Bedrängnis zu kommen.

Die Scheinwerfer leuchteten also weiter im Lager, in allen Baracken und Häusern gab es Licht, und auch die Telefonverbindungen innerhalb des Lagers funktionierten, da es Hausleitungen waren, die über eine große Batterie liefen. Nur die Staatsleitung, also die Verbindung nach draußen, war zerstört. Hier blieb der Funkverkehr die einzige Möglichkeit, sich mit der Außenwelt zu verständigen.

Major Jankow nahm alles gelassen hin. Er sagte sogar einmal zu Shukow: »Ich kann nicht anrufen. Gut! Aber ich kann auch nicht angerufen werden. Noch besser! Das schönste Leben in Rußland ist ein unbeobachtetes Leben.«

Jetzt nutzte Shukow die Hausleitung aus, um drüben im Lazarett anzurufen. Ben Lauritz' Nachricht hatte ihn mehr getroffen, als er sich selbst gestehen wollte. Nicht, daß er scharf darauf gewesen wäre, unbedingt Werchokrassnoje zu erreichen ... der Weg dorthin war eine Straße durch sieben Höllen, das hatte er bereits am Anfang kennengelernt, und wenn man sich das sparen konnte, sollte man ein Halleluja singen. Aber die Art, wie man ihn zurückrief, dieser Verzweiflungsakt, Ben zu opfern, um Bob zu informieren, hatte etwas Panikartiges an sich. Es ließ Shukow keine Ruhe. Zum erstenmal durchbrach er eine der Grundweisheiten seines Berufes: Bleib unsichtbar. Bleib stumm! Melde dich nur, wenn es unbedingt nötig ist! Oder wie General Orwell es ausdrückte: »Wenn euch das Wasser bis zum Hals steht — ihr könnt ja noch atmen! Wenn euch das Wasser bis zum Mund steigt— stellt euch auf die Zehenspitzen. Erst, wenn ihr ersauft, gebt einen Laut!«

Für Shukow hatte dieser Lehrsatz in der jetzigen Situation keine Gültigkeit mehr. Er brauchte Informationen. Wenn man Ben Lauritz den Sowjets zum Fraß hinwarf, war das Wasser — um mit Orwell zu denken — bis über die Augen gestiegen.

Im Lazarett meldete sich Dr. Fedjunin am Telefon.

»Ach, Sie sind es, Wassja Grigorjewitsch?« sagte er. »Ich dachte schon, der gute, alte liebe Gott riefe an, um uns zu gratulieren. Sie ahnen ja gar nicht, was hier los ist.«

»Was macht Valja Johannowna?« fragte Shukow.

»Sie spaltet gerade einen Furunkel von Faustgröße. Und im Gang stehen noch vierzehn Kranke und warten.«

»Es kann also noch lange dauern?«

»Bis Valja zu Ihnen kommt? Bestimmt noch zwei Stunden. Diese Frau wird einfach nicht müde! Verstehen Sie das? Ich bin vom Zusehen schon total erschöpft. Soll ich Valja etwas ausrichten?«

»Nein.« Shukow atmete auf. Es gab nie mehr eine günstigere Gelegenheit als jetzt, mit Galina Theofilowna in Irkutsk im Hotel ›Sibir‹ die Verbindung herzustellen. »Ich werde etwas lesen und warten.«

»Das geschieht Ihnen recht.« Dr. Fedjunin lachte meckernd. »Sie haben die ganze Sache angezettelt mit ihrer Sturheit. Ehrlich, ich bin froh, wenn der Regen aufhört oder der Frost kommt und Sie alle wieder aus Nowo Sosnowka verschwinden.«

»Ich auch!« sagte Shukow aus voller Brust. »Ich auch!«

Dann legte er auf, zog den Vorhang vors Fenster, holte seinen Packsack aus der Ecke und wickelte sein zu einem Sender umgebautes kleines Radio aus dem Plastikbeutel. Er zog die lange Antenne heraus, stellte auf der Zahlenscheibe die Frequenz von Galina Theofilownas Sender ein und drückte dann auf den Sendeknopf.

Der vereinbarte Ruf, auf russisch, ging hinaus.

»TAUBE! TAUBE! TAUBE! TAUBE ...«

Hebel herum. Im Lautsprecher knackte es, atmosphärische Störungen knatterten und rauschten, dazwischen zitterte das Zirpen anderer Kurzwellensender, die hart an den Bereichen der eingestellten Frequenz lagen. Galina Theofilowna aber schwieg. Um diese Zeit war sie längst auf ihrem Zimmer, der Kosmetikladen im Hotel ›Sibir‹ geschlossen. Auch sie mußte die Sendung mit Ben Lauritz gehört oder sogar im Fernsehen miterlebt haben, und es gab bestimmt einen Befehl von Orwell, mit Shukow Verbindung aufzunehmen.

Hebel zurück. Die Sendetaste »TAUBE! TAUBE! TAUBE!«

Umstellen auf Empfang. Shukow steckte das Kabel für den kleinen Knopfkopfhörer ins Gerät, um besser die Töne unterscheiden zu können. Um Bruchteile von Millimetern regulierte er die Einstellscheibe, brachte den Sender auf die feinste Abstimmung und lauschte angestrengt auf die vielfachen Geräusche. Irkutsk war weit ... wenn er Galina Theofilowna tatsächlich erreichte, dann würde es eine Art Flüsterverständigung geben. Mehr wollte er auch gar nicht. Er wollte nur wissen, warum man Ben geopfert hatte.

Es war für Shukow wie ein Karatehieb im Nacken, als er die kalte Stimme der Wuginskaja hinter sich hörte. Er hatte ihr Kommen nicht bemerkt, keinen Schritt, kein Türklappen. Er hatte nur auf die Geräusche im Äther gelauscht. Außerdem operierte sie ... vor zwei Stunden kommt sie nicht, hatte Dr. Fedjunin gesagt. Aber natürlich hatte er sofort erzählt, daß Shukow angerufen hatte. Ein bißchen hämisch sogar: Der Arme fühlt sich so einsam im leeren Zimmer ...

»Was machst du da?« fragte Valja Johannowna von der Tür her. Es war ihre dritte Stimme ... neben dem herrischen Ton und dem halbierten, sehnsüchtigen Hauchen stach jetzt eine Stimme zu, kalt und spitz wie Stahl. »Wassja ...«

Shukow nahm den Knopfkopfhörer aus dem Ohr und stellte den Sender ab. Dann drehte er sich ganz langsam zu ihr herum und sah sie mit seinen verträumten Augen stumm an.

»Das war kein Radio!« sagte sie gepreßt. Ihr Gesicht zuckte deutlich, die Lippen vibrierten wie unter Stromschlägen.

»Nein ...«, antwortete er gedehnt.

»Das ist ein Kleinsender —«

»Ja.«

Wie damals bei Dunja Andrejewna, dachte er. Und doch ist es jetzt anders. Dunja lief auf mich zu, warf sich an mich, schlug und küßte mich und war bereit, mit mir zu sterben. Nachher half sie mir sogar, in einer Mülltonne aus Frazertown herauszukommen. Es war eine Liebe bis zur letzten Konsequenz.

Und jetzt Valja Johannowna. Sie stand an der Tür, klein, betörend schön, aber gespannt wie ein Panther zum tödlichen Sprung. In ihren Augen lag keine Gnade und kein Verstehen. Nicht einmal die Andeutung einer Verzweiflung, die ein solches Erkennen auslösen mußte, wurde sichtbar. Daß ihr Gesicht zuckte, schien sie sich selbst nicht zu verzeihen.

»Wie lange stehst du da?« fragte er ruhig.

»Seit du den Hörer im Ohr hast. Fedjunin erzählte von deinem Anruf. Oh, er hat Sehnsucht nach mir, habe ich gedacht, und bin sofort zu dir gelaufen. Und du kniest auf dem Boden und bedienst einen Geheimsender! Wassja —«

»Was willst du wissen?«

»Du hast einmal gesagt: Wir können uns nicht lieben. Ich habe einen Auftrag, der wichtiger ist als unsere Liebe.«

»Das stimmt.«

»Ist das da dieser Auftrag?« Sie zeigte auf den kleinen Sender.

»Ja.«

»Wer bist du?«

»Wassja Grigorjewitsch.«

»Wer bist du wirklich?« schrie sie. Sie kam näher, mit Augen, die einem Raubtier glichen. Glitzernd, verengt, schräg stehend, grausam. »Wer bist du? Von Jakutsk nach Ottokh. Von Ottokh nach Werchokrassnoje! Ist das dein Weg?«

Es wurde gefährlich. Ihre kalte, helle Stimme hallte in dem Zimmer. Sie drängte Shukow in eine unbarmherzige Entscheidung.

»Was weißt du von Werchokrassnoje?« fragte er.

»Soviel wie du. Aber du bist auf dem Weg, alles zu wissen. Nicht wahr? Für wen? Ein Russe verrät seine Heimat! Ein Russe! Sie werden dich erschießen!«

Die letzte Möglichkeit, der letzte Ausweg, eine letzte schmale Brücke, über die man flüchten konnte. »Liebst du mich, Valja Johannowna?« fragte er sanft.

»Ich liebe Rußland! Wassja! Warum hast du das getan? Unser Rußland!«

Wie eine wilde Katze fiel sie ihn an, aber er fing sie auf und warf sie aufs Bett. Genau wie eine Katze schnellte sie wieder hoch und sprang ihn erneut an.

»Erschießen!« schrie sie hell. »Erschießen werden sie dich! Wer bist du? Wer bist du?«

Die Entscheidung war gefallen. Denkt immer daran, hatte Orwell gesagt, es gibt nur ein Leben! Haltet es fest! Keiner schenkt euch ein neues!

»Ich bin Bob Miller!« sagte Shukow.

»Ein ... ein Amerikaner ...«

»Ein Amerikaner.«

Ihre Augen weiteten sich. Jetzt war Begreifen darin und der Zusammenbruch ihrer ganzen inneren Welt. Sie begriff das Spiel, in dem sie nur eine Figur gewesen war. Die Lüge. Den Verrat.

Mit einem Satz wollte sie zur Tür und Alarm schlagen. Aber ebensoschnell zuckte Shukows rechter Handrücken vor und traf voll ihren schmalen Nacken. Es gab einen häßlichen, knirschenden Laut. Es war ein absolut tödlicher Schlag, den sie in Amerika an Holzbrettern, Ästen und am Ende sogar an Ziegelsteinen geübt hatten. Lautlos fiel Valja Johannowna in sich zusammen, als habe der Schlag auf einmal alle Knochen in ihr pulverisiert. Es gab nicht einmal einen Laut, als sie den Boden berührte ... sie schwebte wie schwerelos dahin und lag dann vor seinen Füßen, mit offenen Augen, und trotz der Glasigkeit des Todes blieb der goldene Punkt in ihren Pupillen.

Shukow brauchte nicht viel Zeit, um alles zu ordnen. Er

verpackte seinen Sender wieder, wickelte Valja Johannowna in eine der gelben Kunststoffplanen, hängte sich den Reisesack vor die Brust, schob den leblosen Körper der Wuginskaja über seine Schulter und griff nach seinem Koffer.

An der Tür sicherte er nach allen Seiten. Er brauchte es nicht. Um diese Zeit schlief alles in der Kommandantur, der Flur war leer und dunkel. So leise wie möglich, tappte er mit seinem Gepäck zur Tür, drückte die Klinke mit dem linken Ellenbogen hinunter und trat ins Freie. Über das Lager glitten die Strahlenfinger der Scheinwerfer von den Wachtürmen. Der Militärbereich blieb im Dunkeln.

Shukow umklammerte mit der Rechten die über seiner Schulter liegende Wuginskaja und trat dann hinaus in den rauschenden Regen. Er rannte nicht ... er ging davon wie ein müder Mensch, den nichts zurückhalten darf, seine Arbeit zu tun.

Nach ein paar Schritten schon war er in Dunkelheit und Regenwand verschwunden.

Vor sieben Jahren, als man das Straflager außerhalb von Nowo Sosnowka anlegte, hatten die ersten Sträflingskolonnen als erstes eine feste Straße zwischen Lager und Dorf gebaut. Eine gute Straße, tief genug ausgekoffert und mit Felssteinen aufgefüllt, Steine, die in den Brüchen von Hand kleingeschlagen worden waren, unter Fluchen, Stöhnen, Schmerzen, Zusammenbrüchen und Erschöpfungstoden. Es wurde der einzige feste Weg in der ganzen Gegend, wenn im Frühjahr oder im Herbst die Schlammperioden begannen und das Land zu einem Sumpf wurde.

Über diese Straße rollten die Lastwagen des Lagers und brachten auf Spezialuntersätzen die in der Taiga geschlagenen Baumstämme bis zum Fluß Tjuganja, wo sie zu Flößen zusammengestellt wurden und dann abwärts trieben, in den Fluß Viljuj hinein, der sie wiederum in die Lena, den großen Strom Sibiriens, trug. Dort, an der Mündung des Viljuj in die Lena, bei dem kleinen Ort Aryta, fischte man die Holzflöße ans Ufer, vertäute sie zu langen Kolonnen und zog sie mit starken Flußschleppern bis nach Jakutsk zu den riesigen Verarbeitungsbetrieben.

Es war unmöglich für Shukow, mit der toten Wuginskaja auf dem Rücken und seinem Gepäck in der Hand abseits der festen Straßen durch den Schlamm zu waten, um den Fluß zu erreichen. Der Fluß war die einzige Möglichkeit, wegzukommen. Schnell wegzukommen, denn wenn am Morgen entdeckt wurde, daß sowohl die Wuginskaja als auch Shukow fehlten, würde Major Jankow sofort eine Suchaktion starten. Nicht aus dem Verdacht heraus, hier sei etwas politisch Ungeheures passiert, sondern lediglich aus Sorge, Valja Johannowna und Wassja Grigorjewitsch hätten in einem Anfall von Liebesrausch trotz des säuischen Wetters noch einen Spaziergang gemacht und könnten sich verlaufen haben. Welch eine andere Erklärung blieb denn übrig? Daß zwei Menschen einfach aus der Kommandantur verschwinden, völlig grundlos, widerspricht jedem Verstand.

Es blieb also nur die Straße. Shukow erreichte sie, nachdem er einen Bogen um das Postenhaus gemacht hatte, das die Einfahrt zum Militärbereich des Lagers blockierte.

In dem kleinen Haus aus Bruchsteinen war alles dunkel. Bei diesem Wetter, so sagte man sich sicherlich, ist es verschwendete Kraft, wach am Fenster zu sitzen und in die Nacht zu stieren. Wer sollte kommen, wer gehen, was sollte passieren? Das Land ersoff, der Fluß war ein unübersehbarer gurgelnder See geworden, und wenn man damals das Dorf und das Lager nicht auf eine Art Plateau gebaut hätte, säße man jetzt auf den Dächern oder müßte in den Wäldern oberhalb der Schluchten kampieren. Das Vieh hatten die Bauern von Nowo Sosnowka ja schon hinaufgetrieben. Sie mißtrauten dem Schutzwall gegenüber dem Fluß, und sie mißtrauten vor allem dem Wetter, das in diesem Jahr verrückt spielte.

Nachdem Shukow die Straße erreicht hatte, schob er die Wuginskaja in ihrer Plane bequemer über seine Schulter, umfaßte die Leiche mit dem rechten Arm, nahm seinen Koffer wieder auf und fragte sich einen Augenblick, ob es nicht besser sei, den Koffer nachher in den Fluß zu werfen. Das Wichtigste, sein Minisender, stak in dem Reisesack aus Leinwand, der vor seiner Brust pendelte. In ihm waren auch einige Wäschestücke, Notverpflegung, ein Verbandskasten und ein Paar Ersatzschuhe. Der Koffer enthielt alles, was ein normaler Mensch auf Reisen mitnimmt, vor allem, wenn er sich darauf einrichten muß, Monate in der Einsamkeit zu bleiben. Da war das für einen Russen unvermeidliche Reiseschachbrett, ein paar linientreue Bücher, sogar eine Sammlung Schallplatten mit ernster Musik, in der Hoffnung, auch in Sibirien gebe es einen Plattenspieler, denn jeder Russe liebt Musik. Es war ein Koffer mit einem Ersatzanzug und zwei Mützen, Handschuhen und einem neuen Pyjama, blauweiß gestreift, alles so typisch für einen normalen Bürger, daß eine heimliche Kontrolle des Koffers eher Miterleben als Mißtrauen geweckt hätte.

Für das, was jetzt vor Shukow lag, war dieser Koffer nicht mehr nötig. Der Weg nach Werchokrassnoje, zur Raketenbasis, bedurfte noch der vollkommenen Tarnung ... er war nun abgebrochen worden, nachdem Ben Lauritz gestanden hatte, schon dagewesen zu sein. Er hatte es in die Mikrofone des sowjetischen Gerichtes gerufen, und Shukow hatte ihn verstanden. Der Weg zurück nach Irkutsk war jetzt die Rückkehr eines an Sibirien Gescheiterten. Auf den vorbereiteten amtlichen Papieren würde sich Shukow selbst bescheinigen, daß er aufgrund eines erst jetzt unter anderen klimatischen Verhältnissen festgestellten inneren Leidens — eines Emphysems — nicht mehr für Sibirien tauglich sei und zurückbeordert wurde in die Zentralverwaltung. Emphysem, das klang für jeden Milizionär, der die Papiere kontrollieren konnte, äußerst geheimnisvoll und schwerwiegend. Einen Genossen mit einem Emphysem soll man nicht aufhalten. Man weiß zwar nicht, was das ist und ob es sogar ansteckend ist, aber es muß etwas Besonderes sein, denn wer nicht tauglich ist für Sibirien, das jeden Menschen und jede Krankheit verkraften kann, muß ein bedauernswerter Genosse sein.

Shukow ging über die feste Straße, bis er schemenhaft die ersten Häuser von Nowo Sosnowka sah. Der Regen klatschte auf ihn herunter, rann über die glatte Kunststoffplane, in die er die Wuginskaja gewickelt hatte, lief in den Ärmel, weil er die Tote auf seiner Schulter festhalten mußte und durchnäßte vom Arm aus seine ganze rechte Seite. Das Wasser lief an den Hosenbeinen wieder heraus oder schoß bei jedem Schritt als kleine Fontäne aus den Schuhen. Um den Fluß zu erreichen, mußte er durch das Dorf. Es gab nur diese eine Möglichkeit. Shukow blieb stehen und blickte auf die hinter der Regenwand wie zerfließenden Häuser. Unwahrscheinlich, dachte er, daß bei diesem Wetter und zu dieser Zeit jemand auf der Straße ist, aus dem Fenster guckt oder etwas anderes tut als schlafen. Und wenn er doch gesehen würde?

Es gab einen Spruch von General Orwell, der überhaupt im Erfinden von guten Sprüchen unschlagbar war. Alle Teilnehmer des Lehrgangs in Alaskas russischer Geisterstadt hatten ihn sich gemerkt: »Wer in unserem Beruf mit Wenn und Aber arbeitet, sollte sofort aussteigen und Käse verkaufen. Nichts gegen Käse, ich esse ihn für mein Leben gern ... aber Käse ist Käse, und euer Leben ist kein Camembertstückchen mehr wert, wenn ihr denkt: Wenn aber jetzt — Die Sekunde, in der ihr ›wenn‹ gedacht habt, fehlt euch nachher.«

Shukow ging mit festen Schritten weiter. Er erreichte die ersten

Häuser und schritt mitten auf der befestigten Straße hinunter zum Damm und zum Fluß. Er sah nicht nach links oder rechts ... wer mich anrufen will, tut's auch, ohne daß ich ihn ansehe, dachte er. Von den Scheunen her, aus kleinen Holzhütten, kläfften ein paar Hunde und belebten das eintönige Rauschen des Regens. Ein Hund, neben einem Haus fast in der Dorfmitte, gebärdete sich wie toll, riß an seiner Kette und bellte mit einer so hellen Wut, daß Shukow sich wunderte, warum bei diesem Lärm niemand nach draußen kam, um nachzusehen, was den Hund so verrückt machte.

Aber niemand kam. Der wochenlange Regen hatte die Gemüter abgestumpft, die Reaktionen aufgeweicht, den Alltag überschwemmt. Man saß herum und wartete auf den Frost, der die Sintflut mit einem Schlage verjagen würde. Dann wurde aus dem Regen Schnee, die Erde gefror, der verrückt gewordene Fluß vereiste. Und wenn dann noch die Stürme aus dem nördlichen Osten kamen, wußte man, daß der Winter alles gerettet hatte. Natürlich blieb die Katastrophe der Überschwemmung. Tausende von Quadratkilometern Taigawald staken in den dann vereisten Wassern. Die Eisdecke blieb, aber unter ihr flossen die Fluten später ab, die Tjuganja wurde wieder ein normaler Fluß, und dann kam das gewaltige Schauspiel: die Eisdecke brach, sank zusammen bis auf den richtigen Waldboden, überall krachte es wie Kanonenschüsse, die mit Wasser vollgesogenen Stämme zerbarsten im Frost und rissen einfach auseinander mit einem Aufschrei, der im Ohr haften blieb.

So wird es sein, aber noch regnet es, Genossen! Es trommelt auf die Dächer und gegen die Fenster. Streckt euch lang auf den warmen Ofen — der graue, rauschende Morgen kommt früh genug.

Shukow ging weiter, in der Mitte der Straße, ab und zu mit einem Schulterruck das Gewicht der Wuginskaja verlagernd. So zierlich sie im Leben gewirkt hatte, so schwer wurde sie jetzt als Tote. Auch das ist ein Phänomen, dachte Shukow. Wenn sie sich früher lachend vor mir drehte, konnte ich sie mit beiden Händen um die Taille fassen und mühelos hochheben. Sie zappelte dann in der Luft und schrie hell: »Du Bär! Du starker Bär! Du Riesenbär!« Und er dachte daran, daß auch Dunja Andrejewna ihn einen Bären genannt und in seinen Armen gekeucht hatte: »Aber ich bin ein Tiger, und ein Tiger ist stärker als ein Bär!« Das waren dann die Augenblicke, in denen sie sich bei ihm festbiß, in die Oberarme, in die Schultern, in die Brustmuskeln, und seinen Körper übersäte mit den blutigen Abdrücken ihrer kleinen, spitzen Zähne.

Shukow ging durch das schlafende Dorf, trat dem einzigen Lebewesen, das sich bei diesem Wetter ins Freie wagte, einem struppigen Hund, der ihn knurrend anfiel, gegen die Schnauze und ärgerte sich, daß der Kläffer laut heulend davonlief. Das muß einer hören, dachte er. Kein Hund heulte ohne Grund. Wenn aber in einem sibirischen Dorf ein Hund heult, hebt selbst der lahmste Urgroßvater seinen Kopf und bekommt einen harten Blick. Irgend jemand muß jetzt an das Fenster treten und mich sehen.

Er wußte nicht, ob das geschah, jedenfalls rief ihn niemand an. Er erreichte den Damm, der die Schlucht absperrte, und ließ die Wuginskaja von seiner Schulter auf den felsigen Boden rutschen. Es gab einen dumpfen, klatschenden Laut, die Kunststoffplane platzte auseinander, und Valja Johannownas Kopf lag frei im Regen. Ihr wie schwarzes Metall glänzendes Haar verklebte das Gesicht, vor allem die Augen und die Nase. Nur ihr Mund war frei ... ein wenig geöffnet und selbst im Tode noch von jenem erotischen Reiz, der früher von ihr ausging, wenn sie die Lippen leicht öffnete, blitzschnell die Zunge über Vorderzähne und Oberlippe schnellen ließ, um dann zu warten, ob diese schlangenhafte Lockung verstanden wurde.

Shukow streifte die Schlinge, an der sein Reisesack hing, über den Kopf, ließ den Leinenbeutel neben der Wuginskaja auf den Felsengrund klatschen und beugte sich dann hinunter, um Valjas Gesicht wieder mit der Kunststoffplane zu bedecken. Er ging am Damm entlang zu dem Platz, auf den die Leute von Nowo Sosnowka ihre Boote getragen hatten, weg vom entfesselten Fluß, der bisher ihr Freund gewesen war und sie mit seinem Fischreichtum ernährt hatte, wenn die Gemüsegärten und die kleinen Felder mit dem wetterharten Roggen nicht genug Ernte brachten.

Shukow suchte sich ein kleines, aber stabiles Boot aus, drehte es um, kroch darunter und stemmte es auf seinen nach vorn gebeugten Rücken. Wie eine Riesenschildkröte, die ihren schweren Panzer mühsam herumschleppt, trug Shukow das Boot bis zum Damm, an eine Stelle, wo er es in den wild dahinströmenden Fluß drücken konnte. Keuchend setzte er sich auf den Bootsrand, vom Regen betrommelt, erholte sich von der Anstrengung mit ein paar tiefen Atemzügen und kehrte dann zu der Wuginskaja zurück. Er trug sie zuerst ins Boot, dann holte er sein Gepäck, schob den ziemlich hochbordigen Kahn ins Wasser und sprang hinterher, bevor die rasende Strömung ihn erfaßte.

In wenigen Sekunden riß ihn der Fluß vom Ufer, jagte ihn hinaus in die gurgelnde Wasserwüste, das Boot tanzte und begann sich zu drehen, und Shukow hatte alle Mühe, mit den Rudern zu verhindern, daß er in einen tödlichen Strudel geriet. Immerhin gelang es ihm, mehr in die Mitte des Flusses zu kommen, weg von dem felsigen Ufer. Es beanspruchte seine ganze Kraft, und als er endlich in einer zwar schnellen, aber nicht mehr strudelnden Strömung dahintrieb, zog er die Ruder ein, sackte mit dem Oberkörper nach vorn und gab sich ganz einer fast lähmenden Erschöpfung hin.

Zeit und Raum verschmolzen. Wasser und Nachthimmel wurden eins, das Ufer links von sich sah Shukow nur noch schemenhaft, rechts dehnte sich die Wasserfläche bis zu den Wäldern, die wie Riesentang zu schwimmen schienen.

Wie lange Shukow so in seinem Boot verharrte, wußte er nicht. Erst als er spürte, daß er bis zu den Knöcheln im Wasser saß, richtete er sich auf. Er warf den Koffer über Bord, kniete sich dann hin und zog die Wuginskaja an die Bordwand.

Nicht denken, sagte er sich. Bob, hör auf, dich an mehr zu erinnern, als du darfst! Du hast sie mit einem einzigen Handkantenschlag getötet, und als sie mit merkwürdig schiefem Kopf vor dir lag, ist es dir heiß durch dein Herz gezogen. Und dann hast du dir eingeredet: Es war Notwehr. Es war einfach nötig. Sie hätte dir nie — wie damals Dunja in Frazertown — verziehen, daß du ein amerikanischer Agent bist. Sie hätte dich erbarmungslos töten lassen, also war es dein gutes Recht, sie zu töten. In unserem Scheißberuf geht es um mehr als um einen Menschen ... es geht um ganze Völker. Es geht um das Gleichgewicht der Macht, um den Frieden aus Angst, um das Überleben durch das Wissen von der Schwäche der anderen.

Bleib bei dieser Lüge, Bob. Hämmere sie dir ein ... und nimm jetzt endlich Abschied von Valja Johannowna.

Shukow biß die Zähne zusammen. Mit beiden Händen packte er die Wuginskaja um die Mitte ihres Körpers, hob sie über den Rand des Bootes und stieß sie dann in den Fluß. Als wolle sie ihm nochmals ihre ganze Schönheit zeigen, klaffte die Kunststoffplane auseinander, bildete ein Floß unter ihr, und auf diesem gelborangenen Untergrund lag sie, lang dahingestreckt, die Arme etwas ausgebreitet, mit offenem Mund, der ihn zu rufen schien ... und trieb an der Bootsseite entlang, immer auf gleicher Höhe, als könne sie sich nicht von Shukow trennen.

Mit einem dumpfen Laut riß Shukow eins der beiden Ruder vom Bootsboden, kippte es über die Bordwand und stieß zu, dreimal, viermal, bis die Kunststoffplane im Wasser versank und das Luftpolster, auf dem sie geschwebt hatte, entwich. Der Körper der Wuginskaja drehte sich noch einmal, dann sackte auch er weg in den gurgelnden Fluß. Aber sie nahm noch Abschied von Shukow. Das Wasser riß ihre Arme empor, und das letzte, was Shukow von ihr sah, waren ihre Handflächen. Es war, als winkte sie ihm zu, bis auch sie, zwei weiße, zehnfach geteilte Flächen, in den Strudeln verschwanden.

Shukow warf das Ruder zurück ins Boot, zog seine Schuhe aus und begann, mit ihnen das Wasser aus dem Boot zu schöpfen. Es wurde ein langer, zermürbender Kampf gegen den Regen und den Fluß.

Zunächst wurde die Abwesenheit von Valja Johannowna und Wassja Grigorjewitsch in der Kommandantur nicht bemerkt. Major Jankow wartete mit dem Frühstück eine halbe Stunde, lächelte dann wissend vor sich hin, sagte sich, man solle Verliebte in diesem Frühstadium, das keine Uhr kennt, nicht aus allen Illusionen reißen und trank allein seinen Tee, aß allein sein Brot mit Wurst und spazierte dann hinüber zur Lagerverwaltung, um sich wie jeden Tag den Morgenrapport anzuhören.

43 Krankmeldungen stationär. 102 Krankmeldungen ambulant. Das hieß: Die Männer lagen in den Baracken herum und wärmten sich an den bullernden Eisenöfen.

»Das ist doch unmöglich!« rief Jankow, als er die Liste studiert hatte. »Das gibt es doch nicht!«

»Die Genossin Wuginskaja hat zugeschlagen.« Der junge Leutnant, der an diesem Tag Lagerdienst hatte, warf einen Seitenblick auf das Telefon. »Ich habe sofort Dr. Fedjunin angerufen, als mir die Meldungen vorlagen. Er sagte wörtlich: ›Genosse Leutnant, lassen Sie mich in Ruhe! Ich bin für nichts mehr verantwortlich, solange Valja Johannowna im Lager ist. Sie hat zwar keinerlei Befugnis, in den medizinischen Bereich des Lagers einzugreifen, sie ist ja nur Gast bei uns ... aber machen Sie das dieser Frau mal klar. Sie haben ihrem Willen nichts entgegenzusetzen, es sei denn, Sie bringen sie einfach um.‹«

»Es ist gut, Leonid Lukanowitsch.« Major Jankow winkte ab, der junge Leutnant atmete befreit auf. »Ich werde das selbst klären. Die 102 Ambulanten jagen Sie aus den Betten und lassen sie zum Steinbruch II bringen.«

»Es wird Streit geben«, sagte der Leutnant ahnungsvoll. »Die

Kranken werden unter lautem Protest abmarschieren, und das hört die Genossin Wuginskaja sicherlich.«

»Bis dahin ist sie unterrichtet.« Major Jankow klemmte die Liste mit den Krankmeldungen unter den Arm und verließ die Verwaltung. Er ging an Valjas Zimmer vorbei, zögerte, nagte an der Unterlippe und machte einen Umweg zu seinem eigenen Wohnraum. Dort rief er Dr. Fedjunin im Lagerlazarett an.

Fedjunin war schon mitten in der Arbeit, assistiert von drei Sanitätern. Die Wuginskaja hatte ihm 43 Fälle in die Betten gelegt, die von Fedjunin mehr verlangten als Freude an der Obduktion. Als das Telefon schellte, säuberte er gerade eine große, vereiterte Wadenwunde.

»Darauf habe ich gewartet, Wassili Michailowitsch«, schnaubte Fedjunin sofort zurück, als Jankow sich meldete. »Vielleicht sind Sie stärker als ich und ertragen eine Stunde länger das Bombardement dieser vom Satan besessenen Frau. Aber dann fallen auch Sie um, Jankow, ich wette mit Ihnen um alles, was greifbar ist. Entweder geben Sie dieser Frau nach, oder Sie werden von ihr zerschmettert. Ich habe mich entschlossen, solange sie hier ist, mich ihrem Willen zu fügen. Ein Rätsel, wie Wassja Grigorjewitsch mit ihr auskommt. Im Bett muß sie noch dominierender sein ... da könnte sie einem glatt das Herz aus dem Leib pumpen!«

»Ich lasse die 102 Ambulanten abmarschieren, Dr. Fedjunin«, sagte Jankow stur. »Leutnant Senjkew ist schon unterwegs.«

»Ich räume sofort ein Bett für Sie, Wassili Michailowitsch.« Dr. Fedjunin hüstelte. Er tat das immer, wenn er innerlich erregt war. Er hatte dann das Gefühl, seine Bronchien füllten sich mit Blei. »Das überstehen Sie nicht ohne Schaden ...«

Major Jankow legte ohne Entgegnung auf, klemmte die Krankenliste wieder unter seine Achsel und ging zu Valjas Zimmer. Er klopfte höflich, bekam keine Antwort — was er auch nicht erwartet hatte — klinkte die Tür auf, blickte ins Zimmer, sah das Bett unberührt und nickte zustimmend. Vor Shukows Tür blieb er zuerst lauschend stehen, ein wenig das Gefühl auskostend, ein Voyeur zu sein, wenn auch nur mit den Ohren, aber von drinnen kam kein Laut, der darauf schließen ließ, daß die Morgenstunden die kraftvollsten eines Mannes sind.

Major Jankow hüstelte laut, so laut, daß es schon einer Provokation gleichkam, trommelte dann mit dem Fingerknöchel gegen die Tür und wartete.

Stille. Kein Rascheln von Decken, keine geflüsterten Worte, kein schnelles Tappen nackter Fußsohlen über den Dielenboden. Man hätte es hören müssen ... die Tür war dünn genug, und auch beim Abstand der Tür vom Boden war ein so breiter Spalt, daß solcherart Geräusche zwangsläufig in den Flur dringen mußten.

»Genosse Shukow —«, sagte Jankow gegen die Tür. »Ich muß Ihren wohlverdienten Schlaf unterbrechen. Wenn Sie bitte herauskommen wollten ... es ist wirklich dringend.« Und dann fügte er mit geradezu kindlichem Vergnügen hinzu: »Leider kann ich die Genossin Wuginskaja nirgendwo finden. Es betrifft nämlich sie. Ich brauche unbedingt Ihre Hilfe, Wassja Grigorjewitsch —«

Jetzt wird es gleich munter werden im Zimmer, dachte Jankow zufrieden. Beurteile ich die Wuginskaja richtig, wird sie mit einem Ruck die Tür aufreißen und sich nicht schämen, daß sie bei Shukow im Zimmer ist, den Liebesschweiß noch in den Haaren und mit der glänzenden Hohläugigkeit glücklicher Ermattung. Nein, die Wuginskaja schämte sich nicht. Beneidenswerter Wassja Grigorjewitsch!

Jankow verzog das Gesicht zu einem Lächeln, um wenigstens einen freundlichen Eindruck zu machen, wenn Valja Johannowna jetzt die Tür aufstieß. Aber nichts geschah. Jankow wartete noch ein paar Atemzüge lang und starrte dann unschlüssig gegen die Tür. Nun gut, dachte er. Man ist erschöpft und schläft wie einer, der Blei statt Blut in den Adern hat. Man kann's verstehen. Auch ein Mann wie Shukow, ein Baum von Kerl und mit Muskeln bepackt, streckt einmal alle viere von sich. Aber das ist kein Grund, keine Antwort zu geben, wenn ein Freund um Hilfe bittet.

Er klopfte noch einmal an die Tür, bekam wieder keine Antwort und wagte es darauf, die Klinke herunterzudrücken. Zu seinem eigenen Erstaunen gab sie nach, schwang ins Zimmer zurück und gab den Blick auf ein zwar zerwühltes, aber leeres Bett frei.

Mit einem seltsamen Gefühl, das plötzlich in ihm hochstieg, betrat Jankow das Zimmer und sah sich um. Shukows Koffer war weg ... das bemerkte er als erstes. An den Haken in der Wand hing kein Mantel mehr. Auch die Kunststoffplanen fehlten. Mit drei Schritten war Jankow an dem alten, wackeligen Schrank, riß die Türen auf und blickte auch hier ins Leere. Er konnte sich genau erinnern, daß Shukow ein paar Hemden und seine Unterwäsche in den Schrank gelegt hatte.

Mit weitausgreifenden Schritten rannte Jankow zurück in sein Zimmer und rief nacheinander alle Posten an, die man passieren mußte, wenn man das Lager verließ. Die Antwort war überall die gleiche: Die Arbeitskolonnen waren pünktlich hinausmarschiert, aber den Genossen Shukow und die Genossin Wuginskaja hatte niemand gesehen.

»Das wäre doch jedem aufgefallen«, sagte der wachhabende Offizier.

»Man sollte es meinen!« brüllte Jankow. Er legte auf, wählte die Nummer des Lazarettes und scheuchte Dr. Fedjunin von einem riesigen Furunkel weg, den er gerade spalten wollte. »Ist Valja Johannowna bei Ihnen?« schrie Jankow sofort.

Dr. Fedjunin schien nicht verblüfft zu sein. Es fiel Jankow auf, daß er so ruhig nach dieser Frage antworten konnte.

»Ich wollte, sie wäre hier«, sagte Dr. Fedjunin mit seiner ekelerregenden Stimme. »Sie stellt Diagnosen, legt mir die Kranken ins Bett, verschwindet und überläßt mir eine Therapie, die ich mir aus Büchern zusammensuchen muß. Wassili Michailowitsch, ich habe nie behauptet, ein guter Internist zu sein.«

Jankows Kopf war vorgezuckt. Fast ungläubig starrte er auf die Sprechmuschel seines Telefonhörers. »Sagten Sie eben, sie ist verschwunden?« fragte er langsam und betont.

»Allerdings.«

»Woher wissen Sie, daß sie verschwunden ist?«

»Sie ist nicht hier im Lazarett, also ist sie für mich abhanden gekommen. Ich habe versucht, sie anzurufen, aber sie meldet sich nicht aus ihrem Zimmer. Auch Shukow bleibt in Deckung. Oder haben die beiden sich in der vergangenen Nacht aufgefressen?«

Jankow schnaufte durch die Nase und trommelte mit der freien Hand auf die Tischplatte. »Kommen Sie doch sofort herüber, Dr. Fedjunin!« sagte er heiser. »Sofort!«

»Unmöglich. Ich habe einen Furunkel auf dem Tisch.«

»Sie kommen sofort!« sagte Jankow hart. »Das ist ein Befehl, Genosse Fedjunin!«

Er hörte, daß Fedjunin etwas entgegnete, aber hörte es sich nicht an. Er warf den Hörer zurück und rief gleich darauf bei den Kasernenbaracken an, wo der tägliche Dienst trotz des Regens abrollte. Waffen reinigen, Inspektionen, Exerzieren in der großen Wagenhalle, Gerätepflege, politische Schulung. Ob in Sibirien oder Kansas City, es ist überall das gleiche, nur die Sprache ändert sich.

»Zwei Offiziere zu mir!« sagte Major Jankow heiser. »Im Kampfanzug mit Waffen. Sofort!« Er warf den Hörer weg, als sei er plötzlich von Strom durchzuckt, setzte sich hinter seinen Tisch und starrte auf die Tür.

Es ist unmöglich, dachte er. Und trotzdem kann es gar nicht

anders sein. Ein Mensch, der sich fast sexuell daran berauscht, Leichen zu zerstückeln, der wie eine Katze vor dem Mauseloch darauf wartet, daß jemand im Lager stirbt, könnte ohne weiteres fähig sein, um seines Stolzes willen ohne Skrupel dem Schicksal nachzuhelfen.

Major Jankow schrak hoch, als die Tür aufgerissen wurde. Der lange, dürre Dr. Fedjunin stürmte herein, drückte mit dem Zeigefinger seine wegrutschende Brille gegen die Nasenwurzel und blieb vor Erregung bebend an Jankows Schreibtisch stehen.

»Was ist los?« schrie er. »Welcher Ton herrscht hier plötzlich? Das ist ein Befehl! Hat man so etwas schon gehört? Wassili Michailowitsch, ich weiß, daß auch Sie der Wuginskaja nachstarren wie der Rüde einer heißen Hündin. Aber gerade darum sollten Sie verstehen, daß es mir unmöglich ist, mich gegen Dinge zu stemmen, die sie anordnet.«

»Wo ist sie?« fragte Jankow knapp.

»Wer?«

»Die Wuginskaja.«

»In Shukows Bett.«

»Nein.«

»Nicht? Wenn Sie es nicht wissen —«

»*Sie* wissen es, Dr. Fedjunin!« Jankow blickte an Fedjunin vorbei. Im Flur warteten zwei Leutnants in voller Kampfuniform. Sie verstanden Jankows Blick, blieben draußen und starrten dem Lagerarzt in den Nacken. Fedjunin war viel zu erregt, um zu begreifen, was um ihn herum geschah. Zudem war er so reinen Gemütes, daß ihm nie der Gedanke gekommen wäre, ein Verdacht, der tödlich werden konnte, habe ihn eingekreist.

»Wann hat die Genossin Wuginskaja Sie gestern abend verlassen?« fragte Jankow verschlossen. Er schnitt damit Fedjunins Antwort auf die vorausgegangene Frage ab. Fedjunin starrte Major Jankow durch seine Brille entgeistert an.

»Ich habe nicht auf die Uhr geblickt. Auf jeden Fall war es spät. Shukow rief noch im Lazarett an und fragte, wie lange es noch dauern würde. ›Er vermißt mich!‹ rief sie, als ich ihr von dem Anruf erzählte, warf die Instrumente, die sie in der Hand hielt, einfach weg und rannte davon. Ich habe noch nie soviel Sehnsucht und zusammengeballte Lust gesehen. Ich glaube, sie springt Shukow an wie ein Raubtier.«

»Und dieser Gedanke explodierte in Ihnen, nicht wahr? Sie sind ihr nachgerannt.«

»Blödsinn! Ich hatte ein offenes Bein auf dem Tisch liegen. Eine großflächige Phlegmone. Mit der quälte ich mich noch etwas herum. Valja Johannowna ließ mir das Bein einfach zurück, so wie ein satter Löwe den Rest der Beute den Geiern überläßt.«

»Das ist ein guter Vergleich, Dr. Fedjunin«, sagte Jankow dunkel. »Ich habe mich immer, wenn ich Sie ansah, gefragt: Verdammt, woran erinnert dich dieser Fedjunin? Sie haben es gesagt: An einen Geier! Das ist es!« Er lehnte sich zurück und faßte wie unbewußt an seine Pistolentasche, die er mit dem Koppel umgeschnallt hatte. Die Offiziere im Flur nickten Jankow stumm zu. Aber ihre Blicke waren ebenso hilflos wie die Augen Fedjunins, die Jankows Griff zur Pistole wohl bemerkten und verfolgten.

»Was ... was soll das alles?« fragte Fedjunin heiser. »Wassili Michailowitsch, das hört sich ja an, als sei es ein Verhör —«

»Es *ist* ein Verhör! Haben Sie in der Nacht wieder obduziert und Leichenteile verbrannt?«

»Nein«, stammelte Fedjunin. Seine Augen hinter der Brille wurden riesengroß. »Sie sind verrückt, Genosse Major. Komplett verrückt! Ein Verhör! Worüber verhören Sie mich? Was ... was geht hier vor?«

»Die Genossin Wuginskaja und der Genosse Shukow sind verschwunden. In meinem Lager! Spurlos! Und es ist sicher, daß sie das Lager nicht verlassen haben. Warum auch und wohin? Um sich aus lauter Liebe Hand in Hand in den Fluß zu stürzen? Bei diesem Regen?« Jankow lächelte bitter. Er starrte Fedjunin mit einem Ausdruck an, der keinen Zweifel darüber ließ, was er von ihm dachte. »Haben Sie nicht zu Leonid Lukanowitsch gesagt, man müßte die Wuginskaja umbringen?«

»Das ist ja Wahnsinn!« stotterte Dr. Fedjunin. »Wassili Michailowitsch, in was verrennen Sie sich da? Etwas Absurderes gibt es nicht!«

»Es steht fest, daß Valja Johannowna und Wassja Grigorjewitsch im Lager waren, als Sie noch im Lazarett arbeiteten.«

»Natürlich! Dieses Alibi habe ich! Drei Sanitäter und die Kranken sind meine Zeugen ...« Fedjunin sog die Luft pfeifend durch seine Zähne. Ein leichtes Zittern bemächtigte sich seines Körpers. Jankow beobachtete es mit Wohlgefallen. Für ihn war es eine Art unterdrücktes Schuldbekenntnis. Ein Mensch, der nichts zu verbergen hat, zittert nicht.

»Und wann schlossen Sie das Lazarett?«

»Immer Ihre Zeitangaben! Ich arbeite nicht mit der Uhr um den

Hals«, schrie Fedjunin. »Nachdem ich die Phlegmone versorgt hatte, bin ich noch einmal zu den drei anderen Frischoperierten gegangen, habe mich überzeugt, daß es ihnen gut geht, und bin dann auf mein Zimmer.«

»Wie in einer Universitätsklinik!« sagte Jankow gehässig. »Eine Sondervisite in der Nacht für die Problemfälle. Dr. Fedjunin, Sie haben eine erstaunliche Wandlung durchgemacht. Vom Lagerarzt, der nach der Statistik die wenigsten Kranken hatte, zum Albert Schweitzer von Sibirien. Und nur, weil Ihnen der Anblick der Wuginskaja wie ein Blitz in die Hose gefahren ist! Aber plötzlich ist sie weg, samt ihrem legalen Liebhaber. Ist das nicht merkwürdig?«

»Ich würde suchen«, sagte Dr. Fedjunin mit zusammengepreßter Kehle. »Es muß ein Unglück passiert sein.«

»Gesucht wird bereits. Und ein Unglück? In der Kommandantur? Mitten in einer ganz friedlichen Nacht? Lebten wir nicht auf einer Felseninsel inmitten einer Wasserwüste, würde ich sagen: Na ja, sie haben einen Mondscheinspaziergang gemacht. Auch in Sibirien kann man ein Romantiker sein. Aber bei diesem Regen? Dr. Fedjunin, *Sie* allein haben eine perfekte Methode entwickelt, Menschen spurlos verschwinden zu lassen! Zerschnitten zu handlichen Paketen, wäre es Ihnen leicht, Nebenbuhler und unerreichbare Geliebte —«

»Sprechen Sie nicht weiter!« schrie Fedjunin. Er stützte sich mit beiden Fäusten auf Jankows Schreibtisch, und sein bleicher Geierkopf pendelte hin und her. »Ich protestiere gegen diese Art, mit mir zu sprechen!«

Major Jankow erhob sich. Vom Flur kamen die beiden Offiziere herein und stellten sich rechts und links von Dr. Fedjunin auf. Der Arzt zuckte zusammen wie unter einem gewaltigen Schlag und starrte mit offenem Mund um sich. Er war nie eine Schönheit gewesen, aber jetzt sah er wirklich häßlich aus.

»Unmöglich ...«, stammelte er. »Unmöglich ...«

»Sie stehen unter Arrest, Dr. Fedjunin —«, sagte Jankow laut und abgehackt — »bis sich das rätselhafte Verschwinden von Valja Johannowna und Wassja Grigorjewitsch aufgeklärt hat.«

»Ich protestiere nochmals!« sagte Fedjunin schwach.

»Das können Sie.« Jankow winkte. Die beiden Offiziere faßten Fedjunin an den Armen. »Ich nagele Ihren Protest an die Wand. Es wäre aber besser, Sie fänden eine Erklärung, wieso zwei Menschen einfach verschwinden können.«

»Ich? Wieso ich?« Fedjunins Brille rutschte von der Nase. Sie fiel auf den Boden, aber er hob sie nicht auf.

»Sie sind der einzige im Lager, der sogar einen zweifachen Grund hatte, die Wuginskaja und den Genossen Shukow zu hassen. Einmal Ihre sinnlose, aussichtslose Liebe zu Valja, zum zweiten die Bloßlegung Ihres medizinischen Versagens.« Jankow winkte. »Abführen!«

Ohne Gegenwehr, ohne ein weiteres Wort ließ sich Dr. Fedjunin wegbringen. Einer der Offiziere berichtete später Major Jankow, der Doktor habe sich auf sein Bett gesetzt und geweint wie ein Kind.

Der Morgen war ein graues Gewölk, der Regen rauschte, der Fluß rumorte mit seiner Strömung und trat jetzt aus den felsigen Hügeln hinaus in das Flachland. Hier ertranken alle Konturen ... das Land war nun ein brodelnder See, ein neues sibirisches Meer. Es nutzte Shukow wenig, daß man in Jakutsk dieses Gebiet als Notstandsgebiet ausgerufen hatte und Tausende von Soldaten und Angehörigen der Betriebswehren mit großen, flachen Motorkähnen und Pontons der Pioniere die Bauern von den Dächern ihrer Häuser holten, das ertrunken herumtreibende Vieh aus den Fluten zogen, Notquartiere in allen Schulen und Turnhallen einrichteten und aus den südlichen Gebieten Güterzüge voll Lebensmittel und Dekken, Medikamenten und Feldbetten nach Jakutsk geschafft wurden.

Wie es weiter nördlich aussah, wußte noch niemand. Alle Verbindungen waren unterbrochen, nur über Funk erhielt man einige spärliche Meldungen, so auch aus dem Lager Nowo Sosnowka, aus dem der Major Jankow mitteilte, daß Dorf und Lager dank der guten Höhenlage außer Gefahr seien, aber um sie herum herrsche das Chaos. Nur Wasser, Wasser, Wasser. Und es regnete noch immer. Ein paar Hubschrauber, die einige hundert Werst kreuz und quer über das Land flogen, brachten Luftaufnahmen mit. Danach war man sich einig, daß Sibirien die größte Überschwemmung erlebte, die man bisher kannte. Es gab keine Überlieferung, die davon erzählte, die Taiga nördlich des Viljuj wachse aus einem See heraus.

Shukow trieb sehr schnell in der Mitte des Flusses der großen Lena entgegen. Das Boot mit seiner hohen Bordwand erwies sich als sehr stabil ... ein paarmal stieß es mit treibenden Baumstämmen zusammen, dumpfe Schläge durchzitterten den Bootskörper, und Shukow stieß bis zur völligen Erschöpfung immer wieder mit den

Rudern gegen die treibenden Stämme, um sich von ihnen wegzudrücken. Oft gelang es ihm, aber oft genug auch erfolgte der Zusammenstoß. Dann wurde Shukow auf den Sitz zurückgeschleudert, umkrampfte seinen Reisesack, drückte ihn an die Brust und bereitete sich darauf vor, in den Fluß zu stürzen und schwimmend zu versuchen, irgendwo auf eine feste Stelle zu kommen.

Alaska, dachte er. Mein Gott, haben wir geflucht, wenn Orwell uns in die Wildwasser hetzte, Flüsse, durchsetzt mit dicken Felssteinen, gegen die man gnadenlos geschleudert wurde. Jeder von uns bekam ein Boot, einen verrotteten, alten Kahn, und wenn wir mitten auf dem reißenden Fluß waren, mußten wir den Boden aufhacken und mit vollem Gepäck ins Wasser steigen. Vierzehn Mann lagen später mit Knochenbrüchen im Lazarett. Einer, der sich den Kopf an einer Klippe aufgeschlagen hatte, wurde später untauglich, weil sich epileptische Anfälle einstellten. Der Junge bekam eine Rente bewilligt. Frührentner mit 28 Jahren! Eine gute Rente, das Militär zeigte sich ausnahmsweise großzügig ... aber kann man mit Dollarscheinen ein kaputtes Hirn ersetzen?

Und dann Orwells Ausflüge ins Meer. Bei Windstärke 8 oder 9 sind wir über Bord gesprungen, genau 3 Meilen von der Küste entfernt. Natürlich fuhr ein kleiner Rettungskreuzer neben uns her und fischte jeden aus dem tobenden Meer, wenn die in den Nacken geschnallte Signallampe rot aufleuchtete. Orwell nahm das nicht übel, jeder Mensch hat eine bestimmte Leistungsgrenze, hinter der die nackte Angst beginnt. Aber wer die Küste erreichte, war natürlich stolz auf sich. Und Bob Miller hatte sie zweimal erreicht. Er hatte nie erklären können, wie das möglich gewesen war ... denn erst hinterher erfuhr er von General Orwell, daß man berechnet habe, niemand halte das bis zur Küste durch.

Irgendwann gegen Morgen mußte Shukow eingenickt sein. Er lag in seinem Boot zwischen den beiden Sitzbrettern, den Reisesack um den Hals geschnallt, die Hände um die Ruder gekrallt, und schlief. Seine Erschöpfung war vollkommen. Stundenlang hatte er gegen den Fluß gekämpft. Als er dann zwischen die Sitze rollte, war ihm alles gleichgültig geworden.

»Leckt mich alle am Arsch!« hatte Shukow laut gesagt. »Wenn du Mistfluß mich haben willst ... bitte, bediene dich! Ich bin schlapp wie ein Pudding — du hast gewonnen, Fluß!«

Dann kam wieder die Phase der Auflehnung, die letzte Reserve an Kraft ... er kniete in seinem Boot, blickte über die endlose, wirbelnde Wasserfläche, sah im grauen Licht des Morgens die treibenden Baumstämme, abgerissene, vom Wurzelwerk der Büsche zusammengehaltene Erdinseln, ein ganzes Floß aus sich ineinander verkralltem Astwerk, und sogar ein halbes Hausdach trieb vorbei.

Jetzt entdecken sie in Nowo Sosnowka, daß Valja und ich fehlen, dachte er. Was wird Major Jankow tun? Natürlich suchen und fluchen und darüber nachgrübeln, wie so etwas möglich ist. Eine Erklärung aber wird es nicht für ihn geben. Er wird mit diesem Rätsel leben müssen.

Dann überfiel ihn doch die Müdigkeit, so sehr er sich dagegen wehrte. Er sang laut, er sprach mit sich selbst oder brüllte den Fluß an, erzählte sich Witze und am Schluß blanke Schweinereien, Erinnerungen an die Bordelle von New Mexico und Houston, von Lilly mit dem tätowierten Hintern und von Blondie, die so lange Haare zwischen den Beinen hatte, daß sie sich Zöpfchen flechten konnte. Als er spürte, daß alles nichts half und eine bleierne Schwere ihn niederdrückte, schrie er gegen die Bootswand, aber auch dieses Aufbäumen war umsonst. Schließlich lag er auf dem Boden und schlief.

Ein harter Stoß gegen das Boot weckte ihn. Es war heller Tag, soweit der Regen Helligkeit durchließ. Das Boot war zur Seite getrieben worden, und steckte jetzt, wie eingerammt, zwischen umgestürzten Bäumen, hinter denen festes Land leicht anstieg, um dann in die Taiga überzugehen. Hier hatte der tobende Fluß die unbegrenzte Freiheit verloren; er riß zwar noch die Böschung auf und fällte Bäume, aber der Hang war nicht mehr zu bezwingen.

Land, dachte Shukow. Er kniete wieder auf dem Bootsboden, umklammerte die Bordwand und starrte zu dem dichten Wald hinüber. Ein Ufer! Fester Boden! Bin ich noch auf der Tjuganja, oder ist das schon das Land um den Viljuj?

Das Boot ächzte zwischen den Stämmen, in die es der Fluß mit aller Gewalt hineindrückte, das Wasser schäumte, schlug über die Bordwand und stieg im Boot immer höher.

»Also steigen wir aus«, sagte Shukow. Er schlug die Arme gegen seinen Körper, um die Blutzirkulation anzuregen, hängte sich den Leinensack um den Hals und kletterte aus dem Boot auf den langen Baumstamm, der wie eine schmale Brücke zum Ufer führte.

Es kommt alles wieder, dachte er dabei. Und es hat alles einen Sinn gehabt. Das Training im philippinischen Urwald. Der gelbe Fluß, aus dem die Köpfe der Krokodile glotzten wie Rosinen aus einem Eierkuchen. Darüber der einzige Weg ... ein krummer Baumstamm von Ufer zu Ufer. Und ganz nahe die Gruppe der Verfolger in Fantasieuniformen, aber mit dem Auftrag, Bob Miller gründlich zu verprügeln, wenn man ihn erwischte. »Im Ernstfall heißt das: Sie foltern dich, bis du nur noch ein Fetzen Fleisch bist«, hatte Orwell vorher gesagt. »Denk immer daran — es geht ums Überleben!«

Also hinüber über den schmalen, glatten Stamm. Über den gelben Fluß, über die lauernden Köpfe der Krokodile. Nicht hinunterblicken auf die kalten, glotzenden Augen, auf die spitzen Zahnreihen in den langen, flachen Mäulern. Hinüber, Bob! Das ist keine Übung mehr mit heimlicher Hilfestellung ... das ist simulierter, aber tödlicher Ernst.

Er war hinübergekommen ... auf allen vieren vorwärtskriechend über den glatten, glitschigen, mit Moos überwucherten Stamm. Und wenn ich mich mit den Zähnen festhalte, ich schaffe es, ich schaffe es, hatte er damals zu sich gesagt. Bob Miller, eine Menge Mädchen wird dir nie verzeihen, daß du dich zum Krokodilfutter gemacht hast.

Drüben dann, am anderen Ufer, erwartete ihn General Orwell und umarmte ihn.

»Hervorragend, Bob!« hatte er gesagt. »Woran hast du gedacht, als du mitten über dem Fluß auf dem Stamm warst?«

»An Susan, Sir«, hatte Bob Miller geantwortet, während ihm jetzt erst der kalte Angstschweiß über das Gesicht rann. »Sie hat unter der linken Brust einen Leberfleck, der sieht wie ein Stern aus. Damit könnte sie ohne weiteres Sheriff von Bumsfield werden.«

»Sie sind ein kalter Hund, Bob«, hatte Orwell darauf entgegnet. »Dabei blicken Sie einen an wie ein Engelchen. Ich glaube, Sie wissen selbst nicht, wie gefährlich Sie sind.«

Erst später erfuhr Miller, daß alles — bis auf den gelben Fluß — Attrappe gewesen war. Der Baumstamm war präpariert worden, die Krokodilköpfe stammten aus dem Fundus von Hollywood und bestanden aus Plastik. Sie hatten sogar schon in Tarzan-Filmen mitgespielt.

»Hätte ich das gewußt, Sir«, sagte Miller daraufhin zu General Orwell, »ich hätte Ihnen den Gefallen getan und wäre in den Fluß gefallen.«

»Anders war es besser, Bob. Vielleicht wird ein Baumstamm wirklich einmal Ihre letzte Rettung.«

Orwells Zweites Gesicht. »Ich bin kein Prophet«, hatte er einmal gesagt. »Ich kenne nur die Scheiße, in die man euch hineinschicken wird.«

Jetzt war ein Baum tatsächlich der einzige Weg aus einer Wüste von Wasser. Shukow rutschte auf dem Stamm weiter, hörte, wie hinter ihm das Boot ein paarmal gegen einen anderen Stamm geschlagen wurde und dann zersplitterte. Die letzten Meter mußte er durch das Astwerk klettern und sprang dann auf den morastigen Boden, aus dem der Baum herausgerissen worden war. Seine Wurzeln ragten in den Regen wie Sehnen, Muskeln und Adern eines riesigen zerfetzten Körpers.

Shukow setzte sich auf eine armdicke, gebogene Wurzel und blickte auf seinen besiegten Feind, den Fluß.

»Ich habe Glück gehabt«, sagte er rauh. »Du hättest mich geschafft. Verdammt, ich bin ein guter Schwimmer, aber gegen Wasser war ich immer mißtrauisch. Nicht mal im Whisky kann ich es leiden.«

Er blieb noch eine Weile auf dem Wurzelstock sitzen, warf dann seinen Leinensack auf den Rücken und ging die Anhöhe hinauf, dem Wald entgegen, der ihm jetzt so schön vorkam wie nichts auf der Welt. In den Regenhimmel hineinwachsende Bäume mit einem betörenden Farbengemisch. Dunkelgrüne Fichten, gelbflammende Lärchen, Riesenbirken mit goldenen Blättern, auf denen rote Tupfen glänzten ... Shukow blieb stehen und atmete tief durch. Herbst! Die ›flammende Taiga‹, wie man sie in Sibirien nennt. Ein Rausch von Schönheit, ehe der erste Frostwind alles zerstört.

Der Regen hatte nachgelassen. Das Wasser fiel nicht mehr ungehemmt aus dem Grau des Himmels, sondern löste sich in Fäden auf. Es war jetzt plötzlich ein ganz normaler Regen, die Natur beruhigte sich langsam. Dafür war es kälter geworden. Shukow fror etwas in seiner klatschnassen Kleidung, begann den Hang hinaufzurennen, um warm zu werden, und freute sich auf das helle und heiße Feuer, das er bald anzünden würde.

Erst im Wald sein, dachte er. Dann bauen wir uns ein Schutzdach aus Zweigen und Laub, so wie wir's beim Überlebenstraining gelernt haben, alter Junge. Ein paar kräftige Pfähle in den Boden gerammt, darüber das geflochtene Dach, mehrschichtig und abgeschrägt, damit der Regen abrinnt ... und dann das Feuerchen. Das alles dauert nur zwei, drei Stunden, dann hockst du im Trockenen. Ein Problem wird es werden, für das erste Feuer halbwegs trockenes Holz zu finden. Äste aus dem Unterholz. Wenn erst die kleinste Flamme züngelte, hatte man gewonnen. Das andere Holz schichtete man zum Trocknen drum herum.

Er lief mit offenem Mund und keuchendem Atem weiter, erreichte den Waldrand und lehnte sich schweratmend an den ersten Baum. Der Blick zurück war grandios: eine einzige quirlige Wasserfläche mit Waldinseln darin, so weit das Auge reichte. Das wird ein totes Land sein, dachte Shukow. Hier lebt kein Tier mehr. Es kann sein, daß ich hier der einzige Mensch bin.

Er ging tiefer in den Wald hinein, der hier sehr dicht und fast verfilzt war, fand eine Stelle unter eng zusammenstehenden Bäumen, die wie ein Dach wirkten — und beschloß, hier sein Lager aufzubauen.

Er machte sich keine Illusionen über die nächsten Tage. Vor ihm lag eine Wanderung durch die Taiga, immer in östlicher Richtung, bis er die Lena erreicht hatte. Dann ging es flußaufwärts, bis er auf die erste Siedlung treffen würde. Erst dann war er am Ziel. Nach Jakutsk und später nach Irkutsk zu kommen, war nur eine Frage der Transportmittel, aber nichts Abenteuerliches mehr. Als Russe mit amtlichen Privilegien durch Rußland zu reisen, ist kein Problem. Man zeigt seine Ausweise, läßt die vielen Stempel bewundern und sagt stolz: »Ja, so ist das, Genossen! Der längste Weg ist der durch die Beamtenstuben. Hat man den geschafft, ist die Welt klein geworden.«

Ein Satz, der überall anwendbar ist, wo Beamte regieren. Und wo ist das nicht der Fall ...

Shukow band den Leinensack auf, nahm einen kleinen Kompaß heraus und blickte in die Richtung, die Osten sein sollte. Da war die gewaltige Wasserwüste ... der Wald in seinem Rücken war Norden. »Schlagen wir eben einen Bogen«, sagte Shukow und warf den Kompaß in den Sack zurück. »Das wird dir Orwell nie verzeihen, daß du im Boot eingepennt bist. Du hättest bis zur Lena treiben können. Nun mußt du latschen, alter Junge.«

Er fror wieder, rannte ein wenig im Kreis herum, wurde elastischer in den Muskeln und machte sich dann auf die Suche nach leidlich trockenem Holz und Material für sein Blätterdach.

Zwölf Tage später fanden jakutische Jäger neun Werst vom Ufer der Lena entfernt in der Taiga einen halb verhungerten Menschen. Er kroch über den Boden, zog einen Leinensack hinter sich her und stürzte mit dem Gesicht auf die Erde, als sie ihn anriefen. Sie liefen zu ihm, drehten ihn auf den Rücken und sahen, daß er an einer Baumrinde gekaut hatte. Die faserigen Fetzen hingen ihm noch über die Lippen. Der Mann glühte vor Fieber, und als sie ihn ansprachen, streckte er sich aus wie einer, der sein Ende erreicht hat.

»Menschen!« sagte Shukow kaum hörbar. Vor seinen Augen verschwammen die breitknochigen Jakutengesichter und lösten sich auf wie Wolken im Wind. »Menschen ... Jakutsk ... Genossen ... ich muß nach Jakutsk.«

Die Jäger luden den Fremden auf einen flachen Schlitten, der nicht nur über Schnee, sondern auch über den glatten Waldboden dahingleiten konnte, deckten ihn mit Fellen zu und gaben ihm aus einer Thermosflasche bitteren schwarzen Tee zu trinken. Ein Renhirsch, an den Schlitten geschirrt, drehte den Kopf und blickte Shukow an.

Eine verrückte Welt, dachte er. Jakuten mit zahmen Hirschen, aber eine Thermosflasche haben sie. Verdammt, ist der Tee gut! Er brennt wie Feuer, er sengt meinen leeren Magen aus.

»Essen«, sagte er. »Irgendwas zu essen ...«

Die Jakuten schüttelten den Kopf, einer setzte sich vor Shukow auf den Schlitten, stieß einen hellen Schrei aus, und dann glitten sie, von dem Hirsch gezogen, durch den Wald. Es waren harte Burschen. Ein paarmal schlug Shukow unsanft mit dem Kopf auf, wenn es über unebenen Boden ging. Dabei verlor er die Besinnung.

Als er wieder aufwachte, lag er auf dicken Fellen in einer Jurte. Eine fette, grinsende Frau rührte neben ihm in einem Topf mit heißer, saurer Milch, was fürchterlich stank, machte ein paar Zeichen mit der Hand, stand dann auf und lief hinaus. Shukow richtete sich auf. Er fühlte sich kräftig und ausgeruht. Verwundert stellte er fest, daß er unter den warmen Fellen nackt war. Seine Brust und sein Rücken brannten, als habe er in Brennesseln gelegen. Er beugte sich zu dem Feuer vor und sah, daß tatsächlich sein ganzer Oberkörper mit kleinen Pusteln übersät war.

Der Jakute, der Shukow zuerst gesehen hatte und dadurch zum Gastgeber geworden war, kam in die Jurte und hockte sich vor Shukow hin. Sein jakutisches Russisch war schauderhaft, aber man konnte sich verständigen.

»Du wolltest sterben«, sagte der Jakute. »Du warst heiß wie ein Steinofen. Jetzt lebst du wieder.«

Shukow klopfte vorsichtig gegen seine Brust. »Das war eine Lungenentzündung, nicht wahr? Was habt ihr mir da draufgeschmiert?«

»Einen Brei aus Blättern.« Der Jakute lächelte breit. »Alle Hitze fällt zusammen. Gute Blätter.«

»Davon nehme ich eine Büchse voll mit.« Shukow lächelte schwach zurück. Er fühlte sich stärker, als er war ... das Fieber hatte ihn ausgelaugt. Er spürte es, als er die Beine anzog, um aufzustehen.

Es gelang ihm nicht. Wie knochenlos sank er auf die Felle zurück. Mit diesem Brei schmiere ich Orwell ein, dachte er. Das kennt er noch nicht. Man sollte die kommenden CIA-Agenten auch in der Herstellung dieses Breis ausbilden. Bob Miller hat bewiesen, daß man damit Leben retten kann.

»Wie lange liege ich hier?« fragte er.

»Neun Tage.«

»Und immer besinnungslos?«

»Wir haben dich geweckt, haben dir zu essen gegeben und dich dann weiterschlafen lassen.«

»Ich habe nichts gemerkt.« Er blickte an sich hinunter und fand, daß er sauber gewaschen war. Man hatte ihn wie einen Säugling umsorgt, ihn trockengelegt, wenn er unter sich gemacht hatte, seine Exkremente abgewaschen, und immer wieder mit dem nesselnden Brei eingerieben. So hatte man das Fieber aus ihm herausgetrieben. Neun Tage lang.

»Wie kann ich Ihnen danken, Genosse?« fragte Shukow.

Der Jakute lächelte mit seltsamer Starrheit. »Indem du mich nicht Genosse nennst.«

»Ach so! In Ordnung — ich nenne dich Freund.«

»Bist du ein Funktionär?«

»Ich bin ein kleiner Ingenieur, den die große Überschwemmung überrascht hat. Ich muß sofort nach Jakutsk, um mich dort zu melden. Ich habe alles verloren ... meinen Wagen, meine Ausrüstung, meine Kameraden. Da bin ich durch die Taiga, immer nach Osten. Wenn du die Lena erreichst, habe ich mir gesagt, bist du gerettet. Und der Wald ernährt dich. Ein Mistwald, lieber Freund. Ich habe kein Tier gesehen, und ich habe die besten Schlingen aufgestellt. Doch, ja ... einmal saß ein Hase vor mir, am zehnten Tag, greifbar nahe ... sitzt da und sieht mich an, als wüßte er, daß ich zu schwach war, um auch nur die Hand zu heben.«

Er zog die Beine an und deckte sich wieder zu, weil die alte Frau in die Jurte kam. Sie brachte einen Brei aus Roggenmehl, in dem ein paar Fleischstückchen steckten. Die Schüssel war aus Holz, aus einem Stamm selbst geschnitzt ... aber in der Hand trug sie einen ganz modernen Löffel. Edelstahl. Zu kaufen in jedem Warenhaus. Shukow nahm ihr den Löffel ab und hielt ihn dem Jakuten hin. »Wer bringt euch das?« fragte er.

»Wir holen es uns. Einmal im Jahr reiten wir nach Tas-Tumus. Von dort fährt ein Zug nach Jakutsk.«

»Ständig?«

»Zweimal in der Woche.«

»Ich gebe euch hundert Rubel, wenn ihr mich sofort nach Tas-Tumus bringt.«

»Zweihundert Rubel.« Der Jakute lächelte unergründlich. »Du hast in deinem Gepäck zweitausenddreihundert Rubel ... du siehst, wir sind ehrliche Leute.«

»Ich gebe euch die dreihundert, wenn wir morgen aufbrechen.«

»Du bist zu schwach, Wassja Grigorjewitsch ...«

Shukow hob die Schultern. Irgend etwas stimmte hier nicht. »Woher kennst du meinen Namen?« fragte er.

»Er steht in deinen vielen Papieren.« Der Jakute erhob sich aus seiner Hocke. »Ich habe lesen gelernt. In der Schule von Sangar. Aber es ist keinem gelungen, Russen aus uns zu machen. Es wird nie gelingen. Du bist ein stolzer Russe, nicht wahr?«

»Im Augenblick bin ich ein erbärmlich nackter Russe, mein Freund.«

Das änderte sich schnell. Ein anderer, jüngerer Jakute, vielleicht der Sohn, brachte Shukows Kleider. Er zog sie an und bemerkte dabei, daß er mindestens zehn Pfund verloren hatte. Als er aus der Jurte trat, schlug ihm die kalte Luft entgegen wie ein Hammer. Er hielt sich an der Schulter des alten Jakuten fest und schwankte bedrohlich.

»Wir müssen bis Tas-Tumus vier Tage reiten ...«, sagte der Jäger.

»Ich bin ein guter Reiter.« Shukow zwang sich, allein auf den Beinen zu stehen. Er machte ein paar staksige Schritte, breitete dann die Arme aus und saugte die kalte, reine Luft in sich hinein. Der Himmel war klar, tiefblau und von einem Schimmer Gold überzogen. Der berühmte Himmel von Sibirien, dachte Shukow. Es gibt Menschen, die verlieben sich in diesen Himmel, wie in eine schöne Frau.

»Ich halte die vier Tage durch!« sagte Shukow laut. »Wann reiten wir?«

»Wenn du willst, morgen schon.«

Es wurde ein schwerer Ritt.

Es dauerte nicht vier Tage, sondern sechs, weil sie an den beiden ersten Tagen weniger zurücklegten, als die Jakuten sonst hinter sich ließen. Shukow biß die Zähne zusammen, hielt sich im Sattel und fiel erst vom Pferd, wenn der Jakute sagte: »Ende des Tages! Ruhe!«

Die Station Tas-Tumus war ein armseliger Holzbau, und die Eisenbahn entpuppte sich als eine Kleinbahn, die das eisenhaltige Gestein aus einer Erzgrube nach Jakutsk brachte. Ein Personenwagen war immer angehängt für die Arbeiter, die Urlaub bekamen und sich freuten, in der Hauptstadt nicht nur in ein Kino gehen zu können, sondern auch ein Mädchen unter sich zu ziehen. Auf der ganzen langen Fahrt nach Jakutsk sprach keiner von etwas anderem.

»Leb wohl«, sagte der Jakute, als Shukow die dreihundert Rubel bezahlt und einen Sitzplatz in dem Eisenbahnwagen belegt hatte. »Und sei vorsichtig, mein Freund ...«

»Ich fühle mich wieder stark und gesund ...«

»Das ist es nicht.« Der Jakute umarmte Shukow wie einen Bruder, und während er ihn auf die Wange küßte, sagte er leise in sein Ohr: »Du hast viele unausgefüllte, aber gestempelte Papiere bei dir. Das Glück verlasse dich nicht ... Du bist mein Freund, weil du kein Russe bist.«

Er schlug Shukow auf die Schulter, drehte sich schnell um und lief mit großen Schritten davon zu seinen Pferden.

Es ist schon ein Erlebnis, mit einer pfeifenden und schnaubenden Kleinbahn durch Sibirien zu fahren, immer an der gewaltigen Lena entlang, die hier so breit war, daß man das andere Ufer kaum sehen, sondern nur als schemenhaften Strich am Horizont ahnen konnte. Der wochenlange Regen hatte auch diesen Strom über seine Ufer gedrückt, aber ob hundert Meter breiter oder nicht, was machte das bei der Lena aus? Hier war das Risiko der Überschwemmungen einkalkuliert, aber das sollte sich in den nächsten Jahren oder Jahrzehnten ändern. Es lagen detaillierte Pläne vor, auch einen so gewaltigen Strom wie die Lena in eine feste Ordnung zu bringen und vor allem die unvorstellbare Kraft ihres Wassers zur Gewinnung von Elektrizität auszunutzen. Pläne für weitere Generationen sibirischer Pioniere — aber ein Russe denkt ja nicht wie ein Europäer in kleinen Zeitabständen, sondern sein Maßstab ist so weit wie das Land, das er beherrscht.

Ein ganz besonderes Erlebnis jedoch ist es, in einem Zug zu reisen, der vollgestopft ist mit freudig erregten Erzarbeitern, die für vierzehn Tage Urlaub nach Jakutsk fahren. Nur wenige waren verheiratet und freuten sich deshalb auf ihre Frau und ihre Kinder. Die meisten waren junge, kräftige Burschen oder Kerle im besten Mannesalter, gegerbt in der Taiga von Hitze und Frost, hungrig nach Weiberhaut und gelocktem Haar. Ein Haufen voll angestauter Kraft, sage ich! Da saßen sie auf den harten Holzbänken, starrten aus dem Fenster auf die vorbeiziehende Lena und erzählten sich, was sie morgen in Jakutsk anstellen wollten. Wenn man ihnen zuhörte, waren sie bereit, jedes Weibchen zu zerreißen, es so lange zu bereiten, bis es den Geist aufgab, es zu pfählen, bis man selbst mit der Stirn aufschlug, einem an Land geworfenen Karpfen gleich nach Luft schnappte und das Blut wie Hammerschläge durch den Kopf dröhnte.

»Was werden Sie denn machen, Genosse?« fragte ein bulliger Bergmann den still in einer Ecke sitzenden Shukow. Er reichte ihm eine Papyrossa hinüber, holte ein Glas eingelegte Gurken aus seiner Wachstuchtasche und schraubte den Deckel auf. Es waren schöne, grüne, lange Gurken — ein wahrer Genuß, sie anzusehen. Der Kerl griff in das Glas, holte ein besonderes Prachtexemplar heraus und zeigte die Gurke mit einem breiten Grinsen herum. »Die ist noch klein gegen das, was auf Marija wartet!« schrie er begeistert. »Freunde, ich sag' euch: Wenn ich an Marija denke, nehme ich es mit einer Schlangengurke auf!«

Er biß in die Gurke, der Saft spritzte aus seinen Mundwinkeln und lief ihm über das Kinn in das Hemd. Gelächter und Händeklatschen begleiteten ihn.

»Und so saftig bin ich!« brüllte der Bulle. »Genossen, blickt nicht auf meine Hose — ihr könntet Komplexe bekommen!« Er beugte sich zu Shukow hinüber und reichte ihm eine Gurke. »Und Sie, Nachbar? Sie sitzen herum wie einer, den man kastriert hat!«

Shukow nahm die Gurke, aß sie mit drei großen Bissen auf und steckte sich dann die geschenkte Papyrossa an. Ein anderer Arbeiter neben ihm gab ihm Feuer. »Ich freue mich auch«, sagte Shukow. »In Jakutsk warten auf mich vier Frauen —«

»Ha! Welch ein Aufschneider!« brüllte der bullige Gurkenkerl. Er sprang hoch, baute sich vor Shukow auf und holte tief Luft. Sein Brustkorb blähte sich wie ein Ballon, die Beine standen wie Säulen. »Vier Schlitzchen! Schon in das erste fällt er rein und atmet nicht mehr! Wo kommst du her, Genosse? Wir haben dich nie gesehen —«

»Ich bin Ingenieur —«

»Oh, ein feines Herrchen fährt mit uns!« Der Bulle lachte dröhnend. »Natürlich schafft er die vier Weiberchen! Jeden Stoß berechnet er ... Freunde, hier sitzt der Genosse mit dem mathematischen Fick!«

Das Abteil schrie vor Lachen. Shukow blickte zu dem Bergmann auf, warf seine Zigarette auf den Boden und trat die Glut aus. Dann beugte er sich vor, riß das Gurkenglas von der Bank und warf es gegen die Tür. Mit einem Klirren zersplitterte es. Die schönen Gurken fielen heraus, und die Gewürzlake, in der sie eingelegt waren, spritzte durch die Gegend.

Der Bulle starrte Shukow entgeistert an, begriff anscheinend nicht sofort, daß es jemand gewagt hatte, Hand an seine Gurken zu legen, knirschte dann mit den Zähnen und ballte die riesigen Fäuste.

»Er ist verrückt!« sagte er heiser. »Genossen, wenn ich ihm auf den Kopf schlage, rutscht sein Hirn bis zum Nabel! Er hat meine Gurken vernichtet ...« Plötzlich, mit einer blitzschnellen Bewegung, packte er Shukow an den Rockaufschlägen und riß ihn von der Bank. Sie waren jetzt, wo sie sich gegenüberstanden, gleich groß, nur war der Russe fleischiger und ungebrochen in seiner Kraft. Shukow grinste verhalten. Mein Junge, dachte er. Wenn ich heute noch so im Saft wäre wie damals in Frazertown, als John und ich im Ring standen und uns Normas wegen fast totschlugen, genügte ein Uppercut, und du lägst mit verdrehten Augen in der Ecke. Aber eure Taiga hat mich fertiggemacht. Ich bin nur noch der Schatten des Bob Miller, der damals an der Küste des Schwarzen Meeres in euer Land schlich. »Du kannst Steine fressen und Sand ausscheißen«, hat Orwell einmal zu mir gesagt. Irrtum, Sir Jack! Man kann in der Ausbildung die wahrsten Höllen simulieren ... wenn man in der richtigen drin ist, spürt man, wie einem die Knochen zerbrechen, und man kann es nicht mehr verhindern. Ich bin ein schlapper, mieser Kerl geworden, der nur noch einen Wunsch hat: In Jakutsk drei Tage und drei Nächte in einem richtigen Bett zu liegen. Ich weiß jetzt, warum meine Vorgänger in der Taiga verschollen sind. Rußlands bester Schutz ist sein maßloses Land. Ich aber, Sir, komme zurück! Darauf sollten wir stolz sein, auch wenn ich hinterher das Handtuch werfe.

»Meine schönen Gurken!« sagte der bullige Kerl. »Los! Heb sie auf und friß sie! Du frißt sie bis zum letzten Endchen auf, oder ich schlage sie dir einzeln in den Rachen! Verstehst du mich, Genosse Ingenieur?«

Im Waggon war es plötzlich still. Der Spaß hatte aufgehört ... was jetzt kam, war tödlicher Ernst. Wie konnte er das auch tun, der bleiche Ingenieur — ein Gurkenglas an die Wand werfen! Weiß er überhaupt, was Gurken wert sind in dieser Gegend?

»Heb sie auf!« knurrte der Bergarbeiter noch einmal und schüttelte Shukow wie einen Mixbecher. »Ich bin in der Stimmung, dich aufzuspießen wie ein Ferkelchen!«

»Lassen Sie mich los, Genosse«, sagte Shukow sanft. »Ich möchte Ihnen nicht weh tun ...«

»Was sagt er da?« brüllte der Bulle. »Habt ihr das gehört, Freundchen? Er will mir nicht weh tun! Zerstört meine Gürkchen und sagt —«

»Ich kaufe Ihnen in Jakutsk zehn neue Gläser ...«

»Kaufen? Wer von uns ißt gekaufte Gurken? So kleine, armselige Gurken? Diese Gurken hat Lisa Alexandrowna in ihrem Garten selbst gezogen und eingemacht. Und jedesmal, wenn sie mit einer Gurke kam, eine größer und dicker als die andere, hat sie gesagt: ›Los, Jakowenka, vergleich! Jetzt verlierst du aber bestimmt!‹ Und ich habe nicht verloren, Genosse! So war das. Und diese Gurken wirft er an die Wand! Gurken, mit soviel Liebe und Erinnerung eingemacht!«

Er ließ Shukow los, stieß ihn gegen die geschlossene Tür des Abteils und holte zu einem gewaltigen Faustschlag aus. Das war ein Fehler, denn wer vorher sieht, daß jemand zuschlagen will, kann sich darauf einstellen. Gefährlich sind nur die Schläge, die man nicht ahnt und nicht kommen sieht. Das ist eine alte Boxerweisheit.

Shukow duckte sich und stieß die Rechte vor. Er legte sein ganzes Gewicht in diese rechte Gerade, rammte sie dem Dicken genau in die Magengrube und sah mit ehrlichem Erstaunen, wie dem Kerl die Luft einfach wegblieb, wie er eine halbe Drehung machte und dann über die eingeknickten Knie nach vorn auf den Waggonboden krachte. Ein hilfreicher Genosse hielt noch seinen Kopf fest, damit er nicht mit dem Gesicht aufschlug und blutete. Vermeiden ließ es sich aber nicht, daß sein schwerer Körper auf die verstreut herumliegenden Gurken klatschte und sie unter sich zerquetschte.

Shukow setzte sich wieder, schlug die Beine übereinander und blickte die stummen Mitreisenden freundlich an. Seine treuen Augen, der umflorte Blick, der jedes Mädchen in mehr oder weniger kurzer Zeit in die Rückenlage brachte, wirkte sogar bei diesen harten Männern.

»Hat jemand eine Papyrossa für mich?« fragte Shukow.

Sechs zerknüllte Packungen drängten sich ihm entgegen. Er nahm eine Zigarette aus der am wenigsten schmutzigen Schachtel und zündete sie an den vier Streichhölzern an, die ihm sofort entgegenflammten. Der Mann, von dem er eine Zigarette genommen hatte, blickte stolz um sich. Er wertete es als Auszeichnung.

»Hervorragend, Genosse!« sagte der Arbeiter neben Shukow. »Das ist Jakow Petrosowitsch noch nie passiert. Bis heute war er immer der Sieger. Mit der Schnauze, mit den Muskeln und mit dem, was er in der Hose hat ...«

»So weit geht mein Ehrgeiz nicht.« Die Männer lachten und halfen dem Dicken auch nicht, als er sich stöhnend in seinen zerquetschten Gurken wälzte. Noch halb betäubt wollte er hoch, aber seine Muskeln machten noch nicht mit.

»Bleiben Sie lange in Jakutsk?« fragte ein anderer Bergarbeiter.

»Nein. Warum?«

»Jakow Petrosowitsch wird Ihnen auflauern und versuchen, seine Schande glattzubügeln. Er muß Sie besiegen, Genosse, sonst ist es mit seinem Ansehen in der Grube vorbei. Er galt als unangreifbar. Alles konnte er sich leisten. Er lag auf allen Küchenmädchen und Traktoristinnen, und als er sie durch hatte, kamen die Bäuerinnen der Umgebung dran. Ihre Ehemänner? Wenn Jakow Petrosowitsch auftauchte wie ein Mammut, warfen sie alles aus der Hand und rannten davon. Wie oft haben wir ihn beneidet.«

»Ihr habt wohl nur Weiber im Sinn?« sagte Shukow gemütlich.

»Ist's ein Wunder? Neunhundert Mann sind wir, und nur dreißig Frauen arbeiten für die Grube. Das ist ein Problem, Genosse. Schließlich sind wir keine Sträflinge und Verbannte, sondern freie Arbeiter für den Fortschritt. Wenn wir nicht ab und zu nach Jakutsk dürften, wären wir lebende Granaten!«

Jakow Petrosowitsch zog sich an der Tür hoch, klopfte den Gurkenbrei von seinem Anzug und drehte sich dann zu Shukow um. »Wir wollen Freunde sein, Genosse Ingenieur —«, sagte er dumpf. »Vergessen wir alles ...«

Er schob die Tür auf, ging hinaus und stellte sich auf den Gang. Dort blieb er stehen, bis die Vorstädte von Jakutsk auftauchten.

»Seien Sie vorsichtig, Genosse«, mahnte Shukows Nachbar zur Linken leise. »Glauben Sie nie an diese Freundschaft. Er wird Sie in Jakutsk verfolgen wie einen weißen Wolf. Was ist Ihr nächstes Ziel?«

»Irkutsk.«

»Das ist gut. Dahin kommt er nie. Soviel Geld hat er auch nicht bei sich, um zu fliegen. Sie fliegen doch?«

»Natürlich.«

»Sehen Sie zu, daß Sie in der nächsten Maschine einen Platz bekommen. Jeder Tag in Jakutsk ist für Sie jetzt gefährlich ...«

Der lange Erzzug mit der ächzenden Lokomotive wurde natürlich nicht in den schönen, sauberen Hauptbahnhof von Jakutsk dirigiert, sondern hielt auf einem riesigen Güterbahnhof, etwas außerhalb des neuen Stadtkerns. Von hier fuhren ständig überfüllte Straßenbahnen nach Jakutsk hinein. An den elektrischen Steuerungen saßen junge, hübsche Mädchen in wattierten Jacken und Fellstiefeln. Die Kälte hatte Jakutsk bereits erreicht, aber es gab noch keinen Frost, und es hatte noch nicht geschneit.

Shukow klemmte seinen Reisesack unter den linken Arm und verließ mit den anderen Arbeitern den Zug, um über ein Gewirr von Gleisen und Weichen und zwischen abgestellten Güterwagen hindurch zur Straßenbahnhaltestelle zu kommen. Auf halbem Weg schob sich Jakow Petrosowitsch an seine Seite. Die andern schielten neugierig zu ihnen herüber. Ging es schon los mit der unbarmherzigen Rache?

»Wo werden Sie wohnen?« fragte der Fleischkoloß. Die zerquetschten Gurken hatten auf seinem Anzug große Flecken hinterlassen. Es sah nicht schön aus.

»Im Hotel ›Lena‹«, antwortete Shukow ohne Zögern.

»Hui! So vornehm?«

»Die Zentrale bezahlt es.«

»Dafür haben sie Geld, die hohen Genossen!« sagte Jakow bitter. »Ich habe mal im Parteiprogramm gelesen, daß es keine Klassen gibt. Alle Menschen sind gleich. Und wie ist es wirklich? Sie wohnen im ›Lena‹, und ich kann es mir nur von außen angucken! Darf ich Sie einladen?«

»Wohin?«

»In eine richtige Arbeiterkneipe. Sie gehört Marija. Eine tolle Frau. Halb Jakutin, halb Russin. Diese Mischlinge haben Pfeffer im Arsch, das sage ich Ihnen! Marija hat einen Rückstoß, daß selbst ich in die Luft fliege ... Es ist immer wieder ein Wunder.«

»Ich kenne diese Mädchen mit asiatischem Blut«, sagte Shukow ruhig. Valja Johannowna Wuginskaja war eine von der besten Sorte gewesen, dachte er. Die flimmernde Hitze mongolischer Wüsten war in ihr, aber auch die gnadenlose Kälte einer im Frost erstarrten Taiga. Ihr Schoß konnte sich weit öffnen, aber mit der Umarmung erdolchte sie einen auch. »Wann und wo treffen wir uns?«

»Ich hole Sie ab. Übermorgen.« Jakow Petrosowitsch lachte vor sich hin. »Heute und morgen komme ich von Marija nicht runter. Aber übermorgen stehe ich vor dem Hotel. Sagen wir — um sieben Uhr abends?«

»Um sieben Uhr.«

»Es wird ein Fest werden.«

»Davon bin ich überzeugt.«

Man trennte sich an der Straßenbahn wie alte, gute Freunde. Jakow fuhr mit der Linie 3. Shukow mußte die Linie 1 in die

Innenstadt abwarten. Sein Nachbar aus dem Zug rückte an ihn heran.

»Was hat Jakow gesagt?« fragte er leise.

»Er holt mich übermorgen vom Hotel ab. Er will mit mir saufen gehen.«

»Sie tun das doch nicht, Genosse? Es wäre Ihr Tod. Das ist eine Falle.«

»Das weiß ich.« Shukow lächelte dankend. Übermorgen bin ich längst in Irkutsk, dachte er. Bei der schönen Galina Theofilowna. Ob sie noch in der Parfümerie-Boutique des Hotels ›Sibir‹ arbeitet? Ein mutiges Mädchen. Sitzt jede zweite Nacht unterm Dach des Hotels, in der Abstellkammer für alte Betten, und funkt in die Staaten hinüber. Hier ist TAUBE, TAUBE, TAUBE ... und von drüben wispert es zurück: Hier ist SCHNEEFLÖCKCHEN, SCHNEEFLÖCKCHEN, SCHNEEFLÖCKCHEN ... Eine blödsinnige Tarnbezeichnung. Idiotische Romantik in einem tödlichen Beruf. Taube und Schneeflöckchen ... wer aus der Taiga zurückkommt, tippt sich nur noch an die Stirn und sagt aus vollem Herzen: Arschlöcher!

»Und wie werden Sie sich schützen?« fragte der Arbeiter. Die Linie 1 kam ... die Linie 3 fuhr gerade ab. Jakow Petrosowitsch winkte mit seinen großen, fleischigen Händen, und Shukow winkte zurück. Es sah alles so harmlos aus.

»Ich nehme einen Freund vom KGB mit ...«

Der Arbeiter schielte Shukow betroffen an. »Sie haben einen Freund beim KGB?«

»Warum nicht?«

»Einen guten Aufenthalt in Jakutsk, Genosse.« Der Arbeiter stieg in die Straßenbahn, setzte sich Shukow entgegengesetzt an das andere Ende und sprach kein Wort mehr.

KGB ... drei Buchstaben, die einem Russen mehr in die Knochen fahren als siebzig Grad Frost.

Ohne weitere Schwierigkeiten erreichte Shukow das Hotel ›Lena‹, den neuen Wohnpalast mit der von hohen Säulen getragenen Eingangshalle. Der Portier erkannte ihn sofort wieder. Heja, da ist ja der Genosse, der die wilde Wuginskaja gezähmt hatte!

Mit einem versteckten Klingelknopf gab der Portier Alarm. Der Hoteldirektor stürzte aus dem Büro und begrüßte Shukow wie ein Mitglied des Politbüros. Von der Rezeption winkten ihm die anderen Genossen zu. Welche Freude! Der Dompteur der Wuginskaja ist wieder da!

»Ihr Zimmer ist gerade frei geworden«, sagte der Hoteldirektor. »Welch ein schöner Zufall, nicht wahr? Kommt das Gepäck noch nach? Darf man fragen, wie es der Genossin Ärztin geht?«

»Ich habe kein Gepäck mehr.« Shukow klopfte auf seinen schmutzigen Reisesack. »Das ist alles. Ich komme aus dem Überschwemmungsgebiet.«

»Und die Genossin Wuginskaja?«

»Konnte gerade noch weiterfahren bis Werchokrassnoje ... Ich blieb einen Tag zurück, und das war mein Untergang.«

»Es muß furchtbar da oben aussehen. Das Fernsehen brachte Bilder.« Der Hoteldirektor gab einen versteckten Wink. Ein Page rannte heran und nahm Shukow den dreckigen Sack ab. Er trug ihn weg zum Lift wie eine goldene Ikone. »Was kann ich für Sie tun, Genosse? Haben Sie einen großen Wunsch?«

»Ja —«, sagte Shukow und blickte auf den Lift, dessen Tür sich einladend öffnete. »Ich möchte nur schlafen ... nichts als schlafen ...«

Für einen Russen ist es immer imposant, ein amtliches Papier mit vielen Unterschriften und Stempeln zu betrachten. Es beweist ihm, wie gründlich er verwaltet wird, wer sich alles um ihn kümmert, wie vollendet der Beamtenapparat und wie wohlorganisiert das Leben ist.

Shukow erlebte das Wunder eines mit Stempeln übersäten Schreibens, das ihn sofort zurückbeorderte in die Zentrale nach Irkutsk, bereits im Buchungsbüro der Aeroflot. Er hatte in das vorbereitete Papier nur das Abflugdatum eingesetzt, alles andere war von den Spezialisten des CIA bis zur Vollendung gefälscht worden.

Das hübsche Mädchen, das hinter der Theke mit spitzen Fingern das Schreiben in Empfang nahm, als sei es eine hauchdünne Glasplatte, sah Shukow zunächst bedauernd an. Wie immer — Shukow kannte das nun schon — verfehlte sein träumerischer Blick nicht seine Wirkung; das Mädchen lächelte süß und atmete tiefer ein, um seine etwas sackartige Bluse mehr zu füllen.

»Die Flüge sind auf acht Tage ausgebucht, Genosse«, sagte sie. »Ich kann Sie auf die Warteliste setzen, und falls jemand zurücktritt —«

»Aber das kommt selten vor.«

»Sehr selten.«

»Dann lesen Sie das Schreiben und geben Sie es dem Genossen Stellenleiter weiter ...«

Das hübsche Mädchen betrachtete die Stempel und Unterschriften, interessierte sich aber mehr für den Namen als für die Dringlichkeit und warf einen Blick auf die bereits gebuchten Passagierlisten. »Es ist fast unmöglich, Wassja Grigorjewitsch«, sagte sie. »Ist es so eilig?«

»Je länger ich Sie ansehe, Genossin, um so mehr habe ich Lust, in Jakutsk zu bleiben.« Er lehnte sich gegen die Theke, warf dem Mädchen einen romantischen Blick zu und verursachte damit eine heillose Verwirrung in ihrem Inneren. »Wir könnten ins Kino gehen, in das Theater, in die Puppenspiele, zum Tanzen und ins Bett ... eine herrliche Beschäftigung, mein Täubchen ...«

»Ich spreche mit dem Genossen Stellenleiter.« Das Mädchen, bis hinter die Ohren rot geworden, nahm das Papier, drückte es gegen ihre Brüste und rannte durch eine Tür im Hintergrund weg. Shukow betrachtete inzwischen die Plakate an den Wänden, die typischen Werbefotos, wie sie in allen Flugbüros hängen: Ein Sandstrand am Schwarzen Meer mit halbnackten, fröhlichen Menschen. Die Kremlmauer mit Mausoleum und Spasski-Turm. Die Eremitage von Leningrad. Ein Troikaschlitten in einem tief verschneiten Wald. Die riesige Siegesgöttin mit dem hochgesteckten Schwert auf dem Mamaiew-Hügel von Stalingrad, das jetzt Wolgograd hieß. Schönes Rußland, glückliches Rußland, reiches Rußland, friedliches Rußland. Plakate von den Straflagern in Sibirien gab es nicht. Auch nicht von den Bergwerken und Steinbrüchen, in denen die Verbannten arbeiteten. Aber warum auch? Gab es etwa in Deutschland Plakate von KZs? »Besichtigt Buchenwald und Bergen-Belsen — das große Reiseerlebnis!« Hängte man in den USA Bilder aus den Reservaten der Indianer an die Wand? Oder von den Slums der Negerviertel? »Kommt nach Harlem ... Weiße, die nachts ohne Begleitung sind, lernen um ihr Leben rennen! Unvergeßliche Stunden für ein paar Dollar ...«

Shukow betrachtete gerade ein Plakat mit einer Ballettszene aus dem Bolschoitheater, als der Genosse Stellenleiter aus dem Hintergrund an die Theke eilte. Das hübsche Täubchen, noch immer mit roten Ohren und einem seelenvollen Blick auf Shukows muskulösen Körper, stellte sich an einen Karteischrank und bewunderte stumm den Gast.

»Genosse Shukow«, sagte der Stellenleiter der Aeroflot, »das mit dem Flug ist ein wirkliches Problem.«

»Wir sind hier in Sibirien«, entgegnete Shukow ruhig, »wo man vor Problemen noch nie kapituliert hat. Hätten wir sonst Sibirien erobert, na? Gibt es für Pioniere des Sozialismus überhaupt Probleme, frage ich?«

O je, dachte der gute Mann hinter der Theke. Er sieht so brüderlich aus, und dabei ist er einer von der ganz schlimmen Sorte. Ein Schlagwort-Hinknaller! Ein wahrer Steinfresser! So etwas hat man gern! Kommt aus dem russischen Mutterland nach Sibirien und benimmt sich, als könne er hier wie auf dem Roten Platz spazierengehen. Aber da ist das Schreiben. Eine Menge Stempel und Unterschriften, unleserlich zwar, aber von den höchsten Stellen in Irkutsk und Moskau. Mit einem solchen Papierchen stößt man alle Türen auf ... aber man kann damit kein Flugzeug länger oder breiter machen.

»Ich muß morgen nach Irkutsk!« sagte Shukow, bevor der gute Mann eine Antwort formuliert hatte. »Wie Sie das anstellen, Genosse, überlasse ich Ihnen.«

»Morgen? Das ist völlig ausgeschlossen. Eine kubanische Delegation, Staatsgäste, hat bis auf neun Plätze die Maschine besetzt.«

»Und die restlichen neun Plätze? Ich brauche nur einen Platz! Mein Freund, ich bin kein Monster!«

»Die neun Plätze sind seit einer Woche vergeben. Drei Funktionäre der Partei, zwei Offiziere, drei Professoren und der berühmte Sänger Stanislaw Kornejewitsch Slobin. Er muß morgen abend in der Oper von Irkutsk den Boris singen. Wassja Grigorjewitsch, wo sehen Sie da eine Möglichkeit für sich?«

»Ich setze mich auf den Schoß des Piloten oder des Co-Piloten.«

»Es ist anzunehmen, daß sie das nicht gern haben«, sagte der Stellenleiter säuerlich lächelnd. »Warum nicht gleich unter den Rock der Stewardeß?«

»Einverstanden!« rief Shukow freudig. »Genosse, tragen Sie meinen Namen in die Passagierliste ein.«

Es ging noch eine Weile hin und her, bis man Shukow die Ausnahmegenehmigung erteilte, im Cockpit mitzufliegen, auf einem Klappsitz hinter dem Bordingenieur. Man kann ein Papier mit so vielen Stempeln und Unterschriften einfach nicht übersehen. Weiß man, was einem später aus Moskau ins Haus flattert? Es gibt so viele wichtige Leute in Rußland, da muß man als kleiner Angestellter vorsichtig sein. Ehe man's sich versieht, ist man degradiert und wird zum Kofferschleppen abkommandiert.

Der Dienststellenleiter der Aeroflot war froh, als der Genosse Shukow endlich das Büro verließ. »Ein unangenehmer Mensch«, sagte er zu dem hübschen Mädchen, das noch immer an dem Karteikasten lehnte und mit dem Schicksal haderte. »Natürlich, die Augen verdrehst du und reibst die Beine aneinander ... aber so einer muß schnell weg von uns! Wer mit soviel Stempeln reist, hat mehr Macht im Rücken, als uns gut tut. Merke dir das, glotzäugige Kuh!«

Das schöne Vögelchen tat beleidigt, wandte sich zwei neuen Kunden zu und bellte sie an: »Wir sind hier nicht in Moskau! Oder haben Sie auch ein Schreiben mit zwanzig Stempeln?«

Am nächsten Morgen stand Shukow hinter der ziemlich lärmenden kubanischen Delegation am Flugsteig und wartete auf den Zubringerbus zum Flugzeug. Die Kubaner, durchwegs Männer mit Fidel-Castro-Bart und auch in die gleiche grünbraune Einheitsuniform gekleidet, entwickelten eine laute Fröhlichkeit und erzählten sich in ihrer Muttersprache Spanisch, was sie alles in Jakutsk mit den Mädchen erlebt hatten. Shukow, der leidlich Spanisch verstand, tat unbeteiligt und wunderte sich, was ein jakutisches Weibchen alles leistete, wenn man den Kubanern glauben konnte. Nach ihrem Reden waren die sibirischen Mädchen die heißesten der Welt. Wenn so etwas ein Mann aus Kuba sagt, muß ein Quentchen Wahrheit dran sein.

Später, im Flugzeug, als Shukow nach der Begrüßung der Crew im Cockpit hinter dem Bordingenieur auf dem Klappsitz saß, begannen die Kubaner sogar zu singen. Sie hatten Wodkaflaschen mitgebracht, hingen in den Sitzen und soffen, als hätten sie Wasser in den Plastikbechern, die von zwei Stewardessen verteilt wurden.

Wie erwartet, beschwerten sich die beiden Mädchen sehr schnell bei dem Flugkapitän. Es war für sie unmöglich, einmal durch das Flugzeug zu gehen, ohne daß nicht mindestens sechs Kubaner versuchten, ihnen unter die Röcke zu fassen. Der Weg durch den Mittelgang war praktisch ein Hüpfen von Hand zu Hand, die alle nur in eine Richtung zielten. Was sich da noch entwickeln würde, war eine heikle Frage, denn immerhin dauerte der Flug bis Irkutsk fast drei Stunden.

»Immer diese ausländischen Gäste!« klagte der Flugkapitän. Er hatte sich zu Shukow umgedreht und den Kopfhörer abgenommen. Der Co-Pilot übernahm den Kontakt mit dem Tower. »Man soll sie als Freunde der Sowjetunion behandeln, aber sie benehmen sich wie die gestochenen Säue. Soll ich hinausgehen und jeden ohrfeigen? Hören Sie sich das an, Genosse! Sie schütten den Wodka in sich hinein, und wenn dann die Stewardessen kommen, packen sie sie und wollen sie auf den Sitzen durchziehen. Das habe ich schon einmal erlebt. Bei einer südamerikanischen Delegation. Die hatten

Galia Jakowlewna schon die Hose ausgezogen, da griffen wir ein. Siebentausend Meter hoch waren wir und haben mit sechs Mann eine Schlacht geschlagen gegen die besoffene Bande. Als wir dann in Irkutsk landeten, holten drei Krankenwagen die Verletzten ab. Ich hätte sie alle erschlagen können!« Der Flugkapitän, ein noch junger, sportlicher Mann, zeigte mit dem Daumen zu dem Fahrgastraum. Die Kubaner sangen Revolutionslieder. »Auf die werden wir mit Schraubenschlüsseln einschlagen müssen!«

Er seufzte, schob sich den Kopfhörer wieder über und meldete dem Tower, daß die Freunde der Sowjetunion aus Kuba in Irkutsk wahrscheinlich liegend ausgeladen werden müßten. Die beiden Stewardessen kamen ins Cockpit und lehnten sich, vor Erregung bebend, an die Wand.

»Wir gehen nicht wieder raus!« sagte eine von ihnen. »Die reißen uns die Kleider vom Leib! Fjodor Anatolowitsch, fliegen Sie nicht ab! Verlangen Sie, daß man die Kerle aus der Maschine holt.«

»Es sind Staatsgäste!« brüllte der Kapitän.

»Aber mein Unterleib ist kein Staatseigentum!« schrie die Stewardeß zurück. »Wir gehen nicht mehr hinaus!«

»Überlassen Sie das mir«, sagte Shukow ruhig. »Genosse Ingenieur, machen Sie mit?«

»Mit Vergnügen.« Der Bordingenieur, ein Mann in den mittleren Jahren, grinste breit. »Wie denken Sie sich das?«

»Haben wir Wodka an Bord?«

»Genug«, sagte die Stewardeß.

»Dann her damit!« Shukow schnallte sich an. Der Tower gab den Start frei. Ob die Kubaner angeschnallt waren, kontrollierte niemand mehr. Es wäre von den Stewardessen auch zuviel verlangt gewesen, den wildgewordenen Männern in den Schoß zu blicken. »Wenn wir auf Reisehöhe sind, verteile ich zusätzlich das Gesöff. In spätestens einer Stunde hören wir keinen Ton mehr.«

»Und sie kotzen meine schöne Maschine voll!« rief der Kapitän entsetzt.

»Das kann man wegputzen.« Shukow hob beide Hände. »Was wollen Sie lieber: Ihre Stewardessen opfern, oder ein vollgekotztes Flugzeug?«

»Wir starten!« schrie der Kapitän. »Ich möchte wirklich wissen, was man in anderen Ländern mit solchen Gästen macht.«

Das könnte ich dir sagen, Fjodor Anatolowitsch, dachte Shukow. Aber was hilft es dir? Du mußt sie nach Irkutsk bringen, und wie sie dort auch ankommen, es wird eine Abordnung dastehen, jeden

Delegierten umarmen, auf die Wange küssen, »Freundschaft! Freundschaft!« rufen und mit mildtätigem Lächeln sagen: »Wie freuen wir uns, daß es euch so gut bei uns gefällt.«

Es wurde ein erstaunlich zahmer Flug. Die Kubaner klebten in den Sitzen, vom Wodka bereits paralysiert, und als Shukow mit dem Getränkewagen durch den Mittelgang kam und weitere Flaschen verteilte, bekam er sie alle gar nicht mehr los. Einer der mitreisenden Offiziere hielt Shukow am Ärmel fest.

»Man muß sich schämen«, sagte er bitter.

»Davon wird es auch nicht besser«, entgegnete Shukow.

»Und Sie verteilen sogar noch mehr Wodka!«

»Um sie restlos zu betäuben, Genosse Oberst.« Shukow stützte sich auf den Getränkewagen. »Man nennt das die Politik der zufriedenen Herzen.«

»Wie bitte?« fragte der sowjetische Offizier.

»Die Kubaner werden nach Hause kommen und sagen: ›Amigos, haben wir in Rußland gesoffen und gehurt! Eine wahre Pracht. *Das* ist ein gutes Land! *Das* sind Freunde. Es lebe die Sowjetunion!‹« Shukow sah den Offizier, der ihm entgeistert zuhörte, freundlich an. »Ist das ein politischer Erfolg oder nicht? Die Mittel, mit denen man Freunde gewinnt, müssen flexibel sein ...«

Die Landung in Irkutsk, über dem man einmal kreiste, mit einem herrlichen Blick über den Baikalsee und die flammend bunte Taiga, vollzog sich normal, wenn man davon absieht, daß beim Aufsetzen auf der Piste sieben Kubaner in den Gang kippten, weil sie natürlich nicht angeschnallt waren. Sie erhielten ein paar Schrammen, aber in ihrem Zustand merkten sie gar nichts davon.

Shukow verabschiedete sich von der Crew wie von Brüdern, umarmte die Stewardessen und ließ bei ihnen die herbe Enttäuschung zurück, sich nicht mit ihnen verabredet zu haben. Ein paar Bemerkungen in dieser Richtung hatte er überhört. In Irkutsk begann ein neuer Abschnitt in Shukows Leben, und er nahm seinen Ausgang nicht gerade in einem Mädchenbett, so reizvoll das auch sein mochte.

Mit einer Taxe fuhr Shukow vom Flughafen sofort zum Hotel ›Sibir‹ und betrat die prunkvolle Hotelhalle mit einer geradezu provozierenden Gelassenheit. Sein Auftreten verursachte sofort Aufsehen: Wie kam ein Mensch in einem so dreckigen Anzug, mit einem noch dreckigeren Leinenbeutel unterm Arm, in diese Marmorhalle, wo gutgekleidete Genossen unbewußt demonstrierten, daß es nie und nimmer eine klassenlose Gesellschaft geben wird! Ein

Portier kam auch sofort auf Shukow zu, baute sich wie ein Erzengel vor ihm auf und sagte mit unterdrücktem Zorn:

»Sie haben sich sicherlich verlaufen, nicht wahr? Ich bringe Sie wieder hinaus.«

Shukow lächelte und ließ seinen Leinenbeutel auf den Marmorboden fallen. Es klatschte wie eine Ohrfeige. Zwei Damen in der Nähe zuckten zusammen und vergrößerten schnell ihren Abstand zu dem schmutzigen Mann. Um die Theke der Rezeption herum kamen zwei Hotelangestellte. Verstärkung für den Portier.

»Wenn du mich anfaßt, Brüderchen«, sagte Shukow höflich, »reiße ich dir erst das linke Ohr ab, dann das rechte, dann die Nase, zum Schluß deinen Schwanz! Verstehen wir uns? Und nun hör zu, du rostiger Eisentopf: Mein Name ist Wassja Grigorjewitsch Shukow. Vom Hotel ›Lena‹ in Jakutsk ist für mich ein sehr gutes Zimmer in deinem Mistladen bestellt worden. Ich komme so, wie ich bin, aus dem Überschwemmungsgebiet, und wenn du jetzt nicht aus dem Weg gehst, trete ich dir in den Sack! Hallo!«

Der Portier sprang zur Seite, wirbelte herum und schrie durch die vornehme Halle: »Ein Zimmer für den Genossen! Es ist bestellt. Bitte, kommen Sie näher, Genosse Shukow!«

Es ist merkwürdig, welche Wirkung bekannte Namen haben. Obwohl Shukow immer betonte, nicht mit dem Marschall der Sowjetunion verwandt zu sein, genügte allein der Name, daß man sich höflich mit ihm befaßte. Das ist nicht absurd, meine Lieben. Man bedenke nur, was geschehen würde, wenn in einem westdeutschen Hotel ein Mann in die Rezeption tritt und sich vorstellt: »Ich bin Napoleon Bonaparte!« Es gibt da zwei Möglichkeiten: der Abtransport in eine geschlossene Anstalt, oder eine sich überschlagende Höflichkeit gegenüber dem Gast.

Die Russen entschließen sich stets zur Höflichkeit. Die geschlossene Anstalt bleibt ja immer noch als zweiter Weg ...

Man gab also Shukow das vorbestellte gute Zimmer, ein Boy nahm mit schiefem Mund den dreckigen Reisesack in Empfang und brachte ihn nach oben, neunter Stock, Zimmer 956. Der Chefportier studierte mit stiller Ehrfurcht noch einmal das Schreiben mit den vielen Stempeln und Unterschriften und trug Shukows Namen und seine Paßnummer in das Gästebuch ein. Wie man sich irren kann! Da kommt ein Landstreicher in den Marmorpalast des ›Sibir‹, und wer ist's? Eine hochgestellte Persönlichkeit. Ein qualifizierter Ingenieur. Ein Spezialist. Ein Mann, der große Freunde im Rücken hat.

Shukow wandte sich ab und ging die Ladenstraße des Hotels hinunter zur Parfümerie-Boutique. Schon von weitem sah er durch die Glaswände die herbschöne, hochgewachsene Galina Theofilowna. Sie sortierte gerade neue Parfüms in das Regal und war allein in dem Shop.

Shukow trat leise ein, räusperte sich und sagte:

»Wenn Sie sich recken, haben Sie einen herrlichen Hintern, O I!«

Mit einem unterdrückten Aufschrei fuhr Galina Theofilowna herum und starrte Shukow fassungslos an. Ihre vollen Lippen zitterten heftig.

»Sie ...« stammelte sie. »Sie leben? Sie sind tatsächlich zurückgekommen?«

Shukow nickte. »Haben Sie schon mal einen so munteren Geist gesehen, mein Täubchen? Gehen wir auf mein Zimmer. Sie werden staunen, was ein Gespenst mit Ihnen alles anstellen kann.«

»Himmel, wie sehen Sie aus, Wassja!«

»Wie einer, den die Taiga gnädig ausgespuckt hat. Wissen Sie, was bei Ottokh los ist?«

»Fernsehen und Radio haben Berichte gebracht.« Galina atmete ein paarmal tief durch. Sie hatte hübsche, volle Brüste: Shukow hatte sie gar nicht mehr in Erinnerung gehabt.

»Und ich schwamm mitten in der Jauche.«

»So sehen Sie auch aus. Wir kaufen gleich einen Anzug.« Sie lehnte sich an das Regal mit den Parfümpackungen und starrte Shukow noch immer wie einen Geist an. Ihr Gesicht war gut geschminkt, der Mund rot umrändert, auf den Lidern lagen blaßblaue Schatten. Wer Kosmetika verkauft, muß eine lebende Demonstration sein. »Es ist ein Wunder, daß Sie da sind, Wassja, wissen Sie das? Ein wirkliches Wunder. Ich ... ich habe ...«

»Sie hatten mich abgeschrieben. Wie die anderen Kollegen, die vor mir hier waren.«

»Ja. Sie hatten keine Chance, jemals zurückzukommen. In welchem Zimmer wohnen Sie?«

»Nummer 956. Ich werde gleich hinauffahren, das Bettchen aufdecken und Sie erwarten, Galinuschka. Kommen Sie in zwanzig Minuten, ich möchte erst baden. Ich bin ein süßes Kerlchen, wenn ich frisch nach Badesalz dufte.«

»An etwas anderes denken Sie wohl nie?«

»Ich hatte ganz vergessen, wie nett Sie aussehen. Galina, ich komme ausgehungert aus den Wäldern —«

»... und sehen aus, als ob Sie jeden Moment aus den Schuhen kippen würden. Gut, ich bin in zwanzig Minuten bei Ihnen.«

»Ich werde nur ein Handtuch um die Lenden tragen. Erschrecken Sie also nicht über so viel geballte Schönheit.« Shukow sah sich um. Sie waren noch allein im Shop, und es war auch keiner in der Nähe, der eintreten konnte. »Wie geht es Onkelchen?« fragte er.

»Später.« Galina Theofilowna tat vorsichtshalber so, als zeige sie Shukow ein Rasierwasser. Jetzt über General Orwell zu reden, war mehr als leichtsinnig. Was in den letzten Tagen aus Fort Patmos gemeldet worden war, glich sowieso einer Katastrophe. »Haben Sie noch Geld?« fragte sie leise.

»Genug.«

»Dann kaufen Sie sich erst mal einen Anzug. In der Ladenstraße das dritte Geschäft auf der linken Seite.«

»Ich hab's gesehen. Preise haben die!« Shukow grinste. »Welche Farbe sähen Sie an mir am liebsten? Grau oder blau, uni oder gemustert? Am besten wirke ich in engen Jeans. Da habe ich immer einen Blickfang bereit. Aber hier gibt es ja keine engen Jeans ...«

»Die Taiga hat Sie nicht verändert«, sagte Galina erbost. »Himmel, gehen Sie auf Ihr Zimmer! Sie wissen ja gar nicht, was Sie erwartet!«

»So toll in Form sind Sie, Galina? Mir wachsen Flügelchen, überall, wo Sie sie gern haben.«

Er lachte, drehte sich herum und ging mit schnellen Schritten hinaus. Galina blickte ihm nach, wie er die Ladenstraße hinunterging und im Anzugladen verschwand.

Mein Gott, er hat es geschafft, dachte sie und schloß einen Moment die Augen. Er ist zurückgekommen! Der einzige Mann, der General Orwell noch helfen kann ...

Shukow hatte gebadet und sich rasiert, aber er sprang nicht im Zimmer herum, nur mit einem Handtuch bekleidet — vielmehr hatte er den neuen Anzug und ein frisches Hemd angezogen und sogar eine Krawatte umgebunden. Er zündete sich gerade eine Zigarette an, als Galina ins Zimmer kam. Sie hatte sich das Anklopfen gespart und war einfach hereingeschlüpft. Es sah so aus, als sei sie nicht mit dem Lift gefahren, sondern die Treppen bis zur neunten Etage heraufgerannt ... sie atmete schwer, drückte beide Hände auf das Herz und ihre Brüste und lehnte sich gegen die Tür. Shukow blies sein Streichholz aus und warf es in eine leere Blumenvase. Einen Aschenbecher hatte man im Zimmer vergessen.

»Enttäuscht, Galina?« fragte er.

»Worüber enttäuscht?« fragte sie zurück.

»Daß ich nicht nackt vor Ihnen stehe. Sie haben sich so beeilt, und nun ist der Kerl schon angezogen!«

»Man könnte Sie dauernd ohrfeigen, Wassja Grigorjewitsch!«

»Ich hielt es für besser, erst über Onkelchen zu sprechen und später das private Eckchen aufzusuchen. Ich verspreche Ihnen: ich bin in genau fünfzehn Sekunden ausgezogen. Sie können die Zeit stoppen.«

Galina Theofilowna kam näher, warf sich in einen der Sessel mit Kunstlederbezug und streckte die Hand nach Shukow aus. »Geben Sie mir eine Zigarette.«

»Sie rauchen?«

»Ab und zu. Wenn ich aufgeregt bin. Ist's ein Wunder, daß jetzt meine Nerven flattern? Sie sind zurückgekommen.« Sie rauchte die Zigarette, die Shukow ihr reichte, mit ein paar tiefen, hastigen Zügen halb herunter, ehe sie weitersprach. »Selbst die Ungläubigsten von uns haben gebetet, daß Sie es schaffen.«

»Was habt ihr mit Ben Lauritz gemacht?« fragte Shukow hart.

»Sie haben die Gerichtsverhandlung und seine Aussage gehört? Das war der Sinn —«

»Ihr habt Ben geopfert!«

»Er wird sehr schnell ausgetauscht werden. Orwell hat drei sowjetische Top-Männer gegen Ben bereitgestellt. Wassja Grigorjewitsch, wir sahen keine andere Möglichkeit, Sie darauf aufmerksam zu machen, daß die Aktion Werchokrassnoje abgeblasen worden ist und Sie zurückkommen müssen. Orwell braucht Sie dringend. Sie sind jetzt in den USA wichtiger als die an sich bekannte neue Raketenbasis.«

»Ben war also nicht in Werchokrassnoje?«

»Nein. Aber hier nimmt man es an, und damit ist alles Versteckspielen geplatzt.«

»Galina, Sie reden wie ein alter CIA-Hengst. Warum sagen Sie nicht: Wassja, komm her, setz dich an meine Seite, nimm meine Hand und streichle meine Brust ... das habe ich so gern.«

Galina Theofilowna überhörte das alles und blickte an Shukow vorbei gegen die Wand. »Orwell hat die Spur verloren«, sagte sie nüchtern. »Ihre Leute rennen herum wie Hühner, die man lebendigen Leibes gerupft hat. Sieben Agenten aus Frazertown hat man enttarnen können ... aber der gefährlichste ist untergetaucht.«

»Andrej Nikolajewitsch Plenjakow, genannt John Barryl ...«, sagte Shukow gedehnt. »Mein Freund John ...«

»Er muß, nach Ihrer Meldung aus Winniza, in den USA eingetroffen sein. Aber nirgendwo ist ein John Barryl eingereist ... alle Grenzposten hatten seinen Namen auf der Liste, alle Flughäfen, alle Seehäfen, jede Polizeistation. Aber eben nur den Namen. Die Beschreibung von Barryl paßt auf hunderttausend Männer.«

»Er sieht blendend aus, Galina! Frauen lassen bei seinem Anblick die Röcke fallen ...«

»Anscheinend nicht, sonst hätte man ihn längst. Sie haben bisher neunundzwanzig Barryls verhaftet. Alles brave, biedere Amerikaner.«

»Die armen Boys.«

»Einer war sogar siebenundachtzig Jahre alt.«

»Ich kann versichern, daß mein Freund John nur fünfunddreißig ist. So perfekt tarnen kann sich keiner!« Shukow lachte und setzte sich bei Galina auf die Sessellehne. Seine rechte Hand legte er auf ihre feste, runde Brust. Sie schob sie nicht weg, aber Ihre Augen verengten sich.

»Nur Sie allein kennen John Barryl. Darum war es nötig, Sie sofort zurückzurufen. Wie wichtig die Sache ist, sehen Sie daran, daß wir Ben Lauritz dafür opferten.«

»Das war eine große Sauerei! Ben ist ein so netter Bursche.«

»Orwell vermutet, daß Barryl schon jetzt festen Fuß in einer wichtigen Position gefaßt hat und Ihrem Land bereits großen Schaden zugefügt hat. Sie haben selbst gemeldet, daß Barryl einer der gefährlichsten Gegner sein wird, die jemals in die USA eingeschleust wurden.«

»Genau das stimmt.« Shukow küßte Galina in den Nacken und streichelte ihre Brust. Sie blies den Atem hörbar durch die Nase, aber sie rührte oder wehrte sich noch immer nicht. »Wir hätten uns bald totgeschlagen wegen Norma Taylor.«

»Wer ist denn das?« fragte Galina hart. Jetzt ergriff sie Shukows kreisende Hand und drückte sie von ihrer Brust weg. »Sie haben den Namen nie genannt. Bei keiner Meldung.«

»Norma heißt eigentlich Dunja Andrejewna Koroljow, ein schwarzhaariges Teufelchen von jener Sorte, die Flugzeuge abstürzen lassen, wenn der Pilot sie zufällig auf der Erde entdeckt. Sie mixte in einer Milchbar Milchgetränke und jonglierte mit Hamburgers. Ihr Umsatz war enorm. Jeder kam mindestens einmal täglich zu Billys Restaurant, um Norma in den Ausschnitt zu stieren oder ihre langen Beine unter dem Superminirock zu bewundern.«

»Aber Sie haben sie im Bett gehabt.«

»Erraten, Galinuschka!«

»Man sollte Sie hassen!«

»Das sagt jede Frau zu mir und zieht sich dabei aus. Ich habe das als mein Schicksal klaglos akzeptiert.«

»Und weil diese verdammte Dunja Ihre Geliebte war, haben Sie ihren Namen nicht gemeldet?! Wassja Grigorjewitsch, es wird schwer sein, das dem Onkelchen zu erklären.«

»Überhaupt nicht. So wie es in Frazertown aussah, bleiben siebzig Prozent der weiblichen Bewohner in der Stadt. Als Stammpersonal gewissermaßen. Sie gehören zum Ausbildungswerkzeug. Normas Name war deshalb uninteressant für Orwell.« Shukow stand auf, ließ Galina los und wanderte im Zimmer umher. Dunja, mein Mädchen, dachte er. Deinetwegen lüge ich mich um Kopf und Kragen. Je länger uns die Zeit trennt, um so mehr liebe ich dich. Ich hätte das nie für möglich gehalten. Man klammert sich an eine Illusion und glaubt sogar daran, daß sie einmal Wahrheit wird.

»Sie lieben diese Dunja?« fragte Galina mit dem unheimlichen Gespür, das Frauen in solchen Situationen entwickeln.

»Ja.«

»Und sind trotzdem bereit, mich auszuziehen ...«

»Darüber könnten wir uns noch unterhalten.«

»Wassja Grigorjewitsch, Sie sind ein Mann, den man ohne Reue umbringen sollte. Was bedeutet eine Frau für Sie? Nur Körper? Nur fleischgewordene Sexualität? Nur Abladeplatz Ihrer Überschüsse? Ich warne Sie! Wenn Sie mich noch einmal anfassen, zerkratze ich Ihnen das verdammte Engelsgesicht!«

»Sie sind ja eifersüchtig, Galina Theofilowna!« Shukow blieb vor ihr stehen. »Jeder Mann ist ein Aufschneider, das sollten Sie sich merken. Jeder Mann hält sich für unwiderstehlich. Er prahlt mit seinen Erlebnissen, auch wenn sie nur in der Fantasie stattgefunden haben.«

»Sie nicht! Sie nehmen sich, was Sie wollen!«

»Und Sie sind bereit, zu geben.«

»Ich hasse Sie!«

»Daraus entwickeln sich die vulkanischsten Leidenschaften. Wenn wir jetzt zusammen ins Bett springen, wissen wir genau, daß wir uns später nie wiedersehen werden. Sie werden weiter in Irkutsk leben, ich anderswo auf der Welt. Warum wollen Sie auf Dunja eifersüchtig sein?«

»Sie bedeutet Ihnen mehr als eine Erinnerung.«

»Ich werde auch Dunja nie wiedersehen.«

»Aber wenn Sie es könnten, wären Sie der glücklichste Mann.«

»Das leugne ich nicht.«

»Und das sagen Sie mir so einfach ins Gesicht? Wassja, ich möchte mit Ihnen schlafen und Sie hinterher erdolchen.« Galina Theofilowna legte den Kopf weit in den Nacken und starrte gegen die Zimmerdecke. Sie war hübscher, als Shukow sie zunächst bewertet hatte ... je länger man sie ansah, um so mehr entdeckte man ein Ebenmaß fraulicher Schönheit. Ihr Rock war hochgerutscht, sie hatte schlanke Beine mit dünnen Fesseln. »Ich habe genaue Anweisungen für den Fall, daß Sie wirklich aus der Taiga zurückkommen. Sie verwandeln sich wieder in einen sowjetischen Offizier.«

»Meine Uniform liegt aber in Winniza.«

»Sie bekommen eine neue und perfekte Papiere. Sie sind jetzt Mitglied des KGB.«

»Ausgerechnet KGB! Galina, das kann gefährlich werden.«

»Überhaupt nicht. Offiziere der politischen Abteilung tauchen plötzlich zu Kontrollen auf und sind ebenso plötzlich wieder weg. Natürlich sind sie nicht die beliebtesten Menschen. Aber es sind auch die Auserwählten, die keiner mehr fragt, wenn sie sich einmal ausgewiesen haben. Niemand wird sie aufhalten, selbst wenn sie die unsinnigsten Dinge tun. Sie zum Beispiel werden angeln ...«

»Du lieber Himmel! Wer hat sich denn das ausgedacht?« Shukow setzte sich auf den runden Rauchtisch vor Galina. Er betrachtete ihre Beine, und sie merkte es. Den Rock zog sie aber nicht hinunter. »Wo angele ich?«

»Südlich des kleinen Ortes Naushki am Fluß Selenga. Hundert Meter flußaufwärts heißt er schon Selenge Gol.«

»Das klingt ganz nach Kreuzworträtsel.«

»Sie angeln an der Grenze der Mongolei. Und während Sie nichtsahnend in Ihrem Kahn sitzen, kommt ein Motorboot aus der Mongolei und entführt Sie.«

»Wie dramatisch! Die Boys in Fort Patmos lesen zuviel Spionageromane. Ist es nicht einfacher, ich springe nachts in diesen Fluß und schwimme auf mongolisches Gebiet?«

»Das eben geht nicht. Die Grenze wird durch Hundestreifen und Patrouillen scharf bewacht. Es ist völlig unmöglich — auch für einen Offizier des KGB — daß sich jemand nachts am Fluß aufhält.

Ihr Übertritt in die Mongolei muß so aussehen, als wenn Sie vor aller Augen gestohlen werden.«

»Das gibt einen ungeheuren diplomatischen Rummel.«

»Den hat man bewußt einkalkuliert. Eine Verschlechterung der sowjetisch-mongolischen Beziehungen ist erwünscht.«

»Und ich bin wieder der Idiot, der den Kopf hinhält. Galina, sehen Sie nun, welchen Mistberuf wir haben? Wie wichtig jeder Tag ist, den wir leben? Morgen schon kann alles zu Ende sein. Wir sind gezwungen, jede Stunde zu nutzen und zu genießen. Wir sollten doch zusammen ins Bett gehen.«

»Sie fliegen morgen schon nach Ulan-Ude und von da nach Kiakhta. Das ist die große Grenzstadt. Dort sitzt auch der Kommandant der Grenztruppen. Von Kiakhta nach Naushki ist es eine Stunde mit dem Auto. Ich werde heute abend an B III in Suhe Bator melden, daß Sie bereit sind, sich entführen zu lassen.«

»Wir haben in der Mongolei einen Kontaktmann?«

»In Ulan-Bator sitzt Captain Carter. Er betreibt dort einen Fellhandel. Er hat seinen Kompagnon, eben B III, seit vier Tagen in Suhe Bator sitzen. Ich habe Ihnen ja gesagt: Wir haben alle gebetet, daß Sie zurückkommen. Orwell hat alles für diesen Fall durchorganisiert.«

»Und wenn ich nicht gekommen wäre? Es sah ganz danach aus, daß ich krepiere. Jakuten haben mich gerettet.«

»Dann hätte sich Orwell damit abfinden müssen, die größte Pleite seiner Laufbahn zu schlucken.«

»Galina, Sie reden wirklich wie eine geballte Faust. Dabei weisen Ihre Beine einen Weg zu ungenutzter Zärtlichkeit.«

»Denken Sie an was anderes, Wassja Grigorjewitsch.« Galina sprang aus dem Sessel hoch, holte aus der Umhängetasche eine Karte der mongolischen Grenze und warf sie Shukow zu. Er fing sie auf und wedelte sich damit Luft zu. »Studieren Sie die Landschaft gut. Sie müssen sich dort so bewegen, als seien Sie schon immer in der Gegend gewesen. Und rechnen Sie damit, daß man schießen wird, wenn die Grenzposten sehen, daß man Sie entführt.«

»Das sind ja hervorragende Aussichten, zu überleben! Wenn sich Orwell so etwas ausdenkt, muß er wirklich tief in der Scheiße stecken.«

»Es geht auch darum, einen Grenzzwischenfall zu provozieren. Die Mongolen werden behaupten, Sie seien mit dem Kahn bewußt auf mongolisches Flußgebiet getrieben, und man habe Sie zu Recht festgehalten. Außerdem haben die sowjetischen Soldaten gezielt in die Mongolei hinübergeschossen. Auch kleine Stacheln brennen ...«

Sie ging zur Tür und blieb an ihr stehen, mit dem Rücken zu Shukow, als erwartete sie seinen Anruf. Als er schwieg, sagte sie laut: »Ich bereite das alles vor. Die Funkzeit ist genau Mitternacht. Soll ich von Ihnen etwas durchgeben?«

»Ja.« Shukow entfaltete die Karte der mongolischen Grenze. »Bitten Sie Captain Carter, eine Flasche Whisky bereitzuhalten. Wenn dieses Kidnapping gelingt, habe ich sie nötig. Kommen Sie nach dem Funken noch zu mir, Galina?«

»Nein!«

»Schade. Ein so ereignisreicher Tag hätte einen anderen Abschluß verdient, als allein im Bett zu liegen und an Sie nur zu denken.«

Galina Theofilowna gab keine Antwort. Sie verließ das Zimmer und knallte hinter sich die Tür zu.

Ein dramatischer Tagesabschluß geschah indes tausend Werst nordöstlich in Nowo Sosnowka. Dort erhängte sich an diesem Abend der Lagerarzt Dr. Fedjunin in seiner Zelle mit der in Streifen zerrissenen Decke. Er sah keinen anderen Ausweg mehr, nachdem Major Jankow ihm mit tödlicher Logik nachgewiesen hatte, daß nur Fedjunin der Mörder von Valja Johannowna Wuginskaja und Wassja Grigorjewitsch Shukow sein konnte. Das ewige Brüllen: »Ich bin es nicht gewesen!« hatte keine Beweiskraft mehr. Und mehr konnte Fedjunin auch nicht sagen. Was sind Worte gegen die Tatsache, daß aus einem Straflager zwei Gäste spurlos verschwinden und Eifersucht schon immer ein gutes Mordmotiv war?

Gegen halb eins in der Nacht wurde Shukow geweckt. Ein glatter, warmer nackter Körper schob sich neben ihn unter die Decke und umklammerte ihn sofort. Er wollte etwas sagen, aber ein heißer Atem wischte über sein Gesicht.

»Halt bloß den Mund!« flüsterte eine geradezu entstellte Stimme. »Wenn du ein Wort sagst, bringe ich dich um!«

Galina Theofilowna war eine stumme Geliebte. Wenn Dunja gebissen und gekratzt und die Wuginskaja wie eine Wildkatze getobt hatte ... hier hörte Shukow außer einem seufzenden Atem nichts. Es gab auch kein Licht ... in völliger Dunkelheit verströmte Galina lautlose Zärtlichkeit. Nur zum Abschied sagte sie ganz leise: »Danke, du Scheusal!«, schlüpfte aus dem Bett und lief aus dem Zimmer.

Shukow sprang hinterher, drehte das Licht an, aber er hörte nur noch, wie draußen auf dem Flur irgendwo eine Tür zuklappte.

Auf dem Rauchtisch lag ein Bündel. Es war eine sowjetische Uniform. Darauf die nötigen Papiere. Unter dem Tisch standen blankgeputzte Stiefel.

Major Shukow, die Mongolei wartet auf Sie ...

Am Morgen ging Shukow noch einmal in die Parfümerie-Boutique, um sich von Galina zu verabschieden. Aber sie war nicht da. Eine andere kleine jakutische Verkäuferin erzählte mit zwitschernder Stimme, Galina habe sich krank gemeldet. Shukow unterdrückte die Frage, wo sie wohne. Jetzt nicht mehr auffallen, das war das erste Gebot. Er drückte seinen prallen Reisesack unter die Achsel — er enthielt die komplette sowjetische Uniform —, ließ Galina die besten Genesungswünsche bestellen, bezahlte an der Rezeption seine Hotelrechnung und fuhr dann gleich mit einem Taxi zum Flughafen.

Dort ging er zur Toilette, zog sich um und erschien wieder als Offizier, nachdem er lange genug gewartet hatte, bis die Genossen, die rechts und links neben ihm die Kabinen belegt hatten, wieder verschwunden waren. Erst in der Flughalle wurde ihm bewußt, daß bei aller Perfektion der Vorbereitung doch ein Fehler unterlaufen war. Kein KGB-Offizier geht mit einem so dreckigen Leinensack auf Reisen!

Er lehnte dieses Überbleibsel der Taiga gegen eine Säule, ging hinüber zu einem Shop und kaufte einen einfachen, aber stabilen Koffer aus Kunstleder, groß genug, den Reisesack aufzunehmen. Die Verkäuferin beachtete Shukow kaum. Er war ein Kunde wie alle anderen. Im Laden war Hochbetrieb ... hier in Irkutsk konnte man viele Dinge billiger kaufen als in anderen Städten. Vor allem Pelze. Und der Winter stand zum Angriff bereit. Der Wind, der über den Baikalsee strich, hatte schon den Frost in sich.

Shukow packte den alten Reisesack in den neuen Koffer, ließ sich einchecken und bestieg dann das Flugzeug nach Ulan-Ude. Es füllte sich mit burjätischen Reisenden, die meisten schon in Steppjacken und Fellmützen oder bunt bestickten Käppis mit Ohrenklappen. Shukow war der einzige Weißhäutige ... er wurde von dem Steward besonders herzlich begrüßt, bekam einen Platz gleich am Eingang und zur Begrüßung eine Tasse grünen Tee.

»In der Maschine sitzt einer vom KGB!« meldete der Steward der Crew im Cockpit. »Er sieht harmlos aus, aber wenn man in seine Augen blickt ... da steckt was dahinter!«

Es war nur ein kurzer Flug. Vor dem Terminal-Gebäude von

Ulan-Ude betrat Shukow zum erstenmal eine fremde Welt. Hier war Asien, hier war die Mongolei, auch wenn das alles Rußland hieß. Autos und Omnibusse warteten auf dem großen Parkplatz, aber über die Straße, die zur eigentlichen Stadt führte, trotteten auch lange Reihen von Lastkamelen und rumpelten Holzkarren mit Ochsen oder Jaks im Joch. Ein herrlich blauer, wolkenloser, aber kalter Himmel überspannte das Land.

Ein kleiner, krummbeiniger Burjäte, dem man ansah, daß er auf dem Rücken eines der halbhohen gelben Pferde besser zurecht kam als hinter einem Lenkrad, tippte an seine gestickte Kappe und zeigte auf einen schwarzen Wolgawagen, der am Straßenrand abgestellt war.

»Genosse Major Shukow?« fragte er. Aber Shukow war vorsichtig. Er machte ein hochmütiges Gesicht und blickte den Burjäten wie einen an, der ihm gegen die Stiefel gepinkelt hat.

»Ich kenne Sie nicht«, sagte Shukow kühl. »Gehen Sie weiter!«

»Ihr Auto wartet, Major.«

»Ich habe kein Auto. Ich werde abgeholt.«

Der kleine Burjäte lächelte breit. »Ihr Auto hat die Vornummer O I.«

O I — das war das Kennzeichen für Galina Theofilowna. Nur ein V-Mann konnte das wissen. Trotzdem war es ratsam, noch den Unwissenden zu spielen.

»Sie sind betrunken, Kerl!« sagte Shukow grob. »Gehen Sie weiter, oder ich rufe die Miliz!«

»Die Papiere liegen im Handschuhfach. Der Wagen ist vollgetankt. Gute Fahrt, Genosse Major. Sogar der Schlüssel steckt im Zündschloß. Fahren Sie auf der Hauptstraße bis Ust-Kiakhta und biegen Sie dann auf die schmale Straße nach Naushki ab. Eine enge Brücke führt über den Fluß Selenga. Hinter der Brücke beginnt das Grenzsperrgebiet. Heute hat Kapitän Dejnekow das Kommando über die Streifen. Sie haben Glück, Wassja Grigorjewitsch. Kapitän Dejnekow ist ein fauler Hund und ein stiller Säufer. Wenn Sie am späten Nachmittag eintreffen, ist er meistens besoffen. Sie werden keine Schwierigkeiten haben, die Grenzpatrouillen zu überlisten.«

Shukow antwortete nicht. Er ließ den kleinen Burjäten stehen, ging zu dem geparkten Wolgawagen und stieg ein. Der Schlüssel steckte tatsächlich im Zündschloß, der Benzintank war voll, die Papiere lagen im offenen Handschuhfach. Ausgestellt für die

Kommandantur Ulan-Ude. Ein perfekter Service. Orwells Leute waren Spitzenklasse.

Ohne sich umzublicken, fuhr Shukow an und umkreiste die Stadt. Er hatte den Stadtplan im Kopf, nachdem er ihn über eine Stunde studiert hatte. Er erreichte die breite Straße nach Kiakhta, sie war kaum befahren, denn wer wollte schon an die mongolische Grenze. Nur ein paar Kamelkarawanen zogen neben der Straße nach Süden. Tier hinter Tier, durch Seile miteinander verbunden. Grinsende Burjäten ritten neben den Lastkamelen her und trieben sie mit lauten, schrillen Schreien an. Die Zeit stand still. So waren sie schon vor dreihundert Jahren über die alten Karawanenstraßen gezogen, mit Fellen, Gewürzen und Töpfereien, mit Seidenballen und Filzdecken, bunt bestickt, Teppichen ähnlich.

Am späten Nachmittag erreichte Shukow tatsächlich den kleinen Ort Naushki. Er durchfuhr ihn, sah die Kommandantur und die kleine Kaserne der Grenzkompanie, sparte sich den Weg zu Kapitän Dejnekow und lenkte den Wolgawagen direkt an den Fluß. Als er ausstieg, kam ein Jeep in schneller Fahrt herangesaust. Shukow lehnte sich gegen die Motorhaube seines Wolgas und wartete ab. Er sah sehr hochmütig aus, und der Feldwebel, der aus dem Jeep sprang, ahnte nichts Gutes. Ein Major im Sperrgebiet, das ist schon etwas Ungewöhnliches. Als er näher kam und die Abzeichen an der Uniform erkannte, spürte er ein hohles Gefühl im Magen. Was macht ein KGB-Offizier an der Selenga? Es konnte sich nur um eine Kontrolle handeln. Wenn er von Dejnekow kam, war der Genosse sicherlich in der richtigen Stimmung, um Eisen zu fressen.

»Ich brauche einen Kahn!« sagte Shukow, nachdem der Feldwebel gebrüllt hatte: »Feldwebel Baidukow mit zwei Mann auf Grenzpatrouille!« Nun stierte Baidukow den KGB-Major sprachlos an und blickte dann über den Fluß.

»Einen Kahn?« wiederholte er.

»Einen Kahn, Sie Tränensack!« schrie Shukow. »Ist das so ungewöhnlich? Ich möchte angeln.«

»Jetzt?«

»Haben Sie in der Schule nicht gelernt, daß Fische gegen Abend am sichersten anbeißen, he?« brüllte Shukow. »Am frühen Morgen und in der Dämmerung des Abends. Was haben Sie überhaupt gelernt? Nicht mehr in die Hose zu pissen? Baidukow, besorgen Sie mir sofort einen Kahn! Ich wollte das mit Ihrem Kompaniechef durchsprechen, aber Kapitän Dejnekow —« Shukow winkte ab und starrte Baidukow finster an. Der Feldwebel verstand, was das

Schweigen bedeutete. Ist wieder besoffen, der gute Kapitän, dachte er. O je, und ausgerechnet dann kommt eine Revision vom KGB. Werden ihn nicht mehr lange haben, den lieben Dejnekow. Habe ich es nicht geahnt, der Genosse Major kann Felsen fressen!

»Ein Kahn liegt dreihundert Meter flußabwärts. Er gehört dem Fischer Fettisow.«

»Bringen Sie ihn her, Baidukow.«

»Hierher? Hundert Meter weiter ist die Grenze.«

»Glauben Sie, das wüßte ich nicht?« schrie Shukow und schlug mit der Faust auf die Motorhaube. »Hat man so etwas schon gehört? Will ein Feldwebel einen Major belehren! Diese Grenztruppe hier sollte man sofort in den Norden versetzen.«

Das war ein Zauberwort. In den Norden ... das hieß in die Taiga oder gar in die Trostlosigkeit der Tundra. In den ewigen Frost. Baidukow grüßte zackig, drehte sich ruckzuck um die eigene Achse und rannte zum Jeep zurück. In einer Staubwolke preschte er davon und kam nach zwanzig Minuten wieder. Ein Kahn balancierte kieloben auf dem Jeep. Die beiden Rotarmisten neben und hinter Baidukow hielten ihn umklammert. Der Feldwebel schien ihnen allerhand erzählt zu haben, denn sie starrten Shukow an, als sollten sie ausgeprügelt werden.

»Ins Wasser!« befahl Shukow mit unnachahmlicher Arroganz. Er nahm seinen Koffer vom Beifahrersitz und ging den drei Soldaten nach, die den Kahn zum Ufer schleppten und in den Fluß ließen.

Das glaubt mir keiner, nicht einmal Orwell, der allerhand von mir gewöhnt ist, dachte er. Drei sowjetische Grenzwächter tragen mein Fluchtfahrzeug in die Selenga und helfen mir hinüber in die Mongolei. Wenn ich das erzähle, schlagen sie mir auf den Mund, und ich muß eine Runde geben wegen unanständigen Lügens. So etwas kann man einfach nicht glauben.

Shukow stieg in das Boot, stieß sich mit den Rudern vom Ufer ab, und spürte schon nach den ersten Ruderschlägen, daß es gar nicht so leicht sein würde, flußaufwärts zu kommen. Der Feldwebel und seine beiden Soldaten standen an der Uferböschung und blickten ihm nach.

»Sie verjagen mit Ihren Glotzaugen die Fische, Baidukow!« rief Shukow hinüber. »Setzen Sie Ihre Patrouille fort. Ich kann ohne Sie angeln ...«

Baidukow grüßte, winkte seinen Soldaten und ging zum Jeep zurück. Aber dort blieb er stehen. Shukows Hoffnung, daß er weiterfuhr, erfüllte sich nicht. Im Gegenteil, er sah, wie der Feldwebel und die Soldaten ihre Maschinenpistolen aus dem Jeep holten und durchluden.

Sie meinen es gut, die lieben Kameraden, dachte Shukow und ruderte immer weiter der mongolischen Grenze zu. Er legte sich in die Riemen und erinnerte sich an die Zeit, als er in der Rudermannschaft seiner Universität so manchen Preis gewonnen hatte. Die Sportkanone Miller: Basketball, Rugby, Schwimmen, Rudern und vor allem Boxen. Die gegnerischen Universitätsmannschaften atmeten auf, als Miller endlich zum Militär umwechselte und dort für Unruhe sorgte.

Ich kann es noch, dachte Shukow zufrieden. Eintauchen und lang durchziehen. Vorschwingen, eintauchen, durchziehen. Immer im gleichen Rhythmus, das Boot muß fliegen wie unter einem Flügelschlag.

Daß er der mongolischen Grenze gefährlich nahe kam, erkannte er daran, daß der Feldwebel verzweifelt zu winken begann und zum Ufer rannte. Baidukow brüllte etwas, aber seine Stimme verwehte. Shukow war schon so weit auf dem Fluß, daß ihn kein Ton mehr erreichte. Dafür hörte er hinter sich ein helles Brummen, das schnell näherkam und zu einem kreischenden Motorlärm wurde.

Das Motorboot vom B III.

Shukow zog nach drei starken Ruderschlägen die Ruder ein und wartete ab. Baidukow am Ufer gab ein paar Warnschüsse ab und hüpfte herum, als greife ihn ein Bienenschwarm an. Da war das kleine Motorboot heran, umkreiste Shukow, legte sich zwischen ihn und das sowjetische Ufer, und ein Mann schwenkte demonstrativ die mongolische Flagge hinüber zu Baidukow.

Der Feldwebel und seine beiden Soldaten warfen sich hin und eröffneten das gezielte Feuer. Ein anderer Mann im Motorboot — war es B III? — riß mit einem Enterhaken den Kahn näher an sich heran.

»Springen Sie über, Miller!« schrie er. »Los, schnell!«

»Das muß ein Irrtum sein!« sagte Shukow. »Ich bin Wassja Grigorjewitsch —«

»Lassen Sie jetzt den Blödsinn! Springen Sie!«

Shukow nahm den Koffer, tat so, als werde er in das Motorboot gezerrt und wehrte sich heftig, stieg dann um und ließ sich auf den Boden fallen. Mit ein paar Schüssen durchlöcherte B III den Boden des Kahns, der sehr schnell wegsank. Mit heulendem Motor jagte darauf das Boot den Fluß aufwärts in die Mongolei hinein und verschwand hinter einer Biegung.

»Wir sollten uns gegenseitig erschießen!« schrie Baidukow am Ufer seine Soldaten an. »Vor unseren Augen ... ein Major des KGB ... Genossen, wir sind erledigt.«

Sie blieben am Ufer sitzen und einigten sich, nichts gesehen zu haben. Wenn niemand etwas sagte, keiner fragte, ein Major nicht vermißt wurde, war es besser, alles zu vergessen. Und suchte man später tatsächlich einen Major des KGB, konnte niemand behaupten, daß ausgerechnet ein Feldwebel Baidukow an diesem Teil des Flusses zu dieser Stunde Dienst getan hatte. Auch Fettisow, der Fischer, konnte nichts aussagen ... er war nicht im Haus, als Baidukow seinen Kahn abholte. Alles würde ein großes Rätsel bleiben.

Am mongolischen Ufer, hinter der Biegung des Flusses, tauchte Shukow wieder vom Bootsboden auf. Der Mann, den er für B III hielt, saß am Steuerrad und drosselte jetzt den Motor. Der Mongole, der die Fahne geschwenkt hatte, grinste Shukow zufrieden an. Es war alles glatter gegangen, als man befürchtet hatte.

»Das war Maßarbeit!« sagte Shukow. Er sprach jetzt wieder englisch. »Gratuliere.«

»Danke, Major Miller.« B III nickte nach hinten. »Ziehen Sie sich um. Als sowjetischer Major können Sie nicht in Ulan-Bator einrücken. Bei Captain Carter ist die Flasche Whisky kalt gestellt.«

»Hat Galina das tatsächlich durchgegeben?«

»Ja, und noch mehr. Ich soll Ihnen sagen, daß Sie ein Schuft sind, und daß sie nie mehr einen Mann so lieben könnte wie Sie. Das war das letzte, was sie sagen konnte — dann fing sie an zu weinen ...«

Bio-Jet ist ein neues Kräftigungsmittel auf Kakao-Basis, angereichert mit Vitaminen und Lecithin. Es ist, wenn man der Werbung glauben kann, für alle gut: für Säuglinge, heranwachsende Kinder, gestandene Männer, Großväter, Mädchen, schwangere Frauen und Mütter, Frauen im Klimakterium und solche, die es hinter sich haben. Sportler gewinnen mit Bio-Jet neue, ungeahnte Kräfte, Soldaten werden zu Helden, müden Männern rumort neue Potenz in den Lenden ... mit Bio-Jet zu leben, ist eine wahre Pracht.

So war es nicht verwunderlich, daß die Vertreter von Bio-Jet überall offene Türen und willige Ohren vorfanden. Durch einen ungeheuren Reklamefeldzug in allen Fernsehsendern angekündigt, wurden die Vertreter empfangen wie Überbringer der ewigen Jugend. Wozu Coca-Cola fast ein Jahrhundert gebraucht hatte, nämlich ein kultureller Begriff zu sein, das schaffte Bio-Jet in einem Jahr. Jede Woche lief eine Fernsehsendung ›Die Spitzenleistung‹.

Eine raffinierte Sendung ... denn ob man einen Sportler vorstellte, einen Physikprofessor oder einen Sänger, eine biedere Hausfrau, die sich durch zehn schreiende Kinder nicht aus der Fassung bringen ließ, oder ein superheißes Girl, das über die Mattscheibe glitt und einen Blick in ihre halboffene pralle Bluse gewährte ... immer stand im Hintergrund, ganz zufällig, eine Dose mit Bio-Jet.

Der Kakaotrunk der Kraft, der Schönheit, der Jugend.

Für John Barryl war der Job, Bio-Jet in New Mexico zu vertreten, genau der Posten, den er brauchte, um überall hineinzukommen. Er fuhr einen Firmenwagen mit großer aufgemalter Bio-Jet-Dose auf beiden Seiten, trug eine Schirmmütze mit der Aufschrift: »Der Bio-Jet-Mann« und stak in einem weißen Overall, auf dessen Brust ebenfalls in grellroter Schrift jedem entgegenschrie: »Bio-Jet ... und du wirst 100 Jahre!«

Etwas Unauffälligeres als diese auffällige Tarnung war in den USA überhaupt nicht denkbar. John Barryl fuhr durch das Land, jeder grüßte ihn, jeder kannte ihn, und keiner fragte ihn. Seine Eingliederung in die amerikanische Gesellschaft war vollkommen gelungen.

Sein Glanzstück allerdings war, daß er seit vierzehn Tagen auch die Kantinen der amerikanischen Atomforschungszentrale in Los Alamos belieferte. Moskaus gefährlichster Mann hatte sein Ziel erreicht: Die Atomstadt Los Alamos stand für ihn offen. Wenn sein Firmenwagen auftauchte, hoben sich ohne Kontrollen die Schlagbäume. John Barryl winkte dann den Posten zu, rief: »Boys, habt ihr schon euer Gläschen getrunken? Wie steht's in der Hose?« und durfte unter Gelächter und knalligen Witzen alle Sperren passieren.

Ein Vertreter für Bio-Jet ist jedoch keine Sensation. Wer mit Werbespots so gefüttert wurde wie die Bürger der USA, dem war ein Mann wie John Barryl eine geradezu vertraute, zum täglichen Leben gehörende Figur.

Sensationell für die Männerwelt in der Atomstadt Los Alamos war dagegen, daß in der Kantine II der Forschungsgruppe für Kernspaltung ein Mädchen arbeitete, das schon eine Stunde nach seinem ersten Dienstantritt einen vollen Raum hatte. Das wiederum kam von ihrer vollen Bluse und den langen schlanken Beinen, die in so engen Blue jeans steckten, daß eigentlich niemand mehr zu raten brauchte, wie es darunter aussah. Es tauchte höchstens die Frage auf, wie das Girl in solch enge Hosen hineinkam und ob es schwierig sein würde, sie wieder auszuziehen.

Hinzu kam, daß sie einige neue Rezepte für Milchmixgetränke mitgebracht hatte und auch seit einigen Tagen Bio-Jet verarbeitete. Wenn jemand an ihre Theke kam und sagte: »Wie soll man das aushalten, Mädchen? Braust da ein Stärkungsmittel in die Milch, jonglierst mit deinen Rundungen, und wir sollen da noch brave Knäblein bleiben. Das ist wider die Natur«, antwortete sie ziemlich schnippisch: »Fragen Sie das Ihre Frau, Mister. Die wird Sie von dem Überdruck befreien.«

Beim Pächter der Kantine liefen hintenherum eine Menge Anfragen ein. Stan Wolter verfluchte schon nach vier Tagen, daß er das Mädchen eingestellt hatte, nachdem es alle Sicherheitsuntersuchungen durchlaufen und das Personalbüro okay gesagt hatte. Er schrieb ein Plakat, nagelte es an die Außentür der Kantine und wehrte damit alle anderen Fragen ab. Auf dem Plakat stand:

»Sie heißt Norma Taylor, ist nicht verwandt mit Liz Taylor, wurde in Texas geboren und sieht alle Männer als Idioten an. Ihre Maße: 93 — 74 — 90. Größe 1,70. Wo sie wohnt, fragt sie selbst. Aber ihr könnt euch die Mühe sparen.«

Dieses Plakat wurde auf dem Gelände von Los Alamos fast ebenso berühmt wie die hier vollzogene erste unterirdische Atomkernspaltung der Welt.

Es gab trotzdem noch immer Männer, vor allem Offiziere, die sich nicht damit abfinden konnten, daß ein solcher Schatz hinter der Milchtheke stand und später in einem sicherlich gemütlichen Apartment den Abend allein vor dem Fernseher verbrachte. Aber Norma Taylor machte ihrem Ruf, eine ›Eiserne‹ zu sein, alle Ehre. Selbst Oberleutnant Hendrik Gulbrannson, ein Kerl wie ein Baum und — wie sein Name bewies — schwedischer Herkunft, von dem man sagte, seine strahlend blauen Augen wirkten auf Frauen wie Höhensonne, denn sie ließen sofort alle Kleider fallen, selbst er rannte viermal vergeblich die Taylor-Festung an. Er schickte sogar rote Rosen, um es auf die ganz romantische Tour zu versuchen ... zur Schadenfreude aller Beobachter landeten die Rosen auf dem Müll, ohne je eine Vase gesehen zu haben.

Auch eine mit militärischer Gründlichkeit aufgebaute Bespitzelung ergab nichts, was Normas Abstinenz erklären konnte. Zwar bekam man heraus, wo sie wohnte — bei einem Drogisten in einer kleinen Dachgeschoßwohnung — aber einen Mann sah man nie an ihrer Seite. Der Drogist, vom Experten des Abschirmdienstes in Los Alamos regelrecht verhört, konnte nur immer wieder beteuern, daß Norma Taylor trotz ihres Aussehens ein Musterbeispiel von Zurückhaltung und Moralität sei. Sie ging selten aus, empfing keinen Männerbesuch, liebte klassische Musik, aber auch Jazz und echten alten New-Orleans-Blues (der Drogist hörte es manchmal durch die Decke, wenn sie den Plattenspieler zu laut laufen ließ), sie besuchte einmal in der Woche ein Kino, ging nicht tanzen, legte sich auch keine Freundinnen zu — ein Aufatmen ging durch die Verhörenden, lesbisch war sie also nicht, das wäre ein großer Schlag gewesen! — Überhaupt, sie lebte so unauffällig, daß es fast schon anormal war. Nur einmal hatte sie einen kleinen Einblick in ihr Inneres gegeben — so nannte es wenigstens der Drogist —, als sie ihn in einem Gespräch fragte, ob es in Los Alamos so etwas wie einen ›Verein für die Rechte der Frau‹ gäbe.

»Das darf nicht wahr sein!« sagte einer der Offiziere geradezu entsetzt. »Norma Taylor zu den verrückten Weibern? Und keiner von uns Kerlen kann das verhindern? Wir sollten uns schämen! So ein Goldstück lassen wir doch nicht wegrollen!«

»Ich werde es über die klassische Musik versuchen, zum letzten Mal«, sagte Hendrik Gulbrannson. Er arbeitete als Wachoffizier im Labor V der Kernspaltung, einer der wenigen Militärs unter lauter zivilen Forschern. Wenn abends die Labors geschlossen wurden und die täglichen Laborberichte in den Panzerschränken eingeschlossen waren, begann Gulbrannsons Aufgabe. Er kontrollierte alle Sicherheitsanlagen, die elektronischen Überwachungen, die Fernsehkameras, die jeden Winkel abtasteten, und die Alarmgeber, die mit unsichtbaren Strahlen arbeiteten. Nach menschlichem Ermessen war es unmöglich, an die Papiere der Forschungsgruppe heranzukommen, wenn die Arbeit ruhte. Nur in der Forschung tätigen Spionen — wie damals dem Ehepaar Rosenberg — wäre es möglich gewesen, Geheimmaterial herauszubringen. Aber auch hier paßten Gulbrannsons Spezialisten auf. Jeder, der das Atomgelände verließ, wurde durchleuchtet. Von den Labors der Gruppe V führte nur dieser Weg durch die Röntgenschleuse in die Außenwelt. Mikrofilme, wo immer sie auch am Körper versteckt waren, wurden durch diese Strahlen unbrauchbar gemacht. Sie schwärzten sich ein.

Man kam also mit Norma Taylor nicht weiter. Der einzige, der mit ihr länger sprechen konnte und zu dem sie freundlicher war als zu ihren anderen Gästen, war der Vertreter für Bio-Jet, dem Stärkungsmittel mit Vitaminen und Lecithin. Auch er wurde von der Riege der Norma-Erstürmer beobachtet — man fand nichts an ihm als das, daß er gut aussah, immer zu Witzen bereit war, herrliche Sprüche über sein Kakaogesöff herunterklopfen konnte und —

wenn er in Los Alamos war — bei Jimmy in der Kneipe saß und ab und zu eine Partie Billard im Hinterzimmer spielte. Ein harmloser Mensch, völlig integriert in seinen Beruf. Niemand kannte ihn anders als in seinem weißen Overall und seiner Schirmmütze. »Bio-Jet ... und du wirst 100 Jahre.«

Ein paarmal wurde John Barryl zur Seite genommen, immer, wenn er von Norma kam. Hätte er alle Angebote akzeptiert, wäre ein guter Nebenverdienst herausgekommen. Einige boten ihm 100 Dollar für eine Vermittlung, allein mit Norma sprechen zu können. Ein Major, Vater von vier Kindern, wedelte sogar 500 Dollar, wenn John die eiserne Norma überreden könnte, sich im Kino mit ihm zu treffen. Aber nicht nur die Militärs waren scharf wie abgezogene Handgranaten, auch seriöse Wissenschaftler verirrten sich immer mehr in die Milchbar, saßen stieren Blickes herum, betrachteten Normas volle Bluse, lächelten ihr dümmlich zu und kamen sich in ihren weißen Labormänteln unwiderstehlicher vor als die Soldaten in ihren Uniformen. Sogar ein Professor entdeckte seine Liebe zu einer Bio-Jet-Milch mit Schlagsahne und versuchte, Norma Taylor durch einen Vortrag über ›biologisches Hyperwachstum durch Atombestrahlung‹ für sich zu interessieren.

Norma hörte geduldig zu und sagte dann ruhig: »Die Milch kostet 30 Cents. Unbestrahlt ...«

Alles brüllte vor Lachen, aber wer erwartet hätte, ein beschämter Professor würde jetzt seine Besuche einstellen, hatte sich geirrt. Professor Werner Lowinsky kam am nächsten Tag zur Mittagszeit wieder, trank seine Mixmilch für 30 Cents und aß ein Sandwich mit Salami noch dazu.

Da geschah das Ungeheuerliche! Norma Taylor brachte ihm das Sandwich, blieb an Lowinskys Tisch stehen und unterhielt sich einen Augenblick mit ihm. Ganz kurz nur, ein paar Sätze, aber sie hatten es in sich, wie die Nähersitzenden hören konnten.

Norma sagte: »Ich habe darüber nachgedacht, Herr Professor. Dieses Riesenwachstum. Das ist doch eine tolle Sache! Mit so einer künstlichen Sonne ist man ja wirklich unabhängig von allen Witterungen. Es gibt überhaupt keine Mißernten mehr, sondern nur noch Supererträge. Toll!«

Professor Lowinsky ging an diesem Tag mit zittrigen Knien zurück in sein Labor. Oberleutnant Gulbrannson, der sich in Unkosten gestürzt und eine Sinfonie von Beethoven gekauft hatte — die Dritte, dirigiert von Bernstein —, folgte ihm mit düsterem Blick und erwischte ihn vor dem Eingang zum Simultanreaktor.

»Sie mit Ihrem dusseligen Hyperwachstum!« sagte Gulbrannson ohne Warnung. »Glauben Sie bloß nicht, daß wir Ihre Attacken auf Norma ruhig ansehen! Mein Gott, ja, Sie haben einen bekannten Namen. Aber für Norma sind Sie drei Nummern zu klein.«

»Das werde ich Ihnen beweisen!« entgegnete Lowinsky mutig. »Ich weiß jetzt, was Norma immer gesucht hat. Einen geistigen Partner! Nicht einen Klotz, mit einer Uniform behangen.«

»Wollen Sie Krach, Professor?« fragte Gulbrannson dunkel. »Wir können Ihnen Schwierigkeiten machen.«

»Sie? Haha, da muß ich lachen!«

»Stellen Sie sich vor, Sie hätten die Mehrzahl der Offiziere von Los Alamos gegen sich. Ihnen bleibt nur noch die Auswanderung —«

»Das sind Gangstermethoden! Ich werde das der Obersten Behörde melden!«

»Wir sind jetzt allein. Es wird also Aussage gegen Aussage stehen. Und es wird keinen geben, der ohne Beweise einen amerikanischen Offizier einen Lügner nennen wird. Überlegen Sie sich das, Professor. Ist Ihnen die Ruhe für Ihre nuklearen Forschungen nicht wichtiger als Normas wippender Hintern?«

Auch John Barryl sah Norma kritisch an, als er bei seinem nächsten Vertreterbesuch im Magazin der Kantine die Vorräte an Bio-Jet auffüllte. Hier waren sie allein. Kam jemand herein, so konnte man ihn schon von weitem sehen. Es gab nur diese eine Tür. Und daß Norma Taylor die Vorräte zählte, war völlig logisch und gab keinen Anlaß zum Nachdenken.

»Was willst du mit Lowinsky?« fragte John Barryl und packte die Bio-Jet-Dosen in die Regale. »Die Sache mit der Atombestrahlung ist ein alter Hut. Aber im Labor V tut sich etwas! Was hast du gesammelt?«

»In den letzten fünf Tagen sind zwei Kommissionen aus dem Pentagon gekommen und haben an einer geheimen Vorführung teilgenommen. Sie blieben vier Stunden im Bunker VI. Nachher roch es stark nach verbranntem Eisen.« Norma lehnte sich gegen das Regal. »John, ich komme so nicht weiter. Lowinsky ist nur ein Lockvogel ... ich will auf anständige Weise an Gulbrannson heran. Er soll sich so anstrengen, mich zu erobern, daß er später wie ein Hund hinter mir herkriecht.«

»Was heißt erobern?« fragte Barryl und runzelte die Stirn. »Norma, ich bringe jeden um, der dich anfaßt! Wie ich sie hasse, diese geilen Böcke! Wenn ich höre, wie sie über dich sprechen und was sie alles mit dir anstellen wollen, wenn es ihnen gelingt, dich zu bekommen. Norma, in diesen Minuten habe ich das Zeug zum Massenmörder in mir! Du weißt, wie ich dich liebe ...«

»John, wir wollten davon nicht sprechen.«

»Ich muß es, wenn du Gulbrannson an dich heranziehst. Der Gedanke allein macht mich wahnsinnig!«

»Wir haben unseren Auftrag, John —«

»Jeder Einsatz hat Grenzen, Norma.«

»Weißt du, was General Sinjonew gesagt hat, als er mich in Frazertown verabschiedete? ›Girl‹, hat er gesagt, ›dein Einsatzort ist Los Alamos. Du weißt, was Los Alamos ist. Dort triffst du Andrej Nikolajewitsch wieder.‹ — Ich wäre ihm fast um den Hals gefallen. Aber er sagte weiter: ›Vergiß eins nie: Du hast kein Privatleben! Du lebst nur für deine Aufgabe, dein Vaterland! Nicht nur dein Geist gehört Rußland, auch dein Körper! Er ist deine stärkste Waffe gegen den Kapitalismus. Verstehst du mich?‹ Und ich habe geantwortet: ›Ich habe verstanden, Sir.‹ Was hättest du geantwortet?«

»Hast du darüber mit Bob gesprochen?«

»Ja«, sagte Norma. Es war leicht, ihn zu belügen. Als Barryl plötzlich aus Frazertown verschwand, war Bob ja noch in Hillmores Bar und mixte seine höllischen Cocktails. Sie dachte oft daran, an diese letzte Nacht mit ihm, nachdem sie wußte, daß er Amerikaner war. An den Abschied, an die Mülltonne, mit der sie ihn aus Frazertown geschmuggelt hatte, an die dann folgenden einsamen Tage und noch einsameren Nächte, durchglüht von der Sorge um ihn, von der Sehnsucht nach seiner Umarmung geschüttelt. Es waren grauenhafte Tage gewesen, bis Sinjonew auch sie in das Bürgermeisteramt rief und ihr mitteilte, ihr Einsatz in den USA sei beschlossen. Über Wien war sie dann nach New York geflogen.

»Und was sagte Bob?« fragte Barryl. Norma schrak zusammen und konzentrierte sich wieder auf John.

»Er nannte Sinjonew eine Sau. Du kennst ja seine Art.«

»Aber du hast ihm nicht gesagt, daß du bereit wärest —« Barryl schluckte die nächsten Worte hinunter. »Dunja, auch die Liebe zum Vaterland hat Grenzen.«

»Bist du verrückt?« Sie blitzte ihn mit ihren schwarzen Augen an und fauchte wie eine getretene Katze. »Ich heiße Norma, du Idiot!«

»Wie richtig! Ich bin ein Idiot. Warum mache ich das alles eigentlich mit? Warum trage ich diese scheußliche Mütze und diesen lächerlichen Overall? Warum sage ich nicht zu dir: Komm, Norma! Wir sind Amerikaner. Man hat uns dazu gedrillt, man hat unser

Eigenleben umfunktioniert, bis wir jeden Russen als einen Fremden ansahen. So vollkommene Amerikaner sollten wir sein. Nun sind wir es ... nun laß es uns auch in allem vollkommen sein. Ich habe meinen Beruf, verkaufe Bio-Jet und verdiene gut dabei. Du kannst überall einen Job bekommen. Laß uns heiraten, eine Wohnung mieten und leben wie ein stinknormales amerikanisches Ehepaar. Rußland ... das ist der andere Machtblock im Osten. Wir Amerikaner haben das Recht, mißtrauisch zu sein gegen diesen Block. Oder wir sagen einfach: Was geht uns die Politik an. Wir haben unser Steak in der Pfanne, unser Bier im Kühlschrank, unseren Wagen vor der Tür und zahlen ab nächstem Jahr ein Häuschen ab. Und jeder, der uns das nehmen will, soll zur Hölle fahren! Zuerst die verdammten Russen ...«

»John, du bist wirklich verrückt!« sagte Norma entsetzt.

»Warum sage ich das nicht? Wer hindert mich daran? Ein paar Männer im Kreml? Ein General —«

»Halt den Mund, John!«

»Wenn du mich so liebst, Norma, wie ich dich liebe, mit der gleichen Bedingungslosigkeit, dann komm mit mir. Ich bin bereit, auszubrechen ... Schon morgen lasse ich mich in Moskau abmelden.«

»Du weißt, was das heißt. Du wirst aus allen Listen gestrichen. Du bist tot.«

»Aber ich kann mit dir leben. Das ersetzt mir ganze Welten.«

»Du weißt genau, daß es unmöglich ist, John. Warum reden wir immer wieder darüber? Warum? Wir quälen uns doch nur damit.« Sie rückte die Bio-Jet-Dosen im Regal zurecht, so, daß die Schrift nach vorn kam. Eine sinnlose Tätigkeit, nur um abzulenken, um nicht in Johns Augen blicken zu müssen. Sie hätte ihm nie sagen können, daß ihr Einsatz in Amerika, an den sie in Frazertown nie geglaubt hatte, mehr für sie war als eine vaterländische Aufgabe. Ich habe die Möglichkeit, Bob wiederzusehen, hatte sie sofort gedacht, als Sinjonew ihr den Befehl mitteilte. Und ich werde ihn finden, wenn er in Amerika ist. Zuerst ein paar Monate vorübergehen lassen, folgsam den Sprüchen Moskaus gehorchen ... und dann werde ich in Washington anfragen, wo ein Major Bob Miller zu finden ist. Sie werden zurückfragen: Was wollen Sie von dem Major? Und ich werde antworten: Ich habe ein Kind von ihm. Er kennt es noch nicht, weil er noch nichts davon weiß. — Vielleicht kommt ein anderer Offizier und will das Kind zuerst sehen ... er soll sich überzeugen. Ein Kind wird vorhanden sein, für einen Tag ausgeliehen von einer Bekannten. Das alles muß noch vorbereitet werden, braucht seine Zeit. Aber das kann man John Barryl nicht erzählen. Wenn er das alles wüßte, wäre er sicherlich so sehr Russe, um auch mich zu töten.

»Du bist ein Plenjakow —«, sagte sie leise. »Du kannst nicht ohne Rußland leben.«

»Du bist Rußland und Amerika in einer Person. Du bist eine ganze Welt, Norma.« Er blickte sie forschend an. Zum erstenmal seit ihrem Wiedersehen in Los Alamos wagte er die Frage, die er die ganze Zeit mit sich herumgeschleppt hatte. »Ist es wegen Bob? Norma, was ist passiert, nachdem ich Frazertown verlassen mußte?«

»Weißt du eigentlich, wie beleidigend deine Frage ist?«

»Das ist keine Antwort.«

»Bob ist dein Freund.«

»Das hat ihn nie gehindert, dir nachzustellen.«

»Hast du es nicht auch getan, wenn Bob nicht in der Nähe war?«

»Ich liebe dich, Norma —«

»Und wenn Bob auch so denkt?«

»Er ist nicht der Typ, bei einer Frau auszuhalten. Himmel, wie hat er sich oft dir gegenüber benommen! Wie oft haben wir Krach miteinander bekommen und uns Schläge angedroht, nur weil er in dir eine lebende Matratze sah ...«

»Hat er das zu dir gesagt?« fragte sie ruhig. Nur ihre Augen verengten sich zu Schlitzen, wie bei einer Raubkatze vor dem Sprung.

»Nein. Man hat es aus seinen Worten nur herausgehört.«

»Wir werden ihn nie wiedersehen, John.«

»Was hindert uns dann, zu heiraten?«

»Unsere Aufgabe.« Sie nahm den Lieferschein, den Barryl schon ausgefüllt hatte und quittierte die Sendung. »Geht jetzt alles glatt?«

»Sie kontrollieren mich nur noch oberflächlich.« Barryl steckte den Lieferschein in die Brusttasche seines Overalls. »Schließlich können sie ja nicht bis in alle Ewigkeit jede Bio-Jet-Dose durchleuchten. Es gibt kein besseres Versteck. Norma, laß die Finger von Gulbrannson!«

»Er hat die Schlüssel zu allen Sicherungen in der Hand.«

»Er wird sie nie hergeben, auch nicht in deinem Bett. Aber man wird ihn eines Tages mit eingeschlagenem Schädel finden oder mit einem Loch in der Stirn.«

»Du bist ein merkwürdiger Mensch, John«, sagte Norma nachdenklich. »Du kannst lieben und töten in einem Atemzug.«

»Du bist es wert, Dunjaschka ...«

»Das ist ein Irrtum, John«, sagte sie leise. »Ihr Männer seht eine Frau immer nur an, aber nie in sie hinein. Die meisten Frauen sind anders als ihr Äußeres.«

»Ich liebe dich so, wie du bist, innen wie außen. Es ist eine Liebe ohne Fragen.«

»Dann frage nicht!« sagte sie. Ihre Stimme beruhigte ihn ungemein. »Stell dir vor, wir hätten uns nicht wiedergesehen.«

»Das ist das einzige, wozu ich nicht fähig bin«, sagte Barryl heiser. »Dich wiederzusehen, war ein Wunsch, für den ich sogar gebetet habe. Das hast du aus mir gemacht!«

In Fort Patmos wußten nur vier Mann, daß der Offizier, der aus dem Hubschrauber stieg, Major Miller war. Die Wache vor dem Eingang des alten Fortgebäudes grüßte stramm, kontrollierte die Passierscheine, telefonierte zur Zentrale und gab dann den Weg frei.

Miller schüttelte den Kopf, als sie im Innenhof des alten Forts waren. Entgegen aller amerikanischen Militärtradition wehte hier keine Fahne an einem hohen Mast. Nichts wies darauf hin, daß sich das Hauptquartier der Einsatzgruppe I des CIA zeitweilig in diese Einsamkeit verkroch.

»Und ihr glaubt, hier findet euch niemand?« sagte Miller zu den begleitenden Offizieren. »Boys, für wie dämlich haltet ihr die andere Seite! Die sitzt euch in den Haaren wie eine Filzlaus, und ihr merkt es gar nicht. Ich habe die Kerle aus nächster Nähe kennengelernt und mit ihnen um die Wette gesoffen ... was Moskau uns rüberschickt, ist die Sahne der Elite. Da kann sich Orwell ruhig nach Fort Patmos verkriechen. Auf ihren Karten haben die Russen um den Namen Fort Patmos längst einen roten Kreis gezogen. Der Milchmann, der euch die Milch liefert, kann Wassili Adolfowitsch Jerofejew heißen ...«

»Seitdem du bei unseren roten Freunden warst, witterst du wohl überall Russen, was?« Die Offiziere lachten. Sie lieferten Miller bei der nächsten Wache ab, die vor dem langgestreckten verwitterten Kommandanturgebäude des Forts stand, und klopften ihm auf die Schulter. »Du bist wieder in New Mexiko und nicht mehr in der Taiga.«

General Orwell begrüßte Miller wie einen heimgekehrten Sohn, zog ihn zunächst wortlos an sich, umarmte ihn und hielt ihn dann von sich ab, als wolle er ein Bild betrachten.

»Du siehst mies aus, Bob!« sagte er. »Aber Hauptsache, du bist herausgekommen. Ich habe von Carter schon erfahren, wie alles gelaufen ist. Merkwürdigerweise haben die Sowjets überhaupt nicht reagiert. Kein Protest wegen des Grenzzwischenfalls, kein lautes Lamentieren wegen des Schußwechsels, keine Bilder von verwundeten Rotarmisten ... absolut nichts. Das scheint eine neue Taktik zu sein.« Orwell drückte Miller auf einen Stuhl, holte aus seinem Schreibtisch Whisky und zwei Gläser und schüttete sie halb voll. Das tat Orwell sonst nie, es sei denn, etwas ganz Heißes sollte zur Sprache kommen, was man nur mit einem Schluck Alkohol vertragen kann. »Was in Rußland gewesen ist, Bob, das kannst du später berichten. Wir mußten dich wieder herausholen, weil wir hier nicht weiterkommen.«

»Plenjakow ist euch durch die Lappen gegangen, ich weiß.« Bob trank nach einem kurzen Zuprosten sein Glas sofort aus. Der Whisky brannte in der Kehle. Bob empfand es als angenehm, es paßte zu seiner Stimmung. »Was ihr mit Ben Lauritz gemacht habt, war nicht fein«, sagte er hart.

»Ich weiß, Bob.« Orwell setzte sich auf die Schreibtischplatte. »Wir haben deswegen lange Debatten gehabt. Aber wie sollten wir dich anders benachrichtigen? Und Ben ist ein fabelhafter Kerl. Er hat sofort okay gesagt, als wir ihm den Vorschlag machten. Er konnte wählen, Bob, die Entscheidung lag ganz bei ihm. Hätte er nein gesagt, wir hätten es akzeptiert. Aber er war sofort bereit.« Orwell griff nach hinten und holte ein Fernschreiben aus einer offenen Mappe. »Überzeug dich selbst. Die Abmachung ist perfekt. Ben wird in vier Wochen gegen drei sowjetische Agenten ausgetauscht. Er ist bereits in Moskau und wird wie ein rohes Ei behandelt. Hinzu kommt der Effekt, daß die Russen tatsächlich glauben, er sei bis zur Raketenbasis Werchokrassnoje vorgedrungen.«

»Und trotzdem tauschen sie ihn aus?« Bob las die Fernschreibermeldung und gab sie dann Orwell zurück.

»Wir haben ihnen drei Topleute geboten. Das waren wir Ben Lauritz schuldig. Übrigens ist einer von ihnen auch ein Schüler aus Frazertown. Er arbeitete als Buchhalter in der ›Central Electric‹, die für uns elektronische Nachtzielgeräte herstellt. Über einen zufällig entdeckten toten Briefkasten haben wir ihn enttarnt.«

»Ihr habt ihn nicht dazu bekommen, mit Plenjakow Kontakt aufzunehmen?«

»Er war schon aus Frazertown weg, als Plenjakow dort eintraf. Er kennt ihn gar nicht. Niemand kennt ihn ... außer dir.« Orwell griff wieder nach hinten in seinen Schreibtisch und schob eine dickere

Akte nach vorn. »Hier haben wir alle bisher ausfindig gemachten John Barryls und ihre Lebensdaten. Jedes Telefonbuch in den USA ist per Computer durchgesehen worden, jede polizeiliche Eintragung überprüft worden. Es war die bisher größte stille Fahndung in den Staaten ... nichts! Jeder durchleuchtete Barryl ist ein braver Bürger.«

»Und wieviel Barryls laufen herum, die kein Telefon haben und der Polizei nicht irgendwie in die Finger fielen?«

»Das eben ist die Dunkelziffer. Da kommen wir nicht heran. Hier kann nur wieder der Zufall helfen. Es sei denn, du kannst uns Plenjakow so genau beschreiben, daß wir eine Phantomzeichnung anfertigen können. Ist das möglich, Bob?«

»Es ist schwer, Sir.« Bob schloß einen Moment die Augen. Er stellte sich Plenjakow vor. Wie er mit Norma in Hillmores Bar tanzte. Wie er mit breiten, muskulösen Schultern, nur mit einem dünnen Unterhemd bekleidet, auf dem riesigen Mähdrescher gesessen hatte. Wie er im Boxring stand und die härtesten Schläge hinnahm, als seien sie ein Streicheln. Wie er morgens, völlig aufgelöst, vor Bobs Tür stand und schrie: »Was ist mit Norma los? Sie ist von Billys Restaurant nicht nach Hause gekommen! Bob, ich bin am Ende! Ich kann überhaupt nicht mehr denken!« Und vier Meter weiter im Schlafzimmer lag Norma in Bobs Bett und zitterte vor Angst.

Andrej Nikolajewitsch, ich könnte dich genau beschreiben. Ich sehe dich vor mir in allen Variationen, die ein Mensch durchmachen kann, vom Glück zum Schmerz, von der Zärtlichkeit zum Haß. Aber ein Phantombild gibt das nie ... so etwas kann man nicht zeichnen.

»Es wäre ein Bild, Sir —« sagte Bob gedehnt — »das auf Tausende passen würde. 1,87 groß, mittelblondes kurzes Haar. Durchtrainierte sportliche Figur. Ein liebes Jungengesicht, dem man die 35 Jahre nicht ansieht. Ein Typ, der sofort Vertrauen einflößt, den man zum Freund haben möchte, der ein grandioser Kumpel ist ... kann man das zeichnen oder malen? Da versagt auch ein Leonardo da Vinci ...«

»Ich darf wohl Scheiße sagen, Bob?« schnaufte Orwell. Bob grinste leicht.

»Sie dürfen, Sir.«

»Bob, du hast doch in Frazertown fotografiert.«

»Und wie!« Miller lächelte. Seine verträumten Augen blickten an General Orwell vorbei. Da waren die Fotos von Norma, dachte er.

Ihre glänzende Nacktheit auf meinem Bett. Das schönste Foto, wie sie vor dem Spiegel steht und sich reckt. Die Morgensonne lag wie ein roter Goldhauch auf ihren Brüsten. Da hatte er die Kamera weggeworfen und sie zurück aufs Bett getragen. Es waren die Stunden gewesen, in denen sie sich bei ihm festbiß und ihre spitzen Fingernägel seinen Rücken aufrissen, als sei er mit Stahlhaken ausgepeitscht worden. Natürlich hatte er auch Plenjakow fotografiert. Im Bug beim Schwimmen, vor dem Mähdrescher, vor einem Football-Kampf. Keiner hatte ihn daran gehindert, auch Frazertown aufs Bild zu bekommen. Den Marktplatz, Billys Riesenhamburger aus Plastik auf dem Dach, das Stadion, die Boxschule Harry Fultons, das Bürgermeisterhaus mit der amerikanischen Flagge. Man war ja ein freier Amerikaner in Frazertown! Aber dann —

»Das mit dem Fotografieren war blendend organisiert«, sagte Bob und wischte die Erinnerung aus sich weg. »Man gab die Filme zum Entwickeln und Vergrößern in das Fotogeschäft von Jack Maxwell und konnte sich drei Tage später die Bilder abholen. Wie bei uns. Aber jetzt kommt es. Jack freute sich über jede gelungene Aufnahme, man konnte sich an einen runden Tisch setzen und seine Meisterwerke bewundern. Jack gab sogar Anleitungen über Belichtungen und Verschlußzeiten, wenn eine Aufnahme nicht so gut gelungen war ... und dann sammelte er die Fotos wieder ein und steckte sie in eine Zerkleinerungsmaschine neben der Theke. Was übrigblieb, waren sinnlose Schnipsel. Die Negative waren vorher längst vernichtet. Das waren die Fotofreuden von Frazertown. Jack Maxwell heißt übrigens Afanasij Iljitsch Nowochishin. Wenn also später irgendwo ein Pressefotograf mit dem Namen Maxwell bei uns auftaucht ... das könnte Afanasij sein.«

Orwell schrieb sich den Namen sofort auf und wandte sich dann wieder Bob zu.

»Und deine Minikamera?«

»Ging über Bord, als ich Fulton ausschalten mußte. Ich habe es erst später gemerkt. Eine Panne. Ich gebe es zu.«

»Und auf dem Mikrofilm hatten Sie Bilder von Plenjakow?« Orwell fiel wieder in das dienstliche Sie zurück, nachdem das private Gespräch abgeschlossen war.

»Natürlich. Und einige sehr schöne Panoramaaufnahmen von Frazertown, vom Fluß aus.« Bob hob bedauernd die Schultern. Und all die schönen Bilder von Norma, dachte er dabei. Wenn sie erschöpft eingeschlafen war und dalag mit angezogenen Knien, auf ihr schwarzes Haar gebettet, das leise Vibrieren der gereizten

Nerven noch unter der Haut ihrer Schenkel. Sir, eine solche Frau gibt es nur einmal ... aber das kann ich Ihnen ja nicht sagen. Ich habe die Kamera auch nicht im Bug verloren. Ich hatte sie immer bei mir, in einem wasserdichten Plastikbeutel, ganz unten in meinem Leinensack. Sie war überall dabei ... bei der Zugfahrt nach Ottokh, bei der großen Überschwemmung, im Straflager von Nowo Sosnowka. Ich habe sie auch bei mir gehabt bei der Flußfahrt zur Lena und als ich auf allen vieren durch die Taiga kroch und wußte: Jetzt krepierst du wie ein räudiger Hund ... Erst, als ich im Hotel ›Lena‹ in Jakutsk den Reisesack auspackte, war die Kamera nicht mehr drin. Die Jakuten hatten sie geklaut ... und da war es unmöglich, sie wieder zurückzuholen. Ich war neun Tage ein lebender Leichnam, Sir, und hinterher froh, daß ich noch laufen konnte. An die Kamera habe ich da nicht gedacht. Soll ich Ihnen das gestehen, Sir? Es ist das Recht des Menschen, ab und zu etwas zu verschweigen, was an seiner Politur kratzt ...

General Orwell hob die Schultern. »Doppelte Scheiße, Bob. Stellen Sie sich vor, wir hätten jetzt ein Foto von John Barryl! In ein paar Tagen hätten wir ihn kassiert.«

»Man soll nicht von Märchen träumen, Sir.«

Orwell starrte Miller an. Es war sonst nicht üblich, daß man so mit einem General redete. »Rußland hat Sie verdammt mitgenommen, Bob«, sagte Orwell betont. »Ich bin auf Ihren genauen Bericht gespannt. Wo waren Sie, als Sie von Bens Gerichtsverfahren hörten?«

»In einem von allen Seiten vom Wasser eingeschlossenen Straflager. Dort habe ich mit einem Karateschlag eines der schönsten Mädchen töten müssen, das ich je im Bett hatte. Die Ärztin Valja Johannowna Wuginskaja. Ihr Haar war wie schwarzes gesponnenes Metall, in den schräggestellten Augen schimmerte immer ein Goldpunkt, und wenn sie spürte, daß es ihr kam, hieb sie mit den Fäusten auf mich ein und schrie mich an: ›Du Schuft! Du Ekel! Du Scheusal!‹ Hinterher weinte sie vor Glück und schlief, an mir zusammengerollt wie eine Katze, ein. Sie hatte kleine, spitze Brüste mit dunkelroten, fast schwarzen Monden und Warzen. — Ich habe sie getötet, weil ich Bens Botschaft verstanden hatte und Kontakt mit Irkutsk suchte. Dabei überraschte sie mich. Sie war zu mir gelaufen, um mich wieder zu lieben. — Was wollen Sie noch mehr auf die Schnelle wissen, Sir?«

Orwell blickte Bob Miller nachdenklich an und zog die Unterlippe zwischen die Zähne. »Bob —«, sagte er langsam. »Sie sind mit den

Nerven völlig am Boden. Ich sehe und höre es. Sie müßten für sechs Wochen in ein Erholungslager, und ein Psychiater sollte sich auch um Sie kümmern. Glauben Sie nicht, ich hätte kein Verständnis für Ihren Zustand. Als Galina Theofilowna meldete, daß Sie in Irkutsk eingetroffen sind, kamen mir die Tränen. Das ist nicht gelogen, Bob. Aber jetzt haben wir keine Zeit, Sie in Erholung zu schicken. Sie müssen John Barryl finden.«

»Einen Knopf in der Wüste.«

»Kann es sein, daß er den Namen gewechselt hat und nicht mehr Barryl heißt?«

»Das halte ich für unwahrscheinlich. In Frazertown wuchs jeder in seine Rolle und seine Person so hinein, daß eine kurzfristige Umstellung nur ein Unsicherheitsfaktor gewesen wäre. Plenjakow wurde zu Barryl gemacht, und das ist er geblieben.«

»Welches Gebiet wurde in Barryls Ausbildungsplan besonders bevorzugt?«

Bob dachte nach. Die Vorträge, die Filme, die Übungsstunden, die Diskussionen — sie waren Pflichtstunden. Da niemand Bob Miller zu Spezialübungen aufforderte, weil die Zentrale ja seinen Namen nicht auf den Listen hatte, verfügte Bob damals über viel Freizeit, bis er abends seinen Dienst als Barmixer bei Hillmore antrat. Er hatte dann bei Norma in Billys Schuppen gesessen oder Sport getrieben, boxte bei Fulton gegen Punchingball und Sandsack oder lieh sich ein Ruderboot, um auf dem Bug, der ja hier Silver River hieß, herumzufahren. Ein faules Leben. Plenjakow dagegen war öfter unterwegs. Er erzählte ein paarmal von Lehrgängen mit kleiner Teilnehmerzahl, die sich mit Atomphysik beschäftigte. Bob hatte versucht, in diese Gruppe einzudringen, aber als er die strenge Kontrolle am Saaleingang sah, war er wieder weggegangen.

»Dafür gibt es besondere Ausweise«, hatte Plenjakow damals gesagt. »Besorg dir einen bei Bulder. Nur er persönlich stellt sie aus.«

Bob hatte sich gehütet, General Sinjonew unter die Augen zu kommen. Er blieb der fröhliche Barmixer, aber merkwürdigerweise erzählte Plenjakow bei aller Freundschaft nichts über diesen besonderen geheimen Lehrgang. Damals hatte Bob gedacht: Wir haben Zeit. Einmal, mein Junge, kitzele ich alles aus dir heraus, was ich wissen will. Aber dann erfolgte die plötzliche Abkommandierung Plenjakows, und der Plan war keinen Cent mehr wert.

»Ich glaube, Sir«, sagte er jetzt, »ohne mir ganz sicher zu sein, daß Barryl zu einem Atomfachmann ausgebildet wurde ...«

»Bob!« Orwell sprang von der Schreibtischkante auf. »Das ist eine Blume in der Wüste! Jetzt stehen wir nicht mehr so hilflos da. Man kann sämtliche Plätze durchkämmen, die mit Atomen zu tun haben.«

»Das ist eine schöne Jahresarbeit —«

»Sie wissen ja gar nicht, was wir schon alles angestellt haben, um diesen verdammten John Barryl ins Visier zu bekommen. Unsere schönste Hoffnung ist, daß er noch gar nicht in den Staaten ist.«

»Darauf würde ich mich nicht verlassen, Sir.«

»Das tue ich auch nicht, Bob. Ich spüre es förmlich auf der Haut, daß er im Lande ist.« Orwell ging hinter seinen Schreibtisch und schloß ein Fach auf, das mit einer Stahlplatte besonders gesichert war. Ihm entnahm er einen dünnen Schnellhefter und schlug ihn auf. Bob griff zu der nahe stehenden Whiskyflasche und goß sein Glas voll. Orwell beobachtete ihn unter gesenkten Lidern her.

»Saufen betäubt, aber es heilt nicht, Bob«, sagte er ernst. »Vergessen Sie diese Ärztin ...«

»Es ist nicht allein die Wuginskaja, Sir.«

»Noch ein Weib? Kein Wunder, daß Sie aussehen, als hätten Sie Rückenmarkschwund. Haben Sie die andere auch umgebracht?«

»Nein, Sir«, antwortete Bob steif. »Es wäre die Frau gewesen, mit der ich ein Leben lang hätte zusammenbleiben können.«

»Das sagen *Sie*, Bob? Ein totaler Kahlschlag Ihres Herzens, was? Und dann so hoffnungslos ...«

»Völlig hoffnungslos, Sir.« Bob lächelte gequält. »Aber man kommt darüber hinweg.« Er zeigte mit dem Glas in der Hand auf den Schnellhefter. »Ist da ein Staubkorn von Plenjakow drin?«

»Vielleicht.« Orwell überflog eine eng beschriebene Seite. »Ich habe hier eine Liste aller Betriebe, die sich mit Atomkernspaltung oder Produkten, die darauf beruhen, befassen. Natürlich sind auch diese schon längst überprüft worden. Ein John Barryl ist nirgendwo beschäftigt. Wir haben alle Neueinstellungen der letzten sechs Monate durchleuchtet ... Barryl oder Plenjakow unter einem anderen Namen wäre im Netz hängengeblieben. Aber überall Fehlanzeige. Hat man Barryl aber auf unsere Atomforschung angesetzt, muß er in den Produktionsprozeß hinein. Anders kommt er nicht an Pläne heran.«

»Er kann Kontaktleute aufbauen. Plenjakow wird über unbegrenzte Geldmittel verfügen, um sich Zuträger kaufen zu können.« Bob trank das halbe Glas Whisky mit einem Schluck leer. Orwell beobachtete es mit Stirnrunzeln. So geht das nicht weiter, mein

Junge, dachte er. So gehst du langsam vor die Hunde. Das muß ja ein Wunder von einem Weib sein, wenn ein Bob Miller innerlich völlig durchdreht. Winniza, die Taiga, die Flucht über die Mongolei, alles hat er mit Bravour durchgestanden, und ausgerechnet an einer Frau soll ein Bob Miller zugrunde gehen? Das wäre der schlechteste Witz des Schicksals.

»Fangen wir bei der Spitze an, Bob«, sagte er laut. »Verdammt, stellen Sie das Glas hin und hören Sie mit Saufen auf! Kennen Sie Los Alamos?«

»Wer kennt es nicht, Sir? Unsere Mami der Atombombe.« Bob winkte ab. »Plenjakow wäre ein Idiot, wenn er dort ansetzen würde. Ich hätte mich auch geweigert, ins Hauptquartier des KGB in Moskau eingeschleust zu werden. Los Alamos ist gesichert wie Fort Knox.«

»Bob, denken Sie jetzt mal als Russe.«

»Das habe ich gelernt. Also, Sir, ich denke ...«

»Sie bekommen Befehl, Los Alamos aufzuknacken.«

»Ich sage: Towaritsch, du bist ein Affe!« Bob sprach jetzt russisch. General Orwell verzog das Gesicht, als habe er Essig getrunken. Aber er unterbrach Miller nicht. »Warum verlangst du nicht, ich soll dem Präsidenten das Schwänzchen abschneiden?«

»Ich verstehe zwar nicht, was Sie quatschen, Bob, aber eines weiß ich sicher: Sie würden als sowjetischer Offizier nie einen Befehl verweigern.« Orwell setzte sich wieder auf die Schreibtischkante und legte den Schnellhefter auf seine Knie. »Sie fahren also nach Los Alamos!«

»Zugegeben.« Bob schaltete wieder auf Englisch. »Und dann steht der gute Andrej Nikolajewitsch vor Los Alamos und kann nur noch zur Schwarzen Mutter Gottes beten. Sir, wir alle wissen doch, wie lange es dauert, ein Agentennetz aufzubauen. Und dann noch in Los Alamos!«

»Plenjakow hat Zeit. Oder haben Sie in Frazertown etwas von Zeitknappheit gehört?«

»Im Gegenteil. Dort praktiziert man die russische Tugend, warten zu können. So etwas gekoppelt mit amerikanischem Schnelldenken —«

»— ergibt eine verdammt gefährliche Mischung, Bob!« ergänzte Orwell. »Ich könnte mir denken, daß Plenjakow an seinem Einsatzort — es muß ja nicht gerade Los Alamos sein, damit fangen wir nur an — in aller Ruhe wie eine Spinne sein Netz spinnt und dann die kleinen Fliegen fängt. Über sie kommt er an die großen Brummer, bis er mitten in unserer Forschung sitzt, ohne auch nur einen Schritt in das Werk selbst getan zu haben. Ein Plan auf Zeit ... und je länger er im Lande ist, um so gründlicher wird er integriert und wächst unsichtbar in uns hinein. Ein Amerikaner unter Amerikanern. Beliebt am Stammtisch, beim Billard, im Spielsalon vor den einarmigen Banditen, im Drugstore, an der Tankstelle, in verschiedenen Vereinen. Und wenn er dann noch heiratet, Kinder kriegt und einer Partei beitritt, ist seine Tarnung so vollkommen, daß nur er selbst sich entlarven kann, indem er sagt: Ich bin Plenjakow, ihr Vollidioten!« Orwell atmete nach diesem Vortrag tief durch. »Bob, nur Sie allein kennen ihn wirklich! Begreifen Sie, was Ihr Wissen für unser Land bedeutet?«

»Ich glaube, Sir, ich habe mich nie dämlich angestellt. Ich soll also zunächst nach Los Alamos?«

»Schlage ich vor. Haben Sie einen anderen Plan?« Orwell warf den Schnellhefter nach hinten auf den Tisch. »Sie brauchen sich mit einer Überprüfung der Angestellten nicht aufzuhalten. Die ist erfolgt, wie gesagt, ohne Ergebnis.«

»Ich werde mir ansehen, was in der Umgebung lebt.« Bob griff nach dem Whiskyglas und sah Orwell treuherzig an. »Darf ich den Rest, Sir?«

»Saufen Sie's weg, Bob. Sie bekommen noch eine Liste aller Militärs, die in Los Alamos arbeiten. Der Sicherheitsoffizier ist Oberleutnant Hendrik Gulbrannson.«

»O Himmel, der schöne Wikinger!« Bob stand auf.

»Sie kennen ihn?«

»Er kam auf die Militärakademie, als ich abging. Genau vier Tage lebten wir noch zusammen in einem Block, da habe ich ihn jämmerlich verdroschen. Er schob sich an Lydia heran. Lydia war Köchin, Sir. Ich laß mir doch einen anständigen Abschied mit Schokoladentorte nicht versauen!«

Orwell schüttelte den Kopf. »Was würden Sie bloß tun, Bob, wenn es plötzlich keine Frauen mehr gäbe?«

»Ich würde mich Gott zur Verfügung stellen, damit er aus meiner Rippe eine neue Frau schafft.«

»Das mit der Rippe paßt genau, Bob!« Orwell lachte mit viel väterlicher Güte. »Heute mittag gibt es gebratene Rippchen mit Wirsingkohl. Die Einzelheiten Ihres Einsatzes besprechen wir nach dem Essen.«

Am Abend noch brachte ein Hubschrauber Bob Miller nach Albuquerque am Rio Grande. Los Alamos, am Rande der San-Juan-

Berge, war nur noch 150 Kilometer entfernt. Dazwischen lag das einsame, von der Sonne ausgeglühte, aus rotgelben Felsen und rotem Sand bestehende Hochland von New Mexiko. Eine Gegend, so einsam wie die Taiga. Nur war die Taiga mit ihren wogenden Wäldern schöner ... hier im Süden der USA gab es nur nackte Berge, Kakteenfelder im Wüstensand, staubige Trockenheit, hitzeflimmernde Einsamkeit und ab und zu einen Sandsturm, der das ganze Land in rote Nebel hüllte.

In der Nacht stand Bob Miller am Fenster seines Zimmers in der Kaserne von Albuquerque. Sie war an den Stadtrand gebaut und damit schon umweht von der Stille der Wüste. Offizierskameraden hatten Bob zwei Flaschen mexikanischen Tequila mitgegeben. Zur Einstimmung, wie sie sagten. Bob hatte sich bedankt, aber noch keinen Tropfen des höllisch scharfen Schnapses getrunken.

Wie wird es sein, wenn ich wirklich Andrej Nikolajewitsch treffe, dachte er. Wird unsere Freundschaft halten und kann ich ihn überreden, alles hinzuwerfen und um politisches Asyl zu bitten ... oder bricht zwischen uns eine Feindschaft aus, die nur einer von uns überleben kann?

Er zog die Schultern hoch und schloß das Fenster. Von der Wüste her wehte es kalt ins Zimmer.

Bob legte sich, angezogen wie er war, aufs Bett und schob die Hände unter seinen Kopf. Eine plötzliche ungeheure Sehnsucht nach Dunja Andrejewna fing ihn völlig ein. Es war ihm, als sei sie im Zimmer, nebenan im Bad, duschte sich und würde gleich zu ihm kommen, auf der Haut noch die Wassertropfen wie Perlen auf weißem Samt.

»Mein Tigerchen«, würde er sagen, und sie würde die Arme ausbreiten und sich auf ihn fallen lassen, ihn in einer Sekunde erobernd mit ihrem ganzen Körper.

»Du bist verrückt, Bob!« sagte er laut, griff nach der Tequila-Flasche, zog mit den Zähnen den Korken heraus und setzte sie an die Lippen ...

Hendrik Gulbrannson hatte alles bis ins letzte vorbereitet, gewissermaßen mit generalstabsmäßiger Perfektion.

Er hatte von Stan Wolter, dem Kantinenpächter, erfahren, daß Norma Taylor heute ins Kino wollte und eine Stunde früher nach Hause ging. Ihr Weg war bereits erkundet worden. Er führte von der Kantine der Abteilung II durch das Tor V und dessen Kontrolle zum Omnibusbahnhof, wo in langer Schlange die Busse auf die Arbeiter warteten. Meistens fuhr Norma mit dem Bus in die Stadt. Das war bequem, ihre Haltestelle lag nur fünfzig Meter von der Drogerie, in der sie wohnte. Es kam aber auch manchmal vor, daß Norma mit einem Moped nach Hause knatterte. Das war ihre erste Neuerwerbung in Los Alamos gewesen. Eine japanische Maschine, 95 ccm stark, Höchstgeschwindigkeit 65 km, hellblau lackiert, mit einem Drahtkorb auf dem hinteren Rad, ungemein praktisch für Einkäufe im Supermarkt, an dem sie jeden Tag vorbeikam. John Barryl hatte den Kauf gebilligt, das Moped machte Norma beweglicher. Ein Auto wäre aufgefallen. Ein Girl hinter der Milchmixtheke kann sich keinen Wagen leisten, es sei denn, ein reicher Freund kommt dafür auf. Das aber war bei Norma völlig ausgeschlossen. Seit zwei Tagen gehörte sie sogar der ›Liga für Frauenrechte‹ an. Als das im Atomzentrum bekannt wurde, schlug einer vor, man solle einen Tag lang schwarze Schlipse tragen. Jetzt sei Norma ganz für die Männerwelt verloren.

Gulbrannson hatte aus Stan Wolter herausgelockt, daß Norma heute mit ihrem Moped fahren würde. Darauf hatte er seinen Plan abgestimmt, stand eine halbe Stunde, bevor sie auftauchen mußte, an einer ziemlich unübersichtlichen Stelle der durch kahle Berge führenden Straße. In einer Ausbuchtung hinter einem Dornengebüsch. Die Zeit vertrieb er sich mit Radiomusik und geiler Vorfreude. Als die Zeit gekommen war, die er peinlich genau ausgerechnet hatte, stellte er das Radio ab, ließ den Motor an und beobachtete durch den breiten Rückspiegel die einsame Straße.

Nach fünf Minuten tauchte in der Ferne das schwache Licht des kleinen Mopedscheinwerfers auf. Gulbrannson löschte seine Scheinwerfer, wartete, bis Norma — sie war es wirklich — an ihm vorbeigefahren war und setzte dann mit Schwung auf die Straße. Nach wenigen Metern hatte er sie eingeholt, fuhr eng an sie heran, sah, wie sie schimpfte, die Faust hob und versuchte, auf der Straße zu bleiben — aber Gulbrannson drängte sie so geschickt mit seinem Wagen ab, daß sie schließlich absprang, um nicht gegen die Felsen gedrückt zu werden.

Gulbrannson trat auf die Bremse und sprang aus dem Wagen. Norma Taylor lehnte an der Felswand und atmete heftig. »Sind Sie betrunken?« schrie sie sofort, als sie den im Dunkeln nicht zu erkennenden Mann aus dem Auto steigen sah. »Kommen Sie bloß nicht näher! Ich werfe Ihnen mein Moped an den besoffenen Kopf!«

»Ich wußte gar nicht, daß Sie so ordinär schimpfen können, Norma«, sagte Gulbrannson gemütlich. »Daß Sie zu ungeheurer

Wildheit fähig sein würden, war mir klar. Ich habe eine Schwäche für ungezügeltes Temperament.«

Er kam im Schein von Normas Moped näher, groß, schlank, in seiner Maßuniform lockende Eleganz verbreitend. Er hatte seine Mütze nicht aufgesetzt, um die Wirkung seiner blonden Haare voll auszuspielen. Norma erkannte ihn jetzt. Sie lächelte ihn an, aber wer mehr von ihr wußte, der wäre jetzt sehr vorsichtig geworden. Es war ein gefrorenes Lächeln, das Gefahr signalisierte.

»Sie sind es, Hendrik?« sagte sie gedehnt. »Was fällt Ihnen ein, mich so zu erschrecken? Oder haben Sie heute abend wirklich einen zuviel getrunken?«

»Ich bin nüchtern bis auf die Knochen, Norma.« Gulbrannson stand nun vor ihr und war nur noch durch das Moped von ihr getrennt. »Wissen Sie, daß ich wie im Fieber gelebt habe, bis ich diese Idee hatte, Sie allein zu sprechen?«

»Eine ziemlich brutale Idee, Hendrik. Sie hätten mich beinahe am Felsen zerquetscht.«

»Ich bin verrückt nach Ihnen, Norma!«

»Dann wäre es jetzt am besten, Sie fahren nach Hause und stellen sich unter die kalte Dusche.«

»Eine andere Therapie für einen Mann, der an Ihnen zugrunde geht, kennen Sie nicht?«

»Nicht auf so einsamen Straßen in der Nacht.«

»Das kann man sofort ändern, Norma.«

»Dann setzen Sie Ihren Wagen zurück und lassen mich weiterfahren.«

»Ich habe ein Plattenalbum bei mir. Beethoven, dritte Sinfonie. Dirigiert von Bernstein. Reizt Sie das nicht?«

»Heute nicht. Hendrik, Seien Sie vernünftig und fahren Sie weiter! Ihre dritte Sinfonie kenne ich bereits ...«

»Sie kennen aber mich nicht, Norma«, sagte Gulbrannson heiser. »Weder meine erste, noch die zweite, noch meine neunte Sinfonie. Mit Ihnen geige, trommle und blase ich alle Konzerte der Welt herunter, und ich wette, Sie hören mir zu und spielen sogar mit! Sie sind gar nicht so, wie Sie sich geben. Sie sind ein Vulkan mit einem Deckel, und diesen Deckel hebe ich jetzt hoch!«

Es geschah so plötzlich, trotz der Ankündigung, daß Norma keine Zeit mehr fand, einen ihrer Karateschläge anzubringen. Gulbrannson riß sie an den Armen um das Moped herum, stieß ihren Kopf gegen seine Brust, was sie halb betäubte, und schleifte sie dann zu seinem Wagen. Sie versuchte noch, um sich zu treten, wollte schreien und mit dem Kopf stoßen, aber Gulbrannson hatte durch seinen überraschenden Angriff die bessere Position, stieß ihren Kopf gegen die Dachstrebe des Autos und schob sie dann auf den Hintersitz. Mit griffbereit vorbereitetem Heftpflaster fesselte er ihre Hände und Fußknöchel aneinander, verklebte ihr den Mund und küßte ihr die Nase und die Augen, riß ihre Bluse auf und umfaßte ihre Brüste.

»Davon habe ich geträumt.« Sein Atem flog, die Stimme vibrierte und zerfiel fast vor Erregung. »Norma, mir ist völlig gleichgültig, was morgen ist. Du kannst mich anzeigen — ich werde alles leugnen. Aber es kann sein, daß wir uns heute nacht doch noch verstehen und du wirklich Spaß dabei hast. Ich bin ein fabelhafter Liebhaber.«

Er warf die Tür zu, sprang hinter das Lenkrad und fuhr an. Er war so erregt, daß er im Rückspiegel nicht den kleinen Lastwagen sah, der ebenfalls ohne Licht vorsichtig durch die Nacht fuhr und angehalten hatte, als auch Gulbrannson stoppte. Jetzt folgte er ihm und bog in den Steinbruch ab, den Gulbrannson ansteuerte. Am Rande der herausgesprengten Felsen blieb der Lastwagen stehen, ein Mann in weißem Overall stieg aus und rannte im Schatten der Felswand in den Bruch hinein, direkt auf den Wagen zu, der neben einem Steinhaufen gebremst hatte.

Gulbrannson zerrte Norma vom Hintersitz, stellte sie auf die Beine und streichelte über ihre Brüste. »Ich hatte mir das anders vorgestellt«, sagte er rauh. »Ich wollte dir wirklich die Sinfonie vorspielen, eine Flasche Champagner mit dir trinken, und dann wäre alles von allein gekommen. Jetzt ist der Zug abgefahren und hat uns in den Dreck geschleudert. Aber ich habe dich, das ist die Hauptsache. Du wirst von der Nadel, die deine Platte bespielt, begeistert sein!«

»Bist du da so sicher?« sagte eine Stimme hinter ihm.

Gulbrannson wirbelte herum. Sein Blick war fürchterlich, wie bei einem Stier, der eine rote Mauer vor sich sieht und dauernd mit dem Schädel dagegenrennt. Er erkannte John Barryl an seinem Overall mit der Reklameaufschrift und ballte die Fäuste.

»Hau ab, du Kakao-Clown!« schrie er. Dann schien ihm bewußt zu werden, daß er jetzt einen gefährlichen Zeugen hatte und damit seine Position aussichtslos war. Er wollte mit einem schnellen Griff an seinen Revolver, aber John Barryl kam ihm zuvor.

Mit ungeheurer Wucht sauste ein Hammer auf Gulbrannsons Schädel und zertrümmerte ihm die Hirnschale. Ohne einen Laut sank er in sich zusammen, fiel neben Norma gegen seinen Wagen, rutschte an ihm herunter, und erst, als er lag, drückte der Blutstrom durch die fürchterliche Wunde und überschwemmte sein Gesicht.

John Barryl entfernte vorsichtig das Pflaster von Normas Mund, um ihre Lippen nicht aufzureißen und trug sie dann wie eine große Puppe schnell durch den Steinbruch zu seinem Lastwagen. Erst dort entfernte er die Fesseln um Beine und Hände.

»Du siehst, man kann dich nicht allein lassen«, sagte er und drückte Norma auf die Wolldecke, die er auf der Ladefläche ausgebreitet hatte. »Ich muß doch immer um dich sein ...«

Sie hatte bisher geschwiegen. Der Anblick des Mannes, aus dessen aufgeschlagenem Schädel das Blut spritzte, hatte sie gelähmt. Mit einem Seufzer ließ sie sich zurückfallen und raffte die Bluse über ihren Brüsten zusammen.

»Ich hätte es auch allein geschafft. Ohne Mord«, sagte sie leise.

»Das wäre fast ein Wunder.«

»Er hätte mir die Beinfesseln abnehmen müssen. Mit zusammengekniffenen Beinen könnt ihr Männer nichts anfangen. Und da hätte ich zugetreten, mitten hinein in den Unterleib!«

»Und dann?«

»Was dann?«

»Er hätte dich mit seinem Haß verfolgt bis ans Ende der Welt. Auf jeden Fall hätte er dafür gesorgt, daß du aus der Kantine hinausfliegst. Und dann, fragst du noch? Unsere ganze Arbeit wäre umsonst gewesen. Norma ... überleg es dir! Wir sollten wirklich heiraten ... dann hört das alles auf. Wenn es dich beruhigt, große Patriotin, dann sage dir immer vor: Rußland will es so!«

Er warf die Ladeluke zu, fuhr vorsichtig auf die Straße zurück und erreichte, ohne daß ihnen jemand um diese Zeit begegnete, die Stadt Los Alamos. Im Hof des Hauses, das Barryl für ›Bio-Jet‹ gemietet und wo er eine Lagerhalle eingerichtet hatte, holte er Norma wieder aus dem Lastwagen.

»Mein Moped!« sagte sie plötzlich. »John, mein Moped wird alles verraten. Es liegt noch an der Straße.«

»Bin ich ein Idiot?« Barryl nickte zu dem Lastwagen. »Ich habe es aufgeladen, bevor ich euch in den Steinbruch nachfuhr.«

»Du machst nie einen Fehler?« sagte sie heiser. »Nie?«

»Fast nie.« John Barryl schloß die Tür des Hauses auf. »Kommst du zu mir hinauf, oder hast du Angst, ich könnte Gulbrannson ablösen?«

»Das tätest du nie, John.«

»Vielleicht ist das ein Fehler —«

»Du hättest es auch nie nötig, John.« Sie lehnte sich an ihn, von einer plötzlichen Schwäche befallen. Er legte den Arm um sie, preßte sie an sich und spürte den Druck ihrer festen Brüste. Es war wie damals in Frazertown, als sie zum erstenmal zusammen tanzten. Ein betäubendes Gefühl. »Laß mir noch ein wenig Zeit, dann heiraten wir.«

»Norma!« Er wollte sie küssen, aber sie schob die Hand zwischen ihre Lippen. »Ich will vor deiner Tür liegen wie ein Hund und warten.«

Sie streichelte über seine Augen, er seufzte unter dieser Zärtlichkeit und küßte mit trockenen Lippen ihre Handflächen.

Wir müssen Abschied nehmen, Bob, dachte sie dabei. Es ist sinnlos, aufeinander zu warten. Wir werden uns nie mehr begegnen. Mit dir war ich im Himmel, aber auf der Erde muß ich weiterleben. Ich werde dich nie vergessen, Bob ... doch das Leben geht weiter, und immer mehr entfernen wir uns voneinander. Ich werde Andrej Nikolajewitsch heiraten und ihm eine gute Frau sein. Ich werde ihn sogar ehrlich lieben können. Das ist kein Verrat, Bob. An dich werde ich denken wie an ein wundersames Märchen ...

»Koch mir eine Kanne ganz starken Tee, John«, sagte sie und ging vor ihm in das Haus. »Ich muß mir bei dir die Bluse zunähen. So kann ich doch nicht durch die Stadt fahren.«

Hendrik Gulbrannsons Leiche wurde am Morgen von den Steinbrucharbeitern gefunden.

Es gab einen großen Wirbel, Polizei und Militärpolizei sperrten alles ab, suchten nach Spuren, was auf dem Felsuntergrund aber ohne Ergebnis blieb, und ein Arzt des Militärlazaretts stellte nüchtern fest: »Hendrik ist mit einem stumpfen Gegenstand erschlagen worden. Der Mörder muß über ungeheure Kräfte verfügen ... eine Schädeldecke so einzuschlagen, ist fast schon anormal.«

Um die gleiche Zeit, als man im Steinbruch Gulbrannsons Körper in den Sarg legte, landete Bob Miller auf dem Militärflugplatz von Los Alamos.

Er hatte es vorgezogen, die Strecke von Albuquerque zur Atomstadt nicht über die staubige Straße zu fahren, sondern wollte sich die unwirtliche Gegend aus der Luft ansehen. Er überflog auch das Gelände der Atomforschungsanstalt, nachdem man ihm von der Bodenüberwachung dazu die Erlaubnis gegeben hatte. Man hätte ihn sonst unweigerlich abgeschossen.

Von oben sah alles schrecklich langweilig und dreckig aus. Die Wiege des Atomzeitalters war nicht attraktiv.

Gleich nach der Landung erfuhr Bob, daß man Gulbrannson in der vergangenen Nacht umgebracht hatte. Einen möglichen Täterkreis hatte man noch nicht ermittelt. Böse Zungen aber behaupteten schon jetzt, man sollte bei den Ehemännern nachfragen, deren Frauen bei Hendrik die Kissen zerwühlt hatten. Es waren auch heißblütige Mexikaner darunter, die ihn in alle Höllen wünschten.

»Mexikaner arbeiten mit dem Messer«, sagte Bob, als sie über das Flugfeld zum Kontrollgebäude gingen. »Schade. Ich hätte Hendrik gern wiedergesehen. Er hatte eine so sympathische Art: Man konnte ihm dauernd in die Fresse hauen. Reue kam dabei nie auf.«

Bis gegen Mittag hatte Bob genug damit zu tun, sich überall bei den maßgebenden Leuten vorzustellen und seinen Spruch herzusagen, daß der CIA ein Auge auf Los Alamos geworfen hatte. Er tat das bewußt. Ist einer darunter, der für zwei Seiten arbeitet, spekulierte er, dann wird er sofort eine Warnung losschicken. Unsicherheit aber ist eine schlechte Basis der Arbeit.

»Wie wäre es mit einem guten Mittagessen, Major?« fragte der Leiter der Abteilung V den unerwartet eingetroffenen Gast. »Wir haben eine hervorragende Kantine hier. Und in der Kantine noch eine Überraschung, die ich Ihnen nicht verrate. Das müssen Sie als Fachmann selbst sehen und begutachten.«

Bob nickte. Er verstand nicht, warum die anderen Herren verhalten grinsten. Sie verließen gemeinsam den Labortrakt, gingen über den breiten Hof und betraten das flache Gebäude der Kantine II. Stan Wolter, den man bereits angerufen hatte, kam ihnen entgegen und begrüßte Bob mit einem freundlichen: »Hallo, Major!« Man sah ihm nicht an, wie sehr ihm der Tod Gulbrannsons im Magen lag. Er allein wußte, auf welche Jagd der Tote in der vergangenen Nacht ausgezogen war. Daß Norma ihm den Schädel eingeschlagen hatte, hielt er für ausgeschlossen. Gulbrannson mußte ermordet worden sein, bevor er auf Norma stieß. Auf jeden Fall hielt Wolter es für das beste, keinen Ton davon zu sagen.

»Unsere Kantine II«, sagte der Leiter der Abteilung V mit sichtbarem Stolz. Er machte dabei eine weite Handbewegung. »Und dort, Major, hinter der Milchbar, das Schönste, was Los Alamos zu bieten hat!«

Bob Miller zuckte zusammen. Das Wort Milchbar schlug ihm in den Nacken wie ein Hammer. Er drehte sich langsam zur Seite und holte ganz tief Luft.

Im gleichen Moment tauchte hinter der verchromten Zapfsäule ein Kopf mit langen schwarzen Haaren auf und stellte einen Milchshake auf die Theke. Dann hob sich der Kopf. Große schwarze Augen sahen zu den neuen Gästen hinüber.

Ihr Blicke trafen sich in der gleichen Sekunde, in der ihr Herzschlag aussetzte. Es war eine lautlose Explosion. Himmel und Erde zerbarsten, und keiner um sie herum merkte es.

Norma —

Bob —

Sie standen, zur Leblosigkeit erstarrt, und blickten sich an.

Ich sterbe, dachte sie. O Himmel, ich sterbe! Ich sterbe! Bob, Bob, halt mich fest ... ich sterbe ...

»Mögen Sie Milch, Major?« fragte der Leiter der Abteilung V hinter Millers Rücken.

»Ja ...« Bobs Stimme klang wie abgeschabt. »Eine ... eine Erdbeermilch ...«

Er brach ab. Es war unmöglich, noch einen Laut von sich zu geben.

Er sah Norma an, und sie sah ihn an, und er hatte das Gefühl, aus hundert Wunden zu bluten.

Rußland war in Los Alamos —

Eine Erdbeermilch ist ein köstliches Gesöff, Sie können es mir glauben, auch wenn Sie sonst Whisky, Kognak oder andere hochprozentige Sachen in Ihr Herz geschlossen haben. Eine eisgekühlte, etwas schaumig geschlagene Milch, zartrot durch den Erdbeersaft, das ist bei 35 Grad Hitze im Schatten eine belebende Spritze, die durch den ganzen Körper zuckt. Die meisten Milchbars verwenden für den Erdbeergeschmack einen Sirup aus künstlichem Aroma ... Norma Taylor — oder vielmehr Stan Wolter, der Pächter der Kantine von Los Alamos — legte Wert auf Echtheit und Qualität und verarbeitete nur beste Rohstoffe, also richtige ausgequetschte Erdbeeren. Außerdem waren es keine 35 Grad Hitze in der Kantine, denn die Klimaanlage summte leise und verbreitete eine angenehme Temperatur. Trotzdem war es Bob Miller, als läge er in glühendem Wüstensand, und die Erdbeermilch schmeckte wie ausgepreßte Galle.

Der Leiter der Abteilung V, wie überhaupt die gesamte Begleitung, die um Bob Miller herum saß, verbreitete laute Fröhlichkeit, vor allem, als man mit verstecktem Grinsen beobachtete, daß Norma Taylor, genannt ›Die Eiserne‹, auf Bob einen so tiefen

Eindruck gemacht haben mußte, daß er stumm und mit verhangenen Träumeraugen auf seinem Plastikstuhl klebte und die Kunststoffplatte des runden Tisches anstarrte.

Norma servierte die Milch, wortlos, mit ruhiger Hand. Bob sah diese Hand an, von der er jede Pore kannte, jedes der kleinen, schmalen Gelenke, jeden schlanken Finger, jeden Fingernagel, die zu Krallen werden konnten und ihm die Haut aufrissen, wenn Norma in ihrer Leidenschaft explodierte und im Augenblick der letzten Ekstase nicht mehr wußte, was sie tat.

»Danke«, sagte Bob heiser, als Normas Hand aus seinem Blickfeld verschwand. Er sah nicht hoch, aber er spürte, wie damals in Frazertown, daß Normas Blick in seinem Nacken brannte. »Die Milch sieht gut aus. Wo haben Sie das gelernt, Norma?«

Sie antwortete nicht, stellte die anderen Gläser auf den Tisch und ging schnell zurück hinter den chromblitzenden Tresen. Eine Stahlburg, hinter der sie sich verschanzte. Dort spülte sie die gebrauchten Gläser, warf mit einem Ruck ihr langes schwarzes Haar über ihr Gesicht und versteckte damit jede Regung, die durch ihre Muskeln zuckte.

Bob, jetzt genügt ein Wort von dir, und mein Leben ist zu Ende. Auch ich habe eine Giftkapsel bei mir, in der Falte zwischen den Brüsten liegt sie, in einer neckischen Blumenrosette des Büstenhalters. Es wäre ein Griff von einer Sekunde. Nur ein Wort von dir, Bob!

»Sie sind nicht ihr Typ, Major«, lachte der Leiter der Abteilung V und trank seine Milch. »Wir hätten gewettet, daß Norma wenigstens Ihnen eine Antwort gibt. Aber nachdem sie sogar Mitglied der Frauenliga geworden ist —«

»Und warum behaltet ihr sie hier, wenn sie so unhöflich ist?« fragte Bob. Der erste Schluck Milch war genug gewesen ... er konnte einfach nicht weitertrinken.

»Kann man sich von so einem Anblick trennen?« Ein junger Oberleutnant, der stark verdünnten Whisky trank, reichte Zigaretten herum. »Norma ist interessanter als ein Pferderennen. Wenn Sie wüßten, Major, wie viele hohe Wetten schon darauf abgeschlossen wurden, wer zuerst die Festung Norma knackt.«

»Ich finde das geschmacklos.« Bob Miller schob sein Milchglas weg und blickte zu Norma hinüber. Ihr Kopf war nur als wilder Haarberg sichtbar, zum Teil verdeckt durch die Zapfsäulen der Theke.

»Was hat Los Alamos schon zu bieten, Bob?« Der Leiter der

Abteilung V schabte die Füße aneinander. »Draußen glühende Hitze, um uns herum kahle Berge, in der Stadt ein paar Kinos und Bars, und sonst nur die Arbeit in den Werken. Ruhmreich ist's, fürs Vaterland zu arbeiten ... in Wahrheit ist alles eine große Scheiße. Man kommt vor Langeweile um. So makaber es klingt — aber der Mord an Hendrik Gulbrannson bringt etwas Schwung in die Bude. Und nun sind Sie da.«

»An mir werden Sie wenig Freude haben, Sir.« Bob stand abrupt auf. »Eine Frage, meine Herren. Sie kommen sich hier in Los Alamos so sicher vor wie in Fort Knox, nicht wahr?«

»Das kann man getrost sagen. Unsere Sicherheitsvorkehrungen sind vollkommen.«

»Ihr Glaube an die Perfektion sollte heiliggesprochen werden.« Die anderen Herren sahen Bob Miller betroffen an und erhoben sich ebenfalls von ihren Plastikstühlen. »Es gibt keine Perfektion, auch wenn wir Amerikaner so stolz darauf sind, Technik und Menschen miteinander verschweißt zu haben.« Er sah seine Begleitung der Reihe nach kurz an und lächelte sein verfluchtes, verträumtes, jungenhaftes Lächeln, das jedesmal täuschte und zu falschen Schlüssen Anlaß gab. »Wie lange braucht man, um eine Panzertür aufzuschweißen?«

Die Techniker sahen sich betroffen an. »Wie kann man das berechnen, Major?« antwortete einer. »Erstens kommt niemand durch das Signalsystem an die Tür heran, zweitens benötigt man dazu eine solche Spezialausrüstung, und drittens —«

»Ist Norma Taylor eine Panzertür?«

»Die dickste!« sagte der Leiter der Abteilung V aus voller Brust.

»Dann passen Sie mal auf, wie dünn unsere Perfektion ist!«

Bob Miller löste sich aus dem Kreis seiner Begleiter und ging mit schnellen Schritten hinüber zu der blitzenden Theke. Normas Kopf schnellte hoch, die schwarzen Haare flogen zur Seite ... in ihren weiten, dunklen Augen vermischte sich Entsetzen, Fragen und Liebe.

»Er ist übergeschnappt«, flüsterte ein Offizier. »Diese Blamage könnte er sich sparen.«

Bob blieb an der Theke stehen und blickte auf Normas Hand, die langsam von der Taille über ihre Brüste glitt und auf dem tiefen Ausschnitt liegenblieb. Daumen und Zeigefinger griffen — unsichtbar für die anderen — in das Mittelstück des Büstenhalters. Ihre Mundwinkel zitterten ... es war die einzige Regung in dem sonst so maskenhaften, faszinierend schönen Gesicht.

»Laß das!« sagte Bob leise durch die Zähne, nur für Norma hörbar. »Der Tod ist keine Lösung. Du bekämst sie außerdem nie in den Mund. Da bin ich schneller als du.« Und laut fuhr er fort: »Ist es nötig, Norma, daß Sie den herrlichen Anblick mit den Händen verdecken? Blicken Sie mich nicht an, als ob Sie mich fressen wollten. Das schreckt mich nicht ab. Ich stelle es mir im Gegenteil grandios vor, von Ihnen im richtigen Augenblick gebissen zu werden. Wir sollten das mal testen, Norma. Es gibt eine Form von erotischem Kannibalismus, man braucht sich dabei nicht gleich zu zerfleischen, aber ich kenne da zum Beispiel ein Mädchen, dessen Haut nach frischen geschälten Pfirsichen schmeckt ...«

Bobs Begleitung stand starr um die Tische herum und wettete im stillen, daß das geringste, was sich Major Miller jetzt einhandelte, eine knallende Ohrfeige von Normas zarter Hand war. So etwas hatte noch keiner zu ihr gesagt. Auf eine solche Idee wäre auch niemand gekommen.

Norma Taylor schwieg noch immer. In ihren Augenwinkeln aber glänzte es. Keine menschliche Kraft, kein noch so starker Wille reichten aus, das Gefühl zu unterdrücken, das sich jetzt in Tränen verdeutlichte.

»Ich möchte mit Ihnen ausgehen«, sagte Bob. »Irgendwo einen Cocktail trinken. Ohne Tricks — ich habe keine eigene Wohnung hier, ich wohne im Offizierskasino. Ich miete auch kein Zimmer in einem Motel außerhalb der Stadt. Und ich ziehe Ihnen auch nicht nach dem vierten Glas den Reißverschluß auf. Wann haben Sie frei?«

»Heute schon um siebzehn Uhr ...« sagte Norma mit zerhackter Stimme.

In der Kantine breitete sich so etwas wie eine Geisterstimmung aus. Norma Taylor gab Antwort auf einen männlichen Antrag! Eigentlich müßte jetzt irgendwo eine Uhr zwölfmal schlagen. Die Geisterstunde! Unfaßbares wurde wahr.

»Ich hole Sie ab, Norma. Einverstanden?«

Sie nickte stumm. Ihre schwarzen Augen aber flehten: Bob! Sei gnädig mit mir. Ich weiß nicht, was du mit mir machen willst, aber ich weiß, daß du etwas tun mußt. In eurer geheimsten Atomwerkstatt sitzt ein Russe! Aber lebte nicht auch einmal einer der gefährlichsten Amerikaner in einer Geisterstadt am Bug und sah alles, was zu Rußlands größten Geheimnissen gehörte? Wurde er liquidiert, als man ihn entdeckte? In einer Mülltonne, unter Abfällen, wurde er wieder hinausgeschmuggelt. Von einem Mädchen, das Dunja Andrejewna heißt. Ein Mädchen, das nur den Kommunismus kannte, nur den Haß auf den Kapitalismus, nur die eine Aufgabe, die westliche Welt zu vernichten — bis zwei nackte Körper sich mit ihrem Schweiß zusammenlöteten und alles, was bisher von so großem Wert gewesen war, zusammenbrach und sich unter dem Streicheln der Hände, den Küssen heißer, zerbissener Lippen und der Pfählung des Schoßes zur völligen Nichtigkeit verflüchtigte. Es gab eine neue Welt, eine vollkommene auf engstem Raum, reichend von den Zehenspitzen bis zum Haupthaar: eine Welt, verklammert und zusammengeschweißt aus zwei glühenden Leibern. Urbeginn allen Lebens, eine Sternenverschmelzung in Unendlichkeiten. Zwei Menschen, deren Liebesaufschrei ständiger Tod und ständige Neugeburt war.

So ist es, Bob. Und nun tu, was du willst.

»Haben Sie ein Auto, Norma?« fragte Bob.

»Nein. Ein Moped.«

»Ich werde für einen Wagen sorgen.« Bob streckte die Hand aus. Norma zögerte, dann löste sie ihre Hand von dem Busen und der darunter versteckten Giftkapsel und glitt in seine fordernden Finger. Er drückte sie, aber sie antwortete nicht mit einem Gegendruck. »Zu Ihnen haben genug Idioten gesagt, wie schön Sie sind, Norma«, sagte Bob laut. »Es war richtig, daß Sie das überhörten. Sie sind eine Frau, die es eigentlich gar nicht geben dürfte. Denn gäbe es mehr wie Sie, bräche die Ordnung unserer Welt zusammen ... Bis siebzehn Uhr, Norma.«

Er wartete keine Antwort ab, drehte sich um und ging zu der Gruppe seiner Begleiter zurück. Dort blickte man ihm entgegen, als habe er nachträglich den Vietnam-Krieg ganz allein gewonnen. Der Abteilungsleiter V hatte sogar einen roten Kopf und schwitzte, wie es bei Bluthochdrucklern der Fall ist.

»So etwas müßte man golden in eine Marmortafel hämmern!« sagte er rauh. »Bob, verraten Sie mir eins: Können Sie mit Ihren verträumten Augen die Frauen hypnotisieren? Erzeugt Ihr treuer Blick so unheimliche Mutterkomplexe? Glauben Sie wirklich, daß Norma um siebzehn Uhr für Sie bereitsteht?«

»Ich brauche einen guten Wagen, Leute«, sagte Bob leichthin.

»Sie bekommen meinen Oldsmobil, neueste Type.«

»Und wo kann man besonders gut essen?«

»Bei Jerry's Drive-In. Aber das ist auch ein Motel, und gerade das haben Sie Norma in Abrede gestellt.«

»Okay. Ich werde selbst kochen.«

»Was wollen Sie?«

»Ich werde nach guter alter Trapperart draußen in den Bergen ein Stück Schwein überm offenen Holzfeuer braten.«

»Mit Norma? Verrückt, Bob!«

»Sie ist romantischer, als ihr alle glaubt.« Er setzte seine Mütze auf und strich den Uniformrock gerade. »Hat sie viele Bekannte?«

»Mein Gott, alle kennen sie. Wer streicht nicht um Norma herum wie ein Kater?«

»Einen festen Freund?«

»Nicht mal einen Finger von einem Mann. Nur zwei können vernünftig mit ihr reden. Der eine ist Stan Wolter, der Kantinenpächter ...«

»Überprüft?«

»Und wie. War mal 'n Kollege von Ihnen im CIA, bis er in Vietnam einen Granatsplitter quer durch den Arsch bekam. Beide Backen halb weg. Sieht man Stan gar nicht an ... er trägt immer weite Hosen, die's kaschieren. Nur beim Schwimmen sondert er sich immer ab. Muß ein merkwürdiger Anblick sein, ein Mann ohne Arsch. Aber seine Frau hat sich dran gewöhnt.«

»Und der andere Mann?« fragte Bob und ging dabei zum Ausgang der Kantine.

»Ein völlig harmloser Boy. Liefert für die Kantine, die Armee, die Geschäfte in Los Alamos, die Supermärkte, überhaupt für jeden, der's haben will, das Wundermittel Bio-Jet. — ›Bist du impotent im Bett, trink 'ne Tasse Bio-Jet. Nach der fünften Tasse, Junge, kommst du nicht mehr aus dem Schwunge. Und will Bessy trotzdem mehr, sauf 'ne ganze Packung leer.‹ — Die Kerle machen ein Bombengeschäft mit diesem Kakao-Vitamin-Trank!«

»Und mit so einem Bio-Jet-Mann spricht Norma?«

»Rein geschäftlich natürlich. Er bringt die Ware, sie rechnen das Verkaufte ab, und weg ist er wieder. Kein Typ für Norma. Läuft immer in einem weißen Overall herum, auf dessen Brustlatz gedruckt steht: ›Bio-Jet ... und du wirst 100 Jahre alt‹. Und auf der Schirmmütze leuchtet ›Der Bio-Jet-Mann‹. Hat immer einen Knaller auf Lager, wenn er hierher kommt. Neulich brüllte er durchs Lokal: ›Amtliche Mitteilung! Die Firma Bio-Jet kommt nicht mehr für geplatzte Hosen und abgesprungene Schlitzknöpfe auf!‹ Eine tolle Nummer. Aber genau das Gegenteil von Normas Geschmack. Wenn sie ihn kommen sieht, macht sie ein Gesicht, als creme sie sich mit Salzsäure ein.«

Bob nickte. Weiter zu fragen, wäre zu auffällig gewesen. Und es gab genug Fragen. Wie lange war sie schon in Amerika? Seit wann hatte sie Kontakt zu Los Alamos? Warum war ihr Name nicht in den Listen aufgetaucht, die alle Personen erfaßten, die seit einem Jahr eingestellt worden waren? War hier wieder der tödliche Leichtsinn manifestiert worden, daß eine kleine Mixerin in einer Milchbar mit ihrer himmlischen Figur und ihren glutvollen Augen wohl ins Bett, aber nicht in die Überwachungskartei möglicher Agenten gehörte? Wer hatte damals Norma Taylor überwacht und nicht gemeldet? Das mußte Hendrik Gulbrannson gewesen sein, dem man gestern den Schädel mit einem Hammer — so sagte der Gerichtsmediziner — eingeschlagen hatte. Gab es da Zusammenhänge?

Bob blieb an der Tür der Kantine stehen, ehe er das Lokal verließ, und wandte noch einmal den Kopf zurück. Wieder trafen sich Normas und sein Blick wie ein Feuerstrahl, sich miteinander verschmelzend.

Hab mit allem nichts zu tun, Dunja, flehte sein Blick. Sag mir nachher: Bob, ich bin die erfolgloseste Agentin, die Moskau jemals losgeschickt hat. Ich mixe Milchgetränke und wehre die Männer ab ... das war bisher mein einziger Erfolg. — Was soll ich aber tun, wenn du mir sagst: Ich weiß, was ihr in den Labors U II entwickelt, und ich habe die Pläne auch schon an Moskau weitergegeben ... Dunja, was soll ich dann mit dir tun?

Er drehte sich schnell um und verließ die Kantine II. Die anderen Offiziere, Forscher, Techniker und Abteilungsleiter, die ihn begleiteten, grinsten vor sich hin. Ihn hat's erwischt, dachten sie. Dieser letzte Blick ... kann man's ihm übelnehmen? Aber morgen, da drehen wir den lieben Major durch die Mangel. Es wird ihm nie gelingen, mit Norma in den nächtlichen Wüstenbergen einen Schweinebraten über dem Feuer zu rösten. Nie! Nicht einmal die Autofahrt wird stattfinden. Er wird mit seinem Oldsmobil um siebzehn Uhr herumstehen und warten, und die Zeit wird von ihm wegtröpfeln wie bei einem Prostatiker das Wasser. An Norma Taylor bricht sich auch Bob Miller die schönen Zähne aus.

»Ich möchte mein Zimmer sehen, Leute!« sagte Bob, als sie wieder draußen auf dem großen Platz zwischen den Hallen standen. »Ein Bad nehmen, eine halbe Stunde pennen und dann meinen Schweinebraten kaufen. Wo ist der nächste Drugstore für Campingausrüstungen?«

»In Los Alamos. Luscheks Laden in der Indian-Street.« Der Oberleutnant, der mit Miller in die gesperrte Atomstadt geflogen war, sah ihn ehrlich verblüfft an. »Sie rechnen sich wirklich Chancen bei der Kleinen aus, Major?«

»Ich bin Soldat, mein Freund!« Miller stieß ein kurzes Lachen aus. »Mich reizen Festungen, besonders, wenn sie zwei so runde Erker haben.«

Bis siebzehn Uhr war dieser Ausspruch im inneren Bereich von Los Alamos bereits bekannt.

Bob Miller stand pünktlich um siebzehn Uhr neben seinem goldfarbenen Oldsmobil — es gehörte dem Abteilungsleiter —, wartete und rauchte eine Zigarette, als neun Minuten später Norma Taylor durch das Tor III den inneren, streng bewachten Bereich verließ. Niemand kontrollierte sie, wie es eigentlich Vorschrift war. Sie mußte nicht durch die Radarschleuse gehen, wurde nicht einmal mit dem Peilgerät abgetastet ... die vier Posten lachten nur, riefen ihr ein paar Bemerkungen zu und ließen sie ungehindert passieren. Mit wiegenden Hüften, das enge Kleid so kurz, daß ihre langen, schlanken Beine geradezu offensiv wirkten, das schwarze Haar mit einem roten Band hinten zusammengebunden, kam sie auf Bob zu. An der linken Hand schaukelte eine große, mit hellem Lederstreifen eingefaßte Leinentasche. Auch sie hatte keiner der Posten abgetastet oder durchleuchtet. Amerikas atomarer Untergang hätte hier weggetragen werden können ... man hätte es nie geglaubt bei diesen Beinen, diesem Gang, dem knappen Oberteil des Kleides, dessen oberster Knopf auch noch offenstand und den Ansatz der vollen Brüste freigab.

Bob warf die Zigarette auf den Boden und zertrat sie. Er wußte, daß eine Menge Augen ihn und Norma jetzt beobachteten. Und sie wußte es auch, natürlich. Mit Atomen zu arbeiten, war in Los Alamos keine Sensation mehr. Aber daß es einem Bob Miller gelang, mit Norma Taylor tatsächlich in einem Wagen wegzufahren, darüber konnte man noch lange diskutieren. Vor allem Professor Werner Lowinsky, der sich bis zu dieser Stunde als heimlicher Favorit angesehen hatte, beschloß, sich an diesem Abend zu betrinken und dadurch Mut zu bekommen, gegen das Militär und die Faszination der Uniform zu schimpfen. »So ist es immer!« hatte er schon gegen Mittag gerufen, als feststand, daß Norma Taylor zum erstenmal frauliche Regungen zeigte. »Die Uniform! Was ist da bloß dran? Wenn er die auszieht, hat er am Leib nicht ein Stück mehr als wir alle. Von der Intelligenz wollen wir nicht reden.«

»Da bin ich, Bob ...« sagte Norma leise, als sie vor ihm stand.

Bob nickte. »So einfach ist das also! Ich habe dich beobachtet. Keine Kontrollen mehr, keine Überwachung, freier Durchgang ... die Männer werden zu grinsenden Affen, wenn sie dich sehen.«

»Willst du wieder deinen Urwaldschrei loslassen wie damals?«

»Du könntest in deiner Tasche Amerikas Tod herumtragen, und keiner hielte dich an.«

»Ich könnte es, Bob.« Sie lehnte sich neben ihn an den Kühler des großen Wagens und blickte hinüber zu dem Tor III, durch das jetzt die zweite Schicht strömte, peinlich kontrolliert, durchleuchtet, abgetastet mit dem Suchgerät. »Ich habe es dir damals nicht geglaubt, als du es mir erzähltest, und es hat uns in Frazertown trotz aller Gründlichkeit keiner gelehrt: Frauen gegenüber seid ihr Amerikaner wie die Säuglinge. Immer voller Sehnsucht, an die Brust genommen zu werden. Ihr seid alle die Personifizierung des Freudschen Komplexes.«

»Steig ein!« sagte Bob hart. Er riß die Tür auf und wartete. Sie ging an ihm vorbei und legte ihre Hand auf seine Rechte, die den Türholm umklammerte.

»Ich liebe dich, Wassjuschka ...« sagte sie mit der Zärtlichkeit, von der er in all den Wochen geträumt hatte und die in ihn hineinfuhr, wie ein heißer Strahl, der sofort das Blut zum Kochen brachte. »Du wirst mich außerhalb der Stadt umbringen, nicht wahr?«

»Wenn du das annimmst, warum bist du dann gekommen?«

»Es muß ein schönes Sterben sein, wenn du mich tötest.«

»Verdammt, steig endlich ein!« knurrte er.

Er wartete, bis sie saß, warf dann die Tür zu, rannte um den Kühler herum, setzte sich auf den Fahrersitz, ließ den Motor an und fuhr mit einer verbotenen Geschwindigkeit an. Den Finger auf der Hupe, scheuchte er die Arbeiterkolonnen weg, die zu den Bussen gingen. Die meisten brüllten ihm etwas zu, tippten an die Stirn ... mit starrem Gesicht raste Miller zur Auffahrt auf die breite Landstraße und bremste dort so plötzlich, daß Norma mit der Stirn gegen die Frontscheibe knallte. Als hätte sie so etwas erwartet, war der Aufprall nicht sehr stark ... sie hatte sich am Türgriff festgehalten und die Beine gegen den Wagenboden gestemmt.

»Ich habe einen Braten bei mir und einen Grill«, sagte er heiser. »In zwei Stunden scheint der Mond. Es könnte so romantisch sein wie damals am Bug. Wir saßen auf einer der weißlackierten Bänke am Ufer, und hinter uns leuchtete von Billys Schuppen der Riesenhamburger auf dem Dach. Den Bug und Billys Plastikscheusal kann ich dir nicht bieten ... dafür aber den Mond und erinnerungsträchtige Einsamkeit. Wie wäre es mit einem Steinbruch ... nur ein paar Meilen von hier?«

Über Normas Gesicht lief kein Zucken. Sie strich nur mit beiden Händen ein paar Haarsträhnen aus der Stirn und lehnte sich in den tiefen Sitz zurück. Dabei schlug sie die Beine übereinander. Der an sich schon kurze Rock rutschte völlig hoch und gab ihre Oberschenkel frei. Bob schielte hinunter.

»Ein grüner Slip ... wie in Frazertown —«, sagte er.

»Er hatte mich gefesselt und wollte mich vergewaltigen —«

»Gulbrannson?«

»Im Steinbruch wurde er unvorsichtig. Zusammengebundene Beine sind nicht die ideale Ausgangsposition. Er mußte sich bükken ... und es lagen genug spitze Steine herum.«

»Du hast Gulbrannson erschlagen? Das hast du nie getan. Nie! Dazu bist du nicht fähig, Dunja.«

»Wir wurden ausgebildet, in bestimmten Situationen jegliche menschliche Regung auszuschalten. Wer weiß das besser als du?« Sie drehte den Kopf zu ihm und lächelte ihn an. Es war, als säße er mit ihr in Frazertown in einem Wagen und wolle hinüberfahren zu Hillmoores Bar. Um sie herum war nicht New Mexiko, sondern die sanfthügelige Landschaft der Süd-Ukraine, die Weizenfelder und blühenden Gärten und hinter einer Biegung der breite, schöne Fluß, der hier Silver River hieß und nicht mehr Bug. Und über ihnen Rußlands Sternenhimmel, aus dem eine glückhafte Schwermut in die Herzen tropfte.

Eine herrliche Welt voller Verlogenheit, Gemeinheit und Tod! Eine Welt zum Kotzen ... aber niemand will sie so sehen!

»Fahr, mein Liebling«, sagte sie sanft. Sie lehnte den Kopf gegen seine Schulter und ließ ihn auch dort, als er ziemlich schnell die Straße hinunterfuhr. »Ich habe auf diese Stunde gewartet, aber ich habe nie geglaubt, daß sie jemals kommen würde. Zwei Staubkörner in der Unendlichkeit sollen wieder zueinanderschweben ... wie unmöglich ist das! Nicht einmal in einem Märchen, nicht einmal durch die Zauberkraft aller Feen könnte so etwas geschehen. Aber ich habe davon geträumt ... jeden Abend, wenn ich in den Himmel blickte, und zu den Sternen oder den Wolken, dem Regen oder einfach zu der Dunkelheit sagte: ›Gute Nacht, Wassjuschka! Du bleibst immer in mir. Du hast mir gezeigt, was die Unsterblichkeit der Liebe ist. Gute Nacht, mein Liebling!‹ Dann habe ich wunderbar geschlafen, weil ich in deinen Armen lag ...«

»Was hast du bis jetzt nach Moskau gemeldet?« fragte Bob tonlos. Er bog von der Hauptstraße ab und fuhr in die Berge hinein, über einen holprigen, unausgebauten Weg, der sich durch kahle Schluchten wand.

»Ich liebe dich, Bob«, antwortete sie. »Ich habe dich wieder. Das Wunder aller Wunder ist geschehen ... Hast du Moskau gesagt? Was ist Moskau? Wer ist Moskau? Haben wir dieses Wort schon einmal gehört? Moskau ... Wo hast du den Ausdruck her? Was bedeutet er?«

Er bremste und riß Norma an den Schultern zu sich herum. Sie lag halb an seiner Brust, ihre rechte Schulter war gegen das Lenkrad gepreßt. Es mußte schmerzen, das Steuer drückte gegen ihren Rücken, aber sie verzog keine Miene. Nur ihre großen, schwarzen Augen bekamen einen untergründigen Glanz.

»Mein armer Wassjuschka«, sagte sie leise. »Du weißt nicht, was du tun sollst. Kann ich dir helfen? Das Gift steckt in der kleinen Rosette zwischen den Brüsten. Aber du mußt es herausnehmen und mir in den Mund stecken. Selbst tue ich es nicht ... sieh, ich öffne nur den Mund. Ich werde die Ampulle zerbeißen und hinunterschlucken ... es liegt nur an dir, mein Bärchen ...«

Sie legte den Kopf weit in den Nacken, öffnete die Lippen und schloß die Augen. Ihre Zunge spielte um die Zähne, glitt dann über die Lippen und schien ihm zuzuwinken. Töte mich in dem Augenblick, in dem sich für mich ein Himmel öffnet.

Er drückte seine Hand auf ihren offenen Mund und hielt ihn zu. Sofort schlossen sich ihre Lippen, ihre Zähne schnappten wie Fangeisen zu und gruben sich in seinen Handballen.

»Bist du an Geheimakten herangekommen?« schrie er sie an. Er war so erregt, daß sich seine Stimme überschlug.

Sie schüttelte den Kopf, festgebissen in seine Hand. Er spürte, wie sie blutete und wie Dunjas Zunge das Blut wegwischte. Aber sie ließ ihn nicht los ... wie ein Raubtier hing sie an seiner Hand.

»Hast du Fotos nach Moskau geschickt?«

Sie schüttelte wieder den Kopf, ohne seinen Handballen aus ihren Zähnen zu lassen. Ihre rechte Hand tastete nach seiner Brust, knöpfte einen Uniformknopf auf, rutschte durch den Spalt und vergrub sich in den Haaren seiner Brust. Es war ein Streicheln und Kratzen zugleich, ein ekstatisches Wühlen und eine Besitzergreifung voll glühender Zärtlichkeit. Das ist mein Körper, hieß es. Das und alles andere darüber und daneben, darunter und dahinter — es gehört mir, mir ganz allein! Die Wärme deines Blutes, das Atmen deiner Poren, die Glätte deines Schweißes, die Spannkraft deiner Muskeln, das Dehnen deiner Sehnen ... Wassjuschka, mir gehört es, mir ... mir ... mir ...

»Du bist erst dabei, den Agentenring aufzubauen«, sagte er schwer atmend.

Sie nickte wieder. Ihre Zähne ließen seine Hand los, aber ihre Finger krallten sich in sein dichtes Brusthaar. Sie betrachtete seinen Handballen und küßte die Blutstropfen weg, die aus den kleinen, spitzen Bißwunden quollen.

»Hast du nicht gesagt«, fragte sie mit einer fast kindhaften Stimme, »daß Liebe wie Kannibalismus sein kann?«

»Wann bist du aus Frazertown weggekommen?«

»Neun Wochen nach deiner Flucht. So plötzlich, wie es immer in Frazertown war. Über Nacht. Ich hätte Väterchen Sinjonew umarmen und küssen können, als er zu mir sagte: ›Norma Taylor, in vier Tagen fliegen Sie von Wien nach New York als Vertreterin einer Parfümeriefirma. In New York bekommen Sie weitere Befehle.‹ Und so war es. Ich trat dann meine Stellung als Milchmixerin an, genau, wie es der Plan vorsah. Ich war so glücklich! Ich war in Amerika. In deinem Land! Und ich habe in den Himmel gerufen: Laß mich ihn wiedersehen! Du unendlicher Himmel, gebäre ein neues Wunder!« Sie küßte wieder die Blutstropfen von seiner Handfläche, riß die anderen Knöpfe seiner Uniformjacke auf und drückte ihr Gesicht an seine Brust. Sie verbiß sich in seinen Haaren und seufzte dabei wie ein kleiner, träumender Hund. Er schloß die Augen, schlang die Arme um ihre Schultern und gab sich dem verrückten Gefühl hin, in einer heißen Wolke ersticken zu müssen und dennoch in ein überschäumendes Leben zu tauchen.

Das habe ich nie gewußt, durchrann es ihn. Liebe, das ist der Teil der Schöpfung, den Gott dem Menschen übrigließ.

»Und wo warst du?« fragte sie.

»In Sibirien.«

Ihr Kopf zuckte hoch. Mit beiden Händen krallte sie sich in seine Kopfhaare und zog sein Gesicht zu sich hinunter.

»Wo?« stammelte sie. »Wassjuschka ... wo?«

»Nordwestlich der Lena. Auf dem Weg zu eurer neuen Raketenbasis Werchokrassnoje.«

»Und du hast sie gesehen?«

»Ich habe sie nie erreicht. Ich mußte umkehren.«

»Das ist gut. O Himmel, ist das gut!« Sie küßte ihn, strich mit den Lippen über sein Gesicht und riß an seinen Haaren. Und dann lachte sie plötzlich, schüttelte sich im Lachen und bog sich unter seinen Händen wie eine sich wälzende Katze. »Da sind wir nun, Wassjuschka ... die beiden großen Spione, der Stolz unserer Nationen. Und was ist aus uns geworden? Die großen Versager! Die Blinden, die wieder sehend wurden, als sie sich trafen ... O ist das schön! So schön!«

Bob Miller hütete sich, jetzt über Plenjakow zu sprechen und von seinem Auftrag, den untergetauchten John Barryl aufzuspüren. Es war zu fantastisch, daran zu denken, daß Dunja und Plenjakow ein Team in Los Alamos bilden könnten. Das widersprach völlig den Zielen der Ausbildung, die er in Frazertown erlebt hatte. Wenn Dunja Andrejewna den Befehl hatte, durch vorsichtiges Schließen von Freundschaften langsam in die Geheimnisse von Los Alamos einzudringen, dann war kaum anzunehmen, daß auch Plenjakow in Los Alamos war.

Er wartete, bis sich Dunja ausgelacht hatte und öffnete dann die Wagentür. Über die kahlen, sonnenverbrannten Berge zogen die Schleier des Abends. Das Gestein brütete die aufgespeicherte Hitze aus, aber das war nicht von Dauer ... die Wüstennächte wurden schnell kühl, das brüchige Gestein hielt keine Wärme mehr fest. Es war ein totes Land, dem nur noch die Sonne Leben einleuchtete und es damit gleichzeitig zerstörte.

»Jetzt machen wir ein Feuer und braten unser Schweinchen«, sagte Bob mit etwas zu deutlicher Fröhlichkeit. Aber Dunja merkte es nicht ... sie hockte noch auf dem Sitz, ließ ihre nackten Beine ins Freie baumeln und war von einem Glück erfüllt, das keine Probleme mehr kannte. Bob holte aus dem Kofferraum den eisernen Grill, das trockene Holz und den in einen Plastiksack eingewickelten, bereits gewürzten Schweinebraten. Ihm folgte ein Korb mit Gläsern voll Obstsalat und fertig gekochtem Rotkraut, das man nur noch zu erhitzen brauchte.

Er baute den Grill auf, zündete das Holz mit einem Spirituswürfel an und stieß den Spieß durch den gerollten Schweinebraten. Norma sah ihm, noch immer in der Tür des Autos sitzend, zu.

»Du hast tatsächlich kein Zimmer in einem Motel gemietet?« fragte sie.

»Nein. Alle Hoteliers im Umkreis von Los Alamos sind alarmiert und geben sofort Nachricht, wenn wir auftauchen. Ich liebe nicht gern unter großer Sehbeteiligung.«

»Das Leben ist schon verrückt, Wassjuschka. Hundertmal habe ich mir ausgemalt, wie es sein würde, wenn wir uns wirklich wiedersehen. Ich glaube — ich habe gedacht —, ich schreie auf und stürze mich auf ihn wie ein Tiger auf seine Beute. Wie eine Irre werde ich mich benehmen, denn unsere Liebe ist das Wahnsinnigste, was je zwei Menschen erleben können. Wir haben den Befehl, uns gegenseitig zu töten ... und wir umschlingen uns, dringen in den anderen ein und lösen uns auf in Unbegreiflichkeiten. So habe ich mir das vorgestellt ... und wie ist es nun wirklich? Wir stehen zwischen kahlen Bergen in einer steinigen Schlucht, Wassja Grigorjewitsch spießt ein Schweinchen auf eine Eisenstange, entzündet ein Feuerchen und beginnt, wie ein Schafhirte zu kochen. Und Dunja Andrejewna, von Sehnsucht verbrannt, wird auf einer Steinplatte den Tisch decken, den Rotkohl wärmen, den Obstsalat in Plastikschüsselchen umfüllen und sich überraschen lassen, was es zu trinken gibt ...«

»Krimsekt. Im Kofferraum, in einer Kühlbox —«

»O Bob ... wie liebe ich dich ...«

Er kam vom Grill zurück, der nun aufgeflammt war, hatte den Schweinebraten in die eisernen Gabeln gehängt und zog Dunja aus dem Wagen. Wortlos knöpfte er ihr Kleid auf, legte ihre schönen Brüste frei, griff in den Büstenhalter, holte aus der Spitzenrosette die kleine Giftkapsel und schleuderte sie weit weg in die Felsen. Sie hinderte ihn nicht daran. Sie stand unbeweglich da, als er ihr Kleid aufknöpfte, nur als seine Finger zwischen ihre Brüste griffen, vibrierte ihre Haut und kräuselte sich, als friere sie. Es war ein unsagbar alle Nerven elektrisierendes Gefühl, das jeden Winkel ihres Körpers in Besitz nahm. Ein Augenblick, in dem sie bereit war, sich über die Kühlerhaube des Autos zu werfen und sich ihm hinzugeben, wie es kein Tier vermochte.

»Du wirst sie nie mehr brauchen!« sagte Bob, als die Giftkapsel irgendwo in den Felsen zerschellte.

»Hast du deine noch?« fragte sie mit schnellem Atem.

»Nein. Ich habe sie abgegeben, als ich aus Sibirien zurückgekommen bin. Sie gehört zur Ausrüstung im Auslandseinsatz.«

Er hob den Kopf und schnupperte. »Wie das riecht, Dunja! Ist das ein Braten, was? Es geht nichts über ein Holzfeuer. Und dann gibt es noch eine andere Art, ein ganzes Schwein wunderbar saftig zu garen. In Afrika macht man das. Vor allem am Kongo. Man gräbt eine Grube, legt sie mit Steinen aus, erhitzt diese Steine bis sie glühen, räumt das Feuer aus, legt das Schwein in diese heiße Steingrube, deckt sie mit Erde ab und läßt das ganze Schwein ein paar

Stunden im eigenen Saft schmoren. Ich sage dir, so etwas hast du noch nicht gegessen ...«

»Warum küßt du mich nicht?« fragte sie leise. »Warum mußt du jetzt von geschmorten Schweinen sprechen? Wassjuschka ... wenn ich an dich dachte, habe ich mir die Fäuste zwischen die Schenkel pressen müssen ... Ich habe gestanden, gesessen oder gelegen und habe mit den Zähnen geknirscht, und wenn ich meine Fäuste in den Schoß drückte, habe ich ›Wassja! Wassjenka! Mein Liebling! Mein Liebling!‹ geschrien. So etwas erzähle ich dir ... begreifst du das? Ich schäme mich nicht, dir so etwas zu erzählen. Mir müßte die Zunge abfaulen, aber nein ... ich spreche es aus! So selbstverständlich ist das, so schön, so nötig wie das Atmen.«

Sie hob die Arme. Das Kleid rutschte an ihr herunter, sie stieg aus ihm heraus, löste den Büstenhalter und streifte den kleinen grünen Slip von den Hüften. In ihrer weißen Nacktheit schien sie jetzt in der rötlichen Abenddämmerung zu schweben, getragen von dem noch warmen Wind, der durch die Schlucht wehte und ihr schwarzes Haar blähte.

»Als du weg warst, habe ich nicht mehr gelebt«, sagte sie und breitete die Arme weit aus. Ihre Brüste spannten sich, der Körper streckte sich, als sie auf die Zehen stieg, ihre langen, schlanken Beine schienen sich vom Boden zu lösen. Die Schatten des Abendrotes lagen in den Wölbungen ihrer Muskeln und modellierten den Leib zu einer nie wiederkehrenden Vollendung menschlicher Schönheit. »Mein Herz hat geschlagen, meine Lungen haben geatmet, ich habe mich bewegt ... das war alles. Leben bist nur du! Bob, was hast du aus mir gemacht!«

»Das hast du in Frazertown auch gefragt ...«

»Du weißt es noch?«

»Jedes Wort, jede Bewegung, jeden Atemzug.«

»Ein kleiner hölzerner Bungalow, weiß gestrichen ... Die größten Möbel waren das Bett und die Bar —«

»Mehr brauchten wir auch nicht, Dunjaschka.«

Sie warf sich nach hinten, lag mit dem Rücken halb auf der langgestreckten Kühlerhaube des Autos und breitete Arme und Beine aus, wie auseinandergerissen zur Liebe, gekreuzigt zur Wollust. »Und du stehst da und redest, redest, redest!« schrie sie und kratzte über den Lack des Autoblechs. »Stehst da und hast Angst, daß ein Stück Braten schwarz wird! Ich habe auf dich gewartet ... weißt du, wie lange das her ist? Hast du in Sibirien Jakutenweiber oder Burjätenstuten gehabt? In Irkutsk und Jakutsk feine Dämchen, die nach Rosenöl stanken? Mäuslein, die piepsten, wenn sie in deine Hände fielen? Und was habe ich getan? Ich habe nur von dir geträumt, habe deinen Namen gegen die Wände geschrien, habe mich hingeworfen, irgendwo in ein Kornfeld, hinter einen Baum, in das hohe Gras, zwischen Steinhaufen, habe die Augen geschlossen, und dann warst du bei mir, ich habe dich in mir gefühlt und die Sonne oder die Sterne angeschrien ... Nur du warst da ... nur du ...«

Er blickte sie an, nahm ihre ausgebreiteten Arme, riß sie an sich und zog sie zur Hintertür des Wagens. Sie folgte ihm taumelnd, noch immer mit geschlossenen Augen, und streckte sich auf die weichen Lederpolster der Rückbank aus. Das Zittern ihres nackten Körpers verstärkte sich, ihr Leib wurde auf und ab geschleudert, und als er zu ihr kam, als sie seine behaarte Haut auf sich spürte, das Spiel seiner Muskeln, die Kraft seiner Männlichkeit, die sie aufspaltete, hieb sie wieder die Nägel der gespreizten Finger in seinen Rücken und biß sich an seiner Halsbeuge fest wie ein Vampir.

»Wir sind Tiere, Wassjuschka!« schrie sie, als sie einmal Atem holte, und jedes Wort stieß sie heraus wie einen heiseren Schrei. »Wir sind bestialischer als Tiere ... Bleib so, bleib — Jetzt müßte die Welt untergehen ... jetzt ... jetzt ... Wassjuschka — der Himmel stürzt ein —«

Als sie wieder aus dem Wagen kamen, schweißglänzend, von der Kühle der Nacht angesprungen, eine alte Wolldecke um ihre Schultern geworfen, roch es scheußlich nach verbranntem Fleisch. Der gerollte Schweinebraten drehte sich als schwarzer, qualmender Klumpen noch immer an dem durch eine Batterie betriebenen Grillspieß.

»Jetzt werden wir doch in ein Motel fahren müssen«, sagte Bob und rieb mit einem Deckenzipfel den Schweiß von Dunjas Brüsten. Sie preßte sich an ihn und tastete mit beiden Händen an seinem Leib hinunter. »Oder können wir zu dir?«

»Unmöglich.« Sie schüttelte den Kopf. »Ich wohne in einem kleinen Zimmer bei einem Drogisten. Ich habe den Ruf eines anständigen Mädchens ...« Sie lachte hell, küßte die große Bißwunde an seiner Halsbeuge und zog die gemeinsame Decke enger um sich. Es wehte kein Wind mehr, aber aus den Sternen fiel die Kälte in die Wüste.

Es ist unmöglich, dachte sie. Um zwanzig Uhr wollte ich mich mit Plenjakow treffen. Auf eine Antwort hofft er. Auf das Ja, ihn zu heiraten. Jetzt wird er vor dem Haus des Drogisten stehen, warten und unruhig sein.

Sie wickelte sich ganz in die Decke, als Bob sich von ihr löste, zu den weggeworfenen Kleidungsstücken ging und Stück um Stück seine Uniform wieder anzog. Sie sah ihm zu, saß auf der hinteren Stoßstange, rieb die nackten Fußsohlen aneinander, und dachte: Sie dürfen sich nie begegnen. Bob und Andrej Nikolajewitsch. Man muß es verhindern! Aber wie kann man das?

Sie senkte den Kopf und zog die Decke weit über ihre verschwitzten Haare. Ich werde ihn töten müssen, dachte sie. Was bleibt mir anderes übrig? Ich werde Plenjakow liquidieren, um mit Moskaus Sprache zu reden. Das hat man mir beigebracht. Geh einer Gefahr nie aus dem Wege, wenn du sie vernichten kannst. Das gleiche wird Plenjakow denken, wenn er Bob wiedersieht. Ich werde schneller sein müssen als er.

»Willst du nackt zu Jerry's Drive-In?« fragte Bob. Er stand in seiner Uniform vor ihr und zog ihr die Decke vom Körper.

»Du wolltest mit mir ein Glas Sekt trinken, Wassja«, sagte sie und bemühte sich, ihr Frieren nicht zu zeigen. »Unseren Krimsekt ...«

Er nickte, ging zum Kofferraum, öffnete die Kühlbox, holte eine Flasche heraus, drehte den Korken fast lautlos heraus und goß zwei Plastikbecher voll echten russischen Sekt.

»Die geschliffenen Kristallgläser holen wir nach, Dunja«, sagte er.

»Halt deine Hände auf«, sagte sie leise.

Er tat es, sie goß aus dem Plastikbecher etwas Krimsekt in seine Handflächen, beugte tief den Kopf hinunter und schlürfte den Sekt heraus. Es war eine solch erschütternde Geste unendlicher Zärtlichkeit, daß ihm der Becher aus der Hand glitt und über den steinigen Boden wegrollte.

»So herrlich war noch kein Sekt«, sagte sie kaum hörbar. »Er betäubt wie Gift. Jetzt bring mich in ein Bett, Wassjuschka. Nur neben dir liegen, nur dich fühlen, und wissen: so bleibt es ein ganzes Leben lang.« Sie griff nach der Decke, die neben ihr auf dem Steinboden lag, und warf sie wieder um sich. »Ich friere. Gib mir noch einen Schluck, Bob ...«

Sie setzte die Flasche einfach an den Mund und trank, während Bob Miller ihre verstreut herumliegenden Kleidungsstücke aufsammelte.

Wie Bob es geahnt hatte: In Jerry's Drive-In-Motel war man bereits unterrichtet, als er seinen Oldsmobil vor einem der kleinen Bungalows parkte. In der zentralen Empfangshalle des Hauptgebäudes erwartete ihn ein grinsender Jerry Hamlok und winkte schon mit einem Schlüssel, als Bob Miller durch die Drehtür kam.

»Sie haben Nr. 20, Major!« rief Jerry fröhlich. »Unser bestes Häuschen! Französisches Bett, Spiegelschränke, aus dem linken kleinen Hahn an der Badewanne läuft Kölnisch Wasser, im Bettumbau ist eine Bar installiert. Sie brauchen nicht einmal mehr aufstehen, sich nur auf die Seite wälzen, haha ... unser Hochzeitszimmer ist berühmt für seinen stillen, unsichtbaren Service. So befindet sich unter Ihrem Kopfkissen auch ein kleiner Kasten mit Papierhandtüchern und —«

»Jerry, halt die Schnauze!« unterbrach ihn Bob grob. »Es genügt, wenn du das Glöckchen unterm Bett abmontiert hast.« Er trat näher und legte eine Hundertdollarnote auf den Tisch, Jerrys Augen wurden kindergroß. »Wer steckt dahinter, Boy? Los, spuck es aus!«

»Die ganze Abteilung V aus dem Werk. Man hat Sie als Wunderknaben angekündigt, Major. Daß Sie Norma auf den Rücken legen, damit rechnet jetzt jeder ...«

»Wenn du weiter so redest, bekommst du eine dicke Lippe, Jerry«, sagte Bob ruhig. »Ich habe mit Rechts einen Punch, da stecken gut zehn Zentner drin! Kraft mal Weg, wenn du was von Physik verstehst. Los, gib den Schlüssel her! Was sollst du nach Los Alamos melden?«

»Nur, daß Sie eingetroffen sind.«

»Dann tu den Boys noch einen Gefallen und sage ihnen: Major Miller hat sich entschlossen, Norma Taylor zu heiraten. Und das sehr schnell.«

»Ist das ein Witz, Sir?«

»Geh aus meiner Reichweite, Jerry. Es knallt gleich!«

»Aber Sie kennen doch Norma erst seit ein paar Stunden.«

»Das reicht für mich, um zu wissen, wie's weitergeht.« Er nahm den Schlüssel Nr. 20 aus Jerrys schlaffen Fingern und drehte ihn durch die Luft. »Und nun laß uns in Ruhe, Jerry. Ich garantiere, daß jeder, der uns stört, krankenhausreif wird.«

Vor dem Bungalow Nr. 20 stand bereits der Oldsmobil. Bob Miller ging hinüber und blickte verwundert auf Norma, die hinter dem Steuer saß. Vorher hatte er vor Nr. 9 geparkt.

»Ich hab ihn hergefahren«, sagte sie und stieg aus.

»Kannst du Gedanken lesen?«

»Ich bin dir nachgegangen und habe durch die Glastür gesehen, wie dieser Jerry mit dem Schlüssel Nr. 20 spielte. Also ist das unser Zimmer. Logisch, Bärchen?«

»Das Agentenweib.« Er schloß die Tür auf. Der kleine Bungalow bestand aus einem Vorraum mit Garderobe und dem großen Zimmer mit Sesselecke, breitem Bett und einer ganzen Längswand aus Spiegelschränken. Auf dem Tisch stand ein Blumenstrauß — so sicher war man sich gewesen, daß Bob Miller hier aufkreuzte. Die Jalousien vor den Fenstern waren heruntergelassen.

Bob Miller legte den Zeigefinger auf die Lippen und ging auf Zehenspitzen im Zimmer herum. Er blickte in den Schirm der Stehlampe, neben das Bett, unter das Bett, in den Blumenstrauß, hinter die beiden Bilder — bunte Fotodrucke in Holzrahmen — und untersuchte alle Türrahmen. Erst nach dieser Inspektion nickte er. Norma war lautlos neben der Dielentür an der Wand stehengeblieben. Man brauchte ihr nicht zu erklären, was Bob suchte.

»Nichts«, sagte er.

»Unter der Tapete —«, flüsterte sie.

»Ich kann nicht das ganze Zimmer aufreißen. Komm her!« Er zog Norma mitten in den Raum, sie blickten sich durch die Schrankspiegel an und lächelten sich zu. »Liebe Leute«, sagte Bob Miller laut. »Wenn ihr irgendwo eure Wanzen versteckt habt, dann sollt ihr jetzt wissen, daß Norma und ich uns lieben, daß wir heiraten werden, gleich einen Cocktail trinken, dann eine Flasche Sekt und anschließend im Bett das tun, was ihr geilen Hunde an den Tonbändern auch so brennend gern mit Norma getan hättet. Daß ihr jetzt zuhört, stört mich nicht. Aber wenn euch vom Zuhören die Röhre platzt, ist's allein eure Schuld! Norma, zieh dich schnell aus!«

Sie starrte ihn an und schüttelte den Kopf. »Nein!« sagte sie ebenso laut. »Das mache ich nicht mit. Ich bin keine Hure! Wenn an den Tonbändern Gentlemen sitzen, dann stellen sie jetzt ihre Geräte ab. Oder ich schlafe im Sessel.«

»Wer da mithört, sind keine Gentlemen, Norma.« Bob Miller stampfte im Zimmer umher und tastete mit der flachen Hand die Wände ab. Wenn man tatsächlich Mikrofone eingebaut hatte, waren Meister ihres Fachs am Werk gewesen. »Liebt ihr Radiomusik, Boys?« fragte Bob gegen die Wände. »Ein alter Gegentrick, aber ich nehme an, den habt ihr bereits einkalkuliert. Wie wär's, wenn wir im Auto übernachten? Kinder, ihr könnt doch einem Bob Miller nicht mit so idiotischen Sachen kommen.«

Er ging zur Bar, klappte sie auf und holte Mixbecher, Eisbehälter und einige Flaschen hervor. Langsam, katzengleich, bewegte sich Norma durch das Zimmer und setzte sich in einen der Sessel.

»Ich möchte weg von hier, Bob«, sagte sie. »Bitte —«

»Genau das habe ich eben auch gedacht. Aber erst saufen wir uns einen kleinen Hirnwirbel an. Kennst du einen ›Marmon-Cocktail‹? Leute, herhören: ein Drittel Kirschwasser, ein Drittel Cherry Brandy, ein Drittel französischer Vermouth, über Eis schütten und mit einer Kirsche garnieren. Nach zwei Gläschen fliegen die Schlüpfer wie Fledermäuse durchs Zimmer. Aber das hört ihr nicht mehr, ihr Mikrofon-Onanisten. Was ich euch zu sagen habe, das hört ihr erst morgen —«

Sie tranken jeder drei Gläser von dem ›Marmon-Cocktail‹, gaben dann dem enttäuschten Jerry den Schlüssel wieder ab und fuhren zurück in die kahlen, kalten Wüstenberge.

Dort stellten sie den Wagen in einer Seitenschlucht ab, krochen auf den Hintersitzen zusammen und wärmten sich gegenseitig wieder unter der schäbigen Decke.

»Morgen miete ich für uns ein Haus«, sagte Bob und legte beide Hände über Normas Brüste. »Und du meldest Moskau, daß es keine Dunja Andrejewna mehr gibt. Du bist Norma Taylor ... Ich will es nie gewußt haben, daß du eine Russin bist.«

»Ich werde immer eine Russin bleiben, Bob.« Sie hielt seine über ihre Brüste kreisenden Hände fest und sah ihn groß an. Die winzige Deckenlampe, die sie im Fond des Wagens eingeschaltet hatten, warf kleine Punkte in ihre schwarzen Pupillen. »Könntest du Amerika vergessen?«

»Ja. Es gibt wichtigere Dinge.«

»Das unterscheidet euch von den Sowjets. Ein Russe wird sein Vaterland nie vergessen können, selbst wenn die Liebe so grenzenlos ist wie bei uns. Ich werde immer denken: Unser Glück ist so groß, so unendlich wie die Taiga, wie der Himmel über Sibirien, wie die Steppen Kasakstans. Aus dieser Unendlichkeit bin ich zu dir gekommen, um dir das unendlich große Glück zu bringen. Wassjuschka, *das* ist Rußland. Du mußt es spüren ...«

»Ich spüre es.« Er schob den Arm unter ihre Hüften und zog sie noch enger an sich heran. »Ich spüre es um so mehr, als ich in Sibirien bald verreckt wäre —«

Ihr Körper schnellte zusammen. Ihre Stimme wurde plötzlich heller. »Wassja, was ist geschehen? Erzähle! Oh, ich habe dich nie danach gefragt. Nur an mich habe ich gedacht. Was war in Sibirien?«

»Später, Dunjenka, später.« Er rückte die Decke zurecht und knipste die kleine Deckenlampe aus. Über den kahlen Wüstenbergen lag bleich ein Mondschimmer. Eine Totenlandschaft wie auf einem anderen Stern. »Warum darüber reden? Wir haben so vieles zu vergessen und so vieles neu und besser zu machen. Wir sollten beide aus der Vergangenheit fliehen.«

»Können wir das?«

»Ich werde es mit allen Kräften versuchen.«

»Ich auch, Wassjuschka, ich auch.« Sie kroch ganz nahe an ihn und kuschelte ihr Gesicht in seine Halsbeuge. »Wir wollen zwei neue Menschen werden, wie es sie noch nie gegeben hat —«

Und morgen kommt Andrej Nikolajewitsch Plenjakow, dachte sie, um mich zu fragen, ob ich ihn heiraten will.

Gott im Himmel, den ich nicht kenne, ich flehe dich an: Hilf uns ...

Am nächsten Vormittag stand Norma Taylor wieder hinter ihrer Milchbar und zapfte Mixgetränke. Sie spürte die Sensation, die knisternd in der Luft lag. Die Männer zogen an ihrem Tresen vorbei wie zur Parade, starrten ihr ins Gesicht, grinsten sie an, aber unterließen dumme oder anzügliche Bemerkungen. Für solche Fälle hatte Norma drei große Litergläser voll Sirup neben sich stehen und war bereit, jedem Flegel eins davon über den Kopf zu gießen. Nur ihr Boß, Stan Wolter mit dem weggeschossenen Hintern, fragte sie am Morgen, als sie ihren Dienst pünktlich wie immer antrat: »Stimmt das alles, Mädchen?«

Und sie hatte geantwortet: »Ja, es stimmt, Stan. Bob und ich sind uns einig. Ging schnell, was? Aber das ist wie bei einem Gewitter. Keiner weiß, wann und wo ein Blitz einschlägt.«

Von da ab ließ Stan Wolter Warnungen verbreiten. Erstens Bob Millers wegen, von dem bekannt war, daß er als Topmann des CIA sich nicht scheuen würde, kreisrund um sich zu schlagen, und zweitens Normas wegen, die endlich eine Frau geworden war und durch ihre Verbindung zu Miller auch schließlich für Ruhe in den Reihen der Männer sorgte, die bis gestern noch wie Auerhähne in der Kantine II gebalzt hatten.

Nicht ganz so einfach hatte es Bob selbst. Er saß in einem Büroraum, den man ihm in der Zentralverwaltung zur Verfügung gestellt hatte, las gerade die Untersuchungsprotokolle über den Mord an Hendrik Gulbrannson, dessen Akte er sich hatte kommen lassen, als das Telefon klingelte.

Schon bevor der Mann am anderen Ende der Leitung einen Ton sagte, wußte Bob, wer ihn anrief. Das Schnaufen durch die Nase war wie eine Erkennungsmelodie.

»Guten Morgen, Sir!« sagte Bob freundlich. »In Los Alamos sind es bereits um diese Zeit dreißig Grad Hitze. Wie sieht's in Fort Patmos aus?«

»Wir sind wieder in Fort Thompson, Bob.« Die Stimme von General Orwell klang so klar, als sei nur ein Meter Leitung zwischen ihm und Miller. »Im Nebenraum stehen zwölf Ihrer Freunde bereit. Wenn ich Ihnen die Namen nenne, werden Sie jubeln. Alles Teilnehmer von Alaska. Ich nehme an, daß Sie mir allerlei zu sagen haben, Bob. Wir sind zum Großeinsatz bereit.«

»Danke, Sir.« Bob Miller betrachtete erstaunt den Hörer, ehe er weitersprach. »Die Einladungen zu meiner Hochzeit gehen pünktlich heraus. Aber so schnell war es nicht gemeint. Sir, ich habe Ihnen offiziell zu melden, daß ich mich gestern mit Miß Norma Taylor, geboren in Waco in Texas, verlobt habe.«

»Dann haben Sie die Flasche genommen, Bob«, sagte General Orwell trocken. »Prüfen Sie das nochmal nach, bevor Sie endgültig vor dem Reverend ›Ja‹ sagen. Die Dame, mit der Sie gestern nacht mit einer wirklich bewundernswürdigen Ausdauer Verlobung gefeiert haben — ein Glück, daß der Oldsmobil so gute Federn hat —, heißt Dunja Andrejewna Koroljow, geboren in Liski, südlich von Woronesch. Stimmt's, mein süßer Wassjuschka, mein starkes Bärchen ...?«

»Sir —« Bob Miller überflutete eine Hitzewelle, die sein Hirn aus dem Kopf zu drücken schien. »Ich habe ...«

»Sie haben ›Tote Fliege‹ spielen wollen, Bob. Ein gefährliches, ein tödliches Doppelspiel in unserer Situation. Ihr Zusammenprall mit Dunja war ein Elementarereignis, das erkenne ich an. Und es ist löblich, daß Sie und Dunjaschka beschlossen haben, auszusteigen und vielleicht Erdnüsse anzubauen. Ihre genauen Pläne haben Sie ja noch nicht fixiert —«

»Sie haben uns belauscht, Sir —«

»Glauben Sie, wir stellen Ihnen ein Auto zur Verfügung, das nicht präpariert ist? Die Wanzen im Zimmer zwanzig bei Jerry waren nur dazu da, Sie wieder ins Auto zurückzujagen. Das ist gelungen. Aber da hatten wir ja schon vorher allerhand gehört. Bob, unter uns Männern und als Ihr Freund: Ich kenne diese Dunja nicht, aber es muß eine Frau sein, bei der jeder Mann den Verstand verliert und Sie haben ihn verloren, Bob. Sie, mein bester Mann. Mein Stolz von Alaska. Mein Aushängeschild. Was ich da auf den Bändern habe — Ihr Camping mit dem verbrannten Schweinchen, Ihre Liebesfeier mit Krimsekt — und was so davor und danach geschah, das kann man nur hinter Panzerschränken aufbewahren oder psychisch Impotenten vorspielen.«

»Es freut mich, wenn's Ihnen gefallen hat, Sir«, sagte Bob giftig. »Welche Folgerungen habe ich zu ziehen?«

»Ich nehme an, Sie haben Dunja Andrejewna bereits in Frazertown kennengelernt.«

»Sir, Sie haben's ja gehört.«

»Ihr Name ist bei Ihren Meldungen nie aufgetaucht.«

»Ich hatte nie angenommen, daß Dunja in die USA abkommandiert wird. Ich rechnete sie zum Stammpersonal von Winniza.«

»Bob, warum lügen Sie mich so schamlos an? Habe ich nicht Ihr volles Vertrauen? Wir sind jetzt allein, ich spreche mit Ihnen ohne Zeugen und ohne Tonband. Darauf mein Wort.«

»Ich glaube Ihnen, Sir.«

»Dunja hat Sie mit ihrer Liebe und ihrem Körper überwältigt. Sie wollten einfach nicht wahrhaben, wie gefährlich sie sein kann.«

»So ist es, Sir.« antwortete Bob steif. »Und als ich sie gestern in Los Alamos wiedersah, habe ich die Bibel verstanden, die von der Erstarrung zu Salzsäulen berichtet.«

»In der Nacht haben Sie das Salz aber ganz schön schmelzen lassen.«

»Ich habe Dunja gefragt. Sie ist noch nicht lange in Los Alamos. Sie hat noch keinen Agentenring aufgebaut. Sie hat keine wichtigen Bekanntschaften geknüpft. Sie war dabei, sich erst zu etablieren und rundherum Vertrauen zu gewinnen. Sie hat nach Moskau nichts gemeldet als die Tatsache, daß es ihr gelungen ist, in der Milchbar der Kantine II die Stellung zu bekommen. Ihre Ausgangsposition. Darüber hinaus ist nie gekommen.«

»Das wissen wir jetzt auch. Während Sie intensiv russische Seele erforschten, waren wir in der Nacht pausenlos unterwegs. Es gibt da zwei Männer, die mit Dunja-Norma engeren Kontakt gesucht haben —«

»Ein Professor Lowinsky und ein Vertreter von Bio-Jet. Ist mir bekannt, Sir. In Los Alamos überall bekannt.«

»Lowinsky ist blütenweiß.« General Orwell schien in einigen Akten zu blättern. »Der Bio-Jet-Mann ist uns namentlich noch unbekannt. Wir erwarten im Laufe des Morgens seinen Namen von der Firmenzentrale. Im Werksgelände kennt man ihn nur unter dem Namen ›Der tolle Johnny‹. Soll voller säuischer Witze stecken.«

»Auch die habe ich schon teilweise gehört. Wollen Sie per Draht einen mitbekommen, Sir? ›Hängt so manches dir herunter, Bio-Jet macht's wieder munter‹.«

»Sie müssen das Zeug zentnerweise getrunken haben.«

»Danke, Sir.«

»Kommen wir auf Dunja zurück. Sie wollen sie also tatsächlich heiraten?«

»Ja.«

»Wie wir gehört haben, als Norma Taylor. Bob, Sie wissen, wie großzügig wir sein können. Ich bin bereit, Normas falsche Papiere als echte zu akzeptieren und euer Glück zu segnen unter der Voraussetzung, daß Norma uns Namen und Adressen nennt, die sie kennt. Und sie kennt welche, Bob. Ich schwöre es! Moskau entläßt keinen Agenten in exponierte Stellungen, ohne um ihn herum ein Netz aufzubauen mit Kontaktmännern, mit Zwischenträgern, mit toten Briefkästen, mit Agentenführern. Ganz wie bei uns. Darin sind wir alle gleich. Dunja Andrejewna wäre in der Geschichte der Spionage die erste Agentin, die völlig allein arbeitet. Bob, das wissen Sie doch auch. Ihre Norma verfügt über Kreuz- und Querverbindungen. Die müssen wir kennen ...«

»Und wenn sie es bestreitet?«

»Dann lügt sie! Bob, überreden Sie Ihr Täubchen. Wenn Ihnen schon plötzlich Ihr Vaterland einen Haufen Scheiße wert ist, dann kämpfen Sie jetzt um Ihr ganz persönliches Glück und Weiterbestehen. Wir werden, so ein lieber Junge Sie auch sind, gegen Ihre Dunja energisch vorgehen, falls sie stumm bleibt. Daß Sie ihr das Gift weggenommen haben, war übrigens hervorragend.«

»Das haben Sie auch auf dem verdammten Tonband?«

»Alles, Bob.« General Orwell schnaufte wieder ins Telefon. »Wie verbleiben wir, mein Junge?«

»Ich werde meine Pflicht tun, Sir.« Bob sagte es laut und hart. »Habe ich das alles erst hinter mir, dann ...«

»Bitte, behalt es für dich, Bob!« unterbrach ihn Orwell väterlich. »Den Gefallen, dich am Arsch zu lecken, tu ich dir ganz bestimmt nicht.«

»Sir. Wann kann ich aus der Army entlassen werden?«

»Wenn Sie mir Plenjakow bringen, Bob. Ich werde Ihre Beförderung zum Oberst durchsetzen, und dann reden wir weiter.«

»Ich möchte das Restaurant und das Motel meines Vaters übernehmen, Sir.«

»Ein Mann wie Sie, Bob!«

»Ich weiß, Sir, was Amerika in mich investiert hat. Aber ich glaube, ich habe es in Winniza und Sibirien abbezahlt.«

»Sie sind Offizier, Bob, und kein Kleinkrämer.«

»Es gibt Generale als Filmschauspieler, Sir, und Filmschauspieler, die gern Präsident von Amerika werden möchten. Warum soll ein Oberst nicht Hamburgers und Hot dogs verkaufen?«

»Stellen wir das Gespräch zurück.« Orwells Stimme wurde wieder dienstlich. »Bob, finden Sie uns Plenjakow. Haben Sie Dunja schon nach ihm gefragt?«

»Nach den Gesetzen der Logik ist er nie in ihrer Umgebung.«

»Nach den Gesetzen der Logik müßten Sie jetzt in der Taiga verschimmeln. Und wo sind Sie? Im Bett Ihrer russischen Geliebten, und das auch noch im Blickwinkel von Amerikas bestbehütetem Geheimnis. Nennen Sie das Logik?«

»Ich tue, was ich kann, Sir«, sagte Bob verschlossen.

»Und wenn der Weg zu Plenjakow doch über Dunja führt? Bob, ich habe da so ein Jucken um das Herz herum. Sie kennen das von mir: mein siebter Sinn. Wollen Sie von Ihrer Aufgabe entbunden werden? Ich schicke Ihnen dann sofort Captain Redder als Nachfolger.«

»Danke, Sir. Ich schaffe es allein. Wenn es zu schaffen ist, dann kann ich es ja nur allein. Wer kennt denn Plenjakow außer mir?«

»Und Dunja.« Orwell räusperte sich. »Schluß jetzt, Bob! Kopf hoch, mein Junge ... ich beneide Sie nicht. Sie haben die herrlichste Frau erwischt ... aber sie hat auch ganz klar gesagt: Ich bleibe immer eine Russin! Möge Gott verhüten, daß Sie daran zerbrechen ...«

Es knackte. General Orwell hatte aufgelegt. Langsam legte auch Bob den Hörer zurück, legte den Kopf weit in den Nacken und starrte gegen die weiß getünchte Decke. Die Klimaanlage surrte auf einmal wie ein Düsenmotor. Alle Geräusche, selbst das Summen einer Fliege, wuchsen ins Gigantische.

Sie wird mir alles sagen, dachte Bob. So wie sie kann keine andere Frau mehr lieben. Aber gibt es eine grenzenlose Liebe? Gibt es Hingabe ohne ein Geheimnis?

Ich bleibe immer eine Russin — war das die Grenze?

John Barryl erschien wieder in Los Alamos mit seinem weißlackierten Lieferwagen und seinen Bio-Jet-Dosen. Die Wachen kontrollierten ihn so gut wie nicht mehr, hielten ihn nur noch an, um seinen neuesten schweinischen Werbevers zu erfahren. Dann brüllten sie vor Lachen, und Plenjakow konnte ungehindert in den inneren Bereich einfahren und hinter der Kantine II halten.

Den Weg ins Magazin kannte er im Schlaf. Er schleppte drei Kartons mit Bio-Jet ins Lager, stieß dort einen vereinbarten Pfiff aus, den man bis zur Theke hörte, und wartete auf Dunja. Stan Wolter, der Pächter, befand sich nicht im Lokal. Er fuhr mit einem Einkaufswagen in den Hallen des Supermarktes von Los Alamos herum und suchte für seinen Küchenbetrieb die Wochenration zusammen.

Plenjakow lehnte an einem der Regale, als Dunja ins Magazin schlüpfte. Das Mädchen an den Obstsaftmaschinen hatte sie für ein paar Minuten abgelöst. Plenjakow sah müde aus. Er hatte die ganze Nacht vor dem Haus des Drogisten gewartet, aber Dunja war nicht in ihre Wohnung gekommen. Dann hatte er — in Zivilkleidern, nicht in seinem auffälligen Overall von Bio-Jet — hinter einem Schuppen gestanden und beobachtet, wann Dunja ihre Arbeit antrat. Sie war pünktlich gekommen, wie jeden Morgen, aber nicht auf ihrem Moped, sondern mit einem Taxi. Und sie trug dasselbe Kleid wie am Vortag, dieselben Schuhe, und vor allem fiel Plenjakow auf, daß sie weniger ordentlich frisiert war als sonst.

Das erzeugte in ihm einen Sturm von Eifersucht und verworrenen Gedanken, dem er nur mit einem Zähneknirschen und der eisernen Disziplin, zu der er erzogen worden war, widerstehen konnte.

»Wo warst du?« fragte er sofort, als Dunja ins Magazin kam und die Tür sorgfältig schloß. Sie schob einen Karton davor, um bei unliebsamen, schnellen Besuchen rechtzeitig gewarnt zu sein. Die rückwärtige Tür zum Hof hatte sie im Auge. Es gab sowieso genug Lärm, wenn Stan Wolter vom Supermarkt zurückkam.

»Was heißt das: Wo warst du?« fragte sie zurück.

»Ich habe die ganze Nacht vor deinem Haus gestanden.«

»Wir waren nicht verabredet, John. Heute abend ...«

»Du bist mit einem Taxi gekommen! Wo ist dein Moped?«

»Hinter dem Haus.«

»Dann bist du gestern auch mit einem Auto weggefahren?«

»Verhört jetzt der Major Plenjakow den sowjetischen Kapitän Dunja Andrejewna?«

»Ich möchte wissen, mit wem meine zukünftige Frau nachts unterwegs ist!«

»Ich könnte sagen, es war dienstlich.«

»Ein Mann also!« Plenjakow atmete schwer. Er wischte sich mit beiden Händen über das übernächtigte Gesicht und unterdrückte nicht das Zittern seiner Hände. »Die ganze Nacht ...« sagte er dann heiser. »Was ... was hat er gewußt? Wer ist es? Hast du Fotos, Mikrofilme, Formeln? War ... war es so wichtig für uns? Dunja, ich werde verrückt, wenn ich weiterspreche!«

»Ich habe nicht gesagt, daß es dienstlich war«, erwiderte sie. »Ich habe gesagt: ›Ich könnte sagen, es war dienstlich.‹«

»Wo warst du?«

Plenjakow griff plötzlich zu, riß Dunja an sich und schüttelte sie. Sie revanchierte sich, indem sie ihn gegen das linke Schienbein trat, mit der Spitze ihrer Schuhe genau auf den Punkt, der selbst einen Riesen einknicken läßt. Plenjakow krümmte sich, lehnte sich ächzend gegen das Regal und starrte Dunja aus flackernden Augen an. Seine Hände schlossen und spreizten sich, als wären sie Pumpen, die den Schmerz aus ihm herausdrückten.

»Du warst bei einem Mann —« stöhnte er. »Ich liebe dich mit allem, was zwischen Himmel und Hölle liegt ... und du warst eine ganze Nacht bei einem Mann! Warum habe ich dann Gulbrannson erschlagen? Warum? Wenn du eine Hure sein willst, warum dann diese Unterschiede? Welch ein Abend war das vor zwei Tagen! Ich war bereit, deinetwegen mein Rußland zu verraten! Ich habe an dich geglaubt, Dunja. An eine neue Welt ...«

»Ich habe eine neue Welt, Andrej Nikolajewitsch.«

»Mit einem anderen Mann! O Himmel, wie kann ich das aushalten? Wer ist es? Kenne ich ihn?« Er wollte sich wieder, trotz seiner wahnsinnigen Schmerzen im Schienbein, von dem Regal abstoßen und nach Dunja greifen, aber sie wich zurück und zog den Kopf in die hochgezogenen Schultern.

»Bleib stehen«, sagte sie dunkel. »Andrej, bleib um der Madonna willen stehen! Wir müssen uns auf Distanz unterhalten.« Sie hob die rechte Hand und drehte die Handkante zu Planjakow. Er kannte das. Er wußte genau, wie schnell sie im Karate war, und er war im Augenblick zu schwach, flinker zu reagieren, als sie zuschlagen konnte. »Wir haben einmal darüber gesprochen, daß wir nicht stark genug sind, unsere Aufträge auszuführen ...«

»Du und ich zusammen! Ich liebe dich mehr als einen Befehl aus Moskau.«

»Und wenn ich jetzt allein gehe?«

»Das kannst du nicht. Ich halte dich fest.«

»Als Major des KGB?«

»Als ein armer Mensch, der dir zu Füßen liegt.« Plenjakow hielt sich am Regal fest. Er konnte auf dem linken Bein kaum noch stehen, so höllisch schmerzte der Tritt von Dunjas spitzem Schuh.

»Und wenn ich einen anderen liebe?«

»Das ist unmöglich! Dunja, das geht einfach nicht.«

»Und warum geht es nicht?«

»Ist er ein Amerikaner?«

»Ja.«

»Du kennst doch den Befehl Nummer L/I/U.«

»Wie patriotisch, Andrej Nikolajewitsch!« Sie lächelte, aber es war das Lächeln einer gefährlichen Katze. »Liquidierung aller Verräter. Bereinigung des Inneren Kerns von allen unsicheren Elementen. Die Auslese unter den Teufeln! Nur wenn ein Plenjakow selbst ausbrechen will, vergißt er die Nummer L/I/U! Welch ein widerlicher Egoismus! Welch ein schleimiger Verrat an Rußland! So etwas sagt der große Plenjakow!«

Sie sah ihn abschätzend an und erschauderte über sich selbst und ihre so klaren, einfachen Gedanken, Andrej Nikolajewitsch ohne die geringste Reue töten zu können. Er war die einzige große Gefahr für ihre Liebe zu Bob, und alles, was diese Liebe erhalten oder retten konnte, war gut und richtig und in die besondere Moral eingebettet: Ich tue es für Bob! Es war fürchterlich, das so klar an sich zu erkennen, daß sie noch einen Schritt weiter zurückwich und Plenjakow ohne Mitleid betrachtete, wie er noch immer mit den Schmerzen in seinem Schienbein beschäftigt war.

Unter der weißen Schürze, eng um den Leib geschnallt, trug sie eine kleine Pistole. Ein Spielzeugding, rundum versilbert, ein Mann wie Plenjakow würde laut lachen, wenn er sie sehen könnte — aber sie war geladen, die Patrone stak im Lauf, und auf nahe Entfernung zerriß auch solch eine kleine Kugel das Herz oder schlug ein tödliches Loch in die Stirn.

»Woran denkst du?« fragte Plenjakow und holte tief Luft. »Überlegst du noch?«

»Ja«, antwortete sie. Aber sie sprach nicht aus, woran sie dachte und wohin ihre Überlegungen liefen.

Hier geht es nicht, dachte sie kalt. Hier zwischen den Regalen kann man ihn nicht liquidieren. Wohin mit seiner Leiche? Es muß ein totales Verschwinden sein. Plötzlich kommt der Bio-Jet-Mann nicht mehr nach Los Alamos. Sein Lieferwagen steht auf dem Hof der kleinen Auslieferung, aber er selbst ist ohne Spur in die Weite gegangen. Wie oft kommt so etwas vor. Ein Mensch wechselt sein

Leben. Ein paar Tage wundert man sich, spricht über ihn, stellt Mutmaßungen an und vergißt ihn dann.

»Was soll ich nach Moskau melden?« fragte Plenjakow in die quälende Stille hinein.

»Ich liebe Rußland und werde es immer lieben.«

»Das ist zu wenig. Das ist kein Abschied, keine Begründung für dein Ausbrechen. Ich will den Mann sehen, der es fertiggebracht hat, eine Dunja Andrejewna zur Verräterin an ihrem Vaterland werden zu lassen.«

»Nie!« sagte sie laut. »Nie wirst du ihn sehen!«

»Ich werde dich nicht mehr aus den Augen lassen.« Er stieß sich von dem Regal ab und humpelte zur hinteren Magazintür. Wie haben wir uns alle verändert, dachte sie plötzlich. Damals, bei Winniza, waren wir fröhliche glückliche Russen und Andrej und Wassja waren die besten Freunde, auch wenn sie um die Gunst der Dunja Andrejewna stritten. Jeder wußte, wozu er ausgebildet wurde, was ihn später einmal erwartete ... und nun war man in den USA, der große, heilige Dienst fürs Vaterland hatte begonnen, alle mitgebrachten Ideale zerfielen jetzt wie der Staub der Los Alamos umgebenden Wüste.

»Wir sollten uns nie wiedersehen, Andrej«, sagte sie leise.

Plenjakow drehte sich an der Tür um. »Das ist unmöglich, Norma! Ich liebe dich.«

»Aber es hat doch keinen Sinn mehr, Andrej.«

»Du kannst nicht einfach nach Moskau melden: Ich will nicht mehr! Du weißt genau, was dann passiert.«

»Und du wirst es ausführen müssen, nicht wahr? Als Beweis deines Patriotismus, deines unbedingten Gehorsams. Könntest du das wirklich, Andrej? Mich auf Befehl des KGB umbringen?«

»Ich will daran nicht denken!« schrie Plenjakow unbeherrscht. »Es wird nie soweit kommen. Laß uns darüber noch einmal reden.«

Sie nickte. Zum letztenmal, dachte sie. Andrej, ich glaube, du wärst fähig, Moskaus Befehle auch jetzt bedingungslos zu erfüllen. Du bist Soldat, du bist Offizier der Roten Armee ... für dich ist ein Befehl ein Teil deines Herzschlages. Man kann nicht mehr von dir verlangen ... seit du denken kannst, hast du nur nach Richtlinien, die dir andere gaben, gelebt. Du bist eine Kreuzung zwischen Mensch und Maschine, eine Perfektion sowjetischer Planerfüllung. O Andrej, was haben sie aus dir schönem Menschen gemacht — man sollte dich beweinen.

Aber es kann auch anders kommen.

Wenn Andrej Moskaus Befehle nicht mehr bedingungslos erfüllt, tritt ein anderer an seine Stelle; ein Geheimdienst-Roboter, der kalt Befehle ausführt, ohne sich für Gefühle zu interessieren. Der überhaupt nicht weiß, worum es geht, der mich nicht kennt und Andrej nicht kennt und auch Bob nicht ...

»Heute abend«, sagte sie stockend. »Um zwanzig Uhr im Tal der neun Tannen. Es wird das letztemal sein, Andrej.«

»Ich glaube es nicht«, erwiderte er heiser. »Ich kann es einfach nicht glauben. Was dir auch den Kopf verdreht hat, du wirst immer Dunja Andrejewna bleiben. Du hast ein heißes Herz, und das heißt Rußland.«

Er humpelte hinaus, stieg in seinen weißen Bio-Jet-Lieferwagen und fuhr schnell davon.

Etwas abseits parkte ein großer, goldfarbener Oldsmobil. Plenjakow beachtete ihn nicht, als er an ihm vorbeiratterte, und er achtete auch nicht darauf, daß ihm der Wagen in einem normalen Sichtabstand folgte.

Erst auf der Landstraße, nachdem beide Autos die Kontrolle ohne Untersuchung passiert hatten, was für Bob Miller wieder ein Beweis war, wie sorglos man hier war, denn allein die Aufschrift ›Bio-Jet‹ war der Ausweis für Harmlosigkeit, holte der Oldsmobil auf und fuhr nahe an den weißen Lieferwagen heran. Plenjakow sah ihn zwar in dem breiten Rückspiegel, aber er hatte jetzt andere Gedanken, als sich um fremde Autos zu kümmern. Wohl nahm er wahr, daß ein amerikanischer Offizier hinter dem Steuer saß, aber dieser Anblick gehörte zum Alltag von Los Alamos und löste bei Plenjakow kein Klingeln im Gehirn aus.

Bob Miller hatte den Bio-Jet-Mann aus dem Magazin kommen sehen und war sich völlig unsicher. Die Schirmmütze verdeckte das Gesicht, darunter veränderte eine breite, dunkle Sonnenbrille die Konturen. Die Größe konnte stimmen. So breit in den Schultern, so groß und sportlich hatte Plenjakow ausgesehen, aber dieser Mann da hinkte und war hagerer als der muskulöse Andrej Nikolajewitsch in Winniza.

Bob Miller versuchte es trotzdem. Ein Gespräch kann nie schaden. Er fuhr noch näher an den weißen Lieferwagen heran und gab mit der Lichthupe Blinkzeichen. Verwundert blickte Plenjakow in den Rückspiegel, streckte dann die Hand aus dem Fenster und machte durch Winken verständlich, daß er beim nächsten Rastplatz abbiegen werde.

Sie erreichten ihn nach vier Meilen. Eine weite Ausbuchtung, in die Felsen hineingesprengt. Ein paar große Trucks parkten hier schon. Die Fahrer saßen auf den Trittbrettern oder an den aufgeklappten Campingtischchen, aßen riesige Butterbrote und tranken aus Thermosflaschen eisgekühlte Milch. In der Sonne mochten es jetzt fast 40 Grad Hitze sein.

Plenjakow bog auf den Parkplatz ein, ein hervorragend unauffälliger Treffpunkt, wie Bob Miller feststellte, bremste und kletterte aus dem weißen Bio-Jet-Wagen. Bob hielt hinter ihm und stieg mit der Ruhe eines sich völlig sicheren Mannes aus. Langsam kam er auf den Bio-Jet-Mann zu, der seine Schirmmütze in den Nacken schob und jetzt die dicke Sonnenbrille abnahm. Mittelblonde Haare quollen unter der Mütze hervor, tiefblaue Augen musterten den amerikanischen Offizier.

Er ist es, durchfuhr es Bob. Mein Gott, es ist Andrej Nikolajewitsch! Orwells Jucken in der Herzgegend hatte wieder einmal recht. Dunja und Plenjakow bildeten in Los Alamos ein Team. Der Auftrag, der in Winniza begonnen hatte, ging jetzt zu Ende. Die gefährlichsten Agenten Moskaus waren in seiner Hand. Und nicht nur das ... einer war sein Schicksal geworden, war in sein Leben eingedrungen und nie mehr wegzudenken.

Bis auf zwei Meter kamen Bob und Plenjakow sich entgegen, dann blieben sie wie auf ein lautloses Kommando stehen und starrten sich an. Über Plenjakows Gesicht zuckte es wie ein Krampf.

»John —«, sagte Miller und hatte Mühe, seiner Stimme einen festen Klang zu geben. »John Barryl!«

»Bob! Du ... du bist es wirklich, Bob —«

»Ja.«

»In der Uniform eines US-Majors. Ich hätte dich auf Anhieb nicht erkannt. Eine fantastische Tarnung, Bob!«

Sie gingen noch die letzten beiden Schritte, standen sich ganz nah gegenüber und sahen sich in die glänzenden Augen.

»Bob ...«, sagte Plenjakow heiser. »Ich möchte dich umarmen und küssen, so wie wir es früher getan haben. Aber sie blicken alle zu uns herüber. Es würde auffallen.«

»Bestimmt. Wie Homosexuelle sehen wir nicht aus.«

»Immer noch die alte große Schnauze.« Plenjakow grinste und gab Miller die Hand. Er hielt sie lange fest und drückte sie immer wieder. »Wie freue ich mich, Wassja Grigorjewitsch«, sagte er leise. Seine Stimme zitterte vor Ergriffenheit.

»Bob Miller ... Johnny, laß jetzt keinen Fehler durchgehen! Ich bin Bob Miller, Major der Army. Und du bist der Bio-Jet-Mann mit den dreckigen Witzen. Auch eine blendende Tarnung.«

»Seit wann bist du hier, Bob?«

»Seit zwei Tagen erst.«

»Direkt aus Moskau?«

»Auf einigen Umwegen, John. Plötzlich kam der Befehl: Ab nach Los Alamos, da ist etwas schiefgelaufen ...«

Plenjakow schluckte ein paarmal. Sie wissen es schon, dachte er. Das ist Moskau. Sie wissen einfach alles. Es gibt vor ihnen kein Versteckspielen. Die Organisation arbeitet perfekt.

»Dunja —«, sagte er stockend. »Es geht um Dunja — um Norma! Nicht wahr?«

»Ja ...«

»Es ist wunderbar, daß man dich geschickt hat, Bob. Nun sind wir drei wieder zusammen, wie in Winniza. Ich komme mit Dunja nicht mehr zurecht ... vielleicht schaffst du es. Auf dich hat sie immer mehr gehört als auf mich ... ich habe es gemerkt, aber nie etwas gesagt. Du warst damals in Frazertown der Sieger — ich hätte dir dafür manchmal den Schädel einschlagen können! Und jetzt schickt man gerade dich, um Dunja wieder an die Leine zu legen. Weißt du, daß ich Dunja heiraten möchte?«

»Ich habe so etwas erwartet. Und warum tust du es nicht?«

»Der verdammte Amerikaner. Was weiß das KGB über ihn? Sollst du ihn liquidieren?«

»Das wird die Situation mit sich bringen.« Bob faßte Plenjakow unter, sie gingen wie alte Freunde, die sie ja auch waren, zu dem weißen Lieferwagen und stellten sich in den Schatten des Aufbaus. »Du hast doch diesen Hendrik Gulbrannson erschlagen, nicht wahr?« fragte Bob leichthin.

»Ja. Er wollte Dunja vergewaltigen.«

»Dafür ein Lob aus Moskau.«

»Danke, Brüderchen.« Plenjakow war sichtlich glücklich. Wassja Grigorjewitschs Anwesenheit bewies, daß man das Problem Dunja lösen konnte. Wenn Moskau den Major Shukow nach Los Alamos schickte, würde man hier den Schwerpunkt des Einsatzes in den USA aufbauen. »Wird das eine Überraschung für Dunja geben!«

»Du triffst sie?«

»Heute um zwanzig Uhr bei den neun Tannen. Das ist ein Tal hinter der Stadt. Ich werde sofort ...«

»Du wirst sofort den Mund halten, Andrej Nikolajewitsch.« Bob Miller holte eine Packung Zigaretten heraus und hielt sie Plenjakow hin. »Ich bin plötzlich da ... das hat eine Schockwirkung, die wir ausnutzen müssen. Ich habe meine klaren Anweisungen.«

»Du ... du könntest Dunja liquidieren?« stotterte Plenjakow.

»Nein. Das wäre deine Aufgabe, John.«

»Nie, Wassja, nie!« Plenjakow rauchte so hastig, daß es aussah, als fräße er seine Zigarette auf. »Ich kann es nicht.«

»Vor allem wartet Moskau auf Erfolgsmeldungen.«

»Die Zeit ist noch zu kurz.« Plenjakow stieß den Rauch aus mit einem Seufzen. »Aber ich bin im Besitz einer Konstruktionsformel für einen neuen Flüssigkeitstreibstoff für Raketen. Was aber noch brisanter ist: Sie laborieren in unterirdischen Bunkern an einem atomgetriebenen Treibsatz. In zwei Jahren wird jede Rakete ein kleines Atomlabor sein und Entfernungen im Weltraum werden schrumpfen, als laufe man von einer Straßenseite zur anderen. Nur weiß man noch nicht, wie man die große Reibungshitze innerhalb der Atmosphäre abfangen soll. Da gibt es noch keine Metall-Legierung ...«

Bob Miller sah Plenjakow mit stiller Bewunderung an. Er *ist* Moskaus bester Mann, dachte er ehrlich. Andrej Nikolajewitsch, du könntest Amerika eliminieren.

»Das wird ein interessanter Abend bei den neun Tannen«, sagte Bob mit eisiger Ruhe. »Daß ich dich gefunden habe, Brüderchen, ist wirklich ein Wunder.«

»Und ich bin glücklich wie eine Jungfrau nach dem ersten Tanz. Dunja, Wassja und Andrej sind wieder zusammen ... was kann da noch passieren?«

»Nichts von Bedeutung«, sagte Bob trocken. »Heute abend ... Junge, das wird ein Familienfest!«

Eine Stunde später hatte Bob wieder General Orwell am Draht. Die Verständigung mit Fort Thompson war erneut vorzüglich. Bob sagte in einem vertraulichen Ton, den er sich nur in einem Privatgespräch mit Orwell leisten konnte:

»Sie können beruhigt nach Miami in Urlaub fahren, Sir, im heißen Sand braten und sich einen Fußpilz holen. Ich liefere Ihnen Plenjakow frei Haus ...«

»Wo ist er?« schrie Orwell. Zum erstenmal, seit Bob ihn kannte, verlor er die sprichwörtliche Kühle und Überlegenheit, die immer ein Vorbild für alle seine Schüler war. Orwell, auch wenn sie ihn alle heimlich ›Vater Jack‹ nannten, war das, was man als knallhart bezeichnet. Ihn zu erschüttern, wäre selbst dann nicht möglich gewesen, wenn man Mary, seine Frau, gekidnappt hätte, mit der er erstaunlicherweise seit 32 Jahren glücklich verheiratet war, und die er — auch das unterschied Orwell von fast allen Männern — noch nie betrogen hatte.

»Bob!« brüllte Orwell geradezu unbeherrscht für seinen Charakter. »Sie haben John Barryl?«

»Wir haben uns vor einer Stunde hinter einem weißen Lieferwagen als gute sowjetische Freunde mit drei Wangenküssen verabschiedet ...«

»Sie sind ein gottloser Sauhund, Bob!«

»Nein. Plenjakow ist wirklich mein Freund. Das kompliziert alles, Sir. Andrej Nikolajewitsch hat bereits Kenntnisse von US-Geheimnissen, die genau das beweisen, was ich schon immer wußte: Er ist Moskaus bester Mann! Er ist ein Genie! Aber er ist auch mein bester Freund ...«

»Bob! Sie sind Amerikaner und CIA-Topmann!«

»Erlauben Sie mir, Sir, auch ein Mensch zu sein?«

»Wenn es Ihnen gelingt, Plenjakow umzudrehen ...«

»Das kann nie gelingen, Sir. Plenjakow ist so vollkommen Russe, wie ich vollkommen Amerikaner bin.«

»Dann gibt es keinen Ausweg. Bob — Sie müssen zuschlagen!« Orwell räusperte sich laut. Aha, jetzt kommt er dahinter, dachte Bob zufrieden. Jetzt geht ihm eine Bogenlampe auf.

»Hat ... hat Ihre Dunja etwas damit zu tun?« fragte Orwell sanft. Wenn der General wie ein romantischer Schauspieler sprach, wurde es gefährlich.

»Darüber wollte ich mit Ihnen reden, Sir.«

»Bob! Sie sind Soldat und im Dienst!«

»Ich liefere Ihnen Plenjakow, wenn ich Norma Taylor heiraten kann. Als Norma Taylor. Ohne Umwege und Schwierigkeiten. Ihr falscher Paß wird als echter anerkannt. Sie war nie Dunja Andrejewna, sie wird nie verhört werden. Sie ist die Barmixerin aus der Kantine II von Los Alamos, geboren in Texas. Sie weiß von gar nichts —«

»Bob! Sie wollen mich und den CIA erpressen?«

»Ich schlage einen Tausch vor, Sir.« Bobs Stimme war ganz klar und ruhig. »So, wie Sie Ben Lauritz in Rußland für mich geopfert haben, und wie Ben in Kürze heimlich ausgetauscht wird, so tausche ich Dunja Andrejewna gegen Andrej Nikolajewitsch Plenjakow. Sir, unterhalten wir uns doch nicht über die Praktiken unserer Dienste. Wir kennen sie doch bis zum letzten Komma.«

»Ich könnte Sie jetzt verhaften lassen, Bob. Wissen Sie das?«

»Und Plenjakow bekämen Sie nie! Er hat Informationen von unseren neuen Versuchen, die Raumraketen mit eigenen Atomspaltungslabors auszurüsten ... Das wissen nicht einmal Sie!«

Orwell schwieg eine Weile und schnaufte heftig ins Telefon. Er war jetzt gezwungen, eindeutig Kompetenzen zu überschreiten, aber die Zeit drängte. Was Bob andeutete, war — wenn Moskau es durch Plenjakow erfuhr — wirklich eine nicht nur nationale, sondern eine weltweite Katastrophe.

»Heiraten Sie Dunja«, sagte Orwell endlich. »Aber den Uniformrock müssen Sie dann wirklich ausziehen, Bob.«

»Ich sagte es Ihnen schon, Sir. Mir ist das völlig klar.«

»Wann liefern Sie Plenjakow?«

»Morgen gegen Mitternacht.«

»In Los Alamos?«

»Bei Los Alamos.«

»Noch diese Nacht fliegt Verstärkung zu Ihnen, Bob.«

»Bitte nicht, Sir.« Miller schüttelte den Kopf, obgleich Orwell das ja nicht sehen konnte. »Lassen Sie mich das allein durchstehen. Das *muß* ich allein machen. Andrej Nikolajewitsch ist wirklich mein bester Freund ...«

Das ›Tal der neun Tannen‹ ist kein Ort wie aus einem Schauerbuch, auch wenn der Name nach Verruchtheit, Geheimnissen, Gespenstern, flatternden Nerven, zumindest aber nach wildwestlicher Romantik klingt. Irgendeiner, der hier mal ein nettes Mädchen auf den Rücken gelegt haben soll — so wenigstens erzählte man in Los Alamos —, habe das Felsental mit der Baumgruppe so hochtrabend benannt. Und weil das Mädchen besonders gut im Rhythmus gewesen sein mochte, hatte der Schwärmer auch noch übersehen, daß die neun Tannen nur acht Tannen waren und außerdem so vertrocknet und verstaubt, so verzweifelt in den Felsboden hineingewachsen und sich dort festkrallend, daß man Mitleid mit den acht armseligen Bäumchen haben mußte. Weniger nüchterne Menschen als die Amerikaner, etwa Deutsche aus dem Schwarzwald, hätten längst eine dünne Wasserleitung dahin verlegt, um die mutigen Tännchen nicht völlig auf die seltene Gnade des Himmels angewiesen sein zu lassen. Wann regnete es schon mal so richtig in Los Alamos, daß sich die acht einsamen Gewächse in diesem Tal vollsaugen konnten?

Auch als Liebesspielplatz hatten die neun Tannen ihre Bedeutung verloren. Nicht weil sie nicht einsam genug lagen — darüber konnte sich keiner beklagen —, es gab einmal einen wahren Run auf diese Schlucht, alles, was jung war in Los Alamos oder sich noch jung genug dünkte (sogar Großväter mit ihren im Enkelalter seufzenden Sekretärinnen waren darunter), fuhr zu den neun Tannen, parkte — wie gesagt, das Tal ist eng — im Kreis und neben- und hintereinander wie in einem Autokino, nur daß die bewegten Bilder nicht auf der Leinwand zu sehen waren, sondern hinter den Autoscheiben. Das ist nicht jedermanns Sache. Viele herumblickende und vergleichende Augen — bleibt so etwas aus? — erzeugten Frustrierungen und leichte Impotenzen, Minderwertigkeitskomplexe und oft nicht zu schaffende Leistungszwänge ... kurz, der Autostrom ließ bald nach, die Berge um Los Alamos boten genug andere Täler, wo man in einem Auto ohne Vergleichspartner immer der Bessere sein konnte. So wurde das Tal der neun Tannen der einsamste Ort der ganzen Gegend. Er war irgendwie geächtet durch eine zu groß gewesene Kommunikation. Man war nie sicher, wirklich allein zu sein ... das genügte — schizophren wie so vieles in Amerika — daß nun gar keiner mehr hinfuhr.

Bob Miller hatte seinen Oldsmobil in einem benachbarten Tal geparkt und war eine Meile zu Fuß gegangen. Er saß jetzt im Hintergrund der Schlucht, bei einer der acht Tannen, im völligen Schatten der Nacht, und wartete auf Plenjakow und Dunja Andrejewna. Er war sicher, daß ihm niemand gefolgt war. Wenn Orwell etwas versprach, konnte man seine Worte als Daunenkissen benutzen. So sicher schlief man darauf.

Bob rauchte zwei Zigaretten, schirmte den kleinen glimmenden Glutpunkt in der hohlen Hand ab, und betrachtete dabei das Pflaster, das er sich nach einer Einpinselung mit Jod auf die Bißwunde hatte kleben müssen. Dunjas spitze Zähne, die sich in seinen Handballen gehackt hatten, waren tatsächlich wie der Zugriff eines kleinen Raubtieres gewesen.

Was tue ich, wenn Dunja mich belogen hat?, dachte Bob zum wiederholten Male. Wenn Orwells dämliches Jucken in der Herzgegend recht hat? Wenn hinter Dunja ein ganzer, perfekt funktionierender Apparat des KGB steckt, ein Nachrichtenring mit Agentenführer und V-Männern? Die Anwesenheit Plenjakows konnte darauf hindeuten: Es war kein Zufall, daß Moskaus bester Mann gerade mit Norma Taylor in Los Alamos arbeitete und eigentlich alles so ablief, wie es in Winniza trainiert worden war bis zur Perfektion. Die Milchbar, das süße, vollbusige Mädel an den Mixgeräten ... und ein John Barryl, der für die Milchbar das Stärkungsmittel Bio-Jet lieferte und sich überall ins Vertrauen einlachte mit seinen Witzen unter der Gürtellinie. Mit solch einfachen Tricks war am besten vorwärtszukommen. Welcher Mann schließt nicht sofort innigen seelenverwandten Kontakt mit einem anderen Kumpel, der ein paar neue Bumsvarianten auf Lager hat?

Was tue ich bloß, dachte Bob Miller immer wieder? Plenjakow, das Problem ist klar. Wenn er mich als Amerikaner erkennt, wird er sofort wieder ein so vollkommener Russe sein, daß unsere Freundschaft sich in einer Explosion auflöst. Er wird ein Gegner sein ... aber Dunja?

Bob betrachtete wieder das Pflaster auf seiner Handfläche und dachte an das große Bißmal in seiner Halsbeuge. Sein Rücken war mit blutigen Striemen überzogen, als habe man ihn mit einer nägelbespickten Nagaika geschlagen ... er hatte am Morgen einen zweiten Handspiegel genommen und damit seinen Rücken im großen Gegenspiegel des Badezimmers abgetastet. Man sah genau die Kratzlinien, die Dunjas Nägel gezogen hatten. Ein Schnittmuster der Leidenschaft.

War das alles Lüge? Nur ein vulkanischer Augenblick? War sie gleich, wenn sie sich zu dritt gegenüberstanden und die Masken abwarfen, genau wie Plenjakow nur noch ein Russe? Oder hatte sie sich wirklich ganz in Bob Miller verkrochen, wie sie es mit heißem Atem in sein Gesicht gestammelt hatte?

Ich lebe nicht mehr ... ich bin nur noch du ...

Bob zerdrückte die Zigarette an einem Felsen. Von weitem hörte er Motorengeräusch. Es kam von der schmalen Zufahrt zur Schlucht her, und wenn es kein Liebespaar war, noch neu in Los Alamos, konnte es sich nur um Plenjakow handeln. Dunja kam bestimmt mit ihrem Moped. Auch das war eine gute Tarnung. Das kleine Milchbarmädchen, das sich an die Sonne arbeiten will. Aus eigener Kraft, nicht auf den Matratzen der Männer. Eine Selfmade-Miß! Dazu noch Mitglied in der aggressiven Frauenliga. Die Schülerin von Winniza hatte das Prädikat lobenswert verdient.

Bob stand auf und ging hinter dem Baum in Deckung. Ein alter VW-Käfer klapperte in das Tal und hielt seitlich vom Eingang. Ein Mann stieg aus und sah sich suchend um. Er wirkte wie ein Tankwart, der von der Arbeit kommt. Blauer Overall, ein zerbeulter Stentonhut, halbhohe Stiefel, in denen die Overallbeine steckten. Ein Feiertagsamerikaner bester Sorte.

»Wir sind allein, Andrej Nikolajewitsch«, sagte Bob hinter seiner

Tanne. Plenjakow fuhr herum wie auf einem Schleuderbrett, ließ sich gleichzeitig auf die Erde fallen und hielt auch, unbegreiflich, woher er ihn so schnell gezogen hatte, einen Trommelrevolver in der Hand. Die Nachtschatten der Felsen deckten ihn auf dem Steinboden zu. Bob nickte zufrieden.

»Verlernt hast du nichts, Brüderchen«, sagte er gemütlich. »Immer noch die Blitzreaktionen. Weißt du noch, wie wir uns in Frazertown, bis zum Kragenknopf voll Wut und Eifersucht, ruckzuck in den Hintern treten wollten und unsere Füße in der Mitte zusammenprallten, weil wir beide gleich schnell waren und auch den gleichen Gedanken hatten?«

Plenjakow erhob sich aus dem schützenden Schatten. Auch Bob kam hinter seinem Baum hervor. Sie gingen mit ausgebreiteten Armen aufeinander zu, und jetzt konnten sie sich endlich nach russischer Art auf die Wangen küssen und sich wie Brüder umarmen.

»Ich habe nie einen Freund wie dich gehabt, Wassja«, sagte Plenjakow gerührt. »Und es wird auch nie wieder so einen geben.«

»Das glaube ich auch nicht, Andrej.« Bob löste sich aus Plenjakows Umarmung. »Hätten wir uns bloß an einem anderen Platz kennengelernt und nicht gerade in Frazertown. Und nicht mit diesen Zielen ...«

»Darüber habe ich auch nachgedacht, Wassja Grigorjewitsch.« Plenjakow blickte Bob aus seinen blauen Augen treuherzig an. Das blasse Nachtlicht, das in der Mitte der Schlucht wie ein Nebel schwebte, erhellte ihre Gesichter. »Du bist doch bedingungslos mein Freund —«

»Was heißt bedingungslos?«

»Du hast Befehle aus Moskau, ich weiß es, sonst wärst du jetzt nicht hier. Und ich weiß, daß es um Dunja geht.«

»Deinen Sinn für kommende Dinge habe ich schon immer bewundert, Andrej«, sagte Bob heiser.

»Winniza hat uns allen viel gegeben, Wassja. Wir sind damals vor Patriotismus fast geplatzt. Uns hing die Ehre, Winnizaner zu sein, wie Goldklumpen um den Hals. Alles für die Sowjetunion, alles für den Sieg über den Kapitalismus! Jeder Gedanke: Freiheit dem Proletariat! Unser Leben für die militärische Stärke unserer Roten Armee!«

»Du sprichst, als sei das ein Nekrolog, Andrej.«

»Ich liebe Dunja.«

»Das weiß ich.«

»Ich werde sie heiraten.«

»Das hast du vor. Na und?«

»Ich möchte dich, als meinen besten und einzigen Freund, um etwas bitten.« Plenjakow atmete hastiger. Er war ungemein erregt. Sein Herz hämmerte, und in den Schläfen klopfte das Blut so stark, daß seine Kopfnerven schmerzten. »Melde Moskau, daß Dunja und ich abspringen.«

»Das ist unmöglich!«

»Ich habe die Antwort geahnt. Du kannst gar nicht anders antworten. Der Musterknabe Major Shukow! Das große Vorbild! Das ist die eine Seite, Wassja. Aber du bist doch auch ein Mensch. Sei deinem Freund und Dunja gegenüber nur noch ein Mensch.«

»Das genau will ich sein ... und darum kann ich beim besten Willen nicht euren Entschluß nach Moskau melden. Eben weil es um Dunja geht.«

»Wenn du sagst, du hättest sie nie getroffen. Sie sei schon aus Los Alamos verschwunden, mit unbekanntem Ziel. Nur ein Brief habe dagelegen. Sie wird den Brief schreiben, wenn ich sie darum bitte.«

»Das wäre furchtbar«, sagte Bob zweideutig. »Andrej, wir beide sind Profis. Ich könnte dich jetzt umlegen als Verräter unserer Nation. Oder du könntest mich erschießen, um den Weg für dich und Dunja freizuhaben. Beide tun wir es nicht, weil wir Freunde sind. Aber Freunde in der Politik und ausgerechnet in unserem Beruf sind fast immer zum Scheitern verurteilt. Wir dürften kein Herz in der Brust haben, sondern eine Mikrokamera.«

»Aber wir haben ein Herz, Brüderchen!« rief Plenjakow gequält. »Was kann man denn dagegen tun?«

»Moskau will Erfolge sehen, das weißt du.« Bob Miller atmete tief durch die Nase. Die große Phase hatte begonnen ... der entscheidende Augenblick im großen Doppelspiel: Was wußte Moskaus bester Mann? »Nur mit Erfolgen in der Hand kann man verhandeln. Hast du Erfolge?«

»Ja«, antwortete Plenjakow einfach.

»Reichen Sie aus, daß ich Moskau melden kann: Gegen Plenjakows Informationen tauscht seine Freiheit mit Dunja. Man wird beim KGB toben, das weißt du ... aber wenn es sich lohnt, wird man auf zwei Menschen verzichten, um vielleicht die Macht über Millionen zu gewinnen.« Bob machte eine Pause. In der nächsten Frage lag das Schicksal Amerikas. »Was hast du anzubieten, Andrej?«

»Die Grundformel eines neuen Flüssigkeitstreibstoffes, ich sprach schon darüber. Fotos einer neuen Versuchsanlage für Mini-Atom-Labore, die Vorläufer fur atomgetriebene Raketen.«

Bob schluckte. Es war fast unmenschlich, diese äußere Ruhe weiterzuspielen.

»Und noch eine Nummer drei?« fragte er durch die Zähne.

Plenjakow nickte. »Die fast abgeschlossene Versuchsserie mit einer raffiniert konstruierten Laserkanone, deren gebündelter Strahl selbst die dicksten der bisher produzierten Panzerplatten wie weiche Butter durchschneiden kann. Wird diese Laserkanone produktionsreif, können wir alle Panzer wegwerfen. Sie wären lächerlicher als Blechbüchsen. Schließlich das Wichtigste: ein Bericht über die letzten Versuche mit Partikelstrahlen von hochbeschleunigten Uran-Atomen zur kontrollierten Zündung einer Kernfusion.«

»Also die Wasserstoffbombe als neue friedliche Energiequelle. Und das hast du alles in der Hand, Andrej?«

»Im doppelten Boden des Bio-Jet-Lieferwagens.« Plenjakow legte Bob Miller beide Hände auf die Schulter. »Mein Brüderchen«, sagte er fast zärtlich. »Reicht das für Moskau?«

»Und wie das reicht!«

»Dunja und ich werden glücklich werden. Bitte, frag mich nicht, wohin wir gehen werden. Wassja ... sei ein so großer, einmaliger Freund, danach nicht zu fragen. Wir wollen für immer unsere Ruhe haben. Auch vor dir, verzeih. Nicht vor dir als Mensch ... aber immer, wenn wir dich sehen würden, müßten wir an Moskau denken.«

»Rußland werdet ihr doch nie vergessen können.«

»Das wollen wir auch nicht. Dunja und ich, wir sind ein eigenes, kleines, glückliches Rußland.«

Sie lauschten wieder in die Dunkelheit. Von den Felsen her hörten sie das typische Tuckern und Knattern eines Mopeds. Die Nacht warf den Schall vielfach verstärkt von den kahlen, verbrannten Bergen zurück.

»Dunjenka kommt!« sagte Plenjakow voll Zärtlichkeit. »Wassja, versteck dich wieder hinter den Tannen. Ich will Dunja auf dich vorbereiten. Erspare ihr den Schock. Weißt du überhaupt noch, wie sie aussieht?«

»Ich habe eine vage Erinnerung.«

»Sie ist noch schöner geworden. Es gibt keine schönere Frau. Los, versteck dich, Brüderchen!«

Bob Miller tauchte in den Schatten der Tannen unter. Kurz darauf erschien im Eingang der Schlucht die kleine, flackernde Lampe des Mopeds. Das Knattern blubberte aus, Dunja stellte den Motor ab, das Licht erlosch. Das letzte Stück schob sie das Moped, ging an dem alten VW vorbei und wußte dadurch, daß Plenjakow schon da war. Auf dem Mopedsattel, unter ihrer Handfläche, lag die kleine, versilberte Pistole. Der Sicherungsflügel war herumgeschoben ... so schnell, wie sie schießen konnte, würde kein Ahnungsloser reagieren können.

»Andrej Nikolajewitsch!« rief sie leise. »Wo bist du? Komm, spiel kein Verstecken! Wenn du wüßtest, wie müde ich bin. Es war ein schwerer Tag ... Was hast du dir überlegt?«

»Einen Himmel voll Glück, Dunjaschka!« Plenjakow kam aus dem Schatten heraus. »Das Schicksal hat uns lieb, es spielt mit, auf unserer Seite. Mit drei großen Trümpfen in der Hand kaufe ich uns von Moskau los. Bleib jetzt ruhig ... ganz ruhig, mein Täubchen ... Es ist jemand gekommen, der uns hilft, weil er wie unser Bruder ist ... Zeig dich, mein Freund!«

Dunja umklammerte die kleine Pistole und starrte auf den dunklen Fleck der acht Tannen. Das Moped hielt sie vor sich, als sei es ein Schild, der sie unverletzlich machte.

Langsam trat Bob aus der Dunkelheit hervor. Zuerst nur ein Schemen, aber als Dunja im fahlen Nachtlicht die Umrisse der Uniform erkannte, schrie sie hell auf.

»Bob! Nein! Bob! Zurück! Zurück! Bob —«

Plenjakow lachte hell. »Du hast ihn sofort erkannt, was? Ja, Wassja Grigorjewitsch ist da! Ist das eine Überraschung? Er wird Moskau das Material überbringen und uns untertauchen lassen —«

»Bob!« stammelte Dunja. Sie hielt die kleine Pistole in den Fingern, hinter dem Sattel des Mopeds versteckt.

Miller hob beide Arme. »Ich konnte nicht anders, Dunja. Aber jetzt ist der Weg wirklich frei —«

»Du hörst es!« schrie Plenjakow vor Freude. »Er bestätigt es uns! Und was ein Major Shukow sagt —«

Bob Miller sah Plenjakow mit traurigen Augen an. In diesem Moment war es nicht nur Mitleid mit Andrej Nikolajewitsch, nicht nur das würgende Gefühl einer alle Maße sprengenden Tragik ... in seinem Inneren war eine furchtbare Leere, in der seine eigene Stimme immer lauter widerhallte: Bob, welch ein Schwein bist du! Welch ein Riesenschwein! Dieses Doppelspiel ist durch nichts zu entschuldigen, am allerwenigsten mit Patriotismus. Du bist das gemeinste Scheusal, das herumläuft. Du hast die Seele eines wahren

Freundes zerrissen. Frag dich bloß nicht, ob du jemals darüber hinwegkommst.

»Ich bin Bob Miller —«, sagte er tonlos.

»Bob! Er bringt dich um!« schrie Dunja. Ihre Stimme überschlug sich fast. »Geh aus dem Licht, Bob!«

Plenjakow sah fassungslos von Dunja zu Bob und zurück. Er begriff noch nichts. Das einzige, was er dachte, war: Sie glaubt, ich bringe Wassja um, weil er Dunja nach Moskau zurückholen soll. Mein armes Täubchen, du ahnst ja nicht, was wir besprochen haben. Wassja Grigorjewitsch steht auf unserer Seite ... Wir sind freie Menschen. Frei!

»Erklär ihr alles, Wassja«, sagte Plenjakow und rieb sich die Hände. Der Trommelrevolver stak wieder in seinem Ledergürtel, den er um den Overall gebunden hatte. »Sag ihr, daß du ...«

»*Ich* muß es dir sagen, Andrej Nikolajewitsch: Ich bin Bob Miller —«

»Natürlich!« Plenjakow lachte wieder. »Ein Muster von Amerikaner. Mach es nicht so spannend, Brüderchen. Dunja, warum begrüßt du ihn nicht ... Wer hätte das gedacht, daß Shukow unser Befreier ist ...«

»Ich habe Dunja schon gesprochen«, sagte Bob mit rostiger Stimme. »Andrej, ich weiß, es ist schwer für dich, das alles zu verstehen. Du bist ein so ehrlicher, guter Mensch, ein Junge ohne Fehler und Arglist, trotzdem du ein gottverdammter Spion bist und einer jener Kerle, die die Welt aus den Angeln heben können. Als du plötzlich aus Frazertown abkommandiert wurdest, hast du mir einen gottverdammten Schrecken eingejagt. Ich wußte: Jetzt geht es Amerika irgendwie an den Kragen. Da bin ich auch raus aus eurer perfekten amerikanischen Kleinstadt am Bug — mit Dunjas Hilfe. In einer Mülltonne, unter stinkenden, gärenden Essensresten. Damals schon schlief ich mit Dunja. Es war ein hartes Versteckspielen ...«

»Das ist nicht wahr, Wassja ...« stammelte Plenjakow. Seine blauen Augen weiteten sich. Er fuhr sich mit den Händen an den Hals und riß das Hemd unter dem Overallatz bis zur halben Brust auf.

»Gestern traf ich Dunja wieder, und wir prallten aufeinander wie zwei glühende Steine, die sich im Weltall begegnen.«

»Das ... das sagst du nur, um mich wie damals vor dem Boxkampf zu reizen ...«

»Damals, das war ein Spiel, Major Plenjakow.« Bobs Stimme hob sich. »Heute ist Erntezeit ... erkennst du, was das heißt? Alles, was damals unter dem Aspekt, nie lebend wieder aus Frazertown herauszukommen, begonnen wurde, ist heute reif geworden. Ich habe dich vor mir, ich weiß, welche Dokumente du im Doppelboden deines dämlichen Bio-Jet-Autos herumkutschierst. Ich habe endlich Moskaus intelligentesten Agenten in Sicherheit, und er ist — ich wäre es auch bald, es war nur noch ein winziger Schritt — an einer Frau gescheitert. Allerdings an der schönsten, die Gott geschaffen hat.« Bob streckte die rechte Hand aus. Sie war unbewaffnet — er hatte auch in den Taschen und am Koppel seiner Uniform keinerlei Waffen bei sich. »Andrej Nikolajewitsch, komm her, gib mir die Hand und sag laut: ›Ich scheiße auf alles! Ich will ab sofort nur noch John Barryl bleiben.‹ Das genügt.«

»Wer bist du wirklich?« Plenjakows Stimme war flach, als schwängen seine Stimmbänder nicht mehr mit. Er stand noch immer bewegungslos in der Mitte des Tales, vom fahlen Nachtlicht beleuchtet, während Bob den Vorteil hatte, im Halbschatten der acht Tannen ein wenig Deckung zu haben. Dunja, die kleine Pistole in der Hand unsichtbar hinter dem Mopedsattel, lehnte sich seitlich von Plenjakow an ihr Fahrzeug. Andrej Nikolajewitsch war in die Mitte genommen, unentrinnbar — er übersah es bloß noch nicht. »Sei ehrlich, Wassja: Was bist du in Moskau?«

»Ich nehme an ... der große Unbekannte. Ein Name: Major Shukow — der plötzlich ohne Befehl in Winniza auftauchte und ebenso plötzlich wieder verschwand. Ein Major Shukow, den niemand kannte und auf den man auch erst aufmerksam wurde, als es ihn nicht mehr gab. Plenjakow, eure Organisation ist hervorragend — aber wie bei uns hat auch sie Lücken und Löcher, durch die man hinein- und hinauskriechen kann. Kein Mensch ist eben perfekt. Das wäre auch schrecklich.«

»Wer bist du?!« schrie Plenjakow plötzlich auf. Es war ein Laut, der Bob in die Knochen fuhr, gleich dem Todesschrei eines Pferdes, der für immer unvergeßlich im Ohr bleibt.

»Bob Miller ... Major des CIA. Ich war auch in Frazertown immer der, der ich bin — nur ihr habt mich alle anders gesehen.«

Plenjakow schwieg und senkte den Kopf. Endlich begriff er. Für ihn war es der Zusammenbruch eines Weltbildes. Die Frau, die er liebte, der Mann, der sein Freund war, wie es keinen anderen Freund jemals mehr geben würde. Das alles stimmte, sie standen hier neben ihm ... und doch sah die Welt plötzlich anders aus. Das fürchterliche Doppelspiel, das hier zu Ende ging, diese teuflische Maskierung und Demaskierung, die jetzt zusammenbrach, und die gespielt worden war ohne Rücksicht auf den Menschen, der ganz anders dachte, ganz anders fühlte, ganz anders leben wollte, dieses Doppelspiel, von menschlichen Puppen dargestellt, die von einer Zentrale, die keine Gefühle und keine Moral kannte, wie mit einer Feder aufgezogen worden waren und nun solange agierten, bis das Federwerk sich abgespult hatte, dieses Ungeheuerliche an Erkenntnis floß in Plenjakow hinein wie ein eisiger Strom.

»Was nun?« fragte Bob, als Plenjakow, noch unfähig, einen Ton hervorzubringen, wie eine Steinsäule im fahlen Nachtlicht stand. »Gib mir die Hand, und alles ist vorbei.«

»Nein!« antwortete Plenjakow tonlos. »Nein, Bob!«

»Du wolltest in Amerika bleiben als John Barryl.«

»Mit Dunja ...«

»Das geht nun nicht mehr. Aber für John Barryl ist überall Platz.«

»Ich bin Andrej Nikolajewitsch Plenjakow, Major der Roten Armee!« sagte John deutlicher. Die lähmende Erschütterung wich von ihm. Verloren, alles, dachte er. Die Frau, die ich liebe. Den Freund, der wie ein Bruder für mich ist. Die wichtigsten Meldungen, die Moskau in den letzten dreißig Jahren bekommen konnte. Alles verloren. Soll da auch noch der Major Plenjakow auf den Müll geworfen werden?

»Tritt dem Major der Roten Armee in den Arsch!« sagte Bob laut.

»Das hättest du nicht sagen dürfen, Bob. *Das* nicht!« Plenjakow atmete tief auf. »Bleiben wir das, was wir sind, Bob. Mit allen Konsequenzen. Jetzt erst recht. Wir sind allein ... und was jetzt stattfindet, ist *unser* eigener kleiner Krieg. Ein Major der Roten Armee gegen einen Major der US-Army!«

»Merkst du nicht, wie blöd das ist?« schrie Bob Miller. »Du hast doch keine Chance!«

»Ich habe die Chance, als ein guter Offizier unterzugehen. Ich habe die Ehre, für mein großes, schönes Land etwas getan zu haben.«

»Der Sprücheklopfer aus der ideologischen Fabrik von Moskau.« Bob blickte hinüber zu Dunja. »Warum sagst du nichts, Dunjenka?«

»Ich warte«, antwortete sie rauh.

»Hast du eine Waffe bei dir, Bob?« sagte Plenjakow.

»Nein. Ich komme zu keinem Freund mit einer Waffe.«

»O Himmel, sag nicht mehr Freund!« Plenjakow griff nach seinem Trommelrevolver. Aber gleichzeitig ertönte Dunjas helle Stimme. Hart und schneidend.

»Leg sie weg, Andrej! Ich ziele schon.«

Plenjakow fuhr herum. Er sah in die Mündung der kleinen, versilberten Pistole, und wenn die Waffe auch winzig war ... auf diese Entfernung gab es kein Entrinnen. Er ließ die Hände heruntersinken, und sein Kopf fiel nach vorn.

»Ach schieß, Dunjascha«, sagte er leise. »Ich bitte dich, ich flehe dich an: Schieß! Das ist ein Abschluß, den ich akzeptiere. Die beiden Menschen, die mir die liebsten im Leben sind, bringen mich um. Das ist ein anständiger Tod für mich.«

»Du bist ein idealistisches Rindvieh«, sagte Bob grob. »Das habe ich schon in Winniza gemerkt. Gibt es nur Rußland für dich?«

»Ja. Solange ich atmen, fühlen, schmecken und sehen werde. Niemand auf der Welt wird das begreifen. Rußland ist kein Staat ... Rußland ist eine heilige Mutter, und wir alle sind ihre Kinder.«

»Das sagt ein Nihilist!«

»Nihilist gegenüber eurem christlichen Gott. Aber Rußland anzubeten, Rußlands Boden zu küssen, über seine Steppen und durch seine Wälder zu reiten, in den Sonnenblumenfeldern, die vom Horizont bis zum Horizont reichen, zu baden wie in einem Meer von Millionen kleinen Sonnen, an den großen Strömen zu stehen und zu spüren, wie hier die Ewigkeit an einem vorbeirinnt, diese Unermeßlichkeit von Schönheit und Segen der Natur — das alles ist ein Gott, vor dem ich niederknien kann. Und da fragst du, ob es nur Rußland für mich gibt? Ob ich nicht John Barryl sein möchte? Bob, hast du schon jemals einen Russen gesehen, der sagt: ›Ich bin ein glücklicher Emigrant?‹ Wenn du Rußland nennst, werden ihm die Tränen in die Augen schießen.« Er wandte sich zu Dunja. Sie zielte noch immer auf Plenjakows Stirn, der sicherste Punkt für sein Ende. »Auch bei dir wird es so sein, Dunjenka. Du wirst Norma Miller heißen ... aber jeden Morgen, wenn du dir die Haare kämmst, wird dich aus dem Spiegel Dunja Andrejewna ansehen. Trotzdem wirst du mit Bob glücklich sein, das weiß ich. Aber was bleibt mir?«

Er breitete die Arme weit zur Seite und kam langsam auf Bob Miller zu.

»Wassja Grigorjewitsch — ich nenne dich zum letztenmal so —, du bist mein einziger Freund. Nimm den Revolver aus meinem Gürtel und liquidiere mich!«

»Du bist total verrückt, Andrej«, sagte Bob tonlos und verkrampft. »Total, mein Junge.«

»Gönn mir einen anständigen Tod.«

»In den Arsch trete ich dich und fahre mit dir zum nächsten Motel, wo wir uns besaufen.«

»Ich bin Major der Roten Armee!« Plenjakow blieb nahe vor Bob Miller stehen. Sie starrten sich in die Augen, und alle Freundschaft brach wieder in ihnen aus und würgte sie ab. »Ich weiß, wenn ich dich anspringe, schießt mir Dunja in den Rücken. Das ist kein anständiger Tod, Bob. Ich habe Besseres verdient.«

»Das Leben, Andrej! Das Leben!«

»Jetzt noch?«

»Einen Augenblick.« Bob Miller ging um Plenjakow herum, streckte die Hand aus und winkte mit den Fingern. »Gib dein silbernes Spielzeug her, Dunja!« sagte er befehlend. »Außerdem mag ich keine Frau, die fähig ist, einen Menschen zu erschießen.«

»Für dich ermorde ich Gott!« sagte sie hart.

»Das klingt dramatisch, ist aber Quatsch.« Bob nahm ihr die Pistole aus der Hand und warf sie in die Dunkelheit zwischen die acht Tannen. Dunja stieß einen hellen Schrei aus ... schutzlos standen beide vor Plenjakow, der seinen voll geladenen Revolver im Gürtel stecken hatte. Mit einem schnellen Griff zu erreichen. Er lächelte verzerrt und traurig.

»Welch ein Vertrauen, Bob!«

»Unter Freunden ist das selbstverständlich.«

»Das ist ein tödliches Vabanquespiel.«

»Ich habe viel Vabanque gespielt und immer gewonnen. Andrej, gib mir jetzt deinen Revolver. Mit dem Griff zu mir.«

»Nein!« sagte Plenjakow laut und hart.

Bob rührte sich nicht, aber Dunja duckte sich wie eine Katze vor dem Sprung.

»Du Hund!« schrie sie. »Du Ratte! Zuerst wirst du mich treffen!«

Sie schnellte vor, warf sich zwischen Bob und Andrej und stieß Plenjakow so kräftig vor die Brust, mit beiden Fäusten, daß er zurücktaumelte. »Nun schieß!« gellte ihre Stimme. »Schieß, du räudiger Wolf!«

Plenjakow schüttelte den Kopf und sah Dunja traurig an. »Sie traut mir so etwas zu, Bob«, sagte er langsam. »Begreifst du das? Sie liebt dich und wird dadurch blind ... aber sie müßte noch fühlen können, wer Andrej Nikolajewitsch ist.«

»Ich glaube, das ist auch eine Männerangelegenheit«, sagte Bob ruhig. »Dunja, es gibt zwei Möglichkeiten: Entweder du läßt uns jetzt allein und wartest draußen vor der Schlucht auf uns ... oder du bleibst hier, wir binden dich mit unseren Gürteln fest, und wenn alles vorbei ist, bist du die einsamste Frau unter dem Mond. Was ist also?«

»Bob ...« Sie stand vor ihm, mit riesigen schwarzen Augen, das Haar zerzaust, durchgeschüttelt von der Angst. »Bob, ich lasse dich nie mehr allein ...«

»Nur heute noch, Liebling. Gehst du, oder sollen wir dich festbinden?«

Sie nickte stumm, nahm ihr Moped und schob es vor sich her. Langsam verschwand sie in dem Bergschatten, und sehr schnell hörte dann auch das Knirschen ihrer Schritte auf, und das Poltern der losen Steine, die von den Rädern des Mopeds weggedrückt wurden.

Sie warteten noch ein paar Minuten und gingen dann tiefer in den Schatten der acht Tannen hinein. Falls Dunja doch zurückgeschlichen war und sie beobachtete ... sie erkannte nun nichts mehr. Bob klopfte Plenjakow auf die Schulter.

»Wir sind in einer verdammten Lage, Andrej«, sagte er. »Dich überreden kann ich nicht, dich umbringen ist völlig unmöglich. Von nichts zu wissen, ist ausgeschlossen. Was du in deinem Bio-Jet-Auto liegen hast, wirft Amerika um ein Jahrhundert zurück, wenn es nach Moskau gelangt. Freiwillig gibst du die Unterlagen nicht heraus. Vielleicht würdest du sie gegen Dunja tauschen, aber ehe ich Dunja hergebe, baue ich erst eine Strickleiter bis zum Mond. Du könntest mich jetzt auch erschießen, aber das tust du einfach nicht. Dieses ganze Doppelspiel beweist eigentlich nur, wie abhängig selbst wir kalten Profis von unseren tiefsten Gefühlen sind. Da hat man uns über Jahre hinweg zu Kampfmaschinen gedrillt, und was ist übriggeblieben? Wir sehen uns an, Andrej, und könnten losheulen! Das glaubt uns keiner, der's nicht selbst erlebt hat. Alles, was man über uns in Tausenden Romanen geschrieben hat, ist das billigste Klischee. Ein Arzt ist ein Held im weißen Kittel oder ein Nachfolger Frankensteins, und ein Spion muß eine eiskalte Mördersau oder ein Trottel sein, dem man dann auch prompt das Hirn ausschießt. Jetzt stehen wir zwei in der Nacht, haben die heißeste Ware im Kasten und möchten uns am liebsten über die Wangen streicheln: Mein lieber Andrej ... mein lieber Bob ... Ist das nicht ein Scheißleben?«

»Aber wir müssen auseinander, Bob«, sagte Plenjakow stockend.

»Das ist mir klar.«

»Machst du mit?«

»Was, mein Junge?«

Plenjakow holte den Revolver aus dem Gürtel und hielt ihn Bob Miller mit dem Griff hin. Aber der rührte ihn nicht an.

»Ich habe dir schon einmal gesagt: Ich schieße nicht auf dich!« sagte Bob grob.

»Keiner auf den anderen, Bob.«

»Sollen wir unser Problem wie Cowboys auf Flaschen ausschießen?«

»Gegen unsere Schläfen, Bob.« Plenjakow drehte den Revolver herum und klappte die Trommel auf. Er schüttete die Patronen in seine linke Hand, nahm eine einzige zurück und steckte sie wieder in die Trommel. »Ihr nennt es Gottesurteil ... wir sagen dazu: Russisches Roulette! Einverstanden?«

Bob Miller blickte an Plenjakow vorbei zu den kahlen Felsen.

Alaska, dachte er. Die russische Stadt Smolenska, das Gegenstück zu Frazertown am Bug. Orwell vor zehn angetretenen Absolventen der Spezialschule, die besten, wie er immer sagte. »Ich kann keinen zwingen«, hatte er gesagt. »Ihr habt bisher alles durchgestanden ... aber was jetzt kommt, ist keine Übung, da ist keine Hilfe, da wird nicht nur simuliert. Das hier ist Ernst! Außerdem ist es verboten ... aber vieles, was wir hier tun, ist nach dem Gesetz verboten. Ihr sollt euch ja draußen auch nicht um Gesetze kümmern, sondern nur um euren Auftrag. Also: Wer spielt das Russische Roulette mit? — Ihr kennt die Regel: In der Revolvertrommel ist eine Patrone, nur weiß keiner, in welcher Kammer. Die Trommel rotiert ein paarmal um ihre Achse, dann wird der Hahn gespannt, und man setzt sich den Lauf an die Schläfe. Abdrücken und warten. Macht es nur Klack ... hat man Glück gehabt. Das Roulette ist gewonnen. Macht es Bumm ... dann ist ein militärisches Begräbnis mit allen Ehren sicher. Warum ich euch das zumute, Boys? Nicht, weil ihr vielleicht mal in die Lage kommen könntet, ein Russisches Roulette durchzustehen ... das war zur Zeit der Zaren modern. Aber wer sich den Lauf an die Schläfe setzt mit dem Wissen, es könnte schiefgehen, den kann ich auch als Leibdiener im Kreml einsetzen.« Orwell hatte dann einen Revolver auf einen kleinen Klapptisch gelegt und die Hände in die Uniformjacke gesteckt. »Nennt mich ruhig einen perversen Hund, Jungs«, sagte er hart. »Ich werd's ertragen. Die Kugel steckt in der Kammer, die Trommel hat schon rotiert. Wer greift zu?«

Es hatte damals in Alaska keiner zugegriffen. Sie hatten dagestanden wie die Pflöcke und an Orwell vorbeigeblickt. Der Alte ist verrückt, hatten sie nur gedacht. So weit geht die Ausbildung zum Spezialisten nicht. Und wenn wir alle aus dem Lehrgang fliegen ... wir leben wenigstens!

»Gut!« hatte Orwell nach einigen Minuten Wartezeit gesagt. »Ich habe Achtung vor euch. Ihr werft euch nicht weg.«

Dann hatte er den Revolver genommen, an seine Schläfe gerissen und abgedrückt, ehe die zehn Offiziere ihm die Waffe entreißen konnten. Orwell stürzte von dem Anprall seiner Männer zu Boden, aber der Revolver hatte nur Klack gemacht. General Orwell lebte weiter. Bob Miller hatte damals den Revolver aus Orwells verkrampften Fingern gedreht und hinterher die Trommel aufgeklappt. Sie war leer. Keine Patrone steckte in einer der Kammern. Es hätte also gar nichts passieren können. Das war typisch Orwell.

Aber diesesmal, hier im ›Tal der neun Tannen‹, steckte eine Patrone in einer der Kammern. Mit präziser Deutlichkeit hatte Plenjakow es Bob Miller vorgeführt. Jetzt hielt er ihm wieder den Revolver am Lauf entgegen. Seine Hand war ganz ruhig.

»Warum ich zuerst?« fragte Bob und blickte Plenjakow in die treuen blauen Augen. Sie sind wirklich von einer verfluchten Treue, dachte Bob. Wenn Andrej wenigstens bereit wäre, die Unterlagen über die neuen Waffen zu vernichten.

»Du hast als erster die größte Chance, Bob.« Plenjakow lächelte schwach. »Wir machen zwei Durchgänge. Das sind vier Kammern. Sechs hat der Revolver. Ist das ehrlich?«

»Andrej. Es gibt noch einen Ausweg. Wir fahren zu deinem komischen Bio-Jet-Auto und verbrennen alle Unterlagen, die du im doppelten Boden versteckt hast.«

»Nein!«

Das war klar. Bob nahm den Revolver und spannte den Hahn. »Und warum nicht?«

»Sie gehören nicht mehr mir ... sie gehören Rußland.«

»Du Spinner! Du stehst auf amerikanischem Boden.«

»Aber ich bin Russe. Hör auf mit Reden! Fang an!«

»Was wird aus Dunja, wenn ich verliere, Andrej?«

»Das überlasse ich ihr.« Plenjakow strich sich die blonden Haare aus der Stirn. »Du weißt, wie ich sie liebe ...«

»Sie wird alles versuchen, dich umzubringen. Das ist dir doch klar?«

»Ich werde mich ihrem Urteil unterwerfen. Bob, ich glaube, wir alle drei gehen heute nacht zugrunde. Es gibt keinen Sieger.« Er stieß mit der flachen Hand Miller vor die Brust und drückte das Kinn an. »Verdammt, fang an! Ich halte es nicht mehr länger aus —«

Bob Miller hob den Revolver gegen die rechte Schläfe, krümmte den Finger um den Abzug und sein Blick suchte, bevor er ihn durchzog, noch einmal den Ausgang der Schlucht. Er sah Dunja nicht, aber er wußte, daß sie irgendwo im Schatten der Felsen hockte und wartete, lauschte, in die geballten Fäuste biß und beim ersten Schuß hervorstürzen würde.

»Wenn ich überlebe, Andrej«, sagte Bob leise, »übernehme ich das Motel und das Restaurant meines Vaters. Das schwöre ich dir.«

»Und wenn ich überlebe, suche ich mir eine Stelle als Musiker.« Plenjakow atmete seufzend auf. »Ich kann sehr gut Balalaika spielen.«

»Ich weiß es, Andrej. Du wirst sicherlich eine Stelle als Balalaikaspieler bekommen. Verhungern wirst du nicht.«

»Bestimmt nicht.«

»Alles Gute, Andrej.«

Plenjakow nickte. Er starrte auf Bobs Zeigefinger, der sich krümmte. Wer jetzt sprechen konnte, hatte ein Tonband in der Brust, aber kein Herz.

Bob Miller zog durch.

Der Hahn schnappte zu, es gab ein halblautes Knacken. Als hätte er Eis ausgestoßen, so kalt lag der Revolver in Bobs Hand, wie festgefroren stak der Lauf an seiner Schläfe.

Vorsichtig löste Plenjakow Bobs Finger von der Waffe und nahm sie ihm ab.

»Jetzt ich, Wassjuschka.«

Er ließ die Trommel rotieren, spannte den Hahn und hob den Revolver. Bob hielt seinen Arm fest. »Das ist doch Wahnsinn, Andrej!«

»Bin ich vielleicht weniger mutig als du? Du hast es gewagt ... soll ich mich vor dir schämen?«

»Andrej ...«

Plenjakows Hand schnellte hoch. Fast gleichzeitig, mit Erreichen der Schläfe, schnappte der Hahn.

Knack. Nur dieses leise, trockene Knack. Wie ein satter Rülpser des Schicksals. Leb weiter, Genosse!

Plenjakow gab die Waffe an Bob zurück. Er hatte schon die Hand ausgestreckt. Das gleiche Zeremoniell. Rotieren der Trommel. Spannen des Hahns. Ansetzen an die Schläfe. Krümmen des Fingers.

»Dein letzter Schuß, Bob«, sagte Plenjakow ruhig.

»Und dann?«

»Wenn auch ich überlebe, hat jeder von uns zwei Hände. Bob,

dann *müssen* wir aufeinander los. Dann will uns Gott ja auch nicht.«

Bob Miller nickte. Sein Finger riß den Abzug durch.

Knack. Dieser verfluchte, höhnische Ton: Du darfst weiterleben. Aber innerlich stirbst du mit jeder Sekunde Stück um Stück. Gesteh es doch! Die Angst frißt dich auf ...

Plenjakow nahm den Revolver wieder zurück. Er verzichtete darauf, die Trommel noch einmal zu drehen. Nach dem Gesetz der Wahrscheinlichkeit war auch der nächste Schuß blind.

»Sollen wir noch einen dritten Durchgang machen, Bob?« fragte er. »Ich meine, bevor wir uns mit den eigenen Händen umbringen?«

»Einverstanden. Noch eine Runde.« Bob hielt den Atem an. Alles in ihm zersprang in kleinste Stücke, so, als ob jemand ein Glas auseinanderklopfte. »Andrej, ich wette, unser Roulette spielt nicht mit ...«

Plenjakow krümmte den Finger. Als ahne er es, lächelte er Bob an und nickte ihm zu.

Dann krachte der Schuß, hallte durch das enge Tal mit mehrmaligem Echo. Plenjakow wurde wie von Geisterhand weggeschleudert, hob sich fast von der Erde ab und stürzte dann zur Seite auf den steinigen Boden. In den verkrampften Fingern blieb der Revolver stecken.

Gleichzeitig rannte von den Felsen Dunja heran. »Bob!« schrie sie mit gellender Stimme. »Bob! Bob! Bob!!« Dann brüllte sie unartikuliert, unmenschlich, mit Lauten, wie sie Miller noch nie bei einem Menschen gehört hatte.

»Bob!«

Miller trat aus dem Schatten der Tannen und lief hinüber zu Plenjakow. Er drehte ihn auf den Rücken. Als er den Kopf, aus dessen rechter Schläfe merkwürdigerweise kein Blutstrom, sondern nur ein dünnes Rinnsal lief, in seinen Schoß legte, war Dunja heran. Ihr Aufschrei erstarb ... sie starrte Plenjakow an, fiel dann neben Bob auf die Knie, umklammerte ihn von hinten und drückte ihr Gesicht in seinen Nacken.

»Er lebt noch«, sagte Miller und drückte den Daumen auf den Schläfeneinschuß, als könne er damit Plenjakows Leben zurückhalten. »Hol den Wagen, schnell! Laß mich los, sag ich! Hol den Wagen!«

»Bob ... Bob ... o Bob!«

»Den Wagen!« brüllte er. »Mit ›O Bob!‹ kannst du kein Leben zurückholen!«

Da sprang sie auf, stieß wieder einen hellen Schrei aus und rannte davon, um Plenjakows alten VW vom Eingang der Schlucht heranzufahren.

Morgens gegen vier Uhr brachte ein Adjutant im Fort Thompson General Orwell das Telefon ans Bett und verließ dann das einfache Zimmer. Orwell blickte gewohnheitsmäßig auf die Uhr, setzte sich im Bett auf und hob den Hörer ans Ohr.

»Was ist, Bob?« fragte er. Das war es, was man an Orwell so bewunderte ... es gab keine Überraschungen für ihn. Ein Telefonat um vier Uhr, in dieser Nacht, das konnte nur Miller sein.

»Ich melde, Sir, daß ich bereit bin, den Dienst zu quittieren«, sagte Bob militärisch knapp. »Die Aktion ist endgültig abgeschlossen.«

»Sie haben Plenjakow, Bob? Mein Gott, ich könnte Sie umarmen. Gratuliere! Wo ist er jetzt?«

»Im Militärhospital Los Alamos, Zimmer zehn. Neurochirurgische Abteilung. Vor zehn Minuten hat man ihm die Kugel aus dem Kopf operiert. Er wird überleben.«

»Es gab einen Kampf, Bob?«

»Ein Russisches Roulette, Sir.«

Orwell zuckte hoch. Seine Beine schwangen aus dem Bett. »Sind Sie verrückt geworden, Bob?« brüllte er. »Darauf haben Sie sich eingelassen?«

»Sie haben es uns gelehrt, Sir. Jetzt konnte ich diesen Mut gebrauchen.«

»Damals war der Revolver leer!« schrie Orwell.

»Aber das haben wir erst hinterher gemerkt, Sir.« Bob Millers Stimme wurde noch kälter. »Ich liefere Ihnen sechs Papiere, Sir. Drei davon sind eine große Gegenleistung der USA wert.«

»Schon wieder ein Handel, Bob? Sie strapazieren Ihren alten Papa Orwell aber gewaltig.«

»Mein Freund John Barryl wird blind bleiben, Sir. Auf beiden Augen. Das ist sicher. Die Kugel hat ihm das Leben gelassen, aber beide Sehnerven zerstört.«

»Ihr Freund, Bob? Noch immer?«

»Mein bester, Sir. Ich habe drei Papiere zum Tausch: eins für meine Entlassung aus der Armee ... das zweite für einen gültigen Paß auf Norma Taylor ... das dritte für einen gültigen Paß auf John Barryl.«

»Bob!«

»Mehr Bescheidenheit für dieses Scheißspiel, das ich hinter mir habe, gibt es nicht, Sir. Eine Entlassung und zwei Pässe ... ist die Sicherheit Amerikas das nicht wert?«

»Ich will Sie so nicht gehenlassen, Bob. Wenn ich Ihnen eine Stellung im Generalstab verspreche?«

»Sir«, Bobs Stimme klang ganz kalt, »ich war in meinem ganzen Leben noch nie pervers und habe auch nie eine Neigung dazu gehabt. Aber wenn ich meine Uniform auf einem Holzstoß verbrennen kann — und das so schnell wie möglich —, werde ich, glaube ich, in der Lage sein, mich an diesem Anblick geradezu sexuell zu berauschen.«

»Das reicht, Bob!« antwortete General Orwell trocken. »Ich bin morgen nachmittag in Los Alamos, wir sprechen alles durch und besuchen Ihren Freund Plenjakow ...«

»John Barryl, Sir.«

»Verzeihung. John Barryl. Morgen früh gebe ich den Vorschlag nach Washington, Sie als Oberst mit allen Ehren zu entlassen. Zufrieden?«

»Danke, Sir.« Bob Miller straffte sich hinter dem Telefon, so müde er auch war. Zehn Meter weiter, im Bettentrakt, lag der blinde, noch in der Narkose stöhnende Plenjakow, und Dunja hielt ihm die Hände fest oder wischte den Schweiß von seinen Lippen. »Das einzige, was mich daran freut, ist die erhöhte Pension.«

»Sie waren schon immer ein frecher Hund, Bob. Das muß ich Ihnen sagen.«

»Ihre Schule, Sir.« Bob Miller lächelte in den Hörer, und wenn Orwell es auch nicht sah, so ahnte er es.

»Es war nur nicht jeder solch ein Schüler wie Sie.«

»Dafür danken Sie bitte Gott.« Bobs Stimme hatte etwas Feierliches bekommen. »Sir, tun Sie das wirklich. Ich bin bereit und bemühe mich mit aller Kraft, das, was ich war, zu vergessen.«

»Sie waren mein bester Agent, Bob.«

»Das ist ja das Schreckliche, Sir. Ich werde lange Zeit brauchen, um mich auf meinem Gewissen wieder ausruhen zu können ...«

Ein halbes Jahr später hatte es sich herumgesprochen, daß Millers Restaurant und Motel unter neuer Leitung standen. Der alte Johannes Miller hatte sich ganz aus dem Geschäft zurückgezogen. Dafür begrüßte jetzt im Restaurant ein großer, stämmiger Bursche die Gäste, ein Paket aus Muskeln, zu dem die immer leicht verträumten Augen gar nicht paßten. Außerdem trug er Maßanzüge, die seinen Körper so zur Geltung brachten, daß über die Hälfte der Restaurantgäste Frauen waren, die glänzende Pupillen und Herzklopfen bekamen, wenn Bob Miller an ihren Tisch trat und — wie bei allen Gästen — höflich fragte, ob alles in Ordnung sei oder man noch Wünsche hätte.

In Ordnung war bei den Damen gar nichts, wenn Bob sie so fragte, und Wünsche hatten sie bei seinem Anblick genug — aber da saß an der Kasse ein schwarzgelocktes, bezauberndes Wesen mit einer Figur, für die es in weiblichen Kreisen kein Lob, sondern nur blassen Neid gab. Dafür rekrutierten sich aber die anderen fünfzig Prozent der Gäste aus Männern, die alle Tische in der Nähe der Kasse besetzt hielten und Norma Miller mit Blicken regelrecht auszogen. Das war ihnen erlaubt, denn nichts beflügelt einen Alltag mehr als ein bißchen Fantasie, auch wenn sie unter Blusen und Röcke schweift.

Das Restaurant ging gut, an den Wochenenden war es bis zum letzten Parkplatz besetzt und die Zimmer des Motels waren immer ausgebucht.

Aber nicht nur Bob Millers und seines Clans innerlich erregter Frauen, oder Norma Millers und ihrer geradezu zur Revolte reizenden Bluse wegen war das Restaurant am Wochenende heillos überfüllt ... jeden Sonnabend und Sonntag, von zwanzig Uhr bis Mitternacht, saß auf einem Podium, vor einem an die Hinterwand projizierten Bild einer unendlichen Taigalandschaft, ein blinder Mann und spielte auf seiner Balalaika. Er hielt meistens den Kopf gesenkt, während seine Fingerkuppen über die Saiten glitten. Nur wenn er in russischer Sprache zu singen begann, mit einer schönen, hellen Tenorstimme, die so weit in den Raum schwang, wie der sibirische Strom hinter ihm auf dem Bild sich durch die Taigawälder wand, hob er den Kopf und legte ihn in den Nacken. Dann wurde es still in Millers Restaurant, denn jeder spürte, daß hier ein Mensch sang mit aller Sehnsucht, deren ein Herz fähig war. Dann rauschten die Wälder, dröhnte der sibirische Strom, wogten die Steppengräser, donnerten die Hufe der Pferdeherden, krachte das Eis auf den zugefrorenen Flüssen und zogen die Schwärme der wilden Schwäne nach Osten zu den eisbefreiten Sümpfen.

Manchmal kam einer zu Bob und fragte: »Wo habt ihr den denn her? Mensch, der singt ja, als sei er ein Russe! Der weint sich ja die Seele aus dem Leib ...«

Und Bob Miller antwortete: »Er heißt John Barryl. Bevor er blind wurde, wollte er immer nach Sibirien. Ein Tick von ihm. Nun träumt er davon ... Laßt ihn träumen und hört ihm zu. Es lohnt sich ...«